本書出版得到國家古籍整理出版專項經費資助
全國高等院校古籍整理研究工作委員會重點項目

中山大學中國古文獻研究所編

全粵詩

第十三冊

嶺南美術出版社

图书在版编目（CIP）数据

全粤诗. 13 / 中山大学中国古文献研究所编. —广州：岭南美术出版社，2011.10
ISBN 978-7-5362-4090-2

Ⅰ.①全… Ⅱ.①中… Ⅲ.①古典诗歌—作品集—中国—明代 Ⅳ.①I222.72

中国版本图书馆CIP数据核字(2011)第162631号

责任编辑：左　丽
易文翔
徐　凯
王威廉
责任技编：钟智燕
封面设计：李　颖

全粤诗（第十三册）

出版、总发行：岭南美术出版社
（广州市文德北路170号3楼　邮编：510045）
经　　销：全国新华书店
印　　刷：广州市岭美彩印有限公司
版　　次：2011年10月第1版
2011年10月第1次印刷
开　　本：889mm×1194mm　1/32
印　　张：28.875
印　　数：1-1000册
ISBN 978-7-5362-4090-2

定　　价：136.00元

主　編：陳永正
副主編：吕永光　楊　權　史洪權
審　校：劉斯翰

顧　問：黄天驥　張桂光　李昭淳　程焕文

編纂委員會

主　任：劉斯奮

副主任：陳永正　黄仕忠

委　員：劉斯奮　陳永正　黄仕忠　吕永光　楊　權　鍾　東　林子雄

倪俊明　史洪權　林　明

出版委員會

主　任：曹利祥　戴　和

副主任：辛朝毅　劉斯翰

委　員：曹利祥　戴　和　辛朝毅　劉斯翰　左　麗　林　鋒

文字録入：韋　燕

本册主編：锺　東

主要整理者：

锺　東　吕永光

陳永正　史洪權

全粵詩第十三冊詩人總目

全粵詩第十三冊目次

卷四二四

卷四二五

卷四二七

卷四二八

卷四二九

卷四三〇

卷四三一

卷四三二

卷四三四

卷四三五

卷四三六

卷四三七

卷四三八

卷四三九

卷四四〇

卷四四一

卷四四三

卷四四四

卷四四五

卷四四六

卷四四七

卷四四八

卷四四九

卷四五〇

卷四五一

卷四五二

卷四五三

卷四五四

全粵詩卷四二四

謝與思

謝與思，字見齊，一字方壺。番禺人。明神宗萬曆八年（一五八〇）進士。官諸暨知縣，尋調大田，爲蜚語所中，貶秩。築小樓于郊坰以隱居。卒年三十二。有抱膝居存稿。清温汝能粵東詩海卷三八、清同治番禺縣志卷四一有傳。

謝與思詩，以中山圖書館藏乾隆三十五年謝與思來姪孫敦源輯鍥本抱膝居存稿爲底本。

息駕

日曖曖兮下山，息余駕兮既閒。鹿集兮屋角，馬秣兮庭間。近長安兮雲重，隔帝閽兮九關。若有人兮湖之西，我欲招兮未徠。被芬芳兮善窈窕，目騁望兮途迷。羌和顔兮獨酌，忽把燭兮鷄棲。鼓角兮夕起，涕下兮交頤。

太乙蓮舫歌

泰華之峰高插天，懸甍石磴相迴旋。瑤池萬仞清且漣，中有凌風擎雨之青蓮，有時鶴馭來飛仙。仙人太乙子，愛此青蓮葩。明媚涵珠露，的歷艷丹霞。裁爲一葉舟，蕩漾臨中流。朝隨出岫雲，暮侶沒波鷗。信靈心兮可託，瀕濁世兮悠悠。君不見艅艎簫鼓聲嘈嘈，牙檣錦席飛銀濤。馮夷振怒蜃蛟鬥，蕩山摧島如鴻毛，胡爲欲渡心煩勞。

思良友

憶昔別良友，握手涕沾翰。裊裊垂楊枝，臨風詎忍看。解我敝綈袍，無乃前路寒。路寒易以涉，世味苦且酸。援此玉軫琴，用以慰我心。我心不可破，海水洶以淫。掛帆背郭去，慘淡誰知音。吁嗟離別言，幽咽難更陳。

青樓別二首

晨興罷巾櫛，淚下不可揮。僕夫戒路旁，報君遠言歸。與君結衾枕，歡愛兩不疑。鼓瑟登青樓，奄忽吐嗚悲。商風薄庭樹，促織唫牀幃。人生天地間，動如畢與羈。君來復何年，妾恐顔容非。浮雲妬皓魄，歲月衰蛾眉。行行重自愛，及此青陽暉。

鬱鬱楊柳枝，發我青樓旁。商風變柔態，行子歸思忙。垂髻相劄青，歡好充幽房。龍燭泥宵遊，蟬衫佐高觴。一朝九陌間，白馬驕欲翔。雲作憔悴流，日含可憐光。曾聞達者言，良會苦不常。浮藻信浩波，丹華委零霜。握手難重留，沈思令人傷。嗚咽割所佩，牢牢繫君裳。願以比艾簪，易君棄捐腸。

稅駕

稅駕投古刹，羈棲形何煢。几案繁緗帙，芒屨散憂悙。玄雲披長夏，晻靉不成霖。巡櫓踔群雀，面圃遺初榮。跨跱九門道，轂擊紛轔轔。揚埃乘風翔，霎忽漫城闉。劇哉行路艱，從事時所珍。我心豈眾違，疲病謝焉營。

遊西山翠華山巘

短藜曳雲入，徑仄差著足。鑠晴徹寶界，深洞漏仙籙。乍歷溅寒陰，小甜豁虛燭。巒縣忽摧勢，苔破未滋綠。奇紋爛鬼斧，墜乳綴流玉。往欸有耶律，摩挲傷代促。冶遊者誰子，金羈控牙簶。揮手拗餘怒，冥坐信飛宿。

赤巖新搆

涉溪搜幽勝，披雲曠延佇。巘光晃石竇，嵐彩媚平楚。疊嶂自盤紆，聯峰遞軒翥。萬壑寫風湍，千雉殷砧杵。綠疇間芳蕤，村舂蔽宿莽。爽氣襲輕裾，綺霞暎元宇。緊予落魄人，彌歲羈亦組。鉛槧睇湛閣，計牒紛旁午。孰絜問奇觴，幾握清言麈。睇茲景明候，澹焉滌繁緒。維昔離蟊賊，蓬藋嗥豺虎。田園就蕪穢，履絇絕環堵。名山亦多壘，湮閣並部婁。剔抉固有需，微生際休否。削壁列華榱，軨軒芘窮野。時哉洵靡期，嘆息諠囂伍。振衣復徘徊，歸詠搴洲杜。片葦蕩青冥，且覆杯中酤。

燕邸同王道堅醉後限韻戲爲子夜離歌捉筆縱書命侍童擊缶促之倡和迭就頃刻盈壁亦一快也[一]

見歡乘夜來，繁霜褭衣透。歡不信儂思，儂顏爲誰瘦。

歡似漢月滿，儂似溝水流。懸光豈不照，影濁儂自羞。

與歡結同心，心近室復遠。思歡如金井，日夜轆轤轉。

別歡童穉年，沈憂頓顏槁。儂若見歡時，羅襦繫萱艸。

〔一〕原集本有王之和詩四首，亦附於此。其一：『佇立向空階，紛紛月光透。并刀欲剪衣，歡近知肥瘦。』其二：『歡別瀧水去，儂悲瀧水流。爲歡減容色，相見反含羞。』其三：『但願歡如初，別豈論近遠。不見燕鴈期，春秋逐時轉。』其四：『本爲魚在津，今成砧別藁。歡不作春風，誰復回秋草。』

長夜

長夜苦炎熱，攬衣步前楹。玄雲度河漢，列宿參差明。念我別良朋，愁思忽如酲。蟬唫一何苦，露冷噤無聲。安能挾羽翼，高飛以齊鳴。

與諸子集智度寺

驅車城北寺，暫覺塵囂違。列坐有諸子，壺觴漫與攜。清言徹玄想，興愜信所爲。俯惜芳草歇，仰視浮雲馳。行樂不及早，空爲年齒欺。而況值同好，但飲勿復疑。醉別已成昨，遙村聞曙鷄。

春日病起柬鄺朱二生

十日不出門，緣階長春草。偶然釋枕簟，坐見西山好。庭空雀可羅，雨積花堪老。二仲時能來，病骨不枯槁。

賦得艷陽桃李節

艷陽桃李節，桃李競春風。芳菲各自媚，窈窕在牆東。東家女兒年二八，眼愛芳菲向人發。新妝巧抹不解羞，摘得好花插雲髮。美人摘花花莫嗔，好花顏色如美人。能共美人好顏色，何如枝上虛經春。君不見暮春天，春風惡。昔爲春風開，今爲春風落。春風一夜吹參差，千紅萬紫踏成泥。樹老尚有開花日，花落再無還樹時。

白頭吟

文君抱向冰弦泣，雙袖龍鍾乾更濕。古來夫婿多薄情，芳菲未歇涼風急。君不見相逢貧賤時，酤酒臨邛空壁立。

夏夕過胡生不值

耳熱發興城南遊，欲雨不雨低雲稠。横空金虵陟一截，崩雷雙下西山頭。驚心振袖何所之，竭來胡生解人頤。敲門落莫絕五尺，隣嫗報我還無期。迴旋欹徑蹋欲斷，問奇環堵屨虚滿。今我萬事在舌根，抵掌向誰氣爲短。

贈星家東方生

君不聞韓蘇之生月宿斗，我也初度恰同候。敢擬文章萬斛珠，惟餘潦倒雙蓬垢。古有曼倩生，如君豈其裔。射覆能令舍人笞，詼諧不飽長安米。忽言今年余拂衣，余行走送江之湄。請看筵外光芒處，不是郎星是少微。

送陳生還於越

盧溝一夜楊枝老，曉見寒虹臥堤草。陳生落魄東走歸，呼將欵段臨秋潦。憐君心骨本自奇，途窮壯士多苦姿。未從鴈鶩分半菽，况乃豪貴掀雙眉。皇州今古甲形勝，冥搜君已饒新興。那覺黄金返洛空，祇應彩筆浮淮勁。吁嗟陳生爾莫哀，羅才使者天祿來。予向江門佇軒翥，君但揚鞭度溝去。

醉歌行贈周參幕

周將軍，爾爲吾擊劍，吾爲爾歌。人生不飲如樂何。臨尊窺月可一點，四壁淅瀝搖空波。劍光出匣寒飛雪，龍聲吼卻雲頭月。雄心共對白玉壺，野性豈在黄金闕。相逢勸爾觴復觴，無使獨醒縈枯腸。尊前但有劍與月，萬古不夜魑走藏。

戲走筆爲半塘歌贈盧少梅

半塘強半爲粤語，一年幾度粤人主。夜半四面吳歌生，一段淒風破窗炬。君不聞吳人寸舌翻兩音，彈鋏歸乎粤江深，千樹梅花弄鳴禽。

與王道堅醉憶往事戲聯懊惱歌

筵當玳瑁墮片月，謝苧拍迴旋晝飛雪。王朱櫻半綻鶯涎銷，謝文犀高綰鵶翎絶。王金壺桑落灰香波，謝鶴餤銅龍漏水多。王渴虹瞰川一長吸，謝彩雲亂落秋山阿。寋旃代桴總潰敵，王火然羊脂脂爲赤。謝雕欄憑遍骭交矬，王隔窗欹枕琅玕席。謝楚岫微茫夢不分，王倩誰陟攬屏西群。謝練裙徒破羊欣墨，王窄靴空躡力士筋。謝踈檽冉冉度花景，王惜蒼卻走金蓮秉。謝胡蝶驚翻隟月光，王鴛鴦暖向輕沙醒。謝獸鍵重關猛欲開，王蛇光閃爍天漢來。謝坐深檐漏響不徹，王河流懸倒誰當猜。謝梅魂馥結依浮嶠，王薄霧籠空透初曜。謝蜀綺雙纒春色融，王飄然一道寒芳遶。謝

醉戲走筆贈歌者

危樓隱暎聯雙炬，窗裏玉人囁嚅語。裁將艷曲出纖喉，隔坐斜飛巫峽雨。爲雨爲雲暮復朝，靈巖一繫紫騮驕。欲憑青鳥三山使，去問銀河七夕橋。

舟中得家弟書

珠江萬里雙魚赤，飛墜雲中字一尺。世途莽蕩三荊劈，開亟此際腸應直。腸應直，可奈何，中流鼓枻揚素波。層巒突兀垂青蘿，一飲一石寧足多。爛醉卻把山靈呵，我獨胡爲長坎軻。弟也意氣今則那，高陽酒徒還病魔。榮華到眼掣電過，誰其壽者清俟河。河亦不易清，人亦不易壽。古來文章稱不朽，群鞭逸足中原走。竭來犄角歸吾手，況爾汗血追其後。只今片艇大如斗，烈日摩空逼長晝。安得仙人玉露盤，相思一使枯腸漱。

送朱生

渴虹飲谿谿怒鬭，摩空削壁芙蓉瘦。中流詰屈翻黿鼉，凌煙百道懸鐘吼。此時還家一片葦，千年涕作河梁水。津頭靈氣真宰妬，匣裏黯澹分龍子。笑解青絲繫遠虹，日南碧荔寫雕龍。熒熒石火照顏色，會教扇底叵羅灰。男兒文彩二十殊，九天咳唾紛玄珠。鶉袍藤笈今如此，會稽買臣元姓朱。主人骯髒掀眉者，一生苦遭官長罵。祇將牙齒託清芬，長風拂拭鮫綃化。

夜坐

層城擊柝四面急，倦客病起開荊扉。疎星映樹没還見，孤鳥傍池棲復飛。卻愁爲令强斷酒，翻憶歸山歌採薇。草蟲拂衣不可耐，玉麈乘風時一揮。

舟中懷黄生

去棹輕陰轉，前城晚色將。燕雲雙目極，粵水一愁長。影帶青簾雨，衣禁紫蕨霜。羅浮春欲問，懷爾獨淒涼。

漫興

日月愁中惜，風波醉後憐。片帆依野吹，歸路遶長天。旅食歌魚鋏，春衣續酒錢。壯心淮海折，深負請纓年。

晚泊

荒村此一泊，入望暝煙稀。泉水綿綿急，新螢莽莽飛。愁堪看短劍，寒自理初衣。何限扁舟意，翻成海國思。

呈同舟

秋色今年好，全拚客路經。松風臨壑起，菰雨度沙晴。一飯王孫報，千金季子輕。空山明月夜，棲鳥不須驚。

登飛來寺二首

飛來聞古寺，此日費躋攀。殿聳松陰上，江隨石勢翻。宦情灰善果，鄉淚隔禪關。愁思群僧少，猿聲落照間。

突兀招提境，飛來事已神。江山如有主，鐘磬漸相親。殿勢高雲護，爐煙怪鶴馴。諸天殊未到，危處石嶙峋。

柬王教之

歲晚嵩臺色，偏宜爛醉眠。人煙層嶂隔，風雨暗潮連。利涉憑舟楫，行攜有杖錢。風流王謝事，結伴未應嫌。

舟中值雨懷二兄彥宗

北風吹大壑，朔雨曉紛紛。避濕梟將子，衝寒雁趂群。石門搏白浪，珠海失黃雲。獨把池塘句，愁唫到夜分。

陰雨

久客逢陰雨，寒燈且自親。如何江海上，偏急往來人。薄俗看花眼，浮名中酒身。思親共懷舊，太息及芳晨。

送酈子遊姑蘇

今古三江勝，乾坤一葉舟。以予臥閣久，念汝裹糧遊。路轉轆轤疾，天懸縹緲愁。問奇元有待，歸及紫山秋。

曉雨發彭城

片雨帶江聲，微茫曉到城。渡喧雙槳澁，塵淨一袍輕。細草緣堤合，浮雲匝野平。感時還攬轡，匣裏劍長鳴。

西山望諸陵

落日諸陵上，森森殿閣陰。人間金冊貴，泉下玉輿深。霜露君王感，松楸客子吟。牛山登望意，萬古一沾襟。

登香山寺流憩亭

逕轉危亭夕，蘿深振屧稀。流雲萬樹滴，亂鳥半巘飛。石拂蟾蜍冷，臺邀星斗微。迴車又塵俗，何處扣禪扉。

座上分賦得竹深留客處

籬落千竿玉，瀟湘五月秋。不堪兼鶴馭，祇合過羊裘。袂拂霜花淨，杯承水荇浮。清吟忻對此，那在轄俱投。

座上分賦得佳人雪藕絲

綺席金罍促，雕盤玉井寒。鸞刀飛雪疊，鳳甲引絲單。細拭翻憐斷，輕粘卻畏乾。茂陵舊消渴，箇勝露華團。

宿西湖巾子山劉氏別業

湖岸朱欄迥，春宵亦借眠。煙林自渺渺，水月故娟娟。夢引此村鶴，磬生何處禪。微官何足戀，頓欲寐塵緣。

初至都門與陳生別

遊燕還戀越，少別卻相尋。百隊風沙苦，三年意氣深。飛騰終刷羽，岐路總關心。後夜虛齋夢，清蛩候月吟。

曉發北關有懷檇李姚江諸子

小艇辭煙郭，孤蹤寄薜蘿。風前諸彥集，花底一尊過。出語雲生袂，傳觴月始波。今宵山寺夢，應恨促驪歌。

過居山人值雨

小徑居高士，青山對榻開。詩抄窮海去，書換好鵉回。風雨忽川嶽，匏冠只草萊。茗爐耽爾話，簷溜決花臺。

無錫篇贈如序上人

我已非真我，絃何是有絃。看波仍滅水，把月自還天。默默盡空界，泠泠徹大年。平生無罣意，羨爾得單傳。

題畫

曖曖煙際樹，悠悠原上村。奇巒羃雲腳，激水漱石根。遠色虛難擬，幽襟孤可捫。雖無躋攀侶，茲地足隱淪。

寄懷莊生

秋水繫煙棹，越吟愁綺疏。各天人不見，爲雨夢應虛。玉想初承唾，香留舊剪裾。惟慚公子貴，空復戀前魚。

過崇德哭李子升年兄

死别憐吾輩，經行感舊黎。昔傳花作縣，早已竹成堤。苦雨翻空急，寒煙帶日凄。不堪愁絶處，城上亂烏啼。

少梅篇爲鄉人盧氏賦號

玉蕋先春漏，名香帶曉籠。新應爭朔雪，弱不受玄風。塞笛吹難落，花神夢未濃。惟餘美人思，偏訝小窗叢。

雨湖秋泛

片舸蕩秋空，雲巒翠幾重。花邊添野水，鳥外下村舂。風入頻催雨，吟高一劃龍。醉餘藉堤草，齊拍任兒童。

雨中送王伯良病足東渡

屐有先登興，堂憐不下時。山靈笑拘束，吾意恨覊離。雨裛囊琴潤，潮生渡鶴遲。那堪官閣望，吟苦獨支頤。

秋發武林沈子陽子熙陳立甫王伯良朱少白諸子送我富渚賦此爲别

客思遶並州，雙舲别杪秋。淚將華褭滿，心向賣刀酬。落汐明寒渚，迴飈引暮篝。猶疑鑑湖曲，尊酒澹羇愁。

送朱少白醉後走筆

激澗迴丹樹，孤舟湧白波。言從東道去，其奈故人何。匡鼎談詩劇，揚雄問字過。明朝江閣思，玉軫怨絃多。

與舍弟夜酌二首

一尊明月滿，千里暮雲開。故國違鴻雁，閒庭自草萊。松風吹解帶，江色照唧杯。不盡佳人思，空看畹蕙催。

砌雨春難寐，篝燈夜可憐。寒更人語外，客思蒯緱前。綠自添新酒，青猶戀故氈。欲將鄉國淚，竹裏百重泉。

花朝

萬壑陰晴換，孤山瘴癘侵。暫看花到眼，翻覺節驚心。懶就拋囊草，貧餘絓壁琴。今朝春酒綠，愁絕不堪斟。

龍門道中

客行殊未已，白露遍平蕪。野火穿林小，寒星隱澗孤。人煙經戰伐，生計有樵蘇。爲問中山叟，今年少吏呼。

舟夜憶湖上人

月色沈鮫室，簫聲隔鳳樓。一生傾國恨，雙髩涉江秋。青鳥遥堪寄，明珠暗未投。爲憐嬌艷質，莫待歲華流。

同舍弟登青湖寺亭

列磴迴丹樹，閒亭俯碧流。風雲四壁静，鐙火一村幽。易遣芳尊暮，難禁遠望愁。坐看漁父樂，隔浦動輕謳。

朱生懷内索春閨怨戲作

寂寞掩春閨，緣階草色萋。鏡中鸞自舞，樓上鳳應迷。錦字緘新怨，羅巾蝕舊啼。向人那解説，腸斷在烏棲。

秋夕懷沈仲子未至

頳鯉經秋斷，黄花暵坐寒。天涯爲客久，夢裏故人歡。隔户移風竹，褰衣轉澤蘭。思君如可到，長遣酒懷寛。

贈灨縣鄧畫師

絕藝丹青擅，飄然弄素翰。花明萊子服，雲切楚臣冠。銀海將神度，玄巖著膝安。不知身是幻，持作故吾看。

寧化蔣簿歸養索贈賦此

念爾雲間駿，辭官娱老親。朱門無揖客，滄海獨歸人。徑豈荒叢竹，盤猶足細鱗。吾慚潘令賦，薄宦拙誰論。

慎齋林師遠訪賦贈

吾師意瀟灑，杖履歷山川。不有高軒過，齋頭舊榻懸。寒星侵坐語，流水寫鳴絃。惟愧牛刀訓，卑棲老一氈。

長至

微陽迴朔氣，雲物倍飀飀。歲月逢長至，風塵嘆薄遊。停車道傍樹，把酒市中樓。欲渡黃河水，蕭條雪滿舟。

問傅生病

聞道途窮客，歸來賦索居。三秋仍伏枕，萬事總抛書。墮葉從風掃，流螢及雨除。論文尊酒在，朋好莫全踈。

憶弟

論年爾尚幼，爲別我難忘。會識詩中聖，無勞醉後狂。登樓近山好，散帙小池涼。若問風塵事，歸來語亦傷。

山陰道中有懷黄叔化年丈

古樹侵江密，朝嵐隱岫空。夫君何處所，觴詠昨宵同。計自投竿拙，人今掩袖工。無將長慶句，悽惻付玲瓏。

九日遊智度寺

九日招提境，登臨剩欲狂。羽觴隨意發，籬菊近人黄。避俗愛清梵，談經聞妙香。下方人吏待，驅馬又須忙。

別黄叔化

共是南遊客，分飛復此州。欲招春作伴，翻覺酒生愁。古道雲棲石，歸風柳映舟。明朝憶攜手，寒色蘸中流。

送周見吾南還

勞歌燕市酒，驅馬舊家山。以我經時病，惜君將別顔。風塵孤宦在，湖海尺書難。何日開三徑，求羊許共攀。

賦得薄霧籠花

玉樹朱華艷，芳晨紫霧籠。微分團砌色，稍辨簇香叢。風裊珠難勝，陽晞縠轉濛。臨觴欣賞意，應較昨宵濃。

九日登南安東山

自憐天畔眼，又對菊花叢。醉折東山屐，醒迴落帽風。竹光移石榻，蘿月上珠宮。歸路煙霞隔，寒鐘出澗東。

晚酌

苦熱山城劇，攜樽暮竹前。棲將返照斂，池護綠陰偏。藉草衣隨解，乘風席每遷。人生固自足，莫受百愁煎。

病中作

稜稜七尺骨，坐臥對空山。病久節從換，才踈官較閒。呼兒抽藥裹，避客靜柴關。乞地非勾漏，何心問大還。

臨城即事

華館青絲駐，梨園白玉飄。芳塵兼燕蹴，艷曲度鶯嬌。欲賦巫山夢，還疑洛水遙。無將明燭淚，滴向可憐宵。

賦得楊白花

何許傷心劇，春風楊白花。稀疏媚朝日，淡蕩逐年華。夾道頻嘶馬，緣堤半宿鴉。惟應愜幽賞，移種野人家。

泛湖有懷玄崖先生

扁舟乘月放，十里靜歌鐘。塔影懸鐙迥，湖光鼓枻空。人煙非舊賞，觴詠好誰同。尚有遺篇在，風流憶老翁。

曉發高唐

不寐先晨發，空林散鳥啼。月寒人影小，天濶戍墩低。失路認來騎，占時聽遠鷄。苦吟還未就，鞭促背囊奚。

蕭君汝瑩暨其仲弟孔植汝蒔餞予三峰寺時張生晉卿鄭生孔實君佐爾欽輩亦送予於此遂同夜集

陶令掛冠日，東籬菊正華。無心懷簿領，有伴到煙霞。話久青檠短，情深綠醑賒。別離何所恨，吾道得侯芭。

永安賴氏別業在壽春巘故稱名勝戊子之秋余自大田言歸而門人蕭生汝培獨騎追送薄暮經焉輒辱地主吉泉君偕遊因賦二律

主賢能倒屣，客倦此停鑣。洞壑雲扃啟，琴尊玉麈邀。看棊仍掃石，把釣卻過橋。坐使煩囂隔，尋真路不遙。

繡閣横雲峻，丹梯絕磴通。鳥啼依徑竹，人對颺花風。俯眺湖光白，酣歌燭燄紅。今宵歸興緩，還喜友生同。

芰荷服新成

野服清涼杼，呼童試若何。裁應七尺稱，色借九秋多。弄璲深能暎，搴芳稍辨歌。還須將片籜，同倚碧山阿。

初歸同諸弟夜坐

拂麈坐來久，輕颸生袷衣。半年幾今夕，爲客正東歸。露裛竹梢潤，螢穿書幌微。但愁城際月，清漏促光輝。

冬至後集元禎叔宅得魚字

促席杯當手，搴芳玉暎除。棊談安石野，字問子雲廬。物色凌寒轉，年光入鬢踈。還憐魏公子，情竭在前魚。

秋日同曾完初諸君遊海珠寺[一]

碧樹明秋靄，清飆度晚鐘。廻流影組練，列嶂削芙蓉。漁唱紛堪引[二]，鷗盟浩欲從。卻憐星聚處，珠已探驪龍。

[一] 清溫汝能粵東詩海卷三八題作遊海珠寺。

[二] 此句清溫汝能粵東詩海卷三八作『漁唱喧堪聽』。

攜李王文學伯仲飲予西湖談煙雨樓之勝因偕會稽王道堅登之下有釣鰲磯、龔侯井

一上高樓悲遠天，誰飛島嶼壓長川。煙含萬樹當窗沒，雨淨千帆拂鏡懸。未向沉淪耽把釣，若爲消渴酌寒泉。登臨此際憐王粲，那復湖頭汎酒船。

金山二首

水國何年擁此邱，乾坤佳氣鬱中州。梵鐘響度吳門霽，海樹寒生楚甸秋。風細魚燈低入牖，日高鯨

浪近搖樓。將因法界窺空色，聊得攀緣一繫舟。

絕壁秖邀天漢路，披雲更躡妙高臺。千檣下破江光濶，兩郭平臨岸勢迴。客自品泉供瀹茗，僧從乞食坐浮杯。憑欄爲灑英雄淚，南北戈鋋有劫灰。

賓竹篇爲鄉人盧氏賦歸

萬里移家依茂苑，十年開徑滿湘筠。閒庭灑掃從車馬，散屐階除自主賓。澹景隔雲涼入夢，疎梢臨水碧涵春。知君節操元如玉，遮莫顛毛總似銀。

贈別周將軍兼寄黃叔化同年

驕嘶紫燕歷羊腸，九陌看君幾度霜。歸束短衣飛將幕，出提雄劍少年場。鄉心易醉呼持蟹，國士難酬想式蝗。東道若逢黃叔度，丈夫今已笑昂藏。

沛上懷古

王氣銷沉井邑鐘，翠華曾此集扶筇。江流已失彭城馬，劍去猶號芒碭龍。擊筑有歌殘碣臥，離宮無主野蒿封。停鞭亦自悲遊子，指點風雲意每雄。

舟泊虎邱全伯典自四明追及感而賦別

吳苑晴芳野色開，客居旬日坐莓苔。山中風物誰堪侶，江上煙帆爾獨來。春井虎光沉劍壁，午鐘花雨散經臺。明朝南北俱塵旅，可負當尊錦瑟催。

鄒縣道中

隔水高城生野煙，衝埿疋馬晚堪憐。及期畦麥應叢發，欲止林烏時一旋。泣璞孤臣終獻主，尋砂何地許延年。傷心青幔開春釀，醉指長安更日邊。

寄懷沈生伯仲

苦憶沈家好兄弟，時常清夢在山陰。病餘藥餌勞生事，書去關河見客心。湖荇舊隨青雀泛，窗鐙虚暎紫霞斟。江門秋色吾將問，對爾風前桂樹森。

東平道中賦得風中絮

陌頭楊柳花應稀，樹樹經風刺眼飛。每恨芬芳根並結，誰憐飄泊質元微。河豚應節翻虚上，屯雀群喧太劇饑。糁徑已驚春事晚，江湖萍梗定何依。

乙酉夏日喜雨

郊壝露禱勞明主，一雨真寬恤瘼心。敢謂旱乾須版築，已看霑灑應桑林。侵畦麥變纖纖動，覆徑榆迴宛宛陰。野老灌園休抱甕，穩眠初稱暮涼深。

晚泊蕭荷花祠

古廟陰林野火青，亂螢秋雨渚雲腥。波濤不洗曹娥恨，環珮空歸湘女靈。銀燭雙懸吹嫋嫋，錦飀孤逗落冥冥。殷勤欲採蘋花薦，猶覩清霜拂幔鈴。

無題五首

腸斷秋江垂柳斜，輕風迢遞引香車。空驚藻句來紅葉，那遣芳心怨白花。蘭佩可容貽下女，粉牆何事避東家。即今咫尺仙源窅，誰汎銀河八月槎。

橫塘花發動蘭舟，鎮日相思到水頭。環珮步闌春渺渺，珊瑚棲冷夜悠悠。窗懸碧漢看星度，坐惜朱顏借酒酬。欲倚微風揮玉軫，求凰一曲使人愁。

獨倚踈櫺暗篏飄，夢迴蝴蝶戀空宵。心如寸繭絲應結，身比春冰骨易消。深洞桃花無去路，隔河烏鵲未成橋。愁來賸有相思字，題破階前萬葉蕉。

陽臺雲雨日虛無，枕上千行灑轆轤。書去畫梁空燕雀，愁來江浦換蘼蕪。誰家錦帳邀春住，此夕青燈帶影孤。莫把明珠買傾國，馬卿四壁有當壚。

若個芳年十日豪，空憐續命五絲勞。花心自許飄金埒，酒態那辭污錦袍。鑪獸煙濃香夢繞，燭龍光散淚痕高。憑將樂事當春色，青塚何人問薛濤。

春夜與舍弟小酌二首即席賦

野館梅花晚自舒，清尊酩酊獨愁予。孤城節序燈前淚，十載交遊袖裏書。劍浦寒芒驅罔象，武夷佳氣護儲胥。空將綵筆酬雲物，賦就陽春總未如。

山城微雨長園蔬，桂醑頻傾破索居。雙眼憐春餘子夜，百年懷土豈吾廬。禁愁綠鬢催花落，對客青山映榻虛。誰道揚雄應寂寞，草玄今就篋中書。

題上壽榮封卷

馬塢高峰翠崿聯，徵君齒德並山川。採芝臏有金光在，種桂都成玉魄圓。梟舄養分天上祿，魚頭寵拜耄餘年。只今何以酬明貺，忠孝傳家兩字全。

題寵光潛德卷

白鵠仙人去不回，可憐風木繫深哀。過門有客憐高德，住世無年惜妙才。石瑞已誇麟種在，函黃遙向鳳池來。焚灰已黯松楸上，別有餘光照夜臺。

題恩封貞壽卷

若箇狂瀾獨砥流，太君霜節凜清秋[一]。荻書已博雙龍誥，機斷翻成五綵裘。愈向寵榮甘簡湣[二]，每因平反互歡憂[三]。兩朝拜命恩何渥，霞帔雲冠稱白頭。

[一] 太君，清羅學鵬廣東文獻四集卷一五作『闔中』。

[二] 簡涽，廣東文獻四集卷一五作『淡泊』。

[三] 因，廣東文獻四集卷一五作『於』。

謁孟廟[一]

古廟陰森大道間，巖巖遺像照人寰。中天栢偃虯龍老，繞砌苔封贔屓閒。百戰風雲餘正氣，四時鐘簴盛儒班。嗟余通籍渾何補，走馬宮牆自愴顔。

[一] 清羅學鵬廣東文獻四集卷一五亦收，多異文，錄以備考：『古廟陰森大道間，巖巖遺像照人寰。能將七國縱横術，化作千秋道義閒。游遍劉梁餘浩氣，距來楊墨闢儒關。嗟予通籍都無似，循走宮墻只汗顔。』

連寓阻風荅陳太府[一]

支離苦作扁舟客，邂逅欣逢五馬賢。京洛衣冠違伏枕，滄江楊柳共長天[二]。歌投郢雪元稀和，草傍春池總是玄[三]。聞道陳蕃偏愛士，可憐風雨榻常懸。

[一] 清羅學鵬廣東文獻四集卷一五題作『阻風答陳太府』。

[二] 廣東文獻四集卷一五此句作『滄江波浪拍長天』。

〔三〕廣東文獻四集卷一五此句作『草詠春池未是玄』。

平原道中二首

怪底春來風氣惡，塵沙日日暗長天。扁舟半沒垂楊渚，三戶誰營種麥田。海内軍儲愁北度，雲中飛將莫南遷。夜深吟望多悲思，不爲緇袍惜歲年。

直北風高薄日光，孤舟繫馬晝蒼黄。負囊趍集隔溪老，掩袖憑門誰氏粧。即恐馳驅迷遠道，笑從塵土變征裳。與君散步且呼酒，安得驟雨迴微涼。

醉題

客裏行春不當春，滄波浩蕩倍愁人。顛風撼渡晚更急，踈柳緣堤旋欲勻。有客過逢新漉酒，何時拂拭舊緇塵。青燈木榻此宵醉，箕踞盧胡吾自真。

京口

春風驅馬向南州，相送都門萬里愁。日出未消殘雪色，河開初帶斷冰流。因思玉佩朝辭闕，此去山家夜擁裘。獨喜故人能獻賦，花時能作曲江遊。

立春與舍弟夜酌

山城池館動芳菲，華燭宵聯棣蕚輝。坐引流澌傾緑醑，牕融積雪潤金徽。南來烏鵲枝三匝，北望青雲野四圍。聞說東皇近遊幸，寒威未散小臣衣。

重遊虎邱寺

尋幽繫艇珠林迥，轉徑攀蘿蠟屐馴。幾度馳驅還到寺，一邱風日此深春。池空坐訝眉間色，石冷行揮麈尾塵。觴詠莫虛良夜樂，月明絲管隔城闉。

病起看筲中二沈書有懷

迢遞風塵擁越臺，空山臥閣長莓苔。天邊旅雁三秋斷，袖裏瑤華二妙裁。丹嶂曉嵐侵柱笏，碧牕宵柝靜銜杯。憂來鬢髮蕭蕭短，不待繁霜病後催。

懷王伯仲

慷慨論交眼自青，如君才調動連城。賦來魏國先生誥，書就山陰道士經。四顧風霜衝翮散，一春杖履對花醒。齋頭計牒匏空繫，隱几長歌隰有苓。

題安期仙澗卷寄黃用礪明府

丈人清嘯自茆扉，從學長生久息機。洞壑不緣丹籙閟，海天還見赤舄飛。東遊幾處秦祠古，大隱千秋漢史輝。何日雲中分半座，衹於郢曲想音徽。

九日同周將軍見吾遊白巖

古木空山秋思哀，相逢佳節此登臺。孤城晴旭虛牕入，萬壑寒雲隔座來。短髮帽從風際落，踈籬花及笋邊開。殷勤小隊還遲暮，咫尺天涯賦懶裁。

送周將軍還越

獵獵西風吹客纓，郵亭綠酒送君行。交情故有綈袍戀，俠氣還看寶劍橫。雲裏孤帆衝瘴海，愁邊雙鬢倚寒檠。應憐束帶逢迎者，清夢常飛細柳營。

奉寄紹興陳司理

岧嶢仙署切蓬萊，仙吏承家復楚材。七澤雄風凌賦筆，三江落日駐行杯。折腰舊傍青驄色，懷袖新傳赤鯉裁。愧我酬恩餘一劍，斗間龍氣倚徘徊。

送朱少白還越

歲暮離尊歌大刀，王孫去路總蕭騷。城隅夕照搖青鬢，馬首寒雲落布袍。天入西陵愁過雁，年來東海憶連鰲。中原朋舊元同調，何事朱絃祇自操。

送沈伯子還越

言從南海問驪珠，底事刀環憶歲徂。異土自愁王掾賦，浮名誰棄漢關繻。靈巘振屧群芳歇，剡曲迴舟野雪孤。爲客不堪頻送遠，一觴臨水意躊躕。

陳將軍遠訪山署夜酌贈詩賦和

虚齋誰問病維摩，千里君能叱騎過。握手故憐豐令劍，銷魂曾繫薊門贏。簾前喜色分巖岫，燭底輕寒入薜蘿。何限風流江左思，醉來重聽酒人歌。

感事二首

中丞本意寧于越，手捧天書擁玉驄。巴蜀西來驚不定，咸陽東望燒成空。因悲百室平遭戮，坐使三軍轉奏功。爲問晉時譚笑客，可能長劍静秋風[一]。

東南草奏急飛翰，聖主憂時不暫寬。斧鉞尚留秦士卒，市朝難辨漢衣冠。當年玉食空談國[二]，昨日坭封且拜官。自笑爲郎牢落甚，獨將團扇拂塵看。

[一] 清羅學鵬廣東文獻四集卷一五此句作：『爲問晉時揮麈客，可能譚嘯靖邊風。』

[二] 玉，廣東文獻四集卷一五作『肉』。

靖海清明

靖海城孤春意荒，樓船南下水微茫。天風忽動蛟螭怒，兵氣全消日月光。豈有寒煙占令節，獨憐尊酒滯他鄉。踏青卻憶當年事，彈柳繁花合斷腸。

留别黄生用韻

高歌曾對曲江涯，意氣中原有仲牙。吏部風流堪縱酒，東曹秋興卻思家。鴻聞塞上淩寒斗，鵡到天南起暮鴉。秉燭幾遊情不淺，青春遲爾粤臺花。

絃歌古道

扁舟來過絃歌地，耆舊猶傳此渡名。落日松楸含古色，西風禾黍入秋聲。兵戈百戰山城在，禮樂千家野水横。一笑牛刀誰更割，江湖雙棹淚宵征。

北望

衣冠高起北雲間，一水盈盈隔醉顔。自有茅堂供午倦，不勞清夢墮燕關。山中鳥宿飛呼劇，洞外龍歸日夕閒。白馬金鞍枉心性，荔枝盧橘亦從歡。

贈醫

翩翩鴻術動江干，病骨逢君一獵冠。採藥已浮孤島遠，視垣元飲上池寒。盤問夕露何須賜，賦裏秋濤不待觀。十載丹砂何處覓，欲從方外問飛翰。

題松軒逸叟卷

自結軨軒背郭披，徵君雲卧亦多時。籬邊綻有黄金色，砌上香傳白玉枝。步屧蘚深蟲跡遍，開林霜淨鶴棲遲。飛塵不到閒居地，一片煙霞好贈誰。

偕劉汝醇葛皓叔嚴魯魚全伯典觀五泄東西龍潭

山徑行軒秋正深，壑松溪竹晝陰陰。三年寄命憐雙鬢，四海投歡此一臨。風雨儘都喧白日，蛟鯨長自臥何心。攀雲獨羨劉龍子，前度玄卿未可尋。

石堰同王沈諸子遲黃寧海不至

爲聞彭澤初辭令，卻向山陰一泛舟。遠地未能同語笑，閒雲空自伴淹留。群喧鸛鷺窺簾立，半偃蕖荷映帶浮。幸有諸君能載酒，晚來風雨莫深愁。

送同寮李簿病免

賦就歸來奈別何，浣溪秋色入驪歌。三年節操經冰雪[一]，一病身名付薜蘿。按劍每拚知己少，擁途猶自野人多[二]。故山北望千餘里[三]，此去懸知水不波。

[一] 冰雪，清羅學鵬廣東文獻四集卷一五作『冰孽』。
[二] 廣東文獻四集卷一五此句作『按劍恨逢知己少，扳轅偏得部民多』。
[三] 北望，廣東文獻四集卷一五作『北斗』。

送黄寧海南還四首

逢君忽訝二毛多，四海孤蹤萬頃波。束帶勞形且休矣，聯床高談如别何。鄉心對爾夢疑怯，旅病得酒顔微酡。後夜空齋苦相憶，玲瓏一曲不堪歌。

耶溪繫舸連三日，日日高談在故山。花徑可容漁更入，松林惟看鶴空還。愁邊濁酒行當醉，别後新詩誰與删。愧我折腰仍五斗，路危相見弟兄難。

隔歲思君木葉飛，臨岐相見語依依。道逢白璧何人合，家在青山幾日歸。篋有參苓供伏枕，身從鷗鷺解忘機。即今出處何須計，燕市車裘有是非。

四年爲令兼愁病[一]，此去愁除病也無。結侣漁樵君計得，側身天地我形孤。丹楓寺古迷秋雨，白露城高散夜烏。預擬移家傍三徑，買山何處覓青蚨。

［一］兼愁病，清羅學鵬廣東文獻四集卷一五作『愁兼病』。

贈彭城主人

少年白晳恨君初，燒燭開尊燕坐餘。若箇風流稱地主，撩人歌舞亦吾廬。層城雨過千峰出，短檻花搖半月虚。明到揚州定相憶，錦帆春水意何如。

得舍弟書

故國風煙芳樹森，比來瞬息斷秋陰。驚將一尺械雲字，觸迕三年戀土心。淝水功名看齒長，杜陵皮骨但愁侵。相酬未得瞢騰醉，碧海明珠夜夜深。

無錫道中同毛翰伯黄叔化二君飲

毘陵驛口望長安，路遶高城落日寒。萬里同君身是夢，一尊破爾涕爲歡。山中舊業蓬蒿滿，世上浮名歲月闌。酒後不須嫌潦倒，由來吾道獨醒難。

冬日同群從泛舟横渡

皛皛寒潮擁萬靈，中流簫鼓此揚舲。人龍舊認雲邊紫，句草今看夢後青。入座微陽開島嶼，振衣繁吹殷郊坰。壯心忽共高歌發，忍向風前倚獨醒。

輓于錫叔

明星一夜墮山樓，萬里寒雲黯不收。燕國臺空天北極，鮫人珠盡海東流。傷心獨把雄文在，蜕骨誰將大藥求。愧我功名負淝水，圍棋徒復憶荒邱。

答曾完初

拂拭衣塵自泌衡，楊雲人位豈時名。何來彩筆琅玗贈，頓使烏巾慷慨生。畫幌風華搖六穗，茨簷海色隱三荊。山陰野興君乘否，屐響今年不到城。

午日同群從泛舟横渡

澹蕩浮光倚檻生，偶乘芳節振長纓。遊兼文酒還諸彦，興入煙霞是舊盟。荔子珠懸江樹轉，蘭橈龍劃海潮行。歡娱信美元吾土，白雪賡酬萬古情。

寄懷曾完初

籍甚人高藝苑聲，南金不盡此時情。簪從臭味懸應盍，座想風期儼自傾。握裏銀鈎分史籀，吟邊瑶草薄陰鏗。汀洲杜若芳堪採，惆悵長川似帶縈。

夏日得諸君登鎮海樓遊浮邱二作喜而賦和

危樓縹緲切清都，海國層陰熱有無。地控五城開巨浸，天迴千嶂俯雄圖。琱窗錦石飛甍遠，碧樹丹梯送眼孤。何事臥遊情不淺，賦來陶謝本吾徒。

金丹不辨靈仙井，藜火長懸太史題。百尺樓臺天外敞，千秋笙鶴夜深凄。俱瞻紫氣濡毫動，見說青雲倚劍低。便欲尋真滄海去，風塵容易道心迷。

九日飲黄叔化鳴山洞

洞壑秋高客思飛，十年今得欵荊扉。亭開翠壁孤難並，徑繞芳林静可依。海上霞蒸翻過雁，城頭砧動隱斜暉。相逢且就黃花醉，誰更緇塵點素衣。

席上逢梁生別後有懷同鑑清見嬰兩弟賦

綺席高張斗氣懸，美人同賞羽觴傳。連城質愧蒹葭倚，雜佩芳憐薜荔搴。興洽風期堪卜夜，交論邂逅已忘年。只今一水盈盈碧，其奈情鍾我輩偏。

舟中漫興

百里風蕭颯，孤舟意寂寥。青楓江岸隔，綠樹野煙消。橫郭停寒雨，漫江鎖亂潮。宦情拚覽鏡，客淚墮吹簫。落落東山傲，勞勞北海招。醉來但箕踞，歸棹不須驕。

新城道中賦得陌上塵

紫陌遊飆駛，紅塵大陸馳。氤氳煙共裊，慘澹晝能移。附豈裨高嶽，流將斷積澌。畫輪喧際失，官柳暗中萎。纓集清誰濯，帷輕撲自垂。塵揮憶王衍，扇障蚩元規。莫清貧家甑，從侵酒閣旂。還看五陵俠，不惜綺羅緇。

五日與王道堅聯句

五日京華飲，庵居毒熱臻。謝甕香春瀉滿，檐景樹移頻。王舊競龍標遠，初懸虎篆蹲。謝朱櫻殊內賜，碧艾任時陳。榴簇晴蒼亂，葵傾午萼新。王絺衣軀較爾，縷繫色俱匀。謝作客驚遷序，扃扉恥望塵。王形容籠鞅放，笑語蒴緌親。不覆掌中物，空慚頭上巾。謝翻憐十年伴，羯鼓動芳晨。王

任邱道中與王道堅策驢聯句

何處五雲居，迢迢一騎趨。王風塵瀰日夜，謝蹤跡混坭塗。短鋏衝星出，王長鞭共鳥徂。林村煙際渺，謝鍾磬寺深無。官道絃能直，王鄉音地每殊。淮陰疑太白，謝洛水識堯夫。芳草王孫意，王飛花少婦壚。愁縈詩漫遣，謝裘敝酒堪沽。蕩漾憐香絮，王微茫指碧蕪。倦餘皮骨在，家遠影形孤。謝斜日低含隴，高枝半聚烏。王多岐行自失，謝逐侶後仍呼。旅況違春燕，王盤餐足野蔬。無爲笑遊歷，吾志本桑弧。謝

秋發虎林同山陰沈生炎仲氏炌會稽王生驥德暨陽朱生長庚暨家弟與慈賦別聯句

剛風卷長濤，與思落日削危岫。方舟事南征，炎嚴程應西候。蕭森雲物改，炌窈窕江門舊。開尊直河梁，驥德艤櫂當水構。攬衣各不發，長庚引滿交相壽。生離故難任，與慈醉別彌成疚。繾綣平生心，與思淒涼今夕奏。念茲羽翼垂，炎踸彼山川繆。客星中天懸，炌靈鐘半江吼。燒鐙木葉下，驥德點筆霜華逗。慷慨荊卿歌，與慈瑯瑲郭郎袖。亭亭月可掇，與思齒齒石堪漱。高談激天漢，炎長嘯劃雲竇。誰令烏鵲驚，炌坐使魚龍鬭。遙空葭菼澹，驥德新寒鷫鷞透。故應青眼在，與慈酕訶白璧謬。麟

驥不易羈，長庚蘭茝本同臭。殷勤斗酒歡，與思俛仰千載覿。論交絕形骸，炎摶句爭勝負。從衡孟韓間，炌顧盼盧王後。寸心可重陳，驥德嘉會不再遘。嫵婉聊斯須，與慈夢寐或邂逅。與思飄零青衫淚，牢落荒城漏。驥德並州渺難望，楚璞哀誰售。與慈吾有寶刀雄，臨岐似君手。與思

同諸君遊圭峰寺時重九後二日

絕巘縣雲峻，禪宮拂斗迴。藤緣芳徑入，石溜鏡池開。樹鬱千章合，花涵百和來。城陰飄磬鐸，海氣澹樓臺。節踰茱萸候，歡深竹葉杯。人天欣賞地，俱屬郢中裁。

畫蘭

層巘值幽芳，孤根掩叢棘。何來獨齅人，不藉薰風力。

畫竹

清兼天策發，勁與雲根盤。無錢堪跨鶴，有實可棲鸞。

度庾嶺

竹床曾記臥京華，夢斷梅花路正賒。如今一騎秋山裏，滿耳霜猿未是家。

燕姬

青樓落日出燕姬，閒向石床看奕棋。問之不語拂衣去，惱殺千門楊柳枝。

中流

濶水寒沙去路疑，青衿白練到深思。中流浪自歌蘭菊，秋色佳人總未知。

閨思

睡鴨香銷午夢醒，菱花不照曉粧傾。愁來撰得相思調，多恐冰絃咽不鳴。

送黄叔化年丈之官

宿霧漫江鎖亂帆，送君岐路淚潺潺。一聲欸乃扁舟去，望斷江南幾萬山。

見峽懷人

醉裏乘舟峽樹長，暗潮飛度失江鄉。池塘寂寞三春夢，此夜猿啼斷客腸。

尊酒曾將二妙同，别來新恨逐飛篷。浮雲最妬孤蟾色，萬點寒山隔望中。

發舟北上

海上濤聲起暮天，出門孤劍每堪憐。無因拂袖歸山去，題遍朱明萬樹煙。

春閨怨

獨拂粧臺理玉顔，落花無語伴春闌。昨宵失記相思夢，朝見啼痕滿袖斑。

舟中與人對酌

東風江上送蘭舟，兩岸殘紅夾水流。今日尊前見春盡，可憐同醉不同愁。

賦得雲機

朝來雲氣傍危樓，少婦開簾結遠愁。近得仙郎教玉笛，一聲聲似怨清秋。

漁歌

幾處漁燈隱月明，有時風送唱歌聲。吾生不用咨詹尹，已解滄浪笑獨醒。

西湖巾子山樓

危樓閒倚太湖西，春日花明柳蔭堤。莫遣畫船歌舞散，傍人山鬼夜深啼。

道值舊識嘲予策蹇之官口占答之

樓頭少婦厭濃粧，對坐菱花脫玉璫。姊姒不知憐素質，卻疑羞澁便緣郎。

行經汶上墮馬復跨馳數十里賦二絶解嘲

按轡溪頭弄夕陽，霜蹄驕臥藉群芳。角巾不亂青雲色，誤使佳人擬豔粧。

十里花香真泥馬，一鞭秋色欲沾衣。知章落井梁王死，肯信書生控似飛。

過雨道上憶及仙鬼有能詩者戲擬二首

夜半乾坤雨洗沙，蒼山萬點是吾家。偶然愛弄秋江色，笑泛一枝芙蓉花。

雨過橋根水齧沙，浮雲漠漠不知家。蟬喉叫澁行人斷，赤腳循溪覰荳花。

和王道堅月中桂贈莊生

寒空玉魄映長流，簾捲香傳桂影浮。萬籟坐來渾已寂，不知蝴蝶夢莊周。

戲作僕夫樂

北來南去客如麻，陌上長驅及暮霞。倦即停鞭唱荷葉，得錢沽酒不論家。

題仙人奕碁圖

石上藤蘿繡作盤，仙人於此歲華寬。留將一着先天秘，恐與深山魍魎看。

戲題盧奚便面

雪中香送海棠花，幾度看花倒紫霞。爲笑春妍題社燕，風流終自屬盧家。

題扇畫

空江半夜春水長，隔窗木葉滿山響。衝流一片漁舠輕，簑笠飄飄曳難上。

無題

江南三月百花新，十里香風夾水濱。願作遊蜂採成蜜，分甜先到美人唇。

春宮怨

聞道春遊玉輦驕，階前芳草向人消。不知妾貌能如昨，鏡裏雙眉久未描。

春閨怨

門掩寒花翠幌孤，章臺猶自縱呼盧。妾今但畏長衫薄，莫問封侯事有無。

青樓怨

指上冰絃濕未調，白頭司馬恨難消。空將南陌如絲柳，折送行人度洛橋。

題畫荷

剜剜新粧翠袖開，洛川魂夢使人猜。玉顔寂寞啼秋雨，似憶陳王作賦才。

花朝

芳春何事恨難消，面面青山對寂寥。五斗欲將沽酒去，滿城風雨妬花朝。

少年行

酒滿金瓶花滿樓，胡姬十五據床頭。坐中慷慨誰家子，淚應商歌濕蒯緱。

贈二歌者

弱柳雙雙度曉鶯，當尊殘月拂波明。座中客自悲將別，好爲殷勤唱渭城。

琅玕山亭與朱生酌口占

悲歌慷慨氣横秋，酒盡山亭落日愁。爲問平原爾處士，醉來肝膽好誰投。

送別家弟

銀燭雙垂午夜花，尊前離思託琵琶。高歌一曲愁行路，到處蒼山未是家。

無題

坐對華燈引濁醪，空庭寒色入綈袍。相憐不作經年別，莫遣迴文織錦勞。

城頭鼓角動微寒，繡戶香傳燭影殘。醉裏不知身是客，雙清梅月倚簾看。

口占別廖君文岡[一]

如君官罷一身輕，我亦今抛世上名。臨別授君雲水趣[二]，管教領底黑鬚生。

[一] 清羅學鵬廣東文獻四集卷一五題作『口占別廖文岡』。

[二] 雲水趣，廣東文獻四集卷一五作『還少訣』。

賦得浣紗女[一]

西施自愛浣春紗，誤入吳宮醉月華。艷色不緣金屋貴，五湖煙樹是儂家[二]。

[一] 清羅學鵬廣東文獻四集卷一五題作『浣紗女』。

[二] 煙樹，廣東文獻四集卷一五作『煙水』。

過天長縣

官河迢遞遶城斜，西渡踈林落酒家。倦客偶然成一醉，冷風吹醒又乘車。

醉歌

賦就歸來一酒徒，白雲秋色總堪呼。那能飽盡長安米，老向君王乞鑑湖。

飲百尺樓贈歌者二絕

文犀高綰鬢如鴉，玉立亭亭引盼斜。卻向晚風歌一闋，樓前妬殺海棠花。

密坐新牽白苧衣，話來玉屑轉霏霏。纖喉可待周郎顧，六月浮雲凍不飛。

賦得賽玉贈人

誰家白練步盈盈，暎坐朱顏玉琢成[一]。莫道蒹葭堪並倚，傾城元自重連城。

采從元圃色青葱，曲度庭花裊幔風。此日目成憐楚客，何人腸斷惱司空。

[一] 暎坐，清羅學鵬廣東文獻四集卷一五作『映水』。

題畫四絶即席賦

新粧冉冉出空波，翠羽矜妍姤綺羅。爲寄洛川神女道，陳王詞賦思如何。

石上蘿生翠自幽，杏花無語對涼颸。裁將雜佩堪持贈，解卻長門一段愁。

漁郎捕魚魚尾赤，市中鬻魚一盈尺。誰憐白髪倚巉翁，獨向流波釣鉤直。

木葉亂脱飛銀濤，艅艎簫鼓何嘈嘈。郎今莫渡且歸去，靈巉如屋蒼天高。

春茗

爲愛天池縠雨芽，中泠鮮水瀹山家。墨鄉莫恨詩腸渴，散作毫端五色花。

鹿葱

眉間翠黛濟能掃，望舒夕圓人不老。纖喉度曲喚客歡，君若有愁佩萱草。

瑞蘭

鬒髮嬌歌出洞房，卻憐纖手送霞觴。坐中若問儂名字，楚佩由來重國香。

春桃

昨夜東風開碧桃，一枝濃艷暎青袍。花間作賦君休訝，尋着仙源客自豪。

戲題

白髮看花不羡仙，一雙金屋貯嬋娟。琴心未識狂司馬，老嫁商人鎮獨眠。

豔詞十七首

雪洞春光碧海深，青衫長對紫霞斟。燈前射覆拈纖手，坐到層城漏欲沉。

署倚青山石溜清，曉來分入曲池平。風吹蓮葉遊魚上，自扱香綸遶檻行。

遊絲輕颺午窗虛，踈篁風和藉袖餘。洗沐不隨群伴出，案頭時喚檢文書。

湘簾秋靜早休衙，睡冷珊瑚斂鬢鴉。一夜天風飛玉露，庭前開遍木犀花。

幾回長路擁行驂，向夕孤篷古劍潭。玉醴調來親捧進，相憐還勸慎煙嵐。

靈巘傑閣敞仙都，乘興閒攜選□壺。水骨卻嫌蘿徑絕，回頭多是倩人扶。

惆悵黃花病骨侵，風霜猶自伴抽簪。難將明月珠千顆，買得蛾眉兼買心。

梅蕋初含嶺路香，天南迢遞損柔腸。旗亭壓酒行堪换，愁爾宵寒問鷓鴣。

小時曾學唱伊州，從入朱門逈似羞。今日扁舟泛横渡，臨風初得試纖喉。

水竹居邊風日妍，碧窗塵淨裊鑪煙。經旬群從相過少，抄就中郎傳一編。
野外危樓拂斗寒，名花如綺簇闌干。粧成金屋非無意，長遣嬋娟帶笑看。
園林清宴鎮相親，取次嘗來海錯新。怪底年芳遊未遍，南音操得向時人。
晴光照眼石榴丹，懶對高春拂鏡鸞。鬢髮莫將梳墮馬，主人新賜切雲冠。
從得傾城暎坐輝，自矜緣結此生稀。那堪天際雙飛翼，卻向西風悵獨歸。
遠送將歸夕漲生，蘭橈搖蕩酒初傾。交遊都有生離恨，瀉作尊前白雪聲。
醉後衣裳點淚紅，遠天雲樹溼濛濛。玉人一去千餘里，回首歡娛似夢中。
還家恰度艷陽天，鏡裏容華好自憐。他日相思南國侶，可能重醉荔枝鮮。

宿百尺樓懷人同王教之明府賦

眾裏歡娛淚暗揮，星河無語對依依。夜深樓上衾如水，縱有重扃夢亦飛。

古蘇別墅懷人二絶同鏗清弟賦

荏苒煙光逼歲闌，誰憐長路敞長安。聞歌轉覺吞聲苦，難向新歡說故歡。
樓臺如故爾何之，腸斷梅花一騎嘶。知有愁心遙欲寄，不堪持贈道傍枝。

晚泊

薄暮蕩城春水，維舟簇岸人家。好風亂撲孤幌，暗燭時彈一花。何處青樓遊冶，當尊錦瑟紛葩。隔鄰女兒未睡，拉伴喁喁緝麻。（以上抱膝居存稿）

（鍾東整理）

全粵詩卷四二五

黃淳

黃淳，字叔化，一字鳴谷，晚號六柳先生。新會人。明神宗萬曆八年（一五八〇）進士，任寧海知縣。尋因事謝病歸。年八十五卒。有鳴山堂集。清溫汝能粵東詩海卷三八、清道光新會縣志卷九有傳。

同曹明府學參陳給諫吾德遊厓分韻得山字

夢寐三十載，仿佛兩厓間。浴日驚鯨波，柱天思鼇山。非高亦非深，所憶殊躋攀。嗟予昔胡爾，正氣薄區寰。形勝存諸夏，忠節垂大閑。世寧無板蕩，而獨忍間關。三公恥周粟，十萬沈殷頑。向無厓海死，孰令夷腥還。斷霞荒松枯，輕風吊淚潸。歸航咽簫鼓，初月燦綸綸。英英烈丈夫，磊磊濟時艱。臨流倚長歌，盤器與犯顏。元閣坐王孫，金籠慚素鷴。

再次韻五首

宋跡逢厓業已空，瀕危誰奏補天功。黃龍霧散沈青海，白浪魂歸泣故宮。豈有降旗隨斷鎖，獨追和議怨秋風。乾坤此閏無窮恨，一曲哀歌明月東。

樓船誰不解時非，曆數羞於逆虜歸。天地諸臣真激壯，帝王無土失靈威。詔餘樵李還思陸，史抱南山欲訪韋。海日蒼蒼厓色故，松風吹露灑荷衣。

天命狂胡然未然，腥風吹滿漢山川。兩厓身任綱常去，萬死精懸日月邊。荒塚謾歌華表鶴，遊人長恨洛陽鵑。只今應與西湖鄂，來往旌旗度紫煙。

鱷湖南去水悠悠，明月清風淚暗收。立國不遺晉孝鄂，捐軀應大魯春秋。胡人敢爾仇中夏，蜀主猶能王一州。萬里黃冠歸不得，乾坤空向海門愁。

劉徐兩疏可誰呼，荒草扁舟聽蟪蛄。海上英魂真不散，古來人極定須扶。浪迴奇石磨弘範，雨過清祠泣趙孤。漫道江門非世故，一書千史正皇圖。（以上明黃淳厓山志卷五）

（陳永正整理）

贈別

及門何許時，別舸發朝雨。白日吹江雲，江空啼杜宇。

紙帳蘭

寒香侵客夢，愛此玉蘭枝。蘭香描不得，客心醒自知。

庚戌三日即事

地僻煙霞古，心閒歲月長。道人談白石，孺子歌滄浪。洗竹驚猿鶴，惜花勝稻粱。太平天子德，稽首望宸光。

寄某憲副同年

黄金臺上春初煖，紫陌樓前花正妍。馬首旋分千萬里，天涯一晤兩三年。道存嶺海倶鄒魯，運會昆明起聖賢。誰謂丈夫輕出處，江湖廊廟兩悠然。（以上清黄登《嶺南五朝詩選》卷四）

古臺吟

碧嶼千流合，孤臺舊雨開。斷雲封遠樹，醉屐落芳苔。蘭有幽巖玉，春生待臘梅。尋源君不忘，欲賦我憐才。（清顧嗣協《岡州遺稿》卷四）

戊辰歸來

歸來多秋雨，竹雲屯不晴。空齋坐中夕，蟋蟀周檐鳴。何以覺家好，布衾寒夢清。文章千年事，誰更爲時名。離别無遠近，不見總勞情。安得洞天侶，采此露下英。

醉臥玉臺禪房

翠巖流水菊花香，竹院無塵秋晝長。一枕游仙禪定後，不知孤磬近斜陽。

閒居雜興

半壑青山萬樹松，白雲爲屋水爲舂。石橋雨滑游人醉，笑把漁竿當短笻。
漁父船頭沽酒歸，小兒吹笛婦停機。半溪楊柳半溪竹，醉看還開月下扉。
桃花洲上藕花磯，吟臥花間忘卻歸。村南也有老漁父，釣得鱸魚不款扉。（以上清溫汝能粵東詩海卷三八）

（鍾東整理）

李上馨

李上馨，番禺人。明神宗萬曆八年（一五八〇）進士。官崇德知縣。事見清道光廣東通志卷六九。

題燕臺勝覽卷

京國多佳麗，王孫幾勝游。千金燕市日，一諾薊門秋。筑擊聲悲壯，鉤懸影動浮。慚予方夢鹿，短筆未堪投。

送梁吉孺之蘭陽文學

梁園此日賦南征，歧路分攜愴客情。捧檄自隨孤劍入，題橋寧負駟車榮。殘碑歷歷中郎字，遺宅蕭蕭荀令名。座上談詩頤欲解，講幃今獨有匡衡。

送李明皋之成都司理

使君佐郡起賢科，祖帳都門奈别何。二酉近連岷岳出，三川遥待錦帆過。長懸攬轡安時策，爭看乘騎夾道歌。奏績正當停輦日，瑣闈花發待鳴珂。

送謝見齊同年奉命歸娶

江南詞客謝玄暉，年少名成衣錦歸。負弩前驅天下少，倚門雙玉世間稀。泥封特許知恩重，寶炬遥分見御輝。不欲别君更翹首，白雲何處是鄉闈。仙舟遠向薊門開，兄弟風塵爾又迴。紫氣獨懸關外滿，浮雲偏逐夢中來。乘龍應羨仙郎駕，引鳳同棲玉女臺。分手各天遥記憶，莫令春雁阻書裁。（以上清溫汝能粤東詩海卷三八）

（鍾東整理）

盧瑛田

盧瑛田，字虹仲。東莞人。明神宗萬曆八年（一五八〇）進士，授戶部主事，歷員外郎中，管徐洪船鈔，擢湖廣憲副，以援蜀軍功遷四川參政，轉河南按察使。卒贈太僕寺正卿。清黄登嶺南五朝詩選卷四有傳。

予奉命征西蜀春日會師瞿塘承王詠商水部招同楊漪翁明府雨中分賦

東風幕府對瓊觴，雨後論心興轉長。山入巫夔分楚蜀，人從師旅識王楊。夭桃花綻三春色，細草風生二月香。終讌不知更漏永，醉來猶欲賦高唐。（清黄登嶺南五朝詩選卷四）

（鍾東整理）

王士龍

王士龍，字友夔。東莞人。明神宗萬曆九年（一五八一）貢生，十年（一五八二）任電白訓導，陞教授。事見清光緒高州府志卷二〇、民國東莞縣志卷四五。

烈婦行

公無渡河，岸南岸北皆風波。夫君胡爲急梭梭，沉舟滅項將奈何。于歸感君情義多，捐生從君殯山阿，綱常千載山嵯峨。妾心鐵石應不磨，毋使涕淚空滂沱。（清光緒高州府志卷四一）

（史洪權整理）

黄璉

黄璉，字仲湖。開建（今屬封開縣）人。明神宗萬曆九年（一五八一）貢生，授訓導，署臨高，陞興化教授。轉貴陽，修黔志，署州篆，創學宫。有借壺軒詩、莆口編、麥新編、華陽洞稿。清康熙開建縣志卷八有傳。

圓珠積翠

峯巒萬疊自西隅，王氣千年此鬱紆。科第舊曾題片玉，山川先已表圓珠。雨時如泣鮫人淚，光處真懸照乘圖。好語英靈呵護在，四臣聲價未應無。

忠讜凝嵐

亭亭寶蓋紫雲屯，域内羣山此獨尊。白鷺池高天作鑒，蒼龍峽静帝爲門。讀書臺已稱今古，遺俗人猶誦狀元。八桂尚留風土記，忠言讜論至今存。

鶴洲漁唱

白鶴灘頭白鶴飛，白鶴灘下有漁磯。鶴唳數聲漁得意，漁歌幾曲鶴忘機。潺湲無恙人今古，欸乃何知韻是非。一唱一觴堪一醉，一竿生事未全□。

狼嶺樵歌

伐木丁丁聲自長，山歌處處更悠揚。寧知嘯落音爲鳳，且喜時非道有狼。細聽似賡黄鳥弄，遠聞如奏白雲鄉。别難伴侣歸來晚，擬古還看月在梁。

仙巖夜月

巖巖維石郭東偏，一竅玲瓏月得先。可向個中觀太極，更從何處見心圓。蟾團白玉寧生魄，影落青娥亦小天。此景仙人原自有，邇來香火奉金仙。

烏石醴泉

偶望酒星因依石，石□□□□爲名。源從上古徒杯飲，流到於今豈解醒。□□□□王者瑞，曹門不禁聖人清。年年沽向□□□，□□春臺濟衆生。

狀元古井

狀元南國名千古，井附公名亦到今。月夜影中仍郊往，春時地下尚龍吟。香生翰墨當年事，祀有潢汙異代心。殘漏一篇詩脈在，源頭應許後人尋。

石壁朝雲

白雪千尋拔此方，彩雲五色麗初暘。如衣如狗俄虚幻，非霧非煙恰是祥。幾慰蒼生霖雨望，謾勞太

史步虛章。怪來不入高唐夢，惟許從龍萬里長。（以上清康熙開建縣志卷一〇）

（呂永光整理）

謁仲節莫公祠

南人魁選本沉沉，獨自先生起郄林。一代科名堂號玉，千年第宅里名金。道侔伊呂相先後，名在江山已古今。大雅寥寥誰繼響，幾時風雨又龍吟。（以上清道光開建縣志第四册）

（鍾東整理）

馬夢吉

馬夢吉，字一甫，一字長惺。南海人。明神宗萬曆十年（一五八二）舉人。任河南滎陽縣教諭。擢成均，歷刑部郎中，出守福建興化縣。秉性鯁直，忤當道罷歸。卒年六十五。清溫汝能粵東詩海卷三八有傳。

過崇武寫懷

崇武翩翩渡晚河，飄然天地一輕艖。王程車馬曾經涉，驛路旌旗幾度過。宦況漸憐青鬢改，旅懷長望白雲歌。羅浮咫尺如堪對，回首神京路已賒。

懷古

使節翩翩晚渡河，揮毫吊古漫蹉跎。千年霸氣凌山岳，一劍孤魂逐逝波。亞父彭城埋怨骨，虞姬垓下咽悲歌。憑君莫話興亡事，花落花開可奈何。

次魯源先生韻裁答宗志

抱疴歸來思渺然，故園朋舊意堪憐。十年問學尋真諦，半夜論心得妙傳。吾道本來無障翳，俗情空自混風煙。憑君指點江門路，活水源頭便現前。（以上清溫汝能粵東詩海卷三八）

（鍾東整理）

陳應龍

陳應龍，字時見。瓊山人。明神宗萬曆十年（一五八二）舉人，判嘉興督理織造，以抗直罷歸。清康熙瓊山縣志卷七、清道光廣東通志卷三〇二有傳。

失題

昌黎文字登天府，愛築書臺伴山塢。翰墨淋漓草樹香，哦吟呼動群蟲舞。老洞開口陪笑談，寒泉哽咽憐清楚。誰將邑宰限奇才，天爲陽山降申甫。正氣挽廻天地春，斗牛直射無今古。雖落當年奸計籠，芳名歷歷播青史。（清順治陽山縣志卷四）

（戴武軍整理）

黄維貴

黄維貴，字周士，一字懷龍。順德人。明神宗萬曆十年（一五八二）舉人，任浙江樂清知縣，陞溫州府同知。尋以病致仕歸，築室溪上，暇時惟與山癯野叟臨流觴詠，以相娱樂。嘗從學歸善楊起元，高談性命之學，深詣遠到。蘭溪徐魯源時以憲使倡道粤中，維貴復與之參訂異同，娓娓不倦。有敦仁堂稿。清溫汝能粤東詩海卷三八有傳。

送李侍御還朝

驄馬翩翩不可留，繡衣歸去侍宸旒。天邊日月光仍近，炎海風霜凜未收。漢殿檻高攀欲折，大東軸盡涕堪流。極知無限澄清意，竚爲蒼生一借籌。

元旦示兒

客舍欣逢日月新，千門簇騎往來頻。霏霏瑞雪占豐歲，恰恰流鶯報早春。彩勝尚傳風俗舊，屠蘇先

讓少年人。遥瞻佳氣長安近，明發休辭紫陌塵。（以上清屈大均廣東文選卷三五）

游七星巖

湖上群峰斗宿盤，高秋攜杖破煙巒。瑤臺石室知何世，玉液璚芝具可餐。鳥道暗穿巖底溜，虹橋斜掛鏡中看。扁舟何限滄江思，采采芙蓉露正寒。

杭州鄧明府德咸偕游紫金山

山勢盤盤衛紫宸，遥從玄極挹高真。光騰寶像金宫闕，氣結龍紋寶篆新。珠樹三花棲白鶴，雲車五色駕蒼麟。仙都自覺乾坤別，回首人間總幻塵。

千尋丹壑鬬嶙峋，福地初開廣勝因。金粟自依雙樹影，白蓮長捧一燈輪。僧留恰共青精飯，客到翻銷紫陌塵。見說空門應不礙，何時舍筏渡迷津。

縹緲誰開第一梯，諸峰晴色坐來低。龍池不散金銀氣，鰲極潛通日月蹊。大壑風生千疊振，星河水下萬行齊。虚疑上界無人到，此日飄飄馭紫霓。

丹丘豈亦避秦餘，誰向花源此卜居。樓閣畫扃雲自護，松苓春長日堪鋤。閒來共醉山中酒，深處應藏内景書。自笑悠悠空歲月，軒轅猶欲待公車。

萬疊峰巒紫翠中，團飄幽勝在巖東。龍盤險絶渾無路，鳥道斜穿隱別宫。陰洞溜飛長作雨，欹崖松掛半垂虹。憑君共愜躋攀興，別後雲煙何處逢。

登雞鳴寺塔

祇臺開翠岫，化塔聳穹玄。曲磴盤龍上，飛甍過鳥前。鍾離東嶂合，太液後池穿。樹點人家小，空晴鳳闕懸。蒼茫平楚日，澹蕩白門煙。爽籟流清梵，慈雲藹法筵。天雞聞轉近，寒鴿怖猶旋。亂雨曇花散，何年卓錫還。

登滕王閣時期兒隨北上

滕王高閣幾登臨，南浦西山自古今。最愛天邊雙白鶴，數聲鳴和五雲深。

泊蓮花洲

蓮花洲上綠陰齊，隱隱人家路欲迷。自是歸舟歸未得，幾回誤作武陵溪。（以上清溫汝能粵東詩海卷三八）

（鍾東整理）

羅良信

羅良信，字惇卓。順德人。明神宗萬曆十年（一五八二）舉人，任河北定州學正，尋陞河南衛輝府司理。

歷河南彰德府、雲南姚安府、廣西慶遠府同知。後以勞瘁卒于任上。清康熙順德縣志卷七有傳。

汴梁即事

臘月驅車過汴城，朔風吹雪雪縱橫。南陽未着蒲鞭化，西洛爭馳竹馬迎。錢穀甲兵稱瑣屑，祁寒暑雨總攖情。夜深重鎖論文院，漏響鴻聲入夢驚。（清溫汝能粵東詩海卷三八）

（鍾東整理）

尹守衡

尹守衡，字用平。東莞人。明神宗萬曆十年（一五八二）舉人，署清溪教諭，官至趙府審理。辭歸。有史竊、懶庵集。年八十三卒。清溫汝能粵東詩海卷三八有傳。

春日大駕出幸海子

羽獵遨游處，春風遍地生。樂隨仙仗轉，人逐御香行。一發雙雕落，三驅百獸驚。五雲看縹緲，時傍袞衣明。

次韻答印山家兄

憶別春將暮，俄驚麥又新。縱慚強項令，肯作折腰人。遠信惟加飯，深交若飲醇。金聲先擲示，擊缶愧難陳。

閒居

廬結煙霞外，清幽景不凡。神工闢丘壑，天籟響松杉。掃徑花沾屐，憑欄月滿衫。行藏今已定，何必問巫咸。

重遊開福寺訪佛國和尚

勝地開蓮宇，山川兩岸分。啟窗全納日，掃榻半留雲。鉢靜蛟龍臥，鐘圓晝夜聞。春來煙水滿，鷗鷺得同群。

輓陳翼所總戎

邑人，陳策總兵援遼，天啟辛酉瀋陽之戰獲馘四千級，尋疾戰死之

六師何日不張皇，一旅能來捍朔方。馘折四千雄虎賁，風傳草木盡鷹揚。孤忠豈乏封侯骨，九死甯銷烈士腸。漢壘雲連成底事，軍中獨有一陳湯。

曾殲闢白入朝鮮，已斬楊酋定蜀川。猿臂昔嘗稱上將，龍頭今尚見長天。皇穹自長妖氛惡，國運仍多殺氣纏。遂使英雄盡塵土，又聞烽火照甘泉。

李家貔虎盡稱雄，燕頷曾推賀總戎。今日盡同囚首輩，何人得似美髯公。沈沙赤血應成碧，麗日丹衷直貫虹。我欲招魂何處覓，鶴歸華表月明中。

壯歲相從尚幾人，鬚眉長想舊精神。可憐燕市千金骨，化作龍堆一段塵。白草黃雲同慘淡，淒風苦雨共悲辛。君恩此日河山遠，莫道沙場不見春。

虎邱山

邱巒高闞闔閭城，野寺姑蘇舊有名。遠浦樓臺雲外出，近河簾舫畫中行。侵簷樹色深深見，入座泉聲細細生。一縷茶煙出方丈，晚風吹送有餘清。（以上民國張其淦東莞詩錄卷一六）

（鍾東整理）

韓鳴鸞

韓鳴鸞，字伯舉。博羅人。明神宗萬曆十年（一五八二）舉人。年四十一卒。清乾隆博羅縣志卷一二有傳。

遺意

至人處世間，隱如在澤珠。和光固其扃，虛室輝有餘。燥濕不同營，喧寂各異趨。皎皎多易淄，守元稱遠儒。自非罔象流，赤水誰能濡。□哉先民言，盛德乃若愚。

鳳凰鳴高岡，曠世一見之。翻身擢朝日，自顧羽毛奇。竹實何葳蕤，覽輝以來儀。豈不厭寂寥，恐

爲衆鳥嗤。（清乾隆博羅縣志卷一二）

（鍾東整理）

余鐣

余鐣，新會人。明神宗萬曆十年（一五八二）舉人，二十三年（一五九五）就清河教諭，遷融縣知縣，以入覲卒京邸。事見清道光廣東通志卷七五。

望飛來寺

此寺既飛來，還須飛去否。山水一以佳，福地自悠久。無住無無住，空王默點首。（清顧嗣協岡州遺稿卷四）

（鍾東整理）

溫可貞

溫可貞，字爾淳。東莞人。明神宗萬曆十年（一五八二）舉人。授亳州知州，旋移云南南安。遷思南府同知，致政歸，年七十餘。清嘉慶新安縣志卷一九有傳。

壽東林梁先生八十

南極星輝照壽筵，天香浮動彩雲邊。蟠桃摘獻來三島，青鳥迴翔下九天。戲舞斑衣羅膝下，芬芳蘭桂滿階前。喜君福祿源流遠，知是人間不老仙。（以上民國張其淦東莞詩錄卷一六）

（鍾東整理）

何獻科

何獻科，字俞之。博羅人。明神宗萬曆十年（一五八二）舉人，官興安知縣。事見清道光廣東通志卷七五。

悼賴聖教

白雪伊誰唱，青雲是處行。豫章驚往夢，蒿路引前旌。有子箕裘紹，吾徒絕續輕。乍聞心淚灑，況復孝成名。（民國始興縣志卷一二附賴聖教傳）

（史洪權整理）

詹一惠

詹一惠（一五四八—？），字養吉，一字正迪。惠來人。明神宗萬曆十年（一五八二）舉人，授上猶知縣，官至北流知縣。告歸，倡修邑志。清康熙潮州府志卷九上有傳。

遊普陀巖

尋真郭外陟層巔，古洞仙巖別有天。風度松音隨去鳥，澗通人跡濺鳴泉。登臨聊發開尊興，習靜偏宜枕石眠。更喜山靈飛雨澤，黍苗應候綠芊芊。（清雍正惠來縣志卷三）

登文昌閣

樓臺百尺俯崚嶒，極目清風快一登。海外清波擎石柱，天邊瑞彩起飛鵬。憑高自喜塵情減，敲句何妨酒興增。不是賢侯輪奐美，斗奎何日照疏櫺。（清雍正惠來縣志卷八）

（呂永光、張玲整理）

劉克修

劉克修，字少己，號粵愚。番禺人，從化籍。格次子。明神宗萬曆十年（一五八二）舉人。除連江教諭，歷仕海州知州。清雍正從化縣新志、清道光廣東通志卷二八〇有傳。

擬古

客從遠方來，遺我綠綺琴。拂拭青玉案，因之理素心。初作飛龍引，再彈梁甫吟。四座同歡聽，豈無山水音。忽聽鍾子期，悽斷淚沾襟。

猛虎行

西風日夜聲蕭索，猛虎咆哮入城郭。慣從屋裏飽雞豚，不復山中護藜藿。東家犢死血猶腥，西家犬盡寂無聲。猿臂將軍暫何去，假威狐魅敢橫行。道旁遺跡大如斗，田翁乍見失聲吼。童稚聞言心膽寒，風吹草動皆驚走。殺氣猙獰可奈何，牛哀倏忽事偏多。弘農太守今安在，問爾何時北渡河。

贈陳振狂

詞壇推獨步，當代幾人如。笥有籠鵝帖，家藏種樹書。山花充戶牖，江水繞庭除。好是陳平宅，何多長者車。

送家弟季德游武夷

少年輕遠別，一舸又江關。劍浦寒雲合，芝城春水潺。世途多白眼，汝意只青山。大姥重相過，應探寶訣還。

登濬縣文昌閣

傑閣岧嶢倚翠微，寒煙衰草正離離。姬封百里餘清衛，禹跡千年只大伾。涉世誰分薪者夢，憂天徒切杞人悲。憑高北望頻翹首，何處彤雲是禁闈。

署中別季德弟赴京

棲遲薄宦倍愁思，夢草瞻雲幾歲時。逐路鶯花供杖履，連床燈火慰塤篪。時來爾獻河東賦，政拙吾慚峴首碑。萬里飛騰須及早，不堪沾袖又分歧。

謁岳王墳

雄心誓擬淨樓蘭，誰遣王師一日還。頸血朝纔縈蔓草，蠟書夜已出重關。長城自剪寧嚬蹙，臣構初書想厚顏。千古怨魂招不得，臨風餘淚獨斑斑。

瓊花觀

仙子雲軿去已賒，觀名猶記舊瓊花。如聞月下傳清珮，更想風前鬬麗華。古殿春深留瓦雀，衰楊日暮隱棲鴉。錦帆煙滅霓裳罷，無數凄涼總可嗟。

人日寫懷

薄宦悽悽歲屢遷，可堪時跡漫多邅。天涯浪說人爲日，眼底其如夜似年。塞馬由來忘失得，海鷗應許共流連。雲山珠水知何處，不斷飛來到枕邊。

聞雁

水落天空秋氣清，夜深聞雁過高城。蒹葭水國情偏適，霜雪天涯夢獨驚。弄影每憐干陸羽，離群應作斷腸聲。天南天北隨時度，誰念年年萬里行。

明妃曲

霜凋青草枯，玉貌委泥途。妾淚空盈掬，君恩只按圖。（以上清溫汝能粵東詩海卷三八）

（鍾東整理）

熊昭宙

熊昭宙，東莞人。飛十二世孫。明神宗萬曆十年（一五八二）貢生，連州學正。民國張其淦東莞詩錄卷一九有傳。

奉命征西蜀

帝命旌旗分薊北，臣隨鞭弭出荊南。元戎寶蓋憑雕輦，上將金鞭駕紫驂。馬飲岷江吞日色，劍光巫峽破煙嵐。此身報國休言瘁，聖主恩深恐不堪。

春日會師瞿塘雨中王詠商水部見招同楊漪翁明府望巫山高處

東風幕府對霞觴，雨夜論心興轉長。山入大夔分楚蜀，客從詩賦憶王楊。夭桃花綻三春色，細草風生二月涼。終讌不知更漏促，醉來猶欲詠高唐。（以上民國張其淦東莞詩錄卷一九）

按：一作盧瑛田詩。

（鍾東整理）

全粤詩卷四二六

張萱

張萱（一五五八——一六四一），字孟奇。博羅人。明神宗萬曆十年（一五八二）鄉試以春秋奪魁。肄業南雍，被推爲諸生都講。屢赴會試不第，考中内閣制敕房中書，纂修正史，侍經筵，得發秘閣所藏書讀之，有秘閣藏書錄。因修玉牒稱旨，轉北户部主事，署奏曹。差滿，奉母還里，乞終養。擢貴州平越守，未任。築園榕溪之西，不入城市，海内稱西園公。立仁粟倉以濟族里。每遇荒歉，煮粥賑饑，多所存活。郡邑有興革事，必式閭諮訪，推誠商酌，畧無徇私。生平無他嗜好，獨癖書。善書畫。著述頗豐，有西園存稿、彙雅前後編、古韻、疑耀等。清道光廣東通志卷二九一有傳。

張萱詩，以明刻清康熙四年張萱之子張熹等重刊西園存稿四十三卷本爲底本，參校日本内閣文庫藏明刊歸興詩。他本輯得佚詩，附于末卷。

張萱一

朱鷺

朱鷺，翔以舞，誰植其羽，於河之滸。何翩翩，唼清漣。穆穆天子，億萬斯年。

思悲翁

思悲翁，翁何悲。南山有臺，北山有薇。我思翁，淚沾裳。歲月已徂道路長，荊棘滿山川無梁。

艾如張

艾如張，張於何。君子防未然，民生在厥初。畏首畏尾，身其餘幾。差毫釐，謬千里。

上之回

上之回，閶闔開。鞭六龍，遍九垓。鳴條無風，破塊無雨。帝力何有，油油禾黍。

翁離

擁離趾中，風雨何漂搖。朝巢幕，暮巢苕。不哺爾子祝爾羸，羸不類我。誰哺我，擁離趾中。

戰城南

戰城南，城已摧。戰城北，援不來。出門壯士歌虞殯，將軍門内肉爲陣。北人不用南頭顱，擲還將軍換金印。今年金印大如斗，明年肉陣抱兒走。

巫山高

巫山高，巫水深。風瑟瑟，日冥冥。山中之人杳難尋，朝朝暮暮猿哀吟。我思君，君不知。巫山高，巫水深。

君馬黄

君馬黄，臣馬青。君馬蹀躞，臣馬嗚嗚。和鑾躡流星，巡遊八極朝紫清。白雲不復謠，黄竹不復吟。縱觀日入與日出，秦皇漢武空咄咄。

雉子斑

雉子斑，斑如許。出松林，穿竹嶼。嶷嶷其角，楚楚其羽。呼儔侶，啄禾黍。咆哮一聲花下來，前儔後侶不知處。

上陵

上陵何美美，道路阻且修。解鞍喚胡姬，脱我千金裘。胡姬美清揚，問客來何方。大兒趙平原，小兒齊孟嘗。朝辭市駿臺，暮宿鬬鷄坊。登公堂，爲公壽。四坐且莫諠，聽我歌垂手。願公一萬八千歲，脯爲山，酒爲海。

將進酒

將進酒，問青天。富兒有酒不解飲，貧兒解飲腰無錢。安得酒泉捲上天中央，四時盡傾瀉，令我四海共醉常陶然。

芳樹

芳樹欣欣，於何向榮。豈知樹有蠹，人面如人心。夷齊不把磻溪釣，蕭何不食商山芝。人生離合會有時，傾城傾國奚以爲。

有所思

有所思，思何極。山不可梯，川不可檝，欲往從之伊何日。望白雲兮飛揚，嗟黃鵠兮翱翔，雲去鵠逝兮何方。我思君，君不知，中心藏之不復疑。吁嗟乎，有所思，千秋萬歲以爲期。

聖人出

聖人出，唐虞際，名世應，地天泰。泰階平，閶闔開。麟遊鳳集紛徘徊，九重端拱四夷來。遊康衢，登春臺。爾禾爾黍，爾筐爾筥。十日一風，五日一雨。

臨高臺

臨高臺，臺未傾。俯深池，池未平。行樂且及時，誰能俟河清。曾聞王子喬，驂駕白鹿遊層霄。千秋亦共盡，天路空迢迢。不如拍浮酒池中，右持杯，左持螯，被服紈素長逍遥。

上邪

上邪，人生難合易離。兩心離合誰知之，壽命不可期。金與石，膠與漆。兩心如一心，百年如一日。（以上西園存稿卷一）

廣陵董井懷古

董井，董廣川井也。廣川既奏策，多天人之言。劉更生以爲伊、呂之儔，管、晏莫及。時公孫次卿貴，用事，於是廣川相江都，江都帝兄，乃時時爲廣川改容起謝曰：『桓公決疑于管仲，寡人決疑于君矣。』廣川明春秋，好言災異，數爲主父偃所讒害，故復相膠西。而廣川益又禮於膠西。夫相兩驕主，皆爲廉直，所居而治如此。然帝，漢英雄主也。能得士，而獨失一廣川。廣川江都矣，而又膠西，而又中廢爲大夫，何偃蹇不自去耶？至以久當獲罪，乃罷去。悲夫！劉歆乃□伊、呂聖人，廣川雖大儒，然猶未及游、夏。班仲堅亦以爲然夫？仲堅非儒也，秦漢以來，廣川一人而已。知廣川者，更生也。

大道久淪替，蔓草紛蒙茸。董生紹典刑，曰日行太空。鳳德無乃衰，而生元光中。薄宦羈王官，豈不思冥鴻。挾策抗天人，何以取三公。微言報千古，荒井空孤桐。撫之有餘思，落月啼秋蛩。願言載麟筆，慷慨齊高蹤。

蜀岡懷古

此廣陵也。陵綿亘四十餘里，故曰廣陵。或云岷山夾江，自播塚漢水而北，逶迤行揚州乃止，是爲廣陵，故又曰蜀岡。魏帝丕嘗觀兵于吳，登廣陵故城，見江濤洶湧，乃歎而退曰：『嗟夫！此天所以限南北也。』於是横槊而賦臨江之詩。

晨起登蜀岡，引領望峨眉。峨眉從西來，青冥鬱崔嵬。蜿蜒帶徐方，介此横江湄。江流日汩汩，濁浪相翻飛。誰云一葦航，天險良在茲。豈無投鞭志，坐歎長波馳。驅馬捨之去，諷詠東山詩。我來秋已晏，層陰結長坻。天寒多悲風，白露棲裳衣。回視俯市廛，阿閣何逶迤。歌舞殊未央，妖麗侔瓊蕤。長衢騖華軒，云自煮海歸。吁嗟一囊錢，顧盼生光輝。所以衣冠士，而亦兢刀錐。徂詐紛縱横，雅道日以夷。坐此江淮間，世爲禍所滋。漢家兩諸侯，伊慼以自貽。厚貨誠腊毒，況爾愚且蚩。徘徊蜀岡望，咄嗟令心悲。且以一尊酒，慷慨送餘暉。

贈竇長卿歸淮南

悠悠非遠道，冉冉秋已晏。素霜夕轉窮，檐虛衆星爛。歡愛既睽違，山川復悠緬。攬涕岐路傍，中情不可選。

賨生青雲姿，少小即橫騖。四顧寡所諧，冥適托玄素。秋風滿淮南，歸詠叢桂賦。願言愛景輝，慰我長思慕。

夕寒風自起，朗月一何速。鑑此將歸人，對此籬下菊。採菊汎新觴，停車盡餘漉。亦知別心苦，不惜盃反覆。

人生如枯蓬，聚散何足惜。所悲同心人，暄涼異川域。分手即前路，相思復何益。仰面浮雲徂，愧彼雙飛翮。

病懷

涼風微夜起，嚴霜結前楹。泱漭清且永，皓月照堂陰。餘光薄羅帷，起坐彈鳴琴。芬芳南山爐，對之不成聲。豈無伯牙弦，懦響多悲辛。傍徨攬衣起，挈帶不盈衿。煩疴捐體澤，容華日以零。念此百憂集，且復抱重衾。哀哀雲間鴈，嗷嗷隨鳴砧。鄰雞苦不曙，擁翅吹長音。愴此感物懷，胡以滌煩襟。美好誰能常，達哉古賢人。願言崇令德，千載遺榮名。

莫惜東逝川，莫揮西日馳。誰能弊金石，遲速非所希。聞有王子喬，無疆保期頤。遺我一丸藥，云是五色芝。可以生羽翼，倏忽凌虹霓。翱翔八荒外，千載以爲期。願言從之遊，豈惜千金資。詎知成謬妄，徒令心力疲。一朝纏疢疾，羽翼安所施。瑤臺既崔嵬，弱水亦逶迤。子喬誠不死，茫茫何所之。漆園亦有言，彭殤與等夷。攝慮寡所營，冥心理無違。俞俞年□□，□言良不欺。

寄贈邢子愿太僕

嚴飆厲商氣，纖枯肅寒坻。銜羽鳴周周，玄雲鬱嵯峨。劉向九歎，叶。俯彼洪河流，四運忽若茲。朝辭京輦塵，夕宿滄洲湄。崩波發輕棹，遙遙將何之。結交滿四海，誰爲久要期。躑躅寡所歡，長謳伐木詩。仰視高冥鴻，哀鳴求其儕。韓昌黎猛虎三，叶。亹亹走壙獸，嗷嗷失羣悲。所宗慎厥因，古人有明規。褰裳遵枉渚，采采江上蘺。感物惜芬芳，將以貽所思。投分託金石，副此長渴饑。渴饑亦已長，結交亦相當。聲氣誠應求，胡爲天一方。顯顯君子德，追琢充明堂。束髮即登朝，天路獨翱翔。奏賦凌紫虛，攬轡澄八荒。戀此一日養，長揖謝軒裳。矯志在玄邈，冥搜窮羲皇。逍遙翰墨林，高步東西京。班固東都賦，叶。咳唾成珠璣，毫素奴鍾王。萬卷當百城，誰能問夔龍。虞氏周易，叶。所嗟懷至寶，無迺迷其邦。時事亦孔棘，馮翼資賢良。峩峩頭上冠，彈之向良朋。陳琳大荒賦，叶。不朽昔有三，君其愛景光。景光洵可愛，富貴非所求。志士實榮名，哲人慕前脩。念彼麻中蓬，斷金在良儔。所以絳灌朝，徒令賈生羞。竚立望東國，空谷維白駒。焦氏易林，叶。形影不得親，何以投漆膠。急就章，叶。既無凌風翩，道路阻且悠。臨川結遐想，永歎增勞憂。迢迢參商乖，忡忡寤寐逑。所託聲與音，萬里效綢繆。神交自昔然，何必撫塵遊。君臥東山岑，余歸南海頭。一矢期代興，努力共千秋。

吳孝甫以雨後秋山圖并詩見贈賦此奉答

汎汎乘流客，沿洄阻脩牽。途曠秋已暮，岸草露初泫。晨曦照微雨，新翠薄林甸。吳君老畫師，神理窮素絢。對此開心神，爲我掃匹練。渴筆醮枯墨，林岫遞隱見。遠峯雙入雲，懸流接層巘。疑有雨鳴葉，橋下若濺濺。山寒林未疏，巖複磴頻轉。縹緲臺上亭，有客來攀緣。相向話新晴，駐屐聊指點。居然咫尺間，意態極萬別。轉，『變』聲。知君丘壑人，此或本來面。兼之詞人手，不受俗筆纏。上有五字詩，格律邁騷選。煙霞與珠玉，錯落任舒卷。披對竟日夕，客慮坐來遣。攜之當臥遊，寶之逾琬琰。

題瑞世靈萱圖壽張母彭孺人五十有一

峩峩花下石，曄曄石上芝。花以喻忘憂，石以喻匪移。傍彼三秀榮，侑我九霞巵。秋光正鮮妍，有鳥來瑤池。啣此瑞世圖，翩翩集庭墀。珍羞羅芬芳，絲竹吹參差。婺彩掛南天，下照萊子衣。婆娑北堂前，借問阿母誰。籛鏗難爲兄，膝有張仲兒。行年纔半百，其樂不可支。長跽進一觴，千秋以爲期。

鄭司馬輅思謝大行友可蕭給諫損之沈司馬伯含朱太史元價鄧明府玄度湯太史嘉賓劉孝廉百世畢中舍孟侯徐司馬鳴卿蔡司馬元履社集城西隅賦得鬱鬱園中柳

青陽忽云邁，南訛秩炎暉。煩蒸厭房櫳，美遊城西垂。風日清且嘉，百卉紛葳蕤。朱榴照丹楹，紅蕖冒綠池。娜婀拂地條，嫋嫋掌中姿。濡根蔭華樾，春心常自持。枝枝既相綰，葉葉亦相依。流飇弄晴翠，綽態盈芳墀。幸不委道傍，攀枝非所悲。感此良宴會，念彼朱明移。豐景豈不賒，成貸理無違。貞脆固異質，榮悴□□□。□□□□愜，無爲達者嗤。

社集□樂寺賦得落日望水

紛諠寡游豫，延頸瀾澳湄。綠楊冠丹閣，藻幄吹涼飇。沙鴇覆芳洲，潛鱗動淪漪。微波結曾陰，頹陽抗餘暉。榮光靄澄練，霞綺何紛披。疑有赤玉文，可以告帝謀。叶。悵彼解珮人，翩翩是耶非。靈珍物自恡，冥契誰與期。寸陰蹙羲鞭，赴壑忽爭飛。沖情託末照，愛景佇光儀。

伏日區用孺太史招飲慈仁寺蟠松下同賦

赤日行高天，炎威一何赫。嗟彼執熱人，爭言手可炙。良朋有嘉招，坐我松下石。解帶當微風，高枝掛巾幘。芳醴洽四坐，如灌甘露液。珍甍啜新茗，泠然生兩腋。瓜菓次第陳，僧供飯香積。高言唱妙理，爾汝雜諧劇。此樂未曾有，一日當十日。獨嗟千歲松，干霄常百尺。茲松乃偃蹇，宛若隰中藹。音纈，叶。離披紛攫挐，枝撐轉欹側。汝材既不惡，汝影胡不直。豈效戚施輩，俛仰長跼蹐。我詞未及終，瑟瑟對以臆。結根非培塿，幸借浄土力。既無牛羊患，亦免斧斤戚。我欲高亭亭，神惡恐見逼。四面多罡風，翹材數摧折。即充明堂用，匠石不察識。舉世好佝僂，抗直亦何益。屈身遵時晦，且復傍階墄。歲寒自堅貞，可屈不可易。撫物興長謠，一唱三歎息。始知全天年，伸屈各有適。吾黨多直躬，玆語共記憶。

題游中舍壽母卷

鬱鬱岡上梧，亭亭梧上日。有鳥紛來翔，共鼓如干翮。時聞足足音，宛頸相頏頡。朝飲玉池津，暮餐琅玕實。將期百歲諧，何當乖羽翼。翻身入高冥，孤雄重悽惻。嗷嗷青雲端，何以叶琴瑟。幸有丹穴雛，翩翩儀帝室。振羽金馬門，德輝覽八極。靈鳥瑞文明，帝心滋悅懌。龍章薦翟褘，賁此松楸色。願言撫鳴琴，載賡姬公什。跽進一觴酒，我類荷永錫。

湛華亭告成志喜

亭在園東南隅，即榕溪東折處。古木森挺，瞰彼溪流。按以地文，則園之東鍵也。月午日高，浮光倒影，瑩朗澄澈，沁骨洞心。亭搆其上，若臨鏡焉。昔人麗句『水木湛清華』，古今膾炙，豈千載之上能知園公有此亭，乃爲此麗句相標榜耶？故亭曰『湛華』，蓋實境也。然其岸善嚙，帖石防之，被以叢篠，雜以夫容，清華倍勝，亦歲爲計耳。麗句有知，自當呵護。

巖居不在遠，川觀不在深。濺濺榕溪流，抱此西郭陰。歸來學老圃，數畝溪之潯。爲園日可涉，所苦荊與榛。不辭斧斤勞，始愜濠濮情。鬱鬱東南隅，蔭彼嘉樹林。渟流鑑新翠，洞徹瑩心神。水木湛清華，此語古所欣。搆亭僅兩肘，四檻何森沉。匡牀三兩客，坐窄情易親。何必列長筵，斗酒時一斟。開窗見溪月，乃在南山岑。亭小月常滿，濯濯如壺冰。老圃背我語，垂堂戒千金。怒流數侵岸，能不虞騫崩。我亭如蝸殼，不與溪爭齟。怒者日自怒，侵者日自侵。會心在今日，來日非所營。莊叟有微言，誰爲虧與成。汝亭幸自愛，老圃不可聽。

園集諧語

此爲社中二三布衣交語也。若冠蓋貴人儼然臨之，則衣裳且顛倒矣，敢諧語乎？

昔人請學圃，見小於孔氏。吾儕本小人，敢諱小人事。古賢好園居，往往見書史。所務豈皆小，亦各樂其志。嗟予拙已效，於世鮮數比。既爲天所窮，復爲時所棄。我生有奇癖，自信絕人理。善病惡束縛，習懶厭城市。有園名賦閒，取義洗牏廁。晨昏數清暇，賓友時亦至。俱是素心人，敢告素心義。相過不在速，頻來莫論次。入門不下拜，列坐惟問齒。坐定即解襟，勿復事簪履。主人殊草草，欵接頗有致。爐香既芳馥，瓶花亦明媚。園蔬時不乏，旨蓄或數器。有牲即割牲，無牲即蔬食。幸能了麴糵，濁醪可常繼。興來酒莫辭，酒盡興乃已。獻酬忘主賓，呼答惟汝爾。醉便相枕藉，醒復恣諧戲。散步互拍肩，叫跳共把臂。謔浪無不有，但戒涉訾議。里多廣長舌，無脛走千里。我輩亦謔浪，彼輩輒猜忌。已往勿絜數，未來勿較計。形骸既盡捐，冷煖豈宜異。細微勿芥蔕，披瀝窮底裏。勿作今人態，常有古人意。已稱山林交，勿失山林氣。此語期不諼，久要乃可恃。賦閒園主人，如斯而已矣。

枯木竹石圖唐解元最得意筆也圖以自況詩以自悲余每展其圖輒詠其詩不勝身世之感故復悲其意用其韻而賡和之

不充巨室材，不作明堂器。頑碧與枯株，斤鑿何由至。晚節託此君，養我浩然氣。吾道貴知希，勿灑窮途涕。

嗟哉爾畸人，信非用世器。文章自憎命，榮未悴先至。竄身翰墨間，寫此不平氣。開圖吊書鬼，千載飲其涕。

題陸叔平虎丘圖周公瑕有詩

曾爲虎丘主，慣躡虎丘山。踞石了公牒，呼僧欵客關。但尋花影對，常載月明還。溪綠嬌文縠，煙容矗玉鬟。雙龍長翳蝕，一壑自潺湲。酒散烏常狎，詩成雲共閒。布金登小果，就祿奉慈顏。披圖因泚筆，往蹟夢中攀。

留題雲起樓爲春野老人賦

仙人好樓居，此語我所慕。江湖有散人，云是伯嚙甫。生長羔鴈羣，塵中抗高步。青年即白頭，心古貌亦古。至孝出天性，療親割其股。兒孫守籯經，不復問阿堵。猶子太史公，高足策天路。煌煌閭里間，況君乃諸父。可以驅雷霆，可以走風雨。胡爲坐小樓，兀兀榕溪滸。朝亦看雲起，欲持雲作脯。暮亦看雲起，欲持雲作醹。雲起無冬春，君看無朝暮。問雲有何佳，問君意何取。君笑但掉頭，佳處難僕數。欲識看雲意，請去問老圃。

張儀吉過訪小園以詩見投用來韻卻贈

商飆日云厲，灝氣轉江汜。如何逗微寒，猶自蘊殘暑。物候乖其常，天運靡可恃。有客來何方，翩翩集於此。得無神已交，自謂肩可比。男兒重肝膽，豈復憚千里。不結堂上韈，不進圯下履。欲尋霞外蹤，願結丘中軌。相期拾白石，共煮榕溪水。對彼東籬花，坐此嘉樹底。窮途交已絕，嗟我惟與爾。先聖有微言，固窮乃君子。寒暑委天運，勿復問行止。片語已千秋，相與窮底裡。肯令山水音，再入世人耳。

題僧一空卷

五月十八日，爲歲在壬子。園公好午睡，日落猶未起。忽聞剝啄聲，門外一僧至。開門拭眼看，膜拜已在地。手持友人書，云是希夷氏。一空即此僧，久住迴龍寺。留坐請喫茶，絮絮復詘詘。聲音似閩人，興寧毋乃是。兩頰暈紅潮，米汁想所嗜。合掌念彌陀，開口乞布施。袖中出一卷，但乞詩與字。且乞參政公，且乞正覺士。且乞曾察院，且乞韓太史。先來乞園公，幸莫惜牙齒。欲遊五臺山，不知幾千里。遠遊有此卷，庶當出疆贄。園公大搖手，爾亦何事此。我字既不佳，詩亦不利市。況我老實頭，不識爾空義。既是一空卷，何必詩滿紙。一空便俱空，如何又有爾。我詩與爾法，如餓人放屁。不臭亦不響，止是走閒氣。（溈山語錄。）相對共拍掌，一笑不能止。昨聞鄰家哭，菩薩沒道理。鄰有一少年，極喜作佛事。嗟哉三十六，一病即長逝。欲去問菩薩，菩薩都掉臂。回頭笑鄰人，若亦沒道理。飯盡僧人喫，錢盡僧人使。何益我毫毛，而望我福庇。我非閻羅王，豈管爾生死。園公聞此言，低頭惟彈指。爾僧遊五臺，亦是沒巴鼻。五臺有文殊，不是當兒戲。一空纔出門，園公復隱几。空來還空去，不滿一空意。再來乞園公，只此詩而已。

病起呈謝問病諸君子

老爲病之媒，病乃老之祟。疾亦子所慎，況我六十歲。精光未銷鑠，筋力漸佁儗。何來兩豎子，齮齕不相貸。惠我有良朋，訊問日至再。伏枕未十日，帶孔寬可騳。科頭覽明鏡，頓覺顏色改。今病有古方，我病古不載。非鬼復非食，非外亦非内。陰陽兩無傷，湯砭豈能逮。病病故不病，治病病乃害。鼠肝與蟲臂，此理良不昧。所嗟我西園，夏木正蓊薆。一日足不涉，徑草恐荒穢。汎汎載酒船，斫岸久相待。胡爲滯牀笫，曠此河朔會。古云病與貧，往往疏朋輩。我病已霍然，朋輩且長在。爲語老園丁，兩豎一辭退。勤鋤三徑草，莫遺遊人礙。屐齒猶未折，敗笠更堪戴。招我同心人，旦夕共酬對。家釀尚可傾，願言澆磊塊。

贈張儀吉還錢塘有序

戊午之夏，我生之初也。錢塘張儀吉復過小園，蓋别五年遠矣，手持一詩以壽，園公敢不九頓？第掌不復合，袍不復方，豈嘗遇徐湛之，不能無揚州從事之想耶？儀吉否否。渠有援儒入佛，借名錢太史者。儂欲援佛入儒，故亦借名釋惠休耳。遂相視而笑。兒輩爲之投轄者數日。余值病臂，不能相把入林，且有婚嫁之累，卒卒言别。夫昔之來也，一宿而覺；今之來也，三宿而去；何去何來，何儒何佛？如彼化人，入阿閦國，誰爲儀吉，誰爲園公？報之以詩，亦酬來美云爾。

嗟君苦行役，緊我苦端居。端居何所苦，身若拘槩株。行役何所苦，茫茫將焉如。憶昔五年前，君曾學珈瑜。瘦藤拄破衲，懷有摩尼珠。詠我笠屐圖，念我簞瓢瓘。前無濳與洪，氣味蔬筍殊。一别雨絶天，澖焉閒居諸。戊午夏四月，何來意勤渠。袖中出新詩，字字璠與璵。入雲裂金石，傾耳諧笙竽。祝我百千歲，不爲食無魚。再拜忽大笑，自憐非故余。摩頂已勝簪，樹頦如棲苴。往事勿復道，返服尋故墟。君誠賈浪仙，我豈昌黎與。何所見而逃，殘此千金軀。何所見而歸，還此數莖鬚。逢場皆作戲，儒佛何拘拘。我歲已初度，冉冉過隙駒。婚嫁尚未畢，徘徊岐路衢。本來有髮僧，未乞剃頭書。我今欲作佛，君胡遽歸儒。感君遠來意，聊復駐須臾。老我柳生肘，更爲兒女軀。相對阻嘯歌，不能朝夕俱。君去從何方，君意將何需。出門即羊腸，誰能曳長裾。寒暄各異態，膠漆亦可渝。我雖能説項，寧無鬼揶揄。有書不見答，上天誰吹噓。所以蘇子瞻，擲筆長欷歔。明珠必按劍，不如棄路隅。何以塞君望，中夜步庭除。舉頭見河漢，歷歷種白榆。安得榆爲錢，持贈滿君車。解脱行役苦，高枕故園廬。分袂更申章，效我一得愚。努力事千秋，無負此頭顱。

初度日酒罷客退偶讀白太傅首夏詩豈爲園公而作耶異乎其撰者惟身閒官不輕料錢隨月用十字耳余戲易之以書於壁有所短有所長吾二人者孰爲前身孰爲後身不必暗中摸索也

林靜蚊未生，池靜蛙未鳴。景長天氣好，竟日和且清。春禽餘哢在，夏木新陰成。兀爾水邊坐，翛然橋上行。自問有何適，無官一身輕。子孫盡力教，太傅位高名完，獨艱哲嗣，故以此十字易之。生計逐日營。食飽慚伯夷，酒足愧淵明。壽倍顔氏子，富百黔婁生。有一即爲樂，況吾四者并。所以私自慰，雖老有心情。

戊午巧夕天問臺宴集諸君子用韓緒仲太史來韻

新秋風日好，有客停飆輪。晴霞渡遠水，夕照翻重闉。晻言金蘭契，願結煙霞鄰。君非避秦人，來問桃花津。入林已把臂，何必冠與紳。灑酒登高臺，笑語排蒼旻。清夜美遨游，燕衎娱嘉賓。威儀何憣憣，爲樂難具陳。三壽既有朋，四美亦足珍。舉頭望河漢，乃值鵲橋辰。誰云一夕歡，我有千年身。離多會且嘉，會少意更真。數會亦數叛，古語聞先民。永好期千年，共此蘭酳申。

戊午入五羊阻風赤嶺有懷五羊諸君子

去年秋八月，曾作五羊遊。今年秋八月，復汎一葉舟。五羊杳何許，一水空悠悠。掛帆乘夜發，擊汰遵河洲。帆開未及飽，摵摵西風遒。水涸舟易膠，野曠星漢流。白露滿蒹葭，落木何飀飀。戍鼓迎鼉更，新寒肅衿裯。遥遥同心人，乃在天西頭。豈曰川無梁，夢寐不可求。攬衣起徬徨，水鳥羣啁啾。豈亦求其匹，悲鳴不能休。胡不擁高枕，感此增離憂。亦知會晤難，道路阻且脩。同心而離居，何以結綢繆。再拜問河伯，爲我謝石尤。願借一帆便，逭我腸萬周。

有以羅隱弄錢圖來乞書者戲筆應之

羅隱豈爾乎，形容何落托。手弄一文錢，腰繫木瘿杓。更有小葫蘆，曾否貯大藥。簦笠負在背，彳亍赤其腳。鬅鬙如蓬麻，呵呵破口角。始知世間人，有錢皆不錯。一文不在手，詩書束高閣。

歸舟紀夢有序

己未仲冬，浪跡五羊，韓孟郁孝廉、黃元卿太學、鄧伯喬文學朝夕過從。一日，以議復五先生舊社見屬，曰：『是議也，數十年於茲矣。今有天幸，高正甫太守、梁幼寧明府、劉覲國觀察、黃士明宮允、李伯襄吉士，或翕然靈光，或翩然晝錦，誓代興於一矢，抗藝苑之前旌。文士依以揚聲，大雅於焉再作，誠五羊之奇遘，亦千載之一時也。二三兄弟，齋犧既承，馬首是瞻。繄五先生幸未墜地，文壇故址儼然具存，締巨搆而復舊觀，從先進而詔來學，以時考之，則亦可矣。然必乞靈於當事，而求友於嚶鳴，先生得無意乎？』余謝不敏，敢有差池，歲暮遄歸，請以異日。臘月三之日解纜，四之日宿黃木灣。鼉更將半，輒得一夢。有兩客焉，衣冠肅若，偕五先生而至，徘徊於舊社之址，曰張文獻公、崔清獻公也。頃之，直指虞石王公亦惠然登堂，賓朋秩秩。時則薦紳縫掖，鴈行麕至。有攝齊而升者，有揚觶而揖者，有負劍而辟咡者，繽紛雜沓，不可指數，亦不可名狀。孟郁三君子，亦皆旅進。而不佞萱則循墻而走也。正爾分曹，相與授簡，潮聲拍枕，榜人呼風，遂蘧然而覺。噫，亦一奇矣！夫社議方定於將歸數日之前，此夢遽呈於社議既聞之後，文不在茲乎？文不在茲乎？孰謂此境爲夢境乎？因張燈呼筆，而詮次之，得二十韻，寄諸五羊同社者。客曰：『是役也，五先生在上矣，文獻、清獻胡爲乎來？而直指公方報命中朝，在帝左右，豈以黼黻之章，同鞶帨之繡，與二三子逶迤於五先生之堂乎？』余竊否否。夫朱鳥燦離明之象，南海盛衣冠之氣，五先生技雖雕龍，身常屈蠖，非困躓畢世，則偃蹇一官，至伏斧鑕而隕非命者，不得當也。今地文合，天貺應。文章勳業，有開必先。凡我同盟，當有登三事而鵲起，繼二獻而龍躍者。故五君同席，而二獻分庭乎。況文章司命，是爲臺公，不腆齊盟，公旦主鬯。今茲之夢，實式靈焉。其周旋一室，以鎮撫多士，又何疑哉！竊獻俚言，敢持左券，二三兄弟，勉旃無忽。

大雅久寂寞，吾徒今合并。飛揚二三子，嚮往五先生。問水有遺勝，躡塵尋舊盟。盤墩常左右，壇
坫復經營。不失山林氣，相關湖海情。我遊殊草草，君意轉縈縈。晏歲催歸棹，空江聞遠更。如何
有清夢，忽漫見羣英。寤寐由同調，精靈叶至誠。曲江曾贈錦，清獻共彯纓。肅穆柏臺使，招搖蓺
苑旌。已饒天際想，亦向夢中迎。臭味原冥契，機緣卜大貞。文昌七曜聚，執法一星明。糾合匪朝
夕，周旋仗弟兄。老農堪受役，敝賦誓專征。努力共千古，連鑣馳兩京。斯文在後死，我輩且先
鳴。盛事自不朽，壯圖今竟成。諸君賈餘勇，先哲藉榮名。

己未除夕有序

博羅之俗，女人爲政。歲時伏臘，宴享饋遺，皆行於女人，而廢於男子，雖薦紳家亦然。不可聞於鄰國也。

己未除夕，偶讀蘇子瞻寄子由餽歲詩曰：『我欲舉鄉風，獨倡無人和。』豈亦女人爲政耶？時子瞻官鳳翔，思歸不可得，故云爾。我輩里居，而餽歲之禮，即肺胕之親、金蘭之好，亦不一通，何也？因步其韻，併和別歲、守歲二韻，爲婪尾一佐。

明日肇三陽，今夕回五佐。卒歲幸優游，闔室鮮窕貨。里婦競豪奢，餽問無小大。筐筥鶩倏儵，我獨高枕臥。一介不到門，半刺不窺坐。飣餖列長筵，食力自井磨。辭寒與迎煖，共向杯中過。閉門覓老句，自唱還自和。右餽歲

四序遞往來，安知速與遲。遲固不可留，速亦誰能追。天運自有常，吾生亦有涯。所以古賢人，行樂須及時。歲功幸已畢，不在甘與肥。歲既舍我去，我豈爲歲悲。兒孫羅酒漿，痛飲翁莫辭。千秋尚努力，誰云久矣衰。右別歲

至人存其身，一龍復一蛇。里俗賤衰老，噏訛殊周遮。冉冉過隙駒，歲月能幾何。高燭照深杯，杯行且莫譁。牀頭有精怪，咄咄老鐵撾。把舞守此歲，老態何欹斜。歲去已超忽，歲來空蹉跎。衰老勿復道，少壯休矜誇。右守歲

中元日無遮會中題白衣觀音像

我生不信佛，今日始迴向。年衰心性慈，信根覺漸長。合掌無遮會，寫此白衣像。爲語善女人，朝

夕勤供養。煩惱即破除，歡喜自無量。佛不度女人，女人陰性劣。生男與生女，此是女人業。白衣觀世音，法爲女人說。欲償男女債，此像不可闕。至心誓皈依，諸障盡破滅。

八月十六夜同徐木之黄元卿黄逢永歐嘉可讌會陳集生太史園亭限賦古體

皎皎臺上月，濯濯月中柳。粲粲柳下人，共此一尊酒。灝氣薄疏林，振羽在戶牖。時序如跳丸，所遇忽非舊。今夕是何夕，圓魄縮纖縷。舉盃問明月，盈虧無乃驟。遨游美清夜，秉燭且攜手。古人亦有言，倏忽成老醜。歡會須及時，酒旨復餚阜。毛詩與手叶。厭厭夜不歸，綢繆美且好。毛詩與手叶。所嗟鳳與麟，胡然代郊椒。禮記陸德明讀。勖哉崇明德，共保金石壽。

陳集生太史招同社中諸君子再宴寫葉萼

主人敬愛客，言讌日綢繆。尊酒喜重持，爲樂不可渝。毛詩與侯叶。中廚奏圓方，永夜飛觥籌。長筵列應徐，意氣横千秋。起予唱高文，薄力非所勠。陸機文賦與尤叶。嗟我報木桃，敢謂君子仇。竟此一日歡，逭彼千歲憂。詩人重明哲，美哉巢與由。我躬既不閱，細故何足疑。屈原遠遊與浮叶。徘徊步中林，羨彼鷹脱韝。滔滔東逝水，河清俟何時。毛詩與尤叶。散髮南山南，卒歲同優遊。來日幸不少，願爲影追軀。楊方合歡詩與求叶。努力共加飧，咄彼簸與蹂。吾生亦有涯，探已復何求。

題謝大行起東太君榮節卷

三從誓一往，殺身良不難。所貴在□□，一死重泰山。貞哉邦之媛，荼蓼備險艱。婦順與母儀，慈母爲嚴君。箕山操叶。煢煢四十年，拮据難具陳。楚詞招魂叶。鵷鶵出丹穴，九萬今扶摶。騑騑美皇華，星軺何間關。我母訓以忠，努力期鼎鉉。史孝山出師頌叶。忠臣必孝子，先哲有遺言。含笑泉下人，揭日天上綸。道藏歌叶。千秋垂琬琰，芬芳披九垠。屈原遠遊叶。敢告彼師氏，内則此不刊。曹子建怨歌行叶。

尹用平同人以八睡詩見示二年矣己未秋日園居尚寢無覺因憶用平來詩戲筆復之遂得四章諸君子珠玉滿前西園公瓦礫繼進者雅終不妨奏曲噴飯亦足解頤也

人以醒作睡，君以睡作醒。醒睡亦同否，皆非真實境。睜眼與瞌眼，旁觀者最審。呵呵。回轉顧和難到曉，哈臺許璪共登牀。

勞生夜不睡，君睡半在晝。惟君知其白，故爾黑能守。問彼華胥國，如君莫須有。呵呵。睡相睡王今我是，山精水怪任渠忙。

眼睡心不睡，眼醒心不醒。毒蛇在爾室，蝙蝠爭晨暝。東坡先生語。胡然君入睡，心與眼相應。呵呵。一枰南岳黑棋子，三昧東坡小乘禪。

嗟彼世間人，車輪滿胸腹。夜氣不足存，無乃旦晝牿。讀君雙門調，一枕萬事足。呵呵。延朗垂頭不議事，夏侯攝眼正登山。

關山良跋涉次杜少陵新安吏韻

關山良跋涉，草木疑皆兵。羽書已狎至，尺伍皆中丁。人生十六爲中，二十一爲丁，六十爲老。見通志。閭左及閭右，制梃無留行。蒼頭盡特起，赳赳稱干城。貧家不惜力，富室皆爲甹。說文：甹，俠也。三輔謂能輕財曰甹。共說從軍樂，滿路歡呼聲。赴急奮不顧，笑指陣雲横。回頭向閨婦，爲道征夫情。後有霍驃騎，前有趙營平。賈勇晝摩壘，銜枚夜斫營。一日獻三捷，執醜還神京。采薇詠靡鹽，江漢歌明明。共拜武功爵，不用孔方兄。

一符役數卒次杜少陵石壕吏韻

一符役數卒，日出無人行。縲絏血淋漓，酸嘶不可聽。催呼怒如虎，難訴苦中苦。九人餉吏胥，一以餉征戍。一向征戍生，九向吏胥死。能免一日刑，所願亦畢矣。不復完軀命，何問長孫子。豐年無糠覈，終歲無衣裙[一]。嗟嗟氣力衰，逃亡安所歸。聞將易子食，豈免析骸炊。語出腸斷絕，飲泣不能咽。願言來生身，永與博羅别。

［一］衣裙，疑當作『裙衣』。

有女嫁貧夫次杜少陵新婚别韻

有女嫁貧夫，恩愛豈得長。子非倚市門，哀哀官舍傍。昨日子入室，今宵淚滿牀。生計未及問，握别何忙忙。枯荄無煖律，覆盆無朝陽。隻身無弟兄，高堂無翁嫜。嗟我十年前，豈不厚蓋藏。一門九流移，剜肉代輸將。今子幸少艾，未言先斷腸。子身值幾何，且易白與黄。持以償縣官，子請隨人行。保我肌膚完，喜子娥眉揚。吁嗟此生别，請留半幅裳。裹我胯下瘢，見裳如見粧。一鳥已遠飛，一鳥猶廻翔。嗟嗟結髮恩，永作參商望。

我生何不辰次杜少陵垂老别韻

我生何不辰，無地可偷安。康衢擊壤人，家室不得完。天高聽豈卑，低首長含酸。田廬鬻已盡，皮穿髓亦乾。數年苦積逋，一日當還官。寬貸在狐鼠，搜索盡孀單。狐鼠滿城社，道路心膽寒。棘林有夜哭，行乞無朝餐。正供輸差易，索羨應常難。赦書閣不下，幸此新恩寬。去去難具陳，悲來亦多端。子逃不必問，女賣何足歎。涸鮒無涓滴，窮猿失林巒。囊頭髮已禿，流血臀常丹。衰老復遠適，少壯休盤桓。風人詠碩鼠，此語真析肝。

孑遺昔數口次杜少陵無家别韻

孑遺昔數口，相對飯藿藜。時危日憂生，轉徙東復西。幸未填溝壑，不辭困塗泥。鋤耰付鄰人，荊棘滿前蹊。故物不可遇，四顧常悽悽。妖狐作人語，飢烏向我啼。不見索飯兒，轉憶去帷妻。有羣不敢入，有枝不敢棲。薪木久已毁，藩圃無遺畦。出門未跬步，滿地皆征鼙。四鄰盡驚走，豈不苦提攜。嗟我掉兩臂，亦苦去住迷。苦賊與苦兵，所苦亦等齊。拘原空爾爲，逸國多旁蹊。承平知不遠，此别休酸嘶。無家幸有身，尚得稱遺黎。

幽懷次杜少陵贈韋左丞韻

維天實生我，有此七尺身。老計久已拙，幽懷聊復陳。男兒一墮地，誰非傳舍賓。下愚不可移，上智本有神。我自友千古，安用朝夕親。煙霞日嘯傲，泉石相比鄰。不必數鑿坯，何必數問津。彼已日鑿竅，誰復能還淳。茫茫宦海潤，末路多沉淪。一飽歎無時，空負駒隙春。擲我千金軀，染彼萬斛塵。吁嗟人間世，干祿亦苦辛。既枉不可直，一屈難再伸。胡爲探重淵，攖此頷下鱗。浮榮何足慕，行樂自有真。物情我自諳，世態汝自新。不識富與貴，焉知賤與貧。掉臂問坦途，緩步且退踆。往來桃花源，果哉非避秦。振衣驪峯巔，濯足榕水濱。浩然脱羈紲，天子不得臣。物亦各有性，龍性終難馴。（以上西園存稿卷二）

全粵詩卷四二七

張萱二

廣陵茱萸灣懷古

漢劉濞通海陵倉煮海故道也，今名灣頭，去城十里。

茱萸灣頭蘆荻花，秋風高日蒸紅霞。夜深打鼓負鹽去，平潮軋軋鳴歸艖。竹西歌吹杳何許，垂楊兩岸黯不語。一聲江笛叫江樓，嘯斷寒雲不知處。

迷樓懷古

隋煬帝幸江都，嘗語左右曰：『貴爲若主者，極當年之樂，以快其意耳。今海内治平，而吾一人無以自歡，幸得曲房隱室，與諸美人徘徊其間，所願畢矣！』於是高昌進項昇，使爲迷樓。樓成，鉅費數十餘萬。多設鐘鼓、絲竹、鎧磬之屬，妝奩、寢衣不移而具。擇國中童女子居之。常數十百人，使被單縠輕綃之衣，倚檻飄飄，且欲飛去。又時時爇名香四隅，晝夜不絕，煙霏霏若雲霧。帝乃喜曰：『即神仙來遊，亦當自迷耳。可名曰迷樓。』時大夫何稠進任意車，方士進大丹，上官時進烏銅屏，王世充又盡求江淮間佳麗以侈上意，而司馬德戡之刃起矣。後唐公見迷樓，曰：『此皆民脂血也！』遂燒焚之。君子曰：『嗟乎！人情之惡煬而好李也。有弟兄啼，唯煬乎哉！』鮑明遠有言：『千秋兮萬歲，共盡兮奚言。』悲夫！

廣陵佳麗帝王州，鳳舸龍輿幾度遊。往事最憐隋大業，東來天子幸迷樓。迷樓縹緲垂楊市，飛棟浮甍三十里。千門萬戶紛蔽虧，碧海扶桑宛相似。不數崇霞舘，莫擬阿房宮。琅玕飾榱題，翡翠雕簾櫳。銀臺碧樹杳何許，寶礎方花路幾重。曲曲朱欄金暾蜿，沉沉綺障玉盤龍。盤龍暾蜿吹香霧，飛入迷樓不知處。閣道氤氳白晝昏，惟有春風自來去。春風爛熳春日然，不及迷樓春更妍。但願朱顏傾一國，卻忘玉樹怨當年。水殿裁淫魄，師延曲名。集羽譜旋□。燕昭王美人。銅龍燒燭膩，金虎釁紅嫣。萬斛熒熒□照夜，銀河倒捲樓頭瀉。酣香帳底花正眠，樓中寶帳有四，唯最幸者居之。一曰夜酣香。含情已望迷樓下。帝嘗題柱上：『閒來倚樓立，相望幾含情。』爲韓俊娥輩作也。徵書夜夜下昭陽，紫髯郎將促新妝。王世充。民間有女不敢嫁，娥眉婉轉待君王。君王歌舞美韶華，掃天紅粉凌朝霞。坐垂蚊睫猶嫌影，蚊睫簾，蒲澤國所貢。日光不能射，又名蔽日簾。妝對芙蓉不讓花。樓中有夫容閣。烏銅屏射香雲裊，珊瑚枕墜金釵小。月下初乘任意車，樓頭欲卻司晨鳥。帝雜憶詩曰：『笑動上林中，除卻司晨鳥。』爲蕭后作。爇盡名香恨轉癡，司晨鳥去莫教啼。憐憨笑傍司花女，袁寶兒。索伴嬌嗔來夢兒。

即韓俊娥。皓齒明眸鬬媚嫵，背儂顧影調鸚鵡。呼來如恨亦如羞，怪底迷雲又迷雨。迷雨莫還莫，迷雲朝復朝。娟娟望春月，脈脈聽春潮。春月春潮憐故國，一片迷魂歸未得。鬼聲夜半哭潮頭，迷樓白日無顏色。吳公臺下草蕭疏，回首迷樓春易徂。爲問彭城數尺帛，何如三十六封書。帝嘗遊吳公臺，恍惚與陳後主相遇，後主恚。帝曰：『三十六封書，至今使人悒悒不悅。』帝覺，叱之，後主曰：『後一年，吳公臺下相候耳。』及帝□彭城閣，至東陵，守江都，果葬帝臺下。古來成敗皆如此，朝霜秋葉東流水。君莫悲南河楊，亦莫歌北地李。時道路有『楊衰李榮』之謠。獨憐歌舞噓作煙，血光萬丈連天紫。山陽瀆口悲風起，白日欲裂黃雲死。我今醉唱迷樓歌，雄劍酸嘶奈若何。吁嗟乎，啼蛄吊月絡緯織，野燐晝舞狐起立，澤葵秋老紅蘭泣。君不見咸陽古道中，殘碑寂寞苔痕蝕。

鍾陵道上苦雨歌呈周韋西明府

今日苦雨昨苦雪，武陽古道行人絕。春光已送二月來，何事蛟冰猶未折。寒煙漠漠草萋萋，林花不放鳥不啼。渡口狂濤作人立，我來問渡聲酸嘶。策馬長驅登玉嶺，高天未午日已暝。輿簷已裂蓋亦破，彳亍僕夫泥過脛。居人爲指鍾陵城，濕雲壓城城欲傾。羅溪新堤大如線，後推前輓空屏營。僕夫有趾不敢舉，睊睊相對黯無語。一堤已過復一堤，咫尺鍾陵杳如許。四山昏黑一聲雷，電光迸射心膽摧。篝燈欲滅雨復注，停車慴伏空林隈。我母魚軒幸前發，嗟此艱危能自拔。入門長跪問母安，慘淡燈前猶吐舌。鍾陵仙吏賢主人，授餐授舘爲居停。笑我別來頭半白，逢君此日眼能青。問余奉母將何適，母已年衰踰八十。十載爲郎尚抱關，相逢悔捧毛生檄。山川跋涉轉躊躇，破雨衝泥御版輿。即使懷羹長可飽，不如歸去賦閒居。

平陵行贈孫元亮赴平陵令潘見所尋盟

孫郎孫郎何太奇，自言少小能稱詩。朱唇白晳美如繡，向人羞道吳中兒。一朝揖我平陵去，西風颯颯吹禾黍。醉來索我平陵歌，白日黯慘奈汝何。汝今行年差三十，相逢便作陵陽泣。愧我強君已十歲，枘鑿齟齬猶未入。嗚呼，男兒墮地空兩拳，既不能六翮飛上天，又不能摧眉頓項屠酤前。長安半席人不借，案頭萬卷空誰憐。羨爾阿兄亦娓娓，咄唶詩名矜獨偉。嘯月堂前一杯酒，閉戶獨薦黄初鬼。爾來亦說難爲兄，雲間小陸更知名。雌黄不肯落人口，白眼獨向青天横。有時臨池鬬兩腕，蓬蒿倏忽煙霞亂。兄也逸鵠遊春雲，弟也勁隼摩蒼漢。我來兩載共淹留，獨抱烱烱誰能儔。淮南竇生最後到，肝膈一擲無千秋。蜾蠃滿地不相識，獨爲孫郎割其席。憐予鑿竅妬高天，不惜飛談空碣石。四人者，胡爲乎，爾牛我馬聲嗚嗚。秣陵城中亦斗大，何物盡此藏菰蘆。黄金如陵失顏色，蒼精入夜長號呼。汝家仲謀已潛遁，八公亦向淮南徂。么麼此輩何足齒，乾坤莽莽亦徒爾。三尺吳鈎七尺身，一片雄心爲誰死。孫郎孫郎慎自矜，長鋏且莫誇平陵。吳門市卒今在否，隱居山寂泉溯溯。一言爲爾破秋色，枕流漱石爾亦得。桃花仙令問我誰，爲道山南與山北。

黄山歌爲吴孝父作

己丑冬十月，客行入新安。結束事探討，山水恣盤桓。新安山水天下無，一丘一壑皆畫圖。黄山白嶽稱最勝，神仙窟宅幽人境。蠟屐曾登白嶽顛，芙蓉萬朵青冥連。石楠樹下天門月，榔梅庵畔爐峯煙。高拂爐峯禮白雲，一天晴色正氤氲。薜帷蕙帳遥相待，鶴怨猿愁不忍聞。玄帝祠邊逢五老，揖余爲□黄山好。軒轅曾此九丹成，白日紅顔羽翼生。鼎□龍去非幻妄，名山自是饒精靈。此中幽勝難具説，三十二峯總奇絶。時有幽人自往還，金芝瑶草森羅列。石巉巉，泉洌洌。萬樹桃花，千峯寒雪。陰晴朝夕態倏忽兮，紛變换乎秋春。窈窕繚繞别有天地兮，莽不知漢與秦之日月。聞此心神覺更開，人間亦自有蓬萊。安得乘風而蹁躚兮，直上軒轅之高臺。吁嗟婚嫁苦未畢，悵望名山空歎息。道路驅馳鬢已斑，煙霞夢寐十年間。幾向吴雲思白岳，遥從粤海憶黄山。黄山主人吴孝父，翩翩詞賦淩千古。藝苑當家六十年，曳裾恥與歌魚伍。潦倒江湖一布衣，籍甚詩名動公府。南浮湘水西入蜀，歷七閩兮遍齊魯。足跡名山幾欲半，回首黄山繫故土。已聞白雪滿奚囊，更貌黄山在縑素。一幅煙霞任卷舒，咫尺溪山千里餘。交遊遍乞瓊瑶句，城市何殊木石居。憐予始作長安客，逢君尚滯長安陌。老向風塵可奈何，呼余爲作黄山歌。披圖欲問煙霞主，軒轅丹竈在何許。紫芝今正腓，白石亦堪煮。我欲從之遊，汝胡爲乎不歸去。今日見汝如見山，他年訪山應訪汝。

揚州夜宴歌謝楊崑源太守

廣陵十月寒生魄，西風吹雨潮頭白。南歸畫舫綰枯楊，曾是當年彈鋏客。問客來何方，抽簪出建章。因過舊遊處，更憶少年場。荏苒風塵已十年，蕪城依舊草芊芊。幾度吹簫聞月下，幾番騎鶴醉花前。花前月下杳難逢，卻從官閣續遊蹤。照日彤幨來五馬，干霄紫氣合雙龍。官閣梅華開未遍，官閣主人張夜宴。好客頻移畫隼旟，行杯不問銅虬箭。主人詞賦擅瑶華，散作蕃釐玉樹花。冰壺映月三千尺，棠陰留春十萬家。與君恩愛非疇昔，永夜深尊頻促膝。傳餐曾贈陸生裝，授簡還邀枚乘筆。尊前雨色正霏微，銅盤銀燭照金巵。疊鼓鳴鐃喧子夜，嬌歌妙舞演傳奇。傳奇此夕有深意，云是破齊燕樂毅。黄金臺上市驊騮，致士猶聞從隗始。金臺昨日客初歸，灑酒登臺淚幾揮。何處青山埋駿骨，空餘芳草怨斜暉。興亡自古場中戲，當筵一曲君須記。破齊原是客齊人，塵世應憐按劍頻。此日相逢青眼在，他年莫遣白頭新。

過韓寅仲枝園讀其放歌即席次韻賦

有客有客雲林間，自言愚公之谷幽人之棨，白板作扉柴作關。一枝之棲六月息，鬒髯未戟鬢未斑。黄金築臺駿骨市，掉頭不顧尋空山。山前一水秋清淺，摩天照出東西巘。宇衡相望煙火鄰，君不好遊余亦倦。握羽扇，掃石牀。穿曲徑，汎迴塘。地僻山空日正長，西風禾黍送新涼。正喜采薇和煮石，暫來扣角共歌商。歌聲縹緲不知處，主人原向雲中住。忍見荊棘横道生，忍聞豺虎當人語。竹藏張庿，樹種橐駝。取人間者少，攘造物者多。寮毁魯丘，倉尼鄒軻，莫將道路歎蹉跎。此生只合置丘壑，平地何日無風波。足有謝公屐，門有翟公羅。天地莽莽濶如許，君胡爲乎山之阿。共説人生行樂耳，醉來休問夜如何。啼鴉繞霜樾，明月墜庭柯。

長安市上歌送米仲詔還令銅梁

莫歌蜀道難，莫歌蜀道易。蜀難蜀易何足云，請君且看長安市。長安市上儛春風，轢輻揚鞭處處逢。繡陌千條車似水，香塵萬斛馬如龍。玉作雙輪金作馬，左馳右突不復疑。開山豈倩靈威伯，駕海寧用無支祈。水神名。禹得之，以排淮者。自言一生好身手，奔騰不分飛廉後。自言舉足盡康莊，趭趠直出章亥傍。豈知跬步有反覆，夷險平陂原倚伏。羊腸鳥道森眼前，何必蠶叢與魚服。風塵道路總悠悠，前傾後覆無時休。蹄涔慎勿忽衣袽，平地往往摧華輈。銅梁仙令米仲詔，襆被長吁何擾擾。五年三度走峨岷，秣馬脂車如製鷂。翩翩昨日來朝天，兩拳不挾一文錢。妻寒兒餒豈暇問，尚方旅實空紊然。青珠錫碧既璀璨，璆鐵銀鏤尤精研。千盤百折幸弛擔，稽首畢獻明堂前。帝傍之鬼問私覿，令有兩拳張不得。倉皇稱貸復破産，猾吏奸胥猶咤叱。白晝鼠狐已如此，何問陷阱與罟獲。難行路，路行難，石棧天梯尚可攀。春明門内地數尺，令我躑躅不得開心顏。君是帝城人，我是帝城客。共問帝城樂，如何舌長咋。褒斜迤灑徒區區，畏途尚在長安陌。高臺灑酒共歌驪，颯颯秋風竹馬嘶。此日帝城君自見，雙鳧莫惜更西飛。西飛何日過三峩，長安回首畏途多。追鋒若出長安市，莫忘長安市上歌。

漳流竹隱歌爲沈司馬伯含賦贈憶堂老人

玉龍不住玄冥宫，推山蹴海錢塘東。猙子獰孫裂地軸，綠殳紫甲排蒼穹。錢塘城中十萬戶，妖紅孽翠徒蒙茸。嵇康骨朽王猷死，兔苑草沒淇園空。我聞漳流大奇絶，參差百畝森町疃。竹初生曰町，六年後曰疃。中有老人日高臥，朱顏紺髮青方瞳。有田懶植沮溺杖，有瓢懶掛巢由松。手鋤綠雲種蒼玉，觳觫滿地如攢務。毛詩叶平聲。靈苗不漬康回血，勁榦不貫殷辛弓。魚腸發匣射天碧，鷄脛脫距酣霞紅。員丘夜半失俊檝，伶鰥一旦焚崑鐘。娟娟入幌碎明月，淅淅拂石留薰風。有時白日黑蛟舞，鈞天八佾諧笙鏞。木德聖人久不王，君家蔓紫何菁葱。君言上帝遣此輩，移根萬里來瀛蓬。千年練實皎如雪，的歷百斛光曈曈。鳳凰已下不敢食，錦綳滿縛斑犀叢。一枝久已傍帝座，呼吸沆瀣開鴻蒙。敲金戛玉鬼神格，九苞一角紛來從。去年穉節更磈砢，南枝北榦皆蘢葱。春雷昨日急奮豫，揚鱗鼓鬣如奔虹。青寧次第尚羅列，節目不與斤篙同。漳流之上即縣圃，浮筠振霧聲玲瓏。荊揚不用薦庭實，汧渭何必誇侯封。我家老鷹頗解此，數竿一榻嘶寒蛩。庭荒徑斷頸常縮，匿影榛莽何愚蠢。君今避世更好事，停鑣輟軛常縱横。東方朔七諫叶。如陵旨蓄客飽嚼，驅使三雅無春冬。阿咸念此語娓娓，令我涎落如機舂。七賢六逸我即一，入林把臂何時逢。倘容根下醉共臥，請君爲製華林笻。相期汗漫九垓去，一擲青天騎玉龍。

寫崑崙萬松圖壽一崑老人八十

我聞崑崙在西極，天地之臍神仙國。三城五級十二門，鶴馭鸞驂千萬億。握契仙人好遠遊，一朝掉臂黃林陬。開明奔命陸吾遁，卻插孤根閩海頭。馮夷晝立天吳語，巨鰲欲戴崑崙去。老人玉杖試一揮，崑崙永作閩天柱。萬歲山前紫氣濃，老人高臥崑崙峯。偓佺拊背授真訣，獨種雲間十八公。萬斛明珠千歲實，憶昔餽堯堯不食。春風日長虬龍枝，擎霄接漢皆千尺。兄爲棟兮弟爲櫟，丹青矩矱充明堂。葱巒錦柏亦瑣屑，寒河星柘徒夸張。明堂孔陽聖人喜，爲問老人身姓李。三錫龍章爵大中，地上神仙鬱華子。杖履煙霞八十春，少微夜夜燭崑崙。不往人間役徐甲，不從柱下作周臣。一日餐一松，一松巢一歲。天地爲等期，青青長不改。弧懸正值小春陽，木公金女紛翱翔。金鑾乍祝齊天壽，錦里還飛愛己觴。羅浮山下金門隱，遙向南天稱子姓。欲隨青鳥獻珍圖，且吮綵毫開異境。何日堂前問大還，側身悵望崑崙山。萬頭青犢留閩海，李耳原來未出關。嵩山記：千年之松，其精爲青牛。

雙壽圖爲湯太史嘉賓題

朗陵城邊江水清，垂楊蘸水嚶其鳴。錦帆風滿浪花明，鯨鐘鼉鼓何鏗訇。皇華使者紫薇星，身披宮錦來蓬瀛。桐圭在手歌維城，鍾山紫氣駐霓旌。木公金母紛相迎，攜手雙仙地上行。伯鸞德曜皆前生，阿翁半百鬢長青。中天婺彩尤憑陵，兒未四十虬鬚獰。已聞絲竹轟槐音，沙堤新築直如繩。雙仙高閣臥平津，案前九鼎羹雲英。南山壽酒釀金莖，竚看錦紱玉麒麟。弄飴膝下蘭桂馨，問誰致此五福并，黑頭宰相湯嘉賓。

題蘭萱石供圖壽朱太史元价母夫人七十

女皇煉石驅神工，三十六鼎燒天紅。中有一拳不敢煉，孤根直插蓬萊宮。頑碧矗雲何嵂崒，瞱瞱神芝三秀茁。璚膏萬斛挹天潢，瀉向孤根種丹棘。四垂六趺相新鮮，繞足叢蘭春正妍。瑤圖已貌遨雲筆，共獻瓊林第一仙。此圖云自蓬萊至，阿母曾煩青鳥使。北堂春永已忘憂，不爲執殳思樹背。天南婺彩日繽紛，宮錦翩翩介上尊。莫問如山并如海，且誇宜子更宜孫。

爲韓緒仲太史題半百春光冊贈人

老人往年五十一，賀客滿門詩滿帙。老人今年五十七，復向園公索老筆。園公老筆久無花，有詩亦是園中蛙。不惜新詩韓太史，人言一字一丹砂。老人老人胡爲者，兩鬢如霜面如赭。樓頭歌舞盛繁華，門前晝夜諠車馬。近説移居向五羊，清歌妙舞幾千場。相期一萬八千歲，歲歲春光樂未央。

壬子人日雷雨大作

去年人日春生色，人日今年雷發聲。階前雨點大如掌，江上雲頭渾壓城。攬柳摧花亦太急，嗚條破塊何須驚。咄嗟晦暝復開朗，倏忽熛怒空縱横。田夫爭問休與咎，歲事果爾陂耶平。逢人兩耳轉絮數，揖我一老殊丁寧。杜陵詩句誠孟浪，天寶治亂由陰晴。石壕健吏似餒虎，新安黠卒如奔鯨。人事或亦有占驗，天公何必常分明。聞言不覺笑一發，閉戶但願杯長傾。稚兒競帖鏤金勝，小婦更進膠牙餳。牀頭一瓶餘脱粟，鑊底七菜能充羹。共付陰晴還造物，莫將得失較人生。

癸丑正月二十五日客有以街談見示者悲而賦之

去年正月十九夜，豺虎入戶殊咆哮。今年正月十九夜，狐狸滿穴何悲號。此番報應亦太速，吁嗟天公無乃勞。虎威可假不可久，爾狐毋謂皇天高。夜行晝伏胡爲者，依草附木攢戈矛。豈知厲鬼瞰其屋，一狐忽化爲神獒。雄狐不死雌狐死，蕭墻禍起安能逃。人言爾獒亦莫逃，天公有眼鬼有脚，此日明年及爾曹。

乞拙歌

七夕乞巧，古未聞也。獨漢宮中綵女，皆以是夕穿針於開襟樓，詳具西京雜記。然亦自較其巧與否耳。天寶遺事、荊楚歲時記始詳其說，至以蛛絲占焉。余兒時，常戲爲之，果不誣。杜少陵曰：『蛛絲，小人態。曲綴瓜果中，蓋傷之也。』故楊朴曰：『年年乞與人間巧，不道人間巧已多。』而柳宗元復欲去其太拙，乞其專巧。嗟，嗟！柳州之行，拙之效耶？抑巧之效耶？歲癸丑，余嘗爲巧夕詩八章，有曰：『欲問雨雲朝暮事，東鄰拙婦較偏多。』讀者以爲知言。今夕之日，雨滂沱矣。相傳爲雙星灑淚。豈佳期當誤，即巧，無所施耶？乃呼兒女輩相率乞拙。亦以天孫之巧雖多，世人之乞已盡，又皆爲強有力者所得，獨留一柳宗元所求去者，以畀園公，園公猶恐得之未盡也。故欲兒輩更乞之，以快專巧者，遂拜而歌之。

年年乞巧傳今夕，不知此巧從何乞。香燈午夜對銀河，兒女中庭羅粉席。三三五五拜深深，一拜一乞殊慇懃。爲問天孫巧多少，能否年年贈別人。吁嗟天孫良亦苦，一歲佳期纔一度。巧似天孫果足誇，便應夜夜逢河鼓。人言巧亦難移天，始知此巧不值錢。靈妃之巧已如此，人間百巧徒紛然。舉頭細與天孫說，你巧胡爲太奇絕。七襄難就誤佳期，弄巧方知反成拙。相逢日少別日多，隔歲相思可奈何。今宵更灑相思淚，鵲橋一雨嗟滂沱。請換香燈囑兒女，前來且聽園公語。爾年未及三尺長，乞得巧來何用處。古今巧拙無輸贏，有時巧敗拙偏成。詩詠巢居鳩與鵲，問巢終日誰經營。天生我拙亦不偶，拙手拙心仍拙口。巧人遇巧鬭難休，贏得拙人長不鬭。巧若鬭拙巧便癡，濤聲雖怒石不移。轟雷噴雪片時息，中流一石長崔巍。我今乞拙不乞巧，年來頗識拙之效。天孫有意憐拙人，一拙須教贏到老。

題稀齡得雄卷賀車宜仲内兄七十舉子

羊鶴山人年七十，步履如飛尤健食。兩肩覆雪自絲絲，滿頰渥丹何熠熠。人言君是地行仙，泉石優游不記年。曾從芝隱朝黄闕，曾向桃康弄紫煙。山人喜談内外丹術。晚歲移居珠海曲，拾得蚌胎千萬斛。一珠在掌百不憂，照乘一珠仍出腹。蚌老珠呈莫道遲，雙珠照耀老傳時。攜來奼女兩三輩，應有金童四五兒。人世生兒何用蚤，我有七兒殊潦倒。兩兒已得兩明珠，老年便可開懷抱。七十生兒世所稀，兒較徐卿更絶奇。何日掛帆會湯餅，爲君再賦少陵詩。

堪孫追和蘇子瞻白水磔古詩來呈似有可教第籯經未窮鞶帨是飾得無與先生並行耶故亦賦而勉之并示臺孫

爾翁少小稱豪縱，沾沾筆墨常拈弄。雙拳欲碎玉笥山，一口欲噉飛霞洞。自言片語即千秋，追風歷塊誰能鞚。腹中樣子不合時，身外功名何足重。一斥多因七不堪，老向空林長抱甕。文章憎命古今同，往事回頭先色動。漢家天子不好文，生涯合與時人共。爾曹慎勿學爾翁，空費筆花頻入夢。少年高足策要津，出門便作城陽送。亦知匣裡劍長鳴，莫惜案頭螢盡凍。三冬文史滿腹藏，萬斛源泉隨地湧。野鶩家鷄任爾爲，何必人人毛是鳳。

西園女兒彌月吟

六十老翁堪笑罵，小婦日來猶弄瓦。七兒已長兩未婚，一女及笄亦將嫁。名山久待向子禽，更添此女胡爲者。今朝喜說月正彌，命名釃酒祝先祠。兩叔五女汝第七，虺蛇之夢來何遲。計女他年諧懿卜，汝爺命當七十六。生計老拙田園荒，未必資裝有餘蓄。里中婚嫁惟論財，好好醜醜皆錢賠。藍田有玉河有鯉，孔方兄去誰爲媒。園公過計尚有一，人間擇壻亦難識。炎涼世態如奔瀾，崔韋袁呂紛接跡。汝姊幸字惠州黎，詩書禮讓超等夷。紳衿不失山林氣，荊釵麻布能相宜。但願汝嫁如汝姊，壻來亦稱園公意。不必復作官人妻，但得時將鷄犬至。園公猶記古人風，嫁女止賣數株松。我母當年歸汝祖，皇皇外祖同知公。綿葛數衣一竹篚，更有一詩長記録。園中葱韭架上書，此是裝奩不爲辱。我祝汝聽慎勿忘，老人語言滋味長。村中鼓子村中打，卻是人間婚嫁方。小婦跪前獨長笑，阿爺何事先煩擾。渠有七兄復一姊，資送賣松豈爲少。一兄但乞一衣裳，一姊應能贈一璫。人雖擇婦我擇壻，田間女兒田間郎。再拜阿爺好端坐，若女不作賠錢貨。我知阿爺晚景多，明年且又添三個。園公撟舌更搖手，此等好事休重做。叶佐。汝輩不識王右軍，七男二女紛成羣。棄官之年五十二，我年歸來亦如是。人言今古兩書精，功名男女皆相似。園公涼德不足稱，晚景差已同古人。汝弟何須又出腹，汝妹不必重牽衿。明朝急去西園種松樹，爲賦西園女兒彌月吟。

湯泉路頭花

爲語路頭人，莫採路頭花。路花可採不可久，路人未必皆無家。家中舊花君莫厭，舊花卻讓新花艷。舊舊新新總是花，何事丈夫心易變。東風不管路花開，狼藉風前撲鼻來。鋸葉象苞魚子孕，麝臍螺甲龍涎煤。我來六月二十六，苦熱驚聞香馥馥。兒童採爾如採薪，悔不移根在幽谷。人言路花香異常，此花附炎不附涼。天公冷眼正覷爾，且莫紛披熱水傍。

歐子建鄧伯喬招同黄元卿李煙客雅集即席探題各賦一體余得竹素草堂走筆卻贈

白雲山前白雲客，竹籬花徑蓬蒿宅。前身當是騎羊仙，今作經生長挾冊。土木形骸四十強，青衿兩袖何郎當。有才一石君八斗，雄名卻借陳思王。半畝一堂名竹素，目光炯炯空千古。枚生未奏兔園詞，長門不買相如賦。寸心自苦誰得知，書淫傳癖日吾伊。醉歸對月常開卷，客散焚香獨下帷。堂名竹素從吾好，海岳精靈恣探討。後世安知無子雲，富貴眼前何足道。日來傾蓋西園公，神交十載肝膽同。文章羨爾真隱鵠，湖海愧我非元龍。人言竹素堂中主，回也庶乎空已屢。世皆喜富汝喜貧，平生不用黄金注。問君孤注復何如，三寸毛錐一束書。緗帙每塗烏實傳，玄亭不惜孔方居。投轄開尊霜月白，四筵盡是文章伯。珠璣咳唾玉屑霏，談天鄒衍雕龍奭。邏拉園公將奈何，瞪眼惟知捲白波。相逢一掬千秋淚，灑向人間誰更多。

題海屋横簫圖壽翟寅尗襟兄老親家六十有一

戊午立春纔五日，南極一星高熠熠。光鋩直射豐水湖，爲照華堂開綺席。華堂綺席祝岡陵，老人星是少微星。家聲不墮文侯相，世業仍傳廣漢經。漢侍中廣漢翟子超，累世皆以毛氏詩著聞。憶我當年諧鳳侶，邯鄲道上吹簫處。君生半載我亦生，更喜逢君爲友壻。君如隱鵠我如虹，君今矍鑠我龍鍾。若問畫眉京兆筆，空慚偕老鹿門翁。女擇婿兮兒擇婦，玉種藍田持作斧。朱陳幸結舊邢譚，泉石尋盟新肺腑。老我多年已毁車，羨君此日尚冠儒。錦纏數入徐娘館，泥飲頻傾孫楚罏。呼兒移棹攜春酒，登堂酌酒爲君壽。嬌歌妙舞酒千巡，綵筆瑶圖歌一首。圖中仙子踏春潮，獨跨蝦蟆弄玉簫。但得千秋長對酒，何須一品更當朝。白鶴峯頭春正好，南飛一鶴來蓬島。傳言海屋正添籌，歲歲花前人不老。勸君更進紫霞觴，玉簫吹月奏霓裳。願君努力三萬六千日，與君同醉三萬六千場。

奇石歌

余最嗜石，不能數得奇石。偶購一石，委諸叢莽中，不知其奇也。戊午，品花軒成，偶有山師過而問焉，乃輦而植於百尺樓前。奇態百出，不知奇章公譜中當何伯仲。第平生所嗜，得此亦足以奇矣。遂爲奇石歌歌之。

園公磊磈癡且狂，老癖不減牛奇章。品花軒前白日静，孤雲一片來何方。鏗然墮地不肯去，折柱撼軸誰禁當。呈身差可七尺許，取勢便覺千丈強。既非夜伏熊渠虎，亦非叱起初平羊。雄猊蹲足瘦犀臥，老鳳鎩翮乖龍僵。劈斲凸凹運神斧，羅列窪穴攢蜂房。破陣將軍未解甲，整襟壯士初登牀。廩君不敢投其策，秦皇那得鞭爲梁。鬐鬣鱗甲欲飛動，魑魅罔兩皆潛藏。擔舁不假五丁力，洗刷似有六鑿攘。萇弘老碧防風骨，是耶非耶庭中央。園公何以得此寶，再拜稽首猶循墻。可是孤臣中讒慝，出走戀主空徬徨。澤畔行吟已骨立，懷沙未及沉沅湘。盲風怪雨任摧剝，銅觔鐵脊何軒昂。不須剖出忠孝印，誰能持作神仙糧。鹿豕來遊伴山木，爾賓我主相徜徉。摩挲可以覓佳句，酬對亦足傳清觴。平泉子孫浪付囑，履道里第徒誇張。願爾千秋常五色，補天何必遇媧皇。

載酒小桃源主人重席留憩以詩見投用來韻卻答

世亦云君殊漫浪，元結事。姤煞西園伯格長。見楊僕傳。不種肥田卻種園，數椽茅屋桃源上。何來載酒西園公，神裏新詩亦俱往。杜甫語。問君何事賦將歸，獨掩柴扉對夕暉。塞耳不聞鼠穴鬭，褰裳常避靈場威。我爲酒民君醉士，皮日休事。風塵傲骨山林氣。萬世誰爲揚子雲，四海君真習鑿齒。雞黍尋盟莫厭煩，簑來笠去相翩翻。爲愛主人清夢處，一簾山色五千言。

戊午臘月立春日攜諸小婦及幼稚兒孫從遊西園戲筆

戊午正月春已立，臘月又逢立春日。一年卻立兩年春，狼藉春光費收拾。西園望春春可憐，驪峯之下榕溪邊。山光水色各自媚，綠情紅意殊爭妍。園公不爲春煩惱，亦同兒女尋芳草。夜來微雨灑輕塵，柴關落葉何須掃。爲園久擬鹿門山，釜鬲宜安竹石間。我好樓居樓百尺，移家長欲掩柴關。今日柴關且休掩，老人欲識春風面。舊寒未去新暖來，窺人柳眼微微展。芒童昨日街頭遊，社鼓鼕鼕迎土牛。春光不作俗人眼，先到園公百尺樓。百尺樓前春似海，兒孫競逐春遊隊。穿花繞竹舞青幡，欲與東皇作光彩。乍雨乍晴春正濃，攜兒抱女步芳叢。孫曾幼稚十七八，共手牽衣問阿翁。阿翁明年六十二，小星三人百零四。白髮羞簪綵勝花，金釵卻帖宜春字。春盤黃韭攢青蒿，餅如繭紙滑如膏。素手纖纖捲片玉，甕頭乳壓珍珠槽。一婦當筵將進酒，持螯一婦小垂手。分甘亭外鬬春妍，子子孫孫前致壽。凭欄一婦抱女兒，眉顰不是東家施。勸翁再進一杯酒，子酌孫斟翁莫辭。東喚阿翁西喚祖，兩兩三三作跳虎。一聞梨栗皆向前，諠騰似學斑衣舞。園公捧腹更掀髯，起舞欲共春風顛。人間官爵信如夢，眼底兒孫大值錢。盤旋共繞庭前樹，兒呼妹喚頻相語。一兒仰面問阿妳，今日春來在何處。阿妳笑請園公聽，狡黠此子真寧馨。園公語爾春消息，雙樹林中鳥一聲。又問園公春有幾，連臂駢肩皆側耳。園公別有許多春，不向芳菲鬬紅紫。欣欣三婦更持杯，共喜園公笑口開。不學杜陵憨老子，逢春猶憶兩京梅。吁嗟乎，鼎鼎百年皆擾擾，閒來始覺青春好。青春莫笑白頭人，白頭能共青春老。努力須勤明歲耕，防饑幸結今年麪。翻東坡語。樂莫樂兮，年年此日醉花前，父祖曾玄同一笑。

寄和石渠陳侯五月七日偕寶安諸縉紳龍潭觀競渡詩數欲掃門無因往役入洛之懷彌切歸滕之願空懸竊幸揚風欲申就日敬步來韻情見乎詞

簸海掀江搥社鼓，笑語成雷汗成雨。誰纈明霞戲作標，卻引羣龍戰華渚。馮夷跳盪海若號，莫放玄黃血如縷。盲風吹海山欲摧，崩騰不受錢唐弩。截流破浪萬馬奔，疑蹴潮頭神是伍。一龍何事拏雲來，怪底虬螭猜且侮。傳聞此日有雙鳧，授簡同舟皆繡虎。牙檣錦纜玳瑁筵，海作杯兮山作篚。帆前山水有清音，何必新聲調玉柱。兩崖芳襲令公香，一水晴生神女嫵。誰能湘水吊靈均，且向滄洲結蘅杜。風流美政太丘公，文章雄伯層城主。侯令層城，攝篆寶安。余家羅浮，即層城東徧也。辟兵非佩赤靈符，驚坐常揮長柄麈。採蓮歌是罵魚歌，遊魚出聽紛無數。憐余久作冥冥鴻，從公欲起蹲蹲舞。故國移居乞一廛，余嘗欲避地寶安，與諸公有卜築之約。何日掃門公見許。賣文欲買海上山，曳裾且問江頭鱐。行吟不爲賦懷沙，相逢且聽歌胥宇。鄰壁偷光恤緯人，玄酒忘勞甘瓠脯。非關歌鋏食無魚，素箏獨抱歸神武。一日千秋四美并，從此龍潭稱洛浦。停雲更續舊遊詩，去年今日前無古。

惠州西湖歌

九州之内三西湖，真山真水真畫圖。錢唐名聖果不妄，二高三竺神仙都。汝陰勺水胡爲爾，歐陽太守移家至。續遊不是老門生，安得標名在人耳。惠州西湖嶺之東，標名亦自東坡公。紹聖已非元祐日，惠州豈與杭州同。東坡寓惠凡三祀，有詩一百□十二。空將藤菜敵蓴羹，江月纔留二百字。公寓惠，詠西湖者止有『新年』二句云。『豐湖有藤菜，似可敵蓴羹。』又江月五首小序曰：『夜起登合江樓，或與客游豐湖，入棲禪寺，扣羅浮道院，登逍遙臺。迨曉，乃歸。』公之遊詠西湖，止此耳。而首篇則曰：『正似西湖上，湧金門外看。』湧金，錢唐之門也。即此五首，亦非專爲西湖而作。此外詠西湖者，不概見矣。萬里投荒白髮臣，棲棲數口合江濱。卻爲湖中了公事，故令嶺外苦行吟。行吟豈是湖山主，不放西湖入佳句。逐臣幸飽惠州飯，敢向湖山添口語。東坡東坡真可悲，磨蝎生當紹聖時。脫離刀几全餘息，坡公到惠州謝表語。領畧湖山不在詩。公寓惠時，有『掃除習氣不吟詩』之句。湖山之靈更有說，東坡先生果奇絕。前知後有西園公，能爲東坡補其缺。世間清福人最難，清福無過湖與山。錢唐汝陰久占斷，羅浮亦已窮躋攀。且留惠州一幅畫，付與西園細描寫。坡公有『別後兩湖付與誰』之句。西園老矣可若何，年來亦是行吟者。生長西湖六十年，半農半圃半漁船。持蟹觴英東坡語煙雨外，黑甜軟飽東坡語水雲邊。一片蒲帆五石瓠，六如荒碣三橋路。峯頭白鶴幾時還，月下芳魂何處渡。竹岸楊堤秋正新，三三兩兩歌采菱。城頭日落不歸去，篝燈遠近如流螢。永福寺前鐘一動，臨風短笛漁三弄。輪筩撒網攜笭箵，網得銀梭爭笑鬨。漱玉灘橫水不波，蓼花深處荷花多。燭龍曉啖射寒玉，瀲灩化作金叵羅。孤棹最宜孤月上，水鳥無聲秋沆漭。人在冰壺琴一彈，永夜衆山皆答響。園公更喜雨中遊，荷聲淅瀝櫓聲柔。煙鬟今已沐西子，畫槳何須載莫愁。萬頃煙波湖一曲，人濯其纓我濯足。結茅懶住羅浮山，卻向西湖伴幽獨。西湖幽獨好誰論，可是東坡宿種根。爲問西湖千載後，有人能否補西園。

九月十二日兒孫扶侍登獅峯醉歸放筆

老人觔力濟勝難，老腳卻欲常登山。尋幽獨往不拄杖，振衣竟日窮躋攀。天南一峯立江面，嵂崒萬仞雲霞間。人言此峯是獅子，雲霞若綴拳毛斑。百獸惟獅雄且武，鉤爪鋸牙能食虎。城中有虎已擇人，白骨揸撐莽如堵。狗亦學虎殊咆哮，嗟獅垂頭不回顧。更聞上有古靈湫，勺水曾將神物貯。三年一吐頷中珠，能爲科名卜其數。探淵久欲攖其鱗，底事蹄涔數抔土。天飛豈亦常泥蟠，穴處能無鰍鱔侮。驪兮獅兮奈若何，孤青頑碧空嵯峨。羊腸詰曲駕灌木，鳥道偪側盤雲蘿。呼兒且掃一拳石，覆掌幸有雙仙螺。爨臺拾薪炊不托，胡餅也。見楊子方言。炳焯敲石烹酥陀。菜羹也。見楊誠齋詩。側弁光瑩跪進酒，稚垚繞膝歌傞傞。東來兩水皆西注，跳波卻送斜陽去。兩點東西未了青，羊城煙翠鷲城樹。扶胥海口羅浮西，孤刹亭亭屹天柱。我曾夢草新宫銘，西望蓬萊杳何許。六鰲已駕三山來，樹擁雲歸不知處。歸雲釀雨雨不飛，撲衣雲片疑春絮。前山雨過後山晴，雨逐雲歸人逐雨。眼力卻笑腳力慵，酒魔轉苦詩魔攻。重陽昨日妬風雨，今來我欲乘蜺虹。屐痕已破螺子緑，雪鬢笑插萸房紅。誰云登山災可避，我卻跼地途終窮。自憐數遇擇人虎，憑誰唤起蟠泥龍。吁嗟乎，東華塵土北窗風，草露石火將無同。兒曹慎莫負老腳，得酒便把金芙蓉。相期歲歲千秋日，日日同登獅子峯。

旗峯歌七十一韻爲八睡先生七十有一壽凡五百有六字願以一字爲一歲先生得無見少乎

黄旗之峯高插天，孤根直與羅浮連。雞鳴見日飛雲巔，旗峯曉色開寒煙。東西相望朝羣仙，飆輪羽駕紛蹁躚。己未日次析木躔，南極一星光燦然。華堂綺席陳嘉籩，中有仙人來兜玄。大兒李耳小偓佺，手持玉簡河陽篇。上真記：尹壽，兜玄國人。爲唐堯師，居河陽著書。李耳道德經，其所授也。偓佺，亦其弟子。厭離紫極隨塵緣，逍遥汗漫南海邊。玩弄造化從心年，海屋一籌今已添。憶昔壬午羅英賢，煌煌桂籍青瑶鐫。七十五子爭揮鞭，惟君獨擁捎雲旃。嗟余愛弟曾隨肩，簸揚自愧糠粃前。風塵岐路良屯邅，寶劍欲缺貂裘穿。世人但市玫與瑞，至寶不入波斯船。君既捧檄懷芳荃，我亦橐筆從花磚。清如冰壺直如弦，安得拱手乘高佃。索藑茅兮以筳篿，白璧易玷瓦易全。君歸抱犢遼東田，我歸抱甕於陵園。我輩豈受時人憐，不須復與天公牋。盈盈一水清且漣，孤帆短棹時來還。籯中一經獲麟編，兩家子姓同鑽研。相期攜手排冥筌，婆娑二老日盤旋，永矢勿遺乾餱愆。憐余蒲柳彫常先，頂禿齒豁臂枯偏。君多十歲髮初宣，炯炯巖電方瞳懸。聲如洪鐘何砰磌，走及奔馬尤鮮扁。玉屑霏霏天口駢，縱橫綵筆驚四筵。忘機浪跡混市廛，裹足卻避富兒氈。乞言問俗車咽咽，有箠不擁衣裳顛。嬾庵主人默照禪，請君且去我欲眠。漆園蝴蝶長翩翩，旦晝不牿氣乃專。矍鑠哉翁金石堅，年來我亦腹便便。吁嗟未杜壺丘權，華胥之國無郵傳。高睜兩眼行蜎蜎，願得美酒斗十千。相逢莫問腰中纏，何必西陵陌與阡。舉杯再拜申一言，壽莫壽兮黃旗之峯高插天，願君與之無崩騫。

巫霞詩爲錢唐友人馬稚彬贈妓賦

何許呼來校書女，說在西樓最幽處。近聞學弄錢唐潮，欲伴靈妃戲江渚。教成歌舞賣千金，臨風悔作霑泥絮。背人嬌轉癡，向人憨不語。微微欲語頻相覷，別有一種閒情緒。不是巫山雲，不是巫山雨。疑是陽臺一片霞，雲情雨意難憑據。襄王已老夢不來，好傍錢唐蘇小住。柳梢殘月曉風時，乘潮請向錢唐去。

蒨雲歌再爲錢唐馬稚彬贈妓賦

觥籌交錯麝蘭熏，請君聽我歌蒨雲。霜風昨夜吹香氛，江文通語。冉冉飛落珠江濆。芊綿草色日初嚑，化爲雲兮碧氤氳。兒名倩雲美無倫，我言雲兒天之孫。兒言雲是花之魂，蘭心蕙質清且芬。意近體遠濃淡匀，戲着臨邛犢鼻褌。梭齒偶折逢謝鯤，懶向人間刺繡紋。徵歌逐舞日溫馨，雙蓮微動湘波裙。留身顧影何逡巡，沽嬌笑弄榴花尊。欲别不别時諄諄，憨聲顫語誰忍聞。馬明生即雲中君，雲兮同歸老姥墩。錢唐有□□□。晉初居此墩，採百花露酒。白頭太守王右軍，有詩不賦鶡之奔。掘頭船子兩槳分，不如歸去尋桃根。

用韓叔捷大參人日韻

如何今日人爲日，此日爲人真可惜。日爲禽獸人皆知，禽獸爲人人不識。安得日日皆是人，園棘免歌憂罔極。

先兩月常乘漲訪桃源主人不遇題名抱犢門而返復用前韻補闕

老松作濤竹作浪，桃花源頭水新長。兩槳船子一老公，青瑤歷歷寅緣上。此日思君君不知，訪柳尋花成獨往。抱犢門前題鳥歸，漁歌何處鬧斜暉。枯槎斫岸走蜥蜴，汎梗罣樹蹲伊威。榻懸誰下南州士，咄咄空高湖海氣。休將項領嗽名兒，玷我老缺殘牙齒。山陰雪棹亦復煩，白雲爲你長飛翻。欲問西園招隱意，溪花能笑鳥能言。

乙丑獻歲三日口號代東迎里中同社君子

天上招搖今指丑，人間遺老稱朋壽。人言舊歲不如新，我道新人不如舊。新人休説美韶華，舊人休嗟成老醜。曾見韶華易銷歇，若羞老醜非長久。小園寒裉花欲然，小院晴多春似畫。巧笑迎人洞口桃，柔條掃徑溪頭柳。爲語乘春好杖藜，且去尋芳共攜手。請君莫棄舊時人，好我同傾新歲酒。

續荔枝歎

嶺南今歲荔枝絕無佳味，亦大異矣。偶讀東坡先生海外集荔枝歎，戲用其韻而續焉。余友人韓緒仲酷嗜荔枝，因以相示，或亦共發此歎也。

華清玉骨化作灰，頳虬不受蠻雨催。聖僧已捧火齊至，絳襦仙人殊未來。去冬嚴霜擊炎海，迸碎虬珠春不綵。紅雲陣裡無星苞，頓使南珍闕今載。南珍自古遍南州，甘香絕勝閩與涪。若令今歲是元狩，舉酒何須酬伯游。天生尤物媚天子，豈必一物成瘡痏。獻珍貢異誰問瑞與妖，但願無妖即爲瑞。翰林主人五雲芽，人間煙火不敢加。自言一噉三百顆，天漿玉液不數盧仝茶。東坡亦言本爲口，食指君能無動耶。請君莫過方陳家，不如來看西園花。

蘇汝載乞食歌

閒閒道人真可憐，非儒非佛復非玄。兩隻青鞋遍大地，一雙白眼撐高天。半世生涯三寸管，欲把千秋常占斷。相逢便説肝膽傾，何事逢人邈河漢。腹中樣子不合時，如君安得不苦饑。吁嗟人間何食不爲乞，富貧貴賤總是墦間兒。萬錢不下君一箸，萬鍾不下君一粒。歸來裹足閉重關，滿目青雲不可攀。持鉢望門緣底事，纔説閒閒便不閒。乞食曾聞陶靖節，五斗能令腰便折。昌黎一飽歎無時，枉卻冷腸頻觸熱。謝仁祖勝陶胡奴，有食可就非吾徒。三那之庵在何許，高誼雲天五大夫。陳廉察、鄧參藩、劉廉察、韓翰檢、蘇明府，皆捐庵資伍拾兩。勸君乞晝莫乞夜，未必宰官皆長者。百年已結喜歡緣，眼下雄名何必借。墦間乞態日日新，自笑園公乞更頻。欲向千秋乞一物，不知檀越是何人。

問水歌

嗟余讀洪範，恒雨亦咎徵。問雨何以恒，有聽不能聽。咎急故罰寒，厥極無乃貧。天啟五年秋七月，伏金已半先天日。皇天降割何不仁，降割獨先余下邑。顯顯神君聽最聰，優優仁政咎非急。水哉胡然不潤下，金不收兮藏氣失。人言黑豬曾渡河，月雖仰瓦未離畢。何事滂沱七晝夜，彳亍商羊號颾颮。錚棧雷車駕陰帝，神鞭鬼馭驅狂狘。黑風吹城城已摧，黑蜧翻波波欲立。海底卷上天中央，冰夷起舞老蛟泣。金烏鎩翮天炲煤，崩雲潑墨如喧豗。共工無計竊帝壤，女媧不復填蘆灰。驪峯象嶺已搖足，浮山又欲還蓬萊。東崗爲碇不可繫，晝簸夜盪將摧頹。四百君無大力負，我且挾爾同上崑崙臺。回頭揮涕問城市，縱横大陸龍蛇起。弘農不遇公沙穆，刺山合窳何日死。朝鶩東陌變空桑，暮詑西塵同瓠子。懸釜枝頭哺鵠形，架巢屋角飧魚婢。神君一葉犯洪濤，爲聽嗷嗷歌玉蕊。蘜蒻未種羅浮山，竟日呼庚不呼癸。桑麻百里似漂萍，溝壑一時無汎髒。公序休誇蟻渡功，鄭僑應愧乘輿惠。老農曾賦省耕詩，賣劍買犢操豚蹄。滿篝滿車不滿願，穰穰更祝如京坻。忽聞屏翳括新穀，春穀更作春蛾飛。更聞玄冥税青苗，秋苗復逐秋濤馳。四境四民真不造，一目一足常相隨。秋斂前年已苦暵，春畊去歲曾啼饑。嗟今春畊又秋斂，粒粒盡貢無支祈。醫瘡已剜眼前肉，負薪更苦毛無皮。前年不及今年苦，今年復抱明年悲。仰事俯育不必問，舊賦新税誰能支。師行糧從急如火，仰屋縣官無復之。室罄欲賣無丁男，呱呱僅有懷中兒。柳州曾説寧捕蛇，盈之尚欲月攘鷄。手援胥溺出魚腹，蒲鞭忍復加瘡痍。稽首神君真樂只，民饑民溺思由己。請蠲請貸請民命，勿謂君門常萬里。倩誰爲扣虎豹關，何日滄洲見黄紙。吁嗟乎，杖藜泣血迴白頭，且向西園歌問水。

日昇霞舉詩爲邑侯袁谷孫公覽揆而賦也侯以壬戌秋八月分城南海以乙丑秋八月課績羅浮時都御史臺御史臺未獲交承故侯之最未上而璽書未報八之日則侯之覽揆也羅浮之父老子弟一則以喜矣吉祥善事巧於相值如此惟侯以文事飾吏治以美意行良法求之兩漢文苑循吏傳中業已前無古人不肖萱嘗以三曹抱關於侯之德里縞帶之歡葢世講焉故侯式廬則停鑣輟輒問俗則解帶開襟東閣吟花有簡必授南樓對月無酒不同形骸盡捐肝膽相照葢誼爲君民恩爲父子矣去歲

是日侯方校士棘闈康爵未舉間者犬馬之辰侯輒先施珠玉以勖蒲柳而賁衡茅既非捐縻所能明報萱更自念西園高枕卒歲優游非侯之賜不及此故嘗爲侯賦省耕詩及問水歌以副名山備採風者是役也敢復以瓦礫形穢自外乎乃鼓腹而歌從諸父老子弟之後若徵書一下則峴首之碑尚濡毫俟焉

八月八日秋正新，月雄酉仲長庚明。喜聞千秋之節後三日，元成節前一日天生中。仙家以是月五日爲千秋節，九日爲元成節。罨畫溪頭擁浮玉，四安八座鍾靈淑。九龍東走笠澤西，狼北狐南光煜煜。欄干三百真垂虹，誰挹金波濯玉龍。角亢仙人坐奎壁，前身子乘今興公。漢孫虞，字子乘，善周易，爲田何師。應期名世由天錫，五百年來侯即一。金聲曾賦赤城霞，絳帳曾傳田氏易。凌雲彩筆正翩翩，掉鞅文壇四十年。五車已飽三餘力，一日能操萬古權。摩天忽取斜飛勢，吏隱羅浮疑玩世。軼塵神駿旋蟻封，覽德祥鸞棲野枳。視民如子邑如家，行春不種河陽花。掃除城社絕狐鼠，恥納溝壑驅龍蛇。七月霖雨害於粢盛，侯嘗爲民請恤，賦靈雨篇示民。最奏循良逢覽揆，赫赫璽書天上至。郎星光並壽星高，象嶺驪峯團紫氣。五色雲中四百君，驂鸞駕鶴乘飆輪。一君爲侯祝一歲，華封三祝何足云。雨露桑麻春百里，壤父康衢歌樂只。已知遐算壽如山，祇是一官清似水。官清似水樂難支，更進榕溪水一卮。飧冰茹蘗兮肺腑不受一塵染，寖昌寖熾兮斯年億萬以爲期。西園遺老九頓首，請誦日昇霞舉詩。

秋日豐湖宴集田伯善少參汎舟候月縱談玄教見貽便面詩畫次韻賦答

涼飆滌殘暑，灝氣肅澄湖。在藻波跳魚，遡月車爲鳧。鸞驂鶴馭來瓊都，鈴閣秋新戟集烏。曾握璣衡懸水鏡，窮搜海岳披蘿圖。秉圭植璧嶺雲東，紫氣臨關正鬱葱。玩弄金鐺漱沆瀣，雕鎪玉斧驅神工。燕市憐余曾擊筑，出守夜郎慚抱蜀。自知後世玄爲揚，欲免今時佞非祝。黑頭上公飡九霞，咳唾九地光明沙。濯魄冰壺已湛月，凌雲彩筆今生花。煙霞老我亦成癖，曳裾不作歌魚客。鼎邊雞犬白頭人，何日相攜同拔宅。

送吳養志明府擢任之建昌

使君昔住飛雲峯，桃花滿地皆春風。使君今遊飛猿嶠，寂寂桃花生綠蔦。綠蔦牽蔓蟀蟋鳴，野人走看車彭彭。矴岡老父持錢送，麻源兒童拍掌迎。螭碑百尺世不改，行人指點淚如灌。我思使君君再來，榕溪明月長相待。嗚呼，榕溪明月長相待。

贈友

翼軫之東金天開，石樓紫洞分蓬萊。溟渤吹成五雲氣，素女削出蓮花臺。蓮花臺閣中天起，五岳三山宛相似。絕頂翻廻日月車，飛泉上接星河水。飛泉絕頂相洄沿，鐵橋直與東瀛連。側岸倒映崑崙雪，浮雲西入蒼梧煙。我臨夜日望滄海，紫氣猶疑仙人在。三十二峯冠簪明，蕩清嵐靄遙相待[一]。金荳著花幾回拂，玉檢遺章不能讀。游龍矯首玉潭空，歸鶴重來海桑綠。我入羅浮久歲華，君遊豫章早迴車。飛雲峯上振衣處，共揖丹丘弄彩霞。

［一］靄，底本原作『藹』。

贈曹子野

子野遊吳昌，葢以余爲地主也，乃不具其橐裝。及索詩贈，又長安所久逋者。居兩月，復不能得一語。此亦有命以左之耶？子野曰：『有命。夫阿賭物固與曹生左。子之詩，豈亦左曹生者？』泊舟關門，必欲得之乃去。時啟閉紛拏，不得暇聲偶，乃走筆賦而投之，竟不能工。夫詩之工拙，亦有命哉！一笑。

古人之生皆紀日，即以其日命其名。商人之興帝天乙，口丁曰甲丙與壬。我生之辰日安在，談命主日古足徵。史於方冊稱日者，日官底日以居卿。後世流傳作命術，虛中李氏徐子平。維楚有才曹子野，獨於刻數得其精。時有十二刻凡幾，一刻一分濁與清。貧賤富貴壽與夭，百不失一聞者驚。嗟余□沉混塵垢，憑君沙滌淘清泠。子平書名沙滌經。手按甲子六十珠，□□特講，手按卒甲子，落如弄珠。樹花同發殊枯榮。吾□不復爲世用，甕韲未遺心屏營。樂日常少苦常多，力問命答難舌爭。劉盧同生年月日，兩家羊酒□客并。當時子野幸在門，若爲分剖談官星。西門□宮君試看，丈夫賭命如投瓊。倏身以俟求在我，一委於天穫弗耕。

贈別謝垂之館賓解帷還寶安

清音閣下江如練，五色飛來雲冉冉。誰懸絳帳領春風，高霞萬片供驅染。毫揮紙滿人皆驚，前身可是謝宣城。龍氣漸看輝北斗，鵬摶猶未徙南溟。驪峯主人陶靖節，犬子豚孫總癡絕。年來不覓栗與梨，相攜共立程門雪。籯中有經傳素王，焚膏繼晷聲琅琅。安得隨君舉六翮，翩翩天路相翱翔。蒲帆不繫榕溪樹，笑擁皋比何處去。願君莫忘百尺樓，時時寄我驚人句。

西園公清福圖歌

此中有人人不識，半生清福世難匹。出門不問陰與晴，兩鬢蓬鬆常戴笠。路行不問平與陂，兩腳跟蹹惟着屐。彳亍豈畏行泥中，褰衣卻似防荊棘。茫茫天地大如許，爾狀胡爲偏跼蹐。共說前身是歲星，目光炯炯能射人。便便腹中何所有，有物不合時人情。相逢開口但長笑，如狂如醉如頑冥。年過半百未爲老，自歎避人胡不蚤。徬徨四顧將何之，土木形骸殊潦倒。豈從湘水問三閭，豈向商山尋四皓。接輿荷蕢豈爾徒，易殺飯牛何足道。有母有子且有孫，饘粥有田居有村。獨無朋友及兄弟，一形一影相盤桓。無名無字并無姓，不衣不履亦不冠。非儒非老復非佛，瘖痳周孔懷璵璠。有時焚香讀内景，有時合掌皈空門。好水好山時汗漫，漁人讓澤耕讓畔。入羣鳥獸皆不驚，愛憎何事猶相半。人之君子人小人，呼馬呼牛那可問。此圖一出滿堂哄，亦知狀貌非凡庸。廟廊城市無此輩，煙霞丘壑時能容。按圖試去問老圃，老圃不識問老農。溪邊老漁拍掌問，戴笠着屐來何從。春夢婆子卻驚答，可是學士蘇坡翁。世人爭欲問其狀，暗中模索難爲工。清福古今只有兩，是耶非耶將無同。吁嗟乎，是耶非耶將無同，東坡老子西園公。

兵車行次杜少陵韻

車轔轔，馬蕭蕭，黃金壓肘玉垂腰。入山直探虎豹穴，跨海笑踏黿鼉橋。千金死士勇百倍，叱咤勝氣皆籠霄。弦高不是犒師人，馬邑聶壹空頻頻。去年殿前戲拔河，今年塞下歌原田。健兒夜夜望太白，太平宰相今乘邊。魏絳五利亦徒爾，稇載金繒何日已。胡笳且莫奏涼州，請聽人歌圃生杞。屠耆久已連車犂，黑水之東青海西。乘軒空誚衛懿鶴，蘊火誰放田單鷄。衛律不可問，翕侯何足恤。搏沙驅市人，執冰嬉士卒。三北恥未雪，六奇計安出。不惜頂踵捐，且鬬身手好。坐致昇平答至尊，帶礪河山非草草。君不見貳師祠前句山頭，黑雲壓城凍不收。鴟鴞食椹響未革，啼飢百鳥空喧啾。

喜長安解嚴次杜少陵洗兵馬韻

旄頭夜落瀚海東，喧騰凱唱來渾同。琱戈自是臥宣榭，鐵馬不復嘶回中。祈父借籌數躡足，將軍坐樹不言功。藁街未懸郅支首，楛矢先獻明光宮。何用徐行幸細柳，不須遊獵擬崆峒。六龍已捧躍淵日，萬里誰乘破浪風。王母益地乾坤小，梯航萬國猶言少。舌人爭請指南車，旃塗畢勒煙波杳。四門常闢庶尹諧，坐使癡兒官事了。三川曾頌黄河清，千乘更言巢鳳鳥。青雲干日復連月，非煙非霧常縈繞。解鞍山積漢營空，枕戈雷鼾胡天曉。大散嘉陵已兩當，大散、嘉陵，兩關名。故漢置兩當縣。李陵錯作右校王。拊髀忽赦雲中守，四夷崩角皆離強。管子。從公于邁無小大，執簧君子招由房。特拜璽書頌鉢露，金名。橫賜褊褌佩冰蒼。鬱律清宵閲度索，豐隆赤日驅方良。惡鬼名，見張衡賦。千年寶露滲九有，八極和風遂百昌。卻馬焚裘長罷貢，居有守兮行有送。轉憶前年沃蕉釜，卻悔一時將漏甕。見史記趙世家。麟閣今圖屬國形，浯溪再刻□□頌。單于馬足不敢縛，見漢書武帝紀。輪臺沃壤何須種。曾聞赤蛟綏載歌，復說玄狐裘入夢。天生五材誰復能去兵，聖人必不得已而後用。

庚午守歲戲筆

西園公，無名氏，老向人間亦徒爾。六身二首是耶非，人説明朝七十四。七十四，可若何，一不爲少百不多。踽踽涼涼心悄悄，行吟澤畔空婆娑。覿面相逢人不識，縮踵卻行猶畏跡。莫怪窮猿好擇林，自是放豚難入笠。非仙非佛亦非儒，半農半圃半樵漁。有時冠履自桎梏，兒童笑唾鬼揶揄。自惜當年好身手，轉瞬如何成老醜。頭童齒落面凍梨，兩足蹣跚柳生肘。目昏耳聵非故吾，掉頭不受人招呼。昔爲長物今棄物，止有一口常胡盧。終日胡盧有何意，傀儡登場滿街市。一雙白眼瞪不開，兩豆何妨堅塞耳。尚留一腕能匠心，賦成不換長門金。據梧時讀太昊易，擁膝惟賡梁甫吟。今夕何夕云除夕，兒女燈前皆繞膝。柏酒椒盤爭獻翁，願翁百歲皆康吉。翁言爾且打灰堆，如意今從彭蠡來。餔糟請共醉司命，沿街更莫賣癡呆。癡呆還與阿翁買，買得癡呆長自在。癡呆若早還阿翁，何致胸中常磊磈。問翁何事耳失聰，鶡冠免洗將無同。烱烱欲收巖下電，得無負此青方瞳。知翁視聽故無患，聰明自誤常嗟歎。雷霆過耳若罔聞，不放乾坤入吾眼。阿翁好語兒與孫，今宵婪尾須盤桓。李畋深宵喧爆竹，山魈白晝如雲屯。虎皮金目竟何益，自昔高明鬼瞰室。且將竿燎照污邪，共祝明年瓶滿粒。兒孫酒罷休嗷嗷，副在名山付汝曹。有口須吞豫讓炭，療飢不乞於陵螬。園公名氏亦難記，交絕途窮蹤跡秘。但聞常入鳥獸羣不驚，可是崇禎四年混沌氏。

又吊朝雲墓用陸岱瞻明府韻

君不聞死同穴兮室異穀，溫柔鄉即迷香窟。浮花浪蕊何煒煒，安得餘香長不滅。前身曾遇楚襄王，陽臺一別無消息。嗟爾芳魂雖侍妾，得侍東坡情自別。生杭西湖兮方待年，來惠西湖兮遽永訣。棲禪寺即六和塔，何必首丘尋故宅。始信紅顏真薄命，信根淨業皆前定。歡樂由他總是空，六如不用重相訂。登幕沾泥同一律，東坡情癡非在色。三三橋畔日飛花，爲襯芳魂戲綵霞。鶯啼燕語春常在，休將日影問寒鴉。西湖新主謫仙人，種得桃花萬樹新。鳴琴多暇喜憑吊，綵毫獨與坡公賡。尋芳覓句日霏玉，一見西園眼又青，胡爲乎一見西園眼又青。

甘霖歌爲郡大父荊侯禱雨有應而作也時余方課耕於朱明洞口歌雲漢者數矣一旦雨公田以及我私伊誰之賜乃鼓腹而歌甘霖以竊效大田之詠因假筆硯於沖虛觀主書其左壁請俟磨崖庶觀風者得詳覽焉

羅浮之陰豐湖濱，黃童白叟何欣欣。舉手加額且傾耳，聽我老圃歌甘霖。天啟二年秋七月，滿地渴鳥啼不絕。蚤稻登場僅療飢，晚稻栽秧纔半畷。吁嗟今民亦何辜，五月不雨六月租。蘊隆蟲蟲既太甚，上原下隰皆焦枯。月已彎弓仍兩額，雷車不踏豬龍宅。可是天公雨禁嚴，馬鬣瓶傾無一滴。三部督郵才且賢，獄無東海上虞冤。土不黠水陰或閉，水豈干土陽恒愆。他歲暵荒猶自可，暵荒今歲痛殺我。宿逋督促充軍需，疊稅勾呼赴官課。一年耕鮮兩年藏，三年肉補一年瘡。今秋無年便無肉，千瘡百孔難禁當。瞻卬昊天寧莫聽，誰爲何辜民請命。神君慈父有荊侯，日旰輟餐宵輟枕。輟枕深宵獨攬衣，侯曰民飢由己飢。山川羣望已遍走，內庭露禱長歔欷。灼膚烈日不可邇，自宮徂郊三十里。卻輦撤蓋暴日中，面目如黧足應瘨。一步一禱汗一揮，揮汗成雨雨即隨。東隅日出正杲杲，西郊雲密已垂垂。頃刻垂雲紛四布，社公社母爭呵護。盤敦不用斬蒼鵞，甕水何須浮蝎虎。抽針擢穎遍周原，東阡南陌笑聲喧。共道十旬無破塊，爭驚一雨便傾盆。不是珠，不是玉，此是膏脂千萬斛。私債完，官租足，十城枯骨皆生肉。荊侯一德格重玄，天公降監民徼福。此福誰能旦夕徼，上格重玄有六條。拯溺救焚懸已解，布新除舊瑟常調。我侯下車纔半載，親賢樂利垂千載。受廛幸是聖人氓，永賴天公仁且愛。君不見扶風太守喜雨亭，未聞一禱通神明。一雨三日何足喜，神功自合歸冥冥。今秋有年實侯賜，多魚有夢歌盈止。奉此神功何所歸，歸我荊侯千萬祀。白首青山植杖翁，甘霖歌罷樂融融。願言百室皆盈堵，共去磨崖西百峯[一]。

［一］西，疑爲『四』之誤。

壬申冬韓宗伯止園賞梅花夜歸讀蘇文忠公十一月羅浮松風亭梅花詩次其韻再賦

尋芳何必羅浮村，芳林自足留芳魂。主人愛花更愛客，折柬投轄無晨昏。青衣不入終南徑，玉骨豈貯華林園。萬紫千紅已銷歇，孤芳誰與相寒溫。天香國色迥獨立，趨炎笑彼迎朝暾。師雄一夢不復返，孤山處士時到門。廣平相公有佳賦，夭桃穠李噤無言。東皇着意勿輕擲，西園日日能移樽。

次日小園看梅花獨酌再次蘇韻

羅浮梅花別有村，白頭村主招花魂。幽香萬斛媚幽徑，皎皎不受纖塵昏。芳名可入石湖譜，孤蹤獨寄於陵園。攀枝嗅英轉芳烈，迷香何必誇春溫。誰向城頭歎搖落，三疊畫角東方暾。春光豈欲漏消息，不尋朱戶尋柴門。瓊瑤滿樹入鼻觀，天香沁骨誰爲言。汝花有神更有意，臨風眷戀西園樽。

小園梅落又次蘇韻

歸雲忽失溪上村，冷月凄斷梨花魂。姑射仙人太無賴，散步衡寒煙樹昏。崔國輔詩：『蒼蒼煙樹昏。』橐駝驚報雪滿地，下帷老子來窺園。玉鱗片片香馥馥，商氣雖播難收溫。湛方生賦：『秋夜清白兮，播商氣以收溫。』揉冰擲玉點池水，龍涎盡吐渾溫暾。蘇文忠和王公濟梅花詩：『檀心已作龍涎吐。』韓愈詩：『池水暖溫暾。』芳名豈雜湘纍佩，玉奴已謝東昏門。蘇文忠又梅花詩：『玉奴終不負東昏。』幽期信是歲寒伴，馨香自媚誰能言。對月巡簷萬籟寂，惟我與爾同孤樽。

蘇文忠公羅浮松風亭下梅花詩凡三章，皆一韻。朱攷亭和李伯玉梅花詩及得元履書前後賦梅花亦三章，皆蘇韻也。余因次其韻，亦得三章，不知可從文忠、攷亭之後，以唐突花神否。

鳩逐婦有感而作

萬斛春光百尺樓，陰雲忽布風颼颼。芳草迷煙滿林雨，憑欄笑問林中鳩。天生爾鳩性固拙，汝夫汝婦亦奇絕。雨即逐婦晴喚歸，一逐一喚有何說。人間夫婦豈爾禽，偕老齊眉無二心。好合何人肯逐婦，請君常誦白頭吟。

路行難丙子春三月寄懷陳集生宗伯

難行路，路行難。荊榛荒穢已盈徑，豺虎咆哮今滿山。問君胡爲乎，朝看壁，暮尋關。棲棲道路足蹣跚。風塵一墮自紛擾，日月已逝難追攀。儀秦既悔日傳食，韓彭亦悔常登壇。何如眼前一杯酒，使我日日開心顔。勸君回頭早裹足，吁嗟乎，難行路，路行難。

丙子三月三日用杜少陵韻

百尺樓前春正新，天公有意娱老人。長林豐草樂更真，花氣芬芳草色勻。開門掃徑邀青春，衰年有夢仍紱麟。晝長何所事，如澠美酒時沾唇。酒罷何所之，孫曾四五常隨身。殘山剩水日相親，墻東避世非避秦。舉頭歎彼啣蘆雁，翻身喜若縱壑鱗。有時溪邊閒濯足，有時石上閒垂綸。瓦盆石鼎無纖塵，黄粱春韮殊甘珍。陽春有腳花有神，尋芳常涉桃花津。花下持螯日幾巡，窪尊泥飲草爲茵。唾壺閒擊歌采蘋，漉酒尚有頭上巾。坦蕩蕩兮，不知何以擬其倫。難窺測兮，生平不喜亦不嗔。

丙子楚警解嚴用李長吉鴈門太守行韻

妖氛欲淨旄頭摧，陣雲萬里劃然開。將星炯炯五雲裡，血流漂杵楚天紫。枕戈雷鼾瀟湘水，日已三竿猶未起。指揮能事皆如意，十萬義軍無一死。（以上西園存稿卷三）

全粵詩卷四二八

張萱三

奉和太史瀫陽趙老師遊羅浮詩六章

歲己卯，師以翰林學士忤江陵相，左官嶺南臬副，同考棘試，時余以諸生第一人入試，爲師所賞識，即未獲雋，亦感恩知己矣。師遊羅浮，呼余以從。余獻羅浮一賦，凡萬餘言。因命余次其韻，時己卯冬十月也。

宿沖虚觀

落日千山寂，高天萬木清。相期拾瑤草，有夢繞層城。瀉月今宵酒，吹風何處笙。山靈應見待，敧枕不勝情。

過青霞谷

扶筇登疊嶂，蠟屐踄高霞。爲尋方外侶，來問野人家。磴曲雲常臥，林深日易斜。呼朋頻命酒，同嘯月中華。

訪石洞山房

避地曾遺世，逃名但索居。五株陶令柳，萬卷鄴侯書。石髓和雲煮，芝田帶月鋤。亦知吾道拙，便覺□情疏。

宿黄龍洞

地僻塵應斷[一]，山空翠欲浮。吹霜嵐瘴少，溥露樹陰稠。百折羊腸曲，千盤鳥道修。詩成意蕭颯，不是賦悲秋。

望玉女峯

未向墉城去，閒遊桂海間。綺霞垂綵袖，香霧染新鬟。不是望夫石，非同倚市顔。惟看明月下，幽意似相關。

登飛雲頂見日峯

縹緲三峯外，峩峩峯上峯。未嘗煩漢禪，更幸免秦封。拔地東溟秀，摩天南戒宗。中宵即見日，天外尚疏鐘。

〔一〕 癖，疑當作『僻』。

廣陵邗溝懷古

一名韓江。魯哀公時，吳夫差始爲溝，以通江淮。秦漢興，不廢。至隋大業，幸江都，乃廣四十步，傍植柳樹。故白居易曰：『西自黄河東接淮，緑影一千三百里。』于是揚子之江過堂邑，由山陽瀆入淮矣。然夫差溝之而吳亡，劉濞濬之而國斃，煬帝廣之而隋禍，悲夫！

不盡邗溝水，微茫日夜流。潮連揚子渡，煙接海門秋。樹影浮荒堞，蟬聲到客舟。興亡無限意，落木共悠悠。

廣陵弩臺懷古

臺去城西北四里而近宋，沈慶之攻竟陵王誕時所築，以射城中。入陳，而北齊敬子猷據廣陵。于是陳將吳明徹益增築之，亦伏弩其上，遂破子猷，故又名吳公臺。劉文房有登吳公臺詩，因次其韻。

遺鏃聞耕叟，登臺傷客心。初煙扶岸上，片雨隔溪深。往事隨芳草，秋風生遠林。南朝一溝水，嗚咽到如今。

廣陵九曲池懷古

隋煬帝爲木蘭於池上，作水調九曲，每遊幸，按之，故曰九曲池。

水調新聲盡，池荒遍綠苔。晚雲疏遠樹，野色上高臺。徑草閒能碧，籬花寒未開。空憐蛙閣閣，曾雜管絃來。

冬日過韓寅仲尊生齋留酌

暝色薄前楹，清尊晚復傾。長貧非罪歲，吾道且尊生。樹有知還鳥，欄餘未落英。秋光渾不盡，蟋蟀兩三聲。

古滕道中得家報

正有他鄉淚，驚逢故國人。計程三閱月，問信一舒顰。紫氣東來合，浮雲北望頻。無端楊柳色，偏逐馬蹄新。

胡忠父先生歸自五羊不獲省試輒有江湖之想作此奉訊

江上初歸客，秋風泣路岐。無從問季主，且欲學鴟夷。生計遊應減，風塵老自知。雄心當未耗，莫訝鬢邊絲。

相逢皆失意，之子獨狂歌。自笑吹竽去，其如按劍何。人歸芳草合，門掩落花多。尚喜侯芭在，時能載酒過。

過陳二酉緑水園時二酉客金陵

爾曳長裾去，余蓬短鬢來。晚風吹杞柳，野鳥伴蒿萊。看竹何須主，懷人獨上臺。開尊聊極目，秋色不堪裁。

送韓伯聲令宣化

已翥雲間舄，今乘海上桴。爲儒稱信史，作吏得名區。野色浮葭菼，秋聲到蟪蛄。懸知下車日，紫氣滿蒼梧。

分野三湘北，專城百粤西。且馴蒲邑雉，莫哂武城雞。事簡官能傲，山名詩有題。亦聞饒桂樹，莫惜寄幽棲。

緯象占郎宿，清光切上台。問程一月至，候吏隔州來。柳迎銀艾舞，花覆印牀開。衙散無長事，琴鳴鶴上臺。

此亦趨庭地，因君感歲華。公衙對銅柱，官俸請丹砂。春雨椒多實，秋山桂易花。倘逢諸絳老，試問舊桑麻。

悵別神仙令，深慚肺腑盟。河橋將進酒，津樹遠含情。好月臨晴水，飛花拂去旌。應憐江上客，歲晏蹇無成。

家仲招飲西醮樓用友人韻即席賦

傑閣棲平莽，清尊傍曲流。亂峯新霽合，萬井積煙收。酒自高陽侶，人同河朔遊。倚闌情不極，鷗夢正悠悠。

夜宿東山店同吴子燦小酌

共對一尊酒，相將萬里程。寒深貂毳竪，風疾馬蹄輕。驛柳依人緑，春星照劍明。敝裘吾亦得，雨雪任縱横。

贈琴妓

曾按哀蟬曲，閒調冰繭絲。目成投果處，心挑送鴻時。自笑臨邛倦，空憐縹嶺期。夜深香一縷，共譜白頭詩。

炳兒移家從其婦翁雝南署中舉孫堪而歸得報志喜

相宅蒼梧勝，充閭紫氣迴。孫枝今已茁，祖德未堪裁。壽母含飴弄，衰顔待爾開。乃翁元佞佛，爾卻自西來。

邊馬有歸心闈試

剩有横行意，其如遠道悲。自矜洼水種，悔逐并州兒。苜蓿春能幾，蒲萄入尚遲。因之嘶野草，不爲朔風吹。

雲霞出海曙 閣試

爽氣朝來滿，遥瞻若木東。影連鮫窟湧，綺散蜃樓空。五色正璀璨，九光紛鬱葱。重暉應表瑞，傾向愜葵衷。

人日孫一之年丈招飲醉歸賦謝

帝里星爲客，王正日是人。晴浮雙闕迥，暖向百花新。共渴金莖露，先邀玉殿春。俸錢雖未乞，尊酒莫辭頻。

贈邵熙臣太史册使唐藩

儤直渾多暇，開尊已數迴。春光逢七日，佳氣接三台。歌罷花垂露，詩成月上臺。不因金鑰永，那得玉山頹。

帝胄開荊甸，皇華出漢宫。青雲分郄桂，绛節捧虞桐。湯沐屏藩舊，河山帶礪雄。勝遊多麗句，攜得大王風。

省南上人長安乞諸朝貴爲書金剛經鐫石時有中貴人欲爲開社者余喜而賦之

已禮名山遍，閒棲紫陌邊。法從文字乞，檀結宰官緣。講席研松露，香廚煮艾煙。日聞新譯偈，先向内廷傳。

莫春柬林咨伯太史

帝里春將莫，他鄉客獨顰。風塵雙短劍，天地一畸人。不惜黄金盡，空餘白首新。應憐掃門者，早爲報平津。

恨别驚千里，論交憶一年。兵戈衰鬢外，樽酒落花前。遠道思芳草，深山啼杜鵑。故人在霄漢，誰覓孝廉船。

贈豫章符念曉貳守臨汀

佐郡推才子，分城亞大夫。一囊廬岳句，半壁武夷圖。貢罷金休鑿，民囂賦易逋。隙光鄰可借，莫惜慰來蘇。臨汀地連東粵，故有鑛務。

凌雲曾共賦，抱璧不同歸。才大干時拙，官閒乞禄微。嶺雲含日出，溪鳥逐花飛。少府原多暇，應能念采薇。

奉和瀫師趙相公懷山八詠用韻

棲真居士

息駕意何如，黄扉賦遂初。紫芝長柄鑱，白鹿小柴車。日暖松眠鶴，溪寒藻上魚。洞門雲五色，長護紫泥書。

六虚主人

冥棲疑畏壘，妙道自崆峒。竅豈五丁鑿，迷將七聖通。層城臨窈窕，絕巘削鴻濛。清切三台近，瑤光滿碧空。

二初牧侶

短笛晚煙稠，冥鴻起別洲。偶隨黄犢去，獨與白雲留。洞僻泉聲古，山空月色秋。時逢息心侶，共説采真遊。

靈溪漁父

溪源巖罅細，花氣水邊清。夢起三竿昃，風廻一葉輕。約荷收獨繭，對月濯塵纓。舟楫從茲去，煙波空復情。

紫霞洞叟

嶔嵌寒矗矗，鬱律翠盤盤。彩散千峯碧，光浮萬木丹。疑從赤城舉，長共紫芝餐。何日來金母，相將駕玉鸞。

白雲樵客

鳥道俯岧嶤，蟬聲破泬寥。术腓和石煮，碁罷帶雲樵。寒水依林曲，晴花度竹飄。青山吾自老，黄鵠不須招。

湧雪寒翁

洞闢千年秘，寒深五月天。遥聞塵是玉，曾否火生蓮。坐石看雲起，披裘對鹿眠。山中無甲子，高臥不知年。

玉露丹仙

巖古蘚封扉，樹深雲濕衣。瑤華浸月冷，仙籟隔花微。白日雙鳬去，青天一鶴歸。已攜東海棗，不數北山薇。

爲趙公子仁甫贈楊叔嘉

不識楊生面，人言宋子都。臨風思玉樹，對月憶冰壺。秀色宜餐處，芳蘭竟體無。書裙須綵筆，遲爾酒家胡。

詠區用孺太史邸中雙槐

坐愛雙槐蔭，庭昏未夕天。深枝羣乳雀，密葉響高蟬。影碎花磚日，晴分御苑煙。最宜閒對處，朝罷枕書眠。

客散重門靜，涼生一院幽。屯雲雙捧蓋，護日半依樓。綠滿晴疑雨，陰垂暑亦秋。佇聞絲竹動，急爲報瀛洲。唐尚書省有古槐，每聞樹間絲竹聲，省中即有入相者。時朝廷適有大拜之議，故竊及之。

送存公歸中州

白足何人伴，青山幾日程。宿根原慧業，餘習得詩名。少室松收粉，梁園雪煮鐺。由來乞食處，不羨五侯鯖。

讀王伯度孝廉方内外言賦此以贈其歸

握手無多日，論交憶十年。風塵俱老大，道路轉迍邅。城晚霜嘶角，江秋浪穩船。即歸歸亦得，書已國門懸。

贈劉浴之進士令鹽城

白日鳴琴吏，清時製錦才。囊無金錯剩，盤有水精堆。近海雲霞滿，排衙鶴鸛來。綈袍尊酒別，秋色不堪裁。

南旺湖作

空濶平開鏡，泓澄寒浸雲。青徐一水隔，南北二流分。落日煙霞色，西風鴈鶩羣。漁人不可見，歸唱隔堤聞。

自大野至任城口號

今朝纔放溜，彌月苦牽縴。薄晚市煙積，新晴野渡諠。當罏喚嘗酒，繫檝坐挑錢。頓頓饒蝦菜，疑乘范蠡船。

九日平原舟中

秋色日云莫，客行猶未休。微霜渡遠水，寒雨逗歸舟。九日殊方節，千山落水愁。不知三徑菊，開遍幾叢秋。

晚霽楓能碧，遥天鴈正孤。未逢陶令菊，轉憶漢宮萸。客有白衣至，時方舟者吳黟源以讀禮南還。江從錦纜紆。登高無處所，駐檝湛村酤。

金山寺逢觀微上人至自里中

福地遊方遍，浮雲意自閒。江船乞食去，海會泛杯還。淨口中泠水，埋名北固山。因逢故鄉客，一笑出柴關。

柬茅平仲

不見茅君久，停舟擬暫過。風塵雙鬢改，蹤跡十年疏。山色饒叢桂，江煙吹薜蘿。知君應漸老，詩律近如何。

贈閔壽卿時壽卿將入武夷卜築

未向桂叢隱，時從蓮社遊。名山雙短屐，塵世一浮漚。把酒月臨水，題詩風滿樓。更聞買山計，欲賦幔亭秋。壽卿結庵於金山，日一漚。

登金山寺四首

潤岸連瓜埠，孤標控潤州。龍宮鰲並駕，鮫室蜃爲樓。隔浦夕陽下，他山獨樹秋。不須鞭石去，此地有丹丘。

水國開金界，江天聳玉臺。中流雙砥柱，一水兩蓬萊。古刹臨無地，毫光接上台。憑高最蕭瑟，風雨隔江來。

照水煙鬟矗，凌波玉笋孤。更疑北海若，擎出碧珊瑚。日落蛟龍立，天高鶴鸛呼。鐘鳴僧不語，寒色滿菰蒲。

海口霞明樹，波心月渡僧。拂雲高頂竹，照水下方燈。天遠孤城壯，潮平怪石層。閒過竹院話，淨飯共南能。時有里中僧觀微者，卓錫于此。

庚子元日過趙鈞甫絢霞舘

歲獻江邊客，源尋溪上花。林深春似酒，日煖樹爲霞。山向樓心矗，門隨石嘴斜。乘風還有約，從爾覓胡麻。

夜宴趙文鎮環玉舘

客自竹林至，春歸楊柳時。臺當金嵂崒，溪繞玉逶迤。月下栽桃葉，花前譜柘枝。君名雖第五，何必減驃騎。

大安驛

古驛宿倦客，昏鴉啼遠林。月當高嶺小，花傍短墻深。辮髮盤蟬額，當鑪操鴂音。行行近鄉國，沽酒且開襟。

正月十四夜飲朱廣文齋頭

春風吹苜蓿，夜色浄篔簹。三五分今夕，寒暄敘一觴。尋山聊輟軛，對月欲沾裳。燈火歸驂晚，應憐似葛彊。

過亡友韓伯舉拊缶亭故址撫今追昔得詩六章敢曰招魂亦以當泣

拊缶音初絶，迎薰閣便開。玉樓看漸遠，華表幾歸來。礙日林初密，翻風葉已摧。不知若箇樹，係汝手親栽。

籬花元的的，徑草尚毶毶。聲吞柏舟婦，血濺影堂龕。往事誰能問，交情今始諳。千秋還獨擅，何必重生男。

主鬯依難弟，遺文起後人。一生唯好客，到死不言貧。門巷渾如昨，池臺倏已新。青山空滿地，痛絕未埋身。

人欲百身贖，余慚一束芻。别君如旦夕，邈爾隔山河。臺徙題詩石，林非掛劍柯。傷心舊遊處，雙屐畏經過。

諸子皆無敵，心期獨與君。風流翻鬼録，魑魅尚人羣。白日徂哀壑，青天哭斷雲。西鄰今夜笛，莫遣月中聞。

重過披帷處，因悲易簀初。亦知須嫁鷟，空欲效鳴驢。闃帳參書鬼，囊琴卧壁魚。自慚簪筆者，猶未奏遺書。伯舉病革，以遺文見囑。

靈洲寺留題

已識衣冠氣，閒過鷗鷺羣。雨鳴當戶竹，亭宿渡江雲。倒影孤臺直，浮天一水分。逢僧無别話，掃石坐氤氲。

歸興詩

余既爲秘書郎，僅七月，即欲以病免。客有謂余利齒兒，余笑而不答。久之，得請，乃不能具辦裝錢。客曰：『子固慮餓欲死耳！』嗟，嗟！十五年青衫，撲遬道路，弗獲博一第。今且被拔擢，避世金馬門，猶能弄筆硯人主前，可幸無罪。亦何必坐擁百城，竊民膏脂自潤，求田問舍以驕妻妾，令所識窮乏德我？余故起田間，先大夫官止一令，輒垂槖歸。母夫人旦夕拮据，尚不足佐伏臘。兄弟二三人，出且無常衣。即余及仲，幸公車續食，猶數令布衾木枕，時入子錢家不少休。貧固不忍棄余，余又何忍棄貧也？今母夫人七十有四矣。先大夫捐舘，余及仲方困待公車，季弟稍勝喪，即從地下。至以未亡人哭少子，幾不欲起，遂善病。故年來膝下歡，惟余及仲。今仲方擁青氊括蒼山中，不可自拔去。而余復羈宦京國，隔絶萬里外，能朝矚指而夕奉輿乎？宜歸一。被服爲儒，屈首功令。然每讀博士家言不終卷，輒欲伸足合眼。性故書淫，往家金陵，亦稍稍能畜書，常竊愧鬼且夜哭矣。宇宙如許，奈何東西京後，輒令盲公腐史寂寂笑人。因盡取二十一史刪潤之，補缺畧，正繆戾，冀成一家言。十且五六，計其卒業，尚須十年。一行作吏，便當高閣。千古盛事，人壽幾何？宜歸二。孔門四科，不如明朝一第。余有是言，世亦應爾。今頭顱可知，眉目若此，猶能從項領兒童，揄揶鬼子，作老孀倚門粧乎？即當事者，稍爲刻畫，亦當別具一脊梁。是以道傍苦飣餖，適棘人喉吻耳。宜歸三。質乏鮀朝，連非金史，合置丘壑，誤嬰簪紱。故過鮮輟軛之客，恩寡下堂之遇。側耳向人，輒聞鴞響；出門舉步，動涉羊腸。污不受人憐，亦復誰憐之者？宜歸四。亡婦，四兒履霜幸免，脱襁學語，各授一經。陳門羔鴈，非所希冀；陶家梨栗，或謂過之。父既遠遊，兒當失學。熊丸雖和，魯庭誰立？故厲之生子，猶恐類己；析薪弗荷，能不掛懷？宜歸五。夫朝登赤舄，野被緇衣，欲附風雲，何甘藪澤？况余林不擇木，豆尚戀棧，奈情難中輟，計不返顧，是歸猶爲晚，且兼茲五者。故常以此官爲張生添足，乃欲以張生爲此官弄影乎？客亦笑而不答。余遂戒途，因得詩三十章，以見歸興如此。知我罪我，不復有云。

釋蹻初逢主，垂衣正右文。金函宣綵筆，玉案護彤雲。步接夔龍武，心期麋鹿羣。陳情今得請，溫語日邊聞。

敢愛東山臥，空慚西掖臣。一官纔半俸，數口未全貧。通籍無多日，還家有病身。敝裘猶在篋，渾未上緇塵。

待詔朝常早，封囊出每遲。正逢勤吐握，豈復惜捐糜。病劇啼方綆，愁牽鬢欲絲。因知賜歸日，即是感恩時。

嶺雲天外白，萊服夢中斑。留句別朝達，著書尋故山。假從黄閣乞，身向紫霄還。耿耿瞻瓊樹，何年再共攀。

微祿何能養，遺羹猶及嘗。君恩誠浩蕩，子舍足徜徉。僮僕歡偏劇，詩書卷欲狂。獨憐萬里去，不辦宿春糧。

宮燭然窗夜，宮娃品賦年。桐陰青瑣月，柳色御溝煙。飽食大官饌，時分少府錢。一朝江上去，猶是孝廉船。

宿疴淹殘夏，歸心劇早秋。嚴霜下庭木，寒色上征裘。鳥過塞雲合，蟬高關樹愁。故林何日到，淚滿大刀頭。

何事遊偏倦，誰云宦早通。養能娛一日，貴不羨三公。野闊露零白，林秋葉墜紅。此時聞斷雁，回首意無窮。

長謝雲霄侶，言尋木石居。袖香垂露橘，饌入躍冰魚。秋到酒應熟，人歸菊未疏。山中多暇日，芳草藉安輿。

塞草向人碧，江楓幾葉丹。漸知秋色好，便覺宦情闌。祿薄歸裝穩，交窮行路難。尚憑知己在，時贈握中蘭。

落日鳥飛外，清秋客望初。暗香雲桂動，寒影露槐疏。輟史辭綸閣，抽簪出玉除。且攜五色筆，歸續未完書。

湖海已遠適，煙霞愜宿緣。爲官亦破產，未老欲歸田。遠樹見倦鳥，高枝聞暮蟬。此行非躍馬，不受繞朝鞭。

爽氣薄庭樾，淒風吹棘林。遥聞關塞笛，偏動故園心。霜渚雁寒渡，露枝猿夜吟。行歌式微者，猶不變南音。

家信來前日，客遊能幾時。縣官新稅急，鄉里舊人稀。更憶含飴母，遥嗔失學兒。回言寄驛使，八月是歸期。

道遠寒偏早，林疏日易斜。衣留禪客別，酒向野人賒。宦況已如此，秋光殊未涯。歸乘五石瓠，余書畫船也。長泛一溪花。

倚杖看南極，前星近少微。網羅豈不設，鴻鵠奈高飛。黄石昔云沒，紫芝今正肥。欲尋赤松伴，且逐白雲歸。

時事已大謬，我生良不辰。豺狼滿闤市，椎鑿罷耕民。地脈行見絕，天心無乃嗔。鬱陶河上客，御母正逡巡。

落落孤生者，依依國士恩。衣冠嶄洛下，肝膽向平原。南土機杼竭，西川鼓角喧。楚些今賦就，不爲汨羅魂。

蠶叢猶困鬭，鴨綠亦論功。不是天亡敵，其如聖側躬。謀嶄閒肉食，頌欲賦車攻。已矣勿復道，歸從洗耳翁。

故國松楸遠，他鄉雨露思。林邊三水合，雲外一峯奇。璧水馨香薦，滇雲伏臘祠。墓田猶未買，風木有餘悲。羅浮之蓼塘，先塋在焉。三水環襟，一峯入座。溪山吞吐，林木蓊鬱。墓廬數椽，足稱隱者之居。今歸營菟裘，差可優遊衡泌矣。因念先大夫仕有遺愛，尸祝滇南。歿有流風，俎豆黌舍。余父書雖讀，天寵未徵。表域尚遙，攀林徒切。每念及此，輒用潸然。

弱弟氈常冷，連枝會每違。迷離寒夢杳，珍重遠書稀。欲語不得語，求歸今始歸。獨憐比翼者，不作一行飛。家仲以廣文羈慶元，嘗貽書來，亦不能無循陔陟屺之感。常促余歸，請供子舍。余曾以三詩答之，因語歸期，想免内顧矣。

已遍室人謫，深知王事敦。啼門兒索飯，執爨婦無褌。焚卻玉堂草，歸從金馬門。宦囊何所似，惟見管城髡。

雁柱傳新怨，鹿門尋舊盟。愁來書草草，寄罷夢卿卿。豈是少年別，猶懸遠道情。到家應問舌，愧爾下機迎。

榮祿辭青闥，歸來未白頭。讀能破萬卷，名欲博千秋。問寢三竿日，端居百尺樓。溪上讀書處有樓，曰『百尺』。時時龍氣滿，風雨吼吳鈎。

婁水千秋擅，故司寇王元美。鄣山一代宗。故司馬汪伯玉。欲招雲社客，李太史本寧。高步祝融峯。餘子不足論，古人安可從。名山藏便得，須覓白雲封。

八月孤帆去，三江病客歸。迎霜蓴味脆，輸稻蟹匡肥。更憶芳尊滿，空憐秋日輝。因聞砧杵動，須製芰荷衣。

爲問珠岡路，余有別業在羅浮之東，曰『珠岡小隱』。羅浮東復東。依人鷹立架，報客鶴開籠。曝背花間日，開窗竹下風。歸嘗新社酒，一笑秋山空。

身閒詩律細，歸早病魔降。且抱耕雲犢，時牽吠月尨。西湖橋六六，郡城鵞湖，亦曰『西湖』，宋學士東坡安置處。嘗築堤，曰『蘇堤』，六六橋在焉。榕水槳雙雙。邑有溪曰『榕溪』，即五石瓠繫處。何日柳邊醉，陶然枕玉缸。

家在羅浮下，門迎四百峯。有田皆種秫，無地不栽松。書向月光讀，詩從山色供。即歸歸亦得[二]，何必滅元龍。

世路亦多故，物情今始諳。自信五宜去，非關七不堪。雄心愁裏耗，歸興病中憨。揮手自茲去，逢人難細談。

［二］亦，日藏本作『不』。

湛園禊事賦得五言近體三首

上巳逢休澣，名園得過從。分朋慚下駟，陶褒化事。余時試南宮見斥。結客盡元龍。共藉花間草，遙看檻外峯。清歡殊未厭，新月逗疏鐘。

樂事名流集，芳春藻思催。合錢頻乞俸，得酒且登臺。綺石雲容矗，園多奇石。香渠雪竇開。主人原解禊，曾濯錦江來。仲詔令蜀。

傍斗龍文合，邀雲綵筆同。朋簪三巳酒，花信幾番風。初綠藹高樹，疏枝留晚紅。憐春須覓句，莫遣客尊空。

社集城南得六麻

樞府頻移隊，詞林輟視麻。分騎珠勒馬，共踏玉堤花。一徑水邊曲，雙簾樹杪斜。行遊愜心賞，春色望中賒。

琴尊方潦倒，風日轉清嘉。坐對娟娟竹，詩裁片片霞。官閒常殢酒，春懶不飛花。悵念紛微緒，非關戀物華。

雄談飛玉屑，高唱揭金華。促坐覆殘局，開簾數落花。在桑鳩不語，乳草雀爭譁。莫負盃中物，吾生亦有涯。

法醞分中貴，芳園學內家。朱甍依柳影，綺檻護蘭芽。絕塞諠鼙鼓，荒村斷繰車。誰云帝城樂，應念北門嗟。

題登高送遠冊贈鄭計部輅思社丈出守括蒼時重陽後一日也

五馬明朝發，重陽昨日過。看萸留鴈侶，載筆綴驪歌。郡僻饒山水，詩成付薜蘿。憑君問歐冶，龍氣近如何。

今節收金序，仙郎別玉畿。城分閩地接，路入越江微。海遠溪爲惡，郡有好溪，舊名爲惡。山多官不肥。獨聞露冕處，時有綵雲飛。仙都山以綵雲得名。

我輩皆疲戟，君今獨剖符。拜恩刀是夢，得郡劍爲湖。地名。叢菊看盈把，雙旌忽戒途。憑高一騁望，離思滿菰蒲。

贈馮慕岡華省袁何玉峴南還有序

三君以楚璫誣逮，辱在詔繫者五年矣。三事而下積，爭之皆不能得。而三君者，桍棘中力學不倦，爲文日益有聲。不意黃次公、杜季雅復見今日，吾黨幸甚。歲甲辰秋九月二十有三日，忽詔釋之，僅削籍去。于是公卿百執事，咸頓首以誦天子明聖，嘉與海內更始。是三君以奇人賈奇禍，復以奇福獲奇恩，真千載一大奇事也。余在臭味，宜有一言，爲三君加額。第未能櫜鱣以急友誼，惟有橐筆以歌帝德而已。時有奏客星于燕野者，故稍及之。詩凡四章，章四十字。

往事誠顛覆，今王自聖明。孤臣瀕萬死，中詔賜餘生。司馬能逃腐，弘羊正待烹。已聞干象緯，不用借公卿。

撲遬轅駒輩，猙獰柙虎羣。乞靈唯九廟，蹈尾有三君。補牘如填海，排閽空叫雲。殊恩原不測，寧遣外庭聞。

北闕開湯網，南冠釋楚纍。三君皆以楚事見逮。幸能全頂踵，勿復惜捐糜。灑血知何地，然灰尚有期。艱危吾道在，努力賜環時。

尚書聞已授，孤憤未須申。始識雷霆怒，終爲天地仁。黄沙虚請室，白日照纍臣。爲寄豺狼語，埋輪尚有人。

讀沈司馬伯含被言十二章有感用來韻卻贈孤憤離懷黯然對深或可覯予同社不必萬人傳也

聞君抵客戲，自是責躬詩。彼已亦何有，我辰良在斯。升沉那足問，巧拙總堪嗤。松菊應無恙，歸來且勿疑。

君自能工瑟，人其共巧簧。歸與休浩歎，旨否已深嘗。厭浥嗟行露，陰疑念履霜。溝中雖未斷，暫欲謝青黄。

未及招山鬼，如何觸水工。含沙蠱也。知君鶴已放，伯含有放部鶴賦。咄彼蟻相同。杖履雙峯頂，樓臺一水中。冥冥鴻已逝，不復落虛弓。

世路原傾仄，吾儕豈辟便。盲風雖鼓浪，皓日自行天。雞鶩從爭食，夔蚿轉共憐。昔人殊未達，摧抑歎迴邅。

曾笑嗟來食，寧甘蹴爾羹。自能完寸璧，何必易連城。遠草依人碧，深花刺眼明。孤舟春色滿，頓覺一身輕。

麴蘖粗能了，絺衣且薄污。盟尋洛社客，伴結高陽徒。大木豈堪斲，原田莫浪圖。行藏君自卜，不必問玄夫。

不信鶴陰和，今知鼠口甘。屠龍雖有技，捫蝨竟空談。伯含□□□□四□□□□。□剩□嫌惡，逢泉豈飲貪。□□罔極者，猶說士常耽。

宦態不可少，君才獨患多。障瀾誰是柱，迴日苦無戈。南國已如燬，北山今有羅。暫歸臨海嶠，得句報羊何。

借箸心常苦，籌邊計獨勞。一官徒骯髒，兩鬢覺蕭騷。有穢螢常集，無聲犬亦嗥。宿根原慧業，歸計向禪逃。

物情皆是是，之子獨非非。便足超賢劫，何知杜德機。衆人今齮齕，我輩轉歸依。獨惜名賢去，昂頭問少微。

未老燭之武，無兄直不疑。山川豈應舍，爵禄莫長辭。此志難具紀，外人那得知。艱危正吾道，賤子且陳詞。

屋比原生巷，纓彯貢氏冠。高文時共唱，古調幾人彈。苦海風波易，窮交道路難。乾坤殊莽莽，從此不須寬。

爲陳華石比部題畫冊

素練留名筆，新圖寫遠心。何來芳杜客，獨坐古松陰。有句思香草，無言對茂林。雙童攜數卷，應是澤中吟。

朱太史元价以巧夕後五日社集齋頭時沴異彌數旬矣是夕雨月交飛陰晴遞換諸同好皆有愁霖之賦余得短律二章

星聯杓極北，天漏日華東。下馬歌匏葉，逢人問藾蒳。雷聲猶破塊，蟾影卻吹風。變幻由來事，陰晴一瞬中。

渠溜堪投轄，堂坳亦置杯。再尋牛渚會，太史以巧日入社。疑駕鵲橋來。庭漲溪脛，緣木而登。泉伏珠跳砌，花殘檻蝕苔。共憐雲鎛魄，漏影到污萊。

東館驛喜晴

盱江明日是，汝水此中分。遠翠澄新爽，輕飆蕩積氛。出林鳩喚婦，戀棧馬嘶羣。最愛槐陰古，亭亭落片雲。館有古槐一株，其高數丈，其蔭數畝。

鄱陽道中苦熱

山雨夜來歇，火輪朝更然。驅車赤日下，歸夢白雲邊。道暍漿頻乞，馬瘏鞭不前。世途渾擾擾，暄冷總堪憐。

竟日汗成雨，終宵蚊似雷。漢陰疲抱甕，河朔憶傳杯。敢謂輶軒使，真慚襏襫來。層冰不可踏，悵望玉真臺。臺據鄱陽最勝處，今廢久矣。

望麻姑山

久憶麻源勝，停鑣欲振衣。遙看霞散綺，已覺翠成圍。王事嗟伊阻，遊人賦式微。不能移杖履，清夢獨依依。

池陽郡丞蔡洛沙往居金陵與余同席别二十年遠矣余過池陽適病目謝客不能握手詩以訊之洛沙長沙人自南昌郡丞移此

蚤譽雄三楚，移官得九華。宦情甘短袖，家世本長沙。曾否音容改，相思歲月賒。不須重握手，世路總天涯。

秋浦羅明府赤城于余有通家之雅且文筆翩翩臭味同之余過秋浦明府爲之投轄余值病目不能束帶對晤詩以謝焉

壯邑分湯沐，才人勞簿書。名山皆載筆，化雨日隨車。夢入君章鳥，庭懸秋浦魚。公門無請謁，不敢曳長裾。

投贈池陽太守黄愷衷親家

投轄情偏洽，開尊語更真。君今五馬貴，我已二毛新。男女能催老，絲緡不厭貧。相期百年意，慎勿染風塵。

小麥舘喜雨

攬轡逢新雨，停車坐晚涼。響添荒圳水，綠遍稿田秧。滴翠煙鬟媚，吹風山帶長。及私如可詠，不惜濕行裝。

夜宿吳田舖望九華山懷黃愷衷蔡洛沙羅赤城三君子

夜宿吳田舖，深林暫解鞍。羣公皆好客，野老喜迎官。倦鳥溪邊樹，流螢竹外欄。九華今夜月，誰共倚樓看。

寄建德黃明府

有邑大如斗，奔流碧似油。山山皆抱郭，水水僅容舟。白板橋邊屋，青簾樹杪樓。誰云七里小，爲政亦風流。

午至小溪驛苦熱止宿

鄉關今咫尺，驛路尚迍邅。此日已可畏，長驅殊自憐。息陰頻擇木，傍午即停鞭。詩罷生涼思，數聲高樹蟬。

元日淩江公署試筆呈趙司理元峯周廣文沖霄

頻年留客里，此日啟王春。鏡裡雙蓬鬢，關前萬里人。嶺梅疑有待，江柳已相新。歲首逢初雨，因君灑路塵。

試筆裁椒頌，停車問柏觴。昨宵辭舊臘，明日是他鄉。不惜年華換，空憐道路長。履端得賢主，春色滿行裝。

度嶺憶母

去夏纔還里，新春即出關。奉輿惟半載，攬轡復千山。病減食方健，年添鬢漸斑。犬書明日返，能否慰慈顏。

丁未立春日小憩窰頭公館有感

入春經九日，此日始名春。凍宿荄微動，春遲綠未勻。行廚羹菜甲，續食薦盤辛。寄問樓頭望，偏誰憶遠人。

春色何遲莫，客心殊鬱陶。停鑣投野舘，撥火煮村醪。細雨釀花氣，凄風屯土膏。自憐同候鴈，歲歲北行勞。

曉發安義喜晴

正月已過半，春林未向榮。昨宵陰尚翳，傍曉月微明。接翅鵶諠煖，居巢鳩喚晴。客懷今稍快，馬首數峯迎。

自護城驛馳張橋時大雨雪輿從多凍人過響馬舖市酒脯慰勞之遂止宿焉因歌芣澤之詩獲我心矣偶成二律明日乃行則春二月朔也

首路嗟疲客，嚴裝尚遠征。天寒日易短，雪重雨猶傾。四牡棲孤店，三宵度一程。由來事行役，不必問陰晴。

荒村名響馬，遠客歎亡羊。凍筆裁黄竹，凄風起白楊。投醑憐墮指，推食遍枯腸。久已慚車僕，休辭解橐裝。

晴望

遠客春將半，天高日乍晴。哺雛乾鵲下，遊牝蹇驢鳴。寂寂陰陵道，遥遥雲夢城。停車聊騁望，野潤莫雲平。

汶上公署

昃日方傳食，遥途且駐鞭。草枯汶水斷，野潤岳雲連。一塔棲寒照，千林起夕煙。春心何處託，欹枕數聲鵑。

須句道中寄家信

魯國中都地，明時使者車。道傍見鄉語，馬上付家書。塵暗雲常臥，春深柳尚疏。行行京國近，翹首五雲舒。

武陽驛阻雪

正月忽已過，陰霾殊未開。安輿將母去，寒雪渡江來。棧戀玄黃馬，爐殘榾柮灰[一]。此行非叱馭，轗軻且徘徊。灰，徊韻。開、來，哈韻。沈休文不通，唐近體通之。

[一] 柮，康熙本誤作『拙』。

南浦鍾陵相距一日而近往往車徒不宿舂糧余至武陽值大雨雪當信宿留車徒遂多凍餒母夫人惻然吾兒傳食此輩啼饑即皇華使者於心安乎乃倒橐裝遍犒之兒萱頓首退而賦詩以識驛壁

四野渾霏玉，千林滿著花。桑鳩愁並坐，簷雀寂無譁。載道歌黃竹，停車賦白華。承顏遍推食，萍澤不須嗟。

發鍾陵喜晴

喔喔鄰雞動，蕭蕭班馬鳴。戒徒嗟獨漉，問寢報新晴。屋角雀羣下，城頭烏有聲。春光纔覺好，努力事長征。

簷星高永夜，城霧豁微風。避濕枝爭鵲，迎暄草躍螽。莫愁泥滑滑，漸覺日曈曈。最喜褰帷處，山光四望同。

葛溪公署阻雪呈胡星海明府

楚水行應盡，吳雲望尚遥。車徒空燀燀，雨雪苦瀌瀌。痡僕臥殘絮，嚴裝擁敝貂。臨岐得賢主，頓覺客愁銷。

凄風吹襆被，曉雪滿篺篁。虛室已生白，他山猶自青。盤餐曾寘壁，芻秣更充庭。不負投林意，王程且暫停。

雪後過興安城

行役春將半，能逢幾日晴。淖泥膠短轂，殘雪照孤城。擁樹雲常濕，窺人鳥一鳴。山光寒映日，晴翠滿前旌。

此是重遊地，今來二月天。連宵風攪雪，竟日柳迷煙。鳩婦坐山店，梟翁行水田。旅懷何所快，杲日馬頭懸。

立春日胥江驛柬方舟友人時丁未冬十二月二十一日也

灪岸移青翰，荒郵滯碧幢。已知春信好，漸覺病魔降。土脈占微動，鷗羣泛自雙。一尊聊共適，落日尚牽江。

並舸有仙侶，篝燈問客津。郵籤諠堠吏，社鼓賽農神。宦薄能將母，年殘喜立春。微香生遠水，花事漸相新。

沙溪舖小憩喜晴

晨征泥滑滑，午食日暉暉。坐樹鳥雙語，負暄人半扉。溪春山溜急，野圃摽梅肥。且憩爐峯下，開尊□袷衣。

葛陽道中望靈山

悵望靈山勝，徘徊葛水隈。輿人能指點，空翠轉崔嵬。拔地琅玕碧，迎晴菡萏開。流雲猶解意，馬首送青來。

夜宿藥笠村時護行者龍南尉項君志由詩以貽之

間關萬里客，黯淡數家村。舘伴勞梅尉，饔人候竹門。石横溪自怒，山寂鳥長喧。最愛停車處，丹楓滿緑原。

長步公舘留題

野店名長步，荒郵駐遠征。王程嗟束急，堠吏喜逢迎。一壑煙霞色，數家雞犬聲。鄉關今幾許，馬首片雲横。（以上西園存稿卷四）

全粤詩卷四二一九

張萱四

韓伯聲後圃梅花盛開招賞冗奪不獲赴詩以謝之

歲臘寒仍淺，君家春最先。臨風應片片，影月想娟娟。綵筆廣平賦，冰肌姑射仙。芳園無俗駕，不得笑巡簷。

種梅三百本，不放一枝花。聞説陶潛宅，渾如處士家。淡香吹旖旎，疏影送横斜。爲語縞衣舞，羅浮路不賒。

駱勉叔余四十年前同席友也一旦扁舟見訪詩以贈之

憶我垂髫日，同君鼓篋時。煙霞林下約，雞黍夢中思。四十年如電，三千髮已絲。莫言皆老拙，且訂歲寒期。

往事不可問，舊遊餘幾人。永懷憐道遠，久別覺交親。爾我幸強飯，兒孫能負薪。開尊頻促膝，笑殺白頭新。

内兄車一中來自五羊暫還故里見過留酌

不覺兩年別，驚聞一棹來。移家尋舊侶，折屐破深苔。生計江湖拙，年華男女催。相逢即分手，尊酒且徘徊。

伯祥姪謁銓北上詩以別之

萬里從茲始，扶搖莫暫停。老夫方竄籍，之子幸明經。遠樹含斜日，孤帆起別汀。儒冠良不誤，珍重舊氊青。瓦屋家聲舊，榕溪物色新。囊攜梅嶺月，銓試杏壇春。應念東方老，誰云北阮貧。一官須努力，慎莫染風塵。

伏日招同李黃陳三廣文汎集改席恰受航對月

愁霖經兩月，汎夜共扁舟。陰翳應銷盡，清光今滿不。誰開塵匣影，獨照酒船頭。佳客方同眺，微雲且莫流。驚波翻瀲灩，短棹擊空明。凄斷數聲笛，沿洄無限情。近人原皎皎，汎水更盈盈。此夕已如晝，明朝陰復晴。

余藏書頗富日多殘脱今歲苦雨有事裝潢雲屏韓公以法糊見示賦而謝之

自歎書連屋，生涯不值錢。案螢乾欲死，簡蠹飽猶眠。甲乙呼兒檢，縹緗次第詮。青泥傳秘訣，不用續韋編。

唐明府以馴鹿見貽賦此呈謝

皂衣將德命，瓊角喻深心。曾夾神明轂，來遊木石林。疑從蕉下得，不向夢中尋。把筆歌攸伏，薰風候鼓琴。

泰和蕭君還拙以青烏氏客端州十六寒暑矣館於余者甫三年鄉思忽動孤舟遄發既惜其别復望其來乃留其家還拙以古人行談古人術往往能取今人信第今人得還拙曰地師余得之曰人師也故於其言别也既爲之治裝復爲之賦詩

强年方入粤，晏歲暫還家。數口我堪託，孤帆路不賒。鄉音殊未改，容鬢覺初華。此别無他贈，清尊對菊花。

緑玉手中杖，金函肘後書。逢人問方寸，知爾妙堪輿。誰謂騎無鶴，猶聞食有魚。重來休隔歲，應念老閒居。

鄧玄度觀察以歸與十章見寄用來韻漫賦草土餘生不宜拈弄筆墨第蘭契久澗芳訊遙臨掩泣抒懷罪我勿計也

纔聞開柏府，何事臥柴門。遠道新歸客，荒山舊隱郵。因吟湘水句，玄度有浮湘集行世。知汎武陵源。

宦拙惟清白，千秋付子孫。

世事皆蕉鹿，生涯在釣車。錦囊攜白雪，綵筆散餘霞。傫直曾焚草，休官不待瓜。歸來蘆荻岸，云是漢江槎。

地僻桂松滿，身閒魚鳥親。出門詩有料，入室甑生塵。蘭佩雖堪紉，柴車且莫巾。德星原是客，帝座近何人。玄度有堂曰德星，來索拙筆題額。

遊壯心仍壯，官奇歸亦奇。玄度既觀察蜀中，楚人叩閽借寇，遂留楚臬。近有齟齬，竟自免歸。壺清原白玉，繩直是朱絲。北闕雖蹲豹，南天獨駕螭。芰荷猶可製，何必問迦黎。玄度書云，近與袁太玉比部作空門友，故戲及之。

誰能賢避路，故作倦投林。煮石壬峯北，疏泉癸水陰。畏人防敖骨，躭句耗雄心。不遠追鋒駕，居山且莫深。

獨握如椽筆，時掀似戟鬚。折芳山有鬼，頌橘木爲奴。見說開三徑，何須汎五湖。迷津如欲問，莫忘老農夫。

偃蹇軒裳客，棲遲雲水鄉。尋僧參半偈，採藥試新方。合眼棋枰側，高眠酒甕旁。能閒有今日，始覺舊時忙。

一枕青山裏，雙橈碧海邊。乘潮收蟹稻，帶雨種蝛田。作賦猶能賣，酤鄰不乏錢。試尋遂初語，高揖謝前賢。

還爾三旌貴，留余八尺身。如何日暮處，俱是遠行人。春後官纔棄，秋來食已貧。尚堪宣室對，不用賜黃銀。

屋後數竿竹，墻邊幾畝桑。自憐臣袖短，空負聖恩長。病起繁霜鬢，生還老夕郎。赤松知有約，能否即休糧。

借乘沈二尹畫舫入郡時尹以輸粟省臺遄歸攝病賦而訊之

野老乘官舫，孤帆掛夕曛。自嫌青鷁動，驚起白鷗羣。告糴時方棘，勞賢君獨聞。豈知蓮幕客，卻是沈休文。

暮春同郭善伯塾師謝孟忠外姪入郡

初晴移畫舫，有客試絺衣。蹴浪帆初飽，迎風棹欲飛。人同郭有道，詩詠謝玄暉。誰謂春江晚，春江草正腓。

病中柬兩修丈人時丈人亦伏枕半月矣

我病君來問，憐君病亦同。王戎應斷客，滿奮不禁風。曾否楊生肘，將無壁掛弓。何時一尊酒，沉醉兩龍鍾。

八月初八夜宿趙氏浮翠堂觀兒輩入試

池上涼飆發，簷前纖月升。竹鳴玉露泫，花動錦波曾。棘院火城合，文壇赤幟登。蟄雷聞奮擊，神物定飛騰。七月初十，雷擊堂前柳。

戊午初度里中諸君子皆以詩見壽賦此奉謝且訂西園雅集

自笑吾非故，空憐食尚彊。雌辰週甲子，老幹飽風霜。望益曾開徑，論文待舉觴。始知湖海氣，多在少年場。

喜駱鷺汀七十有一

德里稱濮口，耆英曰鷺汀。王正開四日，春酒祝千齡。玉竦前階樹，弧懸南極星。由來仁者壽，不用五禽經。

曾聞萬事足，能棄一官歸。先飯今猶健，遐齡古已稀。尊中鄭虔酒，膝下老萊衣。更有西園叟，年年共採薇。

己未中和節柬韓寅仲

春光殊澹蕩，令節是中和。斗酒喜初熟，啼鶯何處多。聞君親藥裹，有客理漁簑。欲向桃源去，迷津可若何。

三月三十日問韓寅仲病

不到桃源久，今聞春水生。憐君尚高枕，繄我已深耕。欲挽殘春住，空將濁酒傾。停雲頻徙倚，飛絮故縈縈。

己未生日郭善伯以詩見壽率爾賦謝

初甲已加二，開尊憶去年。昔投青玉案，今惠白雲篇。花底正堪醉，竹根誰共眠。舊遊君莫忘，已辦杖頭錢。

庚申元日試筆

西園有遺老，六十復加三。湖海氣不減，煙霞癖轉憨。看花啼一鳥，呼酒擘雙柑。何處春光好，青山南又南。

帝曆今朝啟，王春次日新。聰明鞭得盡，富貴祝空頻。人老酒無力，春來詩有神。不須論甲子，我欲守庚申。

春日鷄足山人和陶元亮歸去來辭見訪攝病愁霖不得言晤賦此奉謝

謝客已一月，論交自昔年。何來黃綺侶，忽貺紫芝篇。霡霂荒林雨，凄迷宿莽煙。和陶今止酒，訪戴且迴船。

曾文卿先輩以便面詩作奇字并畫見投對使用來韻賦答僕嗜古文嘗有六書故梓行於世獨老腕有鬼不能數作奇字時文卿年僅十六既精六書復攻古文真可畏也

迸地珠璣滿，揮毫紫翠浮。我非元禮輩，君是子雲流。漢終軍，字子雲。安得一尊酒，驚逢七月秋。相期不相見，悵望海西頭。

七月九日五噫

客久緣何事，歸遲真浪遊。計期纔兩月，憶別似三秋。夢起月在枕，夜深人倚樓。前宵君見否，織女嫁牽牛。

觸熱客行苦，驚心秋色新。友生那可仗，僮僕豈相親。已說逢迎少，胡然道路頻。儂非紅粉輩，君是白頭人。

在家曾簡出，作客不辭勞。爲問孤帆遠，何如一枕高。眉顰知懶畫，背癢倩誰搔。迢遞歸心客，能無折大刀。

爲誦衾裯句，非關兒女情。君心原惜惜，我夢亦卿卿。見說魚爲服，誰憐鸛已鳴。提攜頻問訊，遲爾共含餳。

欲語不得語，將歸應未歸。頃筐盈卷耳，在室有伊蝛。翠幬流蘇冷，銀河破鏡飛。五侯鯖莫戀，須念有調饑。

匡雲僧以詩見訪用來韻卻答

我方思惠遠，君卻訪淵明。瓶鉢隨緣駐，雲山取次行。喜無蔬筍氣，剩有薜蘿情。欲識西來意，西園且結盟。

莫問法華轉，何須轉法華。爲僧原有髮，捨俗不離家。共喫肉邊菜，時餐海上霞。津梁猶未息，爲爾一拈花。

秋日李伯開從豫章來訪應門者不能肅客投詩而去因用來韻以詩代書竊效盍簪即圖投轄

豪氣憐湖海，新詩到薜蘿。入林期把臂，曳杖共行歌。我集一枝木，君巢片葉荷。明珠應萬斛，怪底暗投多。

水落沙籠竹，雲深石抱蘿。何來題鳥客，高唱採芝歌。開襟貽佩蕙，投轄折擎荷。欲結煙霞侶，如君百不多。

李伯開見過小園共訂羅浮之遊用來韻卻答

墐戶江雲北，開林野郭西。愧非揚子宅，薄擬武陵溪。客少常懸榻，君來爲漉泥。相期坐黄鵠，仙路且提攜。

九月七日雨中李伯開欲過小園用前韻以詩促之

重陽妬風雨，佳客悵東西。倒影霞明樹，晚晴雲度溪。提壺今入市，騎馬且衝泥。縞帶盟初合，誰能復解攜。

羊城某文學宣泰昌新詔於潮取道榕溪以詩見投因同舟入循賦此卻贈

喜遇題橋客，同乘破浪船。手持黄紙詔，來貺紫芝篇。攬轡鳳城月，揮毫鱷渚煙。卻憐頻望帝，馬首有啼鵑。

米山人客困賓安詩以招之

漫憶吴闕别，驚聞粤徼行。十年勞夢寐，一水隔逢迎。客久拙生計，途窮尋舊盟。羅浮雞黍在，何必五侯鯖。

辛酉寒食苦雨

彌月已苦雨，今朝仍禁煙。一蛇歌獨處，黑蜧躍重淵。舊火忽以改，冷灰何用然。艷陽覺虛擲，遮莫菜花妍。

閏餘百五節，陰曀兩三旬。綠暗花容靨，枝垂柳眼顰。更憐潑火雨，妬殺惜春人。怪底愁霖者，趨炎態日新。

李伯東方伯以西粵晉南冏卿過榕溪話別因用少司空陳公韻賦贈

屏藩環百粵，詞賦擅千秋。桂海煙波濶，蒼梧雲氣幽。言尋庶子去，冏署在滁。琅琊山有庶子泉。且續醉翁遊。新主方求舊，公爲第一流。

已載鬱林石，時停榕水橈。蹇淵膺冏命，式玉賦祈招。几几瞻周袞，番番入漢朝。追鋒聞已駕，勿謂五雲遙。

辛酉秋日正甫先生招集日涉園用來韻賦謝

往事鹿爲夢，時情貉聚丘。憐君懸一榻，好我共千秋。老不因人熱，歸嘗與婦謀。曾聞占紫氣，且復醉青州。

辛酉秋日寓五羊喜寅仲至

日下文章厄，門前荊棘深。可憐羊叔子，猶作魯曾參。時寅仲有無妄之訟。秋色滿天地，浮雲無古今。畏人同作客，遲爾一開襟。

過蘇汝載同韓寅仲

岐路吾生拙，芳林秋意多。一枝堪寄敖，雙劍共悲歌。北闕渾無夢，南山空有羅。杖藜長泣血，□□□□□。

辛酉秋日同蘇汝載韓寅仲過訪張文弱不遇

憶別歲已隔，重來秋正新。相期須十日，不速有三人。客自題門少，君何卻掃頻。白頭向青眼，非爲問迷津。

壬戌元日試筆柬里中同社諸君子并訂椒盤之約

問歲六加五，逢年戌上壬。風塵嗟滿眼，花鳥轉關心。舊業兒孫拙，幽懷歲月深。共聞饒麴蘖，何日許相尋。

歲從今日始，春向隔年來。錦夢喜猶劇，文心尚未灰。擊壺歌伏櫪，把酒獨登臺。但得衰顏駐，何妨笑口開。今日是元日，新年憶舊年。物情隨歲換，老態受人憐。短竹疏花處，殘山剩水邊。殷勤語朋輩，幸有杖頭錢。

仲師宗雅見過小園喜而賦贈

久矣吾衰矣，胡然汝惠然。停雲能命駕，棹雪不迴船。作客逢秋半，登臺喜月圓。東山已高枕，努力有阿玄。譜牒通華胄，衣冠盛本支。因歌行葦句，來赴竹林期。汝自宗能亢，人言叔是癡。千秋兒輩在，遲汝奏壎箎。

癸亥元日試筆

新年對舊酒，舊筆寫新詩。避地苦不遠，鑿坏何太遲。雙瞳漸欲翳，萬卷尚能披。讀罷無餘事，溪頭理釣絲。年今六十六，老態復何如。眠食差能穩，交遊喜漸疏。不辰逢碩鼠，無歲詠赬魚。未了餘年債，閉門惟著書。

人日戲筆

今日是人日，今年勝舊年。久晴花盡放，初暖柳爭妍。不作山中相，誰爲地上仙。一尊三小婦，相對亦欣然。

八日江行望白鶴峯柬黎倩

一峯天外立，孤棹鏡中飛。白鶴不復返，金蓮何處歸。自憐牛馬走，應笑芰荷衣。有美東床客，端居戰勝肥。

荊璞巖大父暫還雲陽便道入羅浮時余暴病不獲赴別幸雲陽文學江孟辰過訪小園賦此寄懷

老我煙霞癖，多君湖海豪。入門惟看竹，投轄且持螯。爲憶神君去，空憐野夢勞。干旄何日返，重駐浚之郊。

客自尋三徑，余今失二天。望碑空墮淚，伏枕阻攀舷。誰謂闇難叩，遙期衮再旋。甘棠有遺詠，高勒聚霞巔。聚霞，羅浮第一峯也。

步韻寄和虔鎮唐美承中丞見貽便面清夜聞琴詩

就日憶上宰，臨風懷好音。來投青玉案，遙聽紫瓊琴。五夜忽三弄，羣仙問九吟。白駒何日奏，剪燭共開襟。

重過小桃源

秋色今已晏，幽人何處尋。籬疏多虎跡，椹熟變鴞音。數月始相過，孤尊聊共斟。樓頭同指點，繞檻白雲岑。

問匡雲僧病

道路難如此，津梁疲若何。誰爲驅二豎，我欲問三摩。定出足還禁，空頑詩有魔。願言長駐錫，小圃即祇陀。

汪士元參軍冬日以詩見懷用來韻寄答

相逢數載前，岐路正相憐。君是鮑明遠，途非原巨先。苦吟惟白墮，搔首問青天。大業名山在，千秋定不騫。

苦雨

正月至二月，未有不陰時。天漏石難補，春寒龍轉癡。鶯花偏見妬，笠屐最相宜。曝背何時獻，愁霖且賦詩。

恩詔賜復冠帶縣大夫雨中攜酒賜賀賦此呈謝

數載雷霆譴，餘年犬馬軀。聖恩逢浩蕩，臣幸□須臾。復就冠裳列，均沾雨露濡。冷灰今已溺，不敢借吹噓。時大夫有戲『相推轂』之語。

十五年前事，一場春夢中。衣冠新影戲，余燈夕詩有『永夜不須觀影戲，明朝白晝更堪觀』，今自犯之矣。笠屐舊園公。覆水惜餘瀝，落花羞故叢。開尊詠麟趾，醉殺紫芝翁。

欣然已天逸，忽爾復天䍡。對鏡兒孫笑，入羣魚鳥驚。可是望門嚼，曾爲戴帽餳。解蘭吾豈敢，何事縛塵纓。

安得駒維谷，從他貉聚丘。逢場聊作戲，破甑昔回頭。且作煙霞主，還同麋鹿遊。樂饑歌泌水，此外更何求。

自笑溝中斷，空餘爨下材。冥鴻不可慕，海鳥莫相猜。北闕渾無夢，南山空有臺。喜逢新甲子，恩自日邊來。

擊壺歌伏驥，拔劍聽鳴鷄。緯恤宗周闕，吟魂楚澤迷。蓬蒿已滿徑，桃李未成蹊。爲問魚鷩餌，何如龜曳泥。

甲子秋七月入寶安過訪鄧玄度觀察鏡園同尹用平溫爾惇兩年丈飲鄰仙樓用杜少陵遊何將軍山林十詩四十韻

出郭四五里，穿林三兩橋。廻谿環寶鏡，層構切璇霄，客是乘風至，君非折簡招。伊人盡仙侶，霞外共逍遙。地僻煙霞古，秋新水木清。移花常帶蝶，種柳爲留鶯。共醉瓊飴酒，謝玄卿事，見續仙傳。曾分玉糝羹。正憐形問影，卻向鏡中行。憶別契已濶，重來樂不支。連牀花底雨，投轄柳邊池。我輩喜長在，外人那得知。樓頭龍氣合，五色正紛披。拄頰山如畫，分題筆有花。文曾誇隱鵠，珠已握靈蛇。樹密秋光媚，臺高月色賒。不須問蓬島，大藥在鄰家。花徑緣溪轉，柴門傍竹開。疏渠澆菡萏，選石護榔梅。酒態吹風去，詩情逐雨來。落花閒不掃，恐損石欄苔。同遊惟鹿豕，引興有林泉。片語皆黃絹，幽懷重楚綿。時來問字客，日損賣文錢。地主真千古，前身在輞川。

瓦盤青餖飣，石鼎紫茸香。竹翠攢朝靄，荷風借夕涼。食苹文鹿伏，在藻錦鱗藏。最喜開林處，旗峯獨鬱蒼。

凌波舟作屋，處陸屋乘池。石齒響軥角，花鬚絓接䍦。爲尋許道士，不問蔡家兒。努力共幽討，時時杖履隨。

破雨山啼鳥，登臺衣濕雲。卯醒仍命酒，泥飲亦論文。花暈露初泫，岸痕潮已分。美人貽雜佩，蘭蕙日繽紛。

良會既不偶，清歡當若何。君雖一不少，我亦百非多。醉舞月留影，詠歸山答歌。買鄰今已就，得酒便相過。時欲卜築寶安江上。

冬夜韓寅仲趙裕子見過留酌

麴蘖粗能了，枯魚可共焚。瓶梅香灼灼，樓月白紛紛。不失山林氣，言尋麋鹿羣。呼盧頻剪燭，傾釀且論文。

我愛韓康伯，能攜趙子柔。一尊同二妙，片語亦千秋。咄彼猱升木，從他貉聚丘。青山憐我輩，白首共沉浮。

乙丑人日韓寅仲明府訂過蠹閣詩以迎之

元日至人日，未有不晴時。來客已不速，行杯寧怨遲。柳含新意綠，花戀舊年枝。覓句酬春色，同君一解頤。

寶安王幼度明府以戈船見迎爲燈夕之會喜而從之得八十字并貽寶安同社諸君子

仙令不遺舊，王春已獻新。黃頭戒途卒，白首出疆人。爲憶論文酒，今逢賜福辰。樂郊饒樂事，燈火共燒春。客棹忽遠適，江天殊放晴。盟尋贈帶好，老作踏歌行。坐滿平原客，琴鳴單父城。燒燈十萬戶，應讓福星明。

汪士元參軍歸四明有感贈之以詩

有骨苦無力，南唐孫晟，有骨不什，無力相援。無官幸有名。自憐工鼓瑟，何意拙參卿。我是畫地餅，盧毓言：有名士如畫地餅，不可啖食。君爲戴帽錫。梁彥光爲相州，以簡易廉平得民，自呼爲戴帽錫。有力者讒之，免官。悔言覓五斗，誓不羨三旌。已辭榮祿去，莫遺慧心灰。筆自夢中得，句從天外來。文章原負俗，明聖不需才。今日白頭別，何時青眼迴。

漲解行園即事

澤畔褰裳去，泥中信杖扶。居巢鳩喚婦，得食鶴將雛。未掃菊松徑，先尋瓜芋區。荷鋤仍學圃，幸免負官租。

漸喜水歸壑，猶驚浪拍堤。女墻皆臥地，鮒井半蟠泥。並坐鶯無語，向人烏欲啼。自憐樓百尺，依舊與雲齊。

楂梗聚芸砌，町疃成蕊淵。潤侵籬迸筍，痕退陸生蓮。魁蛤不敢吠，奇鶬今困眠。曝衣因曬腹，飽飯亦便便。

精衛已銜石，阿香休踏車。網羅四壁蝪，鼓吹一庭蛙。樹拔藤猶蔓，欄崩藥未芽。庾郎問鮭菜，笑指水梭花。

甲子秋日入鄧玄度鏡園得詩十章次杜少陵過何氏山林韻乙丑春正月重入鏡園復次少陵重過何氏山林二十韻得詩五章

我爲前度客，君有隔年書。再晤亦投轄，問奇頻造廬。松眠雲外鶴，蓮戲石邊魚。自笑買鄰者，何時更卜居。

昨到竹已密，今來影更移。護根花鴨子，綳錦籜龍兒。藥圃蘭盈畹，葑田潮半陂。春明防俗客，須爲補疏籬。

一徑水雲處，萬家砧杵時。長杯對短檠，舊客把新詩。睡熟曾吞錦，夢來休掛絲。且攜白社客，同赴赤松期。

擊缽韻常險，敲燈話更長。瓦盤供菜甲，石鼎試茶鎗。但種陶潛秫，休持蔡澤粱。重來花信好，酌醴薦東皇。

把臂復今日，入林從去年。池開環玉溜，盦滿暈珠泉。松菊已成徑，絲麻亦有田。千秋自光焰，不必冷灰然。

贈歐嘉可文學先内兄車刺史宜仲快婿也業擅千秋家徒四壁長裾不曳短檠時親結褵之日宜仲倩余以桂林一枝題其貳室喜可知也今歲之秋復可令郗生地下笑人乎詩以勖之無忽

憶別三年潤，相過數日勤。凌雲饒綵筆，閉戶好玄文。且徙南溟翮，宜空北冀羣。千秋吾自信，半席汝須分。

何仲升總戎以戈船護行賦謝

神交今握手，長揖即登堂。□□□□□，□□□□□。馬人環虎帳，龍戶擁麟璋。利涉恩波潤，戈船載出疆。

丁卯夏偕郡侯徐公韶階入羅浮

榷木聽懸溜，褰裳涉古湫。梯雲兩仙令，時兩明府賈勇共登泉源福地。漱石獨元侯。欲問蛟龍蟄，因攜鹿豕遊。酒闌頻涴濯，不是學巢由。

東還留別羊城同社諸君子

又是三年別，相看一水遥。寒新雲殢雨，夜永月留潮。豈不謂行露，誰其賦食苗。江湖今遠適，叢桂不須招。

次石龍寄訊鄧玄度會長

數口還榕水，孤舟渡石龍。浮家珠海客，高枕鏡園公。夢起丹楓月，帆欹白鴈風。遥思歌舞處，嵇阮竹林同。玄度有竹林七賢傳奇行於世。

舟中九日

已說歸途近，如何歸夢頻。稚兒常屈指，小婦轉含顰。落帽髮非舊，題糕句正新。西園萸菊在，曾否憶遊人。

望羅浮

擊汰廻風便，牽江積霧開。盈盈一水去，歷歷數峯來。爲報青鸞客，相期白玉臺。主人今禁足，猿鶴不須哀。

劉覲國方伯以閱甫亭索詩賦贈

簷留繫繩日，簾卻濯枝風。隱几無言處，回頭微笑中。獨知有真契，衆美且玄同。請看人間世，還從河上公。

冰上人至自中宿以詩爲贄病中下榻賦以贈之

蓬蒿初闢徑，薝蔔已全花。閱世唯高枕，爲僧未出家。何來持半偈，剛説演三車。能使泥犂客，超然識聚沙。

振錫能三繞，柴門始一開。園慚長者宅，客有藥王來。啜茗翻朱貝，題詩掃綠苔。莫言覺一宿，解夏始應廻。

病起答友

愧甚詩篇至，飄然步屧來。雌黄月旦口，雄白古今才。世態元相藉，時名秖自猜。所餘衰骨在，爲爾轉悲哉。

文園非寂寞，詞客自蹉跎。意氣彈冠少，風塵按劍多。倦遊悲馬史，問藥愧羊何。不是綈袍者，誰能把臂過。

敢謂躭詩病，其如病所憐。一身元落落，二妙故翩翩。次第黄初後，縱横大曆前。豈應裁恨賦，寫向故人傳。

贈琴妓

珍重明璫珮，慇勤冰繭絲。目成投果處，心挑送鴻時。客自臨邛倦，人猶緱嶺期。夜深香一縷，曾譜白頭詞。

過飲黄周士小園柱詩見贈隃今三載再入五羊重辱招呼乃克和答

正喜開尊日，仍逢看菊時。好題五字去，長憶隔年期。野水盈盈濶，浮雲故故垂。相逢愁自失，唯報夢頻馳。

青尊長共對，白日坐能移。但使龍文合，何妨鴈字遲。城高新月小，海漲晚煙垂。轉惜分攜地，秋光照玉羈。

贈徐九瀛觀察

粤北陽春滿，天南福曜明。翰屏萬里壯，嶺海一時清。課績高銅柱，酬勳賜赤旌。遥聞畏壘祝，先遍伏波城。

題華誥天中卷贈蕭郡丞思遠

贊郡羅浮下，承恩日月邊。家傳七葉貴，誥錫五花鮮。展驥淹題駕，分麾蚤着鞭。共期徵拜日，酌水餞重天。隋趙軌丞齊州，奏最，優詔徵入。父老揮涕隨逐，曰：『上清如水，請酌一杯水。』奉餞。軌受而飲之。

病中奉和伯聲親家見答送菊之作

園菊聊相贈，新詩忽見貽。團團枝上露，采采水邊蘺。病態日云劇，孤芳祇自知。何時彭澤令，來赴野人期。

病齒半月飲噉漸輟市醫奏方十不一驗偶遇曾君華宇授以秘方曰此一醫人嘗受五十金之賞於當事者也余初疑之數日齒病逾甚乃試其方一旦復常曾君能詩因以詩謝之得四十字未知一字足當一金否倘從此齒不復病即謂之千金方可矣

衰病凋雙鬢，幽憂耗五官。守瓶嗟舌在，漱石恐唇寒。欲效昌黎詠，韓昌黎病齒，有詩。難逢力士丹。唐高力士常飲賜堇，齒焦，擊去。偶以異人丹傳之，輒復生。多君傳秘術，從此可加餐。

初夏何凝生以詩見訊近況次來韻

空餘天際想，錯擬地行仙。抱犢飛雲下，掛瓢叢桂邊。醉臥枕奇石，饞涎漱乳泉。逢人常白眼，入夢有朱絃。

贈陳孔嘉還福唐應棘試

暫入蓮花幕，還披柳汗衣。青萍匣裡吼，白雪唾中霏。六月亦已息，三年試一飛。西園長掃徑，莫忘舊葑菲。

余幸病間桃源主人以微恙謝客詩以訊之

東郭桃源上，西園榕水邊。多時吟獨苦，此日病相憐。少我惟三歲，期君共百年。所需非藥物，且辦杖頭錢。

正月五日立春

五日春方立，三微冰已澌。風和桃獻笑，溪煖柳舒眉。共逐拖鉤戲，猶吟送臘詩。白頭簪綵勝，伯果堪嗤。蘇東坡事。

韓寅仲七十有一以詩見貽次來韻賦而壽之

大年無甲子，小品問支干。韓衆應留藥，華陽爲轉丹。菊松三徑在，衡泌一枝安。先生有別業，名枝園。蠟鳳滿庭戲，花前帶笑看。

三仕豈爲貴，千秋在此身。退着讓新局，隨緣結夙因。東山方傲枕，滄海莫揚塵。我輩齊盟主，清時老逸民。

欲赴赤松約，時聞青鳥過。黑甜常暱就，軟飽自摩抄。杜甫原同癖，王喬共吸和。傅毅詩。心閒詩作祟，興劇酒爲魔。

已羨三皆立，誰云七不能。過庭森玉樹，曳杖剡鍾藤。此日真可愛，如川莫不增。燈光佛再出，何必更傳燈。

逢人憐影弄，閲世笑機舂。剩有煙霞想，非同桃李容。門開垂五柳，尼去得三笻。難老由天錫，猶聞祝華封。

曾辭南郭祿，獨剪北山萊。數招雲外客，笑弄掌中杯。竹松自苞茂，蘭桂日滋培。忘機不知老，鷗鳥莫相猜。

賀海豐令周公課最有序

萱，羅浮之老農也，四體是勤，未嘗一載出疆之贄。然君子之至於斯也，亦未嘗不得見焉。侯令海豐，一過榕溪，輒折節而暱就之。至必駐駕，語必移陰，問訊時勤，歲時靡間，蓋高誼雲天矣。萱自束髮而遊海内，縞帶之好故自不乏；唯侯則獨知之契，指不再屈者也。侯今三年有成，以最上聞。嗟，嗟！今日之海豐，非昔日之海豐也。三年之間，天或降災，民常罪歲，鴞未革響，鹿不擇音。侯移粟移民，治兵治餉，若救焚振溺然，食每輟箸，寢不解衣。故昔日之海豐，至今日而獲安其堵。今日之惠郡，以海豐而不震於鄰。非侯之賜，而誰賜哉？惟是侯之政教備舉，文武兼資，即兩臺剡薦，鄉校口碑，尚不能揄揚其萬一。萱飲水思源，蔭木思本，觀聽風謠，遂得一百六十字，凡四章，以竊記室。豈曰阿私所好，亦竊效康衢謗然之歌云爾。

聖世求民牧，神君逭主憂。循良冠五嶺，勞勩閱三秋。鵲喜巢圜土，烏慈哺戍樓。天南懸福曜，嶺外借言游。

澤國日多故，巖城歲復侵。龍蛇常走陸，夔罔復依林。制梃風雷厲，原田雨露深。中牟馴野雉，單父坐鳴琴。

剡章書上考，綸寵錫名賢。自任催科拙，惟知撫字先。庭前無薤拔，梁上有魚懸。欲勸張綱駕，難投劉寵錢。

旟建魚呈夢，珠還海偃波。門墻環棫樸，絃誦樂菁莪。載詠憩棠句，時賡擊壤歌。隙光借鄰壁，餘潤竊洪河。

辛未冬閏寶安黎宗瀚先輩過訪西園留詩未及投轄用來韻答之

客渡雙流上，花迎一壑中。來看娟娟竹，遙呼點點峯。江湖懸闕北，身世避墻東。卻喜瓊瑤贈，何時尊酒同。

甲戌孟秋觀察廉翁陸太公祖以詩箑見貽并分題索諸拙句未同幸辱投璃獨契敢忘報李用來韻賦謝二首

赫赫具瞻尹，洋洋大雅篇。右文逢聖主，陳臬借才仙。永譽兼三立，靈心徹九玄。依劉難縮地，御李想揚鞭。

倚相久不作，素臣誰與儔。君名懸日月，世業癖春秋。倒峽思常湧，掞天筆更遒。嚶鳴空寤寐，尺素莫沉浮。

邑佐潘侯偕鄉友移樽小園日廢已久不能趨侍賦此奉謝二首

爲問明經士，胡然困簿曹。綵毫散霞綺，白眼撐天高。手板雖常執，冰清能自操。駕時知有日，且莫厭塵勞。

骨傲宦難巧，才多官自貧。芳遊非汗漫，野飲見清真。看竹不問主，尋源數涉津。自憐陽里子，不獲撫車塵。

丙子夏五我生之初譚廣文以詩見壽用來韻賦謝

符祥愧是男，長臥髮僧庵。但願年常百，何知祝有三。鷄壇曾狎主，驪頷尚能探。自惜東門伯，何時酒共酣。竭力爲耕鑿，全身在笠簑。千秋一不少，四海百非多。推食勞鷄黍，尋盟共芰荷。欲知鳩杖處，惟問白雲窩。

抵家

不盡淒淒芳草，無端片片冥鴻。黄花漸新團露，白柳依舊吹風。且歸來乎長鋏，我心寫兮梧桐。入門莫嗟垂槖，問寢正喜高春。

五月三日偕李自得韓寅仲羅謙之汎舟

乍雨乍晴天氣，半舟半屋人家。汎汎一羣鷗鳥，飄飄幾點楊花。交甫江邊解珮，自得有受室之意。曼卿夢裏餐霞。問水但須捲白，時□□方急。浮湘何必懷沙。（以上西園存稿卷五）

全粵詩卷四三〇

張萱五

送吴養志老師抶建昌同守

四百峯頭暫解驂，笑將新酒瀝斜暉。蟬鳴古樹秋悲咽，鷺過溪田雨驟飛。江上好風催去棹，吴南老父候來徽。飛雲此別空爲憶，更有何人㬙振衣。

單車天外訪羅浮，四十專城未白頭。桑下雉馴嗟魯令，門前桃盛憶潘侯。霜帆曉掛寒雲斷，野斾晴翻古樹秋。想到盱江詩興好，何人同上偉觀樓。

山城秋盡一江横，五兩牽風拂去旌。暑雨棠陰人共愛，波流帆影月同清。離筵歌舞花叢散，候騎旌旗雪隊迎。到日盱溪逢竹馬，只應歌詠伴猿聲。

江門祖帳掛寒暉，雲繞南天水驛微。好鳥飛花迎畫鼓，輕風吹浪濕鎗旗。糢糊曉樹含煙出，縹緲霜帆帶雨飛。從此羅浮秋寂寞，高軒誰復過柴扉。

崧臺夜眺呈董侍御座主

蒼臺高鬱映清秋，萬里煙光一望收。樹暝半含漁火出，潮聲低送戍笳流。月浮端水龍吟合，霧捲星巖鶴夢幽。遊子正歌王粲賦，卻驚霜葉下横州。

登玉虚宫

何年南極墮鴻濛，忽化丹梯數萬叢。石怪雨頻苔跡亂，巖高風迥嘯聲雄。崧嵐晚合來金闕，即玉虚宫。峽瘴初浮繞綵虹。宫外雙橋。自愧此遊渾未定，漫題名姓玉虚宫。

九傲堂小集冰上人胡鶴師車道龍夜酌即席得一先

開尊刻燭思蹁蹮，況是支公入洛年。大隱自容湖海傲，小乘㸷縛辟支禪。生涼漸覺樓當月，來爽遥看樹覆煙。說到浮生俱不繫，空餘慧業未全捐。

初夏書雲臺讌集興劇評棋狂來攤句因步唐人韻倚尊留壁共紀快遊

躋攀窈窕蔭葱蘢，茗臼敲殘局未終。底說清尊傾北海，且拋轟飲競南風。香薰逕草渾能碧，色烘簷榴半欲紅。日暮暑消修竹暝，鶯聲猶滿白雲中。

九日發榕溪入五羊

閒居賦就下西州，畫鷁翩翩狎野鷗。兩岸山光堪對酒，片帆明月正宜秋。尋源欲問君平卜，去國疑乘范蠡舟。爲語東籬花莫放，王孫不是遠行遊。

曾元陟鏗然亭讌集同陳用休韓伯舉舍弟仲蔚分韻賦

主人出韻客出詩，杯盤狼藉空猶夷。莫將窮愁塞酒眼，且付狂藥澆詩脾。春槿婆娑日正午，風筠娟淨墻高吹。客到鳴琴不忍去，陶陶臥看浮岡曦。

冬日偕潘元偉何俞之暨舍弟仲蔚過曾元陟草堂賞菊得千字

東籬搖落半荒煙，羨爾閒亭晚尚鮮。客到白衣諸君子皆白衣堪共醉，花芬綵筆轉堪憐。河陽色滿從先競，潘令事。官閣風和亦後妍。何郎事。但取寒芳宜野珮，新詩何用牘三千。出文粹。

送館師

鮆魚初上荻苗肥，潦倒江亭濁酒巵。授簡正逢懸麈後，論心長憶碎壺時。共期夜氣雙龍合，無恨波光獨鳥飛。莫向天涯惜離別，同棲曾擬上林枝。

謝嶺西王積齋觀察

風流江左羨芳譽，薦士黃金滿石渠。奏賦不逢楊得意，凌雲誰識漢相如。幾年道路空存舌，此日風塵且曳裾。但使向人肝膽盡，不妨歸去食無魚。

廣陵孔融宅懷古

余聞廣陵葢有孔融墓云。然融爲路文蔚枉狀時，被收許下，非是。及李文饒賦中，又言廣陵有高士坊，相傳孔融所居處，舊有宅，有臺。文舉生漢末，躑躅袁、曹間，猶衆星之有北辰，百穀之有黍稷也。文舉常歎曰：『坐上客常滿，尊中酒不空，吾無憂矣！』及讀其舍藏山陽張元節，母子兄弟爭死縣廷時，文舉纔十六耳。文舉而在，余欣願爲之執鞭焉。史乃訾其才高意廣，迄無成功。嗚呼！恨不見其治北海時也。然文舉好士，常獎其故吏郗鴻豫輩，自謂不減趙衰、公叔文子。而搆文舉者，鴻豫也。悲夫！

高臺木末起悲風，故宅蕭條漢孔融。碧草有情遲落照，青山何處吊孤忠。前村鳥掠半溪雨，隔岸潮生遠寺鐘。往事憐君那得醉，一尊寒色楚江東。

梅花閣懷古

宋水部何遜，初爲廣陵記室，詠早梅詩傳于世，故廣陵有梅花閣。今莫考其處。然遜何物，廣陵梅花託以不朽？此亦余家羅浮山下，縞綃美人，綠衣童子，歌舞趙師雄夢中耳。余嘗爲移文，想廣陵花神亦當顰捧。

偶來官閣看花地，載酒尋花一愴神。江上笛聲渾欲落，隴頭花信幾番新。寒香似逐潮初去，清影空憐月半輪。卻語當年何水部，好將春色倍還人。

雷塘懷古

隋煬帝葬處也。悲夫！彭城閣之難，槽以牀簀耳。陳稜守江都，始克葬於吳公臺下，幾不掩胔矣。帝嘗曰：『即有事，亦不失爲長城公。』今何如也？入唐，乃改葬雷塘。雷塘，即漢雷陂。

八月清霜折露荷，棠花吹老晚煙多。春風錯恨官河柳，水調空殘湖上歌。隴首草腓狐對語，江頭蒲綠鴈頻過。可憐日莫行人盡，野水無風秋自波。

登桐江釣臺

高臺寒傍萬山幽，玉削中天俯碧流。雙足已聞加帝腹，一竿何事老江頭。翻風絕壁鳴丹葉，蹴浪歸帆起白鷗。歲晏正淹臺上望，浮雲直北不勝愁。

母夫人遣急足入長安促就子舍從括蒼以家仲蔚見懷詩至正余與仲蔚戌戌長安泣別日也時余亦以迎養引疾者一月矣仲復囑余歸當握手武夷山下循陔在原之感黯然對深因以三詩報焉

遙椷曾寄憶兄詩，到日驚逢別爾時。骨傲可堪微祿縛，山深偏與冷氈宜。仲署在括蒼山中，自題其門曰：『一氈官舍冷，三徑子衿開。』共憐陟屺枯雙目，誰道奔林戀一枝。但使夜光分在握，希珍何用賈胡知。仲來詩：『十年暗擲鮫珠盡，肯信中原有賈胡。』

淒斷當年說絕裾，卻從天外寄雙魚。數行別淚他鄉夢，萬里離愁隔歲書。離家兩年，始得今耗。有弟正淹秦博士，一官猶待漢公車。亦知身隱文焉用，悔向金門獻子虛。

輟直經旬唯伏枕，正逢白髮促歸裝。已拋方寸同元直，誰復名居問翳桑。薊北飛花春有恨，天南落日雁成行。歸期正及蓴芽茁，遲爾班荊九曲傍。

秋興八首

城上西風急暮笳，遥分秋色到天涯。霜高漸滿烏啼月，地煖猶驚蝶護花。近水有時聞落葉，遠山終日傍晴霞。從今莫負蓴鱸約，何用虛隨奉使槎。

寒色高樓浸畫屏，蕭條門巷晝常扃。林邊一水西來直，檻外羣山北向青。落日蒹葭秋漸老，懷人風雨酒初醒。多情不爲憐雙鬢，自古情多鬢易星。

雲浄天空大火流，蘆花楓葉正悠悠。愁來昨日非今日，病起逢秋始當秋。空說洛陽曾哭漢，亦聞元直不歸劉。如何九辨悲無限，卻向西風十二樓。

孤城落木起悲風，海國烽煙夕照中。北去關河三面險，南來機杼萬家空。□□□□□□□，□□□□□□□。□□□□□□□，□□□□□□□。

野郭寒生橘柚香，江空九月未成霜。青塘樹杪煙初碧，白鶴洲前日易黃。故態豈堪新態劇，新交不及故交長。自憐疏濶緣多病，莫數天南鴈幾行。流螢寒照繐帷空，淚濺黄花綴故叢。鴈到巧先孤枕畔，夢來偏向五更中。吹霜柳帶銷殘碧，浥露蕖衣墮晚紅。爲憶湘靈江上曲，正隨明月嫁秋風。慘淡青衫十四年，書成不向國門懸。三聲實下千山淚，一日空操萬古權。閉户慣邀題爲筆，浮家新買釣魚船。五湖未去秋將莫，澧芷湘蘭正可憐。無數疏雲出絳津，秋風吹笛滿西鄰。斜陽黄犢調生馬，遠水輕鷗狎白蘋。債爲兇年成子母，藥因善□□君臣。歸來長鑱渾無恙，南阮于今未是貧。

過石洞贈逃庵主人葉化父

白雲深處獨移家，三徑蕭條兩鬢華。授訣已知還九煉，尋僧又欲演三車。新題遍石閒生篆，古水經秋亦著花。老去笑君逃未得，初衣猶自染煙霞。

壽葉化父六十有一

餐霞漱石枕潺湲，蚤遂初衣獨閉關。問世莫論秦中子，逢人驚説晉溪山。亦知時論同推轂，何事□恩老賜環。時化甫被命特起。尊酒與君稱壽畢，桃花莫□到人間。

朱明洞餞别鄧敬軒明府入覲便道歸省時次公起官大司成

西風獵獵滿干旌，戀闕猶懸薜荔情。豈爲懷仙求大藥，總憐招隱緩王程。青山色借雲間舄，綠酒晴□鶴背笙。此去使君蒙上賞，泥途肯信老慈明。

□歡仙令且攀轅，四百峯頭酒一尊。入洛定知將□□，倚閭先喜見王孫。燈前夜話千山寂，樹底秋□萬壑諠。春到桃花應有待，不妨重訪武陵源。

壽元相趙瀫師

禎符五百岳生申，台斗清朝握化鈞。赤舄喜瞻無量佛，金輪時護宰官身。東風暖送薇垣色，南極光浮瀫水春。安得孤根欣有托，漆園長伴祝靈椿。

延禧昭代領諸侯，劍履風雲最上頭。觀洛有圖來瑞鳥，中天望氣擁青牛。化調大匕歸商鼎，祉錫元圭敘禹疇。魚水君臣原萬曆，功成何必赤松遊。

攜妓遊東山寺用故守張汝璧壁間韻留題

一徑盤雲疊翠巒，晚風吹送客衣寒。檐前萬井攢青靄，樹底千帆照碧湍。僧定忽聞猿果落，梵音初散鶴巢安。漫遊不是吹簫客，亦向人間駕綵鸞。

答謝潮州守徐宗魯有序

宗魯守潮三年，於余無一日之雅。友人王民春適爲其李官，乃數聞問。士大夫相知，亦何必撫麈而遊哉！不夫招豈王商，何妨賫刺；而僻同子勑，竟失掃門。宗魯乃良晤未申，心期遽結，兼金充橐，百里馳函，不惜齒牙，更加卵翼。即本初之於玄德，昌黎之語楊憑，無以過也。何意古人復見今日。奈經伏枕，遂闕報郵。嗟此數行，濶焉三月。嗚呼！半世無書，乃終夕切三台之望；一腔有血，而長裾阻尺地之緣。歎御李之無從，想依劉以何日。又安得不停江雲而三咽，照梁月而九廻哉？故欲剖蘭心，暫抛藥裹；尚慚芳訊，徒整蕪詞。豈曰王績之棄醇，亦附奇章之拍板云爾。

雙魚迢遞到林丘，五馬蹁躚憶上游。名世已須公等在，神交真向古人求。青山舊業供高枕，芳草離情滯尺郵。更喜偉長今入鄴，爲言王粲欲依劉。時宗魯入覲。

梅花五月喚愁新，短笛江城客獨顰。海上干旄時入夢，尊前風雨正懷人。多才自信官能傲，結客應憐祿亦貧。塵世向來悲遇合，好將雙劍問延津。宗魯前守延津。

野濶春寒小閣虛，蓬蒿那得故人書。一函剝啄來何處[一]，萬里殷勤問索居。繡虎論文唯季重，黃金授簡愧相如。思君月滿樓西浪，翹首雲山萬疊餘。

[一] 啄，康熙本原作『喙』。

病中寄懷司理王民春視篆揭陽

海天東望片雲舒，憶爾鳴琴佐郡餘。太學曾同文季席，夷門能駐信陵車。别來秪問三年艾，此去空緘隔歲書。岐路眼青知己在，肯教歌鋏食無魚。

譚永明翟從先過訪榕溪席上限韻時永明出塞從先疏李中丞寃罷歸

江上逢君説壯遊，片帆斜日到林丘。終童自愧纓難請，定遠于今筆易投。樹底晚晴三伏雨，尊前涼送一溪秋。臨岐倚棹憑雙劍，珍重寒光護客裘。

抗疏長安且倦遊，風雲回首盡曹丘。誰明薏苡千年恨，莫挽機杼此日投。正憶梁園同賦雪，何來楚澤獨悲秋。相逢剩有窮愁淚，莫向西風上客裘。

題捧日瞻雲圖贈林燮軒郡公

襜帷萬里正翩翩，遮道重諠借寇年。玉漏乍迴懸闕夢，綵毫初就陟岵篇。隼旟曉度千山月，熊軾晴開萬井煙。講德只今堪擊壤，應誰解薦子淵賢。

秋日偕冰上人韓伯舉謝可信載酒過韓寅仲尊生齋即席賦

蕭蕭短竹閒開逕，片片浮雲晚傍臺。投轄不期三客至，傳燈驚喜一僧來。尊前野色丹楓合，雨後秋聲白鴈催。潦倒共拋今夜醉，相逢莫負菊花開。

病中董廣文懋賞韓孝廉寅仲枉訊賦謝

違君伏枕纔三日，念我移書忽數行。豈有文園供病肺，何緣芳訊浣枯腸。悲秋豈惜今年鬢，感歲唯添舊日方。但使維摩能上乘，不妨腰瘦沈家郎。

答潮帥江參戎二首

使君高誼故翩翩，尺素遙緘萬里天。夢起文通毫尚綵，重來王翦鬢猶玄。將軍嘗中篋書罷闥，特起。

孤城萬柝寒濤月，小隊雙旌細柳煙。珍重獨持飛動意，論交何必十年前。將軍無半面之雅，一旦走幣，千里神交。

春寒初試越羅袍，百戰功成珥漢貂。銅柱已聞冤薏苡，金盤何日薦蒲萄。風翻落日朱旗直，露切清宵畫角高。聞說雅歌能□□，前籌寧使至尊勞。

秋日曾元陟韓伯舉賓仲見過得人字

千山晴色薄城闉，隔岸丹楓葉葉新。座滿常應不速客，尊開同是倦遊人。西風豈爲悲搖落，南郭于今有隱淪。多病喜逢朋輩健，相過百遍莫辭頻。

答韓伯舉五羊九日見懷

不爲悲秋兩鬢凋，總憐雙目斷征橈。思君此日風前帽，何處同歸月下潮。物候又驚籬菊放，新愁都向酒盃消。書來想亦悲離索，共聽西風一鴈遥。

元日試筆柬同社七子

晴開高閣坐氤氳，綵筆凌霄染五雲。隔岸柔風勻檻柳，半簾新雨濕階芸。玉衡甲應三元曆，銀漢魁聯七曜文。欲問明年花信好，今朝春色且平分。

守歲

深宵燈火照圖書，莫歎窮年是故余。淑氣已隨南斗柄，春風先到北萱廬。明年定覺明朝勝，此歲都從此夕除。卻笑迎新無别物，獨饒佳句當椒糈。

蓂露晴吹玉律風，寒暄一歲兩宵中。盤供小摘春前緑，綵鬬新團臘後紅。坐惜殘更非畏老，戲隨舊俗亦占豐。蓬蒿尚有梅花在，且囑癡兒莫送窮。

黄周士招飲水雲亭用壁間韻

幕堞輕雲乍有無，西風匹練曳秋蒲。痕添小檻雙橈穩，色霽遥天一鴈孤。世事衹憑棋局在，浮生長得酒杯俱。裘馬十年憐共汝，相逢猶愧尚冠儒。

初春偕社中諸子謁上公車呈郡大夫

花濃柳彈合江頭，望入南天紫氣浮。象逼璇霄龍是劍，春明珠海蜃爲樓。治平已覩翔神雀，蹤跡誰能混野鷗。日下黄金來上賞，人間白璧豈虚投。

相將裘馬正翩翩，南國于今不乏賢。地轉洪流符卯水，邑圖經有卯水朝東之瑞。是歲元日，榕溪忽漲及卯。舟同仙侶盡丁年。春風暖蹴桃花浪，麗日晴生杜若煙。倚醉乘春歌樂只，春聲先到孝廉船。

初秋合肥竇可揚江寧孫孟陽顧一之夜過寄隱軒留酌得十四寒時巧夕前二日也

日落平林暑正殘，況逢詞客夜留歡。鵲河喜近雙星度，梧井先驚一葉寒。得句相矜敲短燭，問奇莫惜倒深尊。風塵此日憐君輩，滿地青山共鶡冠。

贈范比部龍南出守京口

纓簪兩葉盡朱輪，繒蓋翩翩覆繡茵。異等爲郎金作紱，廉名分郡甑生塵。褰帷地絕三吴險，擁傳秋歌五馬新。此去陪京猶咫尺，股肱原重法曹臣。

贈郭比部鵬海出守括蒼

使者黄金出漢京，括蒼佳氣日峥嶸。山迎露冕官能傲，牧借秋曹境自清。獻賦不煩推北海，李邕知虔州時，封泰山以獻賦，被賞。撤帷今復見喬卿。郭賀守荊州事。三公賜服君家事，不獨能高治郡名。

送王民春歸楚黄時民春與余俱攜家遊白下而民春歸矣余尚淹留去住含悲用申短律以贈行李

兩載攜家共壯遊，留君不住獨夷猶。名高鸚鵡當年賦，人去瀟湘第幾秋。肯信燕臺金已築，空憐楚璞價難售。歸來尚喜虔刀在，且向墻東問蹇脩。

奉謝銓部李公對庭

五雲晴色傍仙曹，綵筆題才爾獨勞。自喜登龍逢李傅，絕憐啟事類山濤。天低玉壘秋河白，月滿金莖露綵高。見說在門鸞鳳集，可能羅網到蓬蒿。

韓寅仲獲雋鄉書志喜兼贈北上

樓頭寒月曉煙濃，徙倚停雲思不窮。得意已誇郄氏桂，成名君豈葉公龍。寅仲爲葉化父快壻。賦成莫厭千金薄，客去唯憑一劍雄。瑞應近聞占太史，螭頭應奏海雲東。寅仲築室定岡，臺曰書雲。

拜官中秘

端笏平明謁紫宸，夔龍接武聖恩新。祿微祇乞侏儒粟，地散偏宜草莽臣。五色乍搖雞樹筆，一枝先傍鳳池春。自憐吏隱容疏賤，奏賦無煩狗監人。

送韓叔捷太守覲還皖城兼懷林郡丞春池孫别駕古塘得二蕭即席賦

西山晴色照行鑣，蹀躞春風五馬驕。南國褰帷湯沐重，東方賜履璽書遥。鄉心不盡雲千疊，别緒那堪柳萬條。爲語風流庾樓客，王孫芳草可能招。

送吴允兆太學歸吴

啼鶯聲裏客還家，幾載風塵兩鬢華。作客懶歌燕市筑，爲漁不泛武陵花。允兆有書畫船，曰漁舍。菰蒲野水他年緑，楊柳春橋幾樹斜。十日平原千里别，可堪清淚向天涯。

春明門外草芊芊，有客歸乘范蠡船。雲夢胸中藏八九，孟嘗門下識三千。允兆爲政府記室，一旦拂衣而歸。縱横槖剩書裙筆，羞澀囊空賣賦錢。若問生涯君亦得，一溪明月一溪煙。

夏日李太保惟寅病起招飲余值病未赴因詩見貽用來韻卻答

高軒肯與鶴同乘，河朔清尊慶得朋。白草已荒秦塞月，浮雲空傍漢家陵。且隨劍客占埋獄，閒對茶僧試辨澠。同病不堪頻促膝，别來曾否二毛增。

寄海陽令魯子與

羅浮山下話交期，幾載風塵悵别離。枳棘豈淹鸞鳳翼，松筠曾擬柳蒲姿。子與生同余歲。囊因簡訟新題滿，邑傍名山傲骨宜。爲憶榔梅庵畔路，桃花新種幾多枝。

訊胡孟弢博士

風塵回首總堪疑，始信長安盡奕棋。出世方知能用世，憂時終自不諧時。一官數抗陽城疏，九辨猶懷楚澤悲。孟弢嘗教諭沅江。從此清名須避卻，聞君原亦畏人知。

寄海陽廣文顧靖甫

春明璧水兆三鱣，江左名流顧彥先。絳帳雲間懸白岳，綵毫花底賦青氈。曾聞鄭老騎羸馬，更向蘇郎乞俸錢。我亦長安居不易，甑塵空負腹便便。

贈胡元瑞孝廉

一時文雅擅風騷，不向山中索價高。元瑞自稱少室山人。興劇開尊因按曲，客來碁罷更揮毫。幾年華髮悲清鏡，一片雄心問寶刀。遲日五雲應送色，憑君先唱鬱輪袍。

己亥人日西省寓直小酌得閒字

櫜筆初隨供奉班，宮雲不動佩珊珊。歲星客共金門隱，人日歡邀玉署閒。苑裏聽鶯頻送酒，花前拄笏足看山。深宮自是傳呼少，日日垂鞭得句還。

爲毛進士具茨題其大父中丞公墓

生芻曾薦白楊秋，玉節金魚共一丘。石繡屏前頻立馬，蓮花峯畔說眠牛。西風忽送松楸雨，落日時聞鼓角愁。自是中丞明德遠，萬家不數漢元侯。

夏日同方翁恬布衣趙文載太學過訪無際講師不遇因與首座論詩一食而返遂賦二律寄贈以當留衣

共尋雙樹叩三乘，竹院空留塔影層。結廈亦飛雲外錫，登山時度水邊藤。應疑朱戶非蓬戶，始信詩僧即聖僧。若遇北宗相問訊，阿獠今復有南能。

風塵誰掩竹參差，褦襶紅塵客到遲。杖底看雲吟過日，溪頭伴鶴去經時。辰參已放留檀篆，午食空甘薦野葵。更喜法門多勝事，禪餘小朗亦稱詩。

贈翁心吾趙太傅門下客也

風塵誰復識王孫，肝膽逢人不忍論。高誼久知翁仲孺，雄心曾傍趙平原。千金片語能酬士，一劍長懷未報恩。若過金臺休吊古，秋來芳草正銷魂。

慈因寺齋集得環字即席賦

禪心詩思最相關，野服清齋得暫閒。錢乞大官唯布地，名慚小草只宜山。時余有引疾之請。一簾過雨籠花氣，三笑逢君破客顏。日暮暑消談塵落，彌天高辨正連環。

登東昌光岳樓

朱甍綺檻接青霄，百尺憑虛宛泬漻。柱日暝殘秦觀影，連空寒漲海門潮。西風白鴈南歸少，東國浮雲北望遙。臨眺不堪頻指點，一天秋色正蕭蕭。

除夕次潄水東懷方翁恬

把臂金臺淚一揮，青山元與世情違。曳裾不爲歌魚去，裹足曾因罷醴歸。村市雪消人尚臥，江城臘盡柳還稀。知君剩有狂奴態，曾否桐江覓釣磯。

雨中登獅巖寺呈趙符卿

駐檠尋僧坐碧苔，疏林寒雨晚鐘催。繙經石上獅爲座，把釣巖邊玉是臺。山翠似屏從北擁，江帆如笏正南來。尚須載酒頻登探，造次梅花莫浪開。

上元日雨中入武夷顧明府送酒

三十六峯春正幽，星軺暫駐轉彛猶。地逢賢主淹歸客，節屆良辰得勝遊。九曲閒雲長抱石，一尊寒雨獨移舟。憑君更訂山靈約，短棹還期弄素秋。

雨中遊武夷山四首

飛淙蘸碧繞巑岏，濯雨芙蓉翠鬱盤。玉柙尚餘秦世蜕，金函空掩漢時壇。花明萬樹客初到，雲濕一溪春正寒。不是山靈偏見妬，夫容宜傍雨中看。

空山過雨漲初渾，落日扁舟酒一尊。鶴馭遥傳邀泰姥，虹橋不復宴曾孫。迎人吠出雲間犬，洗藥香聞水上村。何事春風太狼藉，菜花黄遍御茶園。

路入瑶臺望轉賒，空聞仙骨變黄芽。連雲峽壁靈威掌，絶磴崖懸博望槎。野鳩啼殘千樹雨，榔梅開盡一溪花。暫來未及同亭宴，且掇峯頭片片霞。

丹山碧水且淹留，九曲無如此曲幽。樹傍雲窩爭礙日，竹依風穴巧當樓。洞中甲子飈聞晉，路口漁郎不姓劉。轉憶仙源杳何許，桃花空落水空流。

入武夷候黄丘二文學不至

蘭湯渡頭道士迎，折葵煮茗炊青精。翩翩二子晚不至，湛湛孤尊誰與傾。船頭微雨已幾點，溪上夕陽還有情。平生好事皆獨往，何用仙人攜手行。

阻風金山柬吴敦之司理

燕市論交憶十年，多君先着祖生鞭。朱方吏向爰書隱，綵筆名高左史編。倦客祇堪依水寺，美人猶自隔江煙。相逢倘踐雞壇約，能否江頭覓孝廉。敦之明春秋。

泊京口聞李本寧觀察未涖武林因留書候吏賦此見懷

西風病客擁歸航，落日懷人一水長。把筆尚聞歌蜀道，觀濤何日汎錢塘。冰銜久輟文章伯，鼎席遥虚政事堂。見說玄都桃未種，春風日日待劉郎。

渡京口遇林太史咨伯南還時莊山人靜甫至自金陵遂方舟焉

與君輟直出承明，歲晏方舟事遠征。岐路喜同京口驛，故人來自石頭城。楓江落日潮初上，水寺鐘殘棋一枰。且向滄洲共攜手，浮雲直北正縱横。

登惠泉寺

昨來江上啜中泠，更汲名泉貯玉瓶。萬斛流懸雙竇碧，一泓寒浸九峯青。曾隨月色花間去，宜雜松聲雨後聽。已乞金莖蘇病肺，還從水品試茶經。

冬日從惠泉寺泛梁溪同真謐道慈二上人時趙明府肖鶴送酒得梁字

旭日孤城昨夜霜，九峯晴色曉蒼蒼。橋邊酒送神仙令，座上僧薰解脱香。十里朱樓隨鷁首，一雙白鳥近魚梁。開尊不盡登臨興，簫鼓中流泛夕陽。

載酒東山招同韓伯儀韓伯聲何俞之二明府各賦

空江寒色薄城闉，把酒憑高客望頻。結社喜逢來二仲，休官今已見三人。尊前鳥過千山暝，杖底煙輕萬井新。共說浮生閒便得，西風何事怨江蘋。

改席韓伯儀迎薰閣聽主人彈琴

落日高樓席更移，朱闌粉堞擁參差。山連象嶺迴成扆，郭帶榕溪曲作池。玉軫清商翻調古，華燈寒燼醉歸遲。知君瓜已東門熟，莫惜頻頻倒接䍦。

延平陸太守招飲楊氏園亭賦謝

名園春色正平分，座擁笙歌酒共醺。去國一春猶浪跡，論交半世始逢君。林間白雨新添漲，檻外青山盡入雲。夜色應憐龍氣合，可堪傾蓋復離羣。

上巳日黄岡驛憶家

遊子還家正三月，更逢三日淚沾裳。半山半海客行苦，欲雨欲晴花信忙。岐路春陰已轉眼，故園往事空迴腸。鵑聲昨夜更枯血，明發何事遲歸裝。時以夫役不給，居停一日。

寒食次清漳韓叔捷太守招飲

旅食驚逢禁火辰，鳩鳴燕乳野桐新。鶯花恨別經年客，節序關心遠道人。到海已知閩地盡，看雲漸與故鄉鄰。相逢共惜春將暮，濁酒因君強入脣。

賀李觀察伯東參豫章中書行省事四章有序

十五年御李之思，數百里依劉之想。尚期果腹，何啻調飢。乃煌煌簡命，亟畀雄藩；悠悠我思，遽違宗匠。雖傾蓋而如故，嘅握手之無多。敢獻俚言，上徼郢削。歡悰別恨，并見乎詞。

鳴鐃疊鼓鬱江頭，紫氣遙驚傍斗牛。五嶺雲霞留藻繢，千秋琬琰屬雕鎪。公精六書，而丹青尤爲超詣。

登壇曾建中丞節，參省仍分帝子州。共喜西京詞賦客，已從方岳領諸侯。

蒼梧雲氣正飛揚，宛宛雙旌指豫章。懸肘玉辭麟篆舊，裝腰金賜荔枝黄。曾聞尺檄收炎海，更擁名藩控大江。從此斗間增氣色，君家原是古干將。

才名八斗漢廷聞，牛耳于今已屬君。題榜敢煩王大令，登樓不數顧將軍。裝無端水半拳石，袖有羅浮一片雲。爲問諸生頻授簡，可能領畧五千文。時公檄諸生輯七星巖志。

與君同調復同時，何事登龍較獨遲。竭澤喜逢河潤廣，攀轅空望德星馳。南州未下陳蕃榻，東國先歌召伯詩。自惜鄭公遷鎮後，浣花花事與誰期。

重過七星巖祝明府招同南海王明府巖集時余以制帥戴公出訪後至遂成長夜之飲賦謝

舊遊重過便神馳，昏黑能來席更移。何事不隨仙令舄，自憐錯顧尚書期。娟娟新月還須照，滾滾飛觴莫愬遲。卜晝多君兼卜夜，風流不數習家池。

伏日李伯東參知招同蘇汝載朱季美劉道子智上人區啟圖宴集崧臺刻燭分賦得來字

峻嶒削玉倚江隈，片片夫容入望開。酷暑已煩風捲去，先一日颶作。新詩猶被雨頻催。一尊閒對千秋客，半曲光浮百尺臺。日暮江深龍睡穩，誰人探得頷珠來。

李伯東參知招同樊玉軒侍御清上人劉將軍蘇朱劉區四文學石室宴集斗魁臺得如字

披雲坐石擁仙袪，酒態詩狂宛自如。鎮日旌麾依水竹，一時賓從狎樵漁。新青壁送尊前雨，宿潤苔生石上書。潦倒正思河朔飲，天漿莫遺帝觴虛。七星巖乃帝觴百神之所。

政和令車宜仲内兄惠書捐俸兩辱見存不無約結之歎第政和治狀從閩來者嘖嘖不休賦以慰之

薊門春色總堪哀，別緒因君黯不開。千里已煩分俸至，一年未半兩書來。青山傲吏花間綬，白日冰絃竹下臺。見說□□今載道。埋輪君是漢廷才。

大彗寺社集

古寺春深寂不諠，依依新柳影寒原。千花繞塔鳥啼晝，一犬眠雲僧候門。客向酒邊吟芍藥，春從天外到芳蓀。東風莫遣流光駛，且付清尊共討論。

五日天壇社集

香塵遥挾火雲馳，白玉觚壇紫翠披。陌柳吹風籠睥睨，簷榴移日到罘罳。瑤臺不下三青鳥，黼扆空盤五色絲。見説祠官頻望幸，蒼虬何日翳華芝。

參天栝柏翠重重，魚鑰閒扃落日鐘。何事嚴闈横虎豹，時聞太液競魚龍。涼蜩響切鳌宫草，獨鶴拳聯輦路松。令節正逢邊堠急，游光分佩厭兵鋒。

朝回花下鳥嚶嚶，夾路笙歌沸錦棚。遺俗又看懸虎艾，殊恩久已罷梟羹。九天紫府開中籙，是日，五帝校定人間貴賤壽夭。五字丹書乞上清。五日，薊子訓事，見窮神祕苑。日永壇花閑不掃，香風時送步虚聲。

麗日芳遊散玉珂，相將採拾市婆娑。虚廊自闕松杉影，古殿長棲鶴鸛窠。故國炎蒸丹荔熟，鄉心迢遞白雲多。但能把酒呼朋輩，不用揮毫弔汨羅。

八月十四夜社集聞警

爽薦金飆暑已殘，高雲斂色露華漙。一年此夕秋將半，萬里中天客共看。獵騎正嘶秦塞影，驚烏空繞漢宫寒。風塵且自悲搖落，滿地青山愧鶡冠。

客舘芳尊好共醺，玉街涼月正紛紛。卻憐合暈縈纖翳，尚覺清輝缺一分。飛蓋喜無風雨妬，

□□□□□□□。高樓思婦砧方急，欲譜霓裳不忍聞。

鵲彩斜飛照雪袍，蕭蕭落木滿庭皋。欃槍未隕中黃老，刁斗時誼太白高。磧日易陰須探夜，河冰欲壯急柵壕。闕前此夕渾如畫，誰抱金環泣大刀。

上苑疏鐘出禁扃，驚塵撲地晚風腥。陣殘尚覆雲千葉，烽急遥飛火一星。塞角每從愁裏語，征鴻宜向月中聽。明宵更覓吹簫侶，莫遣秋光冷畫屏。

壽于穀峯大宗伯六十

碧海秋高壽域開，誰將綠野傍蓬萊。濯纓溟渤驂虬去，晞髮扶桑駕鶴廻。桂籍已瞻登六相，槐陰又欲報三台。詳因話錄。懸知放鴿添籌日，片片卿雲照酒杯。

五雲高處祝華封，名世禎期叶岱宗。大業千秋今董馬，中朝八座舊夔龍。乞身豈欲尋黃石，公家在穀城下。難老何須學赤松。見説泰階多氣色，蒲輪急爲駕追鋒。

清秋爽氣滿東瀛，劍履高班憶上卿。紫府九天開赤舄，青山一枕傲蒼生。驚聞歲月逢初甲，欲識風雲卜後庚。老我明時慚槖筆，露門何日荷盱衡。

校書祕省用秦玄峯寅丈韻呈三閣師

瑤光東壁照圖書，紅藥翻階柳覆渠。祕府分披焚草後，上方宣賜報衙初。芝函數拂神仙蠹，仙家丹檢，其蠹五色，曰神仙蠹。筆橐長聯學士魚。自笑書淫堪吏隱，肯將衰病負三餘。

拙宦羞稱老校書，軸林麗麗屋渠渠。綠文已剖龜浮日，赤琯須探鬼哭初。寄祿暫分張朔粟，長歌不爲孟嘗魚。一車未賜空成癖，欲向東朝乞蠹餘。晉皇甫謐、唐李敬玄表借御府書籍事。

送李宓瑤明府令寶安

獨持銀艾蜃樓邊，片片黄雲照錦韉。鼉鼓不諠瀕海戍，馬人盡種隔江田。囊攜綵筆官能傲，邑傍青山吏亦仙。到日政餘秋正好，刺桐花下坐鳴絃。

送盧少從檢校江藩

風塵誰識折腰心，暫借都曹任陸沉。拄頰飽看廬岳色，參卿閒臥省薇陰。廿年拙宦甘頻譴，五字新詩獨苦吟。若向琵琶亭下過，莫將孤淚濕青襟。

眉壽六封卷爲郭青師司馬封君題

登真八百正無涯，賢劫鴻濛閲歲華。雉膳久調仙掌露，麟袍長映習溪花。一經已啟千秋業，三祝還歸萬石家。聞道辟雍脩盛事，安車今又載姜牙。

金魚黄髮雅相當，況有天綸譜壽章。玉杖閒邊丹冊字，銅標高處白雲觴。門前已建中丞節，膝下仍分副相牀。上考渥恩期六六，不須廿四數汾陽。

夜行烏兒道中望五雲驛

馬頭戴星已歷歷，洞口伐木猶丁丁。篝燈渡水月爭色，打鼓穿林山答聲。半愁半病客自苦，欲煖欲寒春有情。莫說長安今不見，明朝且看五雲生。

自玉峽驛直馳金川夜行蕭灘道中午憩曲水舘時正月十四日也

攬轡披星來玉峽，長驅接淅度金川。危旌數拂章山雨，警角寒嘶皀閣煙。不見華燈燒永夜，惟聞社鼓乞豐年。今宵爲囑明宵月，莫惜清光兩地懸。

峽江公署

孤城寒傍白雲間，半挹滄江半枕山。列市盡隨欹石轉，開門惟見急流灣。花明客舍青春好，柳暗公衙白晝閒。卻喜蕭蕭脩竹下，爲飛破鏡照刀環。

正月十四夜上蔡公署候月不至罷酌

山郭孤棲喜晚晴，銀蟾何事碧雲縈。豈憐皓魄猶微闕，故傍良宵不肯明。兩岸歌鐘諠十里，一街燈火引雙旌。天涯縱有芳尊在，卻汎春愁忍獨傾。

正月十五夜止宿海昏既苦無月且苦無燈京國鄉邦凄然兩地復成一律以紀遊蹤

遠道長驅泥滑滑，嚴裝倦客馬蕭蕭。誰家短笛遞悲咽，半壁寒燈照寂寥。悵望雲山迷故國，不妨風雨妬今宵。更憶傳柑新宴罷，漢宫春色爲誰驕。

歲壬午計偕曾憩東林寺今二十有五年矣幸差竣還朝再過一食撫茲往跡殊愴客懷遂成二律以紀歲月

春風驛路苦迍邅，再入東林思惘然。溪午鐘鳴僧不語，花明院静客停鞭。千峯已歇馬頭雨，萬壑猶飛樹杪泉。不是宰官纔佞佛，皈依曾憶廿年前。

講經臺畔水淙淙，有客乘春覓舊蹤。山帶半隨青嶂繞，螺鬟長倩白雲封。筆點石幢題露葉，廚分香積剪春茸。自憐亦是攢眉者，卻向溪橋曳短筇。

黄梅道中馮茂山爲五祖道場稍南即四祖道場破額山也王程束急不暇隨喜軺中合掌望而賦之

馮茂煙光連破額，南來兩祖對叢林。曈曈佛日懸雙頂，冉冉慈雲落片陰。纔説有南終有北，何須無物并無心。渡蘆若問真衣鉢，雲在溪流月在岑。

過潛岳望天柱峯

亭亭一柱控千峯，作鎮天南擬岱宗。呼吸可能通帝座，士茅曾此奠侯封。岳即古皖伯國。傍看日月轂雙轉，倒攬煙霞翠幾重。日暮停車頻拄頰，一天晴色秀芙蓉。

贈黃荊卿太學

別來蹤跡竟何如，暫向青山問索居。半日欲留千里駕，隔年空把數行書。雲迷積水冰猶壯，雨暗荒城柳尚疏。共說風塵俱老大，雄心何事未消除。

護城驛遇雪

蛟冰已折草初芽，六出猶飛萬斛花。可是一天霏玉屑，頓令千樹放瑤華。曳泥軸凍青油幰，戀棧毛拳白鼻騧。爲賦式微頻極目，依依楊柳滿天涯。

贈竇淮南參知

淮南桂樹夢中思，雞黍尋盟八載期。垂橐已聞饘粥薄，倚廬長抱蓼莪悲。一門桃李收荊楚，七郡桑麻遍武夷。可奈相逢即相別，王孫芳草正離離。

居停古廬奉晤陳司理震陽譚亡友李仰城將軍往事不勝西州之感而古廬有黃荊卿太學則不佞喬札歡亦李將軍所嘗物色者也司理慷慨有大度能得士心故以詩介書爲荊卿緩頰若曰交淺言深冗曹其曹丘乎則批頰退矣

望入遙天斗插城，蕭蕭淝水照行旌。寒深驛樹鳴丹葉，雪滿輪蹄碎玉英。下榻喜逢陳仲舉，論兵轉憶李西平。始知劍術真能事，不是荊卿浪得名。

余友區太史用孺謫丞滁陽罔寺王程束急不能枉道以尋嵇吕之盟昨過古廬遣急足從間道往訊之候其報音於紅心驛遂日中止宿詩以寫懷

荒林寒雪漲遥天，尺一空緘思杳然。玉署共憐虚歲月，白雲何事問山川。秉心曾賦三千騋，病肺應甘六一泉。爲笑玄都桃萬樹，不知春色爲誰妍。

過三歸臺望穀城山

路入羣山霏翠微，車塵遥逐野蓬飛。晴烘暖日楊生稊，乍拂和風客減衣。黄石祇聞書一卷，荒臺猶說築三歸。停車莫問興亡事，且汎清尊對夕暉。

瀛海樓晚眺

武垣城畔路悠悠，有客停車憶舊遊。碣石抱雲常北向，滹沱落日自東流。高城柳暗鶯聲早，大澤春寒蜃氣秋。已說長安明日見，仲宣何事賦登樓。

使還都門志喜

去年此日揚帆别，此日今年策馬還。一歲韶光空蹩躠，半生蹤跡總間關。金門尚憶前時隱，玉筍誰高近日班。邇止更聞歌卜筮，微臣何以慰天顏。

使還長安東同社諸君子

蓬萊深處五雲開，麗日晴曛柳色催。花事漸看三月近，酒徒又喜一人來。橋邊幾度尋春去，月下誰同鎖院回。自笑冗曹牛馬走，卻隨鵷鷺復徘徊。

陪祀山陵偕諸寮友夜宿瑞光寺漫賦

琳宮闃寂少城隈，幡影遥連紫翠堆。萬井晴煙雙闕近，九陵王氣一天來。文楸乍覆燈前局，綺席頻呼竹下杯。爲憶龍髯攀未得，空庭明月共徘徊。

夜宿坑口公舘母夫人喜見新月賦此

春霖彌月客行難，此夕停車暫倚欄。纖魄已能披宿霧，微明尚覺帶餘寒。霜浮鵲彩晴猶濕，雨蝕珠胎影未完。笑唤兒孫下階拜，慈闈今亦舉頭看。

葛陽道中

葛陽古道何迴旋，諸溪冷水皆舖名聲濺濺。少婦腰鐮割園漆，老農燒石肥山田。前村後村響樵唱，三里五里連炊煙。春情似此客行樂，何必春心託杜鵑。

投贈衢州大守張七澤

岐路論交自有神，使君高誼薄秋旻。天涯臭味元同姓，海内文章屬幾人。何日關門占氣色，且隨㨾吏望車塵。姑蘇姑蔑盈盈水，願把新詩次第論。

懷玉公署即事

玉華山頭日欲斜，亂石錯落青槎枒。當人白日横豺虎，滿地黑月諠蝦蟇。春愁日結杜宇舌，雨意別作栟櫚花。浮雲直北亦莽莽，長安不見空咨嗟。

投謝懷玉胡定海明府

暫解輪蹄憩玉臺，滿簾晴色照莓苔。孤裝破雨春三月，短鬢吹風酒一杯。朗月正宜估客對，好懷今向故人開。知君不淺南樓興，莫遣清宵畫角哀。

元日登蓼雲臺率兒輩望拜蓼水先塋

登臺北望儼蒿焄，蓼水廬前紫氣殷。婦子蘋蘩長假饗，宫墻俎豆互芳芬。神峯含日開青嶂，鐵嶺驚霄冠白雲。柏酒椒盤遥獻歲，無疆降福自欣欣。

旗峯之約余數食言矣再期於今歲人日若弗克則不敢再訂也第旗峯無恙園公亦無恙情見乎詞

春雲縹緲寶安城，何日揚帆賦遠征。爲憶題詩高刺史，未尋作頌魏東平。人日登高，自魏東平王蒼頌安民山始。青山卻笑輕然諾，白首相期老弟兄。珍重旗峯且虚席，重來還飽五侯鯖。

壽韶州陳太守

萬曆□□秋九月，我賡翁陳使君，以守韶最爲□下第一。葢天寵殊常，鼎鉉在望。是月□十有六日，是爲我使君覽揆之□。□□君文上，而得天嶺以南□。□□□□□幼，遠邇若出一口。某以桑梓鯫生，筮□□獲歸命於宇下，濫□樂昌。今幸徙令羅浮，亦舊吏也。末由□□，實切戴天。仰際吉祥，更深涵泳。不揣□□，綴以永言。快覩九遷，竊申三祝。工拙不計，唐突何辭。

芙蓉江上頌聲頻，南極秋明紫氣新。詔下黄金來紫禁，帷褰白鹿夾朱輪。曾承雨露慚鄉梓，竊賦岡陵祝大椿。更喜二天分兩地，餘光長得借東鄰。

贈董歸善治行第一冊

無雙治行古循良，百里絃歌鱷水傍。白晝訟庭諠鳥雀，清宵獄市罷桁楊。花村馴雉依桑柘，涸澤蜚鴻饜稻粱。見説金書來漢闕，芸泥千載有餘香。

壽胡太尊

豐湖春晚水瀰瀰，湖上棠陰匝地垂。按縣彤幨嘶紫馬，行春白鹿夾朱旂。一尊共祝無疆壽，十邑曾歌樂只詩。歌罷莫言清似水，使君清處畏人知。

懷姚承庵明府

往榷金昌公挐舟見訪，今昔之懷，六年遠矣。嶺外遺民，末由訊問。茲幸巽源姚公復鎮撫之，一天再造，千載一時。急足還吳，瞻戀彌亟。拙句扇頭，代書申悃。復憶公往曾見索拙筆扁書，久未副命。今摘一聯，『六經獨抉千秋秘，萬卷窮探二酉文』，書上。未知遺民名姓，尚堪疥壁否。

江頭落木正紛紛，秋色空高白鴈羣。來暮已歌新召父，去思猶頌大馮君。六經獨抉千秋秘，萬卷窮探二酉文。公嘗著六經義行於世。欲問老農何所事，一犂春滿健耕雲[一]。

〔一〕健，疑當作『犍』。

四月八日徐郡公得雄賦此賀之

豐渚羅浮共毓靈，喜逢浴佛得寧馨。璽書已報車增蓋，筦簟曾占旆綴鈴。善積相門貽相種，天開文運誕文星。時都試郡人士。他年印綬重登閣，名姓先聯千佛經。

海晏珠還掌上珍，拈花微笑是前身。二龍噀水九枝秀，時旱禱得雨。一鶚沖霄六矢新。臧母集肩金鸑鷟，誌公摩頂玉麒麟。皆徐孝穆事。懸知慧業鍾靈鷲，不數崧生甫與申。

林敦夫遊粤還閩以詩言别次來韻贈之

相逢白眼撑高天，骯髒風塵不受憐。衰殘我是張十二，邁秀君爲員半千。四海交窮惟守黑，千秋業就獨思玄。國門豈是書懸處，努力懸書日月邊。

寄福唐郡丞蔣公鳴

七閩三山瘴海湄，坐堂亞府口爲碑。漁樵老我空黃髮，兄弟惟君是白眉。有夢尚尋三益徑，懷人常賦四愁詩。鱗鴻閩粤應如織，何日瓊瑤慰渴饑。

別朱觀察

海門秋色正飛翻，幕府吹霜畫角喧。增秩已分新節制，臨戎仍控舊屏藩。三千隊裏憐歌鋏，二十年前說在門。欲去還來頻望拜，可堪芳草怨王孫。

人日韓緒仲太史招同韓寅仲明府阮唯仲余士翹兩孝廉登浮碇岡改席鼎吕堂并訂南山觀瀑之約

芳林如錦草如茵，萬井煙光物色新。看竹行廚羹菜甲，回車劇飲薦盤辛。驚占聚井星爲客，競帖宜春日是人。我欲從君蠟雙屐，枕流漱石莫辭頻。

十二日邀集韓寅仲阮唯仲余士翹韓緒仲南山觀瀑時春晴泉涸賦而戲之

瓊瑤萬斛瀉孱顔，曾界青天掛碧山。濺沫止餘殘滴翠，涓流空灑舊苔斑。何時地軸翻雷電，不見天風響珮環。可是馮夷新捲去，欲爲霖雨到人間。

春正月二十八日澹守老人懸弧之辰也時七十有一矣兒輩偕同社諸友爲其哲嗣肅若作浮碇長青圖綴之詩以佐稱觴而肅若以文見屬不知里中約法三章西園公韜筆久矣第肅若於余文字交也余亦以詩進未免身試三章之法幸廻環數四當不復落豬嘴關故書而壽之

童顔鶴髮古稀齡，門掩羣山不斷青。浮碇靈椿休問歲，烏衣玉樹喜盈庭。花前壽酒爲春酒，天上張星即壽星。我欲從君淡相守，開尊何必五侯鯖。

鄭台擢湴郡昭州便道枉駕賦此謝別

天南五馬忽西馳，卻憶琴鳴瘴海時。萬里新詩在懷袖，十年潤契念途泥。隼旗幸駐夷門駕，鱷渚長瞻峴首碑。見說東西將賜履，羅浮遺老正扶藜。

海豐何學實明府以善下子餘齋心功過冊見投賦此卻贈

才如白錦筆如杠，獨步文壇折幔幢。梅閣題詩梁水部，宰官護法晉廬江。十年傲骨渾無恙，千古雄心不肯降。共向豐湖旌白水，斗間龍氣本來雙。

李伯東方伯往湴粤西便道過訪小園留酌賦贈

升沉蹤跡問居諸，梁月長懸萬里餘。共喜清朝登大老，更煩行省領中書。披襟剩有煙霞癖，駐檝言尋水竹居。鄒律不須吹黍谷，陽春今已到樵漁。
衣裳顛倒出蒿萊，爲向龍門御李來。促膝問年頻拊掌，鳴琴灑酒共登臺。鷗羣競逐驪聲下，花信曾吹雨色開。再訂平原期十日，河橋折柳共徘徊。
桃花新漲錦帆懸，破浪乘風去若仙。分陜舊臣仍列岳，騎箕小陸已生天。時有次公奉常之變。玉符遥綰三湘水，赤幰先開八桂煙。翹首蒼梧雲萬片，想應長繞粵東褊。
鬱水靈洲去後思，逢迎倍憶別離時。一尊滕閣論文酒，百字星巖墮淚碑。紫闥已聞虚席久，白雲何事出山遲。東西賜履元非遠，已擬清風吉甫詩。

丘當時文學以詩見投用來韻卻答

綺歲霞標獨擅名，凌雲綵筆駕西京。望門不載三千牘，抱璞誰償十五城。潦倒一尊河朔飲，寂寥千古汝南評。相逢莫笑玄猶白，且解塵纓共濯清。

庚申夏末送劉覲國少參以入賀還涖武昌并訊楚中任白甫龍君御諸社友時覲國方夢臼而里中南園舊社之役覲國捐貲主盟故詠歎及之

冬歸夏去及秋初，夙駕星言畏簡書。獻鏡何因逢破鏡，脂車曾否詠同車。莫將宦轍悲留滯，且向文壇共掃除。爲問依劉彈鋏者，可能長飽武昌魚。

小集大忠祠議復五先生南園舊社呈直指虞石王公得十五刪二冬

萬堞參差水一灣，前賢名跡莽蒼間。荒池何事蛙空吠，華表于今鶴未還。戲鵠璇題懸日月，行驄綵筆滿溪山。相逢卻喜裴能解，不向公家請百鍰。時黃士明太史、劉觀國觀察首捐重貲，以辭公帑。

書鬼不仙百代宗，驚傳攬轡問遺蹤。當年嶺海儀羣鳳，曾際風雲從六龍。樹底頹垣花灼灼，欄前斷岸水溶溶。南園剩有齊犧在，牽卒西園老菜傭。

朱惟四文學重修禺峽飛泉洞以詩見投對使用來韻卻答

美人遙隔暮雲重，家在禺山第一峯。金翅垂天曾搏象，蒼精出匣即屠龍。已從古洞開新搆，更挹飛泉浣翠容。洞有挹泉亭。爲憶玉環歸去後，桃花深處紫煙濃。

庚申巧夕遇雨

涼宵初霽月初移，正是雙星脈脈時。聽雨幸饒今夕酒，挑燈惟讀去年詩。梧桐一葉飄何處，河漢三更會轉遲。寄問西園兒女輩，香奩曾否綴蛛絲。

輟軛停梭向玉津，一年一渡一番新。星橋疏雨疑雙淚，月帳流雲妬二神。夫婦不須期世世，楊貴妃事。衾裯惟願抱頻頻。離多合少空相憶，怪底嫦娥不嫁人。

八月十四夜得直指虞石王公書覝以還朝束急不果羅浮之游因偕里中諸縉紳攀宴小園賦此候別

四百峯頭紫氣濃，相期跨鶴御泠風。脂車自是王程急，臥轍還憐野老同。吹笛關山秋正半，繞枝烏鵲月初中。臨岐欲駐夷門駕，可向江頭問桂叢。

絳韝遙臨白板扉，書來應念雅盟違。巡方不問平原酒，授粲還尋北澗薇。六轡日邊玄豸去，千山馬首白雲飛。南宮獨坐從今日，莫忘扶藜戀衮衣。

九日李伯開偕韓緒仲胡虞卿登百尺樓得四豪時伯開有期遠適緒仲亦當還朝

蕭蕭木葉下庭皋，縹緲危樓首重搔。鴈聲中一水濶，六龍飛處五雲高。老翁早出杜少陵九日詩逢芳節，佳客能來共濁醪。欲問明年今日會，美人天外夢魂勞。

李伯開以詩言別用來韻賦贈

裘敝囊空鬢未華，憐君爛漫是生涯。十年一刺禰衡字，萬里三秋博望槎。岐路無衣聞蟋蟀，他鄉有客詠蒹葭。逢人若問羅浮主，爲說西園莫浪誇。

夕佳亭主人以詩見懷用來韻卻答

數畝爲園差不惡，天高木落風日凄。一簾竹色自疏密，兩岸花影無東西。白駒久分空谷縶，凡鳥豈有幽人題。百遍相過君莫厭，敢云桃李卻成蹊。

懷夕佳亭再用前韻

君家亭子聞新搆，老梅短竹殊清淒。簷光日脚不敢下，山色案頭來自西。數拉畸人結湯社，閒呼小婦拈詩題。我欲從之室且邇，其如李下久無蹊。

蕭給諫損之社集對月

綵筆翩翩出漢宮，深宵朗月御微風。寒生烏鵲千山外，影落關河一笛中。共把芳尊邀竹色，不須高燭照花叢。霜臺晏歲君應念，何日乘鸞向碧空。

秋夕與韓伯舉寅仲泛月得山字

清秋尊酒一開顏，蕩漾孤舟杳靄間。浦口好風斜捲席，城頭新月半含山。蒹葭遠水傷心劇，島嶼浮青向客閒。但得流光能共對，漁竿長此弄潺湲。

九日槎江

清秋百丈正牽江，十里蒹葭一夜霜。掛席微風生遠渚，銜人獨鳥背斜陽。不須黃菊頻簪鬢，何事青山負舉觴。酩酊未酬佳節去，秋光空滿芰荷裳。

留題平山驛

經春作客涉冬還，千里輪蹄此暫閒。戍角爲誰偏嗚咽，松濤依舊送潺湲。難逢竹下如澠酒，更認鑪頭似畫山。好語庭前今夜月，不須重照大刀環。

己酉冬夜泊海珠寺書懷時有出守之報計當投劾故稍及之

一江晴色滿蒹葭，水寺尋僧繫客槎。謾說新恩榮五馬，且從老衲問三車。戈船斫岸潮初上，海客收帆日正斜。暫向空門分半榻，香爐茗椀足生涯。

琳宮醮水影層層，客夜危欄笑獨凭。乞法喜逢鐘後飯，攤書時借佛前燈。吹風潮送城頭角，載月船呼渡口僧。爲問鮫人何事泣，淚珠迸作石崚嶒。

篝燈襆被宿招提，莫向風塵問路岐。去國尚留三尺鐵，廻頭竟是一枰棋。深宵露洗尊前月，未曉鐘催枕上詩。最喜投閒身尚健，肯將清恨賦江蘺。

扁舟何事到禪關，曾向三生石上還。蜃氣迎風幡不動，鼉更疊浪月初彎。敲燈得句唯招隱，賣賦餘錢好買山。從此江邊清夢穩，不須迢遞繞朝班。

壽史緯瞻觀察

三春已半日遲遲，壽域初開鱷水湄。放鴿喜逢鷹化候，憑熊況是蟄驚時。璇霄卿月當鈴閣，紫極台星傍戟枝。爲問華封何所祝，謳歌曾奏九如詩。

仲陽佳氣滿羅浮，坐擬麟符控上游。南粵已瞻新憲節，東方今攝古諸侯。如椽綵筆應千古，破柱雄名擅九州。大業共稱三不朽，何須海屋更添籌。

去秋竄跡五羊史緯瞻觀察先施折節歲杪按部破格分俸貽詩索和遂用來韻情見乎詞

歸來欲擬采真遊，半幅蒲帆九月秋。敢謂埋名吳市卒，來詩有『潛入五羊』之語。自憐去國范生舟。綵毫遠挾清霜墜，畫戟初臨紫氣浮。正喜依劉今有地，使君高誼恐難酬。

人日入郡謁謝史觀察

去年人日欲焚魚，人日今年卻曳裾。客舍不彈馮氏鋏，夷門先駐信陵車。風和萬井花爭發，日煖雙旌柳乍舒。共道陽春真有腳，曾從幽谷到枯株。（以上西園存稿卷六）

全粵詩卷四三一

張萱六

和平孫仲瞻明府急足分俸便面貽詩四體方勤一介未報竊用來韻附布謝私情見乎詞工拙勿論

老去已尋長樂賦，玄成誰問子雲奇。一函不惜來重趼，千古相期契獨知。引劍燈前龍氣合，停雲江上鴈行遲。遥聞綵筆飛騰甚，多在看山拄頰時。

雄名藉藉少年場，入彀曾穿百步楊。爲綰銅章傳舊譜，不辭黑子署新疆。政成南國仙爲吏，象逼中台宿是郎。衰拙不堪歌樂職，愧從鄰壁借餘光。

送曾元陟應明經試

河橋尊酒共歌驪，綵筆翩翩對赤墀。奏賦不妨前主席，説詩慎勿解人頤。元陟數稱詩，而詩禁方厲，談之色變。征途日□花如錦，御苑風和柳欲絲。若上金臺須一醉，天涯芳草正離離。

辛亥守歲

三徑蕭條兩鬢皤，尊開柏葉老顏酡。驅除虛耗何須盡，貨買癡獃莫厭多。卻笑兒童爭媚竈，欲呼鄉里共迎儺。儺以驅厲，厲已盡行，里俗不迎，故欲復之。焚香細祝神荼輩，爲護蓬蒿舊雀羅。

壬子元日賦閒園試筆呈同會諸君子

晴旭芳林散曉煙，甘分膝繞板輿前。百年已半今餘五，一日能閒即大千。造次林花渾欲放，菁葱庭樹喜爭妍。長開酒社從今日，莫擲韶光似去年。

玉曆初開淑氣新，今年猶似去年身。已成項領從時輩，能老煙霞有幾人。往事總銷棋一局，壯懷須付酒千巡。入林把臂身同健，剩水殘山日日春。

韓緒仲太史以歲杪喬遷新第而寧馨彌月則壬子立春之日也蓋在斯干之章矣頌考室而禱吉夢君子善之余世講式好慶幸有加因節取其語韻爲近體以附大人之末□善頌善禱非曰能之願學焉

薇垣紫氣滿芳辰，共說遷鶯更紱麟。噲噲寧居時送臘，喤喤彌月喜當春。香凝莞簟花爭麗，吉叶熊羆夢正頻。爲語大人占已叶，斯干朱芾日振振。

奉和韓伯聲元日有感之作用來韻卻答

林磵年來免愧慚，北山移文：『林慚不盡，磵愧無窮。』一瓢雙屐徑三三。幽懷自覺閒中劇，世態都從拙處諳。花柳一春應共醉，陰晴明日不須談。問君何事傷春早，可是嵇康七不堪。

邑侯姚公賓舘落成招同韓參知叔捷曾侍御澤卿宴集賦謝

肆筵緝御醉深宵，欲頌斯干興轉饒。正喜樂郊無碩鼠，更聞私謁絕陽鱎。莎庭晝靜琴聲古，竹閣霜寒鶴夢遥。耕鑿已堪長鼓腹，賦成莫向桂叢招。

華舘初開輟簿書，一簾秋色滿階除。芳尊卜夜頻燒燭，蹇足因人亦曳裾。時余正病足。好客榻緣徐孺下，□言席爲蓋公虚。榕溪縣舍清如水，更說官清水不如。

甲寅生日李康侯廣文以詩見壽對使走筆用來韻

蕭蕭短徑雨斑斑，何事投珠滿竹關。雌甲自憐同犬馬，餘年祇合付溪山。驚看苜蓿慚分餉，欲辦茅柴共破顏。珍重新晴堪把臂，入林休羡鳥知還。

諸親朋小園讌集賦此奉謝

茅齋客滿酒頻揮，竹下新晴駐晚暉。卻笑杜陵仍遠客，最憐白傅歎遲歸。杜有遠客詩，白有歸遲詩，年皆五十有七。先秋未必摧蒲柳，晏歲猶能飽蕨薇。我已一枝堪自老，尊前休唱鵲南飛。

韓寅仲以詩見壽對使走筆用來韻賦謝

年來習靜欲韜真，卻笑婆娑兩鬢新。齒及但知常愛日，生還誰謂不逢辰。休從鏡裡憐衰態，且向尊前數舊人。此日因君戀松竹，肯隨桃李復爭春。

黄見河陳惺白兩廣文見壽用前韻賦謝

年過半百鬢毛斑，高枕空林獨閉關。自信小人宜學圃，誰云好鳥不歸山。桑蓬卻負人間世，桃李應嗤鏡裡顔。且向澄江看新漲，與君同棹酒船還。

閒居詠懷奉寄黄士明黄亮垣韓緒仲三太史

老向明時幸戮餘，遙緘天上故人書。杖頭欲問青藜火，鼎足誰分白玉除。畢世雲泥空臭味，半生丘壑任居諸。行吟澤畔身猶健，剩作人間老蠹魚。

寄懷梁斗華同人

閉門高柳日絲絲，風雨懷人獨立時。半偈曾參黄面叟，一官猶臥白雲司。幾廻踏月趨金漏，莫厭看花醉玉羈。若向天南問遺老，年來衡泌足棲遲。梁喜談禪。

伏日招同李康侯黄見河陳惺白三廣文榕溪泛集

宿漲平添蘸碧空，一尊容與水雲中。非關避暑逢袁紹，卻喜談經盡馬融。雨過溪花渾媚客，晴吹汀樹遠含風。浮沉莫論人間世，共向中流問織萁。

韓叔捷同人六十有一以詩見貽對使走筆用來韻卻贈

海屋籌添喜及辰，江花江柳正鮮新。攜來度索千年實，贏得蓬萊九斛塵。環賜共瞻名岳伯，尊開長對老同人。清朝已遣追鋒駕，不用天南望紫宸。

唐明府過小園留酌賦謝

鳴琴多暇喜徜徉，結軫園林日正長。爲愛疏狂寬禮法，每令顛倒着衣裳。傾尊細按花間曲，候月頻飛竹下觴。草木亦知同領署，芬芳長惹令公香。

得報中考功令

拙宦應宜早乞身，何因十載狎風塵。閒居已遂陳情疏，吏議唯求避世人。遠岫無心雲片片，長林有伴鹿甡甡。莫言積毀堪銷骨，自信孤臣是逐臣。落日溪頭獨杖藜，行吟何事鬢絲絲。輸它喚作溝中木，贏得長稱膝下兒。塞馬不須論得失，海鷗從此莫猜疑。閒來更喜身猶健，且醉村醪讀楚詞。

壽鮑瞻魯郡丞

半刺天南擁十城，銓衡奕葉羡難兄。戈船浪靜長驅鱷，海氣潛銷遍築鯨。五世冠裳趨北闕，一時恩澤擅西京。口碑自是華封祝，不用尊前卜太横。

往余家金陵獲交於蕭崑陽民部今二十有七年遠矣民部健飯難老彼此音問闕然甲寅冬其介弟蕭還拙還泰和賦此往訊

當年結韈石頭城，傾蓋空慚國士名。老我孤生投世網，多君壯歲解塵纓。山川已間丘中賞，臭味遥同物外情。念别忽驚三十載，空瞻南極一星明。

癸丑守歲

爆爐簾前滿碧苔，辛盤薦罷斗杓廻。清尊已解驅寒去，畫角何須送暖來。臘盡一旬惟釀雨，春前三日已聞雷。臘月二十七日立春。二十三日，雷即發聲。今宵再按今年曆，爲數陰晴有幾回。

甲寅元日試筆

獻歲慈闈喜不禁，兒孫羅列酒頻斟。春光欲换蟠桃面，雨色先催寸草心。避世數年猶覺晚，入山今歲更須深。憐春尚有江淹筆，獨對梅花一醉吟。

甲寅春興十章

宛委橋横舊釣臺，疏籬短竹少城隈。陽和一日不虛擲，花信幾時纔放來。已辨芳尊傾北海，閒攜綵筆賦南陔。今春身較前春健，日日斑衣舞十迴。

麗日穠陰入綺窗，門前閒臥竹根厖。綠移苔陣侵琴榻，香簇花魂護酒缸。隔岸送晴山點點，窺簾啼夢鳥雙雙。春情已懶春光老，何事詩魔不肯降。

竹塢松關一徑通，蕭蕭兩鬢賣花翁。半生已種青銅海，數口今隨白兔公。嫁樹和煙分密葉，移栽帶雨補疏叢。東皇莫訝人衰老，花國曾書第一功。

數畝爲園榕水邊，半農半牧半漁船。跛驢已熟尋梅路，健犢能耕養鶴田。得酒但招蓮社客，看花長共竹林賢。莫言閒處春偏鬧，春到人閒更值錢。

今年別是一番春，野色晴曛草色勻。何處提壺迎社鼓，從教反舌惱花神。山林長物衰慵日，耕鑿餘年暖活身。卻笑春風亦隨俗，人人吹得白頭新。

殘山剩水日婆娑，誰送春光到薜蘿。地僻自宜佳客少，花疏偏覺暗香多。林坳草嫩鹿遊牝，蓐薄桑柔蠶作蛾。濁酒一壺琴一曲，春聲翻入紫芝歌。

年衰自合痼煙霞，贏得身閒歲月賒。竹下抱孫看鬬鴨，籬邊呼鶴捕驚蛇。遊絲不綰漫天絮，密葉能藏刺眼花。野老一尊同坐石，商晴較雨話桑麻。

十日柴扉九日關，蘭階苔老石紋斑。晝長散帙惟攤飯，雨過拋鋤且看山。數畝老荒鍦鍤健，一溝新水桔槔閒。相逢莫問春多少，衰拙心情木石頑。

春衫寒褪試開襟，竹氣穿花潤壁琴。林密漸多交讓樹，巢疏不復有爭禽。調饑挑菜防傷指，小摘芼羹戒食心。老去詩腸堪辟穀，赤松黄石許相尋。

春波淡蕩岸縈迴，遲日芳林錦作堆。地窄幸饒三面水，林高更築一層臺。雞壇酒社年來潤，筍譜茶經手自裁。細囑漁郎休浪說，尋源恐有晉人來。

甲寅秋興十首

一庭黄葉覆蒼苔，瑟瑟西風昨夜來。渡水夕陽雲色白，迎寒微雨鴈聲哀。生衣欲換砧先動，團扇新辭篋未開。自是多情情轉懶，楚臣休更賦悲哉。

飛飛田雀啅柴門，禾黍高低夕照邨。閒引兒孫扶鶴髮，笑披簑笠導魚軒。洗腧竹下新秋漲，御食花前老瓦盆。舞罷萊衣頻顧影，不堪回首鶺鴒原。

曾聞哲匠感蕭晨，欲向彭咸問水濱。十幅□箋題楚些，一杯新酒薦靈均。饒他積毁能銷骨，留得恩多未殺身。莫笑一歸頭便白，青山不負白頭人。

行野長歌蔽芾樗，故將蹤跡混樵漁。攜歸橐筆曾焚草，散盡餐錢爲買書。何事老翁悲塞馬，且呼小婦饌江魚。秋來幸有閒居樂，繞膝分甘御板輿。

斷橋碕岸樹交加，傍水穿林一徑斜。暑意尚蒸溪閣雨，秋光先到野人家。竹知風健曾辭籜，菊爲寒輕不放花。卻喜庾郎飽鮭菜，穰穰何用祝污邪。

新涼一榻腹便便，朮序芝圖續舊編。老去尚拈成冢筆，夢來猶賦衍波牋。應憐白髮三千丈，曾染緇塵十二年。秋色漸堪蘇病骨，可能長辦杖頭錢。

膏肓泉石五經秋，老我從人喚馬牛。舉眼世情皆水淡，回頭罪過總風流。古人以居官抄書爲風流罪過。余有此癖。秋聲兩岸橋邊竹，山色一簾溪上樓。此日君恩真浩蕩，逐臣猶拜醉鄉侯。

八拙何須較八愚，園公口拙、手拙、眼拙、足拙、宦拙、交拙、生計拙，總之命拙，曾有八拙居士傳。身閒一任鬼揶揄。歸逢亥歲饒蝦蟹，老向寅年避虎貙。是歲有先塋之訟。地僻能令秋色劇，天高轉覺月明孤。築場莫剪場苗去，空谷于今有白駒。

江空木落片雲高，獨立蒼茫首重搔。故里幸分原憲粟，良朋空贈呂虔刀。窺人狎鳥時時下，抱葉寒蟬日日號。且向桂叢攬秋色，幽香深處讀離騷。

園依綠水簇琅玕，野色蕭蕭滿石欄。睡足暑消楠癭几，髮疏涼到竹皮冠。短笻長鑱閒生計，老菊衰蘭舊歲寒。日日雞豚賽村社，酒杯常得小團欒。

魚根爲黄含光觀察題

彤簷緑鬢玉麟符，何事煙波學釣徒。戀闕豈忘捐犬馬，浮家不爲憶蓴鱸。貪看山色頻移棹，閒逐桃花未結罛。醉臥一簑鷗伴宿，垂楊深處月明孤。

竹浪閣爲黄含光觀察題

數畝參差玉萬竿，山童日日報平安。翠翻疊疊晴疑雨，碧漲粼粼暑亦寒。戛雪正堪風外聽，捎雲宜向月中看。主人不是癡張廌，何日停車共倚欄。

寄畢孟侯侍御時余方廬先太安人墓

澤畔長歌澧有蘭，故人遥在五雲端。誰從天上回青眼，老向江邊泣素冠。雪仗籠街銀印重，霜臺映日玉墀寒。它年客滿平津後，能否天南問伯鸞。

重過海珠寺讀舊題

兩岸丹楓葉葉新，重攜尊酒賽江神。黄金誤結依劉客，白髮誰憐哭漢人。燈下僧雛休問訊，帆前鷗鳥尚相親。舊題已付湘靈瑟，何必遊人爲拂塵。

留題大忠祠

落日荒祠一棹過，菰蒲獵獵水增波。山河百戰餘孤劍，日月千秋照五坡。血灑嶲周空望帝，冤沉精衛未填河。當年若遂黃冠請，能否重來獨枕戈。

朱季美萬伯文見訪小園以詩留酌

半幅蒲帆狎野鷗，翩翩猶作少年遊。逢迎到處皆歡伯，剝啄誰能問故侯。可是子猷須看竹，倘尋安道莫回舟。十年雞黍盟猶在，肯信交情歎白頭。

萬伯文以詩見投用來韻卻答

剩水殘山木石居，年來已廣絕交書。溪邊放鶴君應念，竹下開尊席已虛。空谷煙霞聊共我，春江花月且還渠。知君多是朱門客，何日蓬蒿一駐車。

送朱季美萬伯文遊海豐

空江宿雨日霏霏，二妙孤帆去若飛。海味縱諳休久住，花期漸過好懷歸。總因設醴頻移棹，肯爲歌魚厭採薇。攜得橐裝誇陸賈，可能重問舊柴扉。

過駱達叔湖園留酌夜歸燈下對使走筆賦謝

舊圃新堤十畝餘，柴扉應擬草玄居。開尊日滿賢人酒，投轄時來長者車。三徑已聞誇蔣詡，五湖何必汎陶朱。篝燈不惜歸途遠，掩映波光戀客裾。

春日黎定宇姻家昆季招飲兩夕歸即參横賦此奉謝時余有卜居西湖之約故并及之

白鶴峯頭紫氣屯，德星驚報聚荀門。論心喜對東牀玉，傾醸還同北海尊。夜永街籌催短槳，春和池草茁芳蓀。相過百遍君休厭，我欲朱陳共結村。

贈哲求舘甥

懿卜鏘鏘叶晉秦，癡翁快壻卻相親。封郎已覺超楊相，姚合何緣遇李頻。君豈臯麻輕萱蒯，我因桃李結絲縎。羅浮亦是青城佐，敢擬飛雲作丈人。

過訪駱子儀子良勉叔達叔諸君子留酌賦此奉謝

雞黍尋盟路不賒，竹林羣從即君家。前山倒影湖心日，遠水晴飛樹杪霞。一徑爭啼秦吉鳥，四鄰皆放茘枝花。西園公亦西湖長，暫去還來共釣槎。

病中聞謝弼臺遊岱不能往吊詩以哭之

半世章縫次骨貧，黔婁原憲是前身。煙霞老我惟孤枕，肝膽論交少一人。豬嘴關頭飛黑霧，羊腸路口舞青燐。生平不下西州淚，此日因君獨滿巾。

寄潮州陸仰泉太守

福曜高懸瘴海鄉，治平今見漢循良。朱輪坐擁文章伯，鼎席行參政事堂。千里洪河曾竊潤，三年鄰壁幸分光。何時再駐夷門駕，顛倒溪頭薜荔裳。

寶安老友正所麥君別余二十年遠矣今歲八十有九過訪小園投詩見贈時余買山之資久已洗橐坐客日散尊酒日空不能投其轄少酬其意因用其韻得一詩贐焉正所嘗爲余徵逐於少年場中忽爾相逢不勝蘇子瞻浪花浮蕊之歎故稍及之

何來一葉獨乘潮，湖海多君老更驕。我已竄身遊鹿豕，君猶翹首問雲霄。窮途共說皆衰暮，覓句偏能慰寂寥。卻憶當年買歌舞，不須重語向山樵。

答沈華伯參軍用來韻

美人驚說在西方，枳棘于今集鳳凰。好我忽投青玉案，交神能問綠荷裳。晝永有山堪拄頰，官閒無日不焚香。清朝久矣懸詩禁，莫向詩人辨苦良。

巧夕移舟合江樓邀同黎定宇親家昆季汎集時定宇方謝去舉子業故戲及之

隔岸丹楓幾葉零，迢迢銀漢渡雲輧。且尋河朔同逃暑，莫向湘江問獨醒。雞黍已慚虛兩月，茶瓜聊共賽雙星。多君不乞天孫巧，謝卻人間千佛經。

黎定宇親家招飲白鶴峯陳孟嘉偶集

新秋結客共扶藜，娛老亭邊酒一揮。白鶴已隨人共去，片雲空與鴈同飛。塵毛欲落逢鶩座，孟嘉高談，時人比之陳遵。燭跋頻移未解圍。王羲之事。爲語嚴城休禁夜，厭厭不醉客無歸。

初秋任渭宇李少鶴兩將軍招飲湖光亭

西湖秋色近如何，落日輕橈載酒過。緩帶元戎移小隊，長裾狂客共高歌。纖纖新月窺霜柳，颭颭香風折露荷。爲問六如亭畔路，香魂曾否復凌波。

韓寅仲見過五石瓠留酌醉歸以詩見投用來韻卻答

相將噎噫復嵬峩，南宋張易事。不醉其如白眼何。卻爲倒顛花骨句，頓令淋浪鷺毛簑。望洋莫笑蛙從鱉，問水誰憐公渡河。欲向桃源頻繫楫，可能傾釀共狂歌。

黄士明宮允假還詩以訊之

木落江空鴈影寒，西來紫氣夢中看。遥聞負弩諠騶唱，誰復停車問鶡冠。金馬可能淹吏隱，奕棋曾否似長安。囊攜食本錢餘幾，我欲移舟乞一餐。

李煙客歐嘉可黄逢永移舟招同黎館甥是因小孫臺宴集浮丘舊社得梁字

落日蒹葭水一方，泳思不復歎無梁。五芝六草猶堪拾，九路三階早已荒。老我自驕麋鹿性，多君能問芰荷裳。相逢且挹浮丘袖，潦倒同傾沆瀣漿。

恭謁先師趙文懿公祠像溪山如昨池臺已非後死謂何愾然永歎

漫遊重問舊津梁，猶憶摳衣晚沐堂。繞足數聲雲外磬，低頭一瓣袖中香。曾攜紫槖辭金馬，故覓丹丘訪石羊。黄初平，金華山人。公故里也。爲問當年桃李客，至今誰復詠甘棠。

歸自五羊乘月渡石龍市寄懷鄧玄度觀察陳儀翔計部

七載離居老一丘，白頭今作一身遊。燈前水濶天如洗，帆底潮平月不流。欲向剡溪頻棹雪，誰憐南國獨登樓。美人室邇煙波隔，何日同遊海上鷗。

黄含光參知奏最承恩思歸移疾數損書問歸志浩然不肖萱念切依劉竊效古人稱藥量水之誼兩干謁者更欲治裝歲暮言别黯爾歸途瞻戀彌亟詩以申臆筆擲魂銷

嶺雲晴鎖戟枝寒，善病時聞獨禁酸。□問脾病者，禁酸。峻閲已承三世誥，殊恩應授兩仙丸。籠中物已容溲渤，枕上師猶問錡蘭。五嶺自肥公自瘦，不妨休沐更彈冠。

何事因人復遠遊，蘆花楓葉水悠悠。歸帆破浪船爲馬，戍角吹霜月似鈎。斷木已甘溝壑辱，冥鴻猶戀稻粱謀。自憐賣藥韓康伯，亦向新豐學馬周。

謁賀郡大父清白龍公

旟隼晴翻萬井煙，騑騑五馬擁連錢。同曹倚玉曾三載，把臂通家憶廿年。老眼幸披千里霧，白頭猶戴兩重天。應知黍谷春常滿，四百峯頭得穩眠。中原旗鼓憶相當，並轡聯翩入建章。自笑耦耕今桀溺，曾同題柱舊田郎。千金不買長門賦，六月誰飛易水霜。見説憐才更憐舊，不妨顛倒着衣裳。占斷青山臥白雲，扶藜今喜見神君。長裾已曳非歌鋏，翠幬曾聞不進蚊。熊軾褰帷雙畫轂，虎囊盤綬五花紋。願言九曲洪河潤，絳老應先乞一分。千秋大業擅文壇，分郡重看試錯盤。鱷水波光應浩蕩，蒼梧雲氣正瀰漫。四郊休慮狼爲牧，十邑從今虎不冠。爲問使君何所似，冰壺徑尺月中看。

哭廖永祚有序

西園老友廖永祚，將就窀穸。其子元勳輩，遣急足以側理爲旌來乞書，曰：『西園公，先子之所畏也。』余爲掩泣。嗟，嗟！永祚，余何以旌之哉！以年則望七而空；以學則老於博士弟子，不獲卒業而空；以家計則一生落托，半世風流，結客如雲，揮金如土，嘯歌杯酒，徵逐往來而空。請旌之曰『皇明屢空先生永祚廖君之柩』。四方來觀者皆謂名稱其實。亦異於不受命之徒，撲遨終年，求田問舍，作守財虜。又或駕時而行矣，朝出建禮之門，暮入光範之室，如乞墦人。一旦無常，即可稱屢實先生。亦能攜半通之綸，半寸之鏹，以驕我永祚於泉臺中否耶？獨其子若孫，生齒日繁，生計轉拙。麥舟之誼，余已愧於前賢；練裙之悲，誰能抱於異日？故書已，復哭之以詩，得五十六字。一字一淚，不必多也。嗟，嗟！古未有以側理爲旌者，有之，自永祚始；古未有以哀詞書於旌者，有之，自西園公之旌廖永祚始。若永祚者，亦可以瞑矣。

相期白首憶交歡，更憶綈袍范叔寒。錐土止存新馬鬣，繐帷空設舊儒冠。百年同穴一坏易，四壁啼饑數口難。尚喜有歸非我殯，西州清淚不須彈。

五日乘漲放舟赴尹沖玄鄧玄度陳儀翔龍潭競渡之約用玄度見懷來韻報之喜可知也

月帆斜日出林丘，急漲初消事遠遊。白晝龍蛇曾起陸，空江簫鼓正從流。尋盟卻喜天中節，把臂應同海上樓。爲報主人休讓席，且將蹤跡混沙鷗。

戊午夏五月六日過訪鄧玄度如水居偕陳儀翔留酌用玄度韻賦謝

盈盈一水獨根尋，誰謂窮交有市心。卻掃已知□句癖，逃名何必入山深。客從東道知賢主，誰向西歸問好音。共說交情淡似水，相逢猶覺語移陰。

何來褦襶下車逢，不用金盤浸白龍。熱客叢中容冷眼，火雲門外幻奇峯。敲燈半落窺簷月，報曉驚聞隔水鐘。見說蒼生問高枕，巖居休遣碧山重。

又用玄度韻

曲峽寒潭處處幽，諠天簫鼓滿洪流。蘭橈似馬畫中去，寶幄如雲鏡裡遊。莫向急流同習競，且憑濁酒暫銷愁。良辰樂事知能幾，何必乾坤到十洲。

戊午初度寶安陳儀翔鄧玄度觀察以詩見壽用來韻附使卻謝凡四章有序

犬馬之齒，甲子幸周。山澤之臞，形神俱瘁。方嗟日迫，豈以壽聞。葢絳老辱在泥塗，而楚丘困於裘索。何期二妙，遠錫百朋。筐篚充庭，文有其質；珠璣迸地，情見乎詞。念老驥之餘年，尚欲加其鞭策；撫枯松之晚歲，期不改於風霜。雖曰心長，其如髮短。愧先一飯，尚勖千秋。竊申臆於報章，敢步塵於來韻。對使走筆，望水停雲。我已疾行，君其掩口。

丘壑尋盟共歲寒，相逢休笑鹿皮冠。雄心不擲梟盧雉，枵腹曾吞熱鐵丸。四印養生慚魯直，三江飲水老張翰。問君妙覺庵中像，笠屐何時入畫看。

拙效原稱猜謗徒，持錐何事欲餐壺。癡頑自享千金帚，索莫常披五老圖。卻笑馬援攜薏苡，轉憐白傅斷瓶沽。馬、白二公，時皆六十。當年紫氣關前客，亦有新詩刻畫無。二公以青牛圖爲壽。用鄧觀察韻

喜無怪事不書空，六十行年歎五窮。住世曾爲牧犢子，出門長作奪牛翁。千秋大業君應在，三徑幽尋我亦同。白首相期好身手，不知誰據素王功。

會面猶嗟君猶憶紫薇郎，老廢方知禍福鄉。何日持更逢刺史，不須問道向庚桑。投瓊共訝來雙璧，思累十觴。老我移家向通德，爲鄰今喜有元方。來書已爲園公卜築黃旗峯下。用陳計部韻

梁翼明廣文以詩見壽用來韻卻答

風雨懷雙魚不遠隔江來，一札虛題五可才。問齒自憐餘犬馬，投珠何事到蒿萊。煙霞老我惟高枕，桂叢深處白雲隈。人數舉杯。若向剡溪覓安道，

戊午初度車宜仲内兄偕羊鵞二城諸君子爲笠屐圖以詩見壽賦此奉答

漫言衰把鏡驚看白髮微，應知五十九年非。投懷珠玉形原穢，觸目煙雲滿紙揮。自笑疏慵真潦倒，朽本芳非。杜句。開圖莫道吾非故，卻是園公善者機。

土木形北山高臥腹便便，六十行年又一年。老態幸非樊内雉，宿根應是火中蓮。鹿麋心性溪山債，骸魚鳥緣。欲乞新詩再描寫，綱簾龜枕蓼花邊。

勳姪瑩兒堪臺兩孫偕試棘闈詩以勉之

雨深應汝輩誰爲萬選錢，家聲世澤正連綿。亦知堂搆能無墜，敢謂兒孫不乏賢。漏促喜聞金鑰動，涴綵毫鮮。試風莫道兒駒健，萬里追風更着鞭。

八月十五夜兒輩試畢宿浮翠堂家宴對月

露下天高夜色新，林光掩映水粼粼。九霄正喜無纖翳，萬里同看已滿輪。桂闕影隨飛蓋客，冰壺寒對弄珠人。應憐此夕高寒處，好與霜娥仔細論。

綵筆翩翩凌紫氛，開尊繞膝共論文。更嚴畫角悲能語，地僻清砧寂不聞。誰散天香飛桂子，人從玉宇集仙羣。相攜佳句酬今夕，領略秋光已十分。

奉贈雲河張侯入覲二章有序

侯令博羅三年，有成矣。歲戊午，以述職行，計當侍從明廷。父老子弟，豈能從萬里外借寇？乃相率而攀轅於榕水之濱。不肖萱，一門老少受恩最重。報恩未能，竊令子若孫採民謠，私相頌術，咸以詩進，題曰榕水攀轅，誌思也，亦誌德也。復竊有感焉。博羅，瘵邑也。當事者往往欲易民而治。侯下車，曰：『此庸人擾之耳。』一意拮据，亦一意撫循。布寧靜之政，養和平之福。四境之内，大事易爲小事，小事易爲無事，三年一日也。侯嘗謂萱：『令不能易民，第能易事，足矣。』然明察徹於蔀屋，慈惠浹於覆盆。而一介不取，可質鬼神。故襄陵之水不能災，伏莽之戎不能震，亦三年一日也。今侯行矣，不可復借矣。儌天之幸，繼事者不易侯之民，亦能不易侯之事，不腆下邑，其有瘳乎！詩既奏，復以數語介之。若曰阿私所好，亦何詞與有。

蒹葭一水露爲霜，鷺冕朝天驛路長。臥轍共號真父母，臨軒今召古循良。五年縣譜傳京兆，兩地刑書稾素王。侯以春秋家名海内。再仕博羅。見説使君清似水，好將榕水薦離觴。

羅浮循吏有名儒，歲閲驚聞賜璽書。甑似范雲惟茹蘖，室如言偃有懸魚。頻年災沴勞煦沫，闔境凋殘苦拮据。何日雙旌復炎海，二天長庇老樵漁。

贈黎是因館甥阮唯仲中表偕試南宮望之勉之情見乎詞

乘風萬里孝廉船，二妙翩翩去若仙。踏月玉街今並轡，看花紫陌莫停鞭。騎鵬已報三清近，賦鳳新裁五色鮮。從此科名共增重，肯將溫飽愧前賢。

戊午初度顧鄰初太史以文見壽賦此奉謝

十年不折嶺頭梅，誰擲瓊瑤萬里來。野老江邊驚問歲，故人天上獨憐才。論交已覺夔龍遠，努力其如犬馬衰。誓托千秋報知己，尚留慧業未全灰。

水銜雲錦照蒿藜，三十年前舊品題。我自夢中瞻衮繡，君能天外念塗泥。百年住世真蟲臂，一壑藏身學馬蹄。欲采白雲遙潤筆，天高海濶不堪攜。

鄭松門太史以詩送其里人紀貞石司訓歸善并以見懷賦此附謝

金風颯颯送霜碪，萬里停雲思不禁。北闕豈煩明主夢，西方猶有美人音。看君劍珮星辰近，老我山林歲月深。珍重交情足千古，卻從天外問遺簪。

寄懷焦弱侯太史時弱侯以空名參軍粵闈者十年矣懷賢徇知情見乎詞

爲憶青宮冠集英，祇應白首領蓬瀛。玉皇香案長虛左，鑾府英僚尚借名。千古文章原寂寞，一時項領任崢嶸。羅浮老友心香在，夜夜天南禮紫清。

寄懷米仲詔計部畢孟侯侍御兩社友

齊盟狎主廿餘年，聚散升沉思惘然。碣石海邊雙砥柱，金華殿上兩詩仙。宮雲苑月還依舊，奕品書評自勝前。二君皆以書奕擅名。萬里夢懸何所憶，畢家秫甕米家船。

寄懷湯嘉賓太史社丈

夢魂不到紫薇天，卻憶雞壇索賦年。自是入宮皆見妬，敢云同病更相憐。滄溟力破風霜挾，錦繡堆成日月懸。漢室于今買詞賦，文園應起枕遊仙。嘉賓有睡庵集行世。

寄懷朱元价太史社丈

上林枉老卻知還，千仞翶翔不可攀。萬斛詞源渾是海，半生筆塚矗於山。厭聽噪鵲辭彤管，懶着□鵰冠玉班。夜夜撼風鈴索急，西清何事放人閒。

寄懷西省舊寮吳仁仲水部

棲棲鎩翮尚驚弦，自笑蒹葭倚玉年。綵筆曾吟紅葉句，青藜同照白雲篇。悲歌我已辭燕筑，戮力君應着祖鞭。爲問玄冥賢使者，窮源曾否有張騫。

戊午初度曾澤卿太史親家從金陵函文走幣見壽賦此奉謝并訊弄璋之喜

去年此月歌三疊，此月今年寄八行。問齒我慚臣髮短，賜環君拜聖恩長。南牀不覓烏衣坐，北院猶虛白玉堂。翹首雙魚慰飢渴，握蘭須報夢中香。

寄懷江藩學憲黄貞父

龍門何處鬱相望，南浦西山帝子鄉。簾外落霞長掩映，樓頭綵筆正飛揚。高名且緩求荊氏，巨室今聞得豫章。我輩寸心千古事，大宗師是魯靈光。

寄懷鄭龍興比部

凌雲奏賦白雲郎，蹀躞春風入建章。兩邑甘棠人墮淚，三司丹筆獨含香。趨朝不謁牛仙客，歷試曾聞薛許昌。貫索已空烽火急，問公何計落欃槍。時彗星示警。

黎是因舘甥計偕北上海内舊遊不能治書遍候倘有見訊者幸以此詩語之

相逢若問西園老，地僻林深客少過。住世白頭猶矍鑠，凌雲綵筆更嵯峨。著書幸有名山托，抵戲時聞俗眼訶。爲語年來最煩惱，酒魔終日競詩魔。

戊午守歲

餘寒接夕雨聲頻，卻喜星廻霽色新。不向盤鈴看傀儡，且將詩句賽童侲。律窮尚戀半宵臘，曆换先開十日春。得歲不須憐失歲，白頭曾作少年人。

畫角寒嘶玉漏沉，煖生殘臘且開襟。階梅已放爭舒素，櫪馬無諠憶盍簪。短燭頻燒驚轉斗，深杯共把到横參。今年筆札今宵祭，賈島事。爲祝明年莫苦吟。

己未元日西園雨中試筆

春雲漠漠漲遥空，□□□□霡霂中。出□□□□密樹，依人馴鶴舞芳叢。膠牙餳嚼霜華脆，藍尾□開柏葉濃。何事迎年卻迎雨，憑誰暄冷問東風。

條風吹雨啟三陽，軟節寒生薜荔裳。岸草已添新歲色，籬花應洗隔年妝。休將白髮頻窺鏡，幸有青山對舉觴。花事一年今日始，笑拈綵筆試平章。

正月十四夜曝書臺候月不至

春遊午夜正蹁躚，秉燭登臺思黯然。塵匣未開天上鏡，星橋惟放火中蓮。歌聲舞影爭相媚，雨意雲情轉可憐。怪底嫦娥亦羞澀，清光不到酒尊前。

正月十五夜清音閣宴集符迺九廣文改席多績堂步月觀燈

春郊步屧共逶迤，放夜嚴城淑氣移。萬樹綢雲籠鶴焰，一庭璧月浸皋比。喜看今夕冰成藕，莫問前宵雨濯枝。自笑白頭真勃窣，亦隨人踏五花兒。

正月十六夜燈下獨酌是夕爲耗磨之辰昔人舊有耗磨日飲酒詩

一室□□兩鬢皤，衰慵始覺耗磨多。欲噓冷燼添檀炷，且避香風競綺羅。爨下熬稃諠膈膊，燈前蠒卜戲伽陀。爲言上月春纔半，莫遣春光亦耗磨。

暮春望湖樓宴謝諸縉紳潘隆宇先生不至以詩見投用來韻卻答

擁樹歸雲拂檻來，樓頭暑意漸恢台。驚看麗句傳金薤，不見高軒破碧苔。望水祇應長把臂，論文何日更啣杯。西園剩有王猷棹，欲向青山共剪萊。

吳興閔諫廷來遊羅浮以竇安尹用平同人書至與鄧觀察玄度皆損詩貽之且見訊西園公此遊當不落莫矣余方苦目眚諫廷工鼓琴又以醫名因問諫廷此白眼老子不知兩瞳亦可方否若峩峩洋洋之音西園公尚能觀之請舍石室不必更尋稷丘公也

羅浮之山南海邊，清秋有客來攀緣。我欲從君乞金篦，君其爲我揮朱絃。夜眠不伏丹竈火，相對但誦黄庭篇。旗峯仙侣杳何許，何不攜手飛雲巔。用平、玄度諸君訂羅浮之遊，因□□□□□□□。

過白鶴峯追和東坡先生新居成步韻二章

數椽正瞰蛟龍窟，九死曾排虎豹關。磨蝎半生留瘴海，癡仙畢世在人間。濤翻怒石晴飛雪，翠滴頹垣雨過山。夢裡新豐已相識，長安天上不須還。

影堂秋寂蛩啼戶，丙舍更寒水照燈。毁積總歸三寸管，恩深空抱一條冰。胸山石室鳴琴婢，瑞草溪橋守墓僧。羅帶劍鋩渾似舊，割愁繫悶亦何曾。

鄧玄度以荷池同内弄孫聽雨詩見示用來韻答之

内讌長開獨閉門，紅粧戰雨滿芳園。林間風氣案前婦，花下寧馨膝上孫。誰散餘霞供綵筆，且將磊磈付清尊。懸知北面含飴者，笑問翁今舌尚存。

潘隆宇六十有一

南極星高甲子周，西湖松菊正宜秋。青氊寒照鬢邊雪，緑玉閒攜杖上鳩。曾説騎驢尋洛邑，不須跨鶴問揚州。一尊三祝慚蒲柳，能否相從汗漫遊。騎驢，潘閬事。閬，揚州人。

壽陳石渠明府

天南福曜照羅浮，爲政風流有太丘。綵筆凌雲曾入夢，冰壺映日正宜秋。簾前草滿言游室，柳下琴嗚謝朓樓。采采芙蓉效三祝，文禽今已到前洲。

陳石渠明府枉書先訊詩以謝之

使君高誼如山丘，緘書遠訊何綢繆。自憐懷刺向誰是，我欲索賦從君遊。半生久已負七尺，一日便可成千秋。爲擊唾壺歌伏櫪，起舞幸有雙吳鈎。

李念劬觀察分俸貽書見和小園春興六詩并詢宿憾訟事時方聽讞在宥賦此附謝故篇中數致意焉

三曹倚玉十年前，寇借侯東正受廛。伏枕未能隨竹馬，束金何意免蒲鞭。相逢狐貉皆三窟，幸脱刀砧有二天。泣血迸空瞻衮繡，回頭驚拜白雲篇。

江風獵獵滿朱旗，綵筆遥臨白板扉。載鬼一車逢二憾，負塗羣豕競三尸。投懷白雪難爲和，行腳陽春喜有私。從此覆盆能獲照，應憐堂下向隅悲。

冬日偕尹用平同人過鄧玄度紫煙樓以兩歌鬟侍飲得十五刪時諸縉紳爲瑤池圖以壽鄧太夫人故稍及之

紫煙樓畔月初彎，家釀頻傾共破顔。梅放淡香檀蕊小，苔侵團碧玉紋斑。青衫舊淚憐司馬，翠袖新裁學小蠻。遲日瑤池集仙子，好隨青鳥獻雙環。團碧、淡香，皆亭舘名。

玄度以詩責償卜築之約用來韻答之

賣文曾辦買鄰金，故國移居始自今。欲向煙霞尋舊侶，況逢山水有清音。飛鴻踏雪仍留跡，倦鳥移巢卻擇林。莫怪繞枝猶未定，啜醨漁父已知心。

徐念陽觀察以長至前一日招飲賦謝

豸繡麟符碧幰車，緇衣舊好及樵漁。時情衹合供棋局，往事何辭滿篋書。不惜青黃加朽木，謾勞鐘鼓享爰居。殘灰已冷葭灰動，欲向初陽借一噓。

使君高誼薄秋旻，千古交情淡更真。設醴豈憐歌鋏客，掃門應愧閉關人。深談勃窣頻前席，老態歌傾欲吐茵。怪底尊開疑挾纊，明朝黍谷正回春。

至日珠江聞邊警

不書雲物不登臺，萬里濤聲隔岸來。共說荔生曾結蚓，何因蚊響尚成雷。一年消息葭灰動，亞歲芳菲柳色催。爲憶玉關吹月笛，不知曾放幾枝梅。

謁謝王虞石直指四章

長驅直指尉佗鄉，赤幘朱衣賜執囊。父老喜瞻今繡斧，謳歌猶載舊甘棠。蠻煙翠擁青驄影，炎海寒生白簡霜。熟路埋輪日多暇，凌雲綵筆正飛揚。

暫輟班心出漢宮，遙天獨鵠五雲中。三騶已控籠街肅，八印今提按轡雄。藜藿滿山瞻伏豹，煙霞落紙羡遊鴻。公喜臨池。爲霖共喜公田畢，涓滴猶私及老農。

萬里巡方叱馭時，南牀專坐亦稱癡。論文每發諸生篋，把筆常裁幼婦詞。雲覆香條森老柏，霜催脆味入佳梨。文章司命臺中彥，可是當年王仲儀。

東來烽火近何如，藿食先憂廿載餘。見說拊髀頻授鉞，憑公造膝更牽裾。救焚誰是焦頭客，竭澤應憐赭尾魚。願得還朝復南顧，福星長耀斗牛墟。

鄧伯喬韓孟郁區啟圖同集黃元卿淥水草堂得龍字

老去交窮萬事慵，疏林把臂暫從容。文章共喜人爲豹，磊魄頻澆酒是龍。歷歷青瑤浮篠簜，粼粼寒玉照芙蓉。尊開尚有黃花在，莫競人間桃李穠。

文凝谷幕中偶作見示步來韻卻贈

拄頰看山覓句忙，相逢何必問行藏。雄心自是宦情薄，傲骨由來俗眼妨。我輩生涯惟寸管，人間約法有三章。知君不少飛揚意，一羽雲霄萬里長。

劉觀國觀察于役還里先貺見訊詩以復之

分攜卻忘在何年，鴈影萍蹤思杳然。岐路風塵天地滿，人間暄冷歲時遷。驚看畫戟謳驅弩，更念綈袍損俸錢。爲問使君湘漢主，桃源曾否一廻船。

壽何和陽參戎

□□□□□欒，上將星明紫氣團。一□雄心曾報主，千秋大業獨登壇。旌旗晝偃鯨波息，號令霜飛虎帳寒。尊酒與君稱壽畢，長纓何日繫三韓。

寄懷潮陽同人黄元宇黄玉田兩方伯林仰晉給諫張惺初觀察

蓬飄萍散幾星霜，寤寐常懸月照梁。同籍君皆衣錦客，敗羣我是觸藩羊。浮雲變態緣何事，春夢回頭有幾場。最羨鳳城歌四鳳，一時千仞共翱翔。（以上西園存稿卷七）

全粵詩卷四三二

張萱七

陳儀翔哀詞四章有引

嗟我儀翔，其已矣乎！得君客訃，不獲哭君寢門者，數月於茲。盈盈一水，匍匐謂何。秋色告闌，旅魂戾止。忽得友人鄧玄度哀君之詞，回環數四，葢一字一珠，亦一字一淚矣。人非木石，感彼河山，乃掛蒲帆，薄陳絮酒，欲長歌而當泣，擬短些之招魂。遂綴四章，用寫一慟云爾。

叱馭當年憶絕裾，空移願入帝城書。因參北斗遊東岱，欲換金章得玉魚。執手阿誰憑嫁鶩，向牀有客效鳴驢。生前知己一人足，吊誄何須四十餘。

媚珠池上草萋萋，吊鶴徘徊鵶亂啼。哭晝倚門文伯母，建碑當戶孝章妻。難兄已奉移根議，老友空緘寄淚題。我已卜鄰君省否，小檀欒畔鳳臺西。

西風鄰笛不勝悲，痛憶脩然瘦鶴姿。可是一蛇盤畫鏡，非關二鼠嚙枯枝。空山落木停雲處，斜日孤帆問水時。千帙文章千古業，誰云白傳果無兒。

赤虬符下白鷄年，客旐吹霜萬里船。肯信吟魂迷醉骨，由來才鬼勝頑仙。常景有詩酬伯茂，文遥無酒薦元延。韶光半百休遺恨，請讀南華第二篇。

恭奉萬曆哀詔用韻

仙馭靈蹤躡結鄰，前有先后哀詔。橋山神鼎屹嶙峋。自憐溝壑餘黄髮，猶憶絲綸奉紫宸。萬里逐臣空灑血，三良遺恨未埋身。號天欲問須材事，芮畢彤毛復幾人。

恭奉泰昌哀詔用韻

病起吞聲泣泰昌，夜來驚夢侍先皇。九天龍逝髯雙墮，滿地鵑啼血萬行。犬馬一年三易主，河山孤淚再霑裳。莫言舜日三旬六，四海謳歌萬古長。

朱元价宗伯以書畫及詩見寄賦此寄謝

碧山何事欲焚魚，閒卻人間白玉除。日月已瞻新衮冕，煙霞猶戀舊簪裾。數株蒼翠右丞筆，滿握珠璣大令書。更向千秋丐芳馥，知君不惜齒牙餘。

去冬病困六旬開歲病目半月寶安卜築又復愆期尹用平鄧玄度諸君子數以書來念我深矣不能裁謝賦此代書時目眚未瘳令門士捉筆憂生慼慼情見乎詞

久擬菟裘卜樂郊，遲回何事輟于茅。籠中未畜三年艾，肘後空傳五日膠。老馬嘶羣惟戀棧，拙鳩將婦未居巢。羅浮春色知疏漏，誰向江頭問柳梢。

年來二豎數猖狂，蛇影含杯蟻戰牀。楊柳月迷青雀舫，蓬蒿春寂白駒場。求方欲向東門伯，伏魄幾爲南面王。遙憶旗峯簾洞主，停雲應共惜春光。

辛酉春日舊寮王玄亭左轄下車行省取道羅浮時病困不能候謁以詩代書撫今追昔情見乎詞

□□□台喜欲狂，□門□□□□□。三□□□□□玉，廿載音容月照梁。爲語江山供綵筆，懸知琬琰滿青箱。公有玄亭涉筆行於世。須臾願緩衰殘日，欲飲洪河卻望洋。

緣慳瞑眩阻扶藜，夢裡壺漿首再稽。老廢膏肓在泉石，升沉蹤跡本雲泥。望帝自憐啼血鳥，敗羣誰念觸藩羝。二天仰戴從今日，努力千秋乞品題。

韓寅仲戲余目病謂燈火親曼睩多故然戲謝以詩非解嘲乃懺悔也

宿雨新寒日易斜，門前春色正無涯。欲祛六極需三蹻，誤擲雙轤逐五車。杜顗蚤聞曾戒讀，維摩豈亦未離家。藥無二價逢康伯，何事常看霧裡花。

宴別曾澤卿太史還留曹得還字時同席韓叔捷參知將起家韓寅仲明府余士翹孝廉謁補有日併以勸駕

有客高車入漢關，歧亭尊酒醉離顔。雄心久已歎伏櫪，遠志何妨再出山。聖主正開新鳳闕，詞臣應冠舊鵷班。臨岐爲謝揶揄者，莫笑冥鴻去不還。

題周貴謌五老園

風流儒雅羨周郎，偃蹇龍洲舊草堂。灼灼朱華長照日，青青香葉數吹霜。一拳皺玉雲生砌，半畝濃陰綠壓牀。我亦羅浮一遺老，可容笠屐共徜徉。

徐海石中丞入佐内臺還里有終焉之志詩以訊之

浮沉蹤跡是耶非，數局殘棋未解圍。聖主恩新思舊袞，老臣髮短憶初衣。請看超乘揚鞭去，誰復逢場袖手歸。聞說裝成堪泛海，海鷗何事更驚飛。

花朝雨中李自得以詩見訪用來韻卻答時哲嗣伯開隨侍

西昌詞客老徵君，白髮青鞋一片雲。點染溪山吳道子，調諧花月鮑參軍。愁霖榕水觀新漲，跨鶴羅浮臥翠氛。最羨翩翩雙綵筆，在陰鳴和九天聞。

李自得過訪小園留酌以四詩見贈用來韻賦謝

卜築幽棲選地偏，蛩然今喜老詩仙。荷衣獨曳溪橋雨，藜杖同驅磵戶煙。出谷雛鶯眠葉底，爭枝戲雀墮簷前。來遊莫向人間說，此地人間別有天。

柴門斜傍白鷗洲，一水瀠廻一徑幽。下榻焚香窺二酉，登壇索賦共千秋。衰殘莫逐孤魂去，粗糲何妨鎮日留。占斷青山原我輩，煙霞錮疾不須瘳。

非關消渴臥文園，計拙交窮且避諠。垂柳差同彭蠡澤，種桃錯擬武陵源。舟橫過雨竹邊渡，樹擁歸雲水上村。青眼相逢吾老矣，更期投轄續清尊。

卜居何必覓靈氛，獨向玄亭問子雲。江上鷗盟共容與，斗間龍氣已氤氳。方瞳老子空燒汞，自得來問黃白之術。白首中郎尚鬻文。爲語萍蹤且歸去，故山原有鹿麋羣。

李伯開侍其尊公玉華山人過集小園以詩見貽用來韻

雙林三徑百花天，有客尋幽興更偏。杖履他鄉娛一日，晨昏子舍別多年。三山已覓安期棗，一葉同乘太乙蓮。知爾曾歌招隱句，可能常棹剡溪船。

庚申冬月舊寮楊崑林右轄粵東時久病未能展謁辛酉春二月以詩代書馳候

六龍飛處五雲馳，抱膝停雲有所思。帝賚關西清白吏，人歌南國素絲詩。三司附驥曾驂乘，十載歸林尚繞枝。馬足遺簪君問否，青山白首正棲遲。

行吟憔悴老林丘，聲氣遙同二十秋。懷刺豈隨彈鋏客，受廛今喜撫塵遊。炎陬薇省名方岳，海國桓圭古右侯。咫尺朱門猶未掃，何辭吾道付滄洲。

辛酉初春奉天啟登極恩詔用韻

神孫御曆際昌辰，海岳精靈正效珍。黃紙新恩三宥詔，白頭遺老五朝人。乾坤再奠金甌固，日月重開玉燭新，何事江湖懸魏闕。爲言黍谷已回春。

辛酉又二月以詩代書重訂寶安諸君子羅浮之遊倘能結伴尋春便當移舟候駕乘興勿如剡曲質言請以平原

愁霖賦就一舒顰，把酒登臨獨愴神。萬樹鶯聲雙卯月，一年花信兩芳春。二月節名。應憐我負依劉約，諸君子見招卜築鳳凰臺畔。卻笑君非訪戴人。到日盤餐有兼味，酌泉煮石膾苴蓴。見楚詞。

一水盈盈思杳然，花光葉影艷陽天。何時把臂求羊侶，共放乘春李郭船。狎主煙霞還舊好，尋盟泉石有新緣。榕溪雞黍三年諾，遲爾飛雲共醉眠。

蓬萊今在嶺雲東，碧巘丹梯紫翠重。爲報山空猿鶴怨，莫辭地隔馬牛風。飆輪欲遍三千界，蠟屐須登四百峯。把玩頗堪供嘯詠，青天萬片玉芙蓉。

汎汎晴光杜若洲，美人能否共移舟。東皇已展中和節，時閏三月。我輩何妨汗漫遊。造次鶯花須領略，清嘉風日足夷猶。主人四百三十二，一主期君一日留。

李自得避水佛樓以詩見報用來韻卻答

潑墨崩雲漲碧空，滔滔誰挽百川東。波臣已斷巨鰲足，逋客且臥馮夷宮。竈底蛙鳴嗟桂玉，樓頭蠅凍付苓通。新晴鐘鼓忽相報，遲爾開尊一鏡中。

楊鵬遙觀察雨中過訪小園粗糲未陳淹留竟日賦此奉謝

瘖寐金蘭二十年，舉頭驚戴兩重天。入林不斷隨車雨，看竹頻移棹雪船。喜有煙霞同嘯敖，不須雞黍更留連。知公剩有緇衣好，拜手長歌杕杜篇。

頑雲萬片覆花粱，夾岸雙旌擁野航。紫氣憑陵朱紱客，白頭顛倒綠荷裳。披帷欲問千秋業，發篋慚非二酉藏。落盡塵毛頻促膝，數甌清茗一爐香。

辛酉天中節韓雲陸大參招同黃黃峴大參徐太沖林寄寰韓嵩少三明府余瞻明孝廉汎舟榕水

錦纜牙檣拂柳磯，天中佳節淨朝暉。溶溶一水晴初汎，矯矯羣龍蟄不飛。時無競渡之戲。簾捲青山皆紫邏，尊開白髮半朱衣。賦成不是浮湘客，犯斗今宵奏少微。

辛酉秋七月過五羊夜宿黃木灣寄懷寶安諸君子

黃木灣頭日欲西，輕雷挾雨過前谿。懷人一水秋偏爽，有客孤篷夢轉迷。漁笛忽驚遵渚鳥，鼉更遙促報潮雞。自憐室邇人猶遠，尺素空緘隔歲題。

辛酉秋日高正甫先生招同黎君璽君選集大忠祠之超然亭

蘭羞竹酒共登臺，文藻江山半草萊。綵筆自驕湖海氣，白頭相對弟兄杯。雲輕寒樹千山合，日麗秋原一鴈哀。誰向新亭同下淚，忠魂空逐晚潮回。

八月十六夜吳覺生侍御招飲賦謝

皓魄當空藹碧氛，欹輪渡漢綴流雲。共憐鵲影猶三匝，誰謂蟾光減一分。角耦呼盧頻剪燭，擊壺傾釀細論文。懸知夜夜高寒處，滿地□□不忍聞。

曾元陟廣文錦還偕黃若瓚韓叔捷兩參知載酒訪之時兒光方婿於廣文竊自幸也

老去交情喜更真，尊開不速客三人。官從絳帳原非冷，坐有青氈不是貧。綵筆曾誇今董馬，白頭方結老朱陳。諸公臺閣君休羨，猶勝荷鋤草莽臣。

河源陳明府以便面詩見貽賦此奉答

喈喈威鳳起梧岡，兩地迴翔枳棘鄉。懸榻喜瞻今仲舉，難兄重見漢元方。老我永號逢碩鼠，多君當道問豺狼。亦知世上難開口，何日軒渠共一觴。

凌雲綵筆正翩翩，萬里神交二十年。鄰壁借光憐夜織，洪河竊潤到原田。馮驩何事未焚券，程尉于今不值錢。來暮莫言相見晚，白頭披霧覩青天。

黃子吉同人詔起西粵左轄過訪小園時□蜀交警獲讀子吉滇黔紀畧及行間文檄迺北望稽首而呼萬歲聖天子故劍之求不在一西粵也子吉索詩爲別因賦二律以壯其行爲異日凌煙閣中左券

憶別遥驚十六秋，片帆斜日到林丘。麟符犀珮平原駕，綠酒青山謝朓樓。授鉞竚看新制帥，拊髀原屬舊諸侯。知君夜夜聞鷄舞，蚤向東西借箸籌。

捫蝨深談夜色闌，巴川遼海未安瀾。老臣臥穩東山枕，聖主恩深北闕環。豈爲屏藩銅柱界，請看京觀點蒼山。子吉平滇苗功最大，亦最奇。九重宵旰君應念，何日昇平慰聖顏。

奉壽不倚老人六十有一

和風習習日曈曈，浮碇岡頭白髮翁。蚤向一鄉稱善士，晚從三徑伴園公。嘯歌老態形骸外，然諾平生禮法中。百歲相期眠食穩，西園笠屐共從容。

比閭同井兩扶持，少小金蘭老不移。問齒我多君四歲，宜家君勝我齊眉。追隨耕鑿行歌處，換抱兒孫共歲時。從此百年期一日，一尊濁酒兩篇詩。

奉壽鄧愛溪七十有一

建瓴爲水甕爲山，鶴髮童顔鹿豕間。白板樹邊懸褲襏，青雲膝下舞斑斕。不從仙女求真訣，豈向泥丸問大還。可是神仙行地上，年年身健與心閒。愛溪隔鄰有仙女巖，泥丸陳仙翁，其鄉人也。

寄虔州撫臺美承唐公

四省河山賜履同，新朝制帥舊臺公。受脤已控三江上，杖鉞遥臨五嶺東。繞膝青雲驚起鵲，扶藜白髮憶登龍。年來麟閣長虚席，會見追鋒出漢宫。

一别驚心十五秋，夢來猶是撫塵遊。闕門候氣瞻驄影，炎徼停雲想畫旒。冏命重申周太僕，武成新拜漢元侯。自憐衰病溝中斷，何日從公一借籌。

寄懷申念先司理

玉皇香案掌書仙，郡理分城贛水邊。棣萼輝庭曾映日，瓊枝繞膝更參天。片言折獄臺稱鏡，五色摛詞筆似椽。共喜相門饒相種，忠宣文正繼前賢。

八月十五夜黄黄峴大參招同韓雲陸大參林寄寰明府宴集

雨過寒生露井梧，纖雲不動玉輪孤。一聲何處驚弦鴈，三匝誰憐繞樹烏。時西園公有避地之計。共向金尊澆磊磈，不須赤壁歎雄圖。年年白首同今夕，得似商山四皓無。

十分圓魄掛瑤空，酒伴詩朋四美同。邑里鼓鼙猶動地，蟾娟膏沐尚爲容。休尋緱嶺當年侶，誰奏崑崙第一功。始信陰晴渾不定，昨宵曾苦雨兼風。

謝郡守璞巖荊公

心期縞帶十年前，御李依劉更受廛。坐石已能逃嘖室，束金猶喜免蒲鞭。山林匿影無三窟，犬馬啣恩在九原。從此覆盆長獲照，白頭驚戴兩重天。

步韻寄和虔鎮唐美承中丞見貽便面詩夏日集水亭韻

火雲岳岳西日微，青銅冷射琉璃扉。我憶習家池上客，誰尋漁父蘆中磯。冰壺不用白龍浸，寒玉已斷紅塵飛。爲問逍遙集珠履，何人酩酊歌緇衣。

贈海豐陳弼野明府

銀艾銅章蕊榜仙，專城東在蜃樓邊。十年高第三爲尹，一代名流萬選錢。燕婢哺雛龍戶壘，蟹奴輸稻馬人船。遙知仲舉長懸榻，爲報滕文已受廛。

吳昌期以便面二詩見訪時支枕卻掃不能晤對用來韻奉答

蓬徑柴門晝不開，賓朋久矣罷啣杯。偶躭佳句非關癖，獲保天年幸不才。衰病嗟余真潦倒，風塵憐汝尚遲廻。入林把臂須它日，莫擲明珠再暗來。

年來同調乏陰何，珍重朱華詠綠蘿。君是畸人二亦少，我原長物一猶多。名山副墨身爲蠹，上國懸書橐是荷。自笑子雲玄尚白，多君問字亦經過。

壬戌除夕有感

白頭何事獨悲辛，支枕燈前淚滿巾。婪尾共堂惟一啜，孫枝繞膝少三人。是歲，兒輩炳、勳、瑩皆殞一子。老懷今夕嗟非舊，物態明朝說更新。卻喜小園春更蚤，花曾獻笑柳舒顰。

立春日黃子吉同人自西粵右轄拂衣東歸見過賦此贈之并致黃思之左轄張元輝觀察許公弘刺史三同人

青旗綵仗簇江梅，有客停舟共舉杯。末路完名能自保，老臣傲骨不堪摧。彈冠昔爲酬恩出，當局今憐袖手回。寄語鳳城林下客，翺翔又喜一人來。

贈余士翹轉諭寶安

羅浮紫氣正崢嶸，有客淩雲賦兩京。肝膽自憐歸我輩，文章原不屬科名。絳帷已報三鱣兆，襆被猶煩一日程。但得侯芭頻載酒，玄嘲休解漢公卿。

沈雲鴻大父從梁化相徙理珠官以佳集走重幣索序賦此奉懷并抒證響

天涯海角走雙魚，珠官有天涯、海角二亭。鱷渚棠陰憶曳裾。句癖常飛三寸管，吟成曾斷幾莖鬚。千秋授簡慚玄晏，一日論文有應璩。不用明珠還合浦，君今行笥滿璠璵。

太宰玄翁何公於余有縞帶之好雲泥隔而音問疏二十年遠矣先輩凝生何君太宰冢孫也癸亥亞歲以詩見投賦此往贈杜少陵曰文章有神交有道何必撫塵

煙霞錮疾已交窮，剝啄何來問桂叢。遠道一函青玉案，永懷八座黑頭翁。霜蹄老驥空嘶櫪，汗血兒駒獨試風。一日千秋堪共賞，知君不作小英雄。

甲子元日邑侯袁谷孫公枉駕投轄既貽珠玉復命棋枰留酌竟日喜而賦謝

青陽載啟逗餘寒，拂雨停鑣問考槃。綺散餘霞仙吏筆，盤無兼味腐儒餐。絃歌已奏緇衣好，雞黍言尋縞帶歡。見說康衢皆擊壤，采風應及碩人寬。

夷門何意駐神君，首祚行春駕紫氛。笑擁文楸容對壘，戲揮綵筆羨凌雲。千秋大業文章伯，一日清歡麋鹿羣。從此樂郊無碩鼠，白頭努力事耕耘。

楊鵬遙方伯赴粵西重過小園投詩見別未及留酌賦此呈謝

春江春霽淨春暉，孑孑干旄問樂饑。十日平原空有約，一尊濁酒未同揮。西籓帝簡新薇省，東土人瞻舊袞衣。遥望蒼梧雲氣滿，可能膚寸到柴扉。

寄懷謝武林方伯

桂林薇省古諸侯，狎主齊盟四十秋。客路自憐交臂失，心期猶憶撫塵遊。九州君已空雙眼，千古余還讓一籌。見說東西將賜履，八公白首在羅浮。

趙孺子見過小園留酌以詩見贈用來韻卻答

地僻林深晝掩扉，前溪雨歇晚煙微。自憐門外無車轍，尚喜蘆中有釣磯。報客驚看雙鶴舞，開尊莫遣百花飛。湘蘭澧芷堪相贈，結佩還尋薜荔衣。

有客來窺溪上園，少微今在紫薇垣。孺子爲韓太史上客。閒開三徑花千樹，共擘雙柑酒一尊。躭詩老我真成癖，善謔多君莫厭繁。爲語主人常下榻，不須凡鳥更題門。

唯仲孝廉歸自蒼梧垂橐北上喜而賦之以侑行李

曾說因人事遠遊，蒼梧雲氣滿扁舟。登壇喜有曹生劍，作客休慚季子裘。好借一枝棲上苑，何須萬貫到揚州。願言紫陌看花日，莫忘煙霞老一丘。

江門高子雲遊羅浮以詩見訪致何凝生公子書索餘軒集序賦此答之并答凝生戲什魚腹

有客來自飛雲巔，片帆已飽江門煙。不辭觸熱問奇字，卻欲買賦窺文園。黄雲赤日莽如許，青天白眼胡爲然。請君更語呂安駕，道我已泛王猷船。

新都孫子真别三十餘年越三千餘里以詩見訪小園爲作園公小像雖慚土木形骸殊有山林風氣投轄半月輒爲寶安鄧觀察玄度迎去幸語觀察德機慎勿遽杜面孔不妨相向也因用子真來韻賦而贈之

相尋路涉三千遠，憶别年經三十餘。下榻爲邀圖犖筆，投瓊惟有换鵞書。一帆秋水緣何事，數兩芒鞋卻自如。去貎鄰仙臺上主，紫芝眉宇碧霞裾。

甲子秋日過嫏庵訪用平同人過鄰仙臺訪鄧玄度觀察皆别三年遠矣

雨過風柔五兩輕，殘霞晴掛寶安城。三年寤寐三秋客，一水蒹葭一日程。社結芳鄰仙可侶，斕成孤枕夢偏清。重來爲赴平原約，家釀君應日日傾。

甲子七夕雨中韓寅仲明府緒仲太史同新安孫子真攜兩姬過集

霡霂連宵黯不開，何當巧夕更聞雷。秋新已覺晴常少，人老誰能巧得來。舞態歌聲空見妬，雲情雨意莫相猜。明年此夕知同否，醉不厭厭莫擬回。

甲子秋八月客五羊再晤□□周斗文有不遇之歎賦此别之

年來自笑足三餘，不向明時賦子虚。白髮相逢皆按劍，青山歸去好藏書。探懷已敝禰生刺，彈鋏空歌馮氏魚。知己一人原自足，王門何必曳長裾。

吳用潛侍御招飲西疇觀妓

尋芳結伴涉西疇，徑曲橋横水木幽。曄曄采芝同角里，翩翩挹袖有浮丘。影娥花下天開鏡，度曲風前人倚樓。見説追鋒今已駕，桂叢不用賦淹留。

鄧太素守連州一歲輒以忤當事求去余適入五羊與孫子真載酒過之得秋字

一别曾經二十秋，開尊駐檝共夷猶。折腰不爲陶元亮，去國休從馬少游。千古雄名還我輩，一時拙宦是名流。兒童項領皆長袖，怪底郎當舞不休。

甲子秋七月入寶安訪溫爾惇年丈於滋蘭閣招同尹用平年丈載酒鄧玄度鄰仙樓爾惇以善釀聞弟豪飲兼人諸同社皆避席出

瑟瑟西風泛楚蘋，懷人秋色一番新。煙霞共老惟須醉，兄弟相過莫厭頻。芳佩葳蕤蘭九畹，雄心潦倒酒千巡。紫霞仙侶今投轄，與爾同澆萬古塵。

園中黄花盛開攜諸小婦賞之醉中戲筆

同車繞徑踏霜華，采采東籬日未斜。垂手姬姜爭送酒，牽衣兒女笑呼爺。亦知老態乾於葉，莫遣衰容瘦比花。曾否靈均搖食指，餐英已飽老渾家。

蔡弘父司成以學約山居吟進古本孝經疏見寄賦此懷之時滇之恥未灑胡安國之進春秋傳不可不念也

山深不復問書郵，夢向圜橋憶舊遊。道自中天懸杲日，君今砥柱障狂流。金華殿上山林氣，白首天南漆室憂。行在孝經曾納牖，更須言志在春秋。

寄懷林咨伯尚書

白頭飛夢繞平津，去國誰堪憶吐茵。命世文章懸日月，承家劍履上星辰。六符光泰開新主，三禮寅清屬舊臣。見說菲葑皆下采，可能攟拾到蒸薪。

董玄宰以少宗伯纂脩皇祖實錄賦而懷之

當年紫氣滿關門，十日平原酒一尊。短簿祠前吟落葉，生公石上纈芳蓀。五雲縹緲龍初駕，百獸蹁躚鳳獨蹲。誰謂史狐操衮鉞，書麟紀蜮託空言。

老將

綺歲飛騰事遠征，白頭躩鑠喜横行。馬歸往日麟曾畫，兔盡多年狗未烹。歌驥心長頻起舞，插貂髮短尚談兵。欲因杯酒乞骸骨，其奈龍精老更鳴。

乙丑春二月二十有四日邑侯袁谷孫公有事羅浮同社諸君子偕集江上小堂舉酒相賀夫勸課農桑巡行阡陌闢草萊以正疆界蒐伏慝而飭干掫此循良實政開邑以來二百五十餘年所未有也遂相與繪圖授簡侈爲詩歌以副野史公復取道於先司徒東皋別業駐轡於先仲第□子二石山房葢有謀野則獲之思焉萱乃攜子及孫炊脫粟釃茅柴以窺馬足公輒欣然班荊移陰而別時余以目眚不能從公于邁爲四百三十二君歸石候命第以一日之長狎主齊盟敢不悉索敝賦竊附中和樂職之誼遂鼓腹而歌凡得四章以博公一笑此亦謗然之遺音不識不知之壤父不能自藏其醜者也故從同社諸君子之請再拜捉筆以弁於簡

芙蓉萬片碧氛氳，一騎言從四百君。竹下停鑣因問俗，溪邊洗盞復論文。蓑穮已慰篝車祝，遊豫能同鹿豕羣。爲報省耕還省斂，更期攜手躡飛雲。

逐隊雲山夾路花，春風先到野人家。瓦盤雞黍兒孫見，野芰壺簞父老遮。單車不憚緣千畝，一發驚看有五豝。公善騎射。笑憇甘棠無訟聽，獨攜綵筆染丹霞。

踏殘芳草破蒼煙，出舍春郊春更妍。山澤可能容伏莽，芮虞從此有閒田。拍肩挹袖披金簡，選石題詩噉玉延。卒歲優游真再造，西園安枕老頑仙。

行春銀艾紫遊韁，稅駕名山問啟疆。丹竈藥留勾漏令，白蓮花似秘書郎。琅璈夜按雲和譜，鐵峽朝探桂醑方。植杖白頭同擊壤，一時狂簡盡成章。（以上西園存稿卷八）

全粤詩卷四三三

張萱八

鄭與莊畸園五嶺之名園也欲俟呂安之遠駕君是嵇康寄題杜甫之草堂余慚高適戲呈二律竊附千秋

山林風氣遠相親，欲向桃源試問津。鄭圃已知勝鄭谷，畸園應自俟畸人。曾聞珍檜鴈舒翅，會見長松龍作鱗。我亦子真丘壑友，論交何必撫芳塵。

君家山水有清音，把臂誰同笑入林。花影一庭堆錦繡，朋遊四坐列璆琳。鶴池鷗嶼空懸夢，筠逕荷亭尚未尋。安得懶真家老筆，爲君寫付少文琴。

馮無文鄺湛若謁送韓宗伯因過小園留酌

不辭襏襫識荊州，曾否能輕萬戶侯。天際孤帆來二妙，尊前片語足千秋。尋盟剩有煙霞癖，問字常□鹿豕遊。欲識元龍湖海氣，須君更上一層樓。

蓬蒿羅雀乃吾廬，有客翩翩問索居。笑爾騎牛非入石，逢人彈鋏不歌魚。且攜斗酒聽黄鳥，漫賦場苗縶白駒。鎮日淹留閒晤對，香爐茗椀一牀書。

韓緒仲宗伯臥子舍以神祖實錄告成束急還朝計日爰立索詩爲贈賦此志喜

巍巍黄閣倚天開，野老扶藜首重迴。兜率界中瞻一佛，蓬萊頂上禮三台。元僚舊學掞天去，半臂新恩入夢來。欲向太平歌慶曆，白頭綵筆尚堪裁。

廳槐絲竹奏瀛洲，三起三留賜八騶。子舍枕凉輝寶婺，楓宸席側卜金甌。請看上苑誇蹲鳳，不向坊門笑軛牛。南北定盤針莫錯，濟川須爲截狂流。

送黄士明宗伯還朝

六符曾奏泰階平，翹首文昌耀紫清。叱馭不皇將壽母，承顔還喜有難兄。已調一匕清凉散，莫啜三杯舊本羹。爲語長安棋九局，願君當局且推枰。

遥瞻衮繡五雲中，鬱水靈洲紫氣濃。履曳星辰新國老，座環奎壁舊宗工。曾燒蓮燭光籠月，誰撼鴉鈴夜戰風。到日白麻已平讀，賡歌須爲賦車攻。

題梁母節孝卷爲陳抑之觀察女弟

吞聲泣晝存黄口，灑血號天祝白頭。孟蜀梁孝姬蚤寡奉姑，以身告天，願代姑病。詳陳文僖公婦人集中。不須巴婦營丹穴，莫羨共姜矢柏舟。顯顯阿兄今仲舉，煢煢哲嗣有君猷。宋梁遠，字君猷，詣闕自表其母，以節孝聞。詳李肇國史補。如何百錬鬚眉者，卻是人間繞指柔。

茅參戎孺嘉都閫瀘川有序

將軍諸父曰用白先生，與余同官西省，以文字爲金蘭，凡八年。海内交情，指不再屈。今墓草已宿矣。歲癸亥，將軍來參粤閫，建節鵞城。余幸以世誼，周旋鞭弭。豈惟數口之家，夜戶不閉；即五嶺之東，海波不揚。京觀已築，此豈班掾所能勒哉！今聖天子睠顧三巴，大司馬推轂將軍，復分瀘川之閫，蓋地以人重，非人以地重也。將軍不我遐棄，見過小園爲別，因拈二律以代歌驪。西方好音，余日望之矣。

青衫白面舊文雄，爲策淩煙第一功。投筆豈同班定遠，請纓不數漢終童。試看銅柱銘南嶠，何日金書錫上公。從此秦夷不相犯，休將清酒換黄龍。

食椹鴟鴞未革音，長城暫借備滇黔。三嚴自足收三捷，七縱何煩更七擒。肘下獅懸闐國玉，簪前蟬鑄武威金。遙聞拊髀勞明主，誰爲臚傳梁父吟。

黄君常從羅浮以陳抑之鄧玄度兩君書見貽君常且損佳什繆相曙就賦此謝之幸語兩先生促膝不遠也

紫水盈盈仙棹來，攜僧問字到蒿萊。美人蘭訊雙函至，野老柴門一日開。把盞共呼溪口月，停雲欲折隴頭梅。平原斗酒頻相憶，肯作山陰棹雪回。

黃君常入羅浮以抑之先生芳訊及便面見懷佳什爲贄次來韻賦謝

蜀上羅浮四百峯，懷人一水半帆風。欲從天外招黃鵠，安得飆輪駕玉虹。濟北自憐名過實，揚州不復咄書空。夢來若問西園老，爲報今隨白兔公。

寄蔡五岳參知

廿年梁月夢紛紛，翹首曾停萬里雲。竹馬誼迎新大父，壺漿爭獻舊神君。薇垣瞻戀金蘭契，桂樹淹留鹿豕羣。安得平原期十日，掃門攜酒共論文。

柬龍川宋明府

竹馬誼迎喜受廛，壺漿相對合江邊。自憐投分從今日，何必論交在昔年。枳棘一時鸞鳳集，文章千古日星懸。莫言十室山爲邑，邑有青山吏即仙。

鄧玄度僉憲分俸貽書注念篤摯感而賦謝情見乎詞

□□□□□□□，澤畔行吟有所思。遠道一函空谷喜，故人千里草堂資。休憐矰繳施鴻鵠，卻喜煙霞狎鹿麋。夢筆尚存身尚健，賦成不擬楚臣悲。

曾元陟親家以湘陰廣文謝事還里喜而賦之

老矣歸與亦快哉，客心無奈宦情灰。黄陵廟裏題詩去，青草湖邊載月回。正羨倦飛還密樹，且呼健犢闢污萊。知君雜佩葳蕤甚，曾襲芳菲楚澤來。

珠岡鼓嶺對衡門，獨契金蘭永弗諼。鹿豕深山原有待，菊松荒徑喜猶存。遊因宋賈曾隨牒，好結朱陳已共村。把臂入林從此始，心閒身健且加餐。

林下于今不乏賢，君歸卻是地行仙。數莖白髮詩千首，一片青氊官十年。覓句但尋歸詠客，賣文須買耦耕田。勸君婚嫁蚤宜畢，更向煙霞續舊緣。時兒光亟欲委禽，而元陟以象賢未及乘龍爲辭，故稍及之。

甲子守歲

一年蹤跡混樵漁，斗轉今宵日月除。喧櫪喜無新貴馬，親燈猶有未完書。優游卒歲閒偏健，潦倒逢人拙更疏。非惜殘更畏衰老，欲留舊臘共躊躇。

丁丑元日蠹閣試筆

甲子重逢第二年，閒開小閣理陳編。山容繞檻依人舊，野色窺簾着意妍。四坐孫曾喧絮數，一庭花木美芳鮮。莫言眼老看如霧，轉覺詩情湧似泉。

題嶺梅梁月卷贈林伯遇由粵入燕

春明榕水片帆開，去問黄金市駿臺。顔色已留梁上月，夢魂應繞嶺頭梅。粗豪湖海詩千首，骯髒風塵酒一杯。爲語明珠休暗擲，好攜長鋏且歸來。

丙寅初春參知洪崖王公移鎮惠潮喜而賦之

東方分鎮借長城，瑞靄羅浮福曜明。棨戟行春天上至，壺漿就日夢中迎。曾披蜃市鳩鴦鴈，笑擁麟符築巨鯨。不是金蘭憐縞帶，夷門誰復問侯嬴。

丙寅初夏苦旱得雨玄度社丈以詩見答并訂龍潭競渡之遊次來韻賦謝

王春花信報江梅，人日恩光遍草萊。地控上游開兩府，人從中夜望三台。科名蕊榜文章伯，政事薇垣鼎鉉才。好語鄒生緩吹律，一時黍谷已陽廻。

卅耦停蕉泣綠疇，飛來舊雨海西頭。雲霞忽報七襄錦，懷袖涼生五月秋。君向夢中頻下榻，我從天外亦登樓。欲尋河朔江邊酒，肯作山陰雪下舟。

學憲二無公以喜雨及登浴日亭二詩索和次來韻賦之

西疇幸慰雲霓望，試問篝車祝幾何。桃李向榮時雨沛，川原回潤土膏多。噤聲鳩婦分枝坐，濕翅鳧

翁掠水過。惠我其寧自今日，扶犁神農樂名再詠下謀即神農樂曲豐年之歌也歌。右喜雨

春明文曜煥南天，綵筆驚飛黄木灣。已躍虞淵誰夾轂，忽升暘谷尚銜山。赤文外朗符靈憲，王字中懸儼聖顔。且捧重輪秩東作，時頒皇子生恩詔。丹暉先滿斗牛間。右浴日亭

鄧玄度開府衡陽築天尺館於祝融峯上以書見招時奉母山居不能奔命詩以寄謝

岧嶤孤館祝融峯，一榻長懸紫翠中。爲問羣星誰共摘，由來帝座可能通。不須白日招黄鵠，且向青天駕赤龍。□□□□□□□，□□□□□□□。

贈黄士明少宰

飄然袖拂五雲邊，宫錦霞明舞膝前。當局已聞能袖手，先生去歲束急還長安，某曾賦詩奉贈，有『爲語長安棋九變，願君當局且推枰』語。超乘不用再加鞭。三竿子舍日初繫，萬里君門夢更懸。卻喜欲歸歸便得，閒居應補白華篇。

劉廷翰將軍自碣石移閫郡屯走幣索詩賦贈

春明細柳碧油開，横槊題詩上將臺。玉陛忽驚聞鼙鼓，金城先喜闢污萊。誰擎赤日行天去，君駕長風破浪來。自笑白頭爲揖客，尚能銘勒象牙堆。

同人區季方以少司徒還里賦此訊之

稽首天王頌聖明，老臣猶幸賜餘生。曾憐傀儡空翻影，卻笑樗蒲盡踏坑。萬事止堪供一醉，千秋原不問三旌。心長髮短身能健，且向滄浪詠濯纓。

韓寅仲以湘潭令解組還里賦贈

鬱水誰乘載石船，桃源洞裏老詩仙。請看膝下青雲起，何必腰間墨綬懸。掃徑時迎問字客，買山休惜賣文錢。相期百遍閒相過，爲報西園酒似泉。

翩翩兩袖挹湘君，攜得蒼梧幾片雲。我已煙霞能占斷，君今丘壑好平分。攜尊共赴雞豚社，把臂須尋鹿豕羣。千古靈光還我輩，兒童項領任紛紛。

王憲度明府招飲時以目疾不能赴移席小寓詩以謝之

瞻依偃室愧嘉賓，䆜襶何辭觸後塵。下榻不留歌鋏客，曳裾原是受廛人。白頭壤父扶藜至，青鬢神君設醴頻。自笑欲從陽里子，尚期傾釀吐車茵。

韓寅仲和余詩見貽介以酒資豈欲損有餘補不足耶賦此璧還兼訂桃源之約

多君高誼薄秋旻，白雪朱提及我陳。卻笑傷廉更傷惠，似憐同病亦同貧。李昌坐上銜盃少，杜甫庭中畏客頻。明日披帷須一醉，桃源誰謂是迷津。

八月十六夜林寄寰韓寅仲二明府同姬命孝廉過集候月不至得春字

凝雲斜漢澹蕭辰，角險躭佳擊鉢頻。燈下綵毫皆勍敵，尊前白髮盡逋臣。新奩未展緱山月，老木休爭黍谷春。時坐上有小草之謔。卻喜飛來黃絹句，應誇坐有綠衣人。孝廉年最少。

好音是懷卷奉贈司理金公榮擢乾州刺史乾州古西周也

攀轅遮道滿江頭，欲借神君可暫留。戡定潢池纔七日，甲子歲，博羅乘饑弄兵，賴公戡定。瞻依畏壘自千秋。博羅有報功祠。十城戎索皆先着，公有循州方畧，爲十邑士民公梓。四載祥刑獨敬由。何日好音更懷我，美人舊衮在西周。

丙寅八月十五夜集韓寅仲宅

萬斛金波浸九垓，冰壺濯魄對含杯。十分輪滿秋今半，幾處砧寒漏更催。好語微雲休點綴，爲留清影共徘徊。一尊共覓千秋句，拾得秋光莫浪裁。

八月十七日壽韓寅仲宴集

嘉客曾歌駒食場，多君千仞獨翱翔。箕裘嗣續冠裳滿，衡泌優游歲月長。萬里孤臣曾獻賦，一堂遺老共稱觴。年年此日須同醉，何用王喬口授方。

秋日李潁玉少參招飲白鶴峯賦謝

肆筵卜夜有鄰堂，顛倒荷衣喜欲狂。符握玉麟唐節度，柱題春□漢仙郎。九河潤竊三千里，五嶺新恩十二章。公下車，有條約十二欵。戀主長嘶在空谷，應慚維縶藿苗場。

龍門萬仞鬱嶒岏，爲賦緇衣禮數寬。江上開尊星已聚，峯頭歸鶴夜初殘。歌聲舞影銀燈合，楓葉蘆花玉露溥。欲覓坡仙賡水調，瓊樓高處可勝寒。

朱未央以鄧玄度觀察書過訪小園訶林

地僻柴門久不開，門開時有白鷗猜。自憐秋色空聞鴈，忽漫良朋亦鑿坏。問字喜攜雙鯉至，尋源卻共一僧來。鄰仙樓上元龍在，何必西園百尺臺。

修六上人參方潮陽過小園以吳用潛侍御書來曰上人欲敷座訶林爲衆生說法覺生居士業饒廣長舌續佛慧命矣西園公常自稱爲肉身菩薩慧業庵前菩提雙樹結果已自然成可無一言爲護法金湯余乃相視而笑遂拈筆得百十六字以當拈花上人其護之歸報侍御公咄咄韓昌黎從大顛遊矣第無量壽佛已念蒼梧帝子櫜鞬湘源道左合掌驄馬宰官身者久之幸分數索買山錢丐上人成此一段無量功德又何以西園公之棒喝爲乎夫青蓮常生於火宅鶖子不擇於雞羣今公以出世想作

用世法建名世業即西疇就荒朱鎖異日者功成名遂令西園公日奉杖履襆被天鏡閣中一宿而覺即籬間小草皆可作丈六金身矣慧業庵主人能不繞足三匝而白佛言

西來一錫忽翩翩，欲向潮陽問大顛。歸語生天驄馬客，休參借法野狐禪。色空喧寂皆堪證，首尾中邊可盡捐。到底還須一把火，總來不值半文錢。

生心自信皆無住，誰謂南宗止姓盧。瞇眼珠璣亦瓦礫，療饑糠粃即醍醐。且從有處空諸有，莫向無中更說無。爲問禪堂何處是，禪堂是處恐禪枯。

田伯善少參登羅浮過飲小園留題四律次韻賦謝

百尺樓

樓居敢謂接瀛寰，把酒憑虛共看山。水色東西芳草外，嵐光遠近夕陽間。欲從鮑葛探三蹻，遥望羅浮問九還。呼吸公能通帝座，誰云列缺杳難攀。

品花軒

蓬徑柴扉傍水開，干旄孑孑白雲堆。疏叢漸覺驚飆振，槁壤今饒化雨培。絳節拂林啼木客，黄芽匝地護桃孩。黄庭經注：桃孩，腎中神也。自憐老圃秋容淡，何日夷門駕再迴。

清音閣

命君儒雅更風流，行野忘機狎野鷗。白水一簾聊對酒[一]，青山滿几獨凝眸。天空鴈度聲聲雨，江冷楓吟葉葉秋。自是桂叢招未得，遷鶯應笑谷偏幽。

香玉洞

選勝探奇愜素心，逍遥空谷語移陰。入林欲索巡簷笑，輟軛閒聽跪石吟。芳訊隴頭春尚遠，香魂月下夢能尋。野人未效南金報，惠我空慚緑綺琴。

[一] 簾，康熙本誤作『廉』。

丙寅九日登百赤樓奉懷王洪崕田白園兩參知

紫微官閣夢中尋，落日空悲望水吟。五蹻東侯羨連璧，一臺南美重雙金。西來秋色空天地，北去浮雲自古今。爲憶登高同作賦，庾樓汎菊正開襟[一]。

[一] 張萱原註：後人用前人之句，晉唐往往有之，不可枚舉。余『西來秋色空天地，北去浮雲自古今』，即杜少陵『錦江』、『玉壘』二語也。獨易『西來』、『北去』及『空』、『自』六字，可以唐突少陵。讀者味之，始得别詳西園心口語。

寄懷鄧玄度時玄度亦以書見訊

憑高何事獨悲吟，有美西方惠好音。客到饔飧銅是海。宅浮書畫鏡爲林。插萸香滿髮已短，落帽風微秋正深。黄菊賜歌須見報，唐韋綬既罷歸，玄宗九日作黄菊歌曰：『安可不示韋綬？』逐驛賜之。爲君朗誦一披襟。

吳用潛侍御特起觀察蒼梧以超和尚爲書郵見存賦此寄懷

迢迢秋色滿西疇，老去驚秋憶舊遊。君已種蓮依惠遠，我曾棹雪學王猷。一泓寒玉花前鏡，百尺冰壺月下樓。卻羨出山非小草，肯忘杜若在芳洲。

丙寅除夕守歲呈郡大父二初余公

彘肥酒熟樂無涯，欲買癡呆價未諧。產落非關虚耗鬼，魔降不用鍛磨齋。重來佛子鳩鴻鴈，余崇龜，宋淳熙中爲江州刺史，有善政，民呼爲佛子，時里中有『余佛重來天有眼』之謠。更囑儺翁逐虎豺。怪底西園醉長夜，頻添商陸煮茅柴。

又與塾師福唐林用籲同賦

更深莫厭酒杯深，斗柄初回月值壬。今夕薦辛已如願，明朝算甲正從心。焦頭牀底驅隅厲，婪尾燈前酹壁蟫。卻喜皋比閩海客，尚懸絳帳粵江潯。

丁卯元日試筆呈郡大父余公

相逢問歲自胡盧，七十行年尚故吾。竹下擘牋銘柏葉，花間拉伴醉屠蘇。穀絲已向前宵禱，牛馬聊從此日呼。五行書：元日門前呼牛馬，則六畜蕃息。見說神君今錫福，不煩仙木付神荼。

三之日苦寒戲訊桃源主人相對如賓亦復入懷煖手否

何事東風不自持，今番花信覺來遲。先庚先甲陰猶壯，乍雨乍晴春更癡。瀹茗小妻燒榾柮，擁爐稚子剝蹲鴟。知君不用肉爲障，閉户應防十八姨。

贈林用籲還閩應舉

柳韊桃靨未全舒，淡蕩春光滿翠裾。我是玄黄東野馬，君爲忉利北溟魚。一年客況空彈鋏，千里歸心爲倚閭。莫向科名問溫飽，國門需汝獨懸書。

丁卯仲春入五羊黄元卿陳太素兩國學招集太素海上亭時太素欲爲余決東官卜築之策

移家來自展旗峯，越秀東徧一徑通。繞檻池連珠海漲，窺簾山倩白雲封。多君好客頻投轄，老我尋春獨杖笻。安得千金買同里，詩盟酒社日從容。

陳集生太史招集令兄陳順虎東皋別業凡兩日夕

結庭人境擬蓬萊，茵桂申椒次第栽。看劍深宵龍再合，論文浹日客仍來。喬枝春暖鶯簧巧，瘴海風和蜃市開。不用德星占太史，縱横綵筆已昭回。

再用集生太史韻

桃蹊松磴百花埋，皮日休有『野花埋』語。輕煖輕寒日夕佳。澹蕩春光添客況，芬菎野色滿中懷。江淹有『芬菎中懷』語。衝關奪角見宋人奕譜文楸局，時席中有善奕者。數豆尋脂見唐明皇枝錄畫舫齋。畫舫，歐陽永叔齋名，永叔往往按曲于此。時席中有善歌者。山水清音足玄賞，塤篪迭奏更和諧。

贈陳集生太史

皎皎神駒縶藿場，盤鵰猶染御爐香。紫薇花下書連屋，芳草池邊笏滿牀。帝力喜聞歌壤父，聖明今已頌天王。願言澤畔凌雲筆，莫向湘纍續九章。

劉覲國方伯以密娯軒索詩賦贈

數肘幽居綠滿盈，階前百草日欣榮。亞枝玉樹花爭發，覲國有玉蘭詩，膾炙人口。斛水朱鱗餌不驚。千古周旋寧作我，一時禮法亦從卿。焚香掃地無餘事，獨向縹緗覓舊盟。

何龍友太史還朝以出山詩見示余既次韻答贈陳集生太史復即事賦别余又次韻同賦

白頭月旦喜經題，遠别新知意轉凄。共説天南威鳳起，卻憐江北杜鵑啼。玄黄莫問羣龍戰，函蓋還須隻手提。憶我絲綸曾共掌，憑君一訊舊金閨。

數尺冰壺千尺雪，五經腹笥九經潭。虚席黄扉思遠道，踏門朱履盡奇男。爭看據地旋雙袖，何事同曹惜一簪。既醉且歌罍有恥，獨醒休問醴爲甘。

舟次海珠寺即事寄懷寶安同社諸君子

乘桴已草觀濤賦，問水非尋汎海裝。江上夢魂空戀闕，人間鬼儡盡登場。停雲欲作重遊客，倚棹還思舊醉鄉。已半春光且教駐，爲遲花國老平章。

清明日東還宿黄木灣

爲市江魚薦叵羅，忽驚水鳥起盤渦。夜晴曉月窺人近，野濶寒星接地多。破浪帆懸船是馬，乘潮更報鼓爲鼉。到家候稚應同笑，冷節虚從客裏過。

王幼度明府黄元卿國學陳集生太史訂遊羅浮擬過小園詩以促之

拄頰遥看喜欲狂，芙蓉萬片鬱相望。一年花事春將暮，十日心期客未償。已付青山共蠟屐，更呼黄鵠促霞裳。知君不負平原約，四百峯頭待舉觴。

神仙窟宅可冥搜，何日同登十二樓。勝侶已從青眼得，名山宜載綵毫遊。迎人木客聞相語，逐水桃花空自流。爲報西園有粗糲，淹留一日亦千秋。

丁卯褉日韓寅仲招同余士翹明府韓舜庭將軍汎集鷗社

鷗羣狎客鏡中酣，曲曲晴波照蔚藍。具美主賓惟有四，芳春日月正逢三。亞枝壓岸紅千點，粉籜環橋綠半含。共喜青山容客傲，莫辭白髮對花慚。

題法曜秋高卷壽溫青霞侍御按楚

喤騶峩豸羡臺公，三楚澄清六轡雄。法曜光寒雲夢澤，壽星高映祝融峯。唐人與『一東』通。中朝獨坐霜飛簡，南國埋輪鐵駕驄。簪筆已簪倚史筆，採風須採大王風。

壽曾澤卿觀察內君陳恭人七十有一觀察兒默之婦翁也時觀察已捐舘矣

玉女峯頭結黍珠，東園公去婺星孤。觀察有園，曰東園。翟冠地上西王母，鶴髮人間女丈夫。恭人以柄家著聞。下陳魚貫歌流荇，獨夜熊丸詠捋荼。自愧癡兒非抱朴，喜隨雙燕儷鮑姑。

丁卯夏四月奉懷荊璞翁公祖

長懸梁月憶攀轅，知己千秋獨感恩。日對峴碑空墮淚，時過弘碣更銷魂。衮衣章甫思無斁，子弟田疇詠不諠。爲訊東山高枕處，追鋒何日駕朱幡。

丁卯夏四月郡侯徐韶階攜同歸善龍川兩明府韓姬命孝廉入羅浮觀洗耳泉登水簾洞分韻賦別

驂鸞駕鶴到煙蘿，石上清尊奈別何。講德豈同彈鋏客，侯守郡三年，余有國士之遇，未嘗以口腹相干。采謠須聽濯纓歌。高低樹色遠偏媚，斷續泉聲晴更多。頳尾臨流憐白首，何時重沐舊恩波。

韓寅仲築其先公祠成庭有雙棗不日植之結實繁碩此吉祥也詩以考焉屬余和之次韻賦賀

穀城蓬岳帶雲移，葉彩花光五色披。隱語可容張祿射，雲根應是趙瑩遺。如瓶纂纂誇無核，軟玉離離勝弱枝。最羨薦馨觀世德，璣青磦紫露華滋。

歸善王憲度明府有事羅浮夜還過小園幸獲停鑣愧未投轄以詩二章見贈次來韻賦謝

蓬蒿短徑月初乾，道左壺漿候夜闌。飛舄雲留雙影駐，揮毫霞染九光寒。干旄莫惜行春至，夜竹還宜卜晝看。老圃但知歌擊壤，陽春白雪和應難。

飆輪來自白雲隈，地主慚非單道開。載燧騶聲驚□鳥，披帷屐齒破深苔。燈前此夕凌雲筆，月下連宵禮斗臺[一]。莫負平原期十日，何時投轄再啣杯。

[一] 宵，康熙本原作『霄』。

次日龍川宋元實明府隨過小園留酌竟日亦以二詩見贈次韻賦謝

天路招邀紫翠隈，峯雲四百爲君開。石欄對酒題桐葉，竹閣披襟爇海苔。問俗神君曾秉燭，尋盟仙令更登臺。西園自是羅浮主，一個峯頭酒一杯。

小有煙霞自一丘，花光竹氣醉中收。藥擕丹竈雲生袖，酒傍青山風滿樓。荒郊叢棘鶯棲鳳，野水微波亦下鷗。若問鹿沙量月影，西園猶未種閻浮。侯究心梵篋，妙契宗門，嘗譔徑山志行於世。

丁卯八月四日移家羊城督課兒輩省試因柬同社君子

深宵桴鼓滿江干，故國猶歌行路難。作客惟求三徑益，投林欲覓一枝安。年衰豚犬掛懷抱，海濶鯤鵬羨擊摶。安得高陽長接壤，與君杯酒日團圞。

移家羊城道路戒心帥府以帳下戈船來迎自榕水至珠海遂獲利涉賦而謝之

丈夫何必撫塵遊，聲氣千秋自應求。忽漫乘桴擕數口，卻憐破浪蕩孤舟。鴒原玉友歌和樂，麟閣金昆詠好仇。此日揚靈能利涉，不妨吾道付滄洲。

抵家示兒輩

何事虛乘八月槎，歸來惟對舊煙霞。箕裘自笑兒孫拙，林壑空贏歲月賒。閉戶著書金享帚，避人高枕筆生花。賢愚不問從彭澤，天運吾生豈有涯。

上董長馭督學有序

長馭先生蕉源、壺園、春明、謳嘲、罏頭蚓鳴、飲酒長安雜興、藥洲諸詩，古體則黄初以上，近體則大曆以上。洋洋乎正始，渢渢乎大風。嗣三百篇風雅之希音，衍數千年聲病之正派。一時蛇神牛鬼，汎掃無餘。吾黨寶筏，金針具瞻。攸在讀之，兩月肉味皆忘。服以終身，瞻前忽後。每一唱而三歎，輒三復而九廻。謹效俚語四章，竊獻心香一瓣。敢曰同聲相應，第知索賦以從。仰窺有教無類之宫墻，尚亦有始有卒之歌瑟。拜函魂竦，擲筆神馳。

廿載雄名滿九垓，龍門萬仞倚天開。爭誇漢室凌雲筆，不數梁園賦雪才。木鐸已攜麟史至，金聲曾和鳳歌來。千秋大業瞻山斗，吾黨成章盡取裁。

栽培桃李念榛菅，海日天門近可攀。得士已能酬聖主，藏書端不負名山。同遊述作思陶謝，命世文章陋馬班。白首掃門猶未晚，雙龍已合斗牛間。

筆爲麟角橐爲荷，倚杖蓬萊一浩歌。公藥洲詩『除書猶得近蓬萊』，又『倚杖遥歌天畔臺』。玄構九霄開日月，靈源萬派決江河。天人不用陳三策，文學還應首四科。錫我百朋何以報，楊舟汎汎賦菁莪。

羅浮何日駐飆車，桂父蒲仙擁路隅。請向霞峯騎啞虎，已從珠海啖飛魚。紅顏羽翰曾遺履，黄髮漁樵尚著書。孑孑干旄今在浚，可能一問子雲居。

寄文文起太史

余以戊申典榷滸墅，己酉春竣役時，太史文起先生尚在公車，投詩見贈。首曰：『謾說東南財賦地，使君目擊此凋殘。』末曰：『還朝宣室宜條對，爲報哭農力已殫。』而中則曰：『百年生聚征輸盡，千里荒疲調劑難。』此與樂耕莘而恥納溝者，千古兩人而已。今聖天子賜環側席，一德格天，調劑是望。豈惟三吳，將四海實加賴焉。白頭壤父，木已拱矣。契濶廿年，訊候復闕。末由言晤，惟有夢思。追憶二十年前，投瓊不一，忽忽皆未裁答。今耕鑿稍暇，乃次己酉見贈佳什四韻，爰附郵筒，妄窺記室，以見嚮往，非敢仰酬來美也。自哂小巫，神蕊思澀，目翳腕棘，不知可疥壁否。

紫殿傳臚曾首唱，孤忠一疏欲除殘。杞憂自信先庚易，肉食空嗟後甲難。控鶴爐香薰繡被，盤鵰宮錦覆金鞍。遙聞宋國珠猶在，卻喜池魚不復殫。

陳集生太史以諸將詩五章見貽次來韻賦答

南風不競腥雲漲，北斗常殷赤羽馳。癥結隔垣窺趙號，揲荒瓜幕問軒岐。須知剺面攢刀日，卻是磨牙反噬時。自信傍觀能審局，邢苗分邑莫教遲。邢子靈苗賁皇，見左傳及余聞□□詩小註。

角徵宮商應管無，入關空有五侯俱。未聞素服迎秦帥，浪說彎弓射郢都。降魔倒授金剛杵，奔命紛飛竹使符。且向咽喉問通塞，休將唇吻較贏輸。及鄭何妨亟勸民，休論老上與軍臣。啟疆聲吠□□輩，懸闕魂驚讋畝人。闞外十連空彳亍，隆中三顧未繁頻。杞憂嫠恤嗟罍恥，不獻金錢止獻身。老上、軍臣，漢單于父子名。推轂遙聞六乘傳，宵衣旰食徹宮縣。文昌祲入中黄暗，左角光搖太白連。魯國未横曹劌劍，秦庭誰贈繞朝鞭。涉川莫忘衣袽戒，巢幕曾經曲突然。詞場掉鞅百夫雄，擁膝長吟桂海東。酣戰魯陽曾止日，霸心漢祖數歌風。轉圜正喜逢三接，走檄遙驚遍百同。爲報文淵雖矍鑠，煙霞已錮萬山中。時有請纓報國者，得余所作□□圖、□□□□詩，又欲疏薦西園公共事，余亟馳書往止，故戲及之。

壽徐海翁八十有一

虞廷遐算羨皋陶，一代勳名冠四朝。豹飾鼎司分八座，鷺車棘市曳雙翹。青山自足供高枕，黄髮休教戀左貂。爲語廷中諸岳牧，何如天外有松喬。

陳景文病篤以大夢詩見别因次其韻復之捐四金以經紀其後事

嗟君骯髒向人間，泉石煙霞日日閒。半世無家空白首，千秋有骨在青山。良朋寢右空餘涕，遺草囊中不用刪。始信去留皆大夢，月明華表幾時還。

庚午季秋病困一月尹用平年兄以詩見懷因及潢池多警欲入居羅浮用來韻賦答

自憐遊目愛三餘，卻恨初年不讀書。今已據梧親藥裹，誰同擊壤詠康衢。青編塵篋吾衰矣，白首玄亭意晏如。見說馮夷今佩犢，煩君同卜屈平居。

張忠叔以循州參軍假余邑司馬取急還剡東宦評卓爾宦橐蕭然次陶靖節歸去來詞韻見示時病困不能折柳枕上得五十六字力疾捉筆書以贈焉靖節曰雲無心而出岫忠叔念之西園公七十有三矣尚能隨竹馬迎舊哀也

羅浮寄祿暫徘徊，何事長歌歸去來。喜有牢騷囊裡向，且澆磊磈眼前杯。一時宦態從吾拙，千古雄心任爾猜。此去還來休更暮，有人騎竹瘴江隈。

病困兩月里中親友數四過存幸少有間賦此呈謝

久矣吾衰可若何，毘耶城有老維摩。豈將書鬼隨山鬼，漫說詩魔即病魔。敝帚千金空自享，白頭兩月未能梳。靈光魯殿今猶在，把臂還期共嘯歌。

辛未元日戲筆

年開節換淨朝暉，衡泌棲遲可樂飢。簡竹盈車青未刷，筆花入夢玉常霏。二三小婦陳椒頌，六七孫孩挽荔衣。共說春光遲五日，後園桃李已芳菲。

有欲尋讀書社舊盟者余因追悼陳景文及亡孫堪賦此答之

胡然聲氣昔相求，忽爾參商不自由。莫遣交情如斷梗，請看物態總浮漚。埳蛙穴鼠緣何事，溪蝨藩蠅尚未休。爲憶孫枝凋玉樹，更憐宿草滿荒丘。

壽區季方年兄八十有一

七星巖上一星懸，五豆常珍羨罔愆。履曳星辰天錫老，坐分槐棘地行仙。君應白髮三千丈，我附青雲五十年。始信長生真有訣，千秋道脈賴君傳。

年家董叔遠以詩見訊賦此答之

往哲曾稱先子畏，新詩今見後昆奇。回頭桂籍晨星落，舉目綀裙道路悲。骯髒正平刺常弊，疏慵文舉客今衰。相逢爲語山陰棹，老子津梁久已疲。

制府姚江王公疏薦地方人才謬以見及註曰原任貴州平越府知府張萱學窮二酉胸富五車嶺南開著述之宗天北起斗山之望即未報聞第草莽之臣獲以姓名從諸名流入公夾袋亦感恩知己矣賦此寄謝

煙霞錮疾廿年餘，斷簡殘編老蠹魚。享帚自憐曾夢筆，藏山猶有未完書。遙知宣室能前席，不向平津再曳裾。韞匱非關求善價，逐臣終計在樵漁。

淹留叢桂歲寒盟，偃蹇空高物外情。捧日心常懸北闕，凌雲賦未奏西京。盲公腐史誰同駕，桀溺長沮且耦耕。卻喜斯文猶未喪，敢云吾道亦將行。

浮雲變幻路多岐，衡泌優游久息機。脱兔出林方走壙，雄雞斷尾不爲犧。消磨歲月書千卷，領畧溪山酒一卮。寄語逢人休説項，不才明主棄如遺。

孤影傷弓鎩羽翰，繞林今幸一枝安。素餐曾飽侏儒粟，短髮休彈貢氏冠。自信初衣勝單絞，豈將手板換綸竿。戔戔束帛何須問，避世墻東已考槃。

壬申夏五偕諸君子攜酒徵歌於二餘堂時主人以便面詩分貽即席次來韻賦謝

詩情酒態宛奔瀾，買笑迷香錦繡團。美目正憐眉黛斂，癡情卻笑帶圍寬。燈前艷曲周郎顧，霧裡新花杜老看。欲瀉銀河添玉漏，厭厭夜飲罄清歡。

如澠美酒助情瀾，肉陣沽嬌詠白團。樹繞流鶯歌扇動，簾開驚燕舞衣寬。絶纓有客休頻問，解珮貽誰共笑看。慶朔堂中開洛社，春風幹當日交歡。

非水居告成六月七日迎諸君子及諸歌姬同汎賦此代柬

雙橈上下且從流，爲採芙蓉出蓼洲。奏伎喜同玄圃汎，時有女樂侍酒。尋源共續武陵遊。絳虹橋西園橋畔飛青雀，香玉西園洞林前狎白鷗。已辦一尊聊避暑，□看榕水蜃爲樓。
軀枕荷裳舊釣磯，東晴西雨問津稀。風雲江上堪娛老，蝦菜船中已蚤歸。家釀欲傾河朔客，明璫曾解漢江妃。乘風載月常容與，百遍相過共樂饑。

閩友林允兼偕韓宗伯余明府徵歌同汎非水居允兼以便面詩見貽用來韻答之

船載莫愁人有五，尊開不速客來三。柴桑賦就閒情劇，顛尉毫揮醉墨酣。綺滿遙天霞乍散，影翻絕壁樹猶含。幔亭高宴君曾與，爲我虹橋作指南。

辛未秋盡黃花未有放者數飲止園頻問花信欲攜酒俟之賦呈主人

名園賓從日逶迤，我自巢林戀一枝。荒徑已尋彭澤賦，短筇惟赴尚書期。看山坐樹頻呼酒，倚竹臨池細和詩。爲報西園春小園新釀名已熟，寒花曾否滿東籬。

冬十一月止園黃花大放攜尊偕韓寅仲余士翹過之時寅仲七十有一因以爲壽

百遍相過去復來，玄扉更爲壽朋開。雲閒喜抱林邊石，月冷常留樓畔臺。看竹子猷仍看菊，停雲元亮不停杯。主人愛客坐常滿，把酒餐英日幾迴。

辛未守歲

窮年惟狎鹿麋羣，此夕辛盤賽典墳。已往隙駒空擲日，尚留健犢可耕雲。辟邪不用迎侲子，徼福何須媚竃君。七十四年渾鼎鼎，自憐不負北山文。

壬申元日

玄黓涒灘樂足湛，轉旋秘密少人參。從心自喜今餘五，不朽空慚未立三。笑看林花雲漠漠，時病目未間。戲簪幡勝雪毶毶。芸香閣上人高枕，可是琅函五色蟫。

壬申元夕目眚未間時有庾嶺警報

銀河五夜駕星橋，蓮熖蘭膏玉漏遥。攝目篝燈呼小婦，閉門留月度良宵。兒童喜報紫姑至，衰病□憐綵筆驕。爲問崑崙關外戍，捷書何事尚寥寥。狄武襄以元夕破儂智高於崑崙關。

壬申正月十七夜劉令公賜續元夕惠臨賦謝

良宵已度月明孤，擲燭推毬尚可呼。共喜樂郊無碩鼠，何期永夜集仙鳧。續遊不用一錢買，錢越王進錢十萬於宋太祖，買十七、十八夜張燈，再續元宵。勝會休云五夜徂。草莽自難徼福曜，枯荄何日盡昭蘇。

壬申上巳脩禊小園以雨不果

老去春來憶勝遊，欲將吾道付滄洲。驚濤夾岸時相蹴，宿漲迎潮不肯流。問水豈堪歌秉蕳，停雲誰復賦登樓。閉門覓句頻呼酒，小婦花前共唱酬。

二十三日喜晴迎諸君子集蓼雲樓詩以肅之

翩翩春服美遨游，麗日晴薰杜若洲。漫說握蘭追上巳，遙思圈柳宴東流。鶯聲出谷樹邊樹，山色入簾樓上樓。爲報花刑今已緩，可容真率一相酬。花刑，詳清異錄。

入林閒作采真遊，共對青山綠水洲。沐雨煙鬟嬌欲語，迎晴嵐黛翠常流。何來佳客同看竹，可是仙人自好樓。共說春光留一日，新詩濁酒喜交酬。

阮璣衡以武科特起都閫東粵入賀賦贈

天南日月羽交馳，小隊軍鋒獨授綏。自喜投戈能講藝，更聞緩帶數搴旗。師從枕上稱三捷，甲富胸中擅六奇。白獸尊開君祭酒，天顏有喜虎臣知。

讀張元應詩草賦贈

金蘭世講十年餘，何意天涯共敵居。世自呼牛又呼馬，君今歌鳳不歌魚。神交四海非他姓，大業千秋獨起予。仙令畫簾日多暇，庾樓嘯詠復何如。

陳集生太史以便面賞花及遊訶林二詩見貽用來韻賦答

春色將闌花更明，枝頭求友亦爭鳴。自憐性癖詩爲祟，不信吾衰酒是兵。壯志未銷歌寶劍，柔腸欲語譜銀箏。遥思把臂翩翩客，領畧花神幾許情。

祇樹林中寶相鞹，逃名未得卻逃禪。摶天金翅知何處，入海□生已幾年。休問南能臺上鏡，且燃太乙杖頭煙。西園老矣原疏懶，不識仙緣與佛緣。

太史書來殊有已而之歎賦此懷之

棲遲衡泌足優游，梁月江雲入夢幽。漫喜君恩收覆水，且存□道□□流。人間塞馬何須問，天外冥鴻不可求。爲語東山休賭墅，聚霞峯下有丹丘。

壬申五日小園獨泛

颸颸香風送芰荷，琅玕兩岸水如梭。欲驅伥虎懸人艾，爲狎盟鷗去雀羅。舉目少年競旗鼓，側身平地有風波。停橈不向湘江去，且聽滄浪濯足歌。

陳集生太史以其弟喬生白玉樓記傳奇索序詩以贈之

文筆翩翩羔雁羣，錦心綺歲更推君。東山嘯傲同安石，南海揚靈有陸雲。見説洛妃曾解珮，可容大令再書裙。瑶天笙鶴今盈耳，黛玉軒中硯已焚。

陳集生太史以竹下新詩便面見貽次來韻賦謝并貽歐嘉可

何來天外奏雲和，更憶花前捲白波。竹醉可隨人共醉，鳥歌常喜客同歌。鳳已覽輝猶蔚跂，杜甫 西岳賦。牛曾礪角莫摩挲。唐詩：『牧童敲火牛礪角，誰復着手相摩挲。』西園亦有此君在，不見王猷可若何。

夏杪陳集生太史以便面一律見懷歐嘉可國學亦同韻見懷一律用來韻賦答

氣求聲應自相親，絕世交情出世人。共愛一生湖海氣，不沾半點古今塵。乘秋已辦登山屐，看菊須尋漉酒巾。獨夜正憐梁上月，夢來百遍莫辭頻。

林空晝永枕書眠，寫葉太史齋名飛來自木天。好我每貽池草句，懷人時詠木桃篇。相期共拾朱明月，莫忘同棲碧海煙。爲問延津何日合，斗間龍氣正高懸。

黃逢永廣文病足還里以便面一律見懷次來韻賦答

西園不斷白雲封，地僻惟留鹿豕蹤。憶汝拂衣辭苜蓿，願言稅駕館芙蓉。乘飆欲出三千界，拄杖還同四百峯。尊足既存因退步，何須曳履躡夔龍。

止園主人以雙鶴詩三章見示用來韻奉酬病目命筆不足存也

慈恩塔院賦詩還，來集名園水竹間。不是淳于遺楚國，曾爲子晉別緱山。毰毸映月林披縞，毿毿粘花玉染斑。長奉主人千歲樂，巢雲登木伴雲閒。抱朴子：鶴千歲者，登於木。

雕籠載自鳳臺城，共喜胎仙下玉清。宛頸聯拳三島夢，長鳴軒步九霄情。嘗留爪漆數行字，蘇耽事。

欲震雷門萬里聲。淮海記。好語樊籬諸燕雀，休夸鯤運與鵬程。何來羽客日連翩，猶記塗循入貢年。髓應成骨同丹轉，翮已開輪照雪鮮。皜皜知爲君子化，昂昂豈受世人憐。西園亦有和陰者，接響聯飛榕水煙。

壽澹屋老人八十有一

老人，郡駕廖公之封君也，就祿郡署。秋八月十有五日，爲覽揆之辰。十邑紳縫舉兕觴，躋公堂，九頓上壽。詳具大宗伯韓公贈言。萱以受廛之民，爲通家之子，歡喜無量，勉短捉筆，以侑酧者。

清署秋中桂魄圓，羅浮仙樂奏華筵。羅浮有夜樂洞。賢人、福人至，則仙樂夜鳴。詳博羅誌。白頭就祿方升日，紫誥承恩大耋年。百丈峯前天錫老，靈源洞裡地行仙。十城共效岡陵祝，遐算綿綿滿大千。

清漳鄭肇中文學昔者社友鄭輅思觀察之哲嗣也壬申秋九月以詩見訪投轄小園次來韻答之

遙憶金蘭第一流，暮雲春樹夢中酬。遠攜珠玉驚人句，窮探煙霞絶壑幽。世業登壇雄萬古，豪遊傳食藐諸侯。開尊下榻歌招隱，不負山陰王子猷。

雙壽詩爲碧月老人八十有一賦

午夜瑤光入絳庭，天南高掛老人星。非熊不入磻溪夢，老蠹曾餐伏氏經。繞膝孫曾披萊綵，齊眉夫婦集墉城。懸弧正喜天中節，爲報椿萱萬六齡。

壬申守歲

銀漢初斜斗轉杓，尊開婪尾夜迢迢。迎新已得春三日，去故仍留臘半宵。階下孫孩喧爆竹，燈前小婦頌盤椒。古稀又六明朝是，磊磈還須柏酒澆。

壬申初夏槎江邑侯存初王公以課績考最振旅策勳喜而賦之得五十六字有序

公之令我槎江也，三年有成矣。治行卓異，冠於十邑，誠嶺以東二百五十餘年所未有者。載在口碑，列於薦剡，不具論。歲庚午，閩粵之疆事不然，嶺海交訌。其間，依草附木，佩犢揭竿，如陳萬、鍾靈秀輩，實繁有徒，以搖蕩我十邑。滋蔓辛未，遂狡焉啟疆於閩楚虔庾之交，破始與，躪樂昌，不可嚮邇。韋韎附注之君子，雖環四境，未聞有以一矢相加遺者。簡書赫怒，三鎮會師。九連之山，其走集也。蕞爾槎江，實逼處此。一時文武大吏，往往以槎江爲宣榭。幕府和門，皆鱗次焉。執文于邁，亦惟公之馬首是瞻。公輒躬親蘭錡，單騎以探虎穴，而櫛沐風雨，凡數月。於是三鎮之士，賈公餘勇，摩壘插羽。陳萬、鍾靈秀諸渠魁，相次面縛。九連始入版圖，十邑皆安釜鬲。策勳飲至，公實最焉。時公亦以三年最聞，勸駕追鋒，匪朝伊夕。萱，羅浮之壤父也。竊潤洪河，已非一日。犬馬誓報，燕雀賀成。能無一言，以識履戴。稽首載筆，情見乎詞。

福曜高懸照一同，槎江紫氣滿天東。驊騮踠足旋丘垤，威鳳迴翔集棘叢。撫字催科書上考，歸俘獻鹹策元功。山城久矣勞仙令，竚見飛鳬入漢宮。

奉贈岺翁神慈入覲

瑞輯天南入望賒，驪峯晴色滿蒹葭。雲迎鮑靚雙鳬舄，日麗河陽萬樹花。赤縣題屏書上考，黃金加璽捧新麻。遠臣則壤無長物，惟有羅浮一片霞。

題永新劉封公賢祀錄

玉笥峯頭紫氣熒，爭誇燕翼福爲星。閔曾至德孚輿論，濂洛真傳繹聖經。華胄煌煌推相種，瞽宗秩秩薦明馨。訓忠已冠循良傳，作述千秋照汗青。

甲戌正月八日立春呈陸岱瞻令公

宜春寶字紿啣龍，蒼帝初乘列子風。鱷渚棠陰歌召父，驪峯藜杖候萊公。花前綵勝開雙篆，竹下雲翅舞兩同。仙令行春噓黍谷，陽和先滿兩花封。

春三月十有七日岱瞻陸侯覽揆之辰也時侯以歸善令兼攝博羅不肖萱忝在世講復幸以文字交最歡最篤既從諸薦紳縫掖乞言椽筆以侑勺者再獻俚語二章以效岡陵之祝

彌天瑞靄正懸弧，名世生申應斗樞。坐擁兩城棲枳鳳，猋馳千里試風駒。綵毫時散丹霞綺，麗句常探赤水珠。仰注兕觥窺洞勺，尚隨壤父詠康衢。

榕溪鱷渚共神君，三祝華封兩地分。樂只已聞齊召杜，斐然今更羨機雲。蒲鞭長掛閒歌嘯，竹閣端居樂典墳。洊寵黄金來北闕，且調緑綺奏南薰。

弔朝雲墓用歸善陸令公韻

萬斛春光一段情，荒叢抔土憶傾城。言從天上尋衾抱，不向人間浪目成。芳草已憐浮蕊盡，游絲休逐片雲輕。見説梨花不同夢，可曾石上話三生。

西湖原是莫愁村，路印淩波繡襪跟。浄業已歸埋玉地，信根應結湧金門。鶯聲兩兩花前恨，橋影三三月下魂。茂宰憐春一憑吊，如雲雖有匪思存。

陸令公再過小園時余他出不及掃徑開尊賦此申謝

敢云高尚傲王侯，褊性幽棲老一丘。看竹嘉賓非問主，入林仙令再登樓。豈因謀野聽鵁𪄻，可是行春喜狎鷗。見説尋芳時覓句，行庭不見亦停騶。

觀察洪公過訪小園留酌賦謝

西來紫氣照天東，闢土開疆萬世功。時公掃除九連山宿寇，創建連平州。緩帶喜延東閣客，揮毫獨振大王風。公有小影集行於世，并寄題小園五十四章，詞林膾炙。彤幨拂柳鶯遷木，絳韝穿花蝶護叢。咫尺轅門儼山斗，可容于邁數從公。
墻東避世豈名高，抱甕荷鋤不憚勞。花徑衹應來竹杖，浚郊何意駐干旄。朱華耀日追唐雅，綵筆凌雲續楚騷。尊酒論文頻促膝，餘霞散綺滿蓬蒿。

壽陳粹白七十一

回頭轉憶少年遊，鼓篋珠岡有太丘。甲子多君惟六歲，溪山留我共千秋。投閒日蠟旗峯屐，難老頻添海屋籌。百尺樓頭遥舉酒，華封三祝思悠悠。

甲戌夏六月目病自悼

太乙青藜不復照，冥搜海岳亦何爲。囊螢數夕已辭案，夢鳥前宵尚入帷。自惜縹緗塵已滿，不禁昏翳淚常垂。丘明國語成何日，磊業千秋欲付誰。
胸中雖正眸今眊，陽里東門病共憐。憶昔逢人能白眼，何時披霧覩青天。停鑣客少論文酒，輟筆囊無賣賦錢。心力亦思留目力，離婁須結再生緣。
書淫傳癖從吾好，幾得方瞳青再回。晝永但思常伏枕，客來誰復共登臺。兒孫凭膝猶疑問，笑語聞聲亦浪猜。可是世情難着眼，故令老眼不須開。

九如三錫詩爲誥封中憲大夫陸太翁誥封恭人陸太母雙壽偕封賦時太翁太母皆駕還當湖南海諸薦紳相率稱詩爲賀最後萱乃得而讀之亦以二詩繼進自明嚮往情見乎詞

璽書三出漢明光，共祝岡陵樂未央。紫誥椿萱雙白髮，華堂橋梓兩金章。謀貽賈贄勳名舊，燕翼機雲翰墨香。枌社日開三壽宴，星巖遥獻百神觴。端州圖經：七星巖，爲帝觴百神之所。

弧光婺彩映薇垣，乍浦陳山紫氣團。偕隱已需五馬祿，倚閭遥問七星巒。亦知將諗頻登屺，爲報長歌共考槃。有客思親猶在洛，尚勞四駱駕和鑾。

讀南欽錄奉懷安石先生陸太翁非敢竊附於金蘭妄欲自同於臭味第知聞聲而應安得撫塵而遊遥獻二詩自憐一吷不辭穢陋以見歸依結想終生披襟何日

海岳呈珍玉笥開，琅函霞綺自天來。千金不賣長門賦，片語能兼鄴下才。玉屑金聲蜚麗藻，錦心繡口妙新裁。誰言身隱文焉用，自有雄名遍九垓。

掉鞅詞壇四十年，凌雲賦就正翩翩。高懸赤幟黃初後，獨探玄珠大曆前。綺歲青錢曾入選，白頭綵筆更飛騫。休明鼓吹君爲政，何日承犧一執鞭。

讀旌柏堂録爲陸貞姑七十壽賦貞姑今憲副廉石陸公之姑也姑年十六歸同邑參知馮公皋謨之子曰春暘甫朞春暘逝姑舉遺腹子五歲亦夭姑投繯觸棺誓殉地下左右力護視始免參知公傷其志欲爲擇嗣無可擇者乃以幼女爲姑之女是貞姑以小姑爲女亦爲子也葢義起矣參知公曰小姑長唯婦擇婿婿之於是憲副公爲貞姑之婿憲副公郎水部日輒疏貞姑之節以聞得報表閭稱貞姑云歲甲戌姑年七十矣八月既望爲設帨之辰憲副公適以入賀過里乃索拙句爲壽不得辭敢以三章侑勺者

白髮貞媛壽古稀，高秋寶婺鑑空帷。稱觴喜見堂前婿，御食何殊膝下兒。早寡陶嬰黃鵠賦，靡他齊女柏舟詩。千秋三節姑爲最，特拜恩旌著一時。

終身從一報重泉，難老應知錫自天。表宅不須煩沛相，東漢劉長卿妻桓氏事。沛相，王吉也。陳情今幸有阿玄。星軺嵩祝金華殿，晝錦尊開玉潤筵。共羨未亡人匪石，不磷完節自長年。

甲戌八月十五夜先雨後月寄懷陸岱瞻明府

庾樓賓從正徘徊，仙令憑欄雨色開。遥憶今宵揮綵筆，懸知明歲築高臺。鶴峯霜肅老狐拜，鱷渚波恬狎鳥來。曲奏紫雲飛匹練，與誰同駕玉橋回。

絃管吹雲掛玉盤，囊傾盛露集金蘭。已知元獻招君玉，不用文簫駕綵鸞。時有梨園女樂之禁。棠蔭正思霑化雨，霜娥何事怨微寒。誰云室邇人常遠，一水盈盈喜共看。

甲戌閏中秋又寄懷陸明府

三秋何意兩中秋，南侶秋光喜暫留。前月廣陵濤已賦，今宵天柱客仍遊。文心茂宰詩應續，皓首騷人醉未休。法喜可能重奏笛，元規想亦復登樓。

懷人對月坐更闌，木雁題門指又彈。月閏玉盤今再轉，秋中桂影卻重攀。去年此夕秋將盡，此夕明年秋亦殘。安得年年逢此閏，長分末照奉清歡。

甲戌舊郡公詔階徐公督學以詩幣見寄賦此馳謝

一水蒹葭兩岸楓，懷人秋色滿天東。遥思畫隼黄堂客，爲戀靈椿白髮翁。遠志自知非小草，祥鸞何事羨冥鴻。聖朝木鐸今虚席，慎勿淹留舊桂叢。

解紱歸來翰墨林，千秋自命喜書淫。奇人問字披帷至，佳客論文載酒尋。入夢國香蘭馥馥，趨庭相種玉森森。善權洞口雲常滿，爲報蒼生望雨霖。

豫章李太虚太史南還讀余玉山驛舍留題既賦二絶謬相獎借復以大椿堂佳集治書見貽獎借益隆余於太史未同真獨知之契也賦此馳謝

瑶緘迢遞自南州，爲問羅浮桂樹幽。求友和年懸兩地，代興一矢共千秋。彌天霞綺今遥散，照乘明珠忽暗投。安得登龍常御李，白頭鼓篋撫塵遊。

寄題沈乃功别駕暢園此有山

名園芳漱日湖傍，此有幽奇勝辟彊。座挹千章簾外翠，林飛百和酒中香。難兄曾賜金蓮燭，繩祖重開綠野堂。我亦君家桃李輩，至今夢繞舊門墻。園主人爲先師文恭公哲孫。

寶安舊令姑蘇李子木侍御讀禮里居遠貺書幣見索拙刻復爲張天如太史楊維斗解元紹介亦索拙刻即以拙刻岀力各致之賦此馳謝

長安北望思悠悠，白首停雲百尺樓。明月屋梁千里遠，甘棠海國萬年留。封囊問夜排閽入，持斧飛霜攬轡遊。見説杯棬方抱痛，尚知天外有巢由。

癸水壬山老蠹魚，回思東閣曳長裾。藏山愧乏枕中秘，載贄曾窺柱下書。漢室可能思董賈，梁園誰復繼應徐。羅浮自是青城地，爲愛遺簪問索居。

張天如太史既寄聲於李子木侍御見索拙刻諸書復以書價附郡理吳公祖見貺不敢拜領即緘拙刻諸書致之并書價完璧賦此馳謝

山斗雄名懸日月，思玄情物見靈襟。玉堂永夜青藜火，紅藥芳春白雪音。下筆已聞破萬卷，購書常不惜兼金。當年我亦紫薇客，鷄樹因君復夢尋。

以拙刻諸書喆力致楊維斗解元賦此并寄

英華南國正繽紛，桂籍掄才獨冠軍。臚唱首傳將應帝，齊盟狎主已推君。能從北海知玄德，誰謂人間乏子雲。君始壯遊吾已倦，何從尊酒共論文。

戊辰七十有一境内外諸名碩皆以佳章見壽賦此奉謝

頭童齒豁腹便便，衡泌優游獨灌園。何事彫蟲工繡帨，空嗟老蠹飽殘編。浮漚石火三千界，敲骨雄心七十年。共説海籌又添一，鏡中應有故人憐。

曾將吾道付滄洲，一枕空高百尺樓。婚嫁自憐猶未畢，溪山今喜久相留。夢懸北闕瞻新主，老向東陵臥故侯。卻笑非仙亦非佛，何妨呼馬又呼牛。

欲從河朔覓金蘭，百歲寧如一日歡。跡混漁樵惟笠屐，游同鹿豕尚衣冠。長林豐草身還健，冷炙殘杯興未闌。把臂但須開口笑，白頭努力共加餐。

澤畔年來薄采芬，筳篿何必問靈氛。一麾錯鑄九州鐵，四體空勤五德耘。杜老江河原不廢，君苗筆研可曾焚。疏慵欲效瓊瑤報，惟有羅浮一片雲。

壬申冬十一月韓宗伯止園梅花大放招飲賦謝

雕簷綺檻月微明，縞袂花神索笑迎。不向宋宫閒點額，喜聞商鼎特調羹。時主人有枚卜之報。幾迴寒汎冰壺影，萬片香飛凍玉瑛。好語爭春桃李輩，先春還讓丈人行。唐子西梅花詩：『向來開處當嚴冬，白者未白紅未紅。祇今已是丈人行，勿與年少爭春風。』日涉名園玉一林，山桃溪李豈知音。卻嫌雪蒂曾團蠟，應悔霜髯亦撚金。浮動暗香迎曉月，晴留疏影伴橫參。廣陵水部悲飄落，巢許幽盟已共尋。宋人以梅花中巢許。

百慵室百慵，詳國初蘇州太守祥符王公觀莫惱翁曲

閉門卻掃白頭翁，新築茅齋號百慵。木石與居鹿豕狎，衣冠不着馬牛同。早眠罕見窺簷月，渴睡稀聞報曉鐘。欲作解嘲心懶慢，乾坤如許幸相容。

豐草長林水一灣，姤人秋色滿柴關。年來習懶因成性，老去居貧卻喜閒。坐樹鶯慵渾不語，帶雲鳥倦早知還。浮生擾擾空勞頓，一枕惟安十畝間。小園有門，曰十畝之間。

一笑館

嘯傲煙霞老轉癡，欣欣載色滿方頤。非關善謔常開口，自是無懷少皺眉。竟日粲然詩數句，有時莞爾酒三巵。逢場作戲人間世，萬事回頭總一嬉。

相逢拍掌共呵呵，無是無非可若何。項領兒童須遠避，揶揄鬼子任相過。平生磊磈皆消遣，滿腹煩憂盡耗磨。世事時時堪噴案，不須人羨比黃河。

甲戌除夕

竹爆休驚麇鹿羣，何來侲子祝慇懃。陽春已布寒應退，臘意仍餘煖未分。是歲臘月十八日立春。餞歲獨澆留歲酒，固窮不譔送窮文。亦知媚奥非吾事，司命寧須問竈君。

乙亥元日

稀齡餘八未爲奇，雞骨年來尚可支。自喜一生無磈磊，不妨兩眼忽迷離。孫曾換抱笑常劇，妾婢扶肩情轉癡。綵勝宜春簪白髮，加餐努力百年期。

有以茗上沈中丞客五羊訶林社集詩見貽者用來韻賦此寄之

南來錫影白雲孤，一葉原同七葉符。執着分南自分北，圓通非有亦非無。登壇共笑依雙樹，護法休教守一株。佛本在心何用佞，無禪可悅自歡娛。

世尊原是丈人行，一揖初參禮亦當。真謗錯尋山是鷲，幻身莫棄乘爲羊。笑他四體常投地，枉卻三天日炷香。若說心生心即妄，應無所住豈須商。

奉讀陸令公重搆白鶴峯坡仙思無邪齋告成佳賦數百言見示時乙亥之秋八月既望也率爾裁謝

白鶴峯頭日暮雲，忽驚秋色又平分。尊開誰共黃樓月，賦就前無赤壁文。欲攬煙霞歸筆底，更新楹桷照江瀆。千古風流蘇學士，不知何以報神君。

題璽書寵召卷贈長樂張侯考績二章

文星福曜映齊昌，指日追鋒駕望郎。三載勞心惟撫字，十城課績讓循良。甘棠陰滿羣雊雉，伏莽叢空少吠厖。樂樂堂前歌樂只，羅浮東去有桐鄉。

懸魚拔薤羨神君，爲政風流迥不羣。訟簡綵毫常散綺，庭閒玉軫獨迎薰。韓蘇往蹟曾重揭，詳樂樂堂記。召杜賢聲喜復聞。最奏帝心知簡在，賜金增秩播芳芬。

乙亥守歲

生天不問三千界，投老惟知四百峯。欲向新年問行樂，已從昨日領春風。時臘月廿九日立春。笑呼斗酒同留歲，細囑兒童莫送窮。卻喜明朝七十九，安眠健食白頭翁。

丙子元日

新年老態復何如，眸眊身閑不曳裾。餬口幸饒數瓶粟，添丁喜獲五明珠。尊開有客問奇字，酒罷呼兒讀古書。環薦辛盤喧賀歲，孫曾繞膝老眉舒。

丙子人日

百尺樓前花滿庭，穠陰麗日戶常扃。忽聞物候爲人日，見説吾生是歲星。老去自憐眸已眊，客來何意眼猶青。縷金人勝聊從俗，笑向西園帖畫屏。兩眼迷離兩鬢華，落梅不問壽陽花。錦囊日探償詩債，烏寶時分入酒家。豐草長林同鹿豕，殘山剩水伴煙霞。閉門高枕無餘事，卻喜年衰歲月賒。

丙子燈夕

清歡永夜曝書臺，共向燈輪數舉盃。九陌香塵隨馬去，一天碧月駕鰲來。燒雲火樹千枝滿，妬月金蓮五夜開。好語兒童休卜䰗，且隨穠李去歌梅。

丙子元夕奉懷陸岱瞻明府

春宵鐘鼓報新晴，四鏡絃歌即武城。單父鳴琴花萬樹、平津開閣酒千觥。銀河清淺玉繩直，銅漏迢遥斗柄横。月色燈光應少避，文星高傍鶴峯明。

萬斛春光月滿棱，琴堂静湛玉壺冰。傳柑昔日承恩賚，卜䰗今宵喜歲登。上帝寵綏三界福，神君散作萬家燈。火蓮燄吐四天滿，福曜中天紫氣凝。

三廣文以燈夕見過留酌目廢不能侍飲賦此謝之

良宵星聚樂偏多，更喜文星照薜蘿。得句敲燈須痛飲，呼朋投轄且高歌。還將月色留春色，共遣詩魔付酒魔。伏枕主人非避客，不妨明夕再相過。

譚董二廣文遊羅浮賦此訊之

四百峯頭春正明，鸞驂鶴駕喜相迎。鐵橋攜手頻呼酒，簾洞聽泉更濯纓。問藥不求丹在竈，裹糧時煮石爲羹。遊囊攜得驚人句，綵筆凌雲獨縱横。

正月十六夜是爲耗磨之辰昔人常有賦者夜闌不寐亦戲筆賦之

前宵春色竟如何，駒隙光陰似擲梭。萬戶歌聲猶夜沸，六街燈火尚星羅。衰年自喜能消遣，此夕何妨説耗磨。爲請花神同一醉，今宵春色較偏多。

贈郡相黄葵初暫還宜陽二章有序

公佐吾循六年遠矣，功績卓越，德澤滂沛。先是，諸當事前後薦剡，凡六上，皆爲五嶺第一人。及諸十邑父老子弟口碑，葢洋洋一時。惟公防海是司，六年之間，所爲乘長風，破巨浪，以築鯨鯢之觀者，又最著，他勿具論。間者劉香之役，非公枕上過師，能執馘獻俘若是之彪炳乎？諸當事者，無不斂衽以推轂。公計當一日九遷，以再造嶺外。公嘗俯攝博羅，舉三大役，不日而成。韓宗伯嘗紀之，以勒貞珉，功垂天壤。不意煩言無根，遂令公抱寃不白。公嘗爲上臺經畧，海上緒言一書，讀者皆以爲實録，可覆按也。輿論久當自明，官評久當自定。安知朝廷之上，不有三仕諸大夫爲公剖心者乎？公蘭夢常艱，今已得雄。此羅浮之鍾靈，鯶湖之毓秀也。萬事足矣。夫仕宦何必車生耳哉！公今行矣，瞽目壤父不能從諸父老子弟之後，遮道攀轅，以折河橋之柳。勉短二律，竊公行李，情見乎詞。

人間自是路行難，久矣功成欲挂冠。百戰運籌皆築觀，六年橫海獨登壇。尊爐有約憐秋色，松菊猶存伴歲寒。莫向歸囊歎羞澀，掌中還有一珠看。

合江春暖片帆開，長嘯一聲歸去來。身退何妨共分謗，功高自足起羣猜。拂衣且暫尋初服，高枕休堅臥草萊。聖代只今求故劍，徵天舊袞去仍回。

仲春書懷

竹徑柴扉日日開，鶯啼蝶舞共徘徊。溪頭垂釣石邊石，樹杪看山臺上臺。市酒小童攜月至，催詩微雨帶雲來。一年三百六十日，一日須教醉一廻。

壽韓扶初

共向驪峯祝兕觥，湯湯卯水照長庚。開筵客醉逡巡酒，鼓腹餐加骨董羹。我亦漸爲家太祝，君今不愧左丘明。已留佳句傳千古，更喜脩齡比老彭。

丙子季春邑侯金公偕歸善陸侯遊羅浮余以瞽目地主不能從侍賦此呈之以見嚮往

干旄孑孑繞林巒，四百峯頭紫翠攢。茂宰行春因問俗，山靈擁篲請留歡。梯雲兩客飛仙舄，破雨雙旌控玉鸞。地主自憐眸已眊，尚能馳夢共盤桓。

峩峩萬疊白雲封，縹緲丹梯路幾重。共向層城拾瑤草，更從仙洞問靈蹤。聚霞峯上翔雙鳳，見日庵前躍二龍。此去五雲天路近，翩翩攜手駕追鋒。

歸善陸侯遊羅浮淋雨不果以詩見貽次來韻賦謝

欲訪名山與大川，幽懷須問米家癲。西來此日霓旌遠，東望何時鶴駕便。選勝留題千古在，登高作賦萬人傳。懸思省斂行秋令，更向山靈訂宿緣。

生日示兒輩

安眠健食腹便便，此日稱觴亦快然。嘯傲煙霞天逸老，徜徉泉石地行仙。磻溪遇主加三歲，宣聖從心少九年。卻喜兒孫能愛日，光陰長買不須錢。

賀金邑侯壽誕

福星來自古延津，四百峯頭紫氣凝。刑措堂無穿屋雀，化成市鮮嚇雛鷹。一時治行高千古，四境民謠冠十城。更效華封共三祝，日升川至似岡陵。

贈陸明府入覲時有知推入翰林之議

文星光燦紫薇中，閶闔晴開瑞氣濃。明世木天今有主，熙朝藝苑獨稱雄。靈搜海岳千秋業，綺散雲霞一代宗。爲問金蓮歸院後，可能垂夢桂花叢。

題車景卿外姪朝爽樓

白鶴峯頭翠鬱葱，高樓閒對日華東。消磨歲月朗吟處，領畧溪山一醉中。颷颷荷香常送雨，縈縈荇帶自牽風。揭簾清曉看新爽，爽氣飛鶱滿碧空。

丙子除夕

年年生計付樵漁，爆竹聲中歲又除。小婦喜能扶杖履，童心自覺戀簪裾。生前欲了千秋債，夢裡常繙萬卷書。笑賦新詩獻新歲，新花新柳復何如。

丁丑元日

樓高百尺日曈曈，白髮蕭蕭八十翁。寶曆遥頒宸極北，玉衡高轉斗杓東。安眠卻便眸雙眊，噤口何妨耳不聰。一歲兩春春最好，扶藜緩步語花叢。

占斷溪山樂事賒，六朝遺老蔚方遐。羸經自喜書連屋，餬口無煩粟滿車。且看雲霞常散綺，何須桃李更開花。詩情酒態渾無恙，聾聵從今不必嗟。（以上西園存稿卷九）

全粵詩卷四三四

張萱九

家仲招飲西醮樓用友人韻即席賦

避世真成僻，憑高思欲仙。嶺雲頻釀雨，溪樹半拖煙。日落下山牧，林依斫岸船。片帆孤眺外，歸鳥一尊前。溽暑消雄飲，涼飆逗晚筵。窮途方落托，狂態轉飛騫。碩友金蘭契，新詞日月懸。相逢成一醉，吟罷意翛然。

湯太史嘉賓米明府仲詔招集得鞍字

上國開芳社，名園簇繡鞍。朱明初啟序，粉署數邀歡。共載枚生筆，時彈貢氏冠。朝從花底散，山向柳邊看。地接瀛洲勝，歌聞蜀道難。仲詔令蜀。佳賓不速客，時楊祖植、陸伯承適至。才子謾爲官。元結事。綠蟻浮瑤斝，朱櫻行玉槃。庭虛不受暑，月淡欲生寒。散帙燒高燭，題詩坐曲欄。良辰恣孤蓬轉，風塵兩鬢殘。撫時休仰屋，努力且加餐。
宴賞，清夜美遊盤。薄宦真雞肋，浮生盡鼠肝。野麟方困鬬，先一日，日有食之。枝鵲未全安。湖海

題漢宮傳燭圖閣試

勝事留芳蹟，春光在玉墀。燧從司烜改，燭自漢宮傳。列炬擎金跋，繁星照錦韉。火纔三日禁，炎
卻五侯先。縱目恩輝滿，披圖帝澤偏。何時噓冷燼，亦向此中然。

壽李冢宰對泉老師

黼扆勤三事，台符肅六聯。明廷求柱石，間氣應奎躔。跡舊伊耕野，公，河南延津人，即莘野。名高岳
降賢。老臣新寵渥，聖主晚恩偏。特起東山枕，爰窺北極璿。文章增氣色，寰海盡陶甄。履曳星辰
上，衡持日月邊。回春在一筆，造命總三銓。巨室瑰林轃，高旻朗鑑懸。乾坤八座正，桃李四時
妍。慧業金輪轉，圓明玉版禪。已登菩薩位，且現宰官緣。公精佛理。福介懸弧日，期逢執象年。尊
開既醉宴，花滿艷陽天。蘭甽翔和靄，槐衢覆瑞煙。岡陵歡祝願，冠蓋盛鳴翩。白鹿瑤華麗，青牛
紫氣旋。麟祥應麕至，鴻羽正飛鶱。撮土難增岱，洪流詎納涓。好由工瑟後，恩在掃門先。豈有千
金骨，誰云百鍊鉛。慚摛雞樹草，空簇鳳池仙。已濫青黃飾，寧忘頂踵捐。且將三祝語，聊續九如
篇。

六月六日賦壽趙瀫師相公沈夫人

紫閣璣衡重，彤軒寵眷頻。仙媛逢設帨，上相復垂紳。花甲初中日，天書再降辰。宋祥符中六月六日，天書再降，名天貺節。昔參香案吏，今護宰官身。窈窕宜君子，溫柔娛老臣。周禎歌八士，孔瑞叶雙麟。夫人一乳兩子。曾說金爲母，遙聞玉是人。動華無衮闕，黼黻有針神。内膳桃分薦，宫奩花正新。雲軿朝絳節，鳳吹沸霞茵。節步懸垂棘，搖珠綴大秦。翠幃團紫氣，金屋貯長春。且獻西方頌，寧論東海塵。願言永怙恃，終自愧陶甄。

贈方梟陽民部出守廣州二十二韻

聖主崇才彥，明時甸要荒。夢刀辭北闕，建隼領東方。楚璞連城重，荊金躍冶良。壯猷元老裔，妙選度支郎。露冕垂朱紱，褰幃耀赤璋。牙旗開五嶺，鐵軸渡三湘。出海雲霞近，連天驛路長。貨通獅子國，琛貢象王鄉。俗樸文能化，民淳賦易償。辟寒犀角重，解酒荔枝香。白氎家家織，紅蕉處處筐。莎城巢翡翠，篆案蔭桄榔。風靜鷁居去，官廉蚌蛤光。島夷同蹈舞，蠻洞送圖章。不用相如檄，曾聞陸賈裝。但防山易嘯，莫使海頻航。主父猶涎鼎，文翁坐講堂。歸依慚縞帶，顛倒着衣裳。易水虹長白，燕臺日正黄。受廛思帝壤，講德播詞場。掇拾呈繁響，雕鎪浣澀腸。不能供屝履，聊以代壺漿。

梅少府招飲范園

建水春方麗，名園綠正饒。通家原十載，促膝始今宵。兄弟聯朱翮，文章落絳霄。白眉君獨擅，文石步非遥。梅福事。舞拂前溪艷，歌翻子夜嬌。相逢不惜醉，更勝宴虹橋。

周塘公舘題壁

道路數登頓，山川正鬱蒼。濘泥車格礫，落日馬玄黄。嶺複天疑小，溪廻路較長。雲邊窺鳥背，樹杪度羊腸。載燧投荒驛，停驂饋野漿。郵籤傳急足，關吏候嚴裝。好鳥當人語，深花撲鼻香。客懷今稍愜，明日是雷鄉。

小酌七星巖用趙瀫陽太史韻

久慕星巖勝，年來始一遊。峻嶒金焰聳，鴻澒鏄光浮。玉滴千年乳，風藏萬斛秋。暗池通竝棹，絕棧側重樓。改席依奔鵠，尋封起臥虬。太華知讓秀，勾漏不言幽。答響疑飄梵，褰裳且狎鷗。晚來歸詠驟，嘯破玉虹州。

王幼度明府下車龍門以便面詩見寄用來韻卻答

有客雲霄上，尋盟丘壑中。因知王不好，始信瑟能工。夢寐山川間，朋遊江海空。君曾答客難，我已賦幽通。韞櫝皆三刖，泥塗嗟五窮。指歸思李譔，明府爲李本寧太史妹婿。丰韻憶王濛。莫惜鸞棲棘，空憐馬逐蓬。龍門登有日，九頓大王風。

丁巳冬日攜兒妾輩歸寧五羊黄元卿歐子建鄧伯喬李煙客歐嘉可黄逢永相次載酒汎集得三十六韻賦謝

家在羅浮下，攜來珠海濱。棲棲憐數口，擾擾忽三旬。蜃氣吹風急，潮聲攪夢頻。波跳船滮滮，石出月粼粼。老樹丹爲幄，荒郊綠減茵。霜嚴鴉陣合，天濶鴈行勻。短日翻多事，窮途畏惡賓。如何事薹笠，猶復理冠巾。拙效從吾好，狂憨任爾嗔。故侯休再問，醉尉莫須瞋。自是馬牛走，羞稱草莽臣。友生那可仗，僮僕且相親。見帝常因鬼，褰裳不問津。雖非設醴者，幸有饋漿鄰。野老從爭席，衰容恥抗塵。悠悠萍梗日，凜凜雪霜辰。所遇渾非故，相知不用新。癡兒跳作虎，小婦首爲蠔。酌酒日與飲，裁紈夜對紉。因思雙鳳侶，欲汎五湖春。北道誰供屨，東家竊效矉。遊囊已羞澀，歸計尚邅迍。客散堪羅雀，書成欲泣麟。物情能自諳，賓戲不須申。眷戀青雲器，徘徊綠水瀕。過從勤剝啄，晤對輒周諄。解帶話疇昔，停鑣問隱淪。言尋黄髮老，不負素心人。得句真無敵，論文别有神。鵬摶何日運，龍性不須馴。努力千秋業，加餐七尺身。形骸原骯髒，杯炙莫悲辛。道在用宜拙，交窮老更真。所嗟皆哲匠，何以共蕭晨。聚散不足問，寒暄難具陳。知惟希乃貴，此語請書紳。

贈何參戎書記方伯諫兼訂榕溪之約伯諫昔者余友僉憲子及之從姪也

世講逢岐路，神交自昔年。粗豪湖海氣，綺麗帝京篇。伯諫有金臺梓詩行於世。莫問陸生橐，曾饒宋玉田。名從里俠借，書向國門懸。賣賦千金薄，揮毫五色鮮。前籌皆鑿鑿，長揖更翩翩。爲載觀濤客，因乘下瀨船。將軍寬禮數，我輩且周旋。共有鹿麋性，能無魚鳥緣。何時五石瓠，同臥一溪煙。

正月十三夜元陟先生見過觀燈留酌喜而賦之

良夜燈初放，新晴月未流。如何二老者，亦作少年遊。妙語絲爲蜃，時公題燈以贈光兒，有勸探蜃之語。明年杖有鳩。已完兒女債，莫問稻粱謀。往歲猶堪憶，癸亥燈夕，先生亦嘗見過。新詩且共酬。不須穿夜市，何必問更籌。

孫子真客小園欲入羅浮弗果因過寶安鄧玄度觀察下榻余亦繼至再訂羅浮之約時子真哲嗣爲寶安尉非其好也

天上少微客，人間老畫師。主已開三徑，君今借一枝。就養非關祿，停雲曾有詩。江湖休遠適，笠屐且相隨。青眼逢人處，黃花對酒時。羅浮丹竈在，不必問安期。

壬申臘月廿七日立春邀韓宗伯余明府林太學同集

臘向新春去，春從舊臘來。殘年留兩日，晴色滿三台。象嶺餘霞散，驪峯宿霧開。籬頭紅吐槿，溪口綠含苔。三素雲初駕，八輿仙暫回。助天誕嘉種，脈土闢污萊。綵勝金針巧，鈎強畫鼓催。老農驚問草，遊女競粧梅。菜剪凌霜葉，杯傾隔歲醅。笑迎作賦客，同醉曝書臺。

夏四月九日社集李將軍園亭得棲字二十四韻

朱明啟律草初齊，翠甸尋芳酒竝攜。鞭影入林金鐙側，香塵滿道紫騮嘶。芹芽綠轉溶溶水，蕙葉晴披曲曲堤。佛日已隨春日去，慈雲長傍野雲低。樂遊剩有濠間想，往事應悲李下蹊。寂寞名園惟蔀屋，諠囂岐路閲輪蹄。居人共說施行馬，野燐曾驚照鼓鼙。荒沼久虛蛙一部，空梁猶有燕雙棲。未聞華表丁爲鶴，祇見桑顛午報鷄。颭颭麥秋飛蛺蝶，垂垂槐露噪螗䗖。明霞忽散天邊綺，綵筆誰書葉上題。象緯上干璇極北，軒車長駕玉溝西。但能身健尊常滿，莫問花遲鳥不啼。晝喜文明辰在壁，名兼吏隱客聯奎。螭頭雄視文中虎，麟角光搖紙尾鷖。度曲笑翻紅芍藥，中呂調曲名。分枰爭賭墨狻猊。徐浩事。且將歲月隨萍梗，肯信珪璋雜甑窐。白墮止堪澆磊磈，黃封休倩洗污泥。積薪且莫嗟疲戟，媚竈寧知學病畦。滿座盡投青玉案，攔街遙唱白銅鞮。生憎變響鴞爭椹，怪底移封蟻上梨。塵世總憐身是夢，豪華何用氣如霓。看山正喜同拄笏，把臂還須再杖藜。千載風流原我輩，一時公事付癡兒。

南園舊社國初嶺南五先生之舊社圮廢二百五十餘年今王太父太常虞石王公按粵時偕黃士明黃亮垣韓緒仲陳集生四太史陳抑之鄧玄度劉覲國三觀察高正甫太守梁幼寧韓寅仲二明府韓孟郁黎孺旬黃逢永三孝廉及諸二三君子與不佞萱捐貲脩復者也甲子秋八月萱督課兒輩就試棘闈以十五夜汛掃南園宴集同社諸君子請公小像爲萱所讚者懸社中禮而拜焉遂相與授簡以續甘棠之詠萱得九青凡十二韻先一夕月有食之因并及焉

九霄涼色敞雲扃，萬斛晴光浸畫屏。何處鴈聲秋已半，喜看桂影露初零。前宵擊鑑吟蛩斷，此夕浮丸夢鶴驚。納腹金蟾聞遠遁，脩輪玉斧莫教停。空憐老子頭先白，尚喜常儀眼倍青。社向南園尋舊侶，人從北闕望台星。遙思驄豸臨秦嶺，已領夔龍集漢廷。伴拉煙霞原臭味，賦成海岳失精靈。千金駿骨應叢市，五嶺龍精正發硎。竹下揮毫殘瀋翠，花間過酒醉魂馨。齊盟壇坫言歸好，名世文章屬典刑。九頓瓣香瞻舊衮，新朝麟閣已圖形。

王幼度明府爲今大宗伯雲杜李本寧先生猶婿余以本寧先生獲交幼度蓋三十餘年筆研友也先數歲寶安同社諸君子欲爲余作特室於旗峯之陽且受廛矣甲子冬幼度以龍門令攝篆寶安喜而賦之得十六韻以先歌來暮者言非未同幸毋曰此饑烏此陽鱎也

旗峯紫氣照羅浮，借得神君卓魯儔。綵筆雄名吞七澤，青箱大業擅千秋。烹鮮十室煩言偃，攝大三年乙仲由。循吏能文真雅化，才人爲政自風流。不須長袖工新舞，更向原田舍舊謀。琴榻柳藏賓閣寂，印牀花覆訟庭幽。看山應識金銀氣，破壁能令鬼蜮愁。撫字喜聞先蔀屋，巡行莫惜訪滄洲。醫瘡已乏心頭肉，照水須哀胯下瘤。兩境四民歌五袴，一賢二邑解全牛。珠常還浦龍編戶，海不揚波蜃結樓。綺歲孔融曾御李，白頭王粲欲依劉。擇枝繞月同飛鵲，避地浮家狎野鷗。閔貢豈爲安邑累，臨邛休厭馬卿遊。江頭看竹還須主，不學君家老子猷。

曹能始觀察以詩見懷賦此寄謝

鼓吹休明羨寶臣，凌雲綵筆正嶙峋。代興大業誰千古，未墜斯文在七閩。社結石君常拜石，亭名春草獨憐春。懸書不賣黄金賦，命駕惟期白髮人。公詩：『嵇康如命駕，千里就山公。』蘭思蕙心堪自媚，蛙聲蚓響幾番新。願崇令德加餐飯，莫向明時歎積薪。（以上西園存稿卷一〇）

全粵詩卷四三五

張萱一〇

廣陵邵伯埭懷古

悲夫！文靖之爲廣陵也，捻鼻四十餘年，惟淝水一捷而已。築壘步丘，造汎海之裝，其暢然居東乎！弇州先生曰：『文靖易，文獻難。』悲夫！晉之有今日也，以諸王也！道子不生於太寧，故獻不爲靖也。逆臣賊子近出而族，猶跣而執手，以安東節假之。王國寶入，而聞桓子野歌陳思王詩，則泣下霑襟矣。

堤上行人歌，堤水自秋色。如何甘棠思，不保五畝宅。
寂寞東山月，迢遞新城道。舉頭望西州，傷心劇秋草。

螢苑懷古

隋煬帝晚年好宵征，命民間捕螢數萬斛，放之苑中，昭曜羅綺，皎如白晝。苑去城十里。

秋風滿荒原，秋月亦皓皓。不見放螢人，惟見化螢草。

秋夜江行客有歌唐人野曠天低樹江空月近人之句因用爲韻

遠水生微涼，丹楓吹四野。秋色滿晴川，攬之不盈把。
江寒夜氣肅，帆開江月上。泠然白玉琴，中情寄幽曠。
斷鴻嘶極浦，遠笛破寒煙。獨夜三江客，歸帆八月天。
夜寂秋偏爽，潮平月漸低。慣傍水禽宿，怕聽水禽啼。
涓涓江上月，歷歷江上樹。脈脈江上人，欲語不知處。
月色寒浸水，蘆花雪照江。王孫遊未倦，鴻影故雙雙。
疏林寒有葉，野水浄無風。潮聲孤枕到，秋色一江空。
遊子驚西風，霜意薄林樾。所嗟故山蛩，不負故山月。
浦口燈明滅，帆前山遠近。唯聞欸乃聲，去覓秦時隱。
江光媚涼夜，秋色送歸人。綵筆邀明月，相思問洛神。

元陟先生老親家惠魚對使走筆附謝

聞君羅有雀，先生見和元日試筆，有『任教羅有雀』之語。知我食無魚。且看頭上點，不用腹中書。

題陸叔平山水文徵仲以詩識之用文韻

天遠峯嵐浄，秋高樹色濃。扶藜隨獨鶴，散步任西東。
蒼翠滿石壁，閒來秋興濃。山居有詩料，多在夕陽東。

區季方司徒以詠梅八絶索和次來韻賦答

墻角有新枝，羣芳未競時。倩誰三弄笛，爲譜隴頭詩。
月落影尚横，空林曉夢清。何來啼翡翠，夢覺不勝情。
蕊破寒微卻，東皇自斟酌。請向月中開，莫向月中落。
縞衣攜素月，香玉供采掇。可是姑射人，來散羅浮雪。
暗香非鼻觀，疏影豈近玩。醉皞立如癡，一詞不能贊。
索笑簷常繞，永夜林初曉。冷艷排冬温，餘香殊未了。
知君林下風，多在雪霜中。笑他何水部，卻向廣陵叢。
桃李是輿臺，清芬獨有梅。孤山千古意，今日爲君開。

長壽庵寫經示衆十五舉

文殊一舉白搥，世尊便下法座。盞子脱手落地，楪子八片先破。

誰造報恩大院，共讚風流駙馬。走入斗斛行中，不識廬陵米價。
出水與未出水，蓮葉即是荷花。正去偏來都着，這邊那畔元差。
撞來人是屬虎，本命我是屬猴。爲它轟開十字，騎牛轉不識牛。
草鞋戴在頭上，可憐斬卻貓兒。謾說青霄有路，木人長皺雙眉。
勘破臺山婆子，打牛不用磨磚。莫學隔墻過杖，但須順水推船。
五通老便成精，龜毛何必三尺。一鎚打破虛空，針線無縫讀作奉難識。
止須撥草瞻風，枉費撩蜂剔蠍。白晝失卻金針，夜來枕上一劄。
土地覆卻飯籃，纔識和尚一面。若許七日來尋，鬼窟捉鬼難騙。
手中雀兒死活，一擡一捺太急。眼裏塵沙撥盡，黄金屑又添入。
買綿卻又買絮，總是王婆推磨。一口汲盡西江，知冷知煖由我。
開舖只圖買賣，任你牙行利嘴。交易不比尋常，死貓兒頭最貴。
頭正自然尾正，眼明不怕面生。從它赤諱白誺，秋夜月到三更。
夜寒青女機罷，燭曉玉人夢來。石霜父子轉側，萬戶俱閉俱開。
莫問短五長三，休管八横七縱。裂開即是捏聚，爛泥隱刺真痛。

不解得與他一棒，即解得亦與它一棒。潔空和尚放聲大哭，早知水可成酒，鐵可成金，不如將黃梅鞋底擦卻，免費此番閒棒。幻影和尚拍掌大笑，蚤知水不洗水，金不換金，又不如將紅羅扇子遮卻，免費此番鞋底。

題韓伯聲涉趣園十景

遐矚樓

棋罷吟殘拄頰，天開日朗憑欄。贏得一雙白眼，飽看萬里青山。

餘閒室

四壁幽棲似斗，六時瞑坐如僧。不管酒徒作鬧，從它詩債相仍。

真意館

禮佛非因乞法，繙經何用持齋。緊看三年水牯，止消一隻草鞋。

夕佳亭

快心幸饒晚景，多情惟有斜陽。疏簾放入西照，老樹倒影東墻。

引酌臺

年來粗了麴蘖，興到卻厭呶號。竹下閉門抱甕，花前對婦持螯。

欣期石

柴桑昔有淵明，羅浮今有伯聲。千古共抱一石，兩人同種三生。

靜寄軒

林寂鳥聲頻喚，簾閒花影密移。懶處惟堪習靜，靜裏自覺忘機。

涓流泉

瑟瑟如迸珠玉，冽冽不浸苞稂。入口疑嘗石髓，沁脾常帶花香。

五月七日寶安諸君子招汎龍潭八日復汎篁村同觀競渡客有歌落日放船好輕風生浪遲之句者因以爲韻人賦十章鄧玄度六言首奏余亦步其韻以六言賡焉

翻車日腳初垂，打岸潮頭已落。忽驚沸海雲飛，共報寒潭龍躍。
作賦何必投湘，問水誰同擊楫。我欲赤手搏螭，祇恐白虹貫日。
村村鼉鼓爭鳴，處處鳧車齊放。正宜河朔深杯，不須剡溪遠訪。
竹影幾簾紅粉，荷香十里畫船。欲尋歌處笑處，多在花邊柳邊。
截流劈浪爭雄，拍掌齊聲道好。彼岸終是同登，此日何須先到。

莫問空江龍戰，請看近渚鷗輕。習競自分遲速，忘機一任輸羸。元微之競渡詩：『祭船如祭祖，習競如習讐。』

鐘鼓報晴遠近，樓臺夾水西東。叩船誰歌小海，解祖須奏廻風。禰衡、夏統事。

帆底驚看風飽，船頭又覺潮生。繡柱鱗鱗隱見，蘭橈軋軋縱横。

滿船羅綺繽紛，一水笙歌來往。直須載酒看花，不用乘風破浪。

辛未夏四月宛陵劉子真舘余江上小堂以六言五絶見投次來韻答之

蘸碧一灣花下，來青數點欄前。問字君爲佳客，逃名我是頑仙。

腹裡丸泥六一，牀頭斗酒十千。不問青鸞佳信，惟繙白鳥殘編。子真有馴鸞，能解人意。

半步瘦藤亦懶，兩肩短髮其頽。客到閒雲常合，興闌好鳥頻來。

江空林不受暑，亭小榻亦生涼。爲語部蛙休聒，請看溝瘠常僵。

地僻墻皆蝸篆，林深葉半蟲書。兀坐肘曾生柳，臨流我亦是魚。（以上西園存稿卷一一）

全粵詩卷四三六

張萱 一一

玉鈎斜懷古

隋煬帝葬宮人處。

娥眉遺塚草毿毿，盡日啼鵑亦太憨。怪底東京歸未得，君王曾唱望江南。

愁鴉飛遍枯楊樹，月下香魂自來去。長信于今秋草深，魂歸莫錯雷塘路。

舊日池臺今已非，凄凄芳草怨斜暉。到來兩傾河山淚，贏得前身未濺衣。

贈書記葉伯俊歸閩

相逢曾解呂虔刀，不用臨岐戀綈袍。贈爾羅浮雲一片，幔亭歸去伴吹璈。

秋風秋月送將歸，灑酒臨江淚一揮。爲語明年春社後，重來莫忘舊烏衣。

度嶺感舊留題

重來猶憶五年期，往事浮雲片片移。倦客不堪聞北鴈，梅花偏發向南枝。

爲韓寅仲寫鷗社圖并題

桃花開遍柳花飛，斜日磯頭理箬衣。野老從今莫爭席，煙波新狎白鷗歸。

五羊秋夕懷韓四伯舉

不向臨邛曳短裾，衡門秋靜正端居。挑燈莫讀黔婁傳，漢室于今問子虚。

客舍秋高鴈影斜，蕭條雙眼自天涯。思君半枕潮頭雨，落盡郵亭一夜花。

西風回首嶺雲東，多病憐君事事同。永夜若題招隱句，可能吹到桂花叢。

落日頻登海上臺，縱横黄葉不勝哀。遥憐拊缶亭邊月，曾否懷人酒一杯。

寫梅花贈蕭山令沈孟威時孟威以内召至

盤根錯節玉交加，五月長安亦放花。惟有夫君堪把贈，春風從此滿天涯。

七里灘

萬疊芙蓉翠鬱盤，牽江百丈泝巑岏。廻風忽送孤舟笛，知在嚴家第幾灘。

武夷山中即事

塵緣太重道緣輕，住世原非出世情。卻笑羽流空拔宅，名山無計避新征。

幔亭峯

跨鶴吹笙弄紫煙，幔亭高宴祖龍年。衹聞海上勞徐福，不省人間有魏騫。

三姑峯

聞說諸天護苾芻，大王峯畔從三姑。遊人不敢輕捐珮，匪石能同玉女無。

渡分水關

半連楚越半甌閩，地煖春明花漸新。路入白雲餘幾許，到家猶得及清明。

渡西峽江

乘風破浪截流過，津吏搖頭公渡河。莫道風波今日惡，世途何日不風波。

大田驛古梅

攪夢催花一夜風，尚餘春色幾多叢。枝頭已見梅如豆，天外猶憐客似蓬。

小寒食深青驛留題

古院春深長綠莎，墻頭開遍荔枝花。明朝又是逢寒食，倦客如何未到家。

贈別謝大行友可社丈擢南北部

十載輶軒萬里程，聞君久已厭承明。兩都可是無人賦，暫借新詞寫舊京。

鐘山晴傍白雲司，玄武湖邊吏散時。柳色送涼荷撲鼻，官閒身健好裁詩。

一官何必較炎涼，大業千秋獨擅場。廬岳欲傾彭蠡涸，巋然君自魯靈光。

此去休言是薄遊，友可有薄遊篇行世。六朝佳麗且夷猶。垂鞭日過昭明宅，拉伴頻登孫楚樓。

三山晴色落棋枰，怪底南風日日勍。別墅若聞淝水捷，好將一着賭宜城。友可嗜奕。

秣陵關口草凄凄，古巷烏衣路不迷。君去定知攜小陸，數椽秋色屋東西。時友可次公寓廣陵。

且將白眼撐高旻，莫向風塵歎積薪。薄宦亦須諳宦態，右文原自妬文人。

江空日落鳳臺寒，片片浮雲好獨看。爲語當年李供奉，登臺不必望長安。

賀丁哲初吏部得雄

王香入夢掌珠呈，高燭薇垣徹夜明。冰鑑獨懸君自信，當筵不必試啼聲。

紅雲一孕照東曹，錦紱庭麟沸鳳璈。抱得寧馨森片玉，阿爺原是玉山高。裴楷在吏部，世稱玉山獨照。

毰毸赤鳳下青霄，桂馥蘭芳紫氣饒。月下將鶵新奏曲，不須長教廣陵簫。君欲卜縭廣陵，故戲及之。

寄題楊曙宇寅丈竹梅舘

君家三徑未全荒，萬箇琅玕萬斛香。林密似遮張麕屋，花飛不點壽陽妝。
拂雲梢畔雪初殘，疏影清陰滿畫欄。萬卷縱横簾不捲，玉奴長伴此君閒。
苞金綻玉影交加，庾嶺湘江寄興賒。爲報主人歸未得，好留雙影護窗紗。
芳園遍植歲寒叢，結伴何須十八公。見説森森曾入夢，階前原有兩株松。兩郎君皆名孝廉也。

戲題鄧給諫玄度梅花帳

抛書攤飯鬢鬖鬖，酒殢花慵鼾正憨。長得玉奴供客枕，不須迢遞夢江南。
數幅冰綃玉一枝，薫籠斜倚月明時。縱教萬斛天香滿，不及吹燈來夢兒。
縞衣舞罷夢初殘，漫向春風憶故山。曉起拍肩休索笑，花神昨夜妬阿環。

九牛驛次區太史用孺壁韻留題

江風滿樹麥蜩鳴，浪跡歸心憶舊耕。爲問郵籤須幾日，馬頭遥指白雲生。

午寐聞雷次壁間韻

孤城客舘瘴煙迷，一枕頻驚報午鷄。更喜輕雷隨片雨，爲驅炎暑過前溪。

曉裝戴月次壁間韻

幾點殘星帶荒陌，特特馬蹄山月白。可憐夢裡數還家，猶是關前未歸客。

過峽山寺訪鑑上人不遇

爲逃炎暑閒尋寺，暫駐歸舟且傍山。好鳥有情迎舊客，流雲無數掩禪關。
隔林急雨添新漲，夾岸涼風吹短衣。爲問雲中孤錫去，于今洞裏幾猿歸。

東林石澗橋見獨樹梅花有感

鱗鱗玉綻虎溪東，獨樹香浮野棘叢。姑射仙人今仿佛，欲隨蓮社領春風。
雙旌日日破蒼煙，無數梅花對客妍。更愛一枝臨綠水，寒山影裏玉娟娟。
疏籬寒傍石橋隈，不種蓮花卻種梅。久別羅浮山下月，清香何事撲人來。
幾點寒葩萬斛香，晴雲片片護幽芳。野人不識春風面，獨照溪流寫淡粧。

小池驛喜晴

霽色初開趁碧蹄，雕鞍未解卻頻嘶。青驄亦識遊人意，驟向春流洗障坭。

北块關公舘閱外計邸報有感

北去漢京頻極目，南來粵客獨長吁。已驚鸞鳳投羅網，又報豺狼到海隅。

狙父賦狙何足較，馬翁失馬不須悲。一言未悟田丞相，三黜休嗟魯士師。

南總舖喜晴

馬頭曉日喜曈曈，積雪全消大小紅。兩山名。誰掃陰霾送晴煖，東皇昨夜倩西風。
喧晴寒鵲滿枯株，花信初來草欲蘇。野老出林同曝背，爲言南北此分衢。

癸未計偕過王莊驛假舘張北溪罏頭屈指二十四年矣今差竣還朝午憩驛舘北溪之子崇葵者袖余舊墨來謁且獻盤餐遂以詩二章答之

輟輒冰敲虎僕姑，墨花飛墮雪糢糊。相逢不用藏名姓，曾醉君家舊酒罏。
問我何來髯似戟，憐君今亦戟爲髯。盤餐獻罷猶微笑，欲乞新詩當酒帘。

固鎮驛燈下感舊

昔年曾此駐遊蹤，春日春燈照玉驄。爲憶同車攜手處，相勞斗酒斷橋東。

宿州公署見新月用壁間楊文貞公韻

銀鉤初掛凍雲收，寒影穿簾到敝裘。倚遍碧欄渾不寐，隔墻人唱古涼州。
古道春風隨馬策，空亭寒色照干旌。尊前最喜纖纖魄，萬里無雲鴈影輕。

自濰陽至桃山道中四詠用霖寰李公大司馬韻

徐王墓

誰從銀海瀉寒濤，萬木颸颸積雪高。雲護戟門森落日，渭陽情重聖明朝。

閔子祠

蒼煙如織日初西，寂寞荒祠野草萋。可是蘆衣長履雪，數椽閒傍冷雲棲。

隋堤

馬前春色正無涯，柳覆長堤繞淺沙。何事尋芳遊女伴，踏歌猶按後庭花。

符離集

蕭蕭殘戍陣雲平，對壘惟須棋一聲。老鸛樹頭作人語，似言此是北秦城。

東阿公署有呈邸報者

浩蕩君恩較海寬，長容虎翼與猴冠。因悲就鼎當年吏，猶是今朝第一官。

鄭州北十里爲白楊店迺一大澤也水草所鍾曰澱余按圖經此澱乃唐令魚君所鑿故名魚君陂統志失考土人傳誤詩以表之

返照翻林依積澱，危橋臥柳度荒墟。居人但識魚爲業，不省當年君是魚。

高唐公署曉夢

別久歸遲道路長，夢中空對淚痕粧。可憐雲雨迷南北，錯認高唐覓楚襄。

曉行

枕畔鄰鷄促馬蹄，孤城片月半沉西。一聲畫角穿林去，無數春鵑不敢啼。

疏林馬過鞭留影，夙夜寒深月半明。合眼垂韁續殘夢，不知多露浥繁纓。

古平原集

趙家俠骨久成灰，白日黃雲黯不開。何事蚩蚩紛抱布，明朝有吏石壕來。

望厭次訊家曼倩

前世久知君是我，後身皆說我爲君。郤憐同姓亦同病，長乞侏儒粟共分。曼倩姓張氏，東方初明而生，故稱東方朔。馬、班兩史傳其人，不知其姓，可乎？曼倩父母世系，雜見他書者，皆詳余耀疑第一卷中，茲不具述。

集靈臺上訂幽期，避世金門各一時。惟有偷桃余較勝，東來短漢不能知。

廣川憶舊

當年裘馬憶翩翩，雪洗鷫翎血染鮮。倚醉鳴弓寒月下，玉鞍雙掛兔如拳。

自葛陽馳廣濟驛軺中即事

山城霧散促晨裝，曉日新晴野草芳。最喜褰幃看不盡，麥苗青處菜花黄。

去年共說是豐年，水碓磯頭纜米船。一斗幾文□子白，腰間能否納官錢。

春溪繞屋碧如油，短竹疏籬白日幽。少女竹間呼母彘，老農溪畔飲童牛。

沙溪荒舖近爐峯，七載重來覓舊蹤。可是舘人亦相憶，留題不遺壁塵封。

門前新柳似人長，颭颭青帘驛路傍。竹屋罏頭招木客，潑醅春酒正堪嘗。

臨溪白板兩三家，暖日松篁覆淺沙。汲婦入林佯避客，桃花斜插鬢如鴉。

柴門傍水是通津，夜理漁簑晝賣薪。晚市醉歸逢鼓吹，笑攜稚子看官人。

新成茅屋憩輪蹄，種得山桑葉未齊。搔背負暄樊圃側，白頭老子牧黄鷄。

生計年來喜漸多，旋栽烏桕旋婆娑。擔頭新蠟渾如雪，賣與朱門照綺羅。

落日危橋客過稀，梳翎水鳥立漁磯。何來笳鼓諠騰甚，驚起雙雙背客飛。

自廣濟至瀫水舟中即事

廣濟驛前春水生，嗚笳擊鼓聲喤喤。南風日勍布帆飽，水急灘多莫浪行。

驅車長苦雨淋鈴，獨漉歌殘不忍聽。卻喜開帆風日好，一川晴色柳青青。

斜陽渡口石塘街，估客安流放木簰。買得春醪醉明月，斧聲不斷夜箍柴。
衢州城子枕江干，粉堞參差照水寒。綠鬢彤幨乘五馬，逢人盡說是清官。太守張七澤也。
高低影水竹遮樓，樓外垂楊繫客舟。兩岸長青千樹橘，家家應作富民侯。
西安東去是龍遊，春漲江平卻肯流。春月一船渾似畫，竹枝高唱櫓聲柔。
帆前春水瀉琉璃，桂若香浮日暖時。爲語魚兒莫吹浪，前灘今已放鸕鷀。
橫山山下水湯湯，駐檝乘春問國香。春服將成須雜佩，年來幽谷幾枝芳。
捩柁從流風正便，船頭叉手坐長年。推窗盡放青山入，無數芙蓉鏡裏懸。
峭帆斜日掛危檣，疊鼓呼風亦太忙。卻聽舟人話潮信，欲乘新月汎錢唐。

重過桐江釣臺留題

片帆又過富春山，新水平添舊日灘。再上雙臺舒一嘯，不妨啼鳥報春殘。
莫將急鼓疊迴風，且向中流看纖蒴。石上相逢休問姓，當年我亦一漁翁。
緇川亦是釣璜餘，錯把安車擬副車。千象猶堪頻入夢，君房空奏一函書。
欲屈狂奴作漢臣，交情總是白頭新。垂竿莫說前賢誤，文叔于今非故人。謝靈運有詩：『前賢意何益，此地誤垂竿。』

方處士玄英祠留題

芙蓉七里鬱蒼蒼，百尺雙臺一瓣香。怪底先生詩句好，數椽原傍漢嚴光。

桐江東去是通津，共把奚囊貯陌塵。卻歎長安車滿載，總輸千古屬閒人。

謝義士皋羽祠留題

高臺白日哭忠魂，一劍長懷未報恩。請把嚴灘添舊淚，好隨明月到崖門。

青山獨灑秦庭淚，綠水應憐博浪狙。爲問桐江春到日，鵑聲亦是五坡無。文信公於余鄉五坡嶺爲元師所獲，義士始遁歸桐江。

贈月兒

五柳園中花正飛，東方猶自惜芳菲。笑將一束纏頭錦，卻爲它人作嫁衣。

歌館初逢即目成，陡將心事許卿卿。自憐老去無金屋，笑殺伶玄浪得名。

榕溪渡口木蘭船，欲去還留更可憐。惜別正須郎一顧，試將誤曲唱尊前。

刺史空聞說斷腸，胸前雪妬鬢邊霜。心情忍作秋雲薄，一任飛花自主張。

新腔休譜白頭吟，一曲離筵恨轉深。爲報使君原有婦，相逢不是惜黃金。

紅線如何別薛郎，座中誰是冷朝陽。魂銷百尺樓頭句，博得閒情鬧一場。

五兩風輕日欲西，傍篷攏鬢背人啼。共憐此別如飛絮，一着狂風便着泥。
使君原亦有情癡，何事臨岐詠柳枝。總爲五湖秋色好，扁舟久已載西施。
一片柔情百首詩，關情多在惱人時。贈離惟有羅虬筆，不比紅兒比月兒。
悔將歌舞逐狂夫，來路曾同去路無。若上山頭頻眺望，春來休更采蘼蕪。

題鵝鷺圖[一]

肅肅鮮姿映碧梧，玄黃美色繡羅襦。好將勅令頻頻去，莫遣溪邊有短狐。
爲語孤飛不用高，且隨儔侶戲江皋。情知鷹隼多猜忌，何必翩翩錦羽毛。

［一］鵝，疑當作『鸂』。

題自寫梅花贈曾元陟

樓頭短笛日初曛，咽斷江城片片雲。幾度幽懷憐獨夜，半輪林雪半輪君。

曾元陟鏗然亭讌集同陳用休韓伯舉舍弟仲蔚分韻賦

迢遙誰着旱龍鞭，曲檻疏櫺落日前。醉看愧非王子侶，團圞空自賦鏗然。
醉羨琴心此更宜，挑鸞抵鳳轉情癡。清陰不讓章臺下，懶向他家說畫眉。
春殘金井轆轤寒，幾樹芭蕉倚醉看。日永亭閒香一縷，臨池初罷譜幽蘭。

龍眼抽條竹長芽，德星初聚舞雩家。斗山任是饒清筆，猶向張顛問墨花。

愛民詩教卷爲張松陵父母作

萬里南天憶遠音，倚雲長誦別時吟。欲知赤子車前意，盡是斑衣膝下心。

友人招賞桂花

西風吹折剪鵞黄，四出奇葩萬斛香。更借西風頻着力，莫教秋色過東墻。

香從雲外月中裁，檢點幽芳細細開。始信主人貪佞佛，卻從金粟覓如來。

開尊倚樹共淹留，笑撚花枝醉未休。聞說王孫招未得，至今空負小山秋。

題周□□西園雅集卷

記得西園畫本真，公麟妙筆已傳神。于今我亦西園主，卻欠公麟十六人。

儒雅風流滿畫圖，琴書觴詠共相呼。不知此日東坡老，曾覓黄蓮點眼無。

試筆詩成呈諸君子園丁以玉蘭巖桂二花來獻復以二十八字分貽之

欲將花事競芳辰，採得雙花伴五辛。擎向華堂當綵勝，蘭孫桂子日振振。

種竹

碧玉周遭已萬竿，補籬編槿護檀欒。直須移卻門前影，留得前山入坐看。

疏中移密密移疏，欲取清光一抹過。好語早龍鞭蚤着，春雷已奮莫蹉跎。

東墻移竹種西墻，珍重琅玕掛夕陽。種罷喜逢花底雨，春風應自長新篁。

擘得春苞宛似觚，舊泥新水酙稀稠。倘饒千畝年年綠，何必人呼萬戶侯。

移花

雨意霏微日欲斜，輕雷喚醒一池蛙。園公睡起無它事，荷鍤呼童急種花。

分畦布畹喜成行，密密疏疏次第香。此日主人聞晉秩，新銜花國太平章。

園公酙酒勸花神，花事匆忙亦苦辛。爲語春風休督促，花開何必一時新。

草本休隨木本移，欄邊急種向陽枝。移根莫剪前春葉，衛足留陰正此時。

肅客口號

小園不杜客，園丁不能肅客，遂往往忤客，故客亦往往罪主人，主人不知也。偶得口號四章以貽客，庶罪主人者，少寬假焉。

閒居學圃枕城隈，竹屋茅齋日日開。不用閉門防客到，愛閒能得幾人來。

勝事幽懷日日新，往來無伴住無鄰。園丁莫問客何姓，到此遊人非俗人。

懶來浪得絕交名，自笑交窮懶便成。若是子猷來看竹，何須園主禮相迎。

花竹新栽費護持，來遊莫折向陽枝。亦知轉眼皆荒廢，且讓閒人樂一時。

農圃漁樵十詠

羅大經嘗摘唐人佳句十絕書壁間，以描寫農圃家風、漁樵樂事。每菜羹豆飯後，啜苦茗一甌，偃臥松窗竹榻間，命兒童吟誦數過，勝如吹竹彈絲，似爲園公拈出。第以古人嘯歌，對今人情境不？恨今人不見古人，更恨古人不見今人耳。初秋晝永，散帙微吟，率爾即事，遂得十絕，亦皆以唐人韻韻之。即未必如吹竹彈絲，第以答林籟而酬溪聲，亦足供農圃漁樵一鼓掌也。

空林秋色滿柴關，何事園公獨破顏。爲趁晚涼脩竹下，一溪新月半啣山。韓偓韻

柳岸涼生七月天，銀梭玉尺弄溪煙。沙邊網得林邊煮，笑喚漁船作酒船。前人韻

園已趣成還日涉，西風又到梧桐葉。野老休言花事稀，欄前還有雙雙蝶。長孫佐輔韻

誅茅剪棘即吾盧，買得鄰畦帶月鋤。不爲庾郎飽鮭菜，年來欲試槖駝書。薛能韻

掃地焚香讀楚招，卻驚風拂樹頭瓢。無端一笛滄浪裏，又答行歌隔水樵。韋莊韻

門堆桑葉網蛛絲，暫出呼童掃一時。數步即還仍卻掃，孤蹤猶恐隔鄰知。杜荀鶴韻

籬堤時築亦時崩，野水曾侵竹幾層。一任漁郎竹根宿，夜歸猶得借漁燈。陸龜蒙韻

鎮日湖邊一老翁，開襟常飽芰荷風。閒持藜杖頻敲竹，爲逐鸕鷀落照中。鄭谷韻

田舍兒孫禮教稀，捕蟬探鷇鬧柴扉。園丁忽報來禽熟，走向園公笑挽衣。李商隱韻

新畦傍水芋苗肥，玉糝纔羹客扣扉。且喜盤餐有兼味，樵青溪畔打漁歸。張演韻

贈王知白山人

杖藜何事踏蒼煙，爲趁春風到水邊。若遇芳菲須放步，莫教虛度艷陽天。

有意啼春花底鳥，無心出樹嶺頭雲。掛瓢植杖空山裏，獨對心香不用焚。

題自寫古松障子

不爲梁棟不爲薪，雪態霜姿老更真。可是世情嫌磥砢，年來長謝斧斤人。

皮乾頂禿復根皻，鬱鬱猶能護蘚文。更喜虬柯獨支撐，欲排閶闔競拏雲。

題自寫木石障子

凋零何事伴荒墟，不向春風借一噓。獨有根盤老頑碧，數拳猶是補天餘。

野曠天高白鴈遲，清霜先到最高枝。自饒一種蕭疏意，任你芳菲那得知。

江上小堂戲題

江上小堂無十畝，堂前老樹有三株。主人原住清涼界，又得濃陰屋半區。

山色豈隨時眼改，溪聲留與老年聽。朅來更有娛人處，日日風雲不暫停。
臨流影笑蒙頭雪，倚樹涼生露頂風。卻惱兒童常戲浴，諠爭偏聒老漁翁。
東流水合西流水，後浪沙同前浪沙。爲問空江垂釣者，一年幾度浪飛花。

題寫生荔枝贈韓緒仲太史納寵

國色天香滿玉堂，一枝誰薦茜羅囊。知君惟採秋前實，擘得星苞仔細嘗。
明珠數顆纈紅霞，不入開元帝子家。聞說阿嬌曾破笑，纍纍應作掌中誇。

七夕詞

弦月初升玉漏微，箱牛輟軛織停機。莫言隔歲纔相見，猶勝人間去不歸。
促夜頻驚轉斗杓，雙星脈脈絳河遥。相逢最恨雕陵鵲，一歲填河止一宵。
曝衣樓上拜深深，乞得蛛絲笑不禁。曲綴卻同羣小態，空憐一夜鬬穿針。杜少陵詩：『蛛絲小人態，曲綴瓜果中。』
茶漿瓜果滿中庭，喜見紅光擁玉輧。稚子不知同乞巧，笑呼阿母數流螢。
迢迢銀漢渡雲鬟，秋冷龍梭喜暫閒。舊好孔嘉惟此夕，誰能送巧到人間。
天孫總爲巧調梭，好合其如隔歲何。若問雨雲朝暮事，東鄰拙婦較偏多。

深更朗月渡奔龍，靈匹幽期歲歲同。久別乍逢休錯過，多情珍重一宵中。

瀕雲水接月如梭，脈脈盈盈可若何。誰道銀河深不極，妾愁深較倍銀河。

福壽圖九詠代九邑令公壽鮑瞻魯開府

春滿羅浮四百峯，霞光長護玉芙蓉。壽星福曜中天麗，仙籍重標兩鮑公。晉鮑公靚爲南海太守，得道羅浮。

鳳曆初開淑氣新，昌期五百岳生申。十城共效華封祝，福壽如天萬井春。

百全福壽正無涯，散作鵞城萬樹花。放鴿階前何所獻，一杯豐水九光霞。

紫氣嶙峋鱷渚邊，況逢梅柳正爭妍。延禧駢祉春長在，壽似岡陵福似川。

壽從海屋更添籌，百福駢繁錫禹疇。曾是玉皇香案吏，分城聊作汎蓮遊。

飆輪羽駕擁雲璈，不數當年度索桃。福壽筵中歌一曲，天南春暖鶴飛高。

黄山練水毓精靈，勳業當朝滿鼎銘。最羨象賢名相國，天申福壽自千齡。

春王八日集羣仙，南極星明傍紫璇。百福已全仍百壽，一尊齊祝鶴峯前。

中和樂職樂難支，雲錦同裁百壽詩。八洞仙真齊拜手，玉書今已下瑤池。

題灑仙子五雲雙舃圖

有客空山坐翠微，長安回首思依依。年來遠道多矰繳，爲語雙鳧莫浪飛。
浮雲何事莽爭徂，白日于今不可呼。共說寒鴉能帶色，應憐天外有雙鳧。
遲日春雲覆玉墀，飛鳴爭滿上林枝。朝天縱有雙雙影，萬里君門總不知。

李晉衷廣文北上春官以詩見別用來韻卻贈

片帆秋色尉佗鄉，破浪驚看萬里航。到日長安花似錦，春風應逐馬蹄忙。
攜得青氈換玉鞭，日烘香陌杏花然。看花正喜春光醉，莫忘侯芭載酒年。

題戴文進鶯囀魚遊圖

蒲芽初茁柳絲長，蕩漾春波照海棠。怪底魚兒皆出聽，枝頭日暖奏鶯簧。
荒林野水縱春寒，出谷潛淵處處安。莫道上林春色好，須防香餌與金丸。

題無名氏金碧山水

萬仞巑岏浸碧湍，掤罾賭墅對江干。撅頭船子茅亭客，到底機心總一般。
山靜晝長棋一枰，忽聞隔岸賣魚聲。祇須沽酒從漁父，莫問枰中絀與贏。

題唐伯虎寒山清曉圖即用其韻

涼色溪邊摧萬木，晴嵐樹杪接層霄。開簾自覺煙霞滿，不用扶藜過石橋。
青山自是棲黄髮，白日虚傳步赤霄。老我數椽秋色裏，便同高宴會虹橋。

題錢叔寶上方春景圖

上方名刹石湖東，寶馬蘭橈處處逢。曲磴千盤雲不鎖，春光應在最高峯。
當年吏隱日徜徉，慣逐春風到上方。岸柳溪桃應記憶，可能夢裡覓劉郎。

題唐伯虎夜雨重泉圖

四處春雷起蟄龍，羣山萬壑玉淙淙。飛泉一夜添千斛，總爲煙鬟洗秀容。
山南山北雨翻盤，聒耳泉聲白晝寒。欲向空林較晴雨，扶藜須對晚霞看。

題錢叔寶秋瀑圖

天紳百尺掛瑤岑，有客閒攜綠綺琴。暫向橋邊同諦聽，不須重按越溪吟。
絕棧懸崖水激車，白雲深處有人家。登樓最喜微霜度，染得楓林一樹花。

題周東邨山水

獨鶴不舞琴不彈，階前童子借書還。亭幽晝永添香篆，麈尾閒攜步曲欄。

碧梧影落碧溪潯，峭壁當亭翠欲淋。閒卻絲桐有何事，高山流水本希音。

題宋初陽松窗讀易圖

茅簷竹壁護松樞，獨手韋編老自娱。悟到先天無一畫，爲銷長日故伊吾。

層巒複嶂倚天開，箇箇長松手自栽。掩卷呼童忙掃徑，問奇佳客過橋來。

題倪雲林�石喬柯圖倪有詩其上即用其韻

老碧疏松共歲寒，幽懷惟向此君寬。蕭蕭數筆倪元鎮，幻出林巒秀可餐。

山空木落白雲寒，咫尺溪山萬里寬。爲憶雲林清閟閣，煙霞滿紙正堪餐。

題王孟端墨竹用韻

風流儒雅帝王珍，墨妙千秋好共論。可惜一枝纔半副，鳳毛麟角總堪存。孟端待詔秘殿，恩賚殊渥。

題文休承折枝梅花圖

東皇着意散瓊瑤，管領陽和爾獨饒。誰折一枝傳老筆，卻勾春色滿冰綃。

檀心玉質雪精神，桃李爭妍總後塵。月下香魂留半影，已知絕代有佳人。

題周之冕牡丹雙雉圖

綺石崚嶒玉露漙，名花擎出五雲團。爲尋牧犢援琴處，免得三郎帶笑看。

彊彊須避艾如張，見妬都因錦作襠。莫逐驍媒爭麥壟，且呼伏雉傍花王。

題張元春秋山策蹇圖

數椽高傍碧崔巍，萬疊矗雲一徑開。亂石溪邊人策蹇，不知何處看山回。

臨流老樹影交加，曲磴穿林日欲斜。卻喜健蹄歸路熟，洞門猶未鎖煙霞。

題董玄宰見贈九嶽長青圖

遙聞十嶽鎮齊州，結髮曾期汗漫遊。卻笑白頭猶未到，竄身惟在一羅浮。

披圖何事首重搔，爲憶名山入夢勞。萬仞芙蓉青九點，年來紫氣爲誰高。

婚嫁猶羈愧向禽，室中惟鼓少文琴。眾山已覺能相應，何必遊蹤再討尋。

當年遊興最飛騫，杖底煙靄已飽餐。一壑一丘堪自老，于今九嶽即西園。

題錢叔寶歸漁圖

湖光滉漾岸縈迴，隔岸歸漁笑語來。若得織梭休掛壁，恐令白日走風雷。

漁家茅舍柳陰濃，橋影雙雙一鏡中。人已收罾□拽網，想應忙趁鯉魚風。

題唐伯虎山水

地僻秋涼客到稀，僧雛何事帚頻揮。庭空可是雲常滿，恐傍蒲團凍不飛。

野寺危橋鎖碧湍，岑樓僧定白雲寒。三時禮拜三時掃，莫遣塵根惹講壇。

題居士貞倣倪雲林小景用士貞及文休承韻

流雲絕壁逗微風，萬頃煙光淡欲空。不爲扁舟尋范蠡，生涯原在釣車中。用居韻

市塵烜赫高千丈，煙水蒼茫自一區。心地總輸孤棹客，清涼不用六壬符。用文韻

題楊不棄倣倪雲林山水

南宮米顛不復作，此去倪顛能幾何。我亦有時弄顛筆，不知顛處較誰多。

我謂楊君能芾瓚，君言張史勝陰何。老我一生猶見少，如君百輩不爲多。

題謝槫仙泉石餘清圖

雲根礧砢水鏗鎗，曾與煙霞共結盟。一段秋光渾沁骨，滄浪何必濯塵纓。

寒雲冉冉抱幽姿，滿壑琮琤韻更奇。礪齒前來還洗耳，出山須記在山時。

題沈啟南雄鷄圖

野菊初開秋色鮮，窗間作語已堪憐。于今何事噤無語，總爲幽人好午眠。

題沈啟南問寢圖

莪蒿露結葉初乾，白首萊衣歲若干。此日開圖空掩泣，終天無復夢魂安。

□滴黄壚血未乾，洗牏猶憶跪江干。誰憐文隱□□□，滿樹棲烏不敢安。

丁巳三月十一日乘漲過鴻華庵偶成六絶題壁

夢入鴻華已數年，纔來半日即廻船。蔡純死後馬生老，怪底張奴不悦禪。

半幅蒲帆一刹那，爲乘新漲始經過。登樓囑付降魔杵，莫逐詩魔與酒魔。

我頭不剃剃心花，六十年來只在家。善眼仙人如問我，今年今日到鴻華。

狂濤嚙斷綠榕堤，水没横橋草欲迷。我是辟蛇新行者，前林鳩鳥不須啼。

柴桑久矣攢眉去，康樂猶然合掌來。堤斷岸崩沙噴雪，曇花休鬬浪花開。

人人盡醉聲聞酒，日日爭焚解脱香。爲問鴻華老庵主，可曾相識轉輪王。

題宋石門山水

宋旭，字初陽。吳興人。姓名不出里門。余往來吳越間，以繪事納交者最衆，而最晚乃得初陽。松窗讀易圖，則初陽甲午筆也，時年已七十矣。初陽慧根，不失爲戴錢塘；而習氣究竟，亦堪作沈周。兩廡一時吳兒以畫名家者，恐皆不能望其腳板。壬子，吳興友人吳允兆以此幀見寄。不知初陽尚在人間否，而此圖去讀易圖已十年，而點染才情，不以衰暮少拙。吳兒惟文待詔徵仲晚年，始能賈此餘勇。故足藏耳。允兆名夢陽，號北海。老於太學生，以文筆爲江南領袖。富於收藏，名賞鑑家。與余爲布衣交最歡。千古交情，故自不淺。而千里雙魚，止此一幀。豈以西園公別來情況，自當於坐石看山，孤琴雙杖，間寄其寤寐耶？

偶爾展玩，欣然有得，意固不在畫也，故以詩識其上方。

看山坐石閒揮麈，結伴穿林復抱琴。珍重故人千里意，卻從天外覓知音。

五石匏告成用玄真子韻志喜

萬頃煙波一葉飛，春江新漲荻苗肥。風滿笠，露盈衣，桃花深處問津歸。

披簑卻笑子陵裘，鼓枻誰同范蠡舟。休截浪，莫從流，不須歡喜不須憂。

綠水青山白髮翁，山南山北水西東。兩枝槳，半帆風，人間何必泣途窮。

園公何事笑聲歡，睡飽纔醒飯飽餐。魚又上，網初乾，舟入寒潭不怕寒。

澄江如練月華圓，楓葉蘆花岸岸連。纔得酒，便開船，遨游今正挾飛仙。（以上西園存稿卷一二）

全粵詩卷四三七

張萱　一二

題沈啟南小幅山水

余藏沈啟南真蹟多矣，皆長縑巨幅。日來吳兒，亦饒爲之。此狹小牋，重巖複嶂，曲磴飛流，令人應接不暇。故知啟南胸中丘壑不乏，而林木蕭疏，殊有天高氣清之致。每一展玩，晴翠襲人襟裾，真啟南平生無兩筆也。余故韻其詩而珍藏之。

野情自密世情疏，萬壑千崖一草廬。永日小樓坐秋色，奇人相對讀奇書。
柴門秋浄樹陰疏，肅肅宵征造友廬。共向深山無別計，晤言惟有數行書。

讀兩侑丈人說及見和鴻華庵詩卻贈

不燒鉛汞不參禪，說到雙修便樂天。丈人闇名。七十耆齡今又八，肉身菩薩地行仙。

君是詩禪我酒禪，莫論成佛與生天。四時詩酒四時共，卻被人呼兩個仙。

題吳仲圭墨竹

梅花道人何太奇，墨戲往往秋淋漓。成竹胸中已十丈，蕭蕭只寫兩三枝。
根蟠頑碧影捎雲，一日誰能少此君。半幅鵞溪數竿玉，好將秋色笑平分。
誰寫瀟湘一段秋，卻疑坡老學湖州。欲知此物能醫俗，好問當年王子猷。

題王孟端枯木竹石用韻

亭亭老幹伴新筠，鐵屈槎枒石抱根。但得歲寒長晤對，何須春色到柴門。

離支社題壁

紅雲堆裡水晶丸，仙液填囊沁齒寒。我愛杜陵能解事，人前不肯說甜酸。
石蜜蒲萄莫浪爭，側生蹤跡本孤生。從它上國無知己，卻免紅塵觸熱行。
陳紫方紅次第嘗，蔡公偏愛宋公香。老人不識甜酸味，多少新人□□娘。
園公種樹老堪憐，瞥見星苞樹樹懸。爲報忠州呆太守，白頭得喫已三年。

香玉洞題壁

世人皆解愛梅花，我愛梅花卻當家。種向窗前伴孤枕，爲勾霜月影窗紗。

官閣不逢何水部，羅浮錯遇趙師雄。欲隨姑射仙人住，卻在冰壺濯魄中。
南枝纔放一枝新，有客簷前笑幾巡。爲語園丁休浪折，年來不寄隴頭人。
湘纍雜佩正葳蕤，何事梅花獨見遺。可是行吟太憔悴，熱中不與冷香宜。

五月十四日即事

山林自有山林伴，冠蓋還同冠蓋心。久已山林避冠蓋，何煩冠蓋絶山林。

題馬文璧秋林晚眺圖

蕭疏古木兩三株，剩水殘山自一區。閒卻茅亭留落日，不知秋色惱人無。

從白水礤過訪浴日主人不遇詩以懷之

田翁釋耒笑相迎，四十年前識姓名。報我主人忙浴日，爲君遊屐作新晴。四十年前，曾過山房一宿。
野鑪新炊雲子香，村前村後半登場。諸孫亦識原田好，笑向翁前羨渭陽。
巨浸連天一葉舟，兒孫扶侍鏡中遊。歸帆似載山陰雪，不是當年王子猷。白水礤，在浴日山房之左。飛瀑如雪陣，余題之曰戰雪。

寫墨竹壽内弟車柏臺五十有一并贈以詩

瀟湘秋色兩三枝，寫向華堂照壽卮。卻羨主人纔半百，雄名何必減車騎。

邯鄲道上憶交親，四十年來復幾人。我已白頭君綠鬢，相逢莫惜醉千巡。

望小桃源懷韓寅仲詩以勸駕

桃源驚說是比鄰，欲借慈航試問津。隔浦漁郎卻搖手，主人不是避秦人。
雙林東望有幽棲，苦竹叢中謝豹啼。可是主人曾問世，不言桃李已成蹊。

鴻華庵望水有感

福田爭說在修橋，附郭良疇水盡漂。歲歲老農曾頂禮，慈悲何以救青苗。
鼈裙鴨腳付東流，野老橋邊哭未休。從此伊蒲無一物，直將忍水灌比丘。

胡虞卿以素卷來索拙書有蘇書換羊之戲遂書近作還之亦得戲語二十八字恐羊肉不可換止堪換

天妃廟畔茅柴一壺耳

窗明几浄墨花開，曾戰山陰筆陣來。多謝瘦羊賢博士，卻將羊肉數斤回。

哭朱季美

生前自負魯朱家，客刺嘗聞載一車。昔日虹岡金石友，相逢能否問西華。
臨池我愛黎瑤石，焚研曾憐鄧玉庵。君去好尋林太史，鶩經鶻帖更須參。

徹骨風流刺骨貧，浪遊生計倦遊身。與君同歲不同老，俱是人間失路人。

交情莫向五羊論，聚散惟知冷與暄。紫霧舊廬雙白板，想應題作翟公門。

爲歐嘉可題溪山積雪圖

玄冥使者太癡頑，戲觸天孫碎珮環。散入墨池作滕六，霏霏幻出玉溪山。

萬斛瓊瑤撲地飛，剡溪孤棹未應歸。不知招隱緣何事，我愛袁安獨掩扉。

過小桃源用前韻戲贈主人

桃花深處逈無鄰，曾許漁郎再問津。溪雨亦知園主意，卻從花底拒遊人。

陰陰夏木傍禪棲，何處提壺向客啼。門榜傳言休見面，茂華不用掃花蹊。

己未人日有感

宿雨初收日正晞，迎暄花氣滿春衣。饒它巧作薰天餅，不及園公菜甲肥。

蓂砌晴開七葉春，宜人春色一番新。若教剪綵爲人勝，莫像新人像舊人。

題枯木竹石圖

飽餐霜雪古冥靈，短篠蕭疏鳳刷翎。共抱皴雲一拳玉，閒來長對草玄亭。

題翻馬圖

洼水驚看龍種躍，卻惜人間無伯樂。長嘶驤首啼掀天，奚官且莫輕籠絡。

月影三章

歌慵舞懶更粧殘，抱得琵琶莫浪彈。卻笑才人嫁廝卒，不如圖裏影常單。

幽期空爇博山爐，誰道人間有丈夫。自惜個中些子事，問郎能入畫圖無。

圖成疑是卓文君，一段琴心幾處聞。但使妾身長似月，不妨圓缺兩平分。

寫枯木竹石圖用來韻答謝朱元价宗伯并識以詩

鹿豕木石皆可與，徑絕雲深不知處。數拳老碧數枝秋，一枕千山謝塵侶。

美人遙在五雲端，梁月長懸夢裡觀。遙持一幅蕭疏意，共向天涯結歲寒。

寫山水送李伯開

岧嶢絕巘倚天開，萬斛秋光照碧苔。有客茅亭閒抱膝，隔溪童子借琴回。

余士翹博士之任北流以詩見貽用來韻卻答

遙憶趨庭八桂年，君行今贈敬亭氊。骨高莫笑廣文馬，瓶罄誰貽司業錢。北流，先司徒故治鄰壤。

出門春色正無涯，鬱水湘山春更賒。問字爭傳門有雪，佐饔應喜粥無砂。郭林宗事。

癸亥榕溪燈夕謠

金銀宮闕滿人間，移得蓬萊第一山。爲憶漢宮祠太乙，不知徐福幾時還。

天飛不用駕風雷，吐燄迸光舞幾回。可是照天無蠟燭，六龍今放燭龍來。

誰楦一角舞狂且，古語有麒麟楦，剌負乘也。不向人間吐玉書。滿腹光芒緣底事，空留餘燼委枯渠。

睊睊作慝滿郊圻，帝遠官多總不知。『山高皇帝遠，民少相公多。』元至正間括蒼民謠。虎兕于今皆出柙，祇應夜夜舞狻猊。

麒麟舞罷舞神羊，鉦鼓無端鬧幾場。今日神羊非昔日，奸邪不觸觸忠良。

一歲常勾五歲逋，十錢完得一錢無。欲呼共醉觀燈去，苦乏餘錢過酒罏。

閉戶移燈拂凍蠅，寒雲霴靆月鬅鬙。更憐賣犢蚩蚩者，止買戈鋋不買燈。

萬井蕭條簇冷煙，欲將燈火卜今年。龍淙蛾綠魚文縷，滿市高懸不值錢。

烘堂繞坐滿兒孫，膝下燈前酒一尊。共願金吾嚴禁夜，石壕不復夜敲門。

莫開華宴莫徵歌，䰗卜空傳吉語多。九炁相憐如賜福，九炁天官以正月十五日賜福人間。且饒今夕免催科。

觀燈慎莫近官家，翼虎咆哮盡押衙。見說火符連夜發，蛄螻無地穴黃沙。

杖藜不復渡星橋，一室如冰倍泬寥。有酒有詩思老友，無燈無月度元宵。

人日同人韓叔捷參知以詩見貽用來韻卻答

兒童且莫賣呆癡，我愛呆癡汝不知。但願明朝新勝舊，休論昨日是耶非。癡、知，四支，非五微。來韻通用，故通用和之。

元日

甲子重逢又七年，春光共買不須錢。我閒君健時相見，酒價何妨斗十千。

正月十五夜奉迎邑侯雨中觀燈雅集歲癸亥余嘗爲榕溪燈夕詞十二章今采民謠復爲甲子燈夕詞十六章撫今追昔喜可知也

去年此夕事堪悲，此夕今年樂不支。燈市縱横穿酒市，銅鞮歌滿習家池。

鬖𩯁連霄半不開，羅浮春色暗中回。新晴未得報鐘鼓，惟願君侯駕月來。

雨意雲情滿畫樓，蹣跚勃窣少年遊。亦知今夕娟娟影，不向尊前照白頭。

干旄孑孑駐衡門，撚粉熬稃飣木盆。幸有兒孫能執炙，不妨煙雨共開尊。時命兒輩下食。

深宵雨色尚溟濛，鵯鴿猶旋錦繡叢。侍飲難招青眼客，停驂惟問白頭翁。

煙火叢中帶雨歸，香塵不動馬如飛。莫教寶幰爭馳道，恐有奴鞭及主衣。見楊妃外傳。蓋戒心於歲首三之日。

今霄春色正無涯，何事冰輪不放華。共喜君侯布春澤，欲令時雨潤煙花。

燭龍星鳳簇騶虞，錦紱祥麟夾鷺車。可是神君新拊石，四靈率舞滿康衢。

躡雲攜月踏蛟冰，曾到丹霄第幾層。摘得九天星萬點，夜來散作萬家燈。

繡戶朱門夜不扃，南油西漆共熒熒。一城萬影渾如畫，不是燈光是福星。

兒童麪蠒祝靈辰，官位爭誇局局新。自信使君能賜福，不須重問紫姑神。

傳柑曾賜洞庭芳，遙憶甘香夢裡嘗。幸得右軍分二百，傳來卻染令公香。

星星一點乍高擎，巧劇皆從火裡生。惟有冷灰燃不得，勸君休笑附炎人。

街頭拍掌笑聲讙，線索由人態百般。永夜不須觀影戲，滿街白晝更堪觀。

家釀頻傾對使君，玉娥何事臥層雲。明宵縱說清光在，恐較今宵減一分。

花事方新樂事多，辰燈置酒且高歌。使君自是豐年玉，誰信明朝日耗磨。正月十六日，爲耗磨之辰。

夏日同諸君子汎榕溪與倚玉亭主人乞歌妓不至

冰兒錯比是紅兒，妬柳嗔花老轉癡。自笑白頭拈綵筆，爲它人作促粧詩。

用平年兄有小舟曰荷花片以詩索贈次來韻賦答

我亦曾乘太乙蓮，歸來錯問五湖船。因君卻欲凌波去，同伴靈龜葉上眠。

塵緣勅斷勿相牽，何必功成學計然。怪底莫愁不同載，紅粧已伴白頭仙。

玄真原是我前身，不問乘桴擊檝人。安得常移五石瓠，西園舟名。與君共結濯纓鄰。

詔板何煩下鵠頭，采芳已向水晶遊。一葉不防人負去，笑他爭說壑藏舟。

蘭橈不宿蓼花洲，莫擬山陰棹雪舟。歌罷採蓮龜作枕，夢中亦是鏡中遊。

誰傾北斗瀉銀河，不羨河中掛壁梭。貫月有槎今老懶，成都卜肆復誰過。

黑甜久已傲羲皇，副墨名山萬古藏。用平有□竊行於世。日日枕流非洗耳，疏慵應住水雲鄉。

歌姬玉蘭口號見贈亦用其韻即席答之

燕子樓前未閉關，白頭常伴白雲閒。若向五湖同一泛，西園亦是鹿門山。

老來春色卻相關，花事匆忙苦未閒。見說藁砧真解事，可曾山上又安山。

用前韻贈李文娥歌姬

無端老子出花關，轉入花叢便不閒。臥對玉蘭春夢起，陽臺又在一重山。

新花何意傍柴關，花底遊蜂莫放閒。欲問青蓮采石後，江邊可有望夫山。

又爲劉玉真黄文燕黄玉英三歌姬即席賦

雙槳何來載莫愁，尊前一曲月如鈎。但教黄閣迴青眼，莫遣紅裙笑白頭。
飛花片片各東西，狼藉同沾濁水泥。尚喜枝頭春意鬧，黄鶯啼罷鷓鴣啼。
千金一笑憶當年，擲果盈車數墜鞭。今日文園已消渴，當罏休問杖頭錢。

初秋寫山水寄林澹生道尊

蕭蕭秋色滿孱顔，萬斛煙光點染間。遥想真人在天際，應留玄賞問溪山。
清音小閣倚江皋，白首憑欄望獨勞。欲識煙霞真面目，殘山剩水試揮毫。

芳春節曉晴登百尺樓倣王叔明山水

撩人春色百花妍，盤礴登樓拂素牋。試向樓前尋粉本，驪峯榕水艷陽天。
戲驅老腕鬬春妍，樹色山光忽滿牋。興劇筆狂風日好，乍晴乍雨養花天。

辛未歲除馮無文客止園貽詩饋食余分杖頭錢餽之用來韻對使賦答

霧裡看花老病身，年來魚鳥轉相親。欲躡柴桑出門乞，授餐喜有食魚人。
懸毛兩目一閒身，性癖躭佳筆研親。室罄賣文聊餽歲，探囊分餉苦吟人。

還拙老人五日還泰和贈以葛袍題其袂而別之

廿年縞帶暫分攜，五日河橋贈絺綌。清風兩腋歌無斁，纏臂何須五色絲。

寫西園秋色圖寄張紹和

好音曾憶十年餘，琬琰新編獨起予。百尺樓頭寫秋色，木瓜聊以報瓊琚。
疏慵衰病老園公，芳訊頻來石戶翁。浄几明窗試遊戲，一幀數筆寄冥鴻。
輕嵐薄黛滿疏林，卻喜茅緉瞰碧潯。爲語屋梁明月夜，夢來須向此中尋。
蕭蕭晴色正堪憐，白首憑欄思杳然。欲問西園真面目，山容水態在鑾牋。

園居六十章

余園居二十餘年矣，僅得七言近體二十章，七言絕句二十五章。辛未冬十月五日，寅仲以春日園居錄見貽，爲詩凡六十章，洋洋灑灑，廻環諷誦。起予者，寅仲也。竊次來韻，凡兩晝夜，亦得六十章。中有一二韻出入者，亦因寅仲而次之。

閒階荒砌滿苔衣，晝永林空獨掩扉。爲語小厖休吠客，恐驚狎鳥各分飛。
萬朵芙蓉一抹煙，蒸雲釀雨逗前川。窗外老梅香綻玉，溪邊枯柳絮裝綿。
春色無端到薜蘿，主人慵病奈春何。門前無數娟娟竹，喜有王猷日日過。

村釀初香何處酤，青簾遥指隔重湖。自喜尋常無酒債，卻憐衰懶有詩逋。

長林春到未多時，閉戶留春莫惜遲。笑答孫孩問春信，且同小婦數花枝。

兩肩白髮老園公，飲犢林邊伴牧童。笑語去時花影外，笛聲歸處月明中。

今宵花信問明朝，幾處枝頭凍未銷。卻怪五更花底雨，吹風葉破一庭蕉。

莫問山禽與水禽，繞枝爭噪鏡中林。小園有鏡林。樓上主人舒一嘯，天風吹落鳳鸞音。

梧竹週遭短徑斜，平分春色不須加。喜我花前春似酒，笑他海上棗如瓜。

不向中逵問好仇，半生善草野蛩謀。亦知避世今無地，共説祈年已有秋。

燕瘖鶯噤蝶倦時，一分春色十分奇。眼前奇處人常共，説與人人總不知。

干旄孑孑數停車，絳韝傳呼爲借書。共縛牛腰尋老蠹，不知五色近何如。

長把綸竿卯水東，釣璜臺下笑非熊。鼠穴紛爭蝸角鬭，嘴邊烽火耳邊風。

鱖魚腹子蟹輸芒，蓼岸蘆汀晝正長。五石瓠園舟名中新釀熟，客來莫厭渴姚羌。

滄洲鎮上草茸茸，白水青塘春正同。柱杖褰裳無遠近，牧鷄人是白頭翁。茸，二冬。同、翁，一東。

半生已痼煙霞癖，一室長懸笠屐圖。濁酒獨斟常酩酊，殘編長對自伊吾。

屋樑明月不須懸，醉向花前枕石眠。欲付禪那還古德，且將項領讓時賢。

渴飲休尋洗耳泉，野歌何處唱原田。喜聞社日今朝是，笑趁鷄豚賽有年。

覓句常騎賈島驢，歸來擊壤向康衢。帝力如今春共滿，巍巍蕩蕩可名無。驢，六魚。衢、無，七虞。

樓頭欹枕對斜曛，疏懶三分病一分。睡起數杯澆磊磈，笑拈綵筆欲凌雲。

曾對青藜太乙精，路通金碧擷英靈。小婦年來知筆札，挑燈口授伏生經。精，八庚。靈，九青。

誰能咄咄坐書空，叢桂淹留十畝中。家徒壁立君休笑，萬軸牙籤可是窮。

樓臥元龍架蔚藍，小園有百尺樓。沆瀣爲漿日日酣。笑問粗豪湖海氣，如何鏡裡白鬖鬖。鬖，俗作毵。

竹外歌諠落日樵，山歸可是采芝謠。溪頭爭渡漁郎醉，翻卻魚筒更折橈。

雲開風定雨常移，雨我新畬及舊菑。老圃年來曾學稼，請聽布穀莫愆期。

榕溪新漲碧微茫，網集前灘鷺在梁。一曲可航還可揭，半篙堪濯亦堪湘。

披簑不用鹿爲裘，放鶴亭邊放鹿遊。好語羣麀且攸伏，食苹切勿近高秋。

九還不用化黃金，何必蒲團戲五禽。養生主在機心少，自信西園是灌陰。

較雨商晴不可憑，晴來雨過晚霞蒸。殢雨尊前花欲語，送晴簾外月生稜。

林邊一水水邊山，象嶺驪峯几席間。無數煙鬟新沐雨，似勾詩債向柴關。

老來生活在詩篇，卻被詩魔日繞纏。自哂躭佳由性癖，麴生何事又爭權。

驪龍頷下數珠呈，百尺樓對驪峯。影滿南窗妬月明。驚起園公呼小婦，笑聽童孺讀書聲。

花事平章亦太勞，蹙奴秃婢作蕭曹。洗竹澆花皆惰廢，沿溪戲水説□□。

白眼慵開恐見人，登場傀儡一時新。揶揄鬼子攔街笑，爲笑園公病又貧。

閉戶常繙玉局文，科頭袒背對晴曛。人嘲人解從人意，不學當年揚子雲。

匏葉誰歌數問津，朝來碕岸水痕新。蕭蕭舘畔蜻蜓舞，不避雙林把釣人。園有雙樹林。

地半黄壚半白沙，偏宜老圃瘦桑麻。夭桃穠李能粧點，亦向遊人共放花。

疏水爲園已廿年，每防波撼芮虞田。雙池蓄水魚千石，不學陶朱師計然。

插籬編槿莫稀疏，欲試園公種樹書。抱甕索綯聊度日，數椽高枕果吾廬。

生心無住是南能，落葉歸根掛葛藤。慧業有庵常罵祖，前身休擬德雲僧。

月明曾約老漁翁，爲伴玄真白浪中。龜枕網簾涼夢熟，洞庭春色豈無功。

幽棲用拙道常存，不向桃花再問源。春色滿園關得住，何須白晝掩柴門。

數將生計問春光，問得春光話更長。止恐北鄰□鵞鴨，且隨村社問牛羊。

花容爛熳鳥聲繁，剝啄何妨日到門。莫説門前雲出岫，商山原不在西園。

煙霞已痼斷塵緣，白首浮家范蠡船。濁酒一壺書一卷，桃花深處艷陽天。

白鶴洲前白鶴飛，在陰常和弄斜暉。冰壺門外雙雙舞，何日雲巢乳雪衣。

黃鳥緡蠻雨露柯，白羊點綴小兒坡。莫教窗蠹常潛蝸，且任墻涎共綴蝸。柯，五歌。蝸，六麻。

失不憂疑得不欣，端居一閣有清音。憑欄拄頰常遐矚，剩水殘山更會心。欣，十二文。心、音，十二侵。

一溝來自白雲泉，灌得荒畦已幾年。隔水園蔬半堪剪，更驅健犢墾城堧。

遮莫花神溷乃公，登樓夜夜問陰宗。密語林花須著意，樓頭昨夜月如弓。公、弓，一東。宗，二冬。

五□□□□郎，果腹何須適莽蒼。請向醉鄉留日月，少陵休宿贊公房。

不學於陵亦灌園，誅茅藩棘縛松門。桔槔掛壁無他事，且共鄰翁出負暄。

誰繫慈航雙樹堤，天公到此不投霓。爲園已種菩提果，極樂由來亦在西。

莫道家貧只舊醅，尊開更上一層臺。最喜捲簾閒野眺，羅浮爽氣自西來。

綠蘋紅蓼媚江天，誰扣空江月下舷。可是老漁歌濯足，園公詩思忽如泉。

月令驚看呂氏書，忙將蹤跡混樵漁。尚帶餘寒試春服，尋春須在九春初。

兒童拍掌報花開，小婦殘粧帶笑來。最愛山桃能照水，縠文風過錦瀠洄。

高臺木末攬晴霞，影帶歸鴉日欲斜。萬斛春情向何處，扶筇先到耦耕家。

松亭竹閣稍霑寥，厥草惟夭厥木喬。卒歲東皇長作主，園公不問玉衡杓。
已搆層樓上翠氛，鈞天廣樂幾回聞。四望江山如有待，一時鳥獸可同羣。

秋日園居口號六十章

余既次韓寅仲春日園居絕句六十章，皆平聲也。寅仲復以枝園志及自壽詩見貽。措大詩魔，復勃勃地。因拈上去入三聲，凡三晝夜，復賦得六十章。亦以西園唐突桃源，再呈寅仲。非敢拋磚引玉，第欲寅仲披沙揀金云爾。

徑荒客少門常楗，濯魄臺名臺前新月偃。桂叢深處足淹留，亭名。頓覺地偏心自遠。
行散榕堤逢鷸蚌，須問十三禪八棒。從今解脫莫相持，汝自修翎他短項。
冠山海鼇戴笠蟻，來扣柴扉何率爾。倒屣空林喜足音，如何面目都非是。
園林小有饒嘉卉，更喜猗猗歌有斐。秋深地僻堪避人，出門恐遇黎丘鬼。
溪頭洗藥逢靈囿，見語青雲已干呂。白頭遺老六朝人，浮家長作魚鰕侶。
□□□□□□□，□童牧豎婆娑舞。兒孫攜得社□□，笑付殘膏沃焦釜。
老圃終年勤四體，自喜今秋吾事濟。麴櫱能了樂難支，瓶中尚有長腰米。
晝涼攤飯尋黃嬭，牽衣迎笑呼郎罷。問誰能學八分書，甘分膝下先阿買。

松柏歲寒柯不改，芙蓉秋老花猶□。薦爽西風曳片雲，邀雲泚筆遥相待。
朅來林氣初凄緊，芳草平原雉求牝。日斜老圃荷鋤歸，更過前林採芝菌。
少女欲來飛磑蠓，窗前已覺林花動。懷橘亭中秋雨新，喜有前林黄熟桶。
西園自是墻東隱，驚看砑帽簪紅槿。舞向街頭更不休，笑破傍觀閒口吻。
散髮時驚松露浣，泥滿芒鞋月中澣。問儂何意好登臨，秋色撩人不暇懶。
秧馬不騎牛解轠，草黄日會秋原獮。老□此日足肥甘，雉羹鹿炙山豚臠。
□□方休還荷蓧，萬斛秋光飛木杪。牛羊夕下返□來，閒倚柴門數歸鳥。
小有園林秋不淺，曾徼白帝廻青眼。三徑未荒叢菊存，安得陶潛同授簡。
披裘曳杖歌西顥，宋玉悲秋空懆懆。長壽宫前遇老樵，伴我羅浮拾瑶草。
科頭閒倚長松坐，漁父攜魚尋白墮。相招一醉蓼花洲，對月同眠書畫舸。
墨瀋流香筆能飽，午夜撚鬚常至卯。盡將殘唾還前人，幸免少陵日廝炒。
終南山人毁蛛網，笑引落花拂簾幌。西風爲我惜餘香，飛向西園茵席上。
閉户據梧肘生柳，休煩鑽一能觀九。但令一日足千秋，何必千秋垂不朽。
一頃荳萁秋萬頃，莫言竹下行廚冷。療饑尚可宿舂糧，客來更有鳴牙餅。

途窮不用門題鳳，三益徑開無二仲。負瓢獨往亦□歸，曾否□人說春夢。
半生匿跡茅茨迴，藜藿腸中無肉酪。采采頃筐滿蕨薇，帶月歸來泥沒脛。
誰從山燒分蕭艾，問水休清沙石瀸。卻喜親人鳥與魚，時時索我形骸外。
衰老百罹無計避，廣平門戶真爲累。園公何事夢魂驚，夜半敲門石壕吏。
楓丹蘆白溪如錦，恰受航園舟名中人晝寢。停橈繫竹竹吹風，戛玉敲金常警枕。
荷鍤劉伶癡小瘥，一壺猶向柴車掛。酒泉已竭酒星低，醒眼留看閒世界。
風車雨隊花爲陣，滿地落紅何足恪。園丁已報竹平安，莫向芙蓉城問訊。
午雨滿園秋靄霸，薜荔可衣蘭可佩。天公有意茁此徒，一飯常兼三十菜。
杯中有物由天運，產在家人何必問。園公苦乏杖頭錢，取醉時賒裴姥醞。
玉板枯禪羹玉糝，掃花鋪作披香毯。鄰酤夜戶卻早關，老圃酒狂乘月撼。
幽懷無盡秋無限，不問人間旦復旦。一醉閒眠午夢醒，詩成可判秋光案。
五月已看新穀耀，農家愁歎官家笑。新征將及老園公，帶汗腰鐮刈蓬藋。
無數溪山供指點，登樓盤礴時揮染。峩峩洋洋筆底飛，米蘇見說皆焚研。
叢桂千株竹千个，檀欒影度幽香過。閒臨晉帖讀唐詩，此是園公老功課。

架竹導泉常向澗，新畦舊畹皆芻豢。誰云學圃是小人，老圃心香求一瓣。

華門圭竇繩樞舍，論世齋頭殘玉架。亦知身隱焉用文，舊業空憐墨爲稼。

市遠亦能供客饌，黄柑舊醖槐芽麪。入林投轄笑披帷，軟語相過須百遍。

芙蓉欲採秋江上，白鶴峯頭頻柱杖。汎月垂綸點翠洲，在豐湖。西園公即西湖長。

繞砌寒蛩啼月處，曉來點點沾泥絮。桄榔樹下玉嶙峋，一片古雲飛不去。

藥室茶寮玄寄靜，園之丹室也。松深竹密華胥境。草玄時有問奇人，下榻焚香繙内景。

冷香吹入羅浮夢，掛月凌風疏影動。飛雲忽送縞衣來，翡翠欲巢香玉洞。園之種梅處。

一壑一丘雲水窟，休誇蓬島金銀闕。墻内樓高可看山，欄邊池小偏留月。

朝閲岣嶁暮石鼓，客多問字常揮麈。書帶盈階翰墨林，藜光滿室圖書府。翰墨林、圖書府，皆園齋名。

雞羣一入羽毛鎩，爲歎德衰長抑噫。阿巢園閣名秋老復來嬉，園有鳳嬉閣。琅玕實滿清涼界。舘名。

柿葉常書池水黑，策勳載在中山國。玄香異氣結樓臺，爲愛鵞羣書道德。王右軍書黄庭經換鵞。一云書道德經，一云黄庭、道德，皆兩書之，皆換鵞也。

流火前宵何太驟，東籬漸覺秋先漏。年來宋玉不悲秋，莫遣黄花比人瘦。

溪邊一室纔容膝，泥飲高陽嘗滿室。園公亦是叔明家，爲報徂徠逸有七。園有七逸臺。

菜花猶自飛蝴蝶，田畯相招攜野饁。莎鷄在野夜何其，井上梧桐飄一葉。
茫茫何處秋先到，飲露嘶風爭報道。領畧秋光不在言，好聽園公休更噪。
燈前搔背因捫蝨，小婦持杯澆綵筆。伴月飛來何處秋，多情獨奏湘靈瑟。
旱龍爭躍鞭雲雨，千戶侯封何足慕。蕭蕭一舘青瑤流，欲覓梁園枚乘賦。
梭擲流年歌踏踏，爲笑池蛙長閣閣。一枝分得萬山秋，更笑南飛繞三匝。
落花莫惜西風掃，春色何如秋色好。請看江上小堂秋，風雲日日堪娛老。
昨夜風來破茅屋，尚留殘暑蒸林麓。榕溪午浴詠而歸，試授秋衣換春服。
豐草長林堪偃息，風雩門在檀園側。園公不是素餐人，鏡天閣上歌縣特。
太平橋上觀魚者，曲防不欲從流下。鳴榔卻擬八節灘，桃花源有香山社。
西園自是神仙宅，勝侶名流時輟軛。園公襬襶日追隨，珍重到門題鳳客。

侯令博羅獲上信下兩年如一日矣公門桃李藥籠參苓四境無棄物者獨知之契物外之交惟萱一人實徼福焉一旦惠賜表廬曰聖世人龍何物老圃能無愧色而侯過情之譽有加無已復不惜絲毫更題嘯傲煙霞一榜永光衡泌且貺以珠玉不一而足謂爲老圃真面目以傳老圃之神豈抱甕荷鋤者亦有葑菲可采乎九頓拜嘉即懸於百尺樓頭喜而欲狂步侯來韻勉短賦謝珠玉在前不辭形穢

吾衰不復夢周公，一枕空高五嶺東。誰唱銅鞮驚午睡，習家池畔候花驄。
殘山剩水白雲居，敢謂曾焚學士魚。探奇忽駐夷門駕，問字同繙寶櫝書。
巡行阡陌尋荒墅，爲問桑麻時軟語。呴雉皆隨竹下車，燃犀共照林邊渚。
依劉一日足千秋，欲向琴堂乞一籌。非是澹臺下山徑，年來已逐赤松遊。
頑仙住世本癡獃，宿業迷深宿命乖。入林自喜狎麋鹿，當道于今絕虎豺。

壽表姪謝文石時文石遊端州

壽星高處紫雲函，浮碇靈鍾自不凡。文石如今即安石，東山不臥臥星巖。
絳帳高懸端水湄，筆耕舌耨樂難支。人中眉壽天中節，長命何須五色絲。（以上西園存稿卷一三）

全粵詩卷四三八

張萱一三

舟行懷友人李明宇集杜句

水宿仍餘照，橋憐再渡時。星垂平野濶，天遠暮江遲。不見李生久，兼摧宋玉悲。何時杯重把，排悶強裁詩。

乙未落第南還夜泊潞河夢中集唐句及覺止憶記首二句因續成之

在世誰非客，李端。吾生半異鄉。曹唐。男兒行處是，杜甫。歲月坐中忘。崔洞。海日生殘夜，王灣。天河落曉霜。李白。相看指楊柳，李季蘭。憔悴不成行。王建。

江行有感集杜句

山腰官閣迥添愁，背日丹楓萬木稠。渭水泰山得見否，朔雲寒菊倍離憂。忽驚屋裏琴書冷，遠害朝看麋鹿遊。乘興杳然迷出處，空江颯颯亂帆秋。

立秋日懷潘子遷集唐句

客省蕭條柿葉紅，皮日休。每驚時節恨飄蓬。來鵬。兩竿落日溪橋上，杜牧。一郡荊榛寒雨中。韋應物。潘賦登山魂易斷，王初。□□□□□□□。□□□。□□忽□西□淚，□□。何事吹簫向碧空。王維。

十禽言

禽言爲詩，古人多相模倣，皆寓言也。己未，小園初春久雨，林木陰蘙，百鳥卷舌。一旦開朗，彼此爭啼。間審其音，有自呼其名，爲古人所嘗詠者，得十禽焉。鳥固弄春，余亦弄筆，讀者毋謂園公饒舌。其詞微，其指遠也。

郭公郭婆，郭公郭婆，爲樂孔多。其樂伊何，以犂以鋤。種豆得豆，種禾得禾。有錢即沽酒，有酒即高歌。我知其一，不知其他。

脫破袴，脫破袴，去年袴破今年做。音佐。今年有穀須勤布，勤布穀兮田家苦。官人有鞭不用蒲，催租之吏猛如虎。吁嗟乎，猛虎相逢猶自可，城中宦門不可過。

蠶絲一百箔，蠶絲一百箔。桑葉黄兮桑子落，暮暮朝朝空力作。刺繡何如倚市門，由來蠶婦衣裳薄。一名力作。

姑惡姑惡，問姑何事惡。不恨父母嫁我貧，但恨丈夫娶我錯。東鄰婦賢姑亦良，婦家原是□□□。□都好，都好莫問媸與妍，不知白與皂。從人呼馬復呼牛，任君恩報與仇報。多計較，多煩惱，人易老，青銅鏡子須常照。從今只放肚皮寬，逢人且道聲聲好。

麥飯熟，麥飯熟。剝啄不到門，襏襫不出屋，私債已完官租足。常掉臂，常鼓腹。快活三，麥飯熟。此鳥名快活三。

行不得哥哥，行不得哥哥。荊棘滿山豺虎多，天寒日暗雨滂沱。馬瘏軸折君奈何，君奈何。何處去，請去山頭聽杜宇。

泥滑滑，泥滑滑。前人摧輈，後人脂轄。問君胡爲乎泥中，高材捷足欲追風。世間無術可縮地，安得無脛走千里。我今裹足不出門，門前莫問濕與乾。

提胡蘆，提胡蘆。東家有錢不沽酒，西家有酒無錢沽。但願長得醉，莫問錢有無。人命如朝霜，黄泉無酒罏。破除萬事無過酒，此物祇應長在手。

蘄州鬼，蘄州鬼，不畏爾力畏爾嘴。梟獍蛇蝎虎與狼，塗豕廁鼠糞蜣蜋。投之有北北不受，安得五丁拔其舌，抽其腸。烏不啜爾血，犬不食爾肉。上帝欲爲人作福，蘄州鬼入阿鼻獄。

正月二十日里中皆以桃枝插門貴賤童稚亦皆以桃葉爲佩曰禁鬼也西園公鼓掌人與鬼何辯鬼不害人禁之何爲夫害人者人而鬼耳庸可禁耶時街頭有青衣桃葉者歌莫禁鬼鬼聞而大笑之亦歌先禁人以答之西園公聞而併録焉

莫禁鬼四章

莫禁鬼，鬼去鬼還來，人間半是鬼投胎。休怪鬼奴來作炒，汝家先自鬼門開。

莫禁鬼，禁鬼鬼便多，總是人魔非鬼魔。汝若作讀爲做人不作鬼，鬼兮鬼兮奈汝何。

莫禁鬼，鬼與人相熟，可惜朱符與黄籙。饒汝千重鐵作門。惟有高明方瞰屋。

莫禁鬼，人比鬼更惡，喚汝作同前讀人真是錯。鬼言鬼行鬼心腸，到底還輸鬼一着。

先禁人四章

先禁人，鬼知人不知，非狂非病非愚癡。黑夜我來方是鬼，爾爲白日鬼蹺蹊。

先禁人，禁人難禁心，畢方魃蜮盡人形。壬子壬寅何日是，空教阿旁費追尋。

先禁人，卻道人難禁，形影已逃神禹鼎。鴟鴞梟獍□□□，阿鼻獄中難拷竟。

先禁人，□人能禁縛，離裏附毛膚共剝。請看鬼穴□□□，□穴何嘗相抵觸。（以上西園存稿卷一四）

文昌閣懷楊復所

派別支分自古今，盱江源本可追尋。浮雲靉靆隨高下，流水瀠洄認淺深。丹陛便堪長捧日，蒼生何必別爲霖。六橋月上光千頃，一幅瀟湘見此心。（明郭棐、清陳蘭芝嶺海名勝記卷一一）

永福寺在西湖邊

湖頭雨過樹如薺，落日祇林一杖藜。漁唱半歸孤嶼外，鐘聲已過斷橋西。浮生始覺迷初地，往事誰堪問舊題。尚喜中天臺百尺，可容元度獨攀躋。

朝雲墓

只埋紅粉不埋名，千載瑤姬愴客情。念盡金剛隨逝水，豐湖吞咽未曾平。（以上明郭棐、清陳蘭芝嶺海名勝記卷一一）

（呂永光整理）

全粵詩卷四三九

盧龍雲

盧龍雲，字少從，號起溟。南海人。幼穎悟，明神宗萬曆四年（一五七六）舉人，十一年（一五八三）進士。授馬平知縣，補邯鄲令，復補長樂。創濬陳唐港圳抵海三千餘丈，疏導濱湖巖湖七十二洋總流。以性耿直，不能俯仰權要，遂左遷江右藩幕。直指馮聞其才名，聘往分考。尋轉南廷尉，晉戶部員外郎，出權揚州，陞貴州參議。著四留堂稿、尚論全編、易經補義、談詩類要。卒，祀鄉賢。清道光廣東通志卷二八二有傳，事又見清潘楳元編、譚瑩續編廣州鄉賢傳卷四。

盧龍雲詩，以明盧龍雲著四留堂稿，北京中國國家圖書館藏明神宗萬曆刊本爲底本。

盧龍雲一

長歌行

春風動百草，林卉各芳妍。秋霜入原野，零落難久鮮。人生百年内，倏若東逝川。紅顔等朝露，旦夕成棄捐。少壯不相待，老大空自憐。先民有遺歎，竹帛無所宣。烱戒事明淑，惜陰慕古賢。

美女篇

燕趙有佳人，羞作凡家婦。少心在深閨，步履不輕舉。十三學畫眉，十五工織組。綠鬢整新粧，膏沐時爲理。荊玉鏤華簪，大秦珠作珥。木難間珊瑚，黄金飾翠羽。佩以青琅玕，羅袂翩翩舉。吐氣若蘭馨，未爲金屋貯。常恐群芳歇，緬然懷獨處。玉帛將充庭，聞者慕儔侶。秉尚實自殊，媒氏亦何苦。願以金石心，及時配君子。

古八變歌

涼風起夕吹，白露浥寒霏。朔鴈來天北，越燕辭南歸。蟋蟀鳴四壁，熠燿照我帷。桐葉滿空井，百卉亦具腓。關河千里外，遊子暮何之。

門有車馬客爲郭學憲作

涼飆集庭樹，炎暉撤廣陌。撫景嘆合并，暮類翻離索。念無心所知，可與陳肝膈。搔首步前除，忽來車馬客。年齒丈人行，儒雅文章伯。繾綣敘鄉園，酌酒相娛樂。俯仰聆高談，意氣感今昔。天子重才賢，求之徧草澤。出庭固有時，幸茲賢路闢。緊我萬里遊，謬忝金閨籍。萍水盡他鄉，緬焉懷所戚。促膝詎云疲，晤言可終夕。

怨歌行二首

膏沐徒爲理，長宵恨有餘。羅衣新染淚，明月怨離居。

買賦嗟何及，春風惹恨偏。樓頭看柳色，偷唱想夫憐。

前有尊酒行爲顔使君作

日永晷漸移，午睡夢方覺。抱膝百慮嬰，羈懷渺難託。感君自高誼，一見等夙昔。握手共殷勤，吐論本肝膈。儒雅亦吾師，笑談皆莫逆。晤言安可常，相酹屢促席。尊酒但復盈，客心胡不樂。人生貴適志，風塵徒役役。

從軍行二首

共賦從軍樂，西征未厭勞。長驅應卷席，殺氣薄云高。

士馬來何勁，鳴笳雜鼓聲。遠山千隊肅，鐵騎出龍城。

王明君二首

掩淚含情出漢宮，胡王見妾喜相逢。天留薄命教和虜，敢悔當時計未工。

馬上啼痕染別衣，琵琶有恨寸心違。妾身未怨丹青誤，只怪和戎事已非。

相逢行

長安狹斜路，軒蓋日追隨。突如流星轉，叱咤成風雷。拂劍平明去，垂鞭日暮迴。市人皆辟易，言從天上來。敝裘款段馬，平生寡所諧。虛薄乖時用，中道且徘徊。顧問何爲者，棲棲逐塵埃。揮手謝時貴，王孫只自哀。燕昭不可作，孰掃黃金臺。

邯鄲才人嫁爲廝養卒婦別邯鄲作

舍悲辭密親，零淚忽如雨。慚愧諸姊妹，各各有處所。賤妾獨何爲，吞聲謝儔侶。昔居繁盛時，今作卑微伍。俛首拜姑嫜，脈脈情難語。羅綺無復施，鉛華不用詡。引分各所宜，貞心徒自許。君王若問妾，妾心應自苦。掖庭佳麗多，故人安足數。

自君之出矣二首

自君之出矣，何地不堪愁。明月兩鄉照，霜寒更入樓。

自君之出矣，時序速如梭。雪里春將動，流光一歲過。

長安道

長安佳麗地，自昔帝王州。六衢通繡戶，九陌夾朱樓。名花嬌上苑，垂楊蔭御溝。寶馬如龍度，香車似水流。往來朝七貴，經過暮五侯。結束郊畿滿，歌舞狹斜留。赤日應難措，紅塵可自由。試看外州客，頻來易白頭。

出塞曲二首

天兵夜度遼，去家几千里。霜落塞草腓，朔風動地起。馳突羽林郎，召募良家子。弓刀各在腰，人人樂殊死。奮勇爭先登，所向應披靡。長歌早入關，誓將雪國恥。

邊城雪初下，都護遠從戎。長驅十萬衆，直赴青海東。并撫如霜劍，齊彎似月弓。兵威連殺氣，耿耿貫長虹。本爲懷恩苦，寧知歲月終。生平暮勛伐，麟閣待書功。

燕歌行

春風入戶燕初飛，柳色方舒花欲輝。紫陌游人催曉騎，翠樓小婦裁春衣。夫婿此時輕遠別，揮手魂銷心百結。吳刀出匣佩秋霜，宛馬連錢嘶汗血。行行卻道赴金河，杖策相看意氣多。三軍羽騎歡傳箭，六郡良家喜荷戈。去時嬌鳥鳴春早，此日凄風凋塞草。擬清瀚海博侯封，不怨玉關覊人老。隴頭孤月照連營，想見征夫夜勒兵。入夢似聞出塞曲，斷腸偏送搗衣聲。沙邊鳴雁翩翩起，日日思君几千里。歸來應及紀凌煙，丈夫有志報天子。

艷歌行

荆揚路迢遥，南金久寂寥。隱者混沙礫，用之等瓊瑶。洛陽發中使，黄金色自驕。披沙金始見，采擇不盈朝。韞之以桂櫝，馳上洛陽宫。見者莫不嘆，問金來何從。誰能鑄鎔此，同歸大冶中。珠玉繚繞之，翠羽問陸離。本是荆揚金，今作後庭輝。

蜀道難

蜀道難，五丁開。峻坂千盤度，沖波百丈迴。巫山劍閣高入雲，瞿塘灎澦奔如雷。石棧天梯鳥道出，飛湍掛瀑猿聲哀。蜀道難，不可攀，堪怪世人如走丸。每聞叱馭往，幾見廻馭還。王褒持節山間走，相如擁傳里中看。亦有君平百錢知自足，子雲寂寞一枝安。蜀道難，欲往從之阻且艱。令人壯志多摧殘，側身西望涕汍瀾。世路嶮巇皆若此，不似鴻飛冥冥厲羽翰。

長門怨二首

寂寞掩長門，幽思孰與論。亦知非妾妬，空自阻君恩。夜色流螢度，秋聲落木翻。啼痕沾舞袖，偏向篋中存。

抱鏡朱顔换，承恩憶往時。委榮傷舊葉，連理出新枝。明月心堪寄，秋風鬢易絲。游梁多賦客，或有長卿詞。

妾薄命

結髮事君子，所願永不移。君王況一顧，承恩上玉墀。得奉萬年觴，奚止共餔糜。人事有遷改，君心那可知。蛾眉忽見妬，塵鏡隱光儀。昔爲金屋貯，今作玉階悲。秋風掩團扇，明月鑒重帷。促織鳴四壁，珠簾罥網絲。深宮多樂事，妾自斷腸時。去矣勿復道，時哉待來茲。安得黃金百，重買長卿詞。君恩諒可續，慰妾長相思。

苦寒行

黯黯寒雲黑，雲寒不見月。天際多悲風，吹落雲中雪。雪花入戶來，寒威夜轉烈。牢落客襟單，展轉愁懷結。愁多苦夜長，耿耿待明發。旭日出東隅，開門掃積雪。素影流清輝，差可自怡悅。

君子行

君子防未然，世道險且艱。談笑有戈矛，平地生波瀾。衆言成市虎，三至惑大賢。燕石能混璧，野烏易爲鸞。誰云古達者，不畏嫌疑間。御寒以重裘，君其善自全。

烏生曲自長樂歸時作

烏生八九子，乃在大海旁。毛羽參差長，俱願凌穹蒼。相哺桂樹裏，豈虞繒繳傷。苦遭秦氏惡少年，彎弓挾彈睨其間。一發亂烏群，九子相驚看。各各戀其巢，安得離哉翻。啃爾少年輕薄子，烏自群飛何負汝！少年不暇思，反用相矜詡。昔我臂蒼鷹，共逐平原野。鳥飛不及瞬，尚得攫而食之。有時牽黄犬，馳鶩山間藪。兔奔不及穴，尚得獲而醢之。機用匪一朝，于烏竟何有。但明飛伏各自天，無須復歎前與後。

龍笛曲

嶰谷蕭蕭緑玉林，佳人截作夜龍吟，珠簾繡戶流清音。流清音，澈洞府。降列仙，宴王母。

鳳笙曲

高臺夾侍董雙成，玉管忝差學鳳鳴，叢霄吹下幾般聲。幾般聲，悦仙侶。奉天孫，邀月姊。

猛虎行

南山深林多虎穴，猛虎噬人時出没。嗟爾虎，胡不仁。騶虞之厚麟振振，爾獨胡爲甘食人。咆哮百獸盡辟易，山家閉門晏未出，往來射獵觀行跡。男兒欲作健，誓寢汝之皮。昔年白額今安在，除害終看飲羽時。

有所思

有所思，乃在大海旁。將何問遺君，明月更夜光。錦帶繚五絲，薰以瑞麟香。君心聞已變，焚之揚其灰。思君亦徒爾，覆水難重迴。恩情中道絕，日月有盈虧。長夜耿耿風凄凄，欲渡無梁當訴誰。

君黃馬

君馬黃，臣馬赤。二馬并逐臣馬力，驥不稱力稱其德。游子在天南，駕車馳馬，力盡傷我心。居人在天北，頓轡摧輪，遙望安終極。

懊儂歌四首

流蘇結合歡，繡被雙鴛鴦。郎去還何日，深閨夜自長。

出門送郎去，郎心不可住。南北易銷魂，獨倚相思樹。

大艑百幅帆，日暮宿江潯。二日已千里，安不懊儂心。

估客不知愁，但醉酒家樓。儂心隴下水，悲咽何時休。

將進酒 郊居作

將進酒，發浩歌。人生各有欲，隨分得天和。駟馬帶傾覆，憂患恒苦多。光陰總付忙里過，花月笑人當奈何，勸君但醉金叵羅。

鞠歌行

心擾擾，願難從，鹿蕉有夢到隍中。地清切，文似雄，吹嘘無力送河東。知交少，雜客傭，杵臼之閭枉賃舂。鷹犬疾，豢養豐，舉廷驚視彪儀同。相推轂，早爲容，至今惟羨鄭司農。

東光

山寨平，海舶何不平。大海煙波闊，巨艦鴻毛輕。乘潮任來往，漂泊轉縱橫。

雞鳴曲

雞鳴巷陌間，狗吠墟里側。刑章戢亂民，里巷方安席。天下當太平，往事空沾臆。誰家輕薄兒，昔居豪盛時。咤叱風雲變，意氣山嶽移。寶劍千金裝，鞍馬光陸離。五侯同盼睞，七貴或低眉。驅騁洛陽道，調笑酒家胡。出入常千騎，觀者塞道隅。入門張華燈，瓊漿白玉壺。小姝工趙瑟，大姝美秦竽。捧觴各上壽，願保千金軀。歡樂猶未已，迴飆一夕起。枯蓬離本根，零落從茲始。枝葉曾蔽虧，各逐東流水。何況四海人，兄弟能復邇。

東門行爲採珠者作

出東門，欲何之？丈夫志四海，安效轅下駒。而況室中無儲粟，體上無完衣。一解

仗劍出門去，不顧兒女悲。結客塲中多俠少，何事牽衣苦別離。二解

苦別離，寥落荆布婦，呱呱黄口兒。君慎自愛，戒勿爲非，國法明明誰敢欺。三解

君慎自愛，戒勿爲非，國法明明誰敢欺。何時當來歸，生還但願同餔糜。四解

白馬篇

白馬鐵連錢，長安俠少年。仗劍去乡邑，結客多才賢。名家推六郡，勇略冠三邊。從軍出隴右，應募赴河源。長驅時自負，直搗每爭先。勝筭孫吳後，英聲衛霍前。橫行絶沙漠，飛渡過祁連。旌旗搖漢月，笳鼓徹胡天。久期清瀚海，時欲勒燕然。旋師歌入塞，奏捷頌甘泉。豈慕山河賞，惟思竹帛傳。國恩誠欲報，出門謝所牽。丈夫志四海，豈私兒女憐。

短歌行

日月其逝，歲不我留。有酒盈觴，難以解憂。一解

憂心如焚，迭用悲懽。春花既隕，夏葉空存。二解

秋飙入林，木葉蕭森。寒蟬鳴樹，感物悲深。三解

容華易衰，盛時難再。今我不樂，忽焉改歲。四解

爲樂如何，有酒當歌。人之云遠，别日苦多。五解

嗟我懷人，心若懸旌。既見君子，鼓瑟吹笙。六解

兩頭纖纖

兩頭纖纖波上紋，半黑半白雨中雲。腷腷膊膊柝初聞，磊磊落落酒微醺。

青青河畔草

青青河畔草，迢迢京洛道。良人行未歸，道遠音信稀。長城萬餘里，日暮風沙起。遥望隔山川，沉憂曷能已。男兒志四方，賤妾久空房。功名及盛年，離合詎有常。客從北道旋，椷書喜爲傳。開椷細玩繹，慰我長相憶。功成當早還，安得久別離。

子夜四時歌八首

春

梅柳相將發，桃花色漸殷。園門終日閉，春意總相關。

霏霏陌上煙，漠漠林中雨。桐葉初滿枝，何時見梧子。

夏

晝長偏苦熱，涼生過雨時。屋角添蛛網，日暮更懸絲。

逃暑傍曲池，風送荷香入。倚檻兩三花，見蓮還未實。

秋

憑欄看木落，四壁鳴促織。天上幾七襄，猶恐未成匹。

日晚采蓮歸，輕舟入南浦。花里覓蓮房，可奈心中苦。

冬

別多會苦少，有懷當訴誰。似看燈下局，落落不堪棋。
凜凜北風寒，烏鵲樹間繞。展轉覺夜長，思君全不曉。

五雜組

五雜組，道邊樹。往復還，無定處。不獲已，老將至。

從軍行

男兒重游俠，辛苦遠從戎。生平論戰略，意氣慕邊功。結髮隨征騎，賭命博侯封。黑山雲作陣，青海月如弓。大小逾百戰，煙沙長被面。草隕際嚴霜，蓬斷追飛霰。往來幾踐更，正奇多合變。空返魯陽戈，未定天山箭。李廣自數奇，不及幽并兒。今年出上谷，明年別月氏。烽火三邊亂，輪轅九折危。畫角中宵起，清笳永夜悲。邊塵猶未滅，坐惜芳菲節。右地更屯兵，左賢方授鉞。平明候馬歸，薄暮輕車發。偏師時合圍，驍騎紛馳突。直搗赴金微，關山度若飛。縱横如未老，麟閣有光輝。

鼓吹入朝曲二首

朝廷尊北極，地位切中台。久虛調焚任，妙選贊襄才。使者紛相望，徵書蚤下來。簫鼓川原動，旌麾道路開。嘉會投魚水，歡聲徹草萊。嚴程思側席，翹首詠康哉。

海邦多豪彥，清時共奮庸。明良欣遇合，宏碩喜登崇。茅茹逢千載，葵心達九重。改服戒徒旅，銘勛待鼎鍾。精誠孚帝眷，渥澤起人窮。緬想曲江侶，雙飛羨最雄。

枯魚過河泣

枯魚過河泣，早不慎出入。寄書謝魴鯉，悔來那可及。

東飛伯勞歌

東飛伯勞西飛燕，秦樓楚榭紛相戀。誰家妖麗可傾城，朱唇皓齒發新聲。美酒十千羅綺食，駿馬香車恒絡繹。花貌年年三六餘，宝珥金鈿刺繡裾。一朝離別分南北，意態可憐懷抱惡。（以上四留堂稿卷一）

勵俗詩

緬想哲人，弗移于俗。履潔含貞，卓矣芳躅。慎修永思，不遠而復。視履考祥，前車戒覆。主善爲師，終始不渝。時懷靡及，敢玩細娛。毋荒毋怠，以步以趨。朝夕匪懈，動與道俱。如彼農畝，期于必獲。如彼梓材，豈徒樸斲。是蓑是藨，塗其丹雘。曾謂伊人，余反不若。不若惟何，玩愒孔多。光陰荏苒，歲月虛過。克念則聖，力豈殊科。中流一柱，實障頽波。

憫讒詩

彼蒼者天，照臨下土。人之訛言，莫克先睹。斷幹單縻，沉舟積羽。野鳥爲鸞，衆言成虎。朝比塤篪，暮若仇虜。風運鉛刀，雷鳴瓦釜。嗟彼譖人，德輶鮮舉。惟讒罔極，百行胥愆。卒混蒼素，莫辨媸妍。謂夷匪聖，謂蹠爲賢。措躬無地，防口若川。於余何罪，視履則旋。中心自悼，顧影私憐。悲因抱玉，愁將絕絃。惟天之命，不爽其應。始以跡睽，終于實勝。金石難渝，薑桂有性。彼昏不知，具曰予聖。此道其常，厥惟天定。禍福由人，堪以自鏡。君子聞言，靡惑于聽。

閒居二首有引

廿載塵遊，飄泊南北。既返吾廬，煩襟漸豁。

茫茫道路，何時可息。載馳載驅，不遑自逸。鳥倦知還，言返我室。左右圖書，長吟抱膝。

爰居爰處，葆我天和。銜杯授簡，其樂如何。駟馬高蓋，憂患孔多。人亦有言，對酒當歌。

述祖德八首有引

余藉先德，徼有寸祿。守拙難前，光裕爲歉。爰構初祠，意存聚族。欣睹落成，感而賦此。

於穆令祖，貽翼遠猷。啟我邦族，遡源分流。昭穆漸渺，敦敘難周。于以萃渙，廟貌惟修。
宋室方亂，各念爾家。卜宅來宇，在海之涯。施于孫子，代有國華。云誰荒度，其功孔嘉。
胡閏亂華，抗跡遺世。秉尚伊何，累仁積義。啟佑斯勤，引而勿替。濬發其祥，承休滋大。
明德方茂，南粵甫寧。實茲戎衛，尺籍是競。乃疆乃畝，定之宗盟。黽勉王事，保我後生。
五世其昌，逮我王父。克儉克勤，詩書烈祖。表正鄉閭，廻瀾砥柱。責報于天，如攜如取。
仁考紹之，守而勿失。忠厚傳家，數世如一。豈誤儒冠，龍章有秩。手澤恒存，敢忘嗣述。
嗟余小子，祇命親庭。繹思我祖，先志是承。爰有堂構，以妥先靈。以享以祀，明德斯馨。
戚戚兄弟，念祖攸行。令儀令德，孰敢不經。夙興夜寐，無忝所生。自求多福，罔墜家聲。

詠史六首

炎德方盛，恭修玄默。撫下以仁，民無不獲。感春之和，蠲租賜帛。誹謗既除，土木必惜。四海阜安，罔罹兵革。

繼體英誼，洞悉閭閻。賞罰必信，綜覈惟嚴。橫經論決，稱制時臨。循良增秩，慰我蒼黔。遠夷效順，海宇熙恬。

四七之際，煒矣中興。首釐冤獄，出繫省刑。日昃朝罷，復引談經。卻獻抑瑞，馳役緩征。寬仁及下，柔道致平。

日表龍姿，高出千古。玅選瀛洲，學舍千廡。減膳賑饑，卹民疾苦。諫比韋弦，虚懷罕伍。睿藻昭宣，經文緯武。

太平天子，日臨講幄。賜酺賦詩，與衆共樂。召對群材，激揚清濁。親録繫囚，懼刑之虐。罷獻五坊，汰侈還樸。

恭儉之君，四紀如一。延義邇英，大書無逸。好生緩刑，懼災修德。罷榷蠲逋，庫珠助糴。貪黷必防，罔私山澤。（以上四留堂稿卷二）

全粤詩卷四四〇

盧龍雲二

贈友人

丈夫志四海，安能自結束。顧盼生雄風，意氣恒相逐。短褐不完膚，薄糜不充腹。貧窮遇所安，吾性乃自足。閉户理典墳，古哲常在目。天地本爲徒，六合縱遐矚。鄉譽非所榮，獨行甘累俗。寂寞守揚玄，窮途異阮哭。鯤鵬時負風，瞬息杳雲陸。九萬脱榆枋，鷃雀詎同欲。

將適西粤早發蘆溝

自我辭霄漢，行行雪滿途。驅車出廣野，遲廻戀上都。初承天子命，新領郎官符。王事無寧處，嚴程敢後趨。五更霜氣肅，號寒憫僕夫。北風利如劍，堅冰正在鬚。凄涼向前語，京華貴俠徒。千金裘自美，日醉酒家胡。詎念窶人困，敝褐不完膚。方今宰百里，絮寒饑待哺。誰知窮簷下，一夫或向隅。聞者皆嘆息，邇言等訓謨。生平慕莘野，不獲信予辜。願無離苦狀，免繪鄭公圖。

除夕至淮上

去歲逢除夕，維舟冰滿湖。今歲逢除夕，驅車雨滿途。歷涉恒苦辛，寒暑代相徂。兩經淮水渡，悵念舊酒壚。昔我胡爲往，躡屩三上書。伏闕遭明主，承恩出帝都。道路紛相逐，敢比棄繻徒。自慚千萬里，銜命起憔枯。陳力亮不易，何以慰來蘇。

野泊二首

日暮且維舟，川原浩無極。宿鳥投深林，踈雲過絕壁。佇立暫彷徨，搔首空嘆息。昨朝辭簿領，今晨遠行役。王事敢云勞，俛仰懷今昔。

四野何蒼茫，客懷方未已。欲寢不成寐，徘徊攬衣起。推篷視衆星，燦燦臨江沚。蕭瑟西風來，吹入群芳裏。秋夜殊未央，所思在萬里。

壽梁丈人

達人負奇尚，幽居任所便。逍遥恣覽歷，偃仰息繁喧。眄彼神仙宅，遺名自葛仙。羨君居此土，要術得其傳。行年過六十，朱顏髮尚玄。涼風扇吟席，華月臨廣筵。稱觴迭起壽，從茲逮百年。山林所以貴，恬澹得自全。

出邯鄲西郭憫荒

驅車出城西，井里太蕭索。寥寥幾家村，俛仰但四壁。雞犬聲不聞，日晏未炊食。釜甑幾生塵，相視無顏色。烈日更流金，大風走沙石。豈無百畝寬，其奈千里赤。壯者行四方，老者守壥陌。孤婦抱兒號，將爲溝中瘠。我行一見之，涕下忽沾臆。何以待徵求，無用苦相迫。

秋懷二首

流景若川逝，秋飆忽復來。新涼襲戶牖，細雨洗煩埃。殘螢照閴寂，落葉舞庭階。覊人感物候，四顧鬱中懷。卑棲獨抱影，俛仰難自諧。何當乘風翼，汗漫遊八垓。

草木漸黃落，春華乃變衰。旅鴈先霜至，寒蛩傍砌悲。棲棲憐在遠，稅駕渺難期。紆懷何所託，飛蓬愁鬢絲。恨無凌風羽，徘徊將安之。沉吟以朝夕，百感良在茲。

赴謫益津留別諸親友

南陸循修景，朱明麗初節。恭承茲嘉惠，稽首辭帝闕。行役本近疆，酌酒重爲別。感往情内勞，撫今念悠結。昔來冬始寒，風吹馬前雪。及往春既徂，柳長堪攀折。濃陰覆路蹊，芳草藉蹄轍。歲序如電奔，緬想媿時哲。中心難具陳，薄宦良自拙。願保崇蘭姿，毋俾芳香滅。

讀楊忠愍公集

在昔乘嘉運，深宫事玄默。天子但垂衣，虚心委賢碩。誰其負端揆，轉爲狐鼠窟。所以節直者，怒髮皆爲裂。是時楊職方，尤稱鐵石腸。立談輒太息，頗類戇與狂。大廷初抗議，流落謫邊疆。賜環未幾日，吐論眉轉揚。請劍務誅佞，激烈由天性。何知逆耳言，叩閽不可聽。屈首就簿責，幽縶傷形影。微臣亦何辜，天王自明聖。傷哉遘憸壬，甘爲虎蟒嗔。愛憎移生死，烈士乃隕身。直氣元不改，方幸已成仁。餘作忠魂補，兼以待後昆。人心自不昧，天心亦可廻。一朝朝論定，殊恩及夜臺。嗣子憫先志，勳業起塵埃。視彼譖人者，而今安在哉。

韓烈婦

天地有正氣，浩然不可折。人生天地間，賴此完其節。彼美蘭房質，秉心何壯烈。結髮事夫君，百歲願同穴。中道忽乖離，黄鵠傷孤飛。未明偕老志，何以守空帷。作嬪儒家日，操行有前規。真金試烈火，就義死如歸。解化類仙舉，氣節凌區宇。生死安足云，身後名千古。世豈乏男兒，草木同衰腐。徒自媿鬚眉，貞魄寧爲伍。

將發益津答王存初勳部時島夷犯朝鮮

驅車遵海旁，行役出東方。東風吹海氛，鯨鯢且陸梁。海邦嚴斥堠，衣裙裀方長。念我謫居日，兼隱事篇章。王事今益我，啟處不暫遑。多謝子相期，彎弓掛扶桑。儒冠久自悞，白面談豈臧。王師諒神武，暫往必復康。濟濟承明侶，事主毋怠荒。干羽能服遠，海波能久揚。

寄錢五卿使君二首

昔我方守玄，閉門事探討。盼睞承輝光，屢許酬嘉藻。杯酒慰寂寥，爲君時傾倒。一別成參商，長途渺浩浩。迴望覇水頭，戚戚傷懷抱。

憶與君別處，春風入新柳。今日思君時，花落滿林藪。歲月焉可留，千里空回首。興至拂瑤琴，公餘呼濁酒。惜乏賞心人，對景亦何有。

題莫廷韓所製蘭竹圖歌後

幽蘭與修竹，展圖并堪悅。對竹俗慮消，握蘭芳香發。常與善人居，獨持君子節。更憶長吟者，千歲字不滅。

度庾嶺謁張文獻公祠三首

之子挺南服，作相始鄉邦。稱詩大曆前，於今號盛唐。詩名與相業，千載并流芳。睠焉慕先達，風度安可常。

白羽明吾志，金鑑爲君敷。道本侔伊呂，言堪等訓謨。唐室方求理，曷自混賢愚。及爾播遷日，追思亦已徒。

遵彼庾關道，開鑿念前勞。長松蔭修陸，車馬自滔滔。行者日百里，仗之闢萊蒿。萬古周行在，功方粵嶺高。

侍御王公生祠

皇天祚海瀕，法星照南土。使者天上來，豸冠持繡斧。雅志在澄清，登車竊自許。何以惠斯民，極力驅貙虎。狐鼠亦潛奔，良善賴安堵。海舶東南來，揚帆稱大估。亡命竄其間，蟻聚江之滸。但利島人金，不念居人苦。索米盡民間，甘心日餉虜。使君痌切身，未然輒先睹。內安且外攘，全活真無數。旱魃間爲災，小民憂百畝。使君舍鸞車，步行躬禱雨。甘澍滿田園，盈疇復禾黍。使君按部來，倏歷三年所。三尺自兢兢，惟民曰父母。廛市無橫征，囊篋誰多取。井里輕薄兒，寧復舊豪舉。滄海有蛟龍，鰍鱔無夜舞。千仞若鸞凰，鷹隼亦非伍。使君納節行，嗚珂入朝廡。上有稷契鄰，下有皋夔侶。南顧念吾民，何由獲爰處。皇恩諒不次，萬方胥鎮撫。簡在有輝光，勳業照千古。野老歲時心，伏謁瞻祠宇。

經保昌珠璣巷爲吾族故里

念載事行役，九度經茲里。春風桃李開，緬然思故址。宋室當盛時，居此亦洵美。田廬廣且饒，烽煙淨不起。牛羊日夕來，霞光照山紫。歲歲看梅花，春事復伊始。釃酒洽比隣，室邇幸相倚。世事有變更，大難起宮珥。時以胡妃事南遷玉石恐俱焚，相攜并南徙。我祖見實優，登樵思爰止。卜宅樵之陽，艱難自疆理。由宋及盛明，倏逾三十紀。耕鑿慕詩書，貽謀永孫子。伊余自弱齡，微尚耽圖史。通籍忝朝簪，優游藉先祉。蹇拙仍滯留，歲月奔如駛。起家復北遊，仗策重經此。坐恐春華歇，出若山靈恥。夙昔慕亢宗，撫心良未已。

都門送袁敬德之任英州二首

去歲珠江湄，別君來帝城。今歲長安陌，送爾復南行。丈夫志四海，安憚勞此生。湞陽風土美，千疊暮山青。如何能久繫，早發入承明。

新知初握手，相送出城隅。王程不敢緩，立馬能須臾。念茲非久隔，離顏強自舒。何時當來還，與子極歡娛。春風廻帝里，遊歷任所如。

錢塘觀潮

維舟日已暮，坐聽浙江潮。長風吹海岸，落照銜山腰。潮聲一以厲，波光亦復遙。浩蕩豁心目，因之破泬寥。緬矣懷今昔，盈虛豈一朝。吳越相雄長，倏忽如迅飆。髑髏千古恨，一旅恥夫椒。高臺竟遊鹿，貞魂詎可招。怒濤空自託，往事一長謠。瞬息潮還汐，推篷月可邀。漁燈互明滅，船頭響洞簫。獨客惟杯酒，堪以永今宵。胡爲多苦心，歷歷認前朝。

東平行

余令長樂，建常平倉於兩隅，扁曰『東平』、『西平』。倉因地命名，本無深意，偶憶漢時有爲善最樂者封東平王，有陰德大門閭者封西平侯。今之捐穀待羅，豈非樂善與積德之一事乎。乃民間勉強應命於一時，未必其心誠好之也。因而賦此，聞之者或觸類於勸相之義云。

言慕古東平，卓識異王族。綺麗非其珍，擇善諧所欲。常恐失丘民，推心廣仁育。歸朝承睿問，真樂云自足。漢室大封建，誰堪纘王服。之子實維藩，配命求多福。

西平行

若有西平侯，不冤善爲理。陰德類乃公，仁聲相繼美。當其活獄時，私心竊自擬。我後必有昌，發源從茲始。再世秉國鈞，侯封耀閭里。駟馬駕高車，奕葉流青史。

周文學膺奬二首

生平秉孤尚，結髮游藝林。玄覽極千古，抗志揚徽音。遘時苦不早，遲暮出雲岑。松栢自有性，芝蘭自有心。黽勉事一職，寧復傷滯淫。稽古念彌篤，講誦羅青衿。片玉世所重，相知日已深。名藉曹丘起，何言但陸沉。

吳楚東南際，賢豪本代興。之子挺靈異，匹練應初生。童齡擅芳譽，弱冠揚徽稱。操瑟竟難合，明經待晚成。遇我閩海曲，示我郢中聲。訓士力崇古，何嫌世俗輕。游揚漸以廣，乘時起令名。終當策高足，萬里揚前旌。

鄭烈婦

結髮事君子，止願同餔糜。丈夫志萬里，一別幾經時。山川修以阻，會面安可知。婦姑相對守，菽水甘如飴。多謝隣家婦，測我心所私。堪恨里中少，謂我心可移。妾心諒匪石，一死安足辭。舍生以明志，千載令人悲。

送梁公益歸五羊

自我違鄉國，棲棲逐旅塵。腰肢曾未改，面目強看人。公事日紛糾，幽緒無由申。客從遠方至，云是故鄉親。倒衣且迎客，悲喜難具陳。問客來何所，薄遊遵海濱。江山恣歷覽，意氣念沉淪。而我滯行役，感君相顧頻。探囊多賦草，翰墨總鮮新。羨君躭著作，家學相因循。騷盟遞雄長，嗣業踰簪紳。贈我皆珠玉，炫目豁心神。於我聊信宿，談論闢荊榛。念當從此別，獨行良苦辛。還家逼歲暮，梅花及早春。滄洲生事足，會有訪垂綸。

喜西征報捷

幾日西風急，風前送好音。西陲今已晏，大懾遠人心。蠢伊匪族類，豺虎而冠衿。豢養胡爲者，反以助驕淫。重關抱深箐，高壘倚層岑。興言抗上國，寧知效獻琛。天子赫斯怒，流毒恐漸深。授鉞開專閫，飛芻集羽林。去年興薄伐，行役至於今。摧堅紛冒石，執鋭赴懸金。哀猿聽凄斷，毒霧觸陰森。暑雨無咨怨，從軍但壯吟。嗟彼轍中鱗，終焉歸釜鬵。王師幸無敵，餘兇總馘擒。一方久塗炭，若旱忽沾霖。還家悲喜集，月下再聞砧。轅門將振旅，恩賚普頒臨。獻俘行赴闕，懽頌侈纓簪。從茲徧柔遠，無爲用伐侵。垂衣受重譯，薰風樂舜琴。

秋晚泊舟洪塘

維舟日將入，微風動晚涼。坐久江月白，斜輝照我牀。解衣眠伴月，鳴鴈天一方。是時秋已半，沙邊葦漸黃。夜深寒氣至，零露當爲霜。感時悲物換，而我在他鄉。三年居此土，毛髮日欲蒼。乘潮遞來往，誰念客衣裳。逢迎本自拙，於世亦何妨。狂飆起天末，願言保孤芳。

答黃全之

結髮事篇翰，游心竹素園。一赴公車召，乃自涉煩喧。中復罹世網，邅廻守故樊。雌伏十餘載，安能凌風翻。艱危保末路，祇用拙自存。多君謝塵壒，丘壑道彌尊。榮名非所寶，詩書日討論。八十神逾王，操觚累萬言。眷念同聲者，忘年等弟昆。殷勤幾百里，椷寄道寒暄。而我滯行役，難逢笑語溫。豈不慕高義，何日訪衡門。

夜宿三山禪房漫賦刀劍二首

我有一寶刀，解之欲贈誰。伊人不可見，佩以善自隨。明時遵海曲，漂泊滯天涯。刀頭似明月，憶我心所私。操而可使割，應用自有時。堪歎世間人，笑中亦有之。刀

匣中有雙劍，誰與辨雄雌。當年解其一，遺我心所知。雙龍久未合，斗光望漸移。終難授楚柄，聊用強自持。水陸有二用，何當任所施。堪笑世間人，腹中亦有之。劍

答清源林生

鳳凰鳴崑丘，太液奮鴻鵠。鸞斯蒿下飛，羽翼何局促。人生各有志，小大隨所欲。古來賢達流，振響遺空谷。昔余在弱齡，抗志薄時俗。旅遊二十春，蹉跎守雌伏。南北萬里遙，風塵徒僕僕。燕趙齊魯墟，周行至海曲。政簡訟還稀，幸不迷案牘。公暇寡所營，遊神輒汗竹。探討多會心，俯仰意恒觸。微吟但自舒，何知炫群玉。羨子志不凡，千古慕芳躅。匪我平生親，聲氣特相屬。持論迥時流，摛文復紛郁。傾蓋義已投，稽疑念彌篤。寡陋愧前聞，於爾何能淑。淡交惟若斯，相期善自勖。

詠懷二首

吏道苦煩促，田野多歡娛。平生少年日，汎覽徧群書。言論慕古哲，寤寐憶黄虞。念載事塵役，道路空踟躕。意氣寡所諧，親朋日以疎。風波殊未已，安得騁良圖。不如謝羈勒，息駕返吾廬。

端坐懷百憂，愁思當告誰。荊棘滿中道，行者亦云疲。富貴非所營，貧賤非所移。越鳥戀故林，遊子暮何之。河清不可俟，得失恒相隨。廻車返初服，無爲泣路岐。東皋既息耜，倚杖臨清池。

大中丞戴公考績

天子念寰寓，分道出絳騶。四方值多故，里巷繁誅求。袞衣覯之子，問俗殫懷柔。今古兩叔倫，威名動遐陬。三載餘懋績，飛書上冕旒。宛如躬召對，喜氣溢皇州。承恩諒不次，臣勞茲可酧。

雜詩

北風何凜烈，落葉離本根。山川改氣候，黯淡無朝昏。室人戒裳衣，中庖具盤飱。聞君將遠行，哽咽未能言。道路多修阻，何日當廻轅。他鄉各異俗，誰與共寒暄。知音不可遇，世態難具論。山中有藜藿，可以樂衡門。

李封君兄弟承恩圖

余視世間人，豈無兄及弟。榮瘁間同根，具邇殊廉陛。式好任塤篪，名實不堪禮。宦達即齊名，參商逐旅邸。閩海多賢豪，二老表林皋。詩書敦夙尚，水石美遊遨。友愛念彌篤，鄉閭慕轉高。辭榮樂丘賁，家聲起譽髦。令德宜壽豈，錦衣炫庭綵。同時荷紫綸，皇恩深若海。錫服相輝鮮，素澹元無改。雛駒總鳳龍，移忠未休怠。粵徼已澄清，屏翰出江城。觀風過海岱，齊魯遍諸生。風雨對床夜，池塘夢草情。教仕迭躋膴，黄髮逮三旌。

自鄉返城喜春雨沾足兼聞欲罷礦稅釋建言得罪諸臣

我初返舊疆，原野尚枯赤。油雲忽四興，甘澍滿田澤。農人相慰懽，舉趾盈阡陌。今年復有秋，卒歲仍有獲。返棹珠江濆，恒情倍自適。共道聖明朝，慉然憫疾阨。有詔及閭閻，苛條盡蠲革。欣躍遍群黎，若旱逢膏液。造物本無私，皇仁亦自闢。胥頌聖同天，里巷今安席。早晚下徵書，巖穴搜賢碩。竚見東山人，彈冠趨禁掖。

憫俗

吾慕漢陰人，抱甕日灌園。吾嘉河上叟，求珠慮沒淵。時運迭相代，得失難并論。春花遍桃李，桂樹冬轉繁。芳桂自有性，桃李亦何言。榮枯物所變，大造司其根。人生何役役，用拙聊自存。

答友人勸駕

平生丘壑姿，棄置寧復惜。斥鷃總逍遥，蓬蒿任所適。鵾鵬不負風，安見垂天翼。自我返衡茅，方欣脱塵役。鄉里慕少游，煙霞漸成癖。君復遠相期，願言各努力。力田當逢年，何但守蘿薜。九萬失扶搖，終焉愧善息。感君慰勞辭，沉思終永夕。出處亦何常，先民以爲則。

答梁憲父兼約玩月

端居澹物慮，守拙薄浮名。託交俱翰墨，多擅五言城。獨寡中所諧，誰與竭生平。體骨難自媚，非關無宦情。因之謝束縛，言戀我同聲。閉影甘窮巷，掃跡違上京。蓬如張仲蔚，壁類馬長卿。與君乍相識，彩筆太縱橫。雄篇富磊落，珠玉自分明。千秋諒已足，安用勞此生。爲君呼斗酒，長宵坐獵纓。

題憲父山居

天地一蘧廬，無用小吾室。卜築遠塵囂，四顧何寥寂。捲簾面西山，山氣佳日夕。清嘯凌煙霞，草木皆生色。容膝易爲安，圖書共四壁。游心六合間，暫茲守泉石。陳平不久貧，負郭門猶席。諸葛自草廬，而懷開濟策。詣闕終上書，萬里行觀國。且爲語山靈，移文未須勒。

招隱詩二首

達人知止足，功名及盛年。昔日紅顏子，倏忽成華顛。拙宦不偶世，投紱謝所牽。碧山寧負我，洞壑生雲煙。漁釣狎鷗鳥，嘉樹蔭通川。於此滌喧濁，因之性所便。

世路常巘巇。駟馬帶傾覆。所以慕幽人，偃息在浚谷。日暮生松風，音響如絲竹。葵藿分所甘，何必厭粱肉。布褐足禦冬，狐貉未爲燠。逍遙任所之，無榮亦不辱。

春雨

好風送時雨，沾潤浹荒蓁。布穀初鳴日，田家事事頻。稚子驅犢出，鄰翁喚賽神。農時不可緩，歲計在於春。幸免桔槔苦，敢辭東作勤。

感時二首

四野陰雲蔽，狂飆暮凌亂。清露忽凝霜，卉木皆彫換。擾擾錐刀子，營營等血汗。中夜起彷徨，持籌有遺筭。道路多苦辛，豺虎復爲患。念此羈旅人，如何不長歎。

世變類江河，滔滔逝不返。黔首亦何辜，共恨生逢晚。伊昔全盛時，寧邇不遺遠。里巷寡誅求，朝作暮息偃。歲月相推斥，生理日乖蹇。寄言懷所欽，何以惠元本。

客有譏余不出者賦此代答

一從解纓紱，自覺無煩惱。結交多靜者，談諧半野老。頗識淵明琴，亦愛子雲草。開尊乘夕涼，問月展沉抱。管樂非所歆，魚鳥狎幽討。吾道本滄洲，投簪未爲早。

乙巳入京睹饑民載道悵焉成感

畿南百里餘，託家在日邊。胡爲多菜色，老稚強相牽。困苦彌道周，流離滿目前。展轉溝中瘠，感之涕泫然。昊天何不吊，災沴屢嬰纏。里巷寡完璧，日午廚未煙。豈無郡邑吏，蒿目恤顛連。豈不奉明詔，頻煩事賑蠲。謀朝不保夕，微生只暫延。裘馬千金子，銀鞍白玉鞭。意氣傾燕市，斗酒美十千。立馬聞痛哭，時或投一錢。所活寧有幾，明惠不足宣。仁人切痌瘝，造物苦無權。誰當司燮理，密勿贊重玄。暘雨盡時若，蒸黎獲所天。

補謫候旨未下

不到京華久，宮闕望逾高。九閽嚴戟衛，陛楯戒呼號。我來自炎徼，仗劍出蓬蒿。驅騁長楸道，再返五陵豪。微官將白首，青草但如袍。姓名在除目，依稀似馬曹。浪跡聊玩世，陳力愧時髦。一命亦不易，敢希魚水遭。赤日方炎赫，步馬憶蘭皋。何當踏層冰，林洞恣遊遨。俛首俟嘉惠，閉戶繹離騷。

贈李嗣業太學有引

嗣業以所刻哲匠金桴、戎事類占二書見惠，金桴輯於楊用修，皆文林綺語；類占則所自編。其用心於文武也遠矣，爲賦答一章。

聖主當陽日，臨軒雅好文。四郊承累洽，間亦起塵氛。安危時注念，將相總難分。有美南州彦，修潔襲清芬。千秋繩作者，萬里志奇勳。家學源流遠，趨庭嗣述勤。綺譚繹霞館，保泰慮彌殷。其尊人曾著松霞館偶談及上保泰策應心思哲匠，屑玉見繽紛。洞徹天人理，寧惟躐典墳。請纓追往烈，草檄震前聞。燕臺方市駿，冀北未空群。扶搖將直上，閶闔待排雲。吉甫稱爲憲，他時或屬君。

西河郝氏餘慶堂

十年看樹木，百年仰樹德。樹木長喬林，樹德延世澤。干木隱西河，美譽亙今昔。卜夏與田方，亦復如雙璧。寥寥千載餘，誰與踐芳蹟。丈人溪上居，秉心嗜玄寂。於世薄所營，齊物忘得失。捐粟惠貧荒，施劑起殘疫。道路憫遺金，囹圄念艱阨。餔餒復賑窮，輕財殫心力。哀死建義塋，纍纍表幽宅。存歿總啣恩，自我無德色。哲嗣乃肯堂，作求念彌惕。永言紹家聲，禔躬慎朝夕。當官重清勤，吏事豈緣飾。仁惠浹窮簷，勉勉樹聲績。孫枝日衍繁，雲霄看比翼。不見内史家，里中稱萬石。

初春感懷

通籍將二紀，閲世良已多。拙宦乃若茲，造物當如何。消息諒有時，無用輒自嗟。漁樵任所適，誰遣謝薜蘿。既出匆復道，歲月匪虚過。聖德方日新，有道如春和。時方罷礦調税四方共拭目，跂足沾恩波。衆賢□茅拔，大業豈蹉跎。小臣堪就列，欣際滌煩苛。太平占有象，休續五噫歌。桑榆應未晚，寧煩逐日戈。子奇須白首，方共表東阿。

過寧遠值王直夫公出不得晤語賦懷二首

合并良未易，君去何時還。相睽日以遠，形影渺難攀。衡陽無鴈度，音信亦孔艱。念我同聲者，寥寥天地間。仗劍從西來，驅車歷萬山。憑君一尊酒，慰我遊子顔。地近等秦越，何由寫肺肝。豈無杯中綠，獨酌不成歡。

聞君事結束，駕言入上都。述職趨王會，寧辭涉遠途。羨君居此邑，發軔騁良圖。政甫逾期月，惠澤已全敷。書生宰百里，黄白徯來蘇。寧靜希單父，恬淡等菜蕪。朝天類化葉，入境方治蒲。歸來增秩後，夾道擁懽呼。

送同年蔡子正以院幕考績二首

行矣登長路，乘秋入上都。與君暫離別，握手復踟躕。在昔投嘉會，振策事齊驅。悠悠越念載，逐逐府中趨。相憐語留滯，奮翼及桑榆。歸朝承睿獎，振拔不須臾。

宦達良不偶，遇合固有時。昔年同籍者，顯膴遞相隨。南北漸離散，倚伏理難窺。前薪勿復道，疏滯得所宜。明庭慎課典，主眷詎云私。佇見雄飛近，寧庸更伏雌。

正學發潛卷爲韶州李封君作二首

湛湛湞江水，英英庾嶺雲。昔有幽潛士，於此揚清芬。努力追千古，潛心事典墳。豪華俗所悅，而乃厭塵氛。聖功始克復，章句豈徒云。名教自足樂，嘉尚志不群。式閭慕高義，交者意獨勤。令子承先德，通籍邇明君。應時樹嘉績，奕奕振前聞。義方餘世澤，取贏屬後昆。

南荒始作相，大業美開元。千載曲江後，誰與并騰騫。丈人初養晦，家學濬其源。地靈若有待，嶽降可同論。傳經念手澤，貽翼永不諼。郡國徵高等，天路綴鵷鸞。人倫推藻鏡，結紉總芳蓀。披忠饒啟事，時時上帝閽。之子在萬里，寤寐懷鄉園。顯親重行道，勳烈照乾坤。

送黃達卿歸延平

黃生負奇尚，恥與流俗親。好遊恣覽歷，僕僕走風塵。弱冠弄柔翰，倣古逼其真。腰下芙蓉劍，燁燁出延津。佩此仗誰知，親仁託善隣。一見如平生，莫逆超常倫。遺我雙明珠，几席誠足珍。邂逅只須臾，言歸及早春。握手何所道，衷曲難具陳。後會當何時，矯首道無因。

送劉左史遊吳越

楚中有高士，意氣實霞舉。薄宦不狥時，三仕未躋膴。分符及盛年，地近庾山紫。赫赫何所知，悶悶只循理。王門再曳裾，去思尚孔邇。行路轉多艱，拂衣還故里。十五男女兒，婚嫁俱畢矣。行年八十餘，矯矯類仙侶。鼓棹出漢江，五嶽從茲始。邯鄲大道旁，別君逾二紀。念我本同聲，訪我金陵市。促膝靡所談，雅尚仍圖史。筋力不自勞，驅車又復起。吳越美遨游，選勝猶未已。

答劉九逵二首

卉木零高秋，窗軒困積雨。懷人葭露長，新知樂披睹。邂逅不須臾，慇勤託肺腑。遺我幾瑤篇，珠玉滿環堵。展玩照顏色，時如對握麈。探討及盛年，積學羅千古。得句每驚人，價重鷄林賈。

自昔論意氣，義俠美劉生。而我遘之子，談辨倍崢嶸。雅尚躭圖史，彩筆復縱横。胸藏包萬象，詞源軼二京。蒐羅日以富，著作日以閎。豈伊獨務博，聊此導冥行。殺青業兼輛，寧徒藉墨卿。

送黄季文遊皖潛兼寄劉明府

海曲多名流，藝苑各馳騖。僕僕一黄生，汪汪亦叔度。五嶽慕奇觀，三都等作賦。華髮漸盈顛，名山恒杖屨。駕言復西遊，皖潛有佳趣。巍巍天柱間，山谷舊遊處。勝蹟屬吾家，千古如旦暮。此地得神君，口碑方載路。挾刺何所投，依劉實傾注。巖穴普聲施，青雲藉攀附。

壽肥鄉李封君七十

昔遊趙魏間，頗識其風土。丈夫多慷慨，士俗恒遵古。葛城帶邯溝，浮丘接廣武。聖相肇名家，舊族罕爲伍。世代幾變更，作求應念祖。獨行一鴻生，□□推藻斧。家學有淵源，三鳳繼騰騫。仲子業方就，平章奮裔孫。兩都勞撫字，恩光及里門。行年且杖國，先蒙天語溫。錦衣映鶴髮，山林道轉尊。雲司倚鍾阜，遙睇臥龍村。冬風吹朔雪，春酒復當設。家會美連枝，遊子重爲別。定省隔晨昏，千里共明月。燕喜遞稱觴，自我心如結。顯親在揚名，褒綸繹不絕。遐齒疊承恩，移忠念逾切。

霍廷評以縣績既贈其所後父母復疏請移贈其本生者得旨俞允

世人有二親，君獨有其四。問之何爲然，猶子道無異。昔在襁褓時，曷知身所自。稍長解趨庭，膝下兩承志。先子守章縫，懷才絀遠施。世父里中豪，慷慨多植義。所後曁所生，罔極看無二。先德并能培，作求茲不墜。宦蹟始東方，蒼黎戴撫字。當宁重循良，恩賚侈衡泌。義方差可酬，明發恒不寐。遡念厥初生，有懷當倍至。一疏動明光，天朝本孝治。生我育我者，龍章幸同賁。佳婦視佳兒，尊親各自致。主錫詎云私，孝心元不匱。廷尉自無冤，親恩仍顯被。移孝勉爲忠，天書諒可冀。宰木有輝光，里人稱善事。厚積慶偏流，舉頌昌而熾。

讀歸德孝女傳有序

孝女者，相國沈公之女也。早歲孀居，執婦道甚恭，既盡孝于舅姑矣，歸寧而鮮兄弟，每留親側事之，咸得其懽心。年甫艾而中殞，相國實傷焉。爲作孝女傳。守土者復采詩附之，用以風世俗云。

世道日以衰，倫紀漸攸斁。睢陽淑氣盤，碭山連鴈澤。元老既生申，鍾靈逮女德。彼美香閨人，志行何輝赫。結髮事夫君，内相殫厥力。黄鵠忽孤飛，誓節明如日。高堂養舅姑，令儀固靡忒。罔極報所生，亦復娱親側。造物啬其年，同穴願斯畢。骨肉感分離，泉臺乃終寂。誰與述平生，家庭舊史筆。累累數千言，孝思實維則。扶綱仗老臣，安車且前席。再相即歸朝，道路咸加額。燕語及笄幃，聖心諒同惻。佇見下龍章，潛光表幽宅。

諸同社期集梅花塢余以公阻弗克赴

春色滿近郊，徘徊堪寓目。松栢夾道周，禪宇敞虚谷。結伴探梅花，覽歷徧林麓。草木皆向榮，香雪獨芬郁。冷蕋點疎枝，清賞遞相逐。姑射有仙姿，皎潔如冰玉。瑶臺本淡粧，鉛華不染俗。而我塵俗嬰，遙望隔山曲。家傍羅浮村，萬樹帶晴燠。庾嶺先南枝，衝寒媚朝旭。看去亂鄉愁，未必娱心目。東閣似揚州，詩興但潛觸。

中春讌集汪氏西園

中和啟令節，曠望極春明。谷風舒以穆，百卉競芬榮。良辰既如許，勝賞復群英。會心安在遠，方駕薄西城。苑開鳳臺側，嘉木蔭芳亭。高丘環異石，池塘草并生。萬綠間紅紫，禽鳥亦春聲。暫此息塵累，先教俗慮清。綺譚佐名理，雄辯恣崢嶸。已協滄洲趣，兼欣求友情。坐久林霏合，輕飆逗野庭。餘寒戀衣袂，對酒誰獨醒。獻酧屢促席，觴至必盡傾。晚歸各留詠，刻燭韻斯成。分攜訂後會，心知重合并。

社中延李本寧先生同集承見贈四章答和如數

江左富才華，佳麗稱自昔。文人幾代興，詞章稍赫奕。沈謝既相雄，顏鮑俱挺出。終焉匪國禎，綺靡亦何益。道喪千載餘，誰與振芳蹟。大明甫中天，應運多賢碩。斯文乃在茲，起衰濟其溺。後進有師承，努力追前轍。

留都實舊邦，萬年等豐鎬。鍾山接石城，長江復環抱。太平多歡娛，曹務亦稀少。眷焉心所知，相與事幽討。慕類情每殷，結盟以爲好。休澣迭命觴，意氣恒傾倒。篇翰各自雄，聊此謝塵擾。服義畏友朋，群疑互質考。

聖治日休明，奇文播芬郁。伊我二三子，于何紹芳躅。大雅既堪師，稽古念逾篤。末學安足云，中行貴獨復。探討多會心，儔侶情俱屬。夢寐昔賢豪，千秋矢與續。日月惜居諸，飛光一何速。藝苑有宗工，相期善自勖。

金石本希聲，瓦缶一何衆。江漢楚望分，爭先覩麟鳳。赤幟豎藝林，千載無屈宋。海内幾神交，雄篇或傳誦。紫氣忽東來，盈門多賓從。吾黨勉步趨，翩翩逐飛鞚。君子遺德音，穆如過雅頌。鸞翮非久羈，大廈需梁棟。

天界寺讌集

近郊多寶地，茲地景偏饒。諸天開淨域，上界出僧寮。陰森翳草樹，喬木且干霄。萬松間修竹，綠蔭垂豐條。值我同心友，折簡相招邀。夙駕西南隅，弭蓋陟山椒。歷覽窮幽勝，徙倚任逍遥。置酒長簷下，遠俗隔塵囂。鳥哢聲聲巧，林響復翛翛。舉盃能勿醉，耳熱一長謠。日晚促歸騎，始覺路迢迢。秉燭興未盡，入户已深宵。（以上四留堂稿卷三）

全粵詩卷四四一

盧龍雲三

西行答趙仁甫

何人解作陽春曲，世上巴詞第相逐。閩海趙生才實奇，藝苑于今步稱獨。與余莫逆始論心，促席開樽時一吟。師門雅重學不媿，客舍相看情最深。大雪漫漫驚歲易，去住從今隔消息。伊余遠役粵西陲，而君尚走長安陌。長安聚會不可常，他時綰綬向何方。風塵荏苒俱爲客，欲寄音書路總長。

蟠桃行

春風桃花千萬樹，幾日飄零逐春去。四月枝頭實正圓，頻經採摘知何處。別有兹桃種最佳，靈根久託在仙家。栽培不染塵寰土，枝幹時披閬苑霞。開花結實三千歲，應候經期長不改。筠籠相贈罕致之，時向瑤池宴裡在。東方小兒豈不良，慣飲金盤玉屑漿。三過桃林採其實，寘之懷袖託天香。慇懃爲謝西王母，彼是人間大隱侶。天上何年失歲星，流作金門陸沉者。後來桃熟好相招，免向林園更復取。

寶劍篇答謝潘明府

潘郎作吏花滿縣，匣貯雌雄雙寶劍。看花琴鶴思俱清，撫劍豺狼跡盡斂。羡君佩此已多年，何須巨闕與龍泉。雪花星文紛照耀，陸剸水斷俱赫然。政成久已報天子，窮谷深山遍霖雨。卑棘那堪鳳久棲，層霄合擬凫將起。伊余宦跡偶從君，杯酒慇懃幾論文。解劍贈余心莫逆，恍然風雨雙龍分。劍乎劍乎堪重汝，潘郎意氣長相許。舊時魑魅敢窺人，入夜斗牛光射土。神物由來用有時，鉛刀何用徒區區。借處會須先斬佞，彈來休用歎無魚。

五月五日過新安馮明府招集柳將軍廟時諸葛鄧二君俱以董河役適至

江南江北路初分，萬里鄉書未易聞。歲序孤舟逢五日，弟兄同社憶離群。東道更誰爲地主，西河卻有大馮君。命駕頻煩江之滸，折簡慇懃日將暮。置驛真能似鄭莊，下榻何當比徐孺。將軍祠宇自昔年，此地壺觴亦嘉晤。況兼二客千里逢，促席開尊并許同。諸葛雅稱丞相裔，鄧君亦有長成風。傾蓋乍交情若故，把酒劇談詞俱雄。鄉園蒲艾豈須設，故人雞黍自堪悅。君不見清時無事辟兵符，翕河已仗群公力。淮海應高臥治名，簿書豈廢逢迎客。休向三閭羡獨醒，且須一醉同今夕。

與黄中翰登叢臺

邯鄲大道連上國，道旁主人殊不樂。南去北來寡所歡，總是悠悠異鄉域。君本羅浮洞裏仙，今作鳳凰池上客。使節輝煌返玉京，郵亭邂逅風塵陌。喜君新自故鄉來，於我信宿暫徘徊。握手共道鄉園事，慰勞相看酒一杯。探奇吊古重多興，攜壺更上古叢臺。倚闌四顧河山渺，歌舞當時安在哉。王侯第宅感今昔，井里年來漸蕭索。歲歲但修禱雨文，未見豐年賀蒼赤。君歸丹闕覲天顔，四方水旱應沾臆。民力東南何足陳，三輔之間且菜色。

義犬行有序

齊有鄭萬者，年饑，寄食於外，一犬自隨。病且死，其犬守之，不忍去，居民以食招之，不來也。既而爲群犬所阨，踴躍赴坎水死，邑人義而葬之，因紀其事於石云。客有出其文示余者，感而賦此。

犬馬之私世所有，喞恩總緣豢養久。死生之際義所難，胡然得之喪家狗。吁嗟乎，白楊古塚空纍纍，不見聲稱及後來。豐碑長傍一抔土，題以義犬何奇哉。行如狗彘人羞比，留卻芳名翻若此。貧賤相隨未足嘉，臨難守死節堪與。宿草荒阡掩穢骸，往來觀者嗟未已。君不見鵠蒼昔日美徐宫，禮錫君王稱狗壠。又不見洛下傳書慰陸機，亦留孤塚呼黄耳。古之葬者若論功，今之葬者彰其義。乾坤正氣屬斯人，平生恩愛與誰親。一朝反眼不相識，羞對前丘義犬墳。

聞寧夏警報

聖世承平日已久，韜甲休戈但坐守。未聞天子獵長楊，不見將軍屯細柳。一朝羽檄西北馳，慘淡秦州戰角悲。白骨如山被原野，赤燧中宵動鼓鼙。此時大將方推轂，萬里何辭輓芻粟。決策應過漢子房，壯猷豈但周方叔。驕虜旋聞悔禍殃，小醜何堪距大邦。威儀復見漢官舊，轉戰無須六郡良。豺狼族類心難測，周秦以來無上策。浪說佳兵事不祥，敢謂和戎利已得。乘勝還須縛左賢，銘功有待勒燕然。北伐似聞歌六月，東征何必待三年。直使王庭空絕漠，盡致降夷稱屬國。長驅凱奏入鶴關，永見胡塵清虎落。

苦熱

六月南方暑漸稠，祝融司令按炎陬。火旗當午常不散，烈馭中天故爲留。銷金爍石如飛炬，群生若在洪爐裏。已應道路少行遊，卻以簿書妨燕處。安得大壑與層冰，令人但有河朔情。何當一夜金飆發，崇臺峻宇同秋清。

元夕徐侍御招同王光祿李孝廉觀燈

帝里春還未幾日，萬戶千門總春色。昨夜雲間月欲圓，更道今宵祀太一。華燈閃爍暎朱闌，縱橫遊騎滿長安。笙歌響度香塵起，觸忤羈人慘未懽。徐卿爲我開斗酒，李白談詩方在口。倒屣王生能復來，浮雲萬態俱何有。請記當年舊酒壚，幾人得意在皇都。且拚樂事隨青帝，莫逐鄉心卜紫姑。

寶綸樓爲蕭比部賦

誰家高樓倚碧空，層簷飛宇勢穹窿。佳麗河山指顧中，地靈久與人謀通。喬木森森本故豐，谷口猶餘百尺松。主人卜築方成功，登樓一覽思無窮。朝看旭日扶桑東，夕挹明霞返照紅。奎壁入夜透綺櫳，四時林薄環青葱。忽睹鸞書下九重，天意人事宛相從。君不見東海父老憶于公，高閭駟馬意何雄。又不見通德門成自孔融，世人咸仰鄭君風。寶綸之樓事并同，主人以此稱亢宗。嶺海遺愛溢花封，白雲司裡名轉隆。奏績又逮明光宮，天書之下迭相逢。千年堂搆業增崇，更看貽燕光前蹤。

枯桐行有序

曹定清寺有桐久枯，忽敝衣道人趺坐桐根，索水噀之，夜半高歌，其聲淒壯，巨芽復生，逾月拱把，好事者因繪爲圖，余感而異之，賦此。

君不見定清寺裡雙高桐，疎枝直幹拂蒼空。邇時榮枯忽頓改，一株摧落淩霜風。孤根未絕含生意，鬼神呵護知無窮。夜半高歌人不識，冥冥詫有噓枯功。生氣從茲廻地底，柔條嫩綠盤根起。翩翻翠葉大於盤，浥露含風姿更美。看看漸與碧簷齊，高枝復有摩空勢。物理由來不可知，一任玄蒼而已矣。世人得喪理亦然，安見浮生事事完。有時披霧青天出，有時急雨春風顛。栽培但使靈根在，雪幹霜標年復年。不因零落歸山澗，會須千尺能參天。

詠芍藥

春風浩蕩百花莊，千紅萬紫鬥妍芳。雨前雨後難相似，點點風飄正斷腸。莫向此花悲晚暮，此花不受春光妬。幽香獨自殿芳塵，浩態還能稱獨步。醉露當階不自持，含風繞砌卻多姿。廣陵浪說誇金帶，東武何勞侈玉盂。近侍牡丹元似錦，綠水絳荷芳尚斂。送去迎來如有情，艷妝總道來仙禁。薰風陣陣拂瑤臺，紅藥分明錦繡開。折向尊前憐國色，更有天香入酒杯。

壽大司馬王公七十

枌社星辰聚，槐庭日月長。蒼生安石望，綠野晉公堂。紫氣朱明天一色，夜夜祥光表南極。三朝姓字可淩煙，再起勳猷看指日。誰令宰相號山中，咫尺天都事不同。仲淹雅有先憂志，充國能圖方略雄。似聞側席思耆舊，共擬安車下巖藪。敷錫先由斂五福，作朋自合稱三壽。松筠晚節堅，龜鶴更長年。金莖天上詔，鐵杖地行仙。餘慶猶能光燕翼，令子葵心初捧日。謝庭蘭玉未須多，王家龍鳳元非一。君不見明經韋氏學，相業悠悠增世澤。又不見清德楊氏家，四世三公事可誇。持觴今且頌南山，劍履旋應近聖顏。欲令仁壽遍天下，直教中國相司馬。

漢宮春曉圖

禁苑鐘聲催報曉，枝間處處聞啼鳥。開簾豈復雪霜寒，掩鏡齊歡風日好。無邊樂事趂春明，韶華滿目最關情。嬌顏任使名花妬，緩步偏多細草承。共美纖腰廻萬舞，亦有長門傷獨處。新□□□□歌，密意難傳紅葉語。堪笑高臺止避風，豈能對檻卻當熊。丹青圖畫春風裏，哀怨琵琶夜月中。春去春來人漸老，花落花開春競巧。年年歲歲奉宸遊，何論承恩先與後。夭桃如錦柳如絲，流鶯千囀上林枝。欲知無限芳春思，總在憑闌不語時。

歲暮答深澤趙明府

與君萬里同爲客，千里分符復相隔。南北天寒雁不征，緘書欲寄無由得。剖冰躍出雙鯉魚，尺素由來自深澤。開函一字一相思，愁懷望斷黄塵陌。我今寄傲海東頭，宦思羈情總蕭索。大東杼軸漸成空，鴻雁何時慰安集。海内交知轉寂寥，郵筒幾月無消息。歲晚誰能罷越吟，勸君且自加餐食。

穆陵行答呂惟儀

全齊十二稱天府，山川錯列雄東土。當年賜履盡穆陵，歷世興文接鄒魯。沂山之下沂水清，遠流曲折來駢城。鬱芊盤結多靈淑，嶽降常爲聖代英。君不見馬卿文章魁天下，已高學士南金價。又不見馮君大小相因循，奕世勳名可動人。自餘稟粹相繼作，躍龍翥鳳非寥廓。君家先達有許公，後賢亦合比中國。我本東南海上來，薄遊北海接仙才。雙鬢蕭騷慚漸短，孤懷愁絕傍誰開。明珠久矣甘寥寂，片玉依然光始發。早晚徵書下晉城，更看并對黃金闕。

萬松引爲蔡孝廉作

君不見桃李花，淺白輕紅相間遮。傷春一夜林頭雨，飄泊溪邊片片霞。又不見楊柳枝，娜娴千絲拂地垂。一朝霜氣摧梧葉，總逐秋風陌上吹。朔雪漫漫地凍裂，山間百卉俱欲折。歲寒何物可徵奇，蒼翠長松端自別。誰人家玩此珍圖，傳來的是蔡君謨。節概看君應類此，萎薾於今何有乎。披圖細睹萬松樹，傲雪淩霜自朝暮。龍幹參差護嶺雲，虬枝蔥蒨含山雨。陶徑何言菊并存，丁年十八事堪論。託跡聊爲處士隱，分榮不羨大夫尊。閩中夾道君家物，彷彿今猶相咫尺。端明爲閩部使植松夾道磥砢終須粱棟材，氣色居然嵩岱植。有時隔水奏笙簧，千年裂石摩穹蒼。青牛或出樛枝裡，白犬多居偃蓋傍。真人最愛風初入，服食還須俟五粒。更喜興祥枯復生，共羨稟和高且直。堪嗟楊柳望秋零，桃李當春只暫榮。豈似貞姿勁節長，不改萬山搖落萬松青。

屢豐亭有序

亭在樂邑官舍後，前令郁文叔所建也。首石諸山，四圍擁翠，因亭成得雨，名曰『屢豐』。余公暇間至，感今追昔，喜值歲頗稔，而歎斯人不復作矣。爲長歌一闋。

半畝荒園一徑通，四面山氣相冥濛。蓬蒿密擁一朝闢，獨立虛亭草樹中。見說亭成甘雨溢，是時憂旱意初釋。主人默禱年屢豐，以此名亭義偏得。吁嗟洵美非其鄉，斯人一去迷何方。四顧虛明堪徙倚，亭亭宛若魯靈光。伊余繼至及秋好，公暇看山豁塵抱。冬雪官梅樹樹花，春風桃李媚百草。去歲民間賴有秋，今年雨澤亦還周。有鳥枝頭催布穀，家家南畝事鋤耰。但令穡事年年足，圃暇農閒皆鼓腹。鳴琴不怍屢豐亭，處處同歌春酒熟。

武夷九曲歌壽少司馬陳公七十有序

公雅慕佳山水，自懸車日，即結廬于武夷深處，興至輒命朋侶相從以遊，茲曲當復行也。仰止名山，慶彼樂地，自以職事所羈，難隨杖履。爰製九歌，竊自附於岡陵之義云。

我所瞻兮萬年宮，溪流一曲開蒙茸。彭祖之居號雲龍，群仙更聚幔亭中。誰其主之溪上翁，惟張與徐差可同。驂龍馭鶴意融融，坐見塵揚滄海東。

我所瞻兮玉女峰，溪流二曲山氣濃。鏡臺不受埃塵封，印石時留翰墨蹤。何以居之桂樹叢，猿吟虎嘯生雄風。勒馬淩霄四望通，千齡龜鶴伴長松。

我所瞻兮會仙巖，溪流三曲溪轉深。海日初升開曉嵐，游仙鸞鶴此中驂。何以侑之杯行三，緣厓架壑窮幽探。山光水色媚清酣，千秋萬歲樂且耽。

我所瞻兮在玉華，溪流四曲景逾賒。釣魚溪畔放浮槎，題詩合到李仙家。誰與幽棲傍赤霞，仙牀倦起看山花。解愠園中試御茶，主人之樂詎有涯。

我所瞻兮號天柱，溪流五曲雜煙霧。棲真更在留雲處，丹竈茶爐共朝暮。誰與相從洽情愫，晚對群峰誇樂聚。紫陽之業應難去，君子萬年當永譽。

我所瞻兮一覽臺，溪流六曲蒼屏開。振衣千仞出崔嵬，上與天游意豁哉。誰其钁石掃莓苔，千年聲響超群材。露零仙掌溢玉杯，葆真怡性貌若孩。

我所瞻兮雲石堂，溪流七曲樹生香。石門虛徹把金光，翹首三峰列上方。誰其行樂意未央，天壺日月景偏長。逍遥倚仗廻北廊，樂只君子壽無疆。

我所瞻兮到并蓮，溪流八曲水潺湲。鐘鼓樓臺步列仙，月明環珮聲珊然。誰可與同學慕禪，笠子臨流枕石眠。游方之外思翩翩，贏得神全迓永年。

我所瞻兮盡仙亭，溪流九曲山鳥鳴。靈峰之上雲英英，輕盈杖屨等鴻冥。誰可與同猿鶴情，荷鍤相將日斸苓。止恐安車下帝庭，山中之樂如蒼生。

清江行送孫邑簿歸清江

江流旋遶臨江城，江中之水何清清。江比穎川堪洗耳，清似滄浪可濯纓。結廬江上孫文實，閉門誦讀明經早。官因論秀無中人，政署催科寧下考。竭來海上兩朞年，廨宇名更高士軒。棲鳳原非考城後，淩雲況在華陰先。堪歎時無曾待制，葉子才高且同滯。宦轍久知行路難，王門豈合長裾曳。任他設醴左迎虛，已向天台賦遂初。世情自古疑蕉鹿，秋風此日正蓴魚。君家有法名安樂，四休居士言猶昨。攜壺當復陟金牛，開門更喜羅黄雀。江水洋洋總樂饑，餐英又到菊花時。崑山璞玉仍韜耀，郄林新桂待華滋。君不見孔家兄弟振清響，當時且坐元祐黨。道脈濬於江有源，贏得儒林并瞻仰。又不見劉氏子姓美星郎，科名繼武振餘芳。世澤江流同不息，千載令人頌墨莊。君歸釀秫柴桑里，看山日坐烏皮几。身外浮名了不關，羽翼雲霄將繼起。

讀鄭氏世德傳有序

鄭生茂學，其父若祖皆有聲黌序間，曾大父舉鄉書第二人，以計偕上公車而卒。生憫先志之未終也，既請傳于陳司馬，而復求發其未盡之意。爲之歌此，用示勸勉。

萬事悠悠聽彼蒼，古來壯志多摧藏。幾處功成歸綠野，幾人世及有青箱。人豈尤兮天豈怨，天與英雄半利鈍。餘慶常從身後知，榮名未可眼前論。爾家世澤總詩書，逢衣無術勝華裾。丹山一奮猶衰鳳，綠泮三生待化魚。光陰容易催人老，自嘆功名苦不早。流水知音未絕絃，清廟掄材須合抱。君不見東海源長澤亦長，汪波浩渺浸扶桑。海上風雲時會合，鵬程九萬終飛揚。

陳以哲孝廉自武夷山中有作寄懷侑以仙洞茶建溪酒賦此答謝

敲門報有山中使，新從武夷下九曲。高人猶在幔亭間，縹緲煙霞三十六。秋陰猿鶴解相留，日宴群仙酣未足。慇懃寄我洞天香，逡巡復有杯中綠。安得乘風輒御虛，伴爾名山脫塵俗。司馬雲端舊結廬，至今借與何人宿。君來且赴曲江春，莫畏移文絆巖谷。

海上謠

東來渤澥浸扶桑，下見南溟接渺茫。潮平半拍中華岸，流遠時通異域航。十洲三島知何在，興雨騰雲多變態。曾聞鞭石總成虛，復擬揚塵焉可待。登高望遠苦難超，百川并注歸沃焦。忘機鷗鳥狎煙艇，遭睡驪龍棄緯蕭。有客三年居海上，大觀飽目心神爽。倘可浮槎伴列仙，不然乘桴窮沆漭。昔逢若士吾家子，蒙谷行遊蒼霧裡。今應何處訪安期，我欲從之隔弱水。安得乘風生羽翰，飛越蓬壺周歷金臺玉閣三千里。

百仙圖爲陳司馬題

何處山幽開洞府，蒼松白石煙霞古。南極星騰潤璽輝，百仙并集呼且舞。天門宛似闢三宮，天池又與二室同。蓮比華山千葉秀，雲氣崑丘及閬風。鐵橋應是羅山曲，扶醉橋頭鞭白鹿。斵得終南地肺芝，採藥天台猶未足。大會依稀赴幔亭，結廬主人亦謫星。海上蟠桃經歲熟，倚門云是董雙成。何必飛昇同白日，棋局優游晉石室。羽扇堪揮障世塵，遍覽名山愿已畢。慇懃爲謝呂純陽，盧生猶解說黄粱。歸與亦欲隨仙侶，萬態浮雲酒一觴。

商山圖爲林國相題

商山舊接終南勝，深谷層巒倍幽靜。高士何年共結廬，雲滿衣裳蒿滿徑。閒來便唱紫芝歌，駟馬高車較若何。棋局每憑幽澗石，詩篇長詠狎煙蘿。自嗟生世唐虞遠，祇應木石同蕭散。反覆時情任變更，過目浮雲了不管。漢庭當日重元良，忽從秘畫張子房。羽翼終歸巖下叟，千年澗壑尚輝光。後人頗笑盧藏用，佳趣此山曾與共。唐家無事翊皇儲，何須別卻煙霞洞。

龍江行送黄士明歸龍江

樵山巀嶭羅群峰，中天削出青芙蓉。樵湖盡注飛流水，一灣東下江猶龍。中產高人萃清淑，古今上下蟠心胸。往往應時多遇合，文章行業淩蒼穹。君年逾壯學日積，飛揚意氣追前蹤。霜蹄得路輕千里，養成六翮將摩空。天子求賢初爰立，前星瑞協暎儲宮。異日明良知濟美，青雲早附畢天工。

憶昔行

憶昔長安事薄遊，相逢意氣淩千秋。鳴珂隊逐雙龍闕，就日輝騰五鳳樓。紫陌繁花邀并馬，玉河新柳繫停騶。是時方喜離家食，海内朋游近相得。翻手寧知雲雨情，論心未怯風塵色。銜杯結伴有高陽，揮麈談天俱碣石。一從分袂出都門，世事悠悠不可論。落魄天涯時自惜，狂歌燕市幾人存。驅車每共嗟危轍，逆旅能無念故園。暫假拂衣歸栗里，林泉幽暇釋塵滓。幾年松菊詎云荒，何處江山誇洵美。卻愛吾廬未可忘，畏路無心強復起。

對酒歌夏日郊居作

五月林亭花氣濃，披襟四面生涼風。主人避暑池邊坐，客至樽開樂事同。尊前愛客重沽酒，世上浮雲寧復有。河朔風流昔所聞，蘭亭觴詠今能否。對酒歌，日欲曛，勸君有酒莫辭頻。一醉渾忘愁裡事，千愁盡向醉中分。浮生不定如漂梗，白日西飛誰解揮戈留短景。淵明入社便攢眉，李白舉杯惟對影。相見應知聚會難，酌酒與君君盡歡。但使金樽長對月，莫教奔走道路空漫漫。

壽母行爲倪明府作

寶婺江邊婺影懸，仙華白鹿女中仙。燕喜堂前歌壽母，忘憂階下樂長年。憶昔公車初召對，十月征衣寒朔吹。不嫌游子道路遥，自許高堂鐘釜在。曲江宴罷試分符，百里花光溢海隅。熊丸已幸成慈訓，烏哺偏能念母劬。愛日春暉多受祉，瞻雲嶺嶠嘉能子。瑤池青鳥信常通，金闕紫鸞恩具邇。行看錦綬賁魚軒，佩玉鳴珈自茲始。

劉明府遷倅吉安

君不見召翁卿，當年撫字著賢聲。躬勸耕桑循隴畝，留得人傳召父名。又不見杜公君，從來績譽比前聞。底事令人歌杜母，祇緣節愛念彌殷。以此方知古爲政，不在苛條與虐令。赫赫雖無在處稱，既去人心思莫竟。劉君治行有誰先，兩漢家聲舊所傳。仁比南陽蒲示辱，義似山陰惟一錢。人道君才非百里，展驥功應別駕起。嶺北烽煙接嶺南，父母之思猶孔邇。

九如圖

名山萬丈插天碧，曲阜層岡環翠壁。蒼陵面面削芙蓉，下見長川流大澤。日月重明不夜城，託根千齡松與柏。結廬高士得所如，何用移文拒逋客。森森蘭玉更芳姿，自可優游任泉石。

歲暮

當時走馬共朝天，屈指長安二十年。歲暮流光思往日，世間萬事皆徒然。東風吹綠變新柳，又見池塘對春酒。且將吾道付滄洲，自古紅顔終老醜。

機易行有序

機易山，在東南海外。時有安奏採金者，王生候選京邸，輒草疏上之，雖未得俞旨，而其事竟寢。今受職鄰壤，以所疏草及左司寇謝公贈言，求一語附之，因嘉其志，而爲之賦此。

東南海上幾仙山，巨浸洪濤漭瀁間。金銀宮闕三千里，止許遊仙日往還。幻出群峰有機易，巖石巑岏瞰蛟室。扶桑堤岸對吞天，靈草汀洲連浴日。混沌鑿處德難居，精衛填來事總虛。豈見徐生藥可市，浪誇秦帝石能驅。么麼何物商人子，眼輕大壑如沼沚。妄言海若在海山，擬藉天吳報天子。揚帆破浪喜長風，虎節龍旂入海中。黄金他日使如土，朱提異地愧無功。舉朝相顧盡失色，卻恐天心未易格。誰能周隱及窮荒，孰引批鱗爲己責。王生素業慕蕭曹，自矜曾佩呂虔刀。誓殲狐鼠清城社，忍使鯨鯢截海濤。草茅書就千言牘，條陳利弊剖衷曲。宛如長孺思拾遺，大類賈生能痛哭。曾聞杞客但憂天，爭比恤周嫠婦賢。立仗每愁鳴輒斥，朝陽未見聲俱傳。吁嗟王生解張膽，繪圖封事徹皇覽。海波依舊今不揚，姦諛魄奪齊民感。

冰桃行壽劉隱君

寒威凜冽冰塞川，止見梅花犯雪妍。天上碧桃元異種，冬來結實實逾鮮。劉郎自識天台路，亦解瑤池接王母。黄竹歌餘宴白雲，擘出冰桃非下土。丹丘紫洞美仙居，蓬蒿亦自愛吾廬。蕭然一徑成真隱，含毫因暇著潛夫。謝家兄弟多蘭玉，登筵并奏南山曲。未須笙鶴侈霓裳，漢露金莖仍所欲。

答林無華時自莆中來訪因之陽春

世上少知音，與君初握手。文章宦達我難兼，滿耳蛙鳴亦何有。九漈壺山類毓奇，見君頗恨識君遲。囊中白雪堪誰和，聽爾復賦陽春時。

題壽鹿圖爲人侄壽其叔母

海氣蒸霞日始旭，照見碧桃初度熟。翩翩青鳥自瑶池，伴得女仙騎白鹿。鹿銜芝草聲呦呦，桃實纍纍枝上頭。併入丹青圖壽籙，因知萱草號忘憂。誰共家園周覽遠，最是竹林推小阮。絲管駢羅日導輿，好鳥和鳴千百囀。蘭玉階庭雨露長，阿宜豈特稱文章。繞膝含飴多集順，歲歲同開燕喜堂。

北上答黄卓卿

遊人理棹珠江前，記得還舟及四年。握手河梁復送遠，片帆北去淩風煙。見説聲名忌太早，誰解紅顔長美好。功業難俱少壯時，悠悠歲月長安道。至後陽生春又新，馬蹄再踏帝京塵。請看紫陌看花者，亦是玄亭載酒人。

帝京篇

皇家首善枕居庸，山河孕毓環青葱。繡戶朱門通十道，龍樓鳳閣嚴九重。簪纓漏待鵷鸞箠，戟衛營連虎豹雄。貴倖軒車流似水，豪游衣馬氣如虹。玉帛群方俱萃止，賫琛無遠不同風。昔時天子日臨御，將相安危深眷注。宵衣咫尺近重瞳，便殿從容親讜語。自從廻祿稍爲災，將作頻煩憂爰處。兩宮雖幸覯重新，三殿纔聞工乍舉。大内深居静有常，天上人間渺莫睹。邇來況復多妖氛，去年暑雨溢城闉。至今食玉兼炊桂，在處釜魚與甑塵。閭閻生理日消索，今昔人心異笑顰。主計帷中難借箸，司馬門前懼脫巾。廟算由來因聖主，國是兼之藉大臣。坐看調爕先寧邇，四海同歸萬曆春。

題張從事思親卷

永嘉山水鍾才賢，盛美由來多可傳。近年更見張從事，翩翩文行雅能全。菽水生平歡未足，歲月悠悠感風木。劬勞幾廢蓼莪篇，白雲飛繞他山屋。自從鼓篋出成均，南北都懷寸草春。捧檄綿綿思道路，三釜何由更逮親。張仲于前稱孝友，君今嗣述芳傳久。須知移孝易爲忠，不獨風塵驅下走。顯親何術在揚名，騤騤宦業起家聲。已見封章賁泉戶，還看蘭玉競敷榮。

章江送別圖爲黄季子作有序

時余起家在外，而宵人謬爲反間，將不利於季子，乃不遠二千里訪余章江。會余有棘闈之役，已取道西征，悵焉而返。留別圖一幅，待識之。余嘉季子之義甚高，而重有慨于世俗之日偷也。援筆賦此，不覺泫然。

江干六月暑初赫，誰解停橈訪遷客。楚粤間關路幾千，於君意氣感今昔。君家兄弟雅愛余，休戚由來義所須。肝膽時時堪并照，勢利翩翩總不如。吁嗟薄俗增茲口，罔極讒言亦何有。金石寧渝肺腑交，雲雨徒翻輕薄手。叔度汪汪千頃波，淆之不濁將奈何。剡溪未憚乘舟遠，滕閣難同載酒過。豫章卻有陳蕃榻，高士南州已非昨。良夜真虛北海尊，孤山獨渺西湖鶴。寫出生綃送別圖，君歸名尚紀洪都。昔日銷魂南浦處，碧草綠波半有無。水鳥自飛還自沒，扁舟想像當時發。篷底一聲獨酌謠，浩歌天地流雲遏。

送少宰葉公拜相北上

聖王御宇垂三紀，海内賢豪相繼起。宰衡之任厥惟艱，爰立於今幾易矣。閩海福唐首地靈，挺生人傑重明庭。沙合河通占郭璞，魁名兆後相初興。遘會方知全不爽，名世登庸若應響。天將良弼賚皇家，廿載蓬池欽邃養。當宁年來夢卜頻，一夕臺階氣色新。使者徵書分道出，念舊招留共五人。君不見虞廷五臣昔輔理，化洽垂裳稱善美。又不見夏后當時得五丞，坐令天地慶成平。江干幾日新涼至，發船疊鼓催津吏。佇看道合更和衷，奕奕勳猷起三事。

寄題錢侍御小輞川

天留勝地虞山麓，城市林泉樂亦足。宛轉清渠有畫橋，周廻廣徑多奇木。翩翩鷗鷺百千群，兩兩鴛鴦三十六。溪渚寧言僕射陂，巖巒未數王官谷。主人只慕右丞莊，每道藍田勝辟疆。筆落已同詩有畫，樽開便逐醉爲鄉。煙霞在處生華薄，簫鼓乘流命野航。地潤儘容江月色，亭高時逗澗花香。看看水木清華裏，幻出瀟湘一別墅。聚遠樓前繞砌蘭，空明閣下臨汀芷。桂叢杏館間椒園，槐陌梅廊帶竹里。倒影朱闌池畔廻，棲霞青雀林間起。早歲能懸御史車，蕭然濠濮羨儵魚。酒闌但坐看山几，歌罷還抄種樹書。流水柴門非俗境，青松白石愛吾廬。千年摩詰風流在，莫說清齋尚不如。

壽馮母太孺人八十

江南十月天氣新，橘柚垂榮號小春。愛日北堂情更倍，翩翩彩袖正娱親。碧桃海上冬還實，雪藕冰梨伴錦瑟。西母瑤池信始通，麻姑且道蓬萊出。家園周覽樂潘輿，彷彿雲扶白鹿車。南極星光聯寶婺，管絃應奏鳳將雛。子舍承顔孫繞膝，女偶長年猶孺色。庭階蘭玉喜森森，拜闕衣冠恒絡繹。八十遐齡未足多，陽都得道已形和。稱觴定迓期頤永，黄髮重賡燕喜歌。

送韓孟郁南還

去年挾策上皇州，握手爲君賦遠遊。今年艤棹江之涯，杯酒逢君還白下。三獻楚玉猶未明，令人感慨倍關情。由來遇合苦不早，幸君始壯匪晚成。駑駘未敢輕騏驥，霜蹄得路終千里。斑衣且暫傍庭闈，賈勇還期復大舉。中朝事業俱名賢，結客何須但少年。丈夫許與恒不小，飛揚意氣凌蒼天。

答梅子庚

有客丰神照秋水，胸中磊落談名理。仙隱如傳仙尉家，吳趨大類吳門市。自言負俗寡所諧，難遣風雲入壯懷。世上齷齪何足數，客中情緒苦無佳。床頭卻有書連屋，展向風簷時玩讀。雅意難忘對聖賢，此身未肯混流俗。躡屩行遊到秣陵，彩筆還能賦二京。名刺懷來字半滅，塵劍拂時鋏自鳴。神交海内誰知己，雄文欲學黄初語。贈我空慚寡和篇，爭比龍門得御李。

賦得宦情隨日薄

當年畏路苦驅馳，往事於今有所思。千山歷轉聽猿道，三徑猶臨浴鶴池，老作蠹魚空玩日，杜門卻客從真率。時邀社酒問農桑，或向古人尋著述。泉石逍遥賦遂初，蓬蒿密擁一郊居。杖屨忽迴方外轍，冠裳再逐府中趨。自甘閲歷風塵久，豈謂憣然辭畎畝。意氣縱横類若無，身世浮沉亦何有。小草誰令復出山，強將名姓在人間。考槃尚憶林園樂，結轡難忘道路艱。看看世事徒勞耳，屈指科名越二紀。薄宦寧能但俛眉，優游卻道衡門美。

賦得詩思入秋多

三伏炎蒸喜漸收，新涼河漢屬清秋。數聲樹底蟬方變，幾點窗間螢自流。懷人極目蒹葭水，四方雲集紛才子。衣馬同遊思轉多，鞭弭相從業未弛。棲遲旅食總他鄉，公餘登覽白門旁。六朝舊事吟禾黍，千里邦郊詠鳳凰。遠近親知半離索，緘書誰與道寥廓。璀璨珠璣海畔來，綽約風雲天上落。胸如雲夢八九吞，忽睹連篇滿贈言。爲向泥涂嗟潦倒，將從霄漢望騰騫。伊余短鬢霜初染，薄祿衰遲徒竊忝。歲寒但共保松筠，莫遣年華空荏苒。

雙節詠爲王孟箕虞部母暨大母作

稜稜雙節稱王母，此日陳情先念祖。陟屺仍懷聖善人，燕喜俱難方頌魯。匡嶽彭湖間氣鍾，婦姑先後稟將同。節操承家自不改，貽翼於今未有窮。黄鵠歌殘天渺渺，鸞書欲下恩多少。三釜猶懷風木思，六珈已恨堂萱老。手植庭槐喜獨存，欲報春暉未敢言。騂騮志尚堪千里，烏鳥情終逮九原。財賦東南隨物力，早夜持籌裕經國。豈同榷利計征求，祇爲明庭佐規畫。能詩水部本通才，宦業中朝更遠哉。疊有綸恩榮里閈，依然寶婺暎中台。

南圃長春卷

東南海上神仙窟，長薄逶迤蔭叢樾。扶桑萬里暎朝暾，波光倒射金銀闕。幽秘中開小有天，參差蕙畹接芝田。主人自闢三三徑，風月壺觴伴列仙。不羨桃紅與李白，珠林燁燁金光碧。寧同仲蔚守蓬蒿，芳香種種沾天澤。就中松栢有貞姿，上棲鸞鳥下伏龜。千尋勁節淩霄起，風標雪幹自離奇。洞裏乾坤開麗日，叢桂靈椿相挺出。竹梧次第長孫枝，年年此地皆春色。

瑶池喜燕歌長至日爲友人壽母

天上欣迎至，人間慶履長。書雲禮罷初增線，愛日情深復舉觴。慇懃開綺席，并奏雲和瑟。擎來玉乳九霞漿，侑以金桃千歲實。斑衣庭下舞蹁躚，間有蓬萊閬苑之群仙。靈妃環侍，玉女在前。棗如瓜，藕如船，脯麟炙鳳多芳鮮。白鹿車隨孔雀扇，霓旌羽蓋雲中現。大會何須侈幔亭，珠樹瑶林介福殿。酒闌便擬白雲謠，聽徹緱山學鳳簫。侍女笙歌相間作，驂鸞駕鶴遞招邀。昔時八駿空馳騖，此日庭幃樂自足。承歡侍宴似東方，大隱金門仍所欲。

送陳仲子赴春官兼呈王明府

城南有名族，韋杜不專美。厥族本太丘，猶稱聚德里。昔時兄弟止兩方，世推二難聲俱揚。今日諸孫紛嗣業，人言舊里勝高陽。家學淵源相師友，博古探奇窮二酉。文章獨步應魁元，科名接武輝前後。仲子才雄海内知，韜光韞璞已多時。一朝薜卞與長價，四海珍琛共鬥奇。王家仙令飛雙舄，增秩行看嘉乃績。計偕挾策對臨軒，踵接鳴珂趨左掖。鳳毛苞彩映天顔，翕赫簪裾玉筍班。次第生平攄積抱，大業同看伯仲間。

題黄給諫南山精舍

東南海上鳳凰山，山下靈巖杳靄間。仙都自昔美泉石，福地由來遠市闤。爰遡梁陳始棟宇，百庵十院相連附。中開石室名普門，舊是黄公棲隱處。一從英茂已蜚騰，故社難忘竹院僧。割田歲入充香積，報祀堂留伴佛燈。荒煙野草將淪沒，香火延綿尚不絕。巍巍古殿似靈光，鬱鬱叢祠等千越。善慶應符百世昌，雲仍奕葉有輝光。科名異代繩相繼，宦業于時久益芳。有美當朝名諫議，亢宗自解承先志。陵谷千年稍變更，箕裘自我寧遺墜。心因念祖切光前，長懸舊隱寄雲煙。買山闢地可十畝，作室臨厓復幾椽。蒼松翠竹參差起，怪石飛流接溪渚。堂稱樂志怡心神，館號擷華滿圖史。長橋木末疑漢津，泉聽飛軒迥絕塵。傍舍兼營水月閣，清齋不減輞川人。羹墻祖德自難捨，選勝溪山亦復寡。誰云此地不丹丘，更待他時爲綠野。

題金陵寺遂有亭董吏部在計曹時所建也

金陵城裏金陵寺，當是金陵最佳處。一區僻地人罕過，幾仞高丘亭可據。海畔忽來吏是仙，造士橫經業已傳。國計頻煩方借箸，公暇猶能覓勝緣。尋幽挈伴山之麓，振衣直上縱遐矚。誅茅闢石亭乃成，臨高望遠意偏足。鬱葱佳氣滿鍾山，翱翔宮闕五雲間。二水分流江浩渺，鷗鳥帆檣日去還。城郭居人十萬户，甲第連營紛指顧。締造初開萬載基，歌詠堪裁兩都賦。主人登覽未多時，内召程材荷眷私。記憶吾曹杯酒侶，中心何日遂忘之。

舞蛟石行有序

石，故李唐間物，有趙承旨松雪篆勒。易新主者屢矣，中幾奪於權璫，復見摧於俗子。既歸于范長康，獨禮重之，號曰『吾友』，日相與徘徊其下，多邀墨客題詠，而屬余嗣響。

清宛堂前三丈石，出自他山始何日。洞庭波底一潛蛟，舞餘幽壑離窟宅。已化貞堅狀獨奇，舞態猶存未異昔。不與青州怪并來，豈藉神人驅始得。鑒賞曾經巨筆銘，先朝真蹟自堪憑。雷雨乍聞恐變化，風雲如待欲飛騰。何緣異代相傳久，呵護應知屬地靈。倚檻不堪殘秀萼，垂陰猶復繞朱藤。丈人夙昔曾見夢，何如友誼今逾重。笏袍亦類米家虔，表異真過靈璧貢。長許高人入詠觴，更與詞林侈歌頌。平泉不羡贊皇居，叱羊浪說金華洞。興廢由來自有時，靈光獨在此爲宜。主人自昔多奇尚，神物於今卻遇知。屢經險阨終難易，豈因權力可潛移。將軍臺樹逢新主，學士禎祥再見之。

金陵元夕篇

令節招攜聚會頻，移尊更傍帝城闉。金吾不禁閒遊騎，玉漏休催結賞人。淑氣千門方霽雪，陽和滿目堪怡悅。九微燦若紫垣星，百影輝連朱戶月。太乙通宵祀漢宮，此時卜夜將無同。銀花樹合光逾遠，竹葉盃深樂正融。佳麗金陵美自昔，留連想見豪華日。臨春閣上管絃多，結綺樓頭歌吹溢。吾黨如今但樂群，卻緣高會得論文。共看結綵娛清夜，最好傳柑遺細君。見說天官初定籍，造物悠悠未易測。世事何心卜紫姑，但須劇飲同今夕。（以上四留堂稿卷四）

全粵詩卷四四二

盧龍雲四

元日

萬國趨王會，山中自一家。庭餘經歲草，林起隔年花。入戶風初暖，開簾日始華。流年增感慨，飛思繞天涯。

謁祖壟

三年樵徑別，此日更躋攀。祖德思逾厚，山靈笑復還。心懸碧落外，身在翠微間。來歲逢寒食，他鄉憶故山。

下第迴舟次平圃

客久多吟越，人誰諫逐秦。思家愁遠道，去國憶王春。歲月慚雙鬢，江湖笑此身。漸聞鄉語近，歸夢不須頻。

陳氏水樓

問爾滄霞者，何年此卜居。白沙叢翠竹，秋水濯紅蕖。機靜馴鷗侶，心閒謝鶴書。蕭然塵世外，無用憶蓴魚。

元夕

序入初元夕，燈分太乙光。鑰魚閒警柝，火樹照流觴。月皎春增色，歌殘夜未央。去年憶此日，驅馬正他鄉。

郊行值雨

避暑尋幽壑，乘閒到野亭。風聲動林薄，雨氣入郊坰。塵外欣沾灑，吟邊豁性靈。行行歸路晚，酒態已全醒。

聞司諫劉先生僉憲閩中賦懷三首

羊郡三年別，鴻音萬里疎。狂歌燕市酒，涕淚漢庭書。吾道艱危裡，時名想望初。烽煙閩海淨，攬轡意何如。

青瑣班朝日，黃門刻漏時。有懷心獨切，封事夜何其。興禮辭劉向，掄才補望之。聖恩原不淺，出處未堪疑。

憲府開閩越，雄才自漢京。鶯聲辭碣石，龍氣望延平。奏疏君門遠，刑章列郡清。褰帷過海嶽，似亦厭承明。

途中人日

此日人同得，和風喜襲裳。無心誇綵勝，轉眼逼年芳。池草知新綠，蹊花憶舊香。上林春更好，及早賦春陽。

京邸七夕過林希平小酌

夜色同盃酒，其如旅思遙。音稀鴻度嶺，秋入鵲爲橋。巧向吟邊乞，愁因醉裏消。明年當此夕，何處復相招。

贈黎運幕

全齊稱外帑，少府待緡錢。煮海功還在，操贏策孰先。貨權由昔重，吏隱識君賢。幕裡冰壺澈，芳聲歷下傳。

送程太學南歸

搖落秋逾半，霜前葉亂飛。酒隨燕市散，人望故園歸。佩有吳鉤在，吟餘郢調稀。識君憐暫合，又向旅中違。

送黄侍御之留都

乍逢燕市酒，其奈別離同。道出青門遠，聲於白下雄。喜看車是鷺，爭避馬爲驄。好結澄清侶，交章達漢宫。

范晦叔程右文將歸見過值余外出代柬再約

偶逐塵蹤去，空聞二竗過。風流兼阮謝，吟和喜羊何。坐客應常滿，逢君豈易多。歸心如未急，清夜倘來歌。

送黄禮甫令歸安

共是河陽吏，君先捧檄行。幾人隨粉署，數月得黄生。念此別離遠，其如鄙吝萌。重逢在何日，奏最入燕城。

答譚金吾兄弟

自昔同桑梓，而今隔異方。非隨鵷鷺侶，那識蕙蘭香。金是燕臺重，珠元合浦光。翩翩鴻漸羽，喜近五雲翔。

旅酒皆無賴，逢君即故鄉。遏雲歌屢發，邀月興偏狂。文武聲俱茂，衣冠澤自芳。風塵驅俗吏，別思轉堪傷。

留別袁太學

與爾同桑梓，相將上國遊。詩篇誰競美，杯酒每淹留。雪裡牽行色，天涯起別愁。未知重會處，應早覓書郵。

留別丁國雲

帝里同爲客，交情爾更真。開尊來雪夜，握手慰風塵。并馬遊俱壯，歌驪思轉頻。不堪言別後，途次獨迎春。

新城道中

日暮西風急，黃塵撲馬頭。村藏平野樹，酒記舊家樓。候館聽鷄發，征鞍對月收。已忘從役苦，行路不曾愁。

送車一中歸羅浮二首

客自羅浮出，探奇事遠遊。雲山幾千里，雪夜一孤舟。宦跡憐余渺，詞林羨爾優。誦來詩句好，真滌旅心愁。

僻地經過少，相尋卻有君。一行先作吏，幾度憶離群。握袂方冬雪，臨岐復暮雲。漢庭有知己，應薦子虚文。

題馬平邑署

作吏元兼隱，蕭然一草堂。短墻過月色，虚牖接霞光。閣最閒堪臥，琴還靜可張。生平甘澹泊，此味不妨長。

邑中槐樹

元非王相宅，庭下亦三槐。嫩綠盈春樹，繁陰覆夏臺。政閒喧自息，吏散鳥堪來。陰德差無忝，他時莫浪猜。

詠邑前榕樹因憶子厚有榕葉滿庭之句

雙榕何歲植，蒼黛已盈圍。雨過百花盡，鶯啼亂葉飛。高人去云遠，往事是耶非。欲擬甘棠詠，其如和者稀。

土酋四首有引

昔有里隆之亂，虜書生爲質，蓋夷人逼於土酋而然。時遣官諭降，馬平父老在焉。後土酋中傷吾民，多由於此。

族類元非我，徒云附大邦。摧鋒看有幾，授鉞詫無雙。止可追驕虜，誰令戮已降。哀哀聞巷哭，淚血染西江。

俯仰追前事，令人恨里隆。青衿還喪氣，赤燧有何功。單騎顔偏壯，群謀見畧同。至今安土著，鳥盡合藏弓。

比屋還耕鑿，田園半已荒。云何邀上賞，遽爾啟侵疆。浪說方歸馬，真成復進狼。蒼生元不造，謀者自爲臧。

白面誠非拙，丹衷卻未投。恩遺曲突客，皮盡負芻裘。狡虜心難測，蒸黎恨未休。無辜將受戮，多難總堪憂。

自城中還至鄉園二首

闃寂樵山下，先人一敝廬。好遊經歲別，避亂更城居。陰德于門舊，遺經鄴架餘。暫歸環眺竚，何日遂吾初。

祖澤貽遺遠，親庭嗣述來。山林懽未足，風木思堪哀。魂魄思豐沛，班斕憶老萊。滿庭今對客，笑口未曾開。

讀郭郡公新築東洲記

嶺海千年勝，重逢郭細侯。狂瀾廻砥柱，王氣結中流。海浴雙珠出，波涵半璧浮。甘棠他日詠，文彩遍南州。

北上辭先墓二首

四序春還轉，重泉夜永藏。有懷空陟岵，無地不沾裳。列鼎嗟何及，趨庭恨倍長。九原難復作，風木古來傷。

浮生俱幻夢，異代想音容。痛拭牛山淚，悲看馬鬣封。義方餘手澤，往事感遺蹤。祿養真無補，瞻雲涕復從。

十八灘

二水流初合，群灘石并攢。總成熟道往，不作畏途看。捩柁過廻岸，輕橈下急湍。但諳三老法，利涉豈稱難。

柹源雨中

嶺外雷初起，江邊雨乍鳴。旅眠聽不盡，孤枕夢難成。大野生寒色，長堤響瀑聲。應時偏潤物，豈喚客愁生。

次清源值龔侍御行部過談舟中

維舟當日暮，有客過河干。六載思同舍，重逢感舊歡。月曾薇省隔，霜已鷺車寒。攬轡君行早，彈來愧豸冠。

將之邯鄲答高正甫博士二首

疋馬向叢臺，風煙萬里開。驪歌徵別曲，郢調雜新裁。隨牒官非遠，臨岐首屢迴。絕憐天尺五，先簡鄴中才。

再上燕臺日，還思粵嶺時。千山辭瘴癘，五斗復腰肢。下走風塵吏，中興國學師。未稱勞逸遠，詩句許相思。

迴車巷世傳藺相如避廉頗處

國事艱危裡，君心屬望初。抗秦堪拔劍，全趙且迴車。虎鬥誰爭長，鷹揚計未疎。列侯多策士，誰更似相如。

贈陳新之二首

期月平干政，風流鄴下才。神君邑裡頌，循吏傳中來。世業青箱授，先聲白簡催。五雲天咫尺，飛舄自堪廻。

保障元相并，飛騰可易同。里中難和雪，斤外已成風。名自斗南遠，群應冀北空。媿余初學步，蹇拙向誰工。

讀朱巽甫嘉禾卷二首

舊美漁陽政，嘉禾合并觀。總緣秋色好，雙拂露華乾。瑞協千箱積，憂從百畝寬。河陽花發後，孰與此中看。

幾載求荒策，祥開喜頌君。政和天亦格，績異帝先聞。疇綠新沾雨，畦黄并卧雲。願因同穎秀，偏向隴頭分。

得仲弟家書二首

萬里天南信，經年未易聞。清宵頻夢草，白日幾看雲。朔雪迷凫影，春山掩鴈群。忽來逢粵使，欣讀八行文。

三年來冀北，星聚愧元方。松菊應還在，田園豈盡荒。旅愁春又半，鄉思日偏長。秋好看鵬翼，凌風或并翔。

照眉池世傳趙宮人照眉於此

荒池千載後，尚憶照眉時。雲鬟臨粧罷，花容傍檻移。柳餘深染黛，桃學淡凝脂。此日空樵牧，興亡事可悲。

感遇三首

行路難如此，孤蹤合滯留。客懷空對月，蓬鬢又驚秋。愁逐商飆起，心俱大火流。長安車馬地，回首記同遊。

閱徧紅塵騎，憑誰慰盍簪。人多工射影，吾獨悵論心。往事如川逝，生涯總陸沉。但令鍾子在，猶可託知音。

聖朝多雨露，無地不銜恩。總識乾坤大，其如歲月奔。殊方甘落魄，旅夢易驚魂。自信心元赤，何時達帝閽。

與張計部夜語併寄家書

冉冉風塵客，悠悠桑梓情。十年俱潦倒，片語盡平生。候館悲秋色，鄉園羨晝行。平安惟兩字，憑爲報柴荊。

旅夢二首

客舍連宵夢，居然是故鄉。風波憐逆旅，羽翮倦殊方。漏永參横戶，窗虛月在梁。靜聞天籟起，蕭颯動新涼。

漂泊非吾土，迢遥憶敝廬。到家元是夢，經歲渺無書。骨肉兩鄉隔，賓朋萬里疎。行藏天所付，安用渺愁予。

將發邯鄲暫寓西署四首

信宿叢臺下，棲棲一旅人。閒方謝簿領，愁轉怯風塵。砧杵秋聲急，關山客夢頻。但諳倚伏理，何處不容身。

蓬轉應難定，羈棲復若何。困來悲失馬，姤在敢揚蛾。旅思丹楓劇，鄉心白鴈多。長風吹曉漏，不寐徹行窩。

細雨侵堦濕，微風入暮寒。徘徊征思懶，牢落客衣單。卷帙堪爲伴，琴尊并所懽。未須憐去住，何路不行難。

閉戶時深念，憑誰作解嘲。不妨盃獨把，聊復句重敲。傲骨成金注，窮愁是石交。故園秋色滿，天末有衡茅。

九日旅懷

萬里同爲客，三年別故鄉。生涯俱逆旅，歲事又重陽。盟負籬花酒，寒侵木葉霜。龍山今日帽，誰并孟嘉狂。

對月

望盡三秋月，空添萬里愁。風雲多變態，羽翼尚淹留。未下賈生涕，難消杞國憂。可堪三五夕，俱倚仲宣樓。

送鄉友之揚州

木葉催寒序，他鄉動客愁。君方隨旅鴈，我獨悵鳴騶。斗下分雄劍，霜前怯敝裘。暮雲將鶴去，何日到揚州。

曉行

淡月聽鷄去，狂風傍馬吹。有誰憐傲骨，徒自強低眉。白屋閒中笑，青樓暗裡窺。故人霄漢上，幾度及瓜期。

答黃汝綸

記憶邯鄲道，真從夢裡看。彈冠先達笑，行路古來難。滿目紛時態，貞心獨歲寒。風塵俱異域，握手慰加餐。

偶成

萬態紛如昨，乾坤總莫容。是非元自見，憂喜遞相從。未解知黄雀，何須笑白龍。酒盃時對月，漂泊任萍蹤。

答高正甫贈別二首

拙已無三異，狂初學四明。暮雲連樹渺，孤鶴伴琴清。走馬爲遷客，聽鶯戀友生。驪歌新柳外，無奈別離聲。

上林春事好，誰與問花神。我媿愁爲敵，人知懶是真。飄零隨世態，奔軼望京塵。縱有澠池翼，那堪白髮新。

答袁彦可

回首金臺下，如君意獨長。開尊同雪色，并騎挹春光。袂忍看花別，鞭因折柳揚。新詩時把玩，慰我九迴腸。

留別黄汝綸

風塵躭薄祿，歲月混微名。衣敝鶉將結，琴孤鶴共清。詩多留滯意，酒慰別離情。試問金臺客，誰當賦二京。

宮文學轉王官致政

王門堪吏隱，虛左待君來。醴酒恩非薄，長裾念已灰。未臨都講席，先上望鄉臺。桃李陰初合，含情更一杯。

五日錢使君招同蔣文學署中小酌時方憂旱

郡閣逢多暇，庭槐逗遠風。天涯三夏半，客裡一尊同。艾葉迎杯綠，榴花入座紅。因思雲漢語，廢酒意忡忡。

夏日公出便過江氏園亭

本是逢迎出，翻爲汗漫遊。葵榴丹艷滿，槐柳綠陰稠。染翰餘清暇，開尊戀勝幽。坐來移晝永，忽自散窮愁。

城北送客不及小集神祠得同字

共有陽關意，歸人望已窮。避喧因別酒，聽法借禪宮。聚散元無定，壺觴但不空。官閒期會少，竟日總堪同。

喜雨

雨意連朝足，人心盡日懽。火雲初捲熖，赤地已揚瀾。耕課移勤補，農書帶笑看。幾旬陪露禱，今得謝玄壇。

大司馬王公招飲城東别墅

背郭新開徑，邀賓屢徙筵。香山遊再美，緑野景同鮮。鳥亦知人樂，花能爲客妍。微風生雨後，真可對炎天。

慰蔣文學思歸

異地同爲客，如君最繫思。眼穿垂暮日，愁劇未歸時。燧色連青海，鄉心滿絳帷。春風將改歲，桃李又花期。

宿興善寺二首

一徑雙林下，新晴對夕暉。參禪同入定，趺坐久忘歸。蛙吹皆成部，蓮燈半照帷。踈鍾纔數點，冥悟息塵機。

借榻依禪室，壇前見雨花。停驂初貰酒，避鶴幾烹茶。棋局緣幽興，詩篇戀物華。塵途方擾擾，安得似僧家。

淫雨頹垣甚多走筆戲作

蝸居徒四壁，四壁復難存。夜宿玄冥駕，朝翻白帝盆。龍吟當戶牖，蛙鼓近堂門。無力驅山鬼，憑誰爲築垣。

自文安舟行至武清二首

作客元無定，公餘亦勝遊。泥塗方駐馬，野水共乘舟。帆掛中川月，舷鳴兩岸秋。江湖思不盡，漁火滿汀洲。

薊北三年客，常愁馬足塵。平川理舟楫，清夜下江津。秋夜穿蒲葦，波光共羽鱗。尊鱸思未得，亦自慰征人。

大悲寺與文安諸生小集

野寺當幽處，登臨思亦佳。暮雲方繞室，秋水欲浮階。掃榻呼僧語，憑軒動客懷。青衿勞問訊，玄論滿蕭齋。

武清隆興寺僻靜可居而門外紆徑深泥不便來往

一榻雙林裡，焚香展道書。閉門聊玩世，行路輒愁余。僻地塵緣渺，新晴露下初。不須慚物役，獨坐見真如。

和錢使君與大司馬王公月下汎舟酌別薛明府

名園開洛社，月下記同遊。五馬鷗相狎，雙鳧鷁并流。池平波影動，星聚夜光浮。□有安車詔，追懽復帝州。

十四夜與諸文學對月酌別

砧杵秋將半，新情夜色良。舉杯同問月，今夕各他鄉。客裡萍蹤合，尊中桂子香。當歌還進酒，明發思偏長。

夜渡苑家口時月出東方水天一色酷類江南之景

月出波光湧，秋深露氣寒。觀濤心欲壯，擊楫道偏難。燈火漁家集，帆檣估客懽。江南多澤國，此地卻同看。

王孝廉席上送蔣郡博給假南還

幾夜秋聲急，催君解纜行。蓴鱸思正渺，衣馬念全輕。杯酒還今夕，郵籤奈去程。相違休道遠，南望不勝情。

海虞十二景

龍山帶郭

繚繞城邊地，移來海上山。峯巒朝暮接，蒼翠有無間。紫氣時環抱，白雲長自閒。仙蹤何處覓，蠟屐好同攀。

鴈塔摩空

阿育留遺勝，千年蹟未蕪。憑虗觀始壯，望遠勢難模。霄漢聞鐘磬，乾坤入畫圖。錫遊飛不盡，登覽遍三吳。

七水橫琴

流水知音少，揚瀾此地迴。盈堤多細柳，遇臘有官梅。七派潮聲入，千厓淑氣開。雍門今去遠，何用使人哀。

兩湖浮鏡

玉匣誰開鏡，寒光對郭分。雙涵滄海月，半度具區雲。釣艇煙籠棹，蓮舟綠暎裙。歌聲隨處起，偏動旅中聞。

檜壇流月

偎壇嘉樹合，世遠自齊梁。翠蓋參天色，清陰碎月光。幹留孤鶴下，葉抱片雲涼。直性終無改，靈根諒有常。

桃澗飛泉

澗水飛流出，桃花夾岸開。穿林疑作雨，噴壑自成雷。選勝堪移杖，探幽屢舉杯。武陵休再入，聊此滌塵埃。

破山鐘磬

斷壁雲常補，崩厓路欲迷。偎遊邀杖屨，客至訪伽梨。聞磬知蓮社，聽鐘認虎谿。禪心如入定，真作絮沾泥。

瑞石亭臺

磐石依山曲，孤根歲月遒。臺成堪坐嘯，亭在可銷愁。截雨疑犀浦，聽簫作鳳樓。飛仙寧道遠，此地足夷猶。

絕壁懸門

百丈丹梯迴，乾坤拓此山。高疑通帝座，幽可列仙班。日月平臨照，風雲遞往還。祇應人世外，別自有天關。

拂巖迴瀑

懸泉千尺下，飛作雪花輕。巖掛聯珠影，溪鳴碎玉聲。霏微沾月馭，凌亂灑霓旌。并坐翻愁濕，新來谷口鶯。

玄林鴿井

卓錫何年至，泉流雪乳寒。群飛天外羽，幾就洞中丹。花雨興龍窟，慈雲覆綺闌。酌來應覺爽，沆瀣不須餐。

晴海狼崖

大壑容流遠，晴天入望多。雨餘看玉蝀，浪裡出青螺。觀海元無極，題厓尚可磨。鯨波長願息，擊壤聽謳歌。

喜寧夏報捷二首

六月王師出，三秦虜禍深。尚方煩賜劍，死士赴懸金。秘法通黃石，先聲隕綠林。轅門看飲至，庶以答天心。

騎士皆超距，儒臣亦據鞍。城登弓月滿，水決陣雲寒。百二還秦險，威儀復漢官。幾回看露布，更爲里中懽。時草露布者，吾鄉葉中丞也。

寄李長庚

問訊叢臺月，憑誰作報章。交情看劍遠，別恨引杯長。命駕難千里，懷人祇一方。太行休道險，天路識飛黃。

立春日得徐二孺書兼承寄長歌一闋賦答二首

喜際春還候，雙魚達素書。名因漢高士，詩似魏黄初。青眼寧違俗，玄言重起予。公車能召對，且莫賦閒居。

屈指詞壇客，徐卿已白眉。三都推作賦，五嶽待題詩。海上依叢桂，山中問紫芝。吳門他日過，載酒若爲期。

將發益津留別江應雷二首

試筆當春早，江淹夢若何。風雲應有合，歲月豈虛過。孤憤當年甚，離懷此日多。不須傳別賦，脈脈對滄波。

舊業餘三徑，幽居傍五渠。孤山時養鶴，濠濮久觀魚。上國多鴛侶，承家有鷺車。箕裘看汝在，莫自託樵漁。

王觀察八栢亭二首

宅以三槐勝，亭因列栢留。歲寒偏不改，春翠日添稠。門亦曾羅雀，材非但蔽牛。悠悠傷往事，氣節自千秋。

喬木家聲遠，芳亭勝事繁。雪霜看愈勁，雨露感偏存。幾就閒居賦，休誇獨樂園。東山何日起，難自老衡門。

答妹丈崔體韶二首

弟妹天南遠，開緘獨惘然。棲遲因鳥道，淪落愧龍淵。旅夢鄉園隔，生涯歲月遷。薄遊蘇季子，安問洛陽田。

羨爾方雲臥，衡茅且避喧。蓬猶張氏徑，帷自董生園。共惜飛騰晚，長懷笑語溫。不言桃與李，應自見環門。

賀郡丞過談有思歸之作賦此慰留

宿雨收殘暑，新晴見晚暉。官閒期會少，地僻到來稀。持論多堅白，當歌但式微。君才非六百，豈可遂懷歸。

王德稱從外舅韓公餙兵檇李以所著客越集見惠代柬留酌

仗劍南遊客，迎秋望故鄉。山川來越絕，風雨度維揚。抱玉齊冰鏡，懷珠溢錦囊。久無詩伴至，那可廢傳觴。

守歲

燭燼將殘夜，鐘鳴欲曙天。飄零思故國，憔悴入新年。春色還應近，東方候更先。呼童催栢酒，往事不須憐。

元夕同張計部常比部張大行讌集

頻年多道路，良會總他鄉。百里星還聚，千金夜可長。燈花迎客笑，火樹接隣光。愁病消強半，清歌復幾觴。

穆陵關二首

駐馬頻思古，西風度穆陵。崖懸山徑狹，地迥野雲層。險阻真天設，山川幾代興。時平關禁少，來往自相仍。

海岱稱雄鎮，提封自昔時。當關元重地，賜履盡南陲。往事惟衰草，頹垣有斷碑。遊人多感慨，指點日西移。

劉博士以詩文見寄賦答二首

采風來大國，冠蓋憶同遊。懸榻空相待，驅車可自由。高談虛稷下，司命有荊州。詞藻非公幹，誰堪第一流。

鄉里衣冠後，如君豈乏賢。文雄推赤幟，官冷尚青氈。飄泊同羈旅，賡酧少接聯。上林將賦獵，紫陌聽鶯遷。

五日過城西草堂

不到西園久，蒲觴此日來。池環碧樹合，門對紫薇開。雨氣清書幌，風香入酒杯。欲尋逃□會，端不限城隈。

再過草堂同羅李區諸君及二仲小酌

探幽謝塵役，乘暇欸林扉。好鳥聲初集，連枝萼并輝。暑從新雨滌，興逐野雲飛。每憶西園會，清尊傍夕暉。

寄題飛泉洞二首

洞倚諸天勝，泉飛萬壑寒。枕流山瀑細，開徑野雲寬。入會方蓮社，招遊并鷃冠。鶴書如可待，難巒一枝安。

峽寺飛來久，泉應與寺同。洞迷芳草徑，林遞落花風。谷靜聞鶯響，山幽望桂叢。探奇爭載酒，倚杖見晴虹。

答梁公益

上客爭虛左，王孫豈自哀。止因懷璞久，翻訝棄繻來。驥足追風遠，龍光傍斗開。子虛如有問，誰復馬卿才。

答黄季重二首

不淺春暉戀，仍淹九萬程。風塵過逆旅，逢掖守諸生。舊學潛心富，新詩徹骨清。遠來君自見，多是爲同聲。

天涯羈薄宦，留滯惜年光。琴靜餘單父，車驅自太行。氣佳秋日夕，風灑客衣裳。白雪依然在，承家業擅長。（以上四留堂稿卷五）

全粤詩卷四四三

盧龍雲五

喜晴

積雨愁難破，新晴喜不禁。遶簷飛燕劇，穿徑落花深。得暇頻開卷，息交寡盍簪。風來庭院午，獨坐正披襟。

和黎文學村莊即事

暫出紅塵市，田家可避喧。蓬蒿俱滿徑，芋栗各爲園。安定非鴻澤，相攜類鹿門。客來新釀熟，夜月醉荒村。

元夕舟中二首

今夕是何夕，扁舟伴鶴汀。推篷一月白，弭棹數峯青。深夜惟漁火，孤尊自客星。不愁更漏永，此地隔塵扃。

旅泊逢佳節，長宵作臥遊。江間仍禁夜，月下且維舟。火樹違同賞，燈花逭獨愁。明年知此夕，何客共登樓。

寒食

旅次經寒食，遊人念故園。松楸違漸遠，雨露感偏存。昔幸同三釜，今誰作九原。環樵峰七十，有夢到雲門。

過汨羅江

擬弔三閭賦，經行久未投。讒人應共憤，宗國仗誰憂。魚腹千年恨，江聲萬古愁。向令天可問，端不負靈脩。

大風過采石泊舟時自慰

放舶春流駛，煙波卻自愁。半帆過采石，孤嶼望僊樓。水濶魚龍宅，天空鴈鶩洲。長風吹不盡，薄暮喜維舟。

三月抵京二首

帝城三月暮，天氣亦初春。紅紫花相待，青黃柳未勻。條風開宿霧，細雨浥輕塵。物色元非惡，深尊綠且親。

尚及三春候，重來萬里人。辭家方在遠，覲國屢爲賓。宦業難書竹，時情任積薪。長安真似奕，往事不須顰。

出京阻雨

久客長安陌，緇塵日上衣。計程方跋涉，聽雨轉霏微。戀闕身難繫，憂時愿不違。衝泥非傍險，前路有晴暉。

答區用孺太史雨中贈別

漂泊風塵裡，曲江度幾春。鶯仍喬木友，燕傍舊家人。識路蹄空急，更弦調強新。皇天多雨澤，何地不堪均。

寶帶橋在吳江

何年驅石至，十里接湖干。鴈鶩煙波渺，魚龍夜水寬。採菱歌進艇，對月坐持竿。無限瀟湘意，秋初露已寒。

宿江山客舍

信宿江山道，清泠澗水濱。川原多勝概，漂泊自風塵。暫豁登樓目，因慙報主身。燈前對兒女，何日是歸人。

江郎石

江郎三片石，鼎立出丹霄。地植孤根遠，天擎列柱遥。露爲金掌潤，霞是赤城標。勁質原無改，浮雲暮復朝。

建溪夜泊時值中秋

住檝灘頭宿，灘聲徹夜喧。水舂隨斷岸，漁火照孤村。月滿秋光半，更深露氣寒。推篷憐對影，涼籟起高原。

武闈校士二首

閩海烽初淨，遼陽檄轉催。徵兵煩十道，策士喜多才。技已穿楊勝，籌因借箸來。君王思頗牧，仗鉞早登臺。

此去頻推轂，誰當獨請纓。聖恩深養育，壯志待澄清。脱穎三千客，蟠胸十萬兵。扶桑弓未掛，須道有干城。

和少司馬陳公除夕憶其伯子孝廉之作

懸車惟綠野，遊騎有青絲。家慶遥相憶，年光暗自移。槐高王相宅，蘭茁謝家兒。第一天人奏，承恩復阿誰。

又和元夕四首

細雨塵初淨，長宵漏莫催。園同飛蓋會，客并小車來。列炬紅相暎，深尊綠正開。厭厭拚夜飲，不醉未應回。

閭閻多樂事，絃管競先鳴。月色晴還見，星光聚轉明。千杯爲酒陣，五字作詩城。折簡吾能至，燭殘漏幾更。

節是三元夜，家同萬石君。賓筵元自美，衆樂總堪群。授簡多吟雪，當歌尚遏雲。笳聲何處急，莫向此中聞。

入社能爲主，登堂侈集賢。衣冠慙上客，鐘鼓樂初筵。夜色過新雨，山光落紫煙。賦才俱擅美，誰媿在盧前。

周博士招同觀燈四首

改歲風初暖，良宵月更新。一時俱逆旅，萬戶卻同春。對語何妨久，相酧不厭頻。周郎能顧曲，徙席正堪親。

自爾來鳴鐸，諸生慶拔茅。燒蘭淹夜酌，饌玉出中庖。月向芹宮照，花因火樹交。主人情未已，促席句同敲。華燈連月彩，列炬暎星芒。愛客方投轄，徵歌復遶梁。更寒聽漏永，坐洽引杯長。不醉應難寐，相看喜欲狂。

憑闌多夜色，入座況春風。客裡芳心並，人間樂事同。詩成俱倚馬，筆落總如虹。更仗杯中物，相酧慰轉蓬。

司馬公遊支提山回延過小集別後見貽兼約鰲山之會答和二首

春遊何處遠，聞道叩雙林。盡得寰中勝，其如別後心。忽來成美晤，久坐豁塵襟。禮數難拘束，賡酬到夜深。

南天方漸暑，而我坐春風。秉燭夜方永，當筵月正東。玄談稱莫逆，高詠總堪同。案牘逢多暇，相期復桂叢。

初夏周廣文席上

雨過涼生座，雲開月近簾。詩情堪並發，酒戒未須嚴。近地欣無警，平疇賴既沾。喜君清夜酌，笑語解相淹。

晦翁巖四首有引

巖在長樂之龍峰，朱晦翁避學禁居此，邑二劉師事之，其鄉人因立祠而並祀焉。

聞道龍峰勝，公餘得共攀。石門高並對，嶺樹翠相環。海色蒼茫外，湖光渺靄間。山可望海，其下有湖。此中有佳處，況是古賢關。

地迥煩先滌，林高暑易殘。雲飛自怡悅，竹報日平安。目極河山遠，神游宇宙寬。當年漂泊意，誰道媿儒冠。

龍山讀書處，鐫石在雲門。晦翁書『讀書處』三字。避地跡偏遠，得師道愈尊。斯文應未喪，家學賴常存。杖屨來從者，衣冠有裔孫。

俯仰千年事，芳名重此山。淵源俱學孔，伯仲總晞顏。道與乾坤久，心俱水石閒。我來登眺暫，覺已出塵寰。

奉軍門檄閱兵海上二首

寓目真無際，洪流遠拍天。樓船多尺籍，沙嶼未桑田。對月還驚燧，迎潮或控弦。可能風萬里，盡掃海門煙。

井里誅求急，俱緣餉荷戈。昆明池水濶，赤壁夜帆多。分隊爲魚鳥，揚威雜鸛鵝。將軍同下瀨，誰不負鐃歌。

荔枝

南國種偏奇，青林朱實垂。味分甘露液，色染絳羅衣。仙子霞爲佩，佳人玉作肌。可憐塵騎遠，空解笑楊妃。

周吳華爲刻拙稿先示數篇賦答二首

十載風塵客，談詩每避人。喜心寧見獵，寡和覺情親。案牘元多暇，宮墻況近鄰。羊何欣有託，空自媿陽春。

久緣詩癖在，習靜懶敲推。授簡知同調，爲模愧後來。未須憂紙貴，先只懼梨災。掌故多文學，如君實愛才。

喜霽二首

暘雨元多憾，陰晴未可知。登場期有穫，沉竈尚啼饑。霓望真同切，雲開孰與期。東方忽已白，明作復當離。

霪潦如春雨，今朝喜得常。翻餘無石燕，舞罷失商羊。省斂初遵畝，負暄始向陽。農家欣作頌，更有萬斯箱。

游宗振自莆見過輒有貽贈答和二首

命駕誰千里，神交自昔年。青雲多舊侶，白雪富新篇。北海尊仍在，南州榻屢懸。喜君乘興日，猶及暮春前。

一自承環後，稱詩輒避名。身容天有幸，才謝國爲楨。政每慙三異，招常慮四輕。偏師誰勁敵，資爾護長城。

再報滿六首

通籍方逾壯，登朝異晚收。蹉跎因宦拙，漂泊感年流。風木多遺恨，煙花幾别愁。寥寥思往事，真自愧濳修。

遠憶西遊日，覊棲二載餘。名當百里起，跡類九夷居。爲國初經野，還家輒倚廬。有懷知罔極，未得報鸞書。

拭淚辭先隴，干名赴上都。璧完初返趙，蓴美又思吳。馬足非吾土，羊腸實畏途。叢臺空有恨，飛夢月同孤。余知邯鄲，報滿□□偶以他事獲累而去。

益津三輔地，卑濕亦長沙。謫宦非投遠，覊人止念家。開尊持問月，隨伴強看花。計粒妻孥飽，恩寬早及瓜。

偶捧除書下，言遵北海東。邯鄲失學步，書社訝論功。鴻羽哀中澤，萱花悴晚風。孝慈雙隕淚，歸路逐飄蓬。余再補臨朐，古駢邑地也。遇歲大饑，無何而有先慈之變。

辭家悲宰木，勸駕藉朋游。拜闕慙三仕，遭時誦四愁。海邦仍撫字，桑土但綢繆。報績知無補，何因動冕旒。

寒食前一日擬移尊於南山寺僧舍延宗振小酌代柬二首

僻地淹詞客，禪房對晚山。攢眉因入社，望氣似臨關。節是清和候，人乘著述閒。行廚將禁火，先共醉鄉還。

積雨逢新霽，移尊伴勝幽。蘭亭觴已後，蓮社會初投。啼鳥當窗巧，飛雲傍檻浮。酒闌應得句，更爲暝鍾留。

瀟湘八景

山市晴嵐

洞遠飛晴翠，峯高近蔚藍。雨餘山樹秀，煙淨野花酣。市肆簾初捲，溪橋路可探。壚頭堪竟日，有客漫停驂。

煙寺晚鐘

寺對群峯寂，門臨一逕斜。瀑寒山向暝，煙密樹交遮。僧飯過香積，禪棲伴法華。似應鐘定後，趺坐說三車。

漁村夕照

積水環門綠，斜陽隔岸紅。捲綸初繫笮，待月更推篷。泊處依沙柳，歌來雜暮鴻。得魚供樂事，沽酒醉應同。

遠浦歸帆

松逕因廻岸，茅齋對夕陽。雙雙翔鸛鶴，片片亂帆檣。候已乘風便，心寧怯路長。柴門當半掩，波靜艤歸航。

瀟湘夜雨

近水開千畝，凌雲挺萬竿。岸容初過雨，林氣逈生寒。植節蒼逾勁，含風翠欲攢。夜聞清籟遠，曉望更檀欒。

平沙落鴈

秋早知寒候，霜前到水涯。群依鷗鷺侶，聲散荻蘆花。潦盡沙痕廣，江空月影斜。何須畏魚網，長自狎浮槎。

洞庭秋月

遠水兼天湧，清秋入月來。龍宫珠乍吐，鸞鏡匣初開。蕩漾君山出，蒼涼夢澤回。買舟堪傍此，隨意宿沙隈。

江天暮雪

浩渺波光潤，霏微野望迷。遠看簑笠釣，猶傍水雲棲。島映銀濤白，林攲玉樹低。豈無乘興棹，一入剡山溪。

秋初答林園相詩酒之惠二首

山林多樂事，秋入興逾賒。忽枉傳詩句，空慚負歲華。尊開泉石侶，月照水雲家。更喜秦侯健，青門尚種瓜。

年光看漸晚，秋氣又生寒。鬢欲相催白，顔誰解駐丹。竹林方慕阮，詩傳舊推韓。斗酒因君贈，羈懷酌自寬。

感遇三首

世情紛忌直，宦態轉爲工。觸事情偏感，趨時願不同。是非莊蝶夢，得失楚人弓。汝力雖難致，欣看論已公。

百里今司牧，儔非保障哉。食須憐弱肉，吹或借寒灰。直道憑誰主，狂瀾未可回。逢時應百感，何止七堪哀。

澹泊明吾志，孤貞謝世囂。蛾眉妬任老，鷄肋毀防銷。未擬三休去，真成獨酌謠。自公多暇日，堪自慰蓬飄。

潘季選比部以頒詔事竣還朝併攜其子就試都下賦別二首

六傳從天下，三山戀晝遊。波恬看大海，風動遍遐陬。使節隨丹鳳，嚴程待紫騮。西南仍羽檄，何以借前籌。

赴闕春爲伴，歸朝吏是仙。署雲初號白，疏草舊稱玄。留滯吾同遠，飛騰爾獨先。秋來看羽翮，庭下更聯翩。

桃花

隙地纔如掌，緋桃亦數株。秦源跡豈類，潘縣意堪俱。嫩葉含風嫋，飛花滿徑鋪。劉郎偏有恨，竟日憶玄都。

答陳生子東

風塵淹作宦，朋舊幾登仙。遠是匡衡牒，先誰祖逖鞭。羊腸驚尚怯，豹尾望空懸。奏課知無補，深慚漢吏賢。

王生自聞齋平倭捷詔于莆陽有贈賦答

子虛猶未遇，乘傳似南行。大有題橋志，兼憐結襪情。歌因懷杕杜，心已畀干旌。老幼知扶杖，瞻天百感生。莆中舊遭倭慘，故云。

鄒太學築堤防海鄉人德之立石紀功爲賦二首

銀浪兼天遠，金隄歷歲成。廻瀾過砥柱，拯溺遍群生。滄海將相變，汙邪盡可耕。睹河思績茂，況已頌如京。

未遇占經濟，家聲舊度支。太學爲大司徒公之弟。玄夷金授簡，黎庶口爲碑。下濮俱倉積，窮簷豈怨咨。公車他日對，堪作水衡司。

讀陶集有感

彭澤歸能早，柴桑遯亦嘉。一官辭簿領，五柳傍煙霞。守寂全天性，棲真謝物華。瀟然塵壒外，得句轉堪誇。

王百穀謂余久不調意詩爲祟也賦答二首

久欲蠲詩癖，三緘漸廢言。官閒時見獵，業在匪專門。五斗知何物，千秋用自存。驚人仍麗句，留滯不須論。

海内論騷雅，登壇幾代興。江山留汗漫，風月競騰凌。工自窮應得，吟隨困轉增。詩魔寧有祟，天意或堪憑。

聞鴈

羡爾雲中鴈，春深又北翔。如何天畔客，歲久尚南荒。心豈虞繒繳，謀非爲稻粱。靜觀群物理，漂泊負隨陽。

方生志賡自三吴歸索一言以壽其尊人爲賦二首

遊子心千里，瞻雲海一方。春暉遥愛日，彩服待持觴。酒釀滄波濶，歌翻白雪長。倚門仍有望，健翮早飛揚。

舊業資青簡，傳家事素王。問奇揚子宅，通德鄭公鄉。歲月看逾遠，詩書澤未央。岡陵何所頌，承志在明光。

寒食後試新茶因憶故山植茶先壠之畔間別者數年矣

何處茶山好，雲腴美建溪。黄芽先蟄出，紫筍入春齊。持贈逢新火，斜封認遠題。故園應比昔，客夢幾樵西。

惜春四首

客舍餘三月，塵途又一春。光陰頻改歲，風物卻愁人。桃李俱成實，葵榴復漸新。重來雙語燕，如解識相親。

幾日春將盡，飛花到夏初。遊絲縈隴樹，新筍傍畦蔬。客久諳齊物，愁來學著書。雲山千里外，風雨夢吾廬。

海畔春常早，炎蒸亦更先。暖風初啟蟄，暑雨旋盈阡。物候過鶗鴂，谷聲響杜鵑。客懷何所寄，空自惜流年。

晴雨長相半，山容望轉佳。葉齊煙漠漠，林靜鳥喈喈。雲氣過亭幔，溪聲入舫齋。傷春無限事，獨坐酌茅柴。

車一中明府報績寄贈二首

昔年三輔地，揮麈共談天。一別風塵隔，相懷道路偏。握符分海甸，應宿耀星纏。喜爾書勞最，堪追漢吏賢。

烽火邊亭密，誅求里巷繁。掄才資保障，別利試盤根。遠徼聽輿頌，中朝得主恩。飛鳧將萬里，留滯愧同論。

春日病肺二首

改歲方盈月，韶光逐望開。畏寒仍伏枕，聽雨廢傳杯。入樹鶯交坐，窺簷燕未回。不言桃與李，朝暮爲誰催。

節是中和候，人非卧病時。雨餘山轉麗，寒歛樹多姿。社賽宜春酒，池添夢草詩。不須傳七發，強欲對花枝。

觀刈麥

布穀聲初定，欣看麥已秋。兩岐虛頌瑞，八口但消憂。地薄難盈室，心勞豈植疇。獨憐春雨足，兼可望甌窶。

新筍二首

舊幹依簷出，新芽拆蘚來。清標霜裡勁，生意地中迴。何日能棲鳳，先春解友梅。琴囊與詩卷，還並綠陰開。

有美凌霜操，千竿羡渭濱。檀欒開隙地，幽灑絕纖塵。山月摇光碎，溪煙染翠匀。頻移新雨後，到處易爲春。

雨中答慰林茂才

海上多梅雨，途中滯客衣。霧當松徑合，寒共佛燈微。骨肉經時别，山川幾夢歸。登樓聞作賦，憐爾謬相依。

久雨二首

燕拂山雲滿，龍吟壑霧寬。懸厓皆響瀑，入夜迥生寒。耕嘆霖爲潦，行歌路正難。晚當虹飲澗，倚杖隔林看。

望海仍爲雨，看山尚出雲。林鳩非唤婦，江鸛亂呼群。天地愁常暝，鶯花愛晚曛。氣蒸霞欲變，萬里見晴氛。

佛日

覺路迷塵鞅，空門愧静虚。心應藏定慧，性自合真如。禮塔聞金磬，開堂響木魚。宰官云可度，吾亦傍僧廬。

屢豐亭看山五首

半畝隨官舍，千巖面衆山。雨鳴溪潑潑，風遞鳥關關。寓目何妨遠，會心長自閒。無須煩蠟屐，選勝待躋攀。

背郭連蒼靄，爲園護翠微。峯巒千疊秀，澗道百泉飛。花落紅初斂，陰濃緑轉肥。非關忘物累，惟覺簿書稀。

孤亭山下出，四野坐中看。縹緲丹霞度，參差緑樹攢。松聞風淅瀝，竹報日平安。掃石俱堪坐，羈愁但自寬。

訟簡閒應得，公餘隱亦兼。雲流隨近遠，山色任濃纖。短檻花相繞，踈林筍爲添。塵心如滌盡，趺坐看楞嚴。

爲愛山容好，都忘吏事勞。捲簾青嶂入，隱几白雲高。荒似陶潛徑，幽同仲蔚蒿。拄頤多覺爽，飛翠落松濤。

晚憩園亭

閉戶無人過，憑軒到日西。草爲書帶長，苔似蔓金齊。選地看除徑，呼僮學灌畦。客懷偏自動，風靜鷓鴣啼。

寄答張幼于二首

吳會多才子，君家并國工。高談傾稷下，獨步失江東。赤幟誰爭長，清尊未可同。傳來新麗句，累牘羨詞雄。

十載空吟越，雙鉤自美吳。文成輝五鳳，價重等三都。下里知難和，中原幾並驅。閶門應弭棹，看爾立操觚。

與客談西事二首

兵革年來苦，西南釁復開。興師勤薄伐，授鉞急渠魁。豕突虞窮寇，鷹揚藉異才。功成是何日，奏捷羽書迴。

重鎮新開府，孤軍漸合符。謀臣多聚米，與國共飛芻。業更期安堵，悲應免向隅。論功誰第一，麟閣貌堪圖。

四明毛生爲余繪雁圖四幅懸之壁間令人有滄洲之想

近識四明客，浮來海上槎。心專毫素業，跡異博徒家。匠意丹青巧，游神水石嘉。瀟湘如在目，落鴈滿平沙。

褚邑丞以署捕有功院道交奬二首

百里分司牧，千家頌有丞。全牛看解刃，一鶴對凝冰。心爲窮簷苦，名堪長吏稱。四方今上計，於爾識廉能。

里巷傾豪舉，魚鹽挾重貲。詰奸知膽碎，禦暴見風移。丹鳳騰應遠，黄龍兆愈奇。天曹徵吏績，譽命此爲基。

寄家書二首

自我違松菊，風塵幾不堪。集憂將滿百，緘口未能三。當戶誰稱虎，于田或舞驂。騫騰遲羽翮，何日見圖南。

看雲移白日，鄉夢渺愁余。畫虎書頻達，屠龍技久虚。未須慙後乘，且自戒前車。末路知何似，吾將賦遂初。

馬江候潮

舟楫徒能具，江湖未可行。轉移天地力，留滯古今情。風漾鷗波細，潮平鷺渚生。中流看鼓舵，更聽棹歌聲。

答林生于玄

海濱留漸久，漢闕望逾高。造士功何似，憂時念轉勞。遷難超賈傅，賢媿頌王褒。他日長懷處，詩篇詠木桃。

答林生君勉

分符淹遠宦，化士豈文翁。桃李無言外，風雲變態中。掄才需北闕，奏賦待南宮。海色看鵬運，扶桑曉日紅。

聞蟬

大野騰朝旭，芳郊逗遠風。露華知久潔，林響聽初同。漸徹層霄外，長吟化日中。一枝元自足，感爾思無窮。

新造舟成與客同泛二首

一葦應難渡，芳洲採木蘭。功成堪利涉，興在且追歡。鷗鷺吟邊狎，雲山望裡寬。風濤長願息，涼月趁清瀾。

往返何嘗定，江行屢買舟。忽看浮彩鷁，試共泛清流。魚鳥皆成趣，煙波未倦遊。瀟然逃暑外，倚棹對滄洲。

貤恩初下感賦四首

薄宦吾誠拙，君恩喜漸廻。微勞俱不泯，先德故能培。錫服沾殊典，彈冠及夜臺。九原難復作，風木轉堪哀。

汨沒風塵久，鸞書始見褒。豈因循績異，庶錄義方勞。就日堯階遠，瞻天漢闕高。涓埃時欲報，心逐五陵豪。

往事何須問，承恩孰後先。幸猶煩記憶，敢自怨留連。岵屺懷俱積，幽明賚並宣。異時畢犬馬，何以答堯天。

椿萱成隔世，薄命久荒丘。菽水歡難足，糟糠願未酬。存亡空有恨，俯仰不須愁。操作還荊布，蘋蘩尚可修。

和區宮允寄示太液池聞鴈之作

靈洲通藝苑，仙液類詞源。曉直趨常早，宸居靜不喧。鵷鴻時并集，霄漢近孤騫。何似群鳴者，荒煙傍海村。

答康孟擔二首

雙魚何處達，滄海夜生潮。九漈靈源渺，三山驛路遥。神交俱翰藻，跡混半漁樵。字字投珠玉，緘書乏報瑤。

清淑廻閩海，詞才近若雲。登壇誰競賞，空谷汝先聞。拙宦成漂梗，知交久斷群。山陰如弭棹，邀月更論文。

秋霖大作兼疾風竟日感賦三首有引

先年暴雨，溪漲，城中有遭溺者。今雨勢未止，心復憂之。會抱關者決關出水，而民免於難，因紀事賦此。

山下城如斗，千家共結廬。風生潮怒後，雨挾海波餘。谷口奔成潦，溪聲溜決渠。臨流三五戶，猶恐復爲魚。

百雉沿山麓，穿城導衆流。金湯寧恃險，搖落早知秋。拔木風逾勁，翻盆雨未休。小民虞及溺，難自聽沉浮。

何意抱關者，翻操造物權。剖藩方遠險，疏滯得防川。順水行無事，康居乃重遷。未論關禁弛，且幸已圖全。

送從弟少乘還鄉二首

握手他鄉別，繁霜拂劍花。官貧腰但折，旅逐鬢將華。嘲白寧甘寂，懷黄未可誇。歸與荒徑外，先爲卜宜瓜。

海濱留滯日，分袂况斯時。遠道無由息，他鄉有所思。世情憎宦達，吾意慮歸遲。事業將看汝，東籬早詠詩。

聞謗答林于玄

芳草年年緑，桃今幾度花。好移青雀舫，去傍白鷗沙。新水煙初淨，名山霧不遮。世情君莫問，趺坐對南華。

讀鄭參知傳

先生天下士，墓木已蒼蒼。寒後知松栢，群中有鳳凰。君王思汲黯，嶺海念桐鄉。堪笑當年事，萋菲亦似簧。

答陳子東

少年追昔日，觀國早爲賓。廿載稱牛馬，何時問鬼神。世多輕傲吏，吾自佩先民。卻喜歸三徑，花問任葛巾。

輓鄭文學

自古天難問，盈虛未可論。斯人去已遠，遺業至今存。蕭艾春同長，魚龍夜不喧。層霄看羽翮，何日見騰騫。

答林士巖

世事皆觀奕，流年總擲梭。悲歡恒易老，得喪定誰多。滄海終須變，浮雲任自過。同仇知汝切，無用賦脩戈。

抵家後答林君勉二首

昔居濱海地，日上望鄉臺。一自離萍梗，相安棄草萊。無能思養拙，清論付程才。喜爾還追憶，椷書特遠來。

鼓棹出江灣，風濤動旅顔。憤難甘蹈海，愚或笑移山。翹首煙霄外，論心意氣間。雄文終遇合，且傍舞衣斑。

初秋蘇叔大招同張儀仲集玄暢堂

伏日炎蒸盡，秋陰爽氣鮮。尊罏因客久，鷄黍幸君憐。意自酣餘暢，談從物外玄。坐中能賦者，莫誦四愁篇。

康孟擔至自閩

百折閩溪水，歸來始就安。菊苗荒再綠，荔子熟逾丹。世網從添密，詩盟自不寒。喜君能命駕，杯酒復同懽。

姜生𤩽支自閩來請傳其貞母董孺人特嘉勉之賦別二首

世遠龍峰下，詩書澤未寒。始緣家不造，轉覺路俱難。事往悲黄鵠，恩來待紫鸞。有懷知罔極，休恐悮儒冠。

吏隱孤城日，諸賢憶論文。山間遍桃李，海上幾風雲。虎口驚初定，羊腸望已分。遠天來獨鶴，應是出鷄群。

春日

廿載嬰塵網，今方物外遊。閒居聊自賦，世路豈深憂。夢返隍中鹿，機閒海上鷗。陽廻春事足，吾道本滄洲。

康山人以新刻錦囊寄示兼有詩勸駕賦此答之

自得幽居趣，無心復漢關。林泉偏浪跡，猿鶴與同閒。世態風塵外，知交夢寐間。著書誠羨汝，堪爲副名山。

贈日者鄧生

我自諳齊物，而君善閲人。林塘新雨淨，簾肆一家春。墨刻多徵貴，談高解逐貧。百錢都市日，何異此藏身。

老人星

天上年何極，長瞻壽有星。五雲連碧落，萬里映珠庭。處士潛光久，賢人聚德馨。由來俱借耀，千仞燭高冥。

憶羅浮兼寄何使君二首

屢爽羅浮約，山靈或笑人。林泉堪浪跡，巖洞幾經春。五鵲時還集，千花歲並新。寒梅如有待，遲暮轉相親。

山色年年好，難逢地主賢。帷搴朱洞外，榻下鐵橋邊。剩有登樓月，俱無警堠煙。安民多渤海，遊騎喜相連。（以上四留堂稿卷六）

全粵詩卷四四四

盧龍雲六

送鄭別駕督艖還西粵兼柬薛使君二首

有美家聲舊，能忘吏事勞。官淹麗統驥，佩羨呂虔刀。早識駒千里，爭看鳳一毛。臨岐方悵別，西望嶺雲高。

自返閩江棹，相逢卻有君。風塵俄握手，花月幾論文。吏隱魚鹽混，心知道路分。交親如問訊，煙水鷺鷗群。

郊居八詠

廓處堂

草野自寥廓，茅堂此隱淪。傍林馴鳥雀，開徑剪荊榛。道路風塵息，煙霞歲月新。浮雲隨去住，別有一家春。

善息齋

歲月疲奔走，歸來卻就安。吾廬知自愛，世路識俱難。偃仰但懷土，風波始息湍。圖南嗟羽翼，聊作一枝看。

釀秫齋

萬事無過酒，壺觴日可親。巖耕多種秫，村釀足娛賓。滴處愁隨破，呼來態轉新。醉鄉於此覓，花落自成茵。

衆芳亭

不厭蓬蒿滿，孤亭雜衆芳。竹如三徑綠，桂似小山蒼。蕡菉寧蕪穢，松梅自雪霜。琴樽聊寄適，未擬百花莊。

濯塵軒

款段來城郭，緇塵不可揮。避喧循野徑，訪隱到林扉。曲水堪修禊，滄浪此振衣。風埃滿天地，洞戶有清暉。

洗墨池

雅愛臨池訣，風流憶二王。毫端寧有彩，詩裡衹添狂。洗硯銜魚沫，操觚染樹香。小亭宜醉墨，雲影落方塘。

覆奕臺

玩世皆觀奕，爲園獨有臺。移枰依竹樹，坐石擁蒿萊。先後寧遺筭，輸贏莫浪猜。解圍常竟日，蓽戶約重開。

投轄井

林泉偏引興，杖履喜相同。玩世多浮白，傷春幾落紅。棋彈花外雨，翰染竹間風。甘寂寧遺俗，留賓比孟公。

重陽前一日林希平民部招飲叢桂山房時桃花與菊并開亦奇事也詩紀之二首

未約龍山飲，先攀桂樹叢。人俱白社客，地似碧雲宮。菊艷今應紫，桃花亦自紅。陽和偏有意，晚暮喜春同。

地主多招賞，花神故獻奇。林風吹曠莽，海月照漣漪。秉燭因清夜，移樽傍曲池。茱萸明日酒，孰與此中宜。

九月既望陳勳卿招同穆王二令公登龍津逍遙樓望西樵諸山既暮移酌于東軒就月漫賦二首

未盡登高興，深樽正可親。籬花初滿徑，秋月更重輪。野俗看仍樸，康謠聽轉新。莫疑雙劍合，此地是龍津。

出郭陪幽賞，臨高望故山。桑麻馴雉地，煙水釣魚灣。舄欲淩風起，車留載月還。客遊吾已倦，偏戀狎鷗閒。

譚太學以春明赴選其諸子於先冬十月開宴爲壽索贈二首

衣馬追遊地，春風念五陵。梅花今似雪，竹葉況如澠。詣闕書初就，貽家慶轉增。圖南多健翮，天路總騫騰。

欲赴彈冠慶，貪歡舞袖斑。裁詩俱白雪，對酒倍朱顏。志壯曾題柱，經傳豈度關。南山他日頌，留待錦衣還。

對菊憶杜句云每恨陶彭澤無錢對菊花因用錢字

菊花何太妍，搖落暮秋天。幽意真相愜，孤芳劇可憐。對吟堪竟日，服食更延年。但喜東籬滿，何須復問錢。

讀重明紀異錄二首有序

陳郡丞世家溫陵，先祖卒于靖難，以勳節表宅里，其母許宜人因哭婦喪明者六年矣。郡丞籲天感夢，而母目重明，時年已七十云。隨宦荊南別駕，繼以州大夫考最，得受貤恩，衆咸異之，盛爲詩歌以紀其事，屬余繼詠焉。

大夫將母日，純孝格旻天。久視留難老，重明豈偶然。手中還密線，鏡裡任華顛。逐子西征後，親看展驥年。

傳家勳節茂，德聚感仙靈。露浥萱逾秀，雲開婺轉熒。階庭重戲綵，里閈更垂青。母視從天視，應教護晚齡。

張明府六載考績二首

六載張君政，謳歌徧海鄉。楚材工製錦，漢署待含香。澤普花封雨，名高栢府霜。中朝徵異等，早晚覲明光。

薄海真多幸，琴鳴幾度花。量留因保障，召對首清華。繡斧頻推轂，銅章兩及瓜。持衡需啟事，知不負皇家。

至後爲李茂才兄弟壽母

節是書雲後，堂開獻壽初。海邦符魯頌，洛涘引潘輿。愛日欣長至，承歡集慶餘。層霄三鳳羽，應漸送吹噓。

癭木杯有引

太白作山樽詩，乃癭木樽也。客有惠木杯者，亦癭木爲之，使與山樽并陳，稱山杯矣。

勁質依山澗，何心匠石知。成能非強飾，致用出離奇。浮處皆爲白，行來但訴遲。金罍堪并列，玉醴總相宜。

初春十日陳明佐動卿招同諸公觀燈

令節今宵始，賓筵此會高。城開新菡萏，酒滿舊葡萄。筆爲同聲試，杯逾隔歲豪。主人兼愛客，清夜不知勞。

贈孫戶侯

名家推汗血，天路識霜蹄。推轂才雄擅，棄繻英妙齊。虎頭銅柱外，猿臂玉關西。今日麒麟閣，功成待爾題。

答友人客夜見貽

攬衣起難寐，孤燈見客情。春寒淹夜坐，細雨到天明。懷土悲王粲，憂時類賈生。好文當主聖，何日識君名。

爲劉茂才壽其伯隱君

小隱蓬爲徑，同遊竹是林。冬桃千歲實，春酒百年心。經暇時娱綵，樽開滿盍簪。興來因小阮，徙倚復長吟。

送穆令公入覲二首

輯瑞由虞典，分符藉楚材。鳴騶儼上路，應宿近中台。海國煙消日，山程雪霽梅。聖朝方久任，多是賜金廻。

五鳳祥雲擁，雙鳧瑞色浮。璽書輝紫殿，錦服照黄州。郡國誰高第，關山自壯遊。重來念竹馬，莫戀梓鄉留。

劉太學兄弟自閩來訪答和二首

上客皆金友，名家自玉人。登龍難并擬，命駕喜相親。設類穆生醴，交逾公瑾醇。鄉心且莫切，作伴待青春。

擬賦從軍樂，翻成訪舊來。莫思身外事，且覆掌中杯。愛客深投轄，懷人更酌罍。誰當吹玉律，幽谷動寒灰。時太學方有事於大將軍。

冬夜

冬夜何如永，寒天未肯明。穿簾殘月影，欹枕遠雞聲。仙夢寧關達，微吟自解酲。倦眠翻起早，難待日東生。

爲俞生初誕子作二首

海日當長至，門弧應瑞開。鳳雛寧世出，龍種自天才[一]。竇苑方稱桂，王家舊植槐。登筵多玉果，任醉酒千杯。

種玉知何始，徵蘭在粵城。充閭初有子，當戶此爲兄。練影天中見，珠光掌上生。多男何俟祝，次第識英聲。

［一］原有批注：當作『來』。

蟠桃圖

嘉樹何年植，花殷實漸成。蒸霞先海色，和露足春榮。液美靈巖髓，香分漢苑莖。與君持介壽，駕鶴伴吹笙。

感事二首

閱世逢之子，艱危記并驅。衹知明得意，未解識窮途。顯晦殊先後，升沉定有無。至今樽酒外，何地著潛夫。

自許風塵上，乾坤眼底空。紅顔翻易擲，白眼轉相同。逐客書難問，長門賦未工。爲君思往事，真負氣如虹。

梁憲父館於羅太學家董叔遠馮文孺有作次和

上客非高館，何緣見愛才。南州逢榻下，北海仗樽開。翰墨論心富，鶯花逐賞來。主人方夢鳥，堪雜夜明苔。

孫氏先塋嘉瓜二首

異矣孫鍾墓，相傳孝可嘉。感符人化鶴，祥協地宜瓜。玉井無須羨，朱陵總浪誇。綿綿比周瓞，他日慶逾賒。

改卜塋新兆，泉臺傍魯坡。山川隨地勝，雨露得天和。積石根元美，東陵事若何。諸孫能嗣業，應比故侯多。

答羅尊生

閲世知音少，何因遇子期。每看高士傳，愧勒北山移。藝苑交如石，流年鬢易絲。霜蹄開道路，歷國總稱奇。

爲黎學博題琴書圖二首

當年謝羈勒，一徑返煙蘿。散帙娛清暇，鳴絃續詠歌。廣陵傳後少，禹穴秘中多。擾擾紅塵者，相看意若何。

衡門多樂事，何事最相宜。會意絲桐遠，搜神汗竹奇。聖賢終日對，山水幾人知。儒雅風流并，如君實可師。

海天松鶴圖

共美千年鶴，來依百尺松。樛枝罥海霧，健翮佇天風。閱世冰霜久，巢雲歲月同。九皋聞遠近，長是應雌雄。

解邑丞兼郡捕得代還東官二首

貳職雙凫最，空群一鶚先。海方歌贊府，幕下借曹掾。舒卷忘情外，騰淩議法前。通才需妙選，隨地副班聯。

佐邑稱能吏，兼曹重外臺。綢繆資畫諾，保障滌氛埃。蓮幕三城頌，花封百里廻。名因趨府達，當宁解掄才。

和吴逸士讀小刻有作

幾憶王孫草，忽傳幼婦詞。隱高商皓跡，和有郢人詩。大雅千秋業，清風百世師。知君能載酒，獨愧子雲奇。

答族姪子馨旅中見懷

露氣沾殘暑，秋聲送早凉。琴樽憐夜月，書劍返江鄉。何日雲鵬起，他山霧豹藏。主人能愛客，旅思不須傷。

與諸同年話别于飛雲洞二首有引

往歲余歸自閩，即辱諸公招餞，因久不出，乃叨濫至再，欲辭弗克，詩以紀之。

留滯鄉園久，無心更出山。聖人方罪己，逐客豈投閒。時有誓修實政之報。未敢終違世，何妨更抱關。

招邀慚已再，花下強酡顔。

廿載通賢籍，難期聚會同。關山時去住，岐路復西東。已慕漢陰叟，還希塞上翁。浪遊隨所適，終自愧冥鴻。

辭三司諸公招餞

蓬巷幽棲久，公庭禮法疎。薄遊思汗漫，野服出樵漁。自覺慚虚席，何勞望小車。年來俱飽德，無待接賓廬。

勖崔甥二首

明堂需巨棟，資用匪枚條。耕鑿安時儉，弓旌待國招。簡編聊自富，歲月豈徒消。羽翼南溟徙，吹嘘或不遥。

儒冠看嗣業，取效豈寥寥。力及千鈞弩，功殊五石瓠。貽謀思作室，壯志慕題橋。仙液終應就，飛騰越世囂。

三水舟中别諸親族二首有引

前次北上，在丁酉之春，時仲弟少騰、從兄信侯俱至此言别，今作地下人矣。歲月幾何，幽明異代，情見乎詞。

萬里關山道，偏憐後會疎。風霜仍旅食，花月想閒居。前路誰知己，新詩重起余。發船催疊鼓，倚棹更踟躕。

俛仰思前度，魂銷幾弟兄。歸來重聚首，死别已吞聲。未論干時計，先傷造物情。交親期末路，珍重保餘生。

過飛來寺

寺是前朝幻，舟曾幾度過。江山無恙在，道路此生何。雲氣連帆影，谷聲應棹歌。茅堂堪避俗，回首愧煙蘿。

清溪驛阻風適制府戴公書至兼聞西所已報捷云

遠道愁風色，停舟問水程。凍雲孤岫白，細雨一溪清。杯酒陽關意，椷書杕杜情。西征聞已捷，鐃吹動軍聲。

舟中寒雨二首

水宿愁零雨，江寒傍客裘。川原猶萬里，漂泊且孤舟。不爲資三徑，何緣薄一丘。關心無限事，揣分愧宜休。

寒風催改歲，陰谷待迴春。旅鬢星星短，行廚日日貧。室家攜自累，僮僕轉相親。即道京華好，難忘舊隱淪。

讀朱公叔絕交論

伐木歌求友，陳雷義獨高。知心誰縞帶，戀舊幾綈袍。莫倚甘如醴，真防笑有刀。古人交欲絕，著論豈徒勞。

曲江夜雨

靜夜風逾響，孤舟雨較多。聽篷驚夢斷，欹枕奈愁何。再想嗚珂入，初殘扣角歌。漫漫皆未旦，天路憶春和。

晚霽二首

夕照籠山靄，輕霞暎水光。凍消林卉木，暖入客衣裳。莫自悲遊子，教人說漫郎。天涯信萍梗，或類酒詩狂。

未盡江湖興，轉多覊旅情。衆星捲霧出，孤月帶川明。道路寬相憶，家山夢不成。淒涼追往事，偏喚客愁生。

度庾關

一入庾關道，方知楚粵分。嶺梅明霽雪，鄉樹迥看雲。水石應難戀，音書未可聞。山川成異地，回首思紛紛。

攸鎮夜泊

石齒夾江懸，灘聲永夜喧。淒風嗚斷岸，殘月照高原。獨客無相問，孤舟誰晤言。寒雞催曙色，隱隱出荒村。

立春日舟過南浦

鼓枻西江道，開樽異地春。土牛隨俗遠，綵燕爲誰新。雪片殘踈柳，風光轉弱蘋。千門俱淑氣，何處可相親。

除夕寓玉山客舍

守歲萍蓬裡，停驂信宿間。兩宵看臘去，三日見春還。萬里趨金闕，孤燈傍玉山。天時與人事，客況總相關。

初春自玉山度嶺

率土新王月，他鄉有渭城。階知蓂漸發，池夢草初生。去逐春宵鴈，行聽禁苑鶯。雞聲催曉曙，立馬更含情。

過嚴子陵釣臺

鼓棹出桐江，孤舟類釣艭。煙霞跡自混，湖海意難降。千古尊嚴瀨，一絲重漢邦。客星今寂寂，明月照船窗。

正月十六夜泊舟檇李城下時天霽月出漫賦二首

萬里途方半，千金夜未休。去年今夕酒，一別幾般愁。士女爭浮舫，笙歌別上樓。寥寥天畔客，漂泊正孤舟。

向愁江雨潤，今見海蟾生。城郭春仍麗，帆檣夜轉明。孤燈篷底思，獨酌旅中情。可惜良宵裡，長吟作越聲。

由雲陽登陸途中雜詠五首

吳越舟初繫，維揚渡不迷。山川餘應接，岐路任東西。宦跡存雞肋，春風送馬蹄。王孫遊莫倦，芳草正萋萋。

旅席何曾暖，嚴程不暫遑。窗間蝴蝶夢，天上鷺鴛行。曉曙疎星白，風沙大陸黃。主人粱正熟，驅馬復他鄉。

客路春山遠，鄉心海國遙。澹煙催柳變，細雨濯花嬌。策馬過回岸，聽雞度板橋。王遵叱馭意，多戀聖明朝。

濁酒當春候，緇塵又客衣。梨花開野店，燕子入山扉。已逐行程遠，休嫌樂事違。上林香滿樹，還待日輝輝。

廿載風塵役，三春道路人。瞻天行漸近，知己仗誰親。漂泊悲遊子，支離笑逐臣。絕憐芳草色，隨處傍征輪。

京邸即事二首

獨客愁難破，經時念轉勞。園林開芍藥，寢廟薦櫻桃。乳燕巢簷急，歸鴻絕塞高。山川凝望遠，詩興爲誰豪。

青陽初改謝，綠葉始交加。細雨生榆莢，微風起楝花。寂寥虛客況，漂泊感年華。骨肉兩鄉遠，誰能不念家。

出京答黄士明吉士

再入長安道，相逢愧逐喧。文雄官自達，骨傲位難尊。我更蓮花府，君惟竹素園。預知供奉日，應制幾千言。

將曉渡江

掛席出邗溝，長江接遠流。晴霞光海樹，初日起沙鷗。山色微浮玉，金山一名浮玉潮痕不辨牛。忽過京口渡，絕愛曉風柔。

晚泊廣濟橋

清淺河橋下，猶傳廣濟名。晝圖山裡色，環珮水中聲。數幅雲帆遠，千層雪浪平。往來多信宿，不盡古今情。

過草萍驛

楚越間關道，籃輿又草萍。苔文滋錦石，雲氣點蒼屏。擾擾浮生役，勞勞送客亭。秋風遲落木，山較往時青。

初至豫章

匹馬出長安，山川路渺漫。候人催赴幕，先達笑彈冠。拙宦覊微祿，非才免素餐。公餘仍野服，不省是何官。

余繼中都曹招看花二首

地僻元藏拙，官閒更避喧。花神招密坐，酒態美芳尊。菊艷先秋發，蘭芽過雨繁。繞庭栽茉莉，覩物盡鄉園。

滿座長留客，分曹靜放衙。開簾調舞鶴，入座繞繁花。勝算棋偏敵，高談日欲斜。非君時命酒，何以度年華。

和何郡丞元日郡樓眺望

物態時時改，春光歲歲逢。江山留宦蹟，花鳥悅塵容。望闕心千緒，懷人路幾重。豈堪持栢酒，獨酌對晴峰。

送陳任二君入賀長至二首

江國逢秋盡，征軺望闕迴。繁霜沾玉勒，霽雪傍金臺。歲事仍長至，皇休正大來。向疑簾陛遠，閶闔爲君開。

帝里瞻天近，王程計日長。榻思違仲舉，御喜得元方。陳以伯子侍行雪瑞瞻雙闕，嵩呼動一陽。禮成需後會，且莫厭他鄉。

追遠詩爲張顯之賦二首

自得陽城教，偏多狄相思。陔蘭生永慕，風木有餘悲。捧檄傷烏養，遺經重燕貽。承恩看奕葉，方信顯親時。

已荷絲綸詔，難忘岵屺心。松楸看漸遠，雨露感彌深。愛日歡能幾，終天恨不禁。顯揚知未艾，寧自愧朝簪。

鐵柱宮二首有序

世傳許真君初爲蜀旌陽令，後學道嵩陽，得斬邪之術，除妖蛟而水患息。復冶金作柱，以鎮昏墊。晉寧康二年，拔宅飛昇。宋祥符間，賜玉隆萬壽宮額。今故宮幾易，而鐵柱依然在也。余旅謁真君，感而賦此。

墨綬辭榮日，黄冠入道時。嵩陽元法地，章水亦瑶池。柱藉千年鎮，宫開萬壽基。睹河思禹績，移頌大江湄。

賴有誅邪法，堪成拯溺功。支祁妖自伏，罔象怪應窮。拔宅登玄闕，遺祠禮玉隆。鯨鯢多未戮，劍術可能工。

答鄧介繁遠寄二首

歲月疲奔走，山林道轉尊。水雲淹粵海，吏隱憶江藩。命駕誰千里，長城自五言。漢文稱有道，何日更承恩。

寄興多山水，憑誰爲賞音。遠書仍問業，異地更論心。牛馬風難及，魚鴻信易沈。何時花月夜，杯酒復同臨。

初春二日二首

青陽纔二日，蓂莢爲誰新。散吏偏能暇，他鄉別有春。簡編聊自悅，花鳥漸堪親。物態長如此，微名強傍人。

光陰恒代謝，時命復如何。雪後惟看竹，春廻漸傍花。陽舒隨物理，雌伏念年華。吏傲元兼隱，覊懷望轉賒。

和希舉彥成二宗侯春遊詩二首

紫陌條風遠，朱門淑氣新。流年堪撫景，結騎好乘春。紅染桃初遍，青垂柳欲勻。餘寒欣漸散，魚鳥總相親。

當春饒樂事，隨處躡遊蹤。百舌林聲巧，千章岸影重。偏提懸屢續，鑿落瀉初濃。多少池塘詠，堪誰授簡從。

送崔伯子南歸二首

每憶鄉園會，山川隔晤言。愁惟看短劍，喜忽迓高軒。并合翻疑夢，襟期未細論。匆匆仍別袂，空自愧盤飧。

客裡逢歸棹，江干問謫居。齋閒方喻馬，鋏在豈歌魚。吳楚扁舟路，親朋幾字書。薄遊嗟世味，應復愛吾廬。

分宜道中小憩宣風亭

避暑疑無地，宣風忽有亭。雲流當戶白，山起傍簷青。隱几看題勒，披襟豁性靈。不須愁去暮，纖月起林坰。

過長沙詢賈生故宅

漢道猶全盛，君爲痛哭書。少年方志大，前席豈恩疏。賦鵩悲時外，懷沙吊古餘。行人多感慨，立馬正躊躇。

寧鄉四桂亭

徙倚孤亭下，繁陰逗晚風。燕山殊未五，淮海不成叢。秀色偏相媚，幽香暗自通。獨謠還獨酌，差可慰飄蓬。

沅湘交會處

太史南浮日，臨沅亦涉湘。江山藉地勝，藻繪擅人長。史述龍門隱，書窺禹穴藏。蠻荒何所重，草木借名香。

桃源洞二首

一徑尋源入，昔人此避秦。衣冠今孔道，車馬日生塵。澗水難容艇，漁郎孰問津。仙凡終古隔，耕鑿幾家隣。不逢逃世者，空紀遇仙橋。纓濯龍池潔，笙聽鶴嶺遥。居人全類古，生業半爲樵。坐久呼僧語，塵心亦自消。洞有遇仙橋并龍首池。

辰溪山塘驛二首有引

二驛官舍俱薇花盛開，因蔣明府留酌，日行僅半程，并得裵徊其下。

一別薇垣署，溪山路幾千。花光時記憶，驛舍轉嬌妍。勝賞寧夷險，芳心孰後先。主人兼命酒，坐語息塵緣。

山塘花下酌，仍憶令君香。嶺樹遮炎暑，溪風納午凉。卑枝含萬緑，韡蕚擅群芳。對此煩襟豁，渾忘在異鄉。

黔嶺早行

伏盡已多日，炎氛卻未清。曉行聽木葉，何樹着秋聲。澗草仍生色，山花不辨名。重重交紫翠，物態轉多情。

沅州中丞府

歎息西征日，曾煩十萬師。星霜馳白羽，洞壑閃朱旗。授鉞增開府，修戈懾遠夷。太平今有象，誰爲惜瘡痍。

華元洞

一入華元洞，方知境界清。荊榛何代闢，門戶總天成。地迥塵難到，室虛白亦生。野僧能供佛，那得罷逢迎。

貴竹署中憶薛德茂侍御二首有引

德茂曾令長樂，以憂去，而余繼其後。再令文安，以徵入，而余贈之行。不聞問者十年，竟成隔世。讀署中留詠，筆跡宛然，大有山陽之感矣。

法署今如昨，題詩墨尚鮮。萬山曾歷涉，一別已長捐。激濁多違願，修文或有權。不堪聞笛意，霜露轉淒然。

文酒難重晤，泉臺更奈何。君今爲異物，余復出煙蘿。世路悲浮梗，流年感擲梭。諸孤誰嗣業，雨露看庭柯。

忠節並茂卷爲謝奉常作

閩海鍾奇烈，難逢萃一門。乾坤俱正氣，先後各殊恩。省以蘭逾潔，舟於栢共存。盈庭多寶樹，世澤衍諸孫。

送謝苗黄三孝廉以校士畢共赴春試三首

作客乾坤裡，驅車各異鄉。看山忘近遠，得馬出驪黄。賦就偏懷闕，名高擬擅場。當春桃李色，能傍早梅芳。

萬里西南道，逢君亦欲東。初看鵬翮健，輒訝馬群空。詩禮趨庭舊，天人詣闕同。異時看隔坐，多在建章宫。苗父子同計偕。

自涉湘沅日，於君識楚蘭。芳香佩裡出，氣味語中看。別我時懷李，諸生總願韓。曲江春色好，供奉接金鑾。

綏寧候夫役不至留者逾日漫成三首

行路難如此，山程信宿留。尚餘莊舄詠，再上仲宣樓。旅況真無賴，鄉心不自由。望中分楚粤，雲外憶芳洲。

幾日秋將盡，山中葉亂飛。凄凉時物改，漂泊旅心違。王事應難緩，他鄉孰可依。故人猶在遠，雲樹轉霏微。

計程殊不定，鳥道未全過。目斷來鴻少，心驚叱馭多。夢隨鄉思渺，寒奈客衣何。咫尺川原隔，中流想棹歌。

行次關峽值官舍傾壞寄宿民家

野外無官舍，山間到夕陽。言投居士宅，遙傍水雲鄉。耕鑿安時儉，風塵慰路長。兒童知禮客，庭戶喜輝光。

麻灘驛舍睹壁間留詠憶錢五卿二首

記憶三年外，題詩問月巖。風塵今道路，賓主孰東南。酒態應還美，詩篇任自躭。江州司馬淚，何地濕青衫。

兩度分符竹，千重到楚山。驥途翻蹇滯，鳥道總間關。行役思鄉遠，驅車畏路難。灘聲從百折，閲盡見安瀾。

舟過湟川訪莫元慎褐玉軒小酌道舊二首

里閈聲相慕，萍蓬意倍親。君今仍短褐，衆共惜儒珍。未可城歸趙，誰言客負秦。深杯聊慰藉，雪後有陽春。

自入維桑里，偏多伐木情。山光連衆壑，雲氣抱孤城。地有人懷玉，途逢客聚星。不緣今夕酒，何以見同聲。

清溪驛見梅花盛開

未入庾關道，梅花已自開。南枝偏較早，春信獨先廻。濁酒他鄉暮，郵亭旅客杯。能詩非水部，見爾亦徘徊。

別匡廬

吏隱名山下，翻虛躡屐從。輪蹄紛俗狀，歲月總塵容。綠泛重湖水，青窺五老峰。何時攀鹿洞，更聽虎谿鐘。

泊舟湖口有折梅相贈者

春入寒梅久，侵尋到北枝。林踈江月白，香細曉風吹。驛使來能幾，花神遇轉奇。一杯篷底綠，堪動法曹詩。

舟夜湖風驟起

靜夜風逾急，維舟客未安。魚龍應啟蟄，浦漵偏生瀾。睡美愁仍起，更長夢亦寒。呼燈危坐久，獨酌慰驚湍。

答謝伯高刺史

江光澄似練，吾憶謝玄暉。五馬稱良牧，雙魚念遠違。衰遲慚宦達，留滯感知希。羨爾來三輔，聲名滿帝畿。

有斐堂感詠二首有引

堂在南比部浙江司後，吾家先大夫昔宦于此，植竹庭下，顔曰『有斐』。手記勒石尚存，而竹則瘁落將盡矣。別有西堂牡丹盛開，賞者集焉。余感而賦此。

徙倚空堂寂，徘徊憶舊遊。榮枯隨物理，遠近感年流。培植昔人意，彫零異代愁。此君風節在，所至屬王猷。

西堂春富貴，丹艷暎傳觴。勁節當年植，清風何處揚。難將霜後色，得擬露華香。別有栽培力，還應待鳳凰。

謝公墩

王謝遊俱遠，興亡代幾更。雙林蒼靄入，一徑黛煙橫。勝地何常主，青山不世情。倚闌方罷酒，風靜聽禽聲。（以上四留堂稿卷七）

全粵詩卷四四五

盧龍雲七

寄黄士明太史二首

秘閣攡書盡，恩光下帝庭。層霄看漸羽，南斗避文星。有客仍飄梗，何年更聚萍。蓬萊清切地，憶爾日談經。

夢卜頻年切，儲才仗異時。趨朝初述史，下直富摛詞。更想韓雲殿，齊懽謝草池。汪波俱相度，先後美規隨。時大魁適同里氏，故云。

答鄧介繁二首

介繁將訪余章江，值已西遊，後寄此詩，如韻和答。

多君乘興日，愧我遠遊人。道路皆覊旅，枌榆念結鄰。曲高彌和寡，交淡卻情真。鞭弭中原足，堪誰作後塵。

歲月疲奔走，江湖信梗萍。歌慙郢里調，文謝北山銘。旅舍憐今雨，他鄉望客星。迢迢孤棹遠，天外數峯青。

孝陵陪祀畢登鍾山感賦

舊識蟠龍勝，今來駐馬看。衣冠遊正渺，雨露感初殘。入望山河遠，鍾祥宇宙寬。繹思時不盡，廟貌出巑岏。

清涼臺餞謝友可南還二首

步出清涼界，山川入望來。雲光宮闕近，野色畫圖開。地可登高賦，人宜避暑杯。不堪仍送遠，徙倚思悠哉。

二儀方覽勝，三伏已知秋。艤棹將歸客，開尊更並遊。涼颷生綠樹，勝地即丹丘。明發孤帆渺，遙看鴈鶩洲。

送蘇陳二比部考績北上二首

趨府方連武，登車復解攜。臣勞三載懋，國典二都齊。曙闕隨鵷仗，清秋駐馬蹄。中朝嘉異績，綸札自天題。

宦達推閩海，台星兩耀時。喜君初上績，結主復先資。會應風雲起，恩承雨露私。秋高重聚首，何用悵臨岐。

黄季文過訪適張子雲繼至各示新篇賦答二首

官閒不謝客，二妙忽來過。敢比青雲附，俱聽白雪歌。宦情原已少，羈思漸還多。非藉論文侶，其如秋氣何。

海國三千路，鍾陵尺五天。薄遊成故里，嘉會總高賢。學覽無今古，詩傳孰後先。並驅知競美，休愧在盧前。

訪季文不遇承以詩謝再答

千里朋簪盍，初秋爽氣新。非因同調者，寧問和歌人。作客無常主，盈門豈雜賓。知君能好我，佳句未辭頻。

姚巽卿見過遇雨而返輒有贈言答和二首

政拙居閒久，聲同聚會難。羊何多和客，李杜孰登壇。白下流俱勝，黄初語並看。蝸廬休自悼，隨處好追懽。

乍得清秋雨，炎氛已自消。詩成元寡和，興盡轉難招。倒屣空延佇，虚堂倍寂寥。公餘仍下榻，聽爾一長謠。

蘇茂才溺舟江上僅以身免余解衣衣之併資其行李之困乏賦此慰勉

萬古江流在，帆檣竟日過。每憑舟楫用，得藉往來多。未破乘風浪，翻愁泛日波。君才原利涉，且自慰蹉跎。

後醒子二首

程比部自號後醒生，必有得於覺悟之深者矣，爲賦二章。

萬古非長夜，斯人豈故吾。靜觀隨物理，真悟出迷途。獨返襄城駕，初收象罔珠。更堪師後覺，啟翼與爲徒。

世苦多岐路，君知夢覺關。斵輪欣自悟，游刃得餘閒。無欲觀常妙，明心見所還。指南端有賴，末學可晞顏。

送陳太學東歸二首

自昔論交意，於今送遠情。綢繆匪一日，許與見平生。肝膽堪相照，飛騰俟晚成。朔風吹鴈候，江上片帆輕。

槐市秋飆急，蘭舟越水長。橋門經術就，京國姓名香。業衍箕裘裔，心懸燕喜堂。春池歸夢草，何似滯他鄉。

初冬同王戶曹饒考功劉職方周駕部項光祿登景陽閣

良月堪臨眺，登樓復景陽。高低連井里，遠近見帆檣。山色微含樹，雲光傍舉觴。相逢須共醉，寧覺在他鄉。

答潘少臨將軍

寄梅來驛使，慰我夢思勞。宦拙悲鴻漸，官閒類馬曹。登壇應業就，圖閣自名高。更擬雙龍合，慇勤解佩刀。

送梁國博之任滇南郡丞

萬里西南道，看君擁傳車。金沙江色淨，銅柱瘴煙疎。桃李環門後，桑麻臥閤餘。循良徵異等，應有漢廷書。

送張懋功比部出守鎮遠二首

驛駱驅馳遠，專城保障雄。五溪衣服外，六詔往來中。荒徼宜良牧，天朝命鉅公。張君爲政樂，先擬頌聲同。

一水穿重峽，雙旌望遠人。東方千騎出，西嶺萬家春。烽火年來淨，閭閻俗自淳。佇看徵異績，豈但玉爲麟。

秦伯起報滿南還以途中近作見示賦答

羡爾朝天去，承恩歸路長。風塵隨驛騎，霜雪滿衣裳。客詠多千首，皇綸重十行。從茲看遠馭，何地不康莊。

和巽卿至後登臺二首

客久歲云暮，陽生春漸廻。梅花催作賦，栢葉待傳盃。天地凝寒斂，江山淑景開。旅吟隨處好，休比望鄉臺。

鄉望情何極，蕨薇長故山。拂塵看劍鍔，對月問刀環。父老歌風後，園陵望氣間。登臨隨杖履，雲水意同閒。

臘月朔日伯起招同諸公賞雪

一冬猶未雪，此日喜同看。極目瓊樓遠，開簾玉宇寒。豐年仍兆瑞，高會總成歡。郢調君應富，歌來和正難。

次和友人歲暮旅懷十首

異地生羈思，殘年傍客愁。月餘鴝鵲觀，寒滿鷫鸘裘。舊侶多離索，新篇負唱酬。帝城春又至。歲序忽如流。

旅館俱無賴，深盃且莫辭。以余方滯跡，猶爾未歸時。撫景情俱劇，探春事不遲。品題新歲月，都入郢中詞。

白社非塵境，青山不世情。浮生俱擾擾，謝俗寡營營。酒破千愁陣，詩高五字城。幾人同述作，藝苑識宗盟。

白雪知君富，黄金總讓人。江湖雙短鬢，天地一閒身。萍水長爲客，鶯花又及春。臈殘詩祭罷，喜復歲華新。

風流江左地，千古尚依然。世遠齊梁後，詩稱鮑謝前。微名甘負俗，健翼愧垂天。觸物同懷土，登樓有仲宣。

玄冬霜雪盡，暖逐琯灰來。寒色旅中夜，春光何處臺。青歸淮畔柳，紅入隴頭梅。底事能娱客，深樽有緑醅。

片愁消大白，萬事倚穹蒼。萍梗經漂泊，松筠自雪霜。龍顔燕闕遠，鴈字楚天長。莫漫悲遊子，攤書但滿床。

禮復朝元會，香分列署含。地同天尺五，人豈象魁三。賓從時投轄，知交未解驂。獨諳官況冷，孤月印寒潭。

宦思多寥寂，吟懷強自寬。早春將送暖，餘臈尚生寒。求友懷黃鳥，游仙慕紫鸞。更誰如李白，被酒赴金鑾。

光陰催改歲，日月惜徒過。世事長如此，年勞較孰多。祇應騷客詠，都付雪兒歌。佇聽陽春曲，憑陵更若何。

畫梅

萬木猶含凍，一枝漸着花。寒香風裏動，素影月中斜。老幹仍春色，孤芳自歲華。巡簷方索笑，觸目興先賒。

客有求紹介於李明府者卻寄二首

鄉里衣冠後，如君豈乏賢。分符初一命，飛舄已三遷。綠鬢神明宰，丹心日月懸。海波長願息，澤爲聖人宣。

薄海三年愛，窮簷萬戶春。福星隨地遠，膏雨應時新。治行推高等，朝恩異衆倫。臺垣虛席久，遲爾對楓宸。

暮春李長卿偕梅子庾移樽過訪賦答二首

案牘元多暇，知交亦自稀。徑深芳草沒，門靜落花飛。勝賞春將盡，行遊願屢違。喜君能顧我，竟日對晴暉。

奇字無堪問，何當載酒來。池光搖拂麈，柳色映傳杯。渭北人懷李，吳門客姓梅。高情逢二妙，談詠旅愁開。

送楊比部歸綦江二首

極目天涯道，鄉心越萬山。握蘭違省署，折柳出江關。車騎西南徼，風塵客子顏。遥知家慶集，多戀錦初還。

井里兵戈後，懷歸幾夢思。賜環新歲月，驅傳舊旌麾。古峽啼猿遠，高峯到鴈遲。隴梅堪寄候，當復出山時。

首夏即事

柳盡風前絮，葵含雨後英。宦情同白下，歲序又朱明。積貯窮簷竭，烽煙幾處生。至尊憂獨切，何日見澄清。

送何敬漸改北成均二首

帝里衣冠集，看君鼓篋行。一經韋少子，六館漢諸生。大有承家譽，偏多戀闕情。平津開閣日，端合起高名。

世德先朝重，家聲奕葉存。賞延思報國，業在識專門。禮秩東曹舊，儒宗上序尊。鳳毛元五色，此去見騰騫。

答少司馬陳公二首

一從歸棹渺，離況迥難舒。薄宦重千世，耆年久遂初。家承韋氏學，架美鄴侯書。卻喜儀刑近，傳經在石渠。時伯子官南成均。

極目群峰外，長江復渺瀰。頗存櫪馬志，卻冒海鷗疑。望逐前驅遠，功方後進遲。丹山多穴鳳，次第見來儀。

送姚生君會還揭陽二首

生訪許使君于青齊，還過白下，修贄謁余。因其歸也，賦此送之。

海畔三千里，君今賦北遊。瞻天來上國，結客慕名流。驟列冠裳會，寧甘水石儔。以余方滯跡，卻自愧荊州。

昔我曾遊地，青齊控海門。城開莒子國，路出穆陵原。良牧聲初起，交親誼獨存。江山應有助，歸去美詞源。

爲尹太學壽其貞母二首

槐市新涼入，遊人念倚廬。飛雲瞻狄舍，晴雨想潘輿。上國衣冠始，家庭燕喜初。岡陵今日頌，都屬慶之餘。

昔看慈母線，今閲女仙圖。天上麟爲二，人間鳳不孤。歌餘陶氏鵠，綵并老萊烏。豈藉陽城教，先能念母劬。

寄張孟奇計部分司滸墅二首

一水通吳越，中朝出度支。艅艎紛並集，幣物總多奇。早夜惟持筭，東南更察眉。使君非榷吏，公暇日刪詩。

千里方愁潦，頻年急上供。豈堪歌杼軸，無計問租庸。蒿目籌俱盡，丹心事可封。懷君非在遠，秋水隔芙蓉。

陳茂才父母偕壽

里聚德星久，堂開壽域長。對持春酒綠，共看晚花黄。雙鶴齡逾健，蟠桃葉正芳。翩翩三鳳羽，將近五雲翔。

送袁伯益比部南還二首

客裏秋高日，誰能不望鄉。離盃新酒緑，異地晚花黄。五嶺停雲遠，三城去路長。遥知家慶集，旋見蚤梅香。

客席應初暖，臨岐又解攜。但懽重晝錦，何憚促歌驪。驛路隨南鴈，山程聽曉雞。春江花月待，弭棹到城西。

長至前二日送周駕部考績二首

述職初三載，朝天近一陽。仙郎方緑鬢，世業自青箱。司馬爲圻父，留都是帝鄉。廟謨根本重，簡在有輝光。

豐鎬惟南國，干城實楚材。鳳麟明世出，騏驥遠途開。宦績堪殊考，皇恩正大來。春光辭帝闕，歸及詠官梅。

羅母太宜人八十二首

南陸清和始，北堂燕喜初。會成青鳥信，恩重紫鸞書。五馬何妨遠，三鱣自不虚。時伯子方守滇郡，仲子官南成均。盈階多寶樹，雨露更何如。

報道瑤池宴，君家蕚綠華。已看珈是玉，更美棗如瓜。丹詔銜雙鳳，瓊漿進九霞。年年歌壽母，樂事總堪誇。

至後送謝友可考績二首

幾度皇華使，三年法署郎。臣勞今上考，歲序又初陽。驛騎風塵遠，天朝雨露長。鵷鸞多舊侶，劍佩待明光。

宦蹟淹南國，才名重兩都。風雲仍傍闕，雨雪但征途。念舊恩逾渥，酬勞願不孤。廟堂安石畧，留以弼皇圖。

得假南歸答秦伯起贈別

天涯歸思切，不省漫爲官。驛路隨楊柳，花期復牡丹。尊違徵賞集，琴念別離彈。去住情俱繫，蒼波正淼漫。

顔茂才過訪舟中

二載詩相憶，重逢但客舟。深尊寧十日，片語亦千秋。并合元難定，支離可自由。臨岐需後會，天路有鳴騶。

送蘇明府入覲二首

萬里趨朝者，孤城保障哉。一琴單父後，雙舄尚方來。雨露窮簷普，風雲傍闕廻。瞻天浮瑞色，郎宿近中台。

去日秋氛淨，歸時春意濃。明光催曉漏，長樂聽踈鐘。治績過三異，恩光下九重。蒼黎爭舞蹈，不負遠朝宗。

重過郊居有感

自出郊居日，風塵涉旅途。顔知芳杜厚，跡以菉蒉蕪。花鳥何常主，琴尊非故吾。重來呼舊侶，別是酒家胡。

答友人寄懷

遠書憑過鴈，時物感寒蛩。久別霜侵鬢，相思月在梁。望窮千轉徑，愁絕九廻腸。露滿蒹葭夕，佳人水一方。

清賞齋二首

勝地無常主，高人自結廬。環門多水竹，混跡豈樵漁。萬卷連牀富，群花向日舒。琴尊俱樂事，何羡府中居。
習靜成真隱，躭幽藝衆芳。一亭揚子宅，三徑蔣公堂。漸喜飡霞侶，將休結客場。江湖心尚遠，松菊豈全荒。

答鍾茂才二首

一別逾三紀，魚鴻各渺然。賦才推並美，蹇步愧余先。霧豹寧終隱，雲鵬擬共翩。桑榆猶未晚，揮霍待龍淵。
鍾子元同調，知音近轉疎。摛文皆五鳳，念舊更雙魚。一水蒹葭外，層霄羽翼初。暮雲思握手，賦奏待公車。

夜泊洸口昔迴自貴竹時所取道也感賦三首

隴樹收殘雨，江舟帶暮煙。客程今夜宿，鄉夢幾宵懸。水接湖南路，山開嶺外天。昔時孤騎遠，過此重淒然。
二水湞陽合，千峯楚甸分。驅車曾鳥道，弭棹此鷗群。作客春多雨，懷人樹有雲。江聲緣瀑急，永夜此中聞。
舟楫頻來往，江山自渺漫。風湍聊暫息，旅酌不成懽。舊事追相憶，新愁別轉難。推篷占霽色，羈思稍能寬。

夏日泛舟秦淮

十里秦淮勝，偏能悅客遊。家家憑水檻，處處上蘭舟。簫鼓時相應，壺觴夜不休。絕憐城郭裏，弭棹得臨流。

桃葉渡

桃葉知何處，猶傳舊渡名。休論千古恨，且喜四難并。婀娜江花媚，留連夜月生。何言不用檝，滿聽棹歌聲。

天界社集賦得薰風自南來殿閣生微涼二首

永日寧逃暑，微風入戶來。炎威三伏失，爽氣二儀開。暗度過新竹，輕飄動午槐。坐添吟思好，復進掌中杯。

臺殿元虛敞，披襟更納涼。飆含槐柳色，氣襲芰荷香。解阜歌虞帝，清泠快楚王。炎氛俱滌盡，夏日正堪長。

鄭生偕行自閩遠來索贈二首

昔遊閩嶺外，無地不菁莪。業自承家遠，書因詣闕多。雲霄看健翮，雨露出新柯。藏器年來久，程功近若何。
綠鬢年華始，青襟譽逮時。三冬元易足，一字愧難師。舊里皆通德，新篇幾白眉。秋風鵬運早，九萬正堪期。

題署中君子軒二首

司計逢多暇，開軒面此君。高枝時近日，密葉每披雲。并美不雕操，長瞻有斐文。祗緣風節在，隨地見清芬。

滿林皆綠玉，更長碧琅玕。入夏能清暑，經霜不畏寒。渭濱休擬富，嶰谷可同看。日有平安報，應教俗慮寬。

寄答内弟體健

嶺外傳書至，知君念我勞。聽鴻欹草閣，步馬憶蘭皋。白雪歌難和，碧雲望轉高。各天俱夜月，誰傍錦宫袍。

同鄉合祀湛文簡公

昔日談經處，多賢尚景從。聖朝無學禁，吾道有儒宗。共喜芳仍遠，休疑大莫容。宫墻千古在，俎豆記遺蹤。

答霍益芳自山中寄懷

名山多副墨，水石更堪娛。嗜古翻成癖，探奇卻類迂。我猶淹拙宦，君亦著潛夫。意氣應相許，何能學破觚。

寄金華周使君

遠驛連荒徼，當年奉屬車。掄才忽五馬，敘舊幾雙魚。闔境聞輿頌，中朝待璽書。循良徵異等，郡國更誰如。

送張子雲之任梧州府僚

蒼梧新佐郡，玄草舊名家。案牘分勞始，風雲入望賒。檄緣親爲喜，才識吏而華。畫諾當誰主，中和詠復嘉。

周氏蔽席廬

六合匪云遠，吾廬亦自寬。四時皆樂境，萬象縱遐觀。架上充圖史，床頭有鏌干。席門多長者，孰與此中看。

代贈吉祥寺碧雲上人

並入招提境，慈雲護吉祥。飛來山共碧，映處谷爲光。縹緲諸天外，紛綸慧日旁。蕭齋能禮客，時擬惠休章。

送廣生南還二首

仗劍來遊日，西風白鴈初。稱詩隨旅況，持論慰離居。禹穴探書罷，秦淮問酒餘。鄉心逢歲暮，聊復愛吾廬。

朔氣寒方凜，遊人念故園。早梅迎客騎，踈柳對離樽。白雪新篇富，青雲舊業存。謝庭多賦客，歸與共玄言。

冬日冶城晚眺分韻得支麻字二首

萬壑陽廻後，層軒夕望時。落霞光倒映，愛日影西移。未擬登樓賦，先賡伐木詩。倚闌思正渺，燈火夜歸遲。

說劍城爲冶，開尊物有華。同來浮白者，俱是草玄家。淨社依青嶂，高齋傍赤霞。官閒期會少，吟眺景偏賒。

送丁茂淑繕部出榷蕪湖二首

入社憐同調，分曹重飭材。簡書寧勿畏，案牘苦相催。別酒臨岐盡，仙帆帶日開。相違休道遠，南望只江限。

牒隨將作署，費藉水衡錢。祗信跡難合，何知利有權。吟懷應尚壯，物力轉須憐。攬勝逢公暇，詩筒好爲傳。

送周伯繩比部給假歸崑山二首

青陽欣改序，白社戀同聲。準擬吟懷豁，翻令別思生。看花違共賞，折柳重含情。錦里春偏麗，催君事晝行。

遊子思鄉切，春風獻歲初。婁江歸興遠，鍾阜旅懷紓。列署刑堪措，連枝會不虚。鶯花隨處好，應念社盟疎。

讀儼思録二首有序

傅侍御以不及見其大父母爲恨，每思慕不置。忽遇異人，圖厥像惟肖。蓋積思所通，理有固然。觀者異之，爲作孝格詩歌，因輯爲儼思録云。

大孝思能永，精誠感易通。丹青圖畫裏，陟降有無中。夢想前修渺，瞻依此日同。慶餘知未艾，光裕慰而翁。

念祖將繩武，貽孫待作求。音容寧遂泯，英爽故能留。列栢栽培遠，叢蘭雨露周。龍章他日錫，端可發潛幽。

荊花二首

百卉春交媚，荊花亦自妍。迎風搖絳雪，得雨濯紅泉。纖綠間重錦，繁芳染瑞煙。桃蹊看并美，堪爲紀新篇。

年光嗟荏苒，覩物若爲情。每憶三荊合，偏令百感生。梗漂憐聚散，花落任枯榮。且喜庭芳滿，均沾雨露成。

分菊

種菊依簷下，曾經兩度秋。根移新雨潤，葉美早春柔。生意從今達，群芳羨獨幽。三年居此地，更爲晚花留。

詠古四首有序

族弟亮伯以示兒詩四章相寄，首董子，次諸葛，次陸、韓二公，皆人傑也。余於尚論編中，蓋詳言而樂道之矣。因嘉其意，答和如數，併附書郵。

董生

道喪嬴秦後，傳經屬漢儒。天人初召對，伊呂此爲徒。列國諸侯相，中朝子大夫。究尋災異理，時論卻爲愚。

諸葛武侯

隆中高臥日，聞達豈知求。三顧時非偶，一言意自投。忠貞期滅魏，運祚失興劉。出處應難並，休論願未酬。

陸宣公

所學真無負，恩深内相初。敷陳本道德，詔令感州閭。罷獻能防侈，憂讒不著書。祇今看奏議，法戒尚昭如。

韓魏公

五雲先兆瑞，相業卜當年。筦庫寧留滯，乾坤待轉旋。兩朝光定策，四路靖臨邊。識量多宏偉，功成付彼天。

暮春送鄒道卿駕部考績二首

春服喜初成，逢君又北征。歸朝先對馬，覲闕際遷鶯。課績過三載，程材擅二京。留都根本在，當宁不勝情。

仙郎方綠鬢，宦業此初升。劍氣新硎發，文光健筆凌。樞曹推上考，藝苑見中興。試最加恩後，懸知秩倍增。

丁比部招同諸舊僚賞署中花適以公阻賦謝二首

自別玄湖署，曾經幾度花。放衙賓又集，對酒日初斜。舊侶能相憶，新詩並可誇。不堪期會阻，獨自惜年華。

列署多紅藥，繁陰更滿廊。山光移毓秀，湖潤浥呈芳。勝賞皆仙侶，離群一漫郎。花神煩寄謝，風末送餘香。

和友人首夏即事四首

首夏清和節，春歸景亦妍。薰風纔入戶，暑雨未盈阡。花送餘香滿，林交萬綠鮮。樂遊隨處好，選勝任披筵。

青陽初告謝，南陸肇朱明。巢起將雛燕，林嬌喚友鶯。葵榴將吐艷，荷芰各敷榮。窗草皆書帶，芊綿繞砌生。

江南梅欲雨，隴上麥初秋。蝶向殘花戀，魚吹嫩藻浮。開尊清景玩，倚杖綠陰留。細瀑穿林出，泠泠山更幽。

永晝逢多暇，開簾閱衆芳。粉含竹翠潤，絮淨柳陰涼。鳥哢時增巧，蟬吟聲始揚。北窗無俗客，差可傲羲皇。

櫻桃

滿林看結實，百果此爲先。赤玉色同美，明珠顆并圓。寢園新始薦，内殿賜方傳。亦有筠籠贈，堪充野賞筵。

送吳翁晉光祿考績二首

吏隱居南國，書勞在祿勳。詞才方共美，宦績更先聞。入奏隨鵷侶，北歸逐鴈群。好文當此日，知羨賦凌雲。

上林花正好，四月似芳春。赴闕瞻天近，趨朝就日頻。燕臺金結士，漢署玉爲人。奏最如君幾，恩當次第新。

初夏出南郊歷天壇至神樂觀道院讌集得深林二字四首

朱明初啟夏，萬綠滿芳林。春去無多日，時和轉愜心。出郊行結軫，隨處坐披襟。景物俱清勝，流觀並助吟。

晝永隨南陸，朋游況盍簪。郊原細藉草，林澤縱聽禽。石掃殘花片，車停茂樹陰。飛雲從杖履，遠俗稱幽尋。

遠憶郊天日，千官扈駕臨。皇圖依北極，御路隱中林。王氣瞻從昔，遊懷暢自今。兩都曾作賦，應與續遺音。

歷覽芳原勝，談玄道院深。野霞紛掩映，林木更蕭森。姹女丹從授，賢人酒謾斟。羽觴移就月，雜坐聽鳴琴。時道童以鼓琴侑觴。

醴泉井有引

聖祖郊祀時甘露降鍾山，醴泉亦出於井，云在留都神樂觀内，今搆亭勒石識之。

二儀崇秩祀，俯仰見嘉禎。聖德通靈貺，明禋遇禮成。金盤仁澤美，玉竇乳流清。芳潤餘應遠，沾濡及衆生。（以上四留堂稿卷八）

全粵詩卷四四六

盧龍雲八

送從叔歲薦北上

幾度乘秋閱歲華，瑾瑜曾共惜微瑕。騰蛟未破南溟浪，試馬先看上苑花。庾嶺煙開迎客旆，粵江春暖泛仙槎。青萍長價應千倍，紫氣還瞻耀晚霞。

送比部陳先生之南都

三年遺愛粵東隅，黃白攀轅引別裾。豈謂聖朝嚴法署，獨憑公望寄刑書。晝遊彩鷁過南浦，秋到青箱啟直廬。自入品題慚國士，不知何以副吹噓。

崇勝寺再集儒林會

雙林寂寂敞禪關，聽法年年此日還。蓬轉幾能同白社，浪遊隨處客青山。群公合式鄉閭外，諸子相推意氣間。醉裡復從塵鞅去，淹留那得共僧閒。

過漂母祠

停舟幾夜宿寒原，雪後登臨感慨存。古廟相傳祠漂母，旅遊曾憶重王孫。千金孰意當年賜，一飯難忘未遇恩。獨有漢皇終薄報，弓藏雲夢只荒村。

謁孟廟

柏檜森森蔭綠苔，清高廟貌出城隈。七篇仁義三遷始，百代淵源一貫來。皜皜尚餘秋日烈，巖巖虛道泰山頹。可憐此地空祠廟，誰識當年命世才。

下第出京

客舍聽雞問去程，青青柳色喚愁生。六街歌管塵隨馬，萬井煙花樹遶鶯。歸日彩雲空戀闕，誰家白璧重連城。燕金結客知何在，且與沙鷗狎舊盟。

楊青驛

漂泊風塵悵遠遊，楊青亭下暫維舟。故鄉門巷經梅雨，客路山川到麥秋。潦倒詩篇時自適，飄零杯酒暮堪愁。幾宵尚憶長安道，北斗遙瞻接鳳樓。

荊門驛

草綠荊門柳更濃，別來霄漢一萍蹤。餘寒四月衣初袷，落日孤舟路幾重。千里帆檣新禹貢，百年耕鑿舊堯封。美人自古傷遲暮，回首天涯可易逢。

舟次懷舊

憶昔扁舟此地過，樽前談詠得羊何。幾回夢斷清秋月，何處重聽子夜歌。遠道炎蒸愁赤日，孤村雲石蔓青蘿。山陽笛在偏增感，不盡離懷對綠波。

月下與諸叔季小集

夜色蒼茫暑漸移，臨流堪待月高時。清談暫覺塵寰遠，長嘯俱忘世路悲。王氏論從叔湛易，謝家篇就弟連詩。更闌未盡溪頭語，星聚何當太史知。

秋曉步月

落落寒衣恨轉蓬，五更人在月明中。庭前昨夜秋聲急，夢裡單衾客思叢。葉下井梧隨墮露，聲聞城柝送長風。更聽嘹喨層雲外，或有音書付塞鴻。

歸自山中道過張茂才

薜衣藜杖翠微限，習習清風兩腋廻。問字堪過揚子宅，論文況羨爾生才。相推白璧連城重，自有黃金索駿來。遲爾長楊秋色裡，好懷春並薊門開。

陳比部先生出守雷州寄懷二首

家世才名美豫章，專城遥寄出東方。西曹法象人爭睹，南海恩波故未忘。共喜文翁宜蜀郡，誰言長孺薄淮陽。褰帷滿聽歌來暮，異等應追漢吏良。

起草風流漢兩都，東來千騎下平蕪。含香久重郎官署，露冕初分刺史符。象郡兒童新竹馬，羊城人吏舊仙梟。山中幾度空相憶，欲寄雲椷路轉紆。

喜友人鄉薦兼懷未遇諸子

怪爾明珠屢暗投，偶傳消息到滄洲。三年燈火山中社，五嶺風雲海上秋。狗監尚邀陳獵賦，駿臺堪羨過都遊。翻疑楚璞終難獻，搖落漁磯問釣舟。

過三歸臺

空郊立馬久徘徊，相國曾稱天下才。一笑功名終小器，萬年淒寂只荒臺。樵蘇晚傍牛羊下，禾黍爭喧鳥雀來。書社不知誰是主，夕陽蕭索轉堪哀。

國學釋褐答友人

十載塵途甘短褐，一朝帝里亦長裾。萍蓬乍喜他鄉合，棫樸均沾聖澤餘。戀闕敢隨溫飽後，環橋猶似聽觀初。中朝此日須賢哲，早爲皇家事遠圖。

早朝

曉共衣冠拜冕旒，天街寒露濕鳴騶。祥煙漸繞浮鵷仗，旭日初騰接鳳樓。聲度玉珂聽漸遠，心依華衮去還留。近臣只愛天顏喜，宵旰寧知聖主憂。

讀臣鑒有感

寶鑑何時出上方，幾回披對憶宣皇。忠邪已向當年別，予奪仍垂百代長。周典六官箴并肅，虞廷三載義同彰。明明法戒應無斁，喜起重歌庶事康。

送梁維襄司教順義

幾度乘春入帝鄉，看君猶是丈人行。天南偶伴歌苹鹿，冀北憑誰識牝黄。經術暫爲秦博士，科名終屬漢賢良。蓿盤莫歎官初冷，咫尺還饒上苑芳。

送于子步歸濟寧時得請終養其母太淑人

幾回觴詠爲君留，忍看離袂對初秋。心隨潘岳扶輿返，夢怯王遵叱馭遊。庭下槐陰存手植，堂前萱草號忘憂。何時訪爾扁舟過，問月同登太白樓。

送潘彦恒令洛陽

郎秩初頒自建章，便從潘令醉離觴。秋辭上國聞新鴈，路出清河指故鄉。疆域正臨周土俗，功名寧讓漢循良。春光滿縣花如錦，誰道河陽似洛陽。

黎明府移治平樂

古來良吏獨稱難，宦拙那能走上官。改道方知齊晏子，求名應薄漢倪寬。行過桂嶺聞猿狖，別後邾城憶鳳鸞。從此治平堪第一，徵書早擬下長安。

冼光祿遷應天別駕

幾載鵷班侍冕旒，承恩南下秣陵秋。留都舊美蟠龍勝，別駕元堪展驥遊。六代江山餘指顧，先朝勳業衍箕裘。知君戀闕情何限，清夢還依五鳳樓。

寄高正甫

京國涼生旅夢寒，思君持贈只秋蘭。風塵遠道憐三益，意氣交情羨二難。海内同聲堪此別，吟邊孤月與誰看。慇懃尺素聊相寄，會見聯翩雙羽翰。

贈段明府

與君射策向明光，捧檄還承宰一方。凋敝已知詢瘼久，錯盤端合借材長。九江楓葉隨鄉路，五嶺梅花待客觴。南顧不須厪聖主，漢家元自有循良。

壽王太淑人八十

經國才猷美度支，主恩聊慰倚門思。三朝貽翼青箱舊，八座承歡綵服宜。南極有光纒婺影，北堂重慶荷綸私。家庭晝錦常相並，歲歲翘冠映壽巵。

天寧寺謁詹觀察先生時以入賀至

萬里旬宣驛路遥，暫來蘭若駐星軺。每緣推轂懷知己，猶記乘驄肅百僚。消息幾能通蜀棧，瞻依何易切雲霄。况逢北極呼嵩日，金鑑親看上聖朝。

蘇國博以考績至遷官南大理復還金陵

十年聲譽滿詞垣，璧水傳經道愈尊。報績已從南國重，承恩新自漢宫蕃。秣陵風月還相待，廷尉刑章定不寃。杯酒雄談殊未悉，忍看離袂出都門。

送周子時司理岳州

翩翩裘馬帝城新，交態何如公瑾醇。觀禮共隨宗伯後，承恩先借洞庭春。郡中民瘼疑堪讞，闕下徵書念轉頻。到日岳陽登覽處，勳名端擬范公倫。

至後梁從甫招同郭學憲雪中小集時余捧檄將就道矣

書雲初罷雪濛濛，歲歲陽生景略同。對酒總憐時屢改，論文堪羨賦爭雄。他鄉縹緲風塵外，俗吏驅馳悵戀中。握手與君仍幾醉，夜來先夢嶺雲東。

送徐敬與令浮梁

幾人齊客鄭公門，推轂同君禮并尊。高誼更聯宗伯署，清談曾笑石壕村。慚余墨綬恩俱下，喜爾青箱業尚存。共道聖朝資獻納，早看星聚切微垣。

留別陳正甫

數月燕都屢接遊，季方才調迥難儔。名流本自欽前輩，交誼何因得并投。起草正懸題柱望，折梅先動索居愁。風塵遠道真相憶，宵夢還隨謁鳳樓。

答湯義仍

薄宦寧愁寄遠荒，嶺雲偏喜近吾鄉。論文後會應懷李，載酒何人復姓揚。雪裡共聽驪唱別，春來苦憶雁書長。君才照乘元堪美，按劍還誰駭夜光。

道出徐州值冰始泮莫兵憲助以舟役

一騎南來雪裡寒，風塵那有罄交歡。使君高誼誰當似，獨客羈懷好自寬。波靜呂梁冰始泮，春生淮海臘初殘。乘流幾日扁舟下，不記人間歎路難。

舟中望匡廬

江光蕩漾片帆輕，更喜廬山入望晴。飛瀑直隨群嶂出，斷虹遥掛數峰明。難驂白鹿雲中駕，暫借青龍水上行。試問紫陽人去遠，九經還似宋諸生。

西行抵端州同崔計部黃憲副郭茂才話别

風雨長途黯不開，可堪新别故鄉來。江頭薄暮聊停舸，客裡逢君漫舉杯。秉燭劇談消永夜，推篷暝色落荒臺。交親悵念分攜處，卻苦津人解纜催。

舟次潯洲贈薛明府有引

明府出尊公所著誠意解見惠，其尊公起官南比部，後出轄吾省，素有通家之雅。

孤舟暫泊潯江潰，地主西來孰似君。南國交游傷共遠，東藩雨露憶曾分。象賢不愧中朝武，手澤還藏百代文。四字生平思燕翼，一枝長播桂林芬。

送李明府遷守陸涼

六載分符撫字勞，夢懸丹陛協三刀。遐荒雨露初能遍，萬里風雲迥自高。此日棠陰思臥轍，他宵月下憶同袍。專城漢闕恩非薄，異績還看賜璽褒。

金將軍招集鎮南樓賦贈二首將軍曾有事東粵兹移鎮楚

杯酒南樓寄興新，將軍禮意爲誰真。清平樂事逢今日，儒雅風流識主人。四野蒼茫餘殺氣，千山迤邐隔邊塵。論文好及韜戈會，無那旌麾擁傳頻。

憶君授鉞向東行，談笑曾銷渤海兵。兩粵風塵兼節制，五溪荒服待旄旌。龍城久幸無蜂擾，麟閣還期有駿聲。聖世莫嫌虛抱武，且將休養答昇平。

和陳使君贈童參戎

忽看持節下南州，況值新涼滿郡樓。共喜昇平當此會，敢云凋敝不宜秋。幾年絕徼俱歸馬，闔境何人更帶牛。最是威名堪服遠，衹應公暇美同遊。

喜崗巒來附

怪爾憑陵歲月長，複巖深箐古夷荒。豈因爲政非鸞鳳，自是難馴似犬羊。買犢世無兵作祟，占雞人樂醉爲鄉。從今勿作羈縻態，天子宵衣待越裳。

躍魚巖偕諸文學小集

背郭靈巖境最幽，翛然暑氣到全收。孤峰巀嶪聳丹壑，曠野蒼茫驚素秋。政暇不妨隨勝會，調同常擬續仙遊。醉來欲挹龍潭水，遍灑民間八月疇。巖下有龍潭，禱雨常應。

送趙生兄弟歲薦北上二首

萬里瞻天思正紛，幾回飛夢遶彤雲。一門學冠諸生業，雙劍光搖五緯文。客路風塵休悵別，帝城消息好先聞。五陵衣馬皆豪俊，到日花殷酒並醺。

千金駿馬待燕臺，三徑難留二仲開。謝客久誇池草詠，蜀人應薦子虛才。已看威鳳翔丹穴，更擬驪龍起蟄雷。明到京華秋興好，裁書須及雁南來。

得勞明府書

絕徼分符亦漢曹，憐君曾此試牛刀。非緣今日催科拙，那識前人撫字勞。共惜單車成薏苡，豈容三徑即蓬蒿。佇看論定徵巖穴，喜見雙鳧傍闕高。

鎮粵樓同朱文學吳將軍董孝廉讌集

百尺危樓對夕曛，旅中觴詠得同君。並遊詞客皆能賦，自識將軍雅好文。近地喜無豺虎穴，荒郊多牧馬牛群。秋風入夜從蕭索，獨客愁應醉裡分。

陳使君報績

使車何日蒞雙旌，忽喜三年報政成。澤以褰帷深粵徼，恩堪賜蓋下承明。昔聞蜀郡歌來暮，今見河南課治平。共道寇君能幾借，徵書早晚下龍城。

答友人九日道中見寄

誰共登臨醉夕暉，宦情蕭索賞心微。黄花已負尊前約，紅葉偏愁客裡飛。但喜新詩能寄遠，不妨遊子未言歸。吟餘獨酌杯中酒，漫憶人間復授衣。

送石使君之瀘州二首

喜聞皂蓋新傳命，休記明珠舊暗投。未得鳴珂還帝里，且看建節出炎州。行邊露冕春盈野，公暇裁詩月滿樓。知有文章能諭蜀，依稀乘傳賦西遊。

遠宦何妨更典州，徵書指日下龍樓。人情黯淡雲和雨，世事浮沉春復秋。莫以長途嗟疋馬，已於游刃少全牛。渡瀘暗憶前朝事，開濟能無念武侯。

喜童將軍凱旋

臘盡初看秉鉞行，春明已奏凱歌聲。共言荒徼時將泰，喜見長纓事竟成。蠻峝總知瞻北極，聖朝無復議南征。夜來風雨溪頭急，疑是天河洗甲兵。

柳侯子厚劉賢良蕡二祠落成

宫墻並峙遺容儼，俎豆重新歲祀齊。唐室幾人堪密勿，諸君何事總蠻溪。當時望逐銅駝遠，千古魂依越鳥棲。聖代表章逢使者，共瞻英爽貫虹霓。

答佘孝廉

何處雙魚遠寄聲，若憐漂泊滯龍城。鄉園幾度逢歸鴈，詞客多時愧友鶯。一載催科還自拙，十年獻賦待君成。明庭結士恩非薄，況已才華動漢京。

寄鄭承孟明府

別後琴聲各一方，夢迴千里憶傳觴。官貧案牘逢多暇，人遠音書望轉長。粤社詩才推俊逸，漢家治行繼循良。等閒縱目雲山外，賓從無由託鄭莊。

送朱孝廉春試

西方才子動相聞，藝苑名高孰似君。藏豹幾年深澤霧，從龍今日定爲雲。且辭博士秦朝祿，共識賢良漢代文。明到曲江春信好，可堪天外憶離群。

贈嚴明府歸桂林

羡君壯歲即投簪，綠野堂開桂樹林。松菊故緣三徑在，風塵寧受一毛侵。巖前種秫黄雲滿，洞裡餐霞紫氣深。往日甘棠休更問，年來知己遍城陰。

入省次洛容登舟

日晚涼生洛水頭，行人初上木蘭舟。暫辭案牘爲公暇，且與琴書作漫遊。永夜窺床憐月色，短篷欹枕聽溪流。五更夢覺漁歌起，湖海分明思復悠。

孤村

盡日經行草滿原，蕭然雲石幾家村。飛嵐片片山當户，宿霧濛濛江對門。稚子淒涼看飲犢，鄰人闃寂伴聽猿。追論往事時相慰，兵後誅求幸獨存。

宿宣成書院二首

寥寥院宇倚城開，秋草離離滿砌臺。新月夜懸人境遠，西風時過女墻來。隔池紅落蓮初老，高樹黄侵葉并催。信宿旅懷堪對此，呼兒聊進掌中杯。

重門深鎖絕紛囂，客思難裁轉寂寥。幾樹寒蟬過永晝，半雲孤鴈到清宵。金飆颯颯簷邊度，玉露垂垂檻外飄。秋夜故長難得寐，隔城聽徹幾聲簫。

十五夜同顏使君陳別駕謝明府對月

次第看秋到此宵，月圓秋滿興初饒。商聲淅瀝吟風葉，涼氣微茫濕露條。萬里清光開玉宇，千年勝事擬銀橋。同來問月人俱醉，一曲狂歌雜鳳簫。

寄黎思正明府

憶昨逢君出帝城，分符吾亦向西行。盈盈一水雙離緒，寂寂經年各宦情。兵後瘡痍勞撫字，民間休養頌生成。明堂計吏還今日，聞道昭潭最有聲。

秋試後邵子任明府招集風洞山

桂嶺秋高木葉丹，翠微深處共憑闌。風雲氣壯三江色，鄉國懷增九月寒。醉裡頓令羈思改，坐來不覺夕陽殘。公餘此會應難數，賦筆憑君紀所懽。

贈童將軍移鎮平樂

聞道昭潭始罷兵，買牛何地不歸耕。遠夷向德應難恃，當宁掄才復此行。安養但同淮蔡日，隱憂寧笑洛陽生。聖明待爾紓南顧，特典還看次第成。

送沈醫歸淮安

醫業舊精淮海上，濟人功亦滿南荒。眼中瘴霧殊非惡，肘後丹砂總異方。桂嶺霜高聞旅雁，柳江波靜泛歸航。壯懷復有遊燕約，喜爾名先入帝鄉。

送陳使君入覲

遐荒兩度入朝天，此日登舟望若仙。瘴海秋清攜鶴遠，上林春暖聽鶯遷。過家綵服新承詔，拜闕班行舊接聯。邊郡已知難借寇，東南民力仗誰憐。

人日飲計郡守宅

五馬歸來組綬輕，背城別有醉翁亭。披筵勝會逢人日，投轄深宵戀客星。早歲遺榮機盡息，閒居養邃德全馨。春光共引林塘興，宦跡休論水上萍。

喜明府家叔自楚中適至

無復青氈爲楚留，南來疋馬古融州。十年不媿諸生長，三仕寧慚百里侯。莫以棘棲堪臥理，共看民力總須愁。風塵道路何多日，且對芳樽話故丘。

飲丁別駕園亭因見其二子

驅馳歲月旅中過，誰解招攜到薜蘿。出郭小車春已暮，逢君濁酒興還多。短墻暗度煙霞色，叢桂新成雨露柯。自惜賞心羈簿領，可能花下慣來歌。

送陳郡丞歸閩

何事移居到郭西，數函圖籍一詩奚。蠻煙瘴雨行俱遍，宦思羈懷轉自凄。兩粵口碑今未改，百年心事古堪齊。歸時莫戀漁磯約，天路旋看動馬蹄。

客有詩輓先君者依韻答之二首

浮世埃塵一畝宫，可憐遽問若堂封。音容永隔幽明路，涕淚虚懸旦暮鐘。野服祇傷殘薜荔，秋江何用怨芙蓉。憑誰爲作招魂賦，縹緲煙霞七十峰。

龍城薄宦已三霜，幾度瞻雲憶故鄉。十里畹蘭幽可佩，一朝風木恨偏長。難逢鶴馭歸華表，未得鸞書下建章。獨客徘徊傷遠道，尚懷傾蓋賦山陽。

勁節遐思卷

悠悠往事總堪傷，百載深閨作未亡。自有陳情知令伯，何妨挺節比共姜。松楸塚上冰霜凜，蘭玉堦前雨露長。莫寫幽詞嗟薄命，女中誰得並流芳。

送葉貢士入京

十載芹宫紀上才，承恩初許集蓬萊。明經敢謂逢時晚，奏賦爭看詣闕來。上國秋高鵬翮遠，帝城春暖杏花開。謝家蘭玉傳芳早，爲道黄金滿郭臺。

送林文學自三水遷夾江令二首

絳帳幾年瞻講席，青衿多日傍詞壇。恩逢百里符初授，望入千山别亦難。化雨春餘三水緑，明霜秋到夾江寒。懸知諭蜀文成日，堪寄同氈舊所歡。
爲憶春風嶺外覃，分攜猶自意難酣。傳經並美三鱣兆，博古多從二酉探。奇字久無嘲尚白，諸生應有謝成藍。相從不盡臨岐思，此地留傳即道南。

送譚金吾北還

家本東南海上村，先朝甲第入中原。常瞻嶺樹懷鄉國，忽擁宮衣下故園。載道兒童爭笑問，百年父老款相存。乘軺復送朝天去，喜到都門亦里門。

送高中甫春試兼寄仲子正甫時季子初爲茂才

握手河梁將送遠，君家兄弟意堪親。休論趙璧償城晚，須信燕金結士頻。海内時名三鳳起，斗間劍氣二龍新。到來歡極提攜舞，花蕚能輝紫陌春。

易太學遊吳還過訪值余服闋索贈賦此

三年風木綰愁心，病起蕭然思不禁。塵榻偶逢高士下，淡交真向古人尋。陽春敢謂無同調，流水還應有賞音。君聽吳趨殊未厭，怪來翻憶越人吟。

起復赴選答鄧璣伯使君

幾從嶺外憶明光，又向河梁別故鄉。誰戀孤舟聊信宿，忽來五馬舊循良。新詩贈我仍停棹，濁酒逢君更盡觴。聖主若還幽側問，擬於天路待□驤。

答楊茂才

漢闕頻年策治安，雄才敢擬衆人看。同時□□相如賦，清世堪彈貢禹冠。燕市和歌如可待，越壇盟好未應寒。郵亭說劍悲離索，長憶君家有鏌干。

濛裏舟中

江風吹浪雨猶寒，面面群山碧靄攢。賈客帆檣依岸出，人家燈火隔林看。漸於僮僕情親厚，轉怯關山路渺漫。半月離家殊未久，短吟聊放客懷寬。

南浦旅懷

羈棲無奈旅愁攻，寂寞憑誰問轉蓬。江上正多梅子雨，波間還起石尤風。南州高士名虛在，舊館仙人事已空。最是浦雲長不斷，幾回飛護客舟同。

湖口阻風

不盡天風揚素波，扁舟幾日滯江沱。客情久識難行路，旅調新翻無渡河。莫計郵程悲遠道，且看鷗鷺狎漁簑。南中風候何常定，五兩旋催彩鷁過。

舟次清江馮睢陽以簡招辭之繼就酌舟中

何處懷人水一方，每依雲樹望睢陽。雙魚忽至長淮外，駟馬仍過孔道旁。對酒謾疑河朔飲，坐談深接令君香。風塵此會知非偶，何必還登單父堂。

總河潘公遣役護行舟次報謝二首

嶺海霜威早避驄，三朝經濟主恩隆。翕河久藉揚周烈，睹洛真如頌禹功。東土繡裳新白簡，西曹曳履舊青宮。君王眷念知無已，開閣清時復許同。

停車何地不春陽，中外名高四十霜。功滿朝端瞻赤舄，業傳江左試青箱。泰雲挾雨崇朝徧，海國歌風化日長。慚媿卑微叨禮數，更容詩句發清狂。

舟抵清源曹侍御宅憂在里再過舟中

留滯江南望闕迴，逢君暫亦出西臺。百年風木情偏感，千里萍蓬笑乍開。白馬衆疑驄馬避，縞衣人道繡衣來。中朝舊侶時相憶，法座星光切上台。

九日登叢臺

何處登高選勝遊，異時歌舞此中收。風塵日上龍山帽，月色初分庾亮樓。已有白衣能送酒，何須黃葉共悲秋。逢迎少暇成高會，只愧無能抗督郵。

元夕過宋子順署中小飲

沉沉院落雪初消，月色溶溶逗綺寮。火樹夜寒花並美，璧門星聚景偏饒。行遊士女多歡洽，羈旅朋交豈寂寥。不爲主人增酒態，千金何以直茲宵。

周進士赴柳州司理枉過見贈賦答

孤城憶我曾遊地，此日逢君感慨深。拙政衹能寬積賦，遠民敢自厭殊音。身辭瘴嶺慚無補，夢繞鑾煙思不禁。願得讞疑寃盡洗，敢勞城郭問棠陰。

送王君聘令甌寧

宜人秋氣薊門時，仙令飄飄萬里馳。五嶺鄉心隨白雁，八閩海色動青驪。烽煙西北頻驚眼，民力東南可察眉。我亦分符同作吏，知君爲政是吾師。

答易山人

郵亭杯酒昔相別，憶爾難忘白玉羈。秋夢兩懸南海月，春風還隔上林枝。經年尺素重來日，萬里危樓入望時。勿道武陵堪避俗，桃花流水使人知。

送子順令彭澤

幾年壇杏有輝光，百里新恩近拜郎。匹馬西風辭冀北，扁舟明月度潯陽。莫思漉酒柴桑徑，祇合鳴琴單父堂。回首可言天漸遠，雙鳬還傍五雲鄉。

和陳新之雪後見貽

曉起瓊花撲素琴，開簾猶道月華侵。書雲合奏豐年瑞，歌雪先傾下里心。物候正隨灰管動，客懷偏仗酒杯深。知君復有官梅興，清賞何由并汝陰。

對雪憶梅

北風吹雪漸成堆，恨少寒梢雪裡梅。臥閣琴囊空自拂，法曹詩卷爲誰開。春前庾嶺同鄉夢，月下羅浮憶舊杯。亦有江南逢驛使，了無相寄一枝來。

行役肥鄉境上小集張方伯別業同廣陵宗良弼

春風境上擘晴芳，傾蓋停驂漫舉觴。賢聚久爲冠蓋里，吏來翻似石壕鄉。不因行役紅塵内，那得招攜綠野旁。況是廣陵新製曲，傳來花下興偏長。

春夜譙集叢臺聽簫

春遊吏事苦相催，秉燭何妨入夜來。野色全迷窗外樹，星光環照坐中杯。流觴曲水虚良月，飛蓋西園復上才。嬌管清歌憐並發，教人重擬鳳簫臺。

送薛侯宣使鄭便道歸省

劍騎翩翩出薊門，春光逢爾醉平原。天潢帶礪恩長厚，使者皇華禮并尊。休沐暫辭丹鳳闕，承歡仍在臥龍村。錦遊況值秋初好，桂月松風滿故園。

暮春登紫金山二首有引

山在邯鄲西北境，上爲茲邑發祥之地云。舊有王喬洞、劉太保隱室，今皆不可見，惟廟貌頗存，雙塔攢空而已。余爲亭其上，扁曰『西來紫氣』。

一春風物報將闌，乘興還來問紫山。寓目總堪容傲吏，振衣疑漸出塵寰。王喬洞在鳧先起，太保堂空鳥自還。懷古思鄉寧廢酒，難逢杯酌共雲間。

紫氣遥來出紫宮，金光隱見有無中。玄壇並建群靈擁，寶塔雙瞻瑞靄通。萬頃桑麻春雨後，千家城郭日華東。披襟已盡蘭臺勝，宋玉何勞對大風。時鄉大夫宋君後至。

聖井有引

井在邯鄲西北二十里，禱雨取水於井，屢有徵驗云。

鑿井何年紀聖名，總緣神貺及群生。銀床倒暎冰壺冷，碧甃長涵水鏡平。霖旱一方沾沛澤，潤餘千里挹澄清。地靈若更周民隱，不待祈年雨亦行。

宋文學自以憂鬱不樂遠遊適志賦此別之

雨過郊原萬綠稠，客星初動碧雲頭。四愁不盡張衡賦，五嶽堪爲向子遊。談裡有天皆碣石，花間無地不丹丘。汾亭舊業應常在，莫戀他人倒屣留。

送順德張使君遷苑馬卿貳

幾載邢州政獨奇，一方謳頌滿褰帷。竹符幸借分三輔，麥瑞重看秀兩岐。誰挽福星留臥轍，但懸卿月照前麾。他年太史收循吏，何似民間口作碑。

答李長庚

多年撫字愧功成，竊祿長慚負聖明。賓客爲誰誇北海，文章于爾識西京。草茅書就張天覺，鸚鵡才高禰正平。秋好會當隨計吏，駿金還自重燕城。

聞謗答陳新之

幾從畏路戒前車，望入羊腸恨轉賒。彭澤故栽門外柳，河陽羞對縣中花。稍疑落莫詩爲祟，謾道衝騰劍有華。猶幸主恩寬放逐，敢將漂泊怨長沙。

答趙孝廉

滿目風濤祇自傷，十年回首笑爲郎。含沙每恨形難見，下石翻愁計易長。畏路豈須悲失馬，高岡誰爲惜鳴凰。樗材止合甘留滯，潦倒江湖憶廟廊。

別諸僚友

梗萍千里結同袍，此際分攜思獨勞。時事敢云堪怒髮，世人真亦善吹毛。窮愁未變心如水，積毀從他笑有刀。別後秋懷應漸好，叢臺孤月爲誰高。

別鄉大夫

握手相看感慨存，逐臣真自負平原。幾從月下陪長嘯，或憶尊前賦大言。薄態已成曾氏杍，高情還過翟公門。臨岐未灑窮途淚，薄譴能無識主恩。

別諸生

二載棲棲動越吟，敢將歲月問升沉。循聲自我無三異，拙宦從今學五禽。引咎不須慙白簡，思玄多是愧青衿。秋高上國看鵬翼，次第扶搖慰遠心。

別衆父老

宦情蕭索與誰論，直道斯民喜尚存。豈有循良堪作傳，謾勞蒼赤苦攀轅。暗投已分無完璧，廣照何由到覆盆。底事慇懃酬别緒，願祈豐歲惠元元。

寓真州僧舍夜夢登恒山志感

單車幾度涉滹沱，此日重來感慨多。回首不堪時事改，低眉祇傍畏途過。塵紛暫遠宜僧話，酒禁初寬足浩歌。一夢恒山秋色遠，芙蓉千疊奈愁何。

謁别吕翁祠

南北支離歎此身，相逢俱是夢中人。久知鳥道多危轍，曾見鹽車解絕塵。社酒尚違元亮菊，秋風又美季鷹蓴。滔滔騎從群游客，莫笑盧生夢未真。

贈蘇羽士

城郭何人識隱淪，黄冠緑髮一閒身。早從相鶴仙群侣，更許籠鵝墨客親。宅以談玄誇勝事，室同虚白淨纖塵。劉郎别後知何處，空記桃花滿院春。（以上四留堂稿卷九）

全粵詩卷四四七

盧龍雲九

寓清源諸鄉友攜具過訪

蕭索西風獨倚樓，殊方落日正悲秋。忽逢杯酌成嘉會，似爲風塵慰倦遊。一醉渾忘身是客，微名真與世同浮。相酬不盡鄉園意，徙倚堪消萬斛愁。

對菊

久淹末路秋多思，尚喜東籬菊有花。杯酒未曾輸蔣徑，詩篇猶自擬陶家。休悲搖落霜逾峻，獨對幽香日未斜。不是歲寒徵晚節，卻教桃李盡年華。

得從兄偉侯書卻寄

書至遙憐汝尚存，幾回飛夢繞鄉園。風濤已恨驚蓬鬢，泉石何妨老席門。海上碧雲懸故里，天涯芳草倦王孫。可能掃石溪頭坐，往事同君仔細論。

月夜泛舟

攜壺理棹出江干，乘興安流夜未闌。霜月浸空秋色老，風林搖岸葉聲乾。短簫淒斷中川聽，長劍憑陵傍斗看。坐久黑貂寒漸徹，詩成還仗酒杯寬。

慰同寓者思歸

長風萬里困南圖，遊子天涯望眼枯。愧我出山成小草，憐君遠道憶文蕪。清江渡口聽鴻雁，明月樓中唱鷓鴣。稍待青春堪作伴，何須雨雪問征途。

送内弟體健南廻

幾回愁望雁南征，雪裡何當復送行。投轄總難寬別緒，歌驪徒自切歸情。漸看客散堪羅雀，誰及春來共聽鶯。兄弟故園如有問，十年不愧舊書生。

自清源入京

長途匹馬又朝天，曾記驅車入趙年。慘淡風霜欺旅鬢，蕭條山水傍孤絃。流言促駕成三仕，拙宦何階待九遷。堪笑幾回霄漢上，爲他人望已登仙。

長至日宿河間客舍

年年至日愁爲客，此夕愁懷倍不舒。失路未論先策足，征途翻自悵離居。五更清夢隨天闕，一點丹心到玉除。最恨隣雞催曉曙，暗塵旋復滿巾車。

京中貽諸游好二首

千里驅車又帝城，相看悲喜不勝情。旅顔尚帶風濤色，生計重依日月明。且共狂歌燕市飲，休嗟故步壽陵行。當年志意飛揚甚，此夕還應劍氣横。

九陌紅塵上玉珂，不妨文酒借煙蘿。談天氣壓青雲壯，待月詞雄白雪多。萬里風霜驅傲骨，重來霄漢入悲歌。應劉此日公車滿，輪囷無因奈若何。

送何進士令嘉興

吴越山川足勝游，喜君仗劍出皇州。陽廻薊北催征騎，春在江南艤客舟。民力總應寛保障，主恩有待借前籌。請看此日朝陽鳳，棘地何能更復留。

飲楊貞復太史宅遇雪

白玉堂前滿六花，天然色相鬭瑶華。興來不假山陰棹，坐久頻煎學士茶。鵁鶄影分光入戶，鷫鸘寒仗醉爲家。羅浮一别無消息，憶共看梅到海涯。

送楊肖韓民部謫陜州

執戟曾疲闕下班，那堪世路復多艱。流言盡屬杯中影，同病俱憐鏡裡顔。二室鶯花供客賞，五陵衣馬待君還。周南豈必嗟留滯，逸駕長途未可攀。

送王孝廉奔訃還柳州

長年旅食傍金臺，意氣看君亦壯哉。豈以浪遊忘寸草，祇緣先澤在三槐。雲邊淚眼天無極，雪裡愁腸日幾回。歸去蓼莪應暫廢，公車還待爾重來。

晝錦四榮詩爲舉主大司寇張公作

加宮保

華髮天書喜屢褒，乞歸仍錄舊臣勞。一時禮秩隆三少，二省恩光冠六曹。北斗聲華懸鄭履，上公休瑞應虔刀。已聞側席思賢碩，須信東山臥未高。

賜飛魚服

都門爭御袞衣頻，又見中朝錫服新。光奪彩雲搖劍佩，喜傳丹陛動簪紳。尚方篋笥優承詔，五色文章穩稱身。明到集賢懽晝錦，白衣誰道是山人。

賜金

詔許辭榮訪逸林，更於蕃賚識皇心。非緣綠野光亭榭，便與香山助醉吟。清德久傳楊氏里，湛恩寧比陸生金。相攜賓舊多懽洽，總沐天朝惠予深。

賜馳驛

一自東都祖二疏，抗章誰復早懸車。寒辭薊苑榮休沐，春望叢臺賦遂初。乘傳遍臨先賜履，擁旄遥愛舊吾廬。祇憐負弩非前令，目極洛關一愴予。

都門僧舍答黄汝綸歲暮述懷之作

相逢衣袂滿緇塵，總是天涯一旅人。幸舍豈孤彈鋏客，玄林空笑宰官身。吟餘白雪年垂暮，頌入青陽歲又新。即道淹留家萬里，可能虚度帝城春。

人日汝綸過訪留酌

東風隨歲入長安，萬戶春光縱眼寬。幸與人同今日勝，更留君敘隔年歡。菜羹旅食堪循俗，栢酒餘杯解送寒。忽向江湖憐杜老，私憂直道路行難。

與林孝廉小酌論舊併柬諸鄉友

鄉書十載忝齊賢，何意看花一日先。弱羽翻疑淹九萬，彩毫終待奏三千。陵陽淚盡方呈璞，流水音高未絕絃。爲問同來燕市客，有誰還愧在盧前。

林志和明府過談旅舍

馬首當年憶并東，從前消息半相同。重來大集明堂吏，一笑誰憐塞上翁。百里多君工製錦，孤臣何地託飄蓬。亦知雙劍時還合，未若延津氣似虹。

別上計諸子

都門二月送征輪，冰雪寒消暖漸新。柳眼暗窺今日酒，花神潛動去年春。明堂禮就應增秩，獨客愁多畏傍人。怪得望窮仙舄遠，尚留衣袂滿京塵。

送何參軍之衡陽

十年清譽美何郎，此日承恩出建章。細柳繁煙開夢澤，綠蘋踈雨渡瀟湘。自緣簪組光蓮幕，更喜風雲傍梓鄉。公暇尺書如有念，可因迴鴈寄衡陽。

春日登毘盧閣

燕山勝事在青陽，與客乘閒叩上方。風轉法雲空外度，天開化日望中長。紅塵端不侵蓮界，紫氣偏能入羽觴。宦海只今多自苦，欲移般若作慈航。

答徐太學

握手他鄉各問年，敝裘羸馬總蕭然。尊如北海賓長集，榻有南州士獨賢。去就此時難任性，升沈末路只由天。漢朝故事須公等，詣闕書成合四遷。

留別袁敬德

千樹桃花去後栽，玄都何日更重來。黄金笑我非奇骨，綵筆憐君自逸才。易水餘寒侵別騎，陽關新綠照行杯。飄零劍氣何由合，望極龍光燭上台。

錢使君惠茶

春早仙芽出洞天，清泠堪試惠山泉。年年採擷占雷候，片片鎗旗愛雨前。一院真香烹野服，幾杯沉困破愁眠。月團諫議恩元渥，祇閲斜封愧玉川。

王郡丞有贈未答旋復惠酒併謝

驅車前後出金臺，天末萍蹤并黛來。官冷未應徒伏枕，公餘差可慰銜杯。亭因好事相攜酒，我亦懷人姑酌罍。莫怪詩情太寥寂，苦無頭上雨雲催。時方憂旱，故云。

益津八景

霸臺朝陽

先朝遺勝有高臺，曉日登臨霽色開。望似泰山標日觀，氣如滄海射蓬萊。五雲彩徹層霄迥，萬里輝騰八極廻。任是陽光能被遠，蒼涼先向此中來。

老堤晚渡

郡城南接大堤遊，日晚人歸古渡頭。家傍寒塘魚作市，門臨荒渚鷺爲洲。夕陽舟楫頻來往，野水乾坤任拍浮。景色不須愁已暮，月明還照荻花秋。

環城煙柳

郊原煙雨遞相催，柳色微茫拂翠來。林際遷鶯如上苑，街前走馬類章臺。栽移彭澤詩千首，折向陽關酒一杯。造物固知饒近地，春光漏洩遍城隈。

堂淀風荷

東南凝望盡湖光，冉冉紅蕖十里芳。淥水明霞嬌欲語，白蘋過雨暗生香。吳娃曲調堪移舫，楚客衣裳好納涼。似道今人俱解愛，淩波爭艷水雲鄉。

嶽廟波光

崇祠寂寂出中阿，新漲環門有白波。草綠似因蓬作島，天光疑用鏡降魔。堂前説法龍堪繞，臺上翻經鳥屢過。聞道泰雲時挾雨，故添滄水濯盤渦。

觀光山色

城上高樓俯樾叢，山光隱暎畫圖中。總無競秀千巖逼，卻有尋芳一逕通。天入中原形具美，地臨三輔勢偏雄。鬱盤靈淑知無盡，長爲皇家壯鎬豐。

鹽河春鳥

東風幾日滿城陬，冰雪凝寒已漸收。漠漠水雲春自足，飛飛林澤鳥相求。即看市近機仍狎，何必山深景更幽，翔集總緣天性在，偶來觴詠亦滄洲。

苑口秋濤

一線江流引急湍，奔騰長作勁潮看。九河瓴勢浮空下，八月濤聲雜雨寒。自是百川能學海，豈無砥柱善迴瀾。千年疏鑿功思禹，咫尺滄溟大壑寬。

山斗圖爲掌院李公賦

早年芳譽徹丹霄，此日中台凜百僚。總爲霜稜推獨坐，更緣風采重三朝。登龍故溢名賢禮，旋馬堪同聖相謠。佇望黃扉資燮理，八荒何地不春韶。

喜雨

新瀑穿林出岸隈，雄風吹雨歘還來。霏微四野枯全潤，霡霂三農望正開。昨日桑林成澤國，一時蓬巷已春臺。不知旱魃歸何處，更祝爲霖遍八垓。

大司馬王公席上對月

待月庭階月正圓，中天雲淨出嬋娟。金波泛露輝長夜，玉宇生涼到四筵。七十主人方健飯，二三賓客盡忘年。高談洛下應難數，會有安車自日邊。

聞島夷犯朝鮮時西賊未平而朝鮮遣使告急不絕于道

二載宵衣正備胡，卻傳海上又鳴桴。一時斥堠多烽火，到處閭閻困轉輸。使者徵兵催草檄，藩邦乞援望銜艫。神州敢謂天將厭，干羽還能格後夫。

送薛德茂自文安應召入京

分符元傍五雲鄉，第一徵書荷聖王。日轉觚稜騰鳳羽，天開閶闔望龍光。硎新百鍊青萍壯，臺重千金紫燕良。此日送君增感慨，揶揄花外笑偏狂。

和車一中七夕旅懷

華月娟娟入戶明，開簾露下氣初清。我慚兒女年年巧，君念關山處處情。天上獨憐橋鵲影，人間無奈砌蛩聲。羅浮一水非河漢，莫向牽牛恨未平。

同一中夜集慈華寺

南北飄零寡所歡，驅馳空自媿微官。秋風念舊鱸魚膾，夜雨憐君苜蓿盤。客路相逢鄉語熟，禪房深坐漏聲寒。何時得共羅浮月，松露瀟瀟灑鷫冠。

十五夜王觀察招飲狎鷗亭月色無幾雷雨繼至感而成詠

西園清夜忝嘉招，尊酒論文樂正饒。月魄何緣光乍掩，雨師疑亦妬難銷。高談列炬林鴉散，客思停觴旅鴈遙。稍待風生雲霧斂，一輪還自出層霄。

和大司馬王公同錢使君月下園池泛舟之作二首

辭榮十載愜投簪，其奈蒼生屬望心。庭下郎君能世業，座中賓客總詞林。忘年許集耆英會，得句如聞正始音。況是大夫能作賦，勝遊應不負招尋。

水滿池塘月滿舟，芳亭難遽號宜休。且拚樂事歸三徑，自以閒身傲五侯。別墅開樽時坐嘯，西園飛蓋每淹留。已聞疏輔虛前席，此地何能絆綠騶。

秋夜杜工部凝香亭讌集時周太學兆通自吳下新至

杜曲穿花此會難，深尊誰與罄交歡。飲醇自昔知公瑾，命駕于今似呂安。入夜霜高聞朔雁，一時星聚對南冠。勸君且莫歌長鋏，客裡茱萸好共看。

九日登霸臺時月落西方倒暎臺榭倚樓數酌而別

風雨連朝欲滿城，今宵喜見月華明。半輪影動登高興，萬里光餘落帽情。兩地茱萸分客思，幾家砧杵亂秋聲。酒酣莫更歸來緩，怕遣樓頭百感生。

初冬送杜虞部入京

過里衣冠喜乍逢，尊前談笑幾相從。謝家池草多康樂，阮氏竹林有仲容。白下歌棠非宦巧，虞部先令南畿。班生行李自仙蹤。中朝若遇詢卑濕，天氣長沙賴已冬。

永清境上遇張孝廉夜酌

謫宦何知復買鄰，一時傾蓋偶相親。南州媿我非高士，東道逢君識主人。徑擁蓬蒿憐仲蔚，轄投賓從美陳遵。追歡正合持螯醉，況喜當筵月色新。

再過張孝廉與張太學賈劉二茂才同集

扁舟容與水雲鄉，弭棹重逢有二張。狎坐更應推賈壘，高談誰復短劉墻。黄催落葉羈愁晚，綠潑新醅旅興長。聞說上林將獻賦，聲華久矣達明光。

寄盧唐憲明府時起復至都下

回首塵途憶聚星，春風棠杏滿龍城。交遊本是同聲侶，骨肉元非異姓兄。南望總愁雲遠去，北來猶怯路難行。歲寒莫道冰霜久，已見陽和次第生。

答王存初大行四首有引

存初自京中見寄，先述司馬公園林勝事及不佞等同遊之樂，後道其平昔講業與今日憂時之意，依和如左。

漢家嗣業有玄成，傾蓋何如止慕荊。洛社漫開真率會，瀛洲初重斗山名。江湖尚識先憂在，雲水聊教俗慮清。況是聖朝思憲老，幾回側席不勝情。

背郭漣漪漾碧塘，雨餘新綠上茅堂。芙蕖拂艷依秋水，鷗鷺忘機狎野航。謝俗固多難老訣，羈人亦有卻愁方。曾同飛蓋沾清露，月色溶溶過海棠。

龍臥當年憶滯淫，草廬曾自託悲吟。連城豈合終懷璞，流水多應會賞音。帝里風光淹彩筆，家庭樂事寄瑤琴。飛來一片雲間月，照見遊人此夜心。

藝苑何人最白眉，風前聞爾奏朱絲。敢云黃牡皆驪牝，直看飛雄愧伏雌。海上烽煙思賦槊，眼中景物類觀棋。知君使節乘春下，花信先傳夢草池。

答徐内翰見訊

早春曾記傍金臺，花下逢君識異才。恩并三朝殊賚渥，班聯四輔近顔開。紫宫籍府連東壁，彩筆詞垣切上台。清暇子虚如有問，可能促席慰銜杯。

答曾啟東文學

樗散才名愧豫章，燕金敢自歎留良。寒餘漸見生春色，暗裡誰憑識夜光。遲日煖浮千樹曉，條風和動百花莊。栽培羡爾多桃李，茅茹還看應會昌。

將之臨朐答大司馬王公贈別二首

綠野堂前醉別觥，春林好鳥自嚶嚶。不同賦鵩憂時命，卻喜登龍署姓名。此日孤琴隨鶴遠，他宵明月悵烏驚。祇應有待開東閣，會聽彤墀曳履聲。

投贈慇懃且復留，江湖何地不堪憂。四愁未若孤臣切，一顧難忘國士酬。暖入東風碧草細，煙消南浦綠波浮。華夷自昔知司馬，即擬安車下帝州。

答王之綏

漂泊憐君義獨高，小齋曾與讀離騷。莫愁沈約頻移帶，擬贈王祥有佩刀。春水五渠江路渺，暮雲千里客心勞。長吟兩地空相憶，多暇應難似馬曹。

江應雷偕諸太學追送余蘇家橋暮酌有贈答和二首

柳色青青思獨勞，霸橋星聚五陵豪。已因別賦分玄草，更遣離愁付濁醪。并馬塵輕蘇市雪，歌驪聲散苑家濤。公車此日需賢哲，誰解詩成得錦袍。

握手徘徊卻爲君，旅中那不念離群。探春預約花爲主，入社何妨酒并醺。兩地復懸千里月，長途徧歷萬山雲。欲知別後相懷處，駐馬題詩日正曛。

答車一中

異鄉爲客混風塵，薄宦相從似買隣。世態共看思往事，主恩初下及孤臣。蛾眉漸老應難妬，雞肋微名豈遂湮。漢室談經推董相，早將三策爲君陳。

答王司封

客舍并州歲乍更，長途匹馬又東征。腰肢自覺虛狗祿，奔走由來只爲名。北海尊罍思舊處，春風岐路別君情。微才敢附山公啟，祇笑嵇康是懶生。

答郭茂才二首

幾年奔逐愧飛黃，去矣憐君酒一觴。但使高臺收駿骨，何言末路有羊腸。徘徊別意看新柳，淡蕩春風入野棠。後會不知何處是，每依北斗望龍光。

杯酒臨岐別友生，一時去住卻關情。恩仍鳳闕隨新牒，義似雞壇戀舊盟。芳草王孫遊漸遠，綠波南浦雨初晴。上林託獵君應賦，得意還能薦馬卿。

百丈厓在東鎮沂山

海上岧嶤擁翠廻，當霄壁立勢雄哉。青春洞口猶含雪，白日泉聲似帶雷。天造故懸千尺險，地靈何藉五丁開。諸峰羅列俱難比，不盡浮雲任去來。

瀑布泉在百丈厓

縹緲丹梯最上頭，何來千仞瀉飛流。初疑銀漢從天下，忽訝滄波倒峽浮。草木春廻餘作潤，江山人藉此相留。紅塵久負登臨興，沾灑欣從物外遊。

初夏讌集遲中丞別墅時牡丹盛開

莫道春歸獨掩門，春光還在百花村。幾叢蝶舞留芳徑，數囀鶯歌住短垣。傍檻故多姚魏品，招遊何減李桃園。公餘雨霽煙霏淨，恰好移樽坐晚軒。

答李張二郡博二首

問月曾同李謫仙，風塵去住感流年。翻從異地思聯榻，猶記芳樽戀別筵。海上兵戈烽未息，天涯朋舊夢相懸。八行欲寄加餐字，搔首雲間一鴈還。
薄宦棲遲旅思勞，故人誰與問綈袍。長吟渭北天邊樹，未識玄都觀裡桃。舊雨不堪詩伴隔，荒臺曾共月輪高。此時對酒空相憶，何處天風下玉璈。

登朐山

雨足芳郊萬緑齊，看山攜伴過前溪。雲開杖屨花迎入，日永壺觴鳥勸提。比屋喜逢雞犬静，公庭那有簿書迷。不妨取醉成高會，共聽流鶯自在啼。

讀旌孝録爲故郡大夫杜公作

早年射策向明光，强項歸來一草堂。善養豈嫌三釜薄，承恩偏幸百年康。庭前愛日斑衣永，塚上居廬白髮長。使者幾回勞博採，聖恩今已下龍章。

答雲中吕觀察

鎖鑰雲中久借恂，秋風戎馬淨邊塵。登樓坐嘯千門月，挾纊長留萬里春。拙宦我甘隨牒遠，忘年君自託交神。已聞公府資爲憲，佇見天書下紫宸。

寄高比部

風塵漂泊海東方，翹首金莖路渺茫。青社賜環棲傲吏，白雲題柱憶仙郎。賦才合邇西山色，讞奏能消六月霜。不分清曹多燕暇，幾時握手近含香。

寄懷廣武諸舊遊

一別叢臺隔兩秋，飄零身世海東頭。傷心往事俱流水，屈指當年幾舊遊。投贈我慚青玉案，索居誰問黑貂裘。此時廣武城邊月，正好同君大白浮。

答梁茂才二首

何處新詩念舊裁，忽傳尺素傍愁開。幾瞻嶺外雲邊樹，猶記尊前月下杯。泉石祗懷尋壑侶，風波寧有濟川才。于今夜夜看南極，遙見光華入望來。

五嶺群峰萬疊高，思鄉無奈寸心勞。吟邊桂樹非南國，夢裡梅花似法曹。每愧登仙追景倩，空懷縱壑頌王褒。十年自歷羊腸徧，牢落風塵一敝袍。

秋夜宴呂觀察新宅時侍者奏塞上曲

堂構初成燕自來，幾人今夕對傳杯。微風卻暑娛清夜，細雨生涼引綠醅。坐客總深碧玉調，塞兒新製紫雲迴。休嫌近市仍湫隘，數武階前且植槐。

錢使君寄壽老母賦答

憶別河梁越歲華，雲山千疊總爲家。芳樽已隔吟邊月，彩筆猶傳夢裡花。自引斑衣娛愛日，難將春醲擬流霞。遥聞雙白重開宴，幾頌南山慶倍嘉。

寄題益津八敵臺

提封千里盡春臺，又見崇臺面面開。雲物迥連天闕下，股肱獨近帝城隈。霞光睥睨飛常入，烽色萑苻淨不來。自是修文非講武，登高時有大夫才。

題楊中丞思親樓二首

背郭重新百尺樓，樓前霜露迥生愁。辭榮不羨千秋觀，善養曾輕萬户侯。餘慶祇看歸綠野，浮生何處覓丹丘。每瞻堂構思貽翼，卻喜傳家解作裘。

一上高樓思悄然，片心長在白雲邊。蓼莪最引終天恨，岵屺難忘愛日年。錫命幾回瞻拜闕，承歡但欲賦歸田。至今明發懷如舊，強對開簾月萬川。

望京樓和張中丞二首

極目樓頭望紫煙，夢迴宫闕思悠然。蓬萊地隔鴻書渺，閶闔天高象魏懸。萬國衣冠同拜舞，當年江漢憶旬宣。于今獨抱葵心在，欲奏南山第幾篇。

江湖幽思近何如，天畔樓孤望帝居。御苑春饒鶯語合，仙莖露下雁來初。懸車尚憶齊鳴佩，閉閣惟躭自著書。此際經綸看世業，昇平俱沐聖恩餘。

常比部讞獄關內事竣還朝時方露禱無以酌別賦此代觴

青青城畔柳條新，折向河橋贈遠人。行部霜飛三輔肅，歸朝花發五陵春。亦知枌社情偏繫，可奈桑林念轉頻。明到宵衣如召對，不須重擬大東陳。

初夏過馮將軍別墅

北海故無竹，此地有山號海浮，下出珠泉，臨池多竹，亦勝境也。

將軍池館即仙家，萬木森森野水涯。入戶且須先看竹，開樽還似坐餐霞。林間曉色多啼鳥，簾外風香有落花。豈厭昇平虛抱武，躭幽長自對瑤華。

珠泉

何處青山海上浮，浮來山下是龍湫。一潭滉漾滄浪色，萬顆勻圓合浦流。深竹況宜逃暑會，野航真作弄珠遊。與君坐對冰壺澈，可道無因尚暗投。

贈張司理

楚材鍾岳自衡陽，射策聲華滿建章。詔下九重辭北闕，官持三尺蒞東方。隨車待遍千家雨，讞牘看消六月霜。聞道聖朝資獻納，更須丹筆侍虞唐。

答易山人送臘

春前淑氣將舒柳，臘盡餘寒已送梅。愁裡酒杯添寂寞，病來詩句廢敲推。年光荏苒真虛度，宦業逡巡豈上才。羨爾久盟泉石侶，賞心何限白雲隈。

海珠寺謁李忠簡公遺像[一]

鍾祥曾道應星光，嶺海仍流異代芳。忠赤有心懸疏草，勳猷何意在旂常。提戈自障鯨波險，請劍寧辭鳥道長。遺像清高瞻拜肅，珠江猶自勝桐鄉。

[一] 明郭棐、清陳蘭芝嶺海名勝記卷三題作『謁李忠簡公祠』，首二句作『科名前代探花郎，早毓星精耀海方。』

贈俞參軍

何來趨府擅才華，綠水池邊幾度花。走檄名高誰具美，請纓年少自堪誇。三城鈐轄歸油幕，五嶺風雲護絳紗。文武一時推妙選，湛恩仍待早宣麻。

韓公祠

祠在西樵山上。公名雍時，總制兩廣，奏免茶稅，山人德之。後爲中官所譖，引疾乞歸，卒謚襄毅。

一徑穿雲入翠微，中丞祠廟出林霏。誅求榷吏恩能逭，採摘山家願不違。力食總餘君子澤，繡裳真念小人依。春來處處茶畦雨，彷彿甘棠露未晞。

白雲洞

巖巖翠壁倚天開，冉冉閒雲度壑來。野瀑細流成曲水，石牀積潤帶蒼苔。芳亭歲引看山屐，紆徑時同避暑杯。貪賞夕陽天忽晚[一]，又從雲裡戴星廻。

[一] 貪賞，原本作『貪對』，據明郭棐、清陳蘭芝嶺海名勝記卷二改。

甘棠稅駕卷爲楊兵憲作

車騎重看到海鄉，褰帷夾道舊甘棠。幾年蔽芾依留蔭，此日澄清慰奉嘗。故老短筇瞻節鉞，使君新綬並銀黃。關西世澤應長在，更普商霖下大荒。

送袁敬德遊勾漏

欲問丹砂事有無，采真何必憚長途。三江乍泛袁宏舫，五嶽新攜向子圖。紫氣東來星是客，碧雲西望月同孤。如聞葛令當年訣，分取刀圭到藥壚。

聽鶯

雨後千林翠欲流，春餘高柳綠偏稠。遷喬野外聲初巧，求友枝間意獨幽。閉戶不禁司馬渴，出門堪並少陵遊。笙簧滿耳聽難盡，徙倚同消萬斛愁。

寄答張山人

何來雙鯉傍江干，三逕如同仲蔚看。佩以蕙蘭芳澤遠，詩成珠玉夜光寒。人從斗色知龍劍，君爲鷗盟戀鶡冠。愧我浪遊虚歲月，東籬猶負落英餐。

賑荒後爲吴令公作

東南民力久堪憐，菜色何曾似近年。老稚不禁途有殍，流離多是突無煙。三城未下蠲租詔，十郡都煩勸賑錢。此日孑遺方記憶，江頭曾挽令公船。

新興姚明府封母

板輿親奉出苕溪，三載分符粵嶺西。十郡循良推異等，孤城遼絶託卑棲。霜含薦牘騰烏府，天動褒書下紫泥。燕喜北堂歌壽母，忘憂今見集全禔。

題瑞龜橋

百尺虹橋截海成，何勞驅石到東溟。群遊盡訝無天險，異蹟還徵有地靈。河上歡聲齊萬户，洛中餘瑞協千齡。幾人壯志能題柱，此地堪留駟馬亭。

贈康星士

百錢都市未全貧，華髮飄飄白氎巾。眼底乾坤堪玩世，壺中日月好藏身。心從知命應逾徹，口到談天類有神。若向塵埃先物色，十年曾已識平津。

晚泊

野人常占白鷗沙，今夕同舟對落霞。鴻雁幾聲停客棹，蒹葭一水望仙槎。風含露下炎蒸散，月擁潮平逸興加。何處鳴榔聽不盡，推篷真樂在漁家。

壽楊民部兼送壽巵

漢庭積貯念司農，粵社詩盟有國工。客自歌狂休歎鳳，人從慕弋不驚鴻。黄花粟里初三逕，叢桂淮南舊八公。贈爾飛觴供載酒，問奇多過草玄雄。

送金兵憲起復

四海年來羽檄頻，宵衣長念飭兵臣。松楸故里心難繫，節鉞中朝命轉新。庾嶺梅花迎客旆，薊門芳草駐征輪。不知何地當除拜，到處蒼生望紫宸。

題鄧氏孝友堂

風教從誰仰範模，義門今在鳳山隅。君陳本自心爲政，公藝何須忍作圖。堂構功高人並美，棣蘭色秀晚全敷。由來召順膺多福，試聽斯干頌豈無。

贈王别駕時署縣有薦

才名共仰三川舊，治行咸推百粤先。郡以分猷看展驥，邑緣試劇待烹鮮。霜含白簡俱稱最，春滿黄堂各頌賢。珍重佩刀酬解贈，君家元沐主恩偏。

陳司訓膺獎

璧水談經道已尊，霜臺飛檄譽兼存。蘇湖教化新移俗，鄒魯諸生併在門。桃李風前爭自媚，鵾鵬霄際待齊騫。講堂喜報三鱣兆，何厭闌干苜蓿盤。

挽易山人

冬來猶及寄雙魚，豈道翻成絕筆書。壯志未能周五嶽，殘編誰爲惜三餘。歲寒祇自荒松逕，龍臥何因叩草廬。欲擬山陽思舊賦，不堪聞笛卻愁予。

送周方大讀書清城兼寄朱少襄

家學濂溪逮紫陽，傳經嗣業喜重光。淵源道脈流俱遠，伯仲交游意并長。兩岸鶯花春氣象，一江煙雨客衣裳。主人舊約飛泉勝，乘興因君思欲狂。

王明府調任龍門

已看騎竹慰兒童，復有宣麻下漢宫。飛舄未論天近遠，分符寧限地西東。謳歌漸起鳴琴外，悲怨翻傳別調中。何事山城偏借寇，蕭條榛莽入春風。

送方伯胡公入賀

福星纔照粤江頭，又報乘軺入帝州。喜慰邦人新四嶽，言修歲事古諸侯。陳謨金鑑臣心展，咨牧綸麻上意優。杼軸大東看若此，可因前箸動宸旒。

送高正甫比部還朝時讞獄江北便道歸省

白雲仙吏下蓬萊，笑索揚州雪裡梅。作伴青春來晝錦，承歡綵服暎霞杯。瓊枝乍見庭堦集，芳草翻從驛路催。到處汀洲新綠滿，喜供吟詠達金臺。

佘處士六十初度從子孝廉來索壽詩

江上春明二月初，東風吹綠滿閒居。鳥窺壽席歌相答，花暎斑衣錦不如。蝸角懶看塵俗態，蠅頭翻閲少年書。竹林小阮歡多洽，更喜潘園並導輿。

贈張醫官

張家世淮陽，其術兼明太素。

淮南丹術舊稱良，羨爾傳爲肘後方。海上不須求大藥，壺中已自勝長桑。陰功豈但千人活，國手無容二豎藏。察脈況知榮悴理，似聞七發盡飛揚。

趙司教報滿

趙柳州人，其門下楊生索詩爲贈。

十年曾記柳江湄，折柳樽前贈別離。望遠星高荀氏里，懷人春滿謝家池。魚鴻異地風塵渺，桃李山城雨露私。最喜彈冠將及代，鱣堂遺事總堪期。

送何太學入京

秋到炎消海上天，新涼堪引孝廉船。向來珠樹依三秀，此去金莖待四遷。藉藉才名芳水部，寥寥經術老菑川。中朝自有山公在，姓字都從啟裡傳。

送何茂才遊太學

握手秋江送畫船，爲君初賦遠遊篇。三朝故事青箱習，千里輕蹄赤汗鮮。翡翠明珠方貢越，黃金白璧重遊燕。京華到日思何遜，誰遣梅花笛裡傳。（以上四留堂稿卷一〇）

全粤詩卷四四八

盧龍雲一〇

韶州謝使君考績

江流曲抱九成臺，冉冉芙蓉夾岸開。山郭但逢廉叔晚，蒼生終賴謝公才。心勞鴈澤荒爲政，詩勸雎堂暇自裁。報績九重先賜璽，徵書還自日邊來。

送謝參軍轉賦二首

財賦東南藉上供，梯航此日遠相從。亦知歲事窮簷苦，獨喜春光帝里逢。治粟功多秦内史，持籌心慰漢司農。蓮花幕下風流客，佇見賢聲達九重。

清才每喜分曹暇，王事都緣國計勞。行裡山程梅雪霽，望中親舍嶺雲高。四方民力隨飛輓，此日宵衣念轉漕。待爾承恩辭闕下，鯤遊應及賦秋濤。參軍有子方應試。

贈樵南隱居

七十峰前結近廬，考槃終日對清虛。雲邊自種陶家秫，花下時翻鄴架書。白石豈須歌短褐，青山一任賦閒居。飛騰已有天池翮，莫憶王門更曳裾。

起復北上答友人寄贈二首

柳色青青似渭城，翩翩文藻出西京。閒居水石心難繫，前路鶯花春始明。寸祿祇應隨世用，尺書無奈別君情。秋懷萬里風雲壯，彩筆還看起大名。

幾載魚鴻已杳然，椷書猶喜及行鞭。碧雲久自三城隔，玉樹長從一水懸。客舍偏能追往事，塵途應爲感流年。階前六翮今何似，日向層霄擬共翩。

人日三水舟中與兩弟暨諸親族言别

幾度乘春入帝州，最逢春早是今遊。蓂開七葉同人日，水長三江自客舟。笛裡條風催折柳，尊前新雨謝盟鷗。臨岐預問重攜手，消息還應待好秋。

都門送趙明府之瓊山

黄金臺下憶瓊臺，萬里須君保障哉。棲棘南陲新鳳羽，空群北冀舊龍媒。琴鳴流水潮聲入，劍拂清霜蜃氣開。觀海不須愁望遠，飛鳧容易日邊來。

同郭宫允包廷尉登臺望西山兼待夜觀星感賦

杯酒同登望遠亭，蓬萊下直輟談經。披襟爽氣來千疊，入夜祥光擁萬靈。貫索分明聯法象，紫微清切傍天庭。孤臣十載稱郎宿，此夕長安尚客星。

出京阻雨由潞河登舟

積雨連城黯未收，衝泥何似問江舟。膏車柳外廻紆徑，倚棹鷗邊濯遠流。畏日卻無三伏暑，雄風先送二儀秋。刀頭明月推篷見，散髮披襟滌旅愁。

清湖客舍

歷盡炎蒸萬里途，喜逢此地是清湖。樓頭纖月秋將半，天末涼風暑漸徂。客路棲遲慚旅食，山家幽絕類仙都。休論鴈斷音書渺，且傍寒燈濁酒壺。

仙霞嶺

穿雲何處覓仙家，縹緲丹梯度赤霞。曲澗尚鳴千瀑雨，幽厓常帶四時花。客留竹院多題壁，僧叩籃輿屢獻茶。最是塵遊兼勝覽，秋清況助物華賒。

四望樓晚眺

群峰迤邐對憑闌，風物他鄉醉裏看。出壑淡煙籠野色，過雲踈雨送秋寒。地分甌越關山迥，天盡東南宇宙寬。何必杖藜誇濟勝，臥遊吾已歷千盤。

次延津

曾向豐城傍玉壺，延津此日復停艫。天邊紫氣疑明滅，波底玄靈訝有無。佩自雙鉤蓮鍔斂，吹惟一吷斗文孤。莫須神物終當化，珍重時看玉轆轤。

初至長樂

長樂鐘聲謁帝遊，今宵長樂是遐陬。海濱何處非王土，吏牘勞人敢自愁。西北戰塵猶未息，東南民力總堪憂。四方但幸長無擾，不怨天涯更滯留。

送王君聘明府遷比部

秋風海上送秋曹，幾載憐君撫字勞。何必拾遺思漢汲，且看明允重虞皋。白頭慈母新綸檄，玄鬢仙郎舊佩刀。若道爰書非得意，于門他日爲誰高。

送張孝廉春試

四方傳檄未休兵，聖主臨軒待請纓。鳳闕天開春信早，馬江風靜晝潮生。驪歌漸逐停雲遠，劍氣先看傍斗明。此去登壇誇勝事，教人海上憶金莖。

迎春

臘盡凝寒午未開，喜聞青帝隔年回。爭喧社鼓迎仙仗，共對春盤引客杯。海上陽和應獨早，人間歲月遞相催。亦知爕理非吾分，卻擬年豐入頌來。

和周文學守歲二首

羈旅壺觴亦歲華，不知何處是天涯。宜春綵帖新傳勝，守歲椒盤更頌花。剪燭似添更漏永，題詩偏動客懷賒。知君戀闕情無限，每憶鳴珂謁帝家。

海内稱詩富謝陶，中原鞭弭復吾曹。鴻篇自媿才名後，彩筆誰干氣象高。改歲韶華增舜曆，異鄉交誼得周醪。休憐客思多寥寂，次第春風入李桃。

送練生還峽江併柬黎明府有引

生，故中丞公子寧之後也，移居長樂者八世矣。峽江人求而得之，爲請於所司，給以衣冠奉祀，因奔訃歸長樂，今再往。

海畔移家號義門，忠魂餘慶及聞孫。此生自幸天無外，異地長懷江有源。物色幾年勞夢寐，奉嘗千里託蘋蘩。荒涼故宅成羈旅，推食猶憑地主恩。

答贈少司馬陳公二首

百丈鰲山帶紫霞，修真幾度轉河車。抛書午倦惟看竹，操筆年來更夢花。司馬園開耆會勝，太丘門聚德星華。安車會見來天上，歡舞還應徧萬家。

東山歲月混煙霞，漢闕千秋待小車。溫室尚留當日樹，玄都重看舊時花。兩朝經濟推人傑，一代文章見國華。共擬主恩思故劍，老成端不負皇家。

祀汾陽王有引

世傳唐光祿大夫王想避亂來閩，攝新寧縣事，奉汾陽郭令公像祠之。嘉靖間，島夷寇城下，望見朱衣滿城上，皆由廟中出，而賊不敢近。所謂能禦大災，能捍大患者，非耶！乃邑祀草率，非所以待汾陽也。余爲之加春秋二禮焉。

魯是唐家社稷忠，南來廟貌喜俱隆。藻蘩尚薦山間沚，舶趠能清海上風。今古安危思國老，歲時伏臘感村翁。銜恩自笑非前令，祗爲民艱報祀崇。

爲宋黄勉齋先生暨坊兼立其裔孫奉祀答周文學二首

想像遺蹤五百年，溪山留勝尚依然。一時厲禁渾無恙，萬古斯文賴有緣。仰止將興閩絕學，景行端藉魯多賢。講堂況復餘光霽，桃李當春已自妍。

叢祠水石鬱森森，閩海儒宗擅士林。俎豆幾人陪秩祀，衣冠千載續徽音。奉嘗不愧家聲遠，繩武應知世澤深。可道厥修無念祖，須從此日惜分陰。

謝節婦

相談往事輒悲辛，氣節閨闈孰與倫。不作未亡傷吊影，寧甘一死伴棲神。貞心尚抱重泉恨，荒塚曾經幾度春。使者采風能及遠，幽冥端擬被恩新。

林烈女

千年青史仗誰收，女行同推第一流。百兩未能宜爾室，九原何遽樂斯丘。露零宿草悲鴛幔，風韻踈松憶鳳樓。此日表揚先郡邑，恩光還擬下皇州。

大中丞陳公招飲鰲山別墅

東海何年化巨鰲，南山千仞對城高。懸車密擁蓬三徑，浮葦時航水一篙。竹塢雲來歌并遏，松厓風入酒俱濤。初疑桂樹能招隱，去後翻成倚醉逃。

課諸生二首

爭將麗藻試新裁，筆下文光燦燦開。奎聚似看聯五曜，地靈端合應三台。功成豈類屠龍技，賦就堪誇繡虎才。從此年年瞻首石，一鳴一度報春魁。三台、首石俱縣後山，相傳首石鳴則大魁出。

皇家此日大張羅，麟鳳時看上苑過。海内風雲期并合，古來勳業與誰多。連城價重歸珍席，九陌花深待玉珂。文運喜當全盛世，觀風何地不菁莪。

建朱文公祠崇正堂

師友淵源聚樂時，于今俎豆復同祠。儒林有傳歸青史，異世無階邇絳帷。千載圖書留故業，一時堂構踐遺基。同來宇下頻瞻拜，共仰清高作訓彝。

和擒倭志喜

赤羽頻年急備倭，論功猶自藐山河。鯨淵夜涉天無險，蜃閣晴噓海亦波。小醜未須煩武略，微勞先已動詩魔。不知十萬王師出，何日聽君擬凱歌。

送金友璵歸龍溪

故比部邦鼎公於余有國士之遇，友璵其子也。

三十年前問蹇修，曾將名姓達荊州。只緣卞璧初難遇，猶幸燕金晚見收。當日掛冠人已遠，此時傾蓋義偏投。于公門第多餘慶，看爾扶搖九萬遊。

從張高二憲使閱視舟師

揚波無奈杞人憂，賴有材官據上游。水寨當關雄虎豹，樓船截海壯貔貅。衣袽實切中流戒，桑土能周未雨謀。但得務農銷戰甲，免從煙水問戈矛。

同諸生登紫陽閣

閣在樂邑之八都，朱晦翁舊遊處也。内有九仙洞、衆佛堂，故末句及之。

紫陽高閣枕山阿，紆逕層厓長綠蘿。分得異蓮疑玉井，飛來細瀑似銀河。境超下界塵俱寂，坐對南薰暑亦和。何必學仙仍學佛，此中真樂已云多。

和禱雨有應

枯厓草木未須憐，野老還稱大有年。此日方知霖濟旱，小民依舊食爲天。甌窶盡可登千畝，解阜齊看入五絃。枕簟夜涼詩思好，傳來清潤見新篇。

林左史惠荔枝兼以詩來和答

暑雨初晴日正東，枝頭火實映雲紅。筠籠解致瓊漿美，筆札兼傳雪調工。海國林園推異品，旅人鄉味憶芳叢。投瓜尚乏瓊瑤報，盃酒徒令悵未同。

誕日答爲壽者二首

浪跡人間幾十霜，茫茫苦海仗慈航。難將墨綬爲仙吏，卻望紅雲隔玉皇。島淨輕風含細柳，波恬旭日映扶桑。但看聖化同天遠，不厭塵中歲月長。

壯氣銷來負鏌干，許多心事寄毫端。已知白社爲初服，何得青門遂掛冠。末路祇懷叢桂隱，秋風又美落英滄。蒼生此日需賢哲，慚愧東山有謝安。

中秋夜讌集值天將雨

雨色微茫漸近城，今宵誰解卜陰晴。冰輪未向雲間現，暑氣先從野外清。密坐豈妨成四美，深杯那厭欲三更。夜闌澄霽天如洗，依舊輝光萬里生。

得錢五卿書卻寄

五卿先令曹，今丞兗。所寄有新刻霸臺稿。

千里龜蒙壯大東，風流佐郡幾人同。過曹尚美心如結，頌魯遥知樂在公。斗畔雙龍違未合，霜前一鴈信能通。君從海岱遊偏勝，定有新詩慰轉蓬。

李明府遷居延平憶舊里春宵之景有作見懷賦此和答

千金何處買春宵，春事先從海國饒。入夜笙歌清漏永，徹明燈火綠尊驕。家聲爾戀延平舊，斗色人看劍浦遥。應是池塘飛夢遠，雙魚傳詠思飄飄。

贈劉明府報績

明府豫章人，時令古田。中使將採金於其地。

仙令才名藉豫章，栽花能自勝河陽。邑饒耕鑿淳風古，戶有絃歌化日長。百里上游推保障，三山馳譽徧循良。採金見道煩中使，索駿應同入尚方。

陳孝廉以司馬公命來招賞牡丹賦謝二首

海畔春光似洛陽，同來花下對花王。錦如舊賜緋衣色，艷壓重開綠野芳。座上彩毫新製曲，尊前歌袂暗浮香。更誇移植依瓊樹，不羨雕闌百寶裝。

樓前韡萼號天香，手植何來雨露長。對酒競看春富貴，明膏猶共夜燦煌。輕紅謾映斑衣煥，淺白遥連玉樹芳。最是花光饒上苑，清平遲爾進君王。

報績答張孝廉

留滯天南祇自憐，寥寥山水入孤絃。花從種處時開落，薪任積來有後前。薄祿僅當才百里，微勞重上績三年。雙鳧浪說飛騰易，弱羽無因向日翩。

陳廷尉封其父如己官

飾吏遂巡守一經，義方初錄賁林扃。于門及見齊容駟，荀里寧占但聚星。野服不過求駿市，皇綸偏到狎鷗亭。懸知教仕心逾切，自可移忠報帝庭。

中秋夕喜霽呈司馬公

昨宵風雨閉門時，何意秋澄會轉奇。晚日碧雲寧但合，東山明月更堪期。影飄桂樹金波麗，塵淨蘭堦玉宇宜。似爲主人能愛客，西園樂事許追隨。

秋夜與友人對酌

江山何事苦相留，握手逢君慰倦遊。話舊且親徐孺榻，思歸休上仲宣樓。月臨對坐通宵晝，風灑酡顔滿面秋。怪是更闌人未寢，旅懷今夕不知愁。

周文學再膺院獎

海上重逢驄馬使，儒林聲價羡君高。横經久聚諸生樂，課績寧論一字褒。壇月穿雲明散帙，官梅含雪照揮毫。好文主聖看殊擢，造士功成合敘勞。

寄蔡孝廉初上春官南還

去歲秋高海上天，九霄長翮競騰鶱。明珠照乘初辭粤，神駿築臺已入燕。闕下請纓孤仗劍，道旁飲馬更投錢。端明待制君家事，會有祥雲奏殿前。

送左司寇謝公還朝二首

至後陽生春又旋，春光萬里送朝天。丹心漸向燕臺近，紫氣遥從漢殿懸。行色遠攜滄海月，旅吟都附白雲篇。公有白雲篇集。九重側席今逾切，會見隆恩闕下傳。

冬盡梅花海國饒，折來堪以贈行軺。五雲望闕殊知遇，三殿掄才豈寂寥。春色漫隨征斾入，主憂定向借籌消。孤臣十載猶漂泊，開閤何時或見招。

除夕守歲

徘徊不寐漏聲殘，漂泊天涯笑鏌干。凋鬢尚堪覊薄禄，遠書長是慰加飡。山川異地同爲客，歲月明朝又履端。今夜燈前對兒女，吟懷差勝昨年歡。

擬酌游宗振於蘭若公阻弗克承示對酒之作聊和其一

載酒重爲問字來，翠微一逕與誰開。官因五斗頻移棹，客傍雙林獨上臺。巧鳥若還呼對酌，飛花如解勸深杯。江天夜月應同色，卻負新詩兩地裁。

答羅秀卿武進

秀卿，余武闈首拔士也。會場報捷，遣人以會録見貽，賦此期之。

年來拊髀重推輪，羨爾恩從闕下新。仗劍鷹揚當異域，借籌虎略已先人。黄龍便擬寒氈酪，白雉還須欵介鱗。何日功成報天子，雲臺堪并漢勳臣。

寄答陳公衡儀部時在憂中

歲月風塵可易逢，都門空憶舊遊蹤。官仍撫字甘留滯，署有清華待秩宗。海畔買隣千樹隔，郢中傳調八行封。百年禮樂須今日，早別松楸向九重。

送宗振歸莆中二首

漫遊隨處挾飛仙，更向禪林息萬緣。同調喜聯交似水，卑棲愧羡翼垂天。吟成或寫憂時涕，施盡難餘買賦錢。君豈負芻如越石，陽春無地不人憐。

坐殘山月躭玄靜，聽徹天風送步虚。結客幾能金比諾，傍禪堪證覺爲如。門留獨客誰題鳳，鋏對狂歌豈羡魚。歸去馬卿仍四壁，篋中惟有異人書。

聞島夷遯歸二首

幾載東征仗鉞旄，忽聞候騎報追逃。兵聲自足寒群膽，師老何憂長二毛。海外暫寬飛輓檄，軍中齊看大環刀。由來干舞夷能格，不信功惟汗馬高。

如林虎旅訓逾精，環海多開驃騎營。選戰鋒前俱列寨，受降城下漸連甍。攻心自昔謀爲上，清野于今策已成。最是君王神且武，遠人先盡懾威名。

答周方大二首

造物由來總未公，世間睽合幾能同。慙余客舍琴虚在，怪爾王門瑟自工。鴻鴈影傳書近遠，斗牛光射劍雌雄。亦知風月餘光霽，笑語何時得再逢。

大海難從一葦航，粵閩迢遞隔他鄉。飄零似我甘留滯，踈逖憑誰識茂良。十載遊從堪記憶，幾年兵眚益荒凉。青山白石元無恙，不得同君共舉觴。

王百穀爲余序談詩類要賦此寄謝

篋笥猶存舊寄詩，品題何意復吾私。玄言并入臨池興，彩筆兼傳幼婦詞。羲獻風流元代美，鄒枚儒雅總堪師。可能便艤吳門棹，載酒從君更問奇。

元夕司馬陳公宅觀燈答和二首

雨後條風扇海濆，三陽芳景屬平分。尊仍栢葉招遊騎，閣引藜光照論文。五曜迥連當戶月，九華交暎隔山雲。同歌玉樹春無限，耆社何當意獨勤。

五夜徵歌四座譁，今宵投轄會偏嘉。漫同星聚陳丘里，不數風流白傅家。坐似斗間乘貫月，盃如天上酌流霞。安車會有詢幽側，應共宸遊扈翠華。

趙仁甫由梁山令量移池州別駕

匹馬翩翩自蜀回，依然猶共鶴琴來。倚門白髮斑衣在，拂袖紅塵笑口開。萬里聽猿經棧道，幾時圖駿傍金臺。量移敢謂恩猶薄，似解憐君展驥才。

復兒生答諸賀者四首

至後梅梢點雪清，陽廻花蕚接春榮。徵蘭有夢祥初協，種玉何緣事若成。喜附一星荀里聚，敢云枝桂郄林生。多君雅意相期許，帝籍還看爰錫名。

月照懸弧旅夜明，書雲况屬禮初成。庭階暖向春前入，海國陽從至後生。餘慶幾人推令子，季方何日見難兄。箕裘直羨君家遠，豈擬燕山桂樹榮。

海色寒餘漸向陽，官梅香并佩蘭香。握中玉似藍田秀，掌上珠疑合浦光。未卜他年爲鳳羽，欣占此日是熊祥。承君爲奏將雛曲，彩筆何如錯弄獐。

傳來秀句不辭頻，又枉瑤篇紀送麟。間世敢當王者瑞，應時先毓海之春。駒能千里名方大，璧是連城價始珍。若比漢臣多活獄，里門將亦許重新。

答康孟擔寄贈四首

逢人高士説南州，尚有詩篇阻唱酧。司馬不須徒慕藺，仲宣何用更依劉。覩風獨美閒居賦，對月時登近水樓。花下政餘無一事，遠煩書札話千秋。

窗外禽聲竟日聞，午晴花氣送餘芬。久隨波蕩爲孤客，擬遺窮愁詠五君。舊侶幾逢千里駕，他鄉長夢故山雲。何當謝卻浮名累，揮麈談詩到日曛。

一片閒雲去住頻，隨風出岫到甌閩。飄零寓目愁羈旅，遲暮傷心爲美人。園靜止堪窺竹素，公餘端合對花神。由來傲吏能兼隱，往事何知問積薪。

回首人間萬態空，獨留山水寄絲桐。塵途擾擾思前日，海國泱泱見大風。車馬未成今雨約，煙霞惟慕小山叢。中朝若更求巖穴，召對還應集漢宫。

寄屠緯真儀部

蘭省當年近國光，逢君徵拜正含香。黄金入市驚龍種，白雪登壇渺鴈行。彭澤未歸元亮隱，鑑湖先遂季真狂。瑤篇示我過玄晏，何必三都重洛陽。

送陳仁甫歸豫章二首

片帆千里下無諸，僻地淹留忽月餘。花縣對憐潘令鬢，錦囊潛帶鄴侯書。一庭蘭玉渾相似，十日壺觴迥不如。快睹鳳毛長五色，何年天上送吹嘘。

喜伴春來笑語溫，一腔心事頗同論。逢迎昔幸登徐榻，容接何當道李門。累葉象賢堪繼武，幾人國士未酧恩。由來世澤中朝遠，遲爾飛騰并帝閽。

夜宿梅花城

兩度尋梅未着花，孤城僻絶海之涯。鮫人并列横江戍，島客能乘上漢槎。官閣夜聲潮撼急，女墻秋色月臨斜。由來保障稱茲土，喜頌昇平徹萬家。

答游宗振時聞有松江之行

一從綰綬出楓宸，十載焦勞任積薪。見爾昂藏知國士，憐余飄泊滯孤臣。方看趙邸歸長鋏，又向吴江憶細鱗。聞道雲間推二陸，此行端稱和歌人。

答羅太學

海月當空島霧消，片心難忘故山樵。遠書漫勸加飡食，高詠堪憑慰寂寥。雲樹嶺邊思共涉，露莖天外望俱遥。已聞歷國驊騮去，喜見輕蹄逐電驕。

得崔子玉書併詩賦答

客夢迴懸南海月，鄉心故戀北山薇。鵬程健翮看今始，烏道長鳴笑昨非。多難況逢需用切，壯懷休道宦情微。風塵我亦仍留滯，何日重逢上路騑。

答熊楚伯

粤社詩盟見汝才，碧雲千里夢初回。山中舊業依叢桂，海畔春陰悵落梅。聞道賦緣招隱就，似憐人尚折腰來。何時得共飡霞侶，澗月巖花照舉杯。

答季弟少得

千里緘書問遠離，海雲僻絕路逶迤。池塘別後春何似，松菊荒來夢所思。短鬢漸彫輝萼色，旅愁翻劇及瓜時。祇應鴈序聯翩起，傍我東籬濁酒巵。

答游山人初春在吳門見懷三首

異地羈愁已漸分，春來花鳥自堪群。朋遊祇恨同聲遠，消息徒勞隔歲聞。王月漫賡椒裡頌，客星仍傍海東雲。山川吳越俱形勝，芳草王孫卻爲君。

春煙染綠漸盈條，鶯語花容次第嬌。客裡風塵淹日月，天涯書札問漁樵。一官自笑頭顱改，雙闕長懸道路遙。十八年來虛夢想，還如漢節未歸朝。

蓬萊宮闕望逾高，吏牘無須嘆久勞。燕市自應求騄駬，涼州何用致葡萄。新詩念我能貽遠，佳句憐君半入騷。乘興馬江仍進棹，看潮不及廣陵濤。來書盛稱廣陵之美。

五日同諸公觀競渡二首

三年海上笑棲遲，又到壺觴五月時。競渡閭閻還楚俗，并遊儒雅總吾師。光添舞袖辟兵綵，紅映酡顏續命絲。歲稔民間饒樂事，臨流巵酒未應辭。

天留霽色傍江開，畫舸輕橈疊鼓催。漁父不知吟澤恨，樓船堪并濟汾來。風含蘭氣宜新浴，霞帶蒲香入舊醅。傍晚榜歌聽互答，舟前爭道錦標迴。

莆陽林生以詩來贄賦答二首

愧乏雄文驚海内，嗟因拙宦滯天涯。金莖望外長懷國，緑綺聲中自放衙。公暇揮毫情稍愜，遠來傾蓋義偏嘉。壯遊未藉雕蟲末，況已新篇麗彩霞。

海畔棲遲似隱淪，旅懷相慰轉情親。鹽車漸逐泥塗老，金市遥看歲月新。久客關山憐落魄，淡交風味見吾真。玄言若就當誰識，門下侯芭有幾人。

恭遇平倭頒詔答石參藩

幾年飛輓佐東征，凱奏纔聞入帝城。島嶼鯨鯢千浪息，絲綸日月萬方明。休誇校獵長楊館，但聽鐃歌細柳營。不是舞干能格遠，動名誰解動公卿。

答趙仁甫秋日見懷

公餘一榻爲南州，乘興誰堪并子猷。混跡久甘牛馬應，神交偏憶鳳鸞儔。棲遲爾傍山中社，摇落余憐海上秋。試問東籬飡菊後，幾人邀月共登樓。

答大宗伯陳公二首

西風摇落海門寒，到處閶閤有怨嘆。北闕此時應側席，東山何日更彈冠。詞人屢欸南州榻，藝苑先登赤幟壇。多少儒生開閣望，芳洲無用憶秋蘭。

秋聲幾夕鴈來初，爽氣全臨水竹居。文自吐餘皆五鳳，書從斷後更雙魚。相期召對還金馬，未許漁樵老孟諸。可奈懷人葭露遠，暮雲搔首意何如。

答康孟擔留別

別後懷人水一方，歸來寧似客衣裳。江山異地曾留賦，花木還家漸向陽。鞭弭代興盟有主，風塵游倦思偏長。同聲海内如君幾，誰許詩名附鴈行。

答佘宗漢明府二首

喜見雙鳧下赤霄，夜涼孤月掛山腰。遊餘五嶽來禽慶，腹有群書羨孝標。短棹風濤曾遍閱，初衣塵壒已全消。浮雲萬態皆蒼狗，何處名山不可樵。

早辭榮祿傲煙霞，到處禪林伴法華。彭澤已繁新種柳，河陽猶記舊栽花。雲晴對客山中月，秋至懷人水上葭。何必勳名俱竹帛，桐江千古重皇家。

答陳生心文

遇合從今卻未遲，暗投當日不須悲。衡牛夜色依然紫，問馬天機竟是驪。蓮鍔漸看出匣後，霜蹄還待過都時。槐黄轉盼秋期近，念我寧慚報玖詩。

答林有本先生

當年攜伴醉玄都，何似辭榮傲海隅。酒熟持觴狎花鳥，月明搖棹出菰蒲。烽煙東北猶傳檄，芻粟西南更援桴。羨爾彩毫舒物外，看山長日混樵蘇。

寄吳懋中明府時將上計

紫氣騰陵望七峰，史溪南下劍成龍。三年單父琴爲政，百里河陽花是封。過雉桑間仍撫字，飛鳧雲外又朝宗。明堂自合優循吏，況已賢聲達九重。

送吳觀可孝廉春試

早歲詞場起大名，衣冠鄉里慕同聲。處囊特擅三千客，抱璧終償十五城。亭館山間辭問字，風雲闕下會登瀛。漢家侍從須文學，豈羨河南繼治平。

中秋月下餞別張道相孝廉春試

三年海上見中秋，月下今宵壯遠遊。客路風清閩嶺外，帝城春在曲江頭。二京賦就誰爭美，三殿名高自勝流。處處飛書新偃武，修文天子坐垂旒。

初冬有事武闈登三山南樓眺望

一上層樓寓目寬，南中十月只輕寒。千山雨過林仍綠，萬木霜催葉未丹。騎射此時資講武，蒐羅他日備登壇。漢家頗牧頻推轂，須信封侯事不難。

答溫陵蔡生

名家宋殿舊端明，新見長楊重墨卿。世業共推良治子，英年人道棄繻生。風前翮擬鵬將起，池上毛看鳳早鳴。司命君侯誰者是，漫勞相慕比韓荊。

春日答周文學時同事有中傷者

淑氣將春海上回，魚龍蟄欲啟風雷。花明綵勝增王月，菜引青絲滯客杯。萬里關山天畔隔，幾時消息日邊來。明年聚會應難擬，何處懷人寄折梅。

答大中丞陳公二首

結廬將傍白雲隈，莫記塵遊歲屢回。誰爲陽城更下考，祇應彭澤賦歸來。山中猿鶴休多怨，沙上鳧鷗豈浪猜。三徑久荒違二仲，清尊花下擬重開。

當春愁緒轉難裁，卜夜空懷舊雨來。世事豈須疑按劍，人情只合付深盃。漁樵別有煙霞約，泉石應無燕雀猜。歸去五湖春水綠，捲綸猶及百花開。

答康孟擔

憶昨相逢笑語溫，那知此別正銷魂。低眉自悔腰恒折，緘口寧誇舌尚存。思過未開延壽閣，離群將署翟公門。遠書謾帶煙霞色，始信山林道愈尊。

答周吳華

宦情難自卜升沉，堪笑當年擬斷金。有約漁樵歸舊隱，不言桃李任成陰。滄洲久矣應吾道，流水依然待賞音。留得海門千頃月，爲余長照故人心。

鄭生善儀索贈賦此留別

謝家蘭玉異恒兒，何必逢人說項斯。世澤尚傳通德里，文名初起論材時。漫稱小友慙吾長，敢說君侯命所司。此別春風自桃李，早看雨露發華滋。

答陳參知

綠楊垂蔭草初芳，作伴青春去路長。飛夢已懸招隱桂，離情多贈合歡棠。歸心正喜隨單騎，晚食何須及萬羊。伏櫪壯心銷欲盡，不緣知己強爲良。

次洪塘別諸生

郭外波聲湧暮潮，萋萋春草別魂銷。蛾眉老去甘淪落，龍性馴來轉寂寥。蓬轉豈須違五柳，翮成終合待層霄。臨岐未灑窮途淚，握手應知願不遙。

答右司馬陳公四首

悠悠世事未全非，祖道都門亦共輝。負俗知難投衆好，解嘲慚已入危機。由來傲吏山林癖，不記長途心事違。卻任浮雲自舒卷，欲專丘壑遂初衣。

梁鴻曾賦五噫歌，司馬青衫淚亦多。一入利名皆苦海，元無生滅是恒河。田家雨足宜杭秫，洞戶風輕長薜蘿。莫說王孫歸未得，祇將離緒付春波。

久客風塵徒自苦，餘寒灰律仗誰吹。耕仍谷口應歸去，花在河陽有別離。敢擬詩留南國頌，莫須文勒北山移。他時兩地長懷處，雲樹蒼蒼大海涯。

滔滔江水日流東，得失無勞問塞翁。歸處柳應陶徑合，積時薪比漢家同。小山漫結詞人社，大國難聞作者風。客夢幾宵猶綠野，滿庭蘭玉露華中。（以上四留堂稿卷一一）

全粵詩卷四四九

盧龍雲二

答清源林生

留良千里未空群，抱璧多年幾獻君。暫暎燃藜山寺月，相隨躡屩海天雲。荒齋夜靜孤鐘歇，遠浦潮來一鴈聞。即道臨邛饒賦客，教人偏誦馬卿文。

秋夕同宗漢宗振小集

客舍初停問月杯，更逢孤棹剡溪來。南州未倦延高士，北海還堪集上才。陶謝遊同詩思好，荀陳德聚旅懷開。尊前莫擬悲秋賦，此夕俱無庾信哀。

送林參知先生入賀

南粵瞻天萬里遙，五雲深處導星軺。廿年久隔鵷鴻侶，雙闕重趨玉帛朝。鑑擬千秋承帝眷，樂聞九奏會仙韶。禮成召對應詢瘼，三祝餘情更願堯。

夏日過王光祿飛雲洞讌集

十畝煙霞覆短墻，中開三徑引求羊。琴尊自美談玄宅，賓從時過醉白堂。臺倚高雲臨大野，池通新水着浮航。當朝若更徵巖穴，未許林園混酒狂。

送郭太學

槐市秋清集俊髦，壯遊堪逐五陵豪。初開道路駒千里，爭覩雲霄鳳一毛。都講席看隨上序，進賢冠羨映東曹。築臺況是君家事，此去懸金價并高。

李觀察父叔齊封

天書齊下紫泥封，海日煙消花影重。父叔崔門今兩鳳，弟昆許里舊雙龍。塤篪并美千秋業，杖履仍同五嶽蹤。增秩歲逢新命至，承恩次第興俱濃。

磻溪圖

一溪聊以遂吾安，溪上乾坤亦自寬。潦盡微瀾清鶴渚，月明香霧濕魚竿。林塘興洽扁舟雨，鷗鷺機閒幾里灘。筋力百年殊健在，後車寧作衆人看。

送朱少襄入京

山中十載滿瑤篇，此去郵程羨着鞭。自許驊騮輕遠道，暫令猿鶴怨飛泉。少襄曾闢飛泉洞。涼生弭棹秋如水，興溢停觴筆似椽。不爲觀光行上國，賦成誰解識青錢。

送康孟擔歸莆中

天涯歸思近何如，幾夜秋聲入客居。書斷故人惟有鴈，歌殘長鋏尚無魚。盟從舊社還真率，賦豈同時負子虚。煙水木蘭堪進棹，懷余尺素未應疎。莆有木蘭陂。

送薛侯宣民部出守南寧

幾載頻煩領度支，主恩南顧念荒疲。朱幡夾道來千騎，竹馬臨江導兩麾。入境可知凰并集，分岐徒羨鶴相隨。與君握手揶揄外，多少心期付所知。

送董崇相博士之任南雍

衣冠江左集群英，南浦仙槎壯遠行。作吏風塵歸上國，得師文學擅西京。菁莪載育周多士，禮樂寧慙魯兩生。詔下石渠先論易，好陳交泰弼承明。

送金友珙之羅浮便謁劉使君友珙先有作見貽

千里逢君過草堂，依劉何地繫輕航。寒梅遠望羅浮色，明月先投合浦光。道路霜威懸馬首，江湖星象映魚腸。山居寂寞無酧答，卻寫離懷付短章。

答蔡孝廉時春試後南還

誰從鱗羽識虬鸞，喜爾翩翩漢魏壇。北望太行悲遠道，南來禹穴得奇觀。里中白雪歌彌寡，天上繁星色正寒。愧我并驅時已暮，新詩寧合更傳看。

黄貞婦

吊影空堂夜寂寥，夫君魂杳妾魂銷。結褵轉恨乖違早，垂髪寧知歲月遥。使者采風旌獨行，鄉人評旦頌高標。他時嗣述應無負，更擬恩光下聖朝。

題龍起卷送何貢士

天盡東南大壑寬，伏龍深處水雲寒。一朝雷動初開蟄，萬里風長更助瀾。頭角久應爲物覩，飛騰寧復限泥蟠。層霄有路知無極，霖雨他年合并看。

送佘參知分署羅定

爲語攀轅減別愁，使星仍照粤江頭。棠連千里河同潤，薇對三城地舊遊。百雉重關新保障，萬山過雨足甌窶。已知鳳下人爭睹，旋聽將雛興自悠。公時將舉子，併以爲祝。

答鄭緯文司理

雀羅幽寂掩柴荊，衹許求羊狎舊盟。獨鶴九皋千里夢，冥鴻兩地尺書情。篇詩已幸分玄草，盃酒何由對落英。世事浮沉君自見，息機羨爾早遺榮。

送譚永明山人之康州時以州乘應沈使君之辟

旅遊何地不逍遥，自愛雲林隔市朝。刺滅獨存狐史筆，路難寧羨馬卿橋。古文鳥跡諳奇字，方槧蠅頭記里謠。見說郡齋懸榻久，可無高士應嘉招。

寄懷沈使君二首

千里牂牁泝上遊，從前彫弊說西州。偶隨一鶴來炎徼，卻望三龍識沈侯。興革備聞經畫遠，江山聊與頌聲留。即論治行東南遍，誰擅專城第一流。

息交岑寂守茅廬，五馬猶能問索居。窮巷閉門積雨後，焚香開卷落花餘。循良十郡仍高等，蹇拙當年但屬車。杯酒別來頻望遠，幾回梁月夜窗虛。

壽黄別駕

天開耆社壽爲朋，洛下衣冠歲月增。有祿豈須過邴曼，何侯不可傲東陵。蒼松翠竹多相伴，白馬青袍莫記曾。況是慶餘堪萬石，鳳毛應早見騫騰。

倪明府考績

保障東南佐治安，漢家儒雅得倪寬。琴前星入同單父，花下風來似灌壇。異等循良推嶺外，清班獻納待朝端。比年侍從多虛席，即擬徵書付紫鸞。

曾澤卿侍御以東宮覃恩封其父如己官

四百峯頭舊結廬，承恩初下紫泥書。尊傳白獸添春酒，駕引青牛易鷺車。桓典已聞推避馬，于公能自應高閭。祥光夜夜瞻南極，總是前星映彩餘。

郊居小集言懷

廿載驅馳道路難，且因泉石息風湍。盃前日月真懷土，鏡裏星霜合棄官。生事菟裘寧厭薄，畏途灩澦不堪看。人間大有安閒地，曾見紅塵上釣竿。

飛雲洞餞別林別駕之檇李兼呈車使君

吳越山川紀勝遊，屏星遠道接清秋。邑緣課最榮增秩，郡以掄材裕借籌。展驥途看千里逸，飛雲觴爲片時留。雌堂到日應知己，共賦登高月滿樓。

飛雲洞蘭有并蒂之瑞各賦一章

勝苑名花幾向陽，喜看蘭蕙有奇芳。連枝已訝栽培異，并蒂均誇雨露長。叢轉光風雙毓瑞，階聯玉樹兩呈祥。非緣併結宜男佩，定許重沾上國香。

送袁仲子赴闕

海日初騰霧欲消，似聞鯤運向層霄。圖南羽翼三山動，直北風雲萬里遥。伯仲交遊天下士，詞章出入聖明朝。鳳池舊侶今應在，賦雪吟春并可招。

尋五先生南園舊社答譚子玄

一代詞盟舊結廬，名山何地更藏書。空留野露沾荊棘，無復殘篇落蠹魚。憶共買隣嗟世遠，翻從鑿壁愛光餘。誰令故宅更新主，蕭瑟西風獨愴予。

爲陳勳卿題龍津藕花莊瑞蓮

灼灼芙蕖澹澹風，龍津毓瑞到芳叢。孤標秀引澄湖緑，雙萼輝迎曉日紅。倚檻并憐嬌欲語，淩波齊訝步逾工。閒居未盡濂溪愛，更有天香待漢宫。

十三夜同康孟擔熊楚伯劉覲國周方大譚子玄梁憲父待月得章字

落月常懸照屋梁，何期此夕共清光。已欣陶謝多奇思，况遇羊何有和章。殘暑盡隨揮麈却，高談偏助引盃長。良宵幾值秋將半，欲送柴門夜未央。

送梁左史還周藩

家傳相業舊青箱，海内今推馬季常。鳳沼握蘭辭直闕，兔園修竹羨遊梁。名因授簡稱方外，心爲長裾別故鄉。到日醴尊承眷問，好陳樂善答君王。

送康孟擔西遊訪其叔郡丞

千里竹林幾夢尋，西行此日愜塵襟。孤舟夜泊風前笛，兩岸秋聲月下砧。霧宿山光時隱現，嵐飛野色半晴陰。柳江若過曾遊地，應笑當年種柳心。

答陳子成秋夕見懷二首

西風搖落正悲秋，月下聽鴻獨上樓。賓舘尚懸徐孺榻，仙蹤誰并李膺舟。解傳鸚鵡驚人賦，未愛鷫鸘貰酒裘。乘興若來應共醉，何須還棹剡溪頭。

草堂幽寂枉瑤篇，何處尊開白鴈前。異地長懷人似玉，良宵幾待月初弦。了無奇字堪相問，莫把新詩更與傳。鞭弭中原看此日，預期金石爲君鐫。

秋暮陪沈郡公再登陳勳卿道遙樓讌集

五馬郊原問俗行，登臺秋色倍澄清。倒聽木葉穿林下，坐見煙光抱郭平。簾捲西山霞未落，窗銜東海月初生。不緣光祿如澠酒，飛蓋何由并兩旌。

陳孝廉父以七十猶守諸生其年家子來索壽章

經術傳家舊有聲，賢星久重太丘名。斑衣擢桂香先染，彩筆占花念未更。蘭樹階庭偏美色，菊萸籬落好飡英。三朝容鬢安車日，豈逐終童更請纓。

答鄭介繁二首

憶昔河梁欲別時，魂銷春草詠君詩。風塵墨綬思何補，山水朱絃負所知。吳下呂蒙驚見異，洛中張翰惜歸遲。巡簷正值梅堪索，乘興奚囊好復隨。

虛堂闃寂掩蒿萊，對酒新詩每獨裁。心逐冥鴻宜客傲，賦從倚馬識君才。幾回並就停雲句，何似同傾問月盃。霜菊向殘猶未落，東籬遲爾共徘徊。

許處士雙壽

何處門庭道氣賒，修真曾羨許君家。鷄鳴並戒神逾王，鶴筭齊占鬢有華。五月桃疑千歲實，三江雲似十洲霞。他年使者求顏闔，雙白承恩到海涯。

惠州何使君考績二首

侍直從容憶往年，一麾猶荷主恩偏。名留青瑣來何暮，閣近朱明地是仙。問俗海邦安撫字，奏成天闕重旬宣。君王念舊應無已，會有徵書自日邊。

悠悠世事卜行藏，推轂同君荷鄭莊。異地一隅甘守黑，東方千騎稱懷黃。河流並許沾餘潤，里巷寧云汔小康。績奏治平推第一，漢家公輔待循良。

壽王令公

官閣梅花漸報春，康謠兼頌岳生申。幾年棲鳳留炎徼，萬里飛鳧候紫宸。天闕五雲連畫省，漢家三舘重平津。他時湛露沾清宴，此日壺觴念遠人。

答友人促余北上

縱橫車騎奕棋看，幾向羊腸歎路難。不爲雀羅妨下榻，更隨鷗隊狎持竿。青衫往事白司馬，皂帽今時管幼安。一出又驚塵夢遠，可容年少問南冠。

賀梁幼寧明府生子

何處東籬酒興寬，三城嘉瑞報徵蘭。升從匹練空中見，照徹明珠掌上看。龍鳳豈難追往牒，箕裘應解接儒冠。不緣高士重爲頌，須道出關勝伯鸞。

答族姪廣生

九天鵬翮看扶搖，鏡裏朱顔總易彫。春草池塘思漸遠，烏衣門巷聚非遙。倦還鳥雀投林早，爭起魚龍挾雨驕。期爾雄文終遇合，予將白社息煩囂。

爲梁丈人送其婿黎君遊太學時伯子方在計偕

紫雲長護丈人峯，早識延明快似龍。幾載菁莪歌樂泮，百年禮樂待臨雍。行看詔下優三老，更擬書成上九重。指日公車同召對，泥金雙達八行封。

萱芝齊茂圖爲周生壽其外祖母

宅相曾期應外家，且因喜燕進流霞。紫鸞詔待輝雙翟，青鳥書傳集六珈。萱號忘憂金作草，芝看聯秀玉爲花。由來聖善堪多祉，慶溢潘園未有涯。

寄題道州月巖和錢使君

空山圓月掛巖阿，光霽由來此地多。近水樓臺開寶鏡，廣寒宮闕傍銀河。烏啼遶樹疎星曉，兔魄當盃濁酒歌。坐久天香雲外落，玉笙幾度醉嫦娥。

穆令公首薦

海隅蒼赤頌神君，撫字功高帝亦聞。棲棘豈妨同覽德，過都元易識空群。皂囊故敞朝端譽，白簡寧私柱後文。虛席此時需召對，郎星天畔帶祥氛。

王倩泠自四明來訪將由羅浮歷武夷至鴈蕩而歸武林賦此爲别

雪夜扁舟過子猷，偶因并合散窮愁。鑑湖月色辭鄉遠，粤嶺梅花伴客留。春酒碧霞瑤石酌，巖茶新雨幔亭遊。永嘉山水應無盡，早向錢塘及好秋。

夜雨偶成和鄧璣伯刺史

誰遣閒愁到酒邊，感時觸事意相牽。計緣衣食家爲累，夢落風波道苦邅。孤坐有懷徒耿耿，憂心無地不悁悁。夜來甘雨應沾足，且爲三農慶有年。

祖德詩爲姚司理作

姚先祖以孝行稱，爲少府，有去思云。

東南佐郡有賢聲，世德曾高舊旦評。黄綬海邦稱惠尉，青雲法從字升卿。官緣一命餘家慶，秩擬三旌荷國榮。大父交知同記憶，相才先習二郎名。

袁參知入賀

鳳曆纔過三十春，瞻天此日慶逾新。車驅萬里趨王會，鑑擬千秋效國珍。海宇承流波盡息，文壇司命士仍親。聖恩若遂需丞弼，杼軸東南正可陳。

答友人西遊見寄

遠道何由折簡呼，花前曾記伴提壺。書郵漸訝八行少，詩債纔償一事無。留客江山知信美，懷人風月隔歡娛。幾回欲報加飡字，西嶺雲深鴈影孤。

送高學諭致政還江右二首

二載山城雨露初，薰風遠道送征車。拂衣未是嫌官冷，垂橐無須問祿餘。鄒魯澤成桃李蔭，蘇湖經就草茅書。階前玉樹凌霄發，會有青藜共石渠。

南來造士見功高，湖海元龍氣尚豪。不爲三鱣糜歲月，卻隨一鶴返林皋。歸來滿徑猶松菊，別去環門自李桃。即擬宮衣榮彩服，何須白馬戀青袍。

答黄用礪明府

倦遊敢道息圖南，白社詩篇癖自耽。天地風塵元易厭，漁樵生計也曾諳。五湖新水供垂釣，三徑閒雲引盍簪。知爾玄言今既就，問奇誰復似桓譚。

與王令公喜諸生新進

文星夜燦碧雲頭，挾策翩翩喜見收。選里並爲新秀士，環橋爭羨小瀛洲。三千待奏公車牘，九萬將騰海國秋。異日薦賢推上賞，豈慚車馬錫諸侯。

送丁明府之西粵

兩粵雲山路不遥，臨岐休道別魂銷。菁莪百里河同潤，桃李三城春自饒。暑雨閭閻需撫字，光風庭院隔招邀。仙鳧會見凌霄起，竹馬重迎荷聖朝。

寄題順德雙塔

城南千尺駕虹橋，橋下江聲旦暮潮。雲際何來雙玉筍，雨餘忽對兩霞標。地靈終古文成象，詞客高秋賦屢招。倚檻天風吹萬里，即看鵬翼共扶搖。

答董叔遠

襄野何從訪具茨，白雲無地不心怡。幾年道路松荒日，一徑蓬蒿鳥倦時。天子尚思遊獵賦，碩人偏愛考槃詩。秋光亦自堪娱客，可負尊前菊滿籬。

寄壽林左史九十

一自投簪逸海濱，壺山煙月自爲鄰。林泉養邃三朝碩，龜鶴齡開九十春。末路浮名莊叟達，初筵賓戒武公陳。天將遐筭優遺老，況復瓊枝雨露新。

雄州陳司理考績

幾度梅花對法曹，嶺頭春雪唱逾高。朗陵聚後星爲福，肺石清來目屢蒿。侍從頻年虚召對，平反今日正書勞。趨朝便擬看花去，爲問玄都觀裏桃。

爲羅甥壽其伯典儀君

幾人方外得羅含，春酒如澠傍菊潭。修竹念年經兔苑，德星今夕聚狐南。傳家自美青雲舘，招隱難忘白石菴。群從階庭富蘭玉，更容小阮共清酣。

答友人九日客中見懷

九日秋光映遠峯，每緣觴詠憶相逢。黄花節序家千里，濁酒鄉心路幾重。東道卻宜山色美，西園猶記露華濃。問君倒屣多容接，得似陶家三徑松。

送周士賓春試

同學猶能憶少年，卻慙天路着鞭先。君當禮樂千言就，我厭風塵萬態捐。遊獵正陳天子賦，撫軍誰覔孝廉船。曲江舊事知無補，看爾登瀛望亦仙。

答諸叔姪勸駕二首

遠道迢遥憶帝城，懶從潘岳賦西征。自非白社皆塵境，獨有青山不世情。客路煙波愁易倦，閒居風月喜雙清。竹林小阮偏多興，我亦沙鷗戀舊盟。

回首風塵滿鳳城，朔雲不斷鴈南征。遊人自厭冰霜苦，倦客偏多湖海情。閉戶已能甘寂寞，登車誰與共澄清。謝家群從多蘭玉，次第還參上國盟。

送何觀察入賀

海國風清歲晏如，喜持金鑑奉宸居。萬方玉帛趨王會，五夜星辰記直廬。恩重紫騮辭漢闕，禮成青鳥報潘輿。春明莫戀斑衣里，多少蒸黎待屬車。

贈劉提鹽署郡捕

三城蒼赤幸依劉，籌策兵農事事優。萬竈牢盤供裕國，一方鎖鑰佐爲州。官閒未比曹疑馬，俗易行看劍買牛。鹽鐵不須持漢議，消弭兼頌富民侯。

栢茂蒲芳圖壽周憲副

早年三徑遂鴻冥，栢實蒲香學制齡。直幹長留千尺黛，靈根不斷四時青。烏棲朱博臺中府，鶴舞安期澗畔亭。耆社只今尊洛下，太丘門更聚群星。

游氏迎暉堂

鷄鳴曉日映扶桑，萬里煙消見曙光。影動樓臺初上下，色增臺構共蒼涼。中天瑞靄開長夜，滿地清暉豁大荒。最是飛騰宜鳳羽，先從海外得朝陽。

錦江春色圖

萬里休嗟蜀道難，披圖春色滿江干。煙開巫峽峯千疊，花接岷峨樹幾盤。金馬岧嶤蒼靄合，青羊占候紫雲寬。何當艤棹星橋下，草閣琴臺載酒看。

送蕭孝廉初上春官

五雲翹首望金臺。萬里群游亦壯哉。江月滿船催曉發，嶺梅迎騎報春魁。山中豹變開玄霧，浪裏龍吟起蟄雷。最是登瀛需妙選，泥金消息待南來。

題鶴南飛圖壽陳勳卿

圖南羽翼出塵寰，矯首層霄未易攀。琴伴昔年遊蜀道，笙吹何日到緱山。九皋聞野風前聽，千歲巢松月下還。誰解穿雲調玉笛，蘇仙文物正堪班。

歸粵壽母卷爲馬仲高作

萬里觀光入帝畿，瞻雲猶自戀春暉。總緣罔極懷明發，豈爲覊愁賦式微。璧水橋門推論難，平津閣道見知希。歸來慈母看縫線，片片天香染彩衣。

陳勳卿招飲龍津别墅先遺長篇賦謝

折簡重來憶隔年，深尊容我復談天。盃前雲影千行鴈，棋裏秋聲幾樹蟬。雙屐東山遊暫臥，盈門北海坐常延。詩情更覺飛揚甚，彩筆先懸白雪篇。

送舉主何侍御還京

閩海當年奉屬車，姓名叨列薦賢書。周南跡滯登龍後，冀北群慚相馬初。大澤風雷愁魍魎，閒居歲月傍樵漁。孤臣戀闕心猶在，已逐前旌夢玉除。

和體韶妹丈勸發

幾年泉石託清流，差勝塵途感百憂。苦爲交親辭野服，又隨京國夢宸旒。山間木葉催寒序，徑裏花枝戀酒籌。更美蓴鱸思緩發，免教長路即悲秋。

諸叔侄兄弟攜具促發賦別

幾載郊居罷遠遊，復勞相贈看吳鉤。祇因汗漫思湖海，更逐風塵應馬牛。竹葉臨岐催去棹，蘆花和鴈宿前洲。閒身又判從人沒，敢向天涯詠四愁。

答親友贈別十九首

余家食四年，親朋強之再出，競爲詩歌以壯其行。各因其人依韻和答，不覺盈十九首，餘未和者尚多也，故不具列其姓氏云。

歸來似爲厭時名，又聽陽關送別聲。得喪漫同失馬叟，去還寧比棄繻生。慚余浪跡過三仕，喜爾雄文重二京。莫遣風塵雙鬢改，東隅猶及見功成。

幽居曾傍水雲開，已分清時只草萊。最是親朋工勸駕，非關廊廟遠掄才。天閒擬共馳中駟，列宿還從望上台。握手慇懃各持贈，多君別賦旅中裁。

瞻天萬里覺途長，疊盡陽關酒一觴。處處江山人是客，盈盈秋水露爲霜。朋遊上國多鵷侶，鞭弭中原有鴈行。山鬼笑人君莫訝，楚輿猶爲鳳歌狂。

爲園久擬著潛夫，慙愧當年屢剖符。聖世幾曾需俗吏，公車元自盛文儒。天涯預嘆書郵杳，斗下翻疑劍氣孤。遲爾賦成須詣闕，早看鯤運試南圖。

江湖漂泊隔鵷班，草野何知覲聖顏。被褐似從方外至，鳴珂仍向日邊還。鵾鵬敢謂摶南海，猿鶴先教怨北山。試問彈冠當早晚，未應長戀釣魚灣。

塵途老我仍脂轄，藝苑多君擅斲輪。拙宦久孤金結士，神交偏羨玉爲人。驅馳自覺風霜久，歲月相期雨露新。自是同聲憐去住，故傳篇詠到通津。

擬因遺世謝浮名，頗爲傍人笑獨清。豈比隋珠能照乘，敢方趙璧抵連城。仍爲小草慙羈旅，已就長楊羨墨卿。時事正須幽側問，治安何日奏承明。

飄搖征袂拂霜寒，老大深慙獨據鞍。至後喜看時漸改，行邊不記路曾難。裘憐季子塵中久，鋏笑馮生暗裡彈。塵世幾人堪共濟，懷香應待謝家蘭。

草堂無事只科頭，誰遣膏車賦遠遊。開徑轉應憐仲蔚，輕舟難復似王猷。因躭薄祿居頻卜，久識微名世共浮。明到薊城春未晚，與誰觴詠散鄉愁。

衡門幽寂久煙蘿，又賦驪駒興玉珂。往事只看雲共散，致賢難俟禮爲羅。人情黯淡遭時晚，宦績優遊較孰多。似爾林泉堪寄傲，南山休續飯牛歌。

江頭彩鷁應潮開，猶記龍津月下臺。桂樹有叢淹作賦，菊花留徑狎傳盃。中朝事業推耆舊，末路蹉跎愧不才。孤劍斗光明滅半，五雲何日傍三台。

樽酒河梁憶路岐，海天風雨正紛披。鹿門已道終遺世，狗監何心更遇時。升斗逢迎衣食累，關山迢遞鶴琴知。公車歲歲徵賢碩，草野能無念國危。

念載驅馳道路難，買隣曾借一枝安。暫違松菊先生里，敢附風雲國士壇。蜀賦祇今危鳥道，楚歌元自愛幽蘭。山中猿鶴君能主，莫擬移文異日看。

閒居水石差怡性，戀闕騶車又戒途。已愧朝陽岡上鳳，漫隨波泛水中鳧。考槃羡爾開三徑，作賦令人重兩都。康濟並需巖穴士，先憂寧道只江湖。

憶昔分符海上城，寸心無日不懸旌。官同即墨寧干譽，政比丹徒卻坐清。拙宦久勞州郡職，漢庭多薄少年生。蛾眉漸老應銷妬，啟事何當辱鑑衡。

千古東山慕謝安，蓬蒿一徑豈同看。玄言並擬幽人宅，赤幟誰堪大將壇。霜映萬楓帆影度，斗連五夜劍光寒。悠悠燕粵音書隔，期爾方彈貢禹冠。

祖道不堪鄉土別，綈袍偏戀故人心。祇緣慷慨思燕筑，卻任飄零作越吟。白社幾年曾伴月，蒼生何處擬爲霖。疎才薄宦知無補，竹戶誰開待抱琴。

落月常懸照屋梁，臨岐不得共持觴。藏珍敢謂明時重，伏櫪仍期知己良。萬里關山重作客，十年漂泊老爲郎。弓旌何日求巖穴，召對看君入帝鄉。

醇交自昔推公瑾，詩伴如君復建安。再向風塵驅下走，又從覊旅對南冠。衡門水石思仍繫，客路星霜逈自寒。但道時艱須共濟，過都遲爾路非難。

歲寒松栢圖

朔氣能寒海上山，卻留蒼翠倚雲間。時看舞鶴笙前下，長聽棲烏月裏還。天澤九重承自遠，霜標千仞渺難攀。休疑綠鬢年年好，栢實松苓總駐顏。

舟行值雨

長江煙雨泛蘭橈，極目關山萬里遙。蹤跡重違門外柳，功名猶是夢中蕉。客來轉憶孤山鶴，寒至偏侵季子貂。何日功成歸綠野，叢林豐草任漁樵。

度庾嶺逢雪

重遊不似舊看山，滿目瓊瑤應接間。好擬新篇歌郢里，莫將匹馬比藍關。山陰月色扁舟往，江上漁歌獨釣還。此日寒雲征路滿，驅馳難任意同閒。

取道浙行值歲方暮

歲暮陰陽羈旅泊，天涯泉石夢郊居。紅塵再擬看花會，白社初抛種樹書。適越有懷探禹穴，浮江無用吊三閭。春來依舊王孫道，芳草東風不負余。

舟次葛陽

容與扁舟度葛陽，停橈相問總他鄉。幾般笑語山川異，兩月舟帆驛路長。臘盡官梅含雪色，春來群卉換年芳。旅吟只訝同聲少，行李蕭蕭大道傍。

初春群玉山樓滯雨二首

天畔樓臺面面峯，遊人朝暮感萍蹤。雲連塔影籠山寺，雨帶溪聲急野春。榆柳漸還新歲色，松杉不改舊時容。祇因留滯傷羈旅，極目煙霄路幾重。

青青麥隴發華滋，煙雨微濛望亦宜。林凍乍消飛燕雀，澗泉初暖浴鳧鷖。千家城郭春偏麗，百疊雲山翠轉奇。最是旅遊思道路，目懸鐘鼓報晴時。

元夕泊舟錢塘

春波蕩漾水悠悠，今夕錢塘始繫舟。潮擁一江寒白馬，路如三峽見黃牛。城中簫鼓千家月，客裡雲山獨酌愁。況是旅懷思舊切，不堪聞笛過西州。

早行

結束登程恨未裁，出門周覽尚徘徊。披星馬首鐘前動，帶月鷄聲夢裡催。兩地賓朋愁再別，九天閶闔待重來。相逢若問遊人意，懷抱當春只好開。

初入京黄士明吉士夜過談舊

風塵羸馬入燕關，盃酒逢君意氣間。夜話故園難竟語，遠來孤客亦開顏。長楊已羨能遭主，小草何心更出山。最是春光饒上苑，教人仍向日邊還。

送翟思信同年之任撫州別駕

夾堤楊柳綠初稠，折贈屏星上道周。歷國霜蹄新展驥，出硎蓮鍔自衝牛。專城保障資分畫，一路風煙淨借籌。治行只應全活衆，漢庭思拜富民侯。

送王直夫令寧遠

藉甚文名自國華，分符無亦爲丹砂。登壇已就千秋業，製錦初看一縣花。經術由來堪飭吏，閭閻念及總爲家。漢庭最重循良治，次第承恩未有涯。

巢燕

海國微茫識路長，啣泥時帶落花香。綢繆豈爲防陰雨，棲息從來託畫梁。擇木不教群鳥妬，將雛能待九霄翔。即論秋去春還至，舊壘依然王謝堂。

答黃將軍

海上樓船繫夕陽，彎弓何日掛扶桑。時平獨抱匡時略，客久多從結客場。白墮每邀山月上，緑沉閒臥野花香。怪來橫槊新篇富，最喜滄波靜不揚。

春暮京邸

門掩殘春獨詠詩，羈懷愁對好花枝。功名自古違心事，道路于今感鬢絲。跡學東方聊玩世，名慚司馬卻同時。漫遊處處堪乘興，何必山中舊紫芝。

送林楨燦別駕督運事竣還江南

幾年雲樹憶同袍，盃酒都門藉爾豪。芻粟萬方軍國計，舳艫千里使臣勞。上林花鳥歸囊草，客路星霜引佩刀。試看昔時稱漢吏，獨憑轉餉見功高。

送羅尊生太學南歸

衣馬翩翩愜壯遊，幾回見月憶刀頭。百年禮樂觀王國，萬里江湖傍客舟。赤日喜沾梅子雨，微風時送麥花秋。臨岐預有重來約，遲爾書成又帝州。

京中承諸年丈招飲有引

時在席者，皆臺省而卿貳矣。余始赴豫章之謫，感而賦此。

回首看花越廿年，霜蹄次第着鞭先。艱危獨自悲行路，意氣重逢念各天。禮數盡寬中執法，醉歌休擬上留田。南遊復指潯陽道，湖月江風孰與憐。

都門贈馬平俞生有引

余與俞生別後二十年來矣，偶遇都門，見其志未衰也，賦此勉之。

二十年前憶柳州，論文當日幾相投。積薪似我方淪落，抱玉如君亦滯留。再出尚圖憐故劍，重逢更欲贈吴鉤。匆匆又作都門別，莫向桑榆薄晚收。

京邸即事

朋游折簡日相呼，客舍何言一事無。匡坐殘更醒酒困，篝燈闔戶理詩逋。塵中挾刺心偏苦，花外論文興未孤。到處品題多物色，不知世上有窮途。（以上四留堂稿卷一二）

全粵詩卷四五〇

盧龍雲 二

答張孟奇秘書

玩世優游此日心，豈於名利問升沉。閒身幸許依廬嶽，混跡何須羨漢陰。鳥道艱危容拙宦，鳳池清切足高吟。琵琶若對江州月，最是新詩豁遠襟。來詩有『若向琵琶亭下過，莫將孤淚濕青襟』之句。

答袁大觀

苦雨陰霾黯不舒，臨岐駐馬意何如。已應走卒知君實，那得中朝問子虛。握手贈言千里思，加餐念舊隔年書。江風縱與滕王便，尚隔舟帆一月餘。

京口望長江

飄蓬何地不天涯，吳楚東南望尚賒。暑雨濯枝辭鳳闕，西風聞鴈轉龍沙。九江亦接浮湘路，八月寧同奉使槎。萬里關山無定泊，教人回首憶京華。

瓜洲别廖文學之饒平便道過里

捧檄同君出帝城，扁舟南下棹波平。中流過雨增河廣，兩岸鳴蟬送客行。憶李他時雲樹意，師韓潮士斗山情。月明瓜步分岐處，二字鄉園爲寄聲。

送郭朝謂司理之螺川

潞水方舟慰合并，維揚杯酒别愁生。余過吳會驚秋早，君泊秦淮對月明。飭治久知經術富，讞疑先借法曹行。雙魚一水非難達，莫忘吾兼吏隱情。

七月六日舟過廣陵别同行諸子併柬龐與虔明府

相從理棹下揚州，葭菼離離滿目秋。卻笑此身非跨鶴，又將時序會牽牛。弟兄海内希長合，萍梗天涯不自由。二十四橋今夜月，簫聲誰與伴維舟。

秋夜龍光寺讌集

雙林幽寂抱龍沙，有客攜樽傍晚霞。江靜遊魚聽笑語，秋深鳴鴈出蒹葭。洪都自古稱人傑，高會于今共物華。夜久不知霜露冷，砧聲凌亂月千家。

秋日滕王閣讌集

連甍飛閣俯芳洲，載酒乘閒作勝遊。拄笏山來空翠爽，憑闌波帶夕陽浮。千年藝苑人云遠，八月清江序復秋。客子登臨思正渺，還誰高士擅南州。

答方伯闇太學

幾回明月暗中投，江上尋芳杜若洲。暫可陸沉追酒伴，豈終牢落困書囚。琴緣流水思同調，璧是連城合晚收。卻笑天涯羈薄宦，每煩詩句慰淹留。

餘慶堂爲郝司理賦二首

華堂清峻表西河，高士當年號樂窩。荀氏星辰元聚德，張家門巷待鳴珂。功方種玉應同大，遺比籯金較孰多。況是作求稱嗣美，致祥端合迓天和。

親舍瞻雲萬里遥，桂叢猶記小山招。莫論巢許輕堯祿，須信金張重漢貂。玉樹栽培來已遠，金莖雨露喜初饒。總緣召順膺多福，不盡恩光下九霄。

答羅茂才兼送南歸

萍蓬天外憶羅浮，客路風霜感百憂。孤鶴唳窮千里月，斷鴻聲徹九江秋。時情漫道同雲薄，往事都教付水流。懸榻自知慚仲舉，可能徐孺共淹留。

寄壽黄懋忠明府

憶別尊前感歲華，又傳香雪散梅花。風塵道路分千里，表裡關河亦一家。南極有星光海嶠，東山勝地傲煙霞。階庭雨露多蘭玉，頌入華封慶倍嘉。

得家報喜咸兒生

千里椷書自粵南，真傳消息喜逾深。官同雞肋淹微祿，家有熊祥送好音。此日已徵蘭入夢，他時應附桂爲林。年來棣萼關情處，重睹連枝慰遠心。

郝太學侍親赴闕便道還晉

新從帝里冠裳會，遠赴親闈定省來。綠鬢喜沾朝命早，斑衣全仗旅懷開。梯航正入中邦賦，裘馬齊榮上國回。最是汾陽風土接，歸家猶及栢爲杯。

王皞如茂才省覲尊公太守兼謁外舅司理辱枉顧有贈賦此志別

寥寥薄宦託交疎，有客停橈問謫居。人在雞群看羽翼，我緣玉潤識璠璵。賓筵乍動南州榻，經笥畢藏外氏書。別後總殷兒女戀，庭槐須道應難虛。

皞如阻風江上復有寄懷之作次和

遙望江頭彩鷁飛，輕鷗點點暮煙微。心隨驛路川原遠，目斷來鴻信息稀。天劃重湖波淼淼，詩因同調思依依。石尤不謂翻留客，正值思君半掩扉。

臘日飲李達卿國賓宅

年華江國遞相催，公暇同君一舉杯。日晚歌聲蕭史鳳，歲寒花節壽陽梅。吳鉤舊美傳家重，徐榻新知爲客開。醉别已先期後會，許隨詩伴賞春來。

張參軍膺薦

白簡霜飛楚甸清，程材郡國荷持平。三年畫諾書勞最，萬里風雲應會生。日下長途看展驥，春來喬木喜遷鶯。一時趨府多年少，孝友能如張仲名。

寄答馮君奇

月下開尊隔歲餘，嶺頭逢驛折梅初。書郵念我依廬嶽，劍氣煩君望斗墟。赴隴鶴書南去暮，經年魚素北來疎。爾家不用輕彈鋏，代舍終看出有車。

答張伯子比部

囘首看花越廿年，風流文藻故依然。非緣天上無知己，自是人間有謫仙。玩世我同方朔隱，倦遊君似馬卿賢。相逢欲就餐霞侣，共聽廬山瀑布泉。

李大順自蜀來移任增城泊舟章江過訪

客舍春融二月初，文談誰共對公餘。來從諭蜀功方就，喜接浮湘會未疎。垂橐可增循吏傳，探囊多有異人書。雙松又傍羅浮勝，河潤應沾九里居。

即席壽胡司理時東園桃柳方盛

二月中和淑景長，君家四美在東堂。已從綺席沾春酒，更喜華園對衆芳。麗日暖浮桃錦爛，條風輕動柳金黃。上林佇報遷鶯會，來歲誰同醉羽觴。

送羅符卿起官入京

春風客路送彈冠，猶記相隨策治安。啟事向推公望重，尚符新拜主恩寬。賡歌漸喜虞庭近，漂泊能憐蜀道難。朝覲從容應有問，子虛誰奏聖明看。

答惟學宗侯

見說南州榻屢懸，喜傳新詠思翩翩。漢庭宗學推劉向，禹穴奇遊慕馬遷。勝事花間邀彩筆，塵心竹外滌流泉。慙余潦倒遭時晚，鞭弭詞場藉汝先。

夜飲惟學宅

雨過雲開月正圓，朱門賓從集初筵。西園尚美當春候，下里寧慚和郢篇。綺席沾香花似錦，金樽漾綠酒如泉。歸來醉起更殘後，猶記談高座上玄。

送佐甫宗侯入永新兼寄何明府

風含綠篠雨初收，景物蕭然五月秋。不傲羲皇閒處臥，偏思河朔暑中遊。葵榴有艷歸囊草，鷗鷺忘機傍客舟。此去羊何應共和，教人天畔憶登樓。

黄季重自閩中至南昌使君館之僧舍

閩海當年憶漫游，公餘曾共語千秋，羊腸世路多漂梗，牛耳詞壇代作裘。此際風塵羞吏隱，幾回書札問沉浮。南州已下陳蕃榻，郡閣能無十日留。

熊顔二茂才各以詩爲贄賦答二首

蓬萊宫闕待仙班，傾蓋逢君暫解顔。結客少年場漸散，異鄉岐路轍俱環。相看氣味投蘭芷，不爲泥途棄蒯菅。珍重雙珠來合浦，案頭交暎夜光寒。

楚畹曾傳大國香，相逢意氣即飛揚。艱危鳥道非龍種，蹀躞詞場總鴈行。得路雲霄終接武，論文風雨暫連床。荊州敢謂同司命，卻喜文林集衆芳。

送來參軍轉運入京兼寄其觀察叔于東魯

司農積貯水衡錢，歲歲梯航向日邊。喜近爾家天尺五，何辭飛輓路三千。竹林自古高南阮，別墅由來愛姪玄。相見爲余稱契濶，更於何地附班仙。

答族弟仲升遠寄二首

家園韡蕚總爭妍，羈旅天涯思獨牽。客類楚囚方落落，人言公子並翩翩。青衫謫吏吾兼隱，丹液尋真爾欲仙。神物幾時當自合，祥光遙望斗牛連。

簾捲西山翠競流，幾同高士集南州。時憑帝子千年閣，最憶元龍百尺樓。暫賦閒居招白社，難將吾道付滄洲。花光紫陌年年在，遲爾長安續勝遊。

憶郊居併答仲升

舊闢郊亭稱地主，別來花雨幾陰晴。自緣旅泊悲龍劍，長憶仙流咽鳳笙。下走馬牛跡尚混，故山猿鶴怨難平。何時秉燭西園會，得句池頭月五更。

題王孫雪在堂

綿綿濬澤出天潢，作室于君羨肯堂。白雪高峰齊峻潔，朱門奕葉有輝光。日華宮比延賢舊，天祿樓如校藝長。人道本枝同百世，看看玉樹久逾芳。

送方伯闇應試南都

十年江國號齊驅，此日驊騮送過都。璧水槐風清勸駕，金陵桂月照操觚。應逢謝尚招牛渚，不遺方干戀鑑湖。得意秋高鳴鹿後，可因來鴈慰思鱸。

西行答黄季重時季重方在憂中

長年奔走逐微名，此去西南越百城。聖化菁莪均士類，儒襟羔鴈待文衡。山光傍馬琴聲入，夜色衝牛劍氣横。怪爾蓼莪今且廢，遠從天外念周京。

龍陽道中水漲以舟行

微茫浦溆汎孤艫，煙景何曾讓五湖。習習輕風翔鸛鶴，曈曈初日照菰蒲。隨波錦纜疑沉陸，傍險銀鞍免戒途。跋涉敢辭王事苦，路難終日憫征夫。

常德張使君祈晴有應爲賦二首

張君爲政樂難支，露冕聽歌穗兩岐。乍見汗邪愁毒潦，隨看原隰轉朝曦。丹誠自可蒼穹格，黔首仍無暑雨咨。況是衝泥匹馬倦，周行千里仗清夷。

相府曾傳燮理功，使君爲相國之子。風流作郡此堪同。方迎千騎歌來暮，輒爲三農願歲豐。穡事已占虹見外，民愁不在雨陰中。歸朝有問閭閻隱，疾苦無須對澤鴻。

楊明府惠酒疊至賦謝楊柳州人時謫居常武

廿年拙宦憶龍城，此日逢君蓋復傾。往事總非南國召，相憐猶類故鄉并。客廚楚醴頻頻酌，征路驪歌緩緩聲。見說中朝方振滯，佇看前席問蒼生。

辰溪鐘鼓洞用王文成公韻

廣樂鈞天來洞野，碧巖猶帶鼓鐘聲。空虛已悟超千劫，音響依然會九成。風景流年容易度，山河舉目未全更。不因世路驚夷險，九折羊腸亦自平。

初入黔答余定甫司理

匹馬西來一月餘，豈期道路識君初。論文並許千秋業，叱馭同馳峻坂車。天遣法星巖霧斂，客迎秋色旅懷舒。逢人莫更輕談虎，往事空能獨愴余。

同定甫遊月潭寺飛雲巖

選勝逢君遇亦奇，來遊草木許先知。雲生巖畔飛常入，月到潭心想更宜。清嘯似依黃鶴嶺，靈湫堪注白蓮池。此中大可裁詩句，安得時同濁酒巵。

棘闈事竣答別李士衡郡丞

西南天遠淨妖氛，佐郡風流此屬君。刁斗村村秋裏息，絃歌處處月中聞。識韓有客稱司命，憶李他時隔論文。樽酒重逢殊未定，江東何地不停雲。

別楊弼泰進士歸漢中楊久謫貴筑

秦越山川萬里遥，臨岐杯酒別魂銷。喜看客舍萍初合，愁見離亭柳半凋。多士正投知己遇，孤臣終戀聖明朝。我因同病相期切，聽爾除書下九霄。

答徐仲仁別駕時鎮畢節

閩海當年別思頻，風煙澒洞渺無津。每緣舊事悲隍鹿，誰遣餘波及涸鱗。天末龍光懸紫氣，途長驥足動清塵。干城此日功逾懋，萍梗他鄉遇轉親。

九月二日諸生招集會景樓

背郭樓高瞰大荒，西風向夕灑衣裳。層霄並擢三秋桂，滿座初分萬斛香。山靄遠浮連近壑，波光迴合映方塘。扶搖健翮從茲始，五色雲中是帝鄉。

送周廷評張大行還朝二首

使節迢遥自帝廷，真教南斗避文星。翹材或擬平津舘，驅傳翻勞送客亭。玄草我慚嘲尚白，藍成俱謝出於青。封軺再入邯鄲道，莫笑盧生夢未醒。

詞客名高大海東，王程萬里下黔中。不緣桃李栽培始，那識菁莪雨露同。招俊一方榮拔茹，論文幾度慰飄蓬。歸朝車馬應殊錫，荒徼尤難造士功。

宿靖州江口寄懷陸郡丞

風雨瀟瀟值晚秋，新寒入夜上衣裘。亂山四顧堪寥寂，旅舍孤燈感滯留。昨暮管絃叨上客，今宵雲樹憶他州。會看前席歸宣室，樽酒逢君續舊遊。

舟行寄謝張明府

歷盡羊腸路幾千，何緣孤棹到中川。乘流幸借張融舸，被酒兼如李白船。政樂已聞歌瑞麥，官貧時自賦貪泉。明廷此日甄群吏，會有褒書下九天。

送韓孟郁春試

清時難道少知音，入奏看君賦上林。吳苑未須憐紫玉，燕臺元重結黃金。由來樂地因名教，誰識華園足會心。鸚鵡才高堪自愛，壯圖端不悞朝簪。

將發五羊得報恒兒生

西來匹馬自黔陽，又覓扁舟繫五羊。忽睹遠天傳鴈翼，喜聞大國應蘭香。二年消息逢秋好，異日倡隨嗣業長。薄宦不須愁未達，堪留雨露到庭芳。

水西驛值雪初晴以公事留者數日

雪夜孤舟傍水西，凝寒猶自戀衣綈。雲開野色看逾淨，石出江光望不迷。祇以吏情淹客棹，幾能公暇對詩奚。乾坤大有陽和氣，次第堪收入品題。

寄答馮明元明府

淮南仙令舊銅章，廿載衡門樂泌陽。倦鳥祇須憐羽翼，名駒堪自試騰驤。彈冠似我慚先達，懷璧從前惜夜光。君是馮家郎署後，不將晚暮笑回翔。

答高正甫郡伯

離筵冬盡憶分岐，晚出翻慙早退時。清尚已躭香社隱，微名初附白雲司。鶯花自美閒居賦，猿鶴偏教俗狀窺。似爾著書深歲月，何人不慕子雲奇。

答惟學王孫二首

幾緣結客傍詞林，高論逢君足賞音。薄宦倖囊淹桂玉，淡交朋誼託蘭金。並驅鞭弭千秋事，相憶河梁兩地心。別後魂銷春草綠，每憑新詠豁塵襟。

江山曾爲遠人留，記憶中朝意亦優。策足久多行路歎，量才初試過都遊。宦情似奕今于昨，時序如流春復秋。同調知君能念我，客星長望碧雲頭。

答仲升二首

廿載升沉付彼蒼，年華今已丈人行。秣陵風月俱佳勝，漢署衣冠但末光。老去自知慙桂籍，握來人道總蘭香。謝家兄弟芳傳早，莫向衰遲擬漫郎。

家聲兩度法曹留，菲薄何堪嗣遠猷。予家兩伯氏俱起官比部，仲升有『嘉聞暢先猷』之句。再世勳名追起草，百年天地附同舟。腐儒通籍思何補，拙宦無階合晚收。待爾飛書來粵徼，帝城先起望英樓。

答孫肖延

南北塵途往復還，離杯忽漫接初筵。風雲未遂相期意，犬馬先慚各問年。幾歷艱危愁鳥道，自慙衰晚負龍淵。衡門羨爾多題詠，時有新篇可爲傳。

答梁幼寧明府

出關無復伯鸞詩，賦別還憑慰所之。奔逸未稱騏驥步，量移初試鵕鵜司。中朝記憶恩如海，末路驅馳鬢欲絲。幾處登臨懷舊意，石頭風雨益淒其。

楊中丞聞訃候代二首

關西世業暎中台，天惠南藩福曜來。開府聲華懸八柱，承家勳澤自三槐。方期紫誥榮增秩，何意黃壚永夜臺。共道修文如有待，可堪風木慕蘭陔。

承恩幾度錫綸麻，紫氣西來望轉賒。時擬絳騶迎百粤，俄聞白馬會三巴。已欽治第真容駟，其奈瞻雲未及瓜。最是南陲資鎖鑰，不妨遊子尚天涯。

孟水部重封二人並應奇瑞云

嘉祥屢兆識開先，次第鸞書豈偶然。主德固應符四瑞，臣勞亦幸格重玄。澤流北海遺思遠，頌美南山集慶全。見說水衡推懋績，湛恩端擬更從天。

答楊肖韓民部二首

縹緲山光帶暮煙，懷人天畔望長懸，詩家景物多尋勝，子舍斑斕遞擊鮮。繫帛書來丹徼外，草玄亭在碧雲前。羈愁最戀餐霞侶，况復當春花正妍。

出山慙我負流年，更憶林園樂事偏。五老峰辭青嶂外，六朝蹟覽白門邊。身淹薄宦思來日，書至加餐念各天。彩筆縱横知寡和，瓊琚報莫爲君傳。

署中連賞牡丹呈周姚蘇譚四曹長共三首

公餘呼酒問花神，秋署何緣別有春。林萼已堪過魏紫，樽醪况復得周醇。一時折柬俱能至，竟日飛觴未厭頻。醉後天香衣更染，寶闌囑護露華新。

奇葩昔日美姚黄，清署依然擅衆芳。酒態未應孤酒聖，花期誰更負花王。開簾秀色輝瑶席，授簡飛香溢錦囊。多少向陽誇麗質，何如新艷出東皇。
列署名花次第開，招邀幾度狎傳杯。芳辰已漸看春去，勝賞寧辭結伴來。韡萼並迎新雨露，靈根細認舊栽培。樽前繡句多難和，彩筆何當後會催。

答體健内弟

海畔風煙萬里開，歸鴻曾寄帛書來。品題羨爾多佳句，泉石于今亦雋才。吊古向誰歌玉樹，懷人空自酌金罍。腐儒衰晚思何補，獨有桑榆念未灰。

送王孝廉歸柳州兼寄劉司理

風塵漂泊始龍城，歲月長懸舊友生。拙宦積薪殊未達，故人懷璞晚初成。比年撫字能爲政，闔郡循良並有聲。問訊江頭曾種柳，并州他日總多情。

寄林郡丞

曾見雙鳧出尚方，旋看五馬試飛黄。初聞渤海無刀劍，更道漁陽有麥桑。廿載壺觴差記憶，幾村雞犬半荒涼。風流佐郡須公等，露冕重歌召伯棠。

送謝友可請假南歸

鄉心長日念東山，渺渺仙帆不可攀。公府未須煩料理，訟庭偏愛有餘閒。交游白下風流最，詞藻黄初伯仲間。可道尚書期不顧，帝城花月待君還。

夏日郭光禄招同梁戶曹譚比部讌集別後索贈賦此

觸熱寧容褦襶來，不妨河朔自深杯。文談似共憐三益，鄉錯何須問五裁。密坐棋枰消永日，薰風庭院隔炎埃。歸時正美秦淮月，安得同君更酌罍。

答李達卿國賓

吏隱年來寄薄遊，幾勞塵榻下南州。一從彩鷁江頭發，卻望碧雲天際浮。舊國山川成浪跡，故人書札問窮愁。升沉未向君平卜，到處論交盡勝流。

夏杪雞鳴山閣讌集

樓閣空中傍翠微，招邀乘暇叩巖扉。平臨樹色當窗見，倒映雲光入戶飛。望遠不禁懷古意，宦情寧與賞心違。坐來殘暑都忘卻，涼吹先秋欲滿衣。

姚巽卿過留小酌別後有作答和

門掩荒塘一徑陰，公餘燕坐似雲林。庭無俗客俱同調，酒有賢人合並斟。業在千秋看授簡，神交異地到攜琴。眼前莫說升沉事，且喜詞壇會賞音。

又和次杜秋興八首

蕭然官舍亦園林，門徑幽閒衆木森。潦盡池塘消積翠，雲過睥睨結層陰。丹楓又見催寒序，白鴈難憑寄遠心。何事天涯增客思，每逢秋至拭清砧。

金飆颯颯夕陽斜，寂寂吟懷感歲華。鴻鴈三山聞旅夜，蒹葭一水望仙槎。霜含故殿臨秋草，月照連營隱暮笳。疇昔豪雄俱夢裡，有誰能問後庭花。

樓頭纖月澹凝暉，影傍鍾山暎翠微。獨撫青萍時自笑，可堪黃葉向人飛。塵途去住跡難繫，物理乘除願未違。薄宦幾回思舊隱，鄉心能不念鱸肥。

故交零落似殘棋，秋到懷人意倍悲。隍裡鹿蕉追往日，門前烏柳念今時。曾憐齊客出關早，敢笑秦侯見事遲。虎口年來驚乍定，論文差慰暮雲思。

小草何緣復出山，強將名姓在人間。由來潘令拙爲政，誰似蕭郎久抱關。詩自郢中推雅調，談來稷下對開顏。衣冠舊國皆王會，何必蓬萊供奉班。

留滯周南欲白頭，休疑宋玉易悲秋。稱詩孰擬千人敵，對酒同消萬斛愁。漂泊可能依越鳥，等閒徒自愧沙鷗。西風入夜傷羇客，卻喜賢星聚帝州。

竊祿寧酬尺寸功，空懸宮闕五雲中。六朝舊事惟衰草，一代人文自國風。王氣幾看峰尚紫，客懷無奈葉初紅。祇將濁酒寬離緒，得失何勞問塞翁。

江流到郭轉逶迤，夜色秦淮似月陂。霜岸染成丹柿葉，風林凄斷綠楊枝。倚樓自覺鄉思渺，對客同驚物候移。搖落子山應作賦，星河明滅露垂垂。

胡陳二參軍父子泊姚韓諸君同集河亭各用姓爲韻

清秋亭榭對呼盧，酒美秦淮屢續沽。星聚兩家均父子，雲來千里幾朋徒。臨流境寂心如洗，狎坐詩成興不孤。未醉豈妨仍夜飲，已留江月照歸途。

孫封君雙壽二首

其二子侍御、武選，君以覃恩，得並封云。

幾年驄馬舊皇州，北望層闕紫氣浮。椿護白雲稱不老，萱沾湛露號忘憂。中朝尚許重班誥，東海應逢屢進籌。何用太行思狄相，儘教朱轂美南遊。

太丘門第慶偏長，喜見元方又季方。借問飛霜仍繡斧，何如起草近含香。兩都譽並臣勞懋，一日恩兼帝賚光。況是南山紛獻壽，最榮雙白照高堂。

送鄧梅仲歸五羊

搖落秋山木葉飛，臨江一棹送將歸。窗聞旅鴈生鄉思，帆掛寒流帶夕暉。拂劍星霜成歲月，揮毫風物盡郊畿。重來會有圖南翼，握手應知願不違。

答錢虞伯二首有引

虞伯善丹青，工草隸，初自姑蘇來，訪余金陵，而余未至也。再來則秋暮矣。以二詩見貽，次和如數。

海内同聲幾慕韓，詩盟好在未應寒。懷人葭水露初白，感物楓林葉盡丹。語及千秋慙下里，來從異地對南冠。公餘野服堪蕭散，玩世何須道有官。

盈盈一水動相聞，入坐翩翩更不群。世路驚心誰比我，詞壇執耳幾如君。才情半寫詩中畫，意氣曾懸日暮雲。傾蓋劇談知莫逆，不妨握麈到斜曛。

寄湯義仍

海内寥寥幾弟兄，東山何日慰蒼生，避人自詑衡門樂，清世寧容谷口耕。副墨總堪藏玉茗，徵書衆擬待金莖。已聞次第詢幽側，莫說江湖少宦情。

送周曹長歸四明

清署年來喜乍逢，散衙俱覺訟庭空。公餘自愛爰書暇，賦就咸推翰藻雄。秋老望鄉思越鳥，江寒歸棹聽離鴻。鑑湖煙水君休戀，除目行看下桂叢。

初冬項明父光禄招同施主客徐武庫姚民部朱虞部讌集馬家園時天雨忽霽乘月而還

玉饌瓊漿出太官，招攜乘暇興俱寬。西園飛蓋千秋侶，細雨初裘十月寒。入座管絃新製曲，主人詞賦舊登壇。月明天霽堪浮白，其奈酡顔已醉看。

爲林太學兄弟於初臘壽其尊人六十

韋曲新移傍未央，小山和靖興猶長。八千歲引靈椿壽，尺五天臨玉樹芳。節近蓬萊初啟會，遊餘句曲遞稱觴。怡親自得陽城教，三豆何勞禮杖鄉。

爲曲江李封君作

一從相業始曲江，誰似王家待二郎。學以淵源推正派，功於堂構羨傳芳。由來龍德幽光發，都借鸞書奕世昌。試看山公優啟事，定知世澤濬巖廊。

小至和杜答巽卿

荏苒年華日漸催，玄冬潛復一陽來。帝城淑氣開雲物，客舍愁心逐琯灰。朔雪不禁淮畔柳，春風應近嶺頭梅。羈懷我亦俱牢落，喜誦新篇對舉杯。

送陳天卿兄弟歸豫章

千里衝寒訪舊勞，片帆南望趂江濤。雌雄斗下皆龍氣，頡頏雲間總鳳毛。歸路不辭鄉國遠，德星重聚里門高。傳家清白真無忝，贈爾誰方范叔袍。

人日次和

今年此日春逾好，已有新篇帶醉看。金勝並懽迎改歲，敝裘寧復怯輕寒。但教詩見長瑜和，謾道冠同貢禹彈。滿目陽和知引興，彩毫題偏自非難。

和友人聞報生孫

天畔祥光炫曉霞，旅中新詠慶年華。藍田秀出階前玉，彩筆欣增夢裡花。此日桑蓬初應瑞，他鄉萍梗總爲家。開顏會見飛騰翼，萬里扶搖自海涯。

答梁文學兼約過小集

宦舍蕭然一徑深，逢君杖屨喜初臨。他鄉短刺希投合，流水長桐自賞音。已慕逍遥莊叟達，豈嗟留滯越人吟。春光浩蕩堪娱客，綠滿池塘柳漸陰。

答張懋封有引

懋封曾作王明君十詠，見賞于周太史，兼善懷素書，自閩來枉顧，有贈，用韻答之。

春花滿地照披筵，談麈何人接半氈。有客詩情元自暢，臨池墨妙更堪憐。鄴中詞藻誰爭麗，稷下風流爾最賢。莫擬琵琶悲怨曲，撫軍將覓孝廉船。

署中再賞牡丹

冉冉流光春復妍，娟娟錦萼色相鮮。不妨酒態如前度，更與花神敘隔年。舊侶同聲思正渺，新知握手興逾偏。賞心歲歲人非昨，他雨誰當續詠篇。

和清涼寺浴佛日聽法

叢林萬綠雨中新，浴佛相傳到此辰。淨土金輪生色相，祇園寶座號天人。翻經並擬歸宗教，說法誰當悟後身。定久諸緣俱盡息，更於何地拂埃塵。

寄答族弟亮伯

清曹多暇旅愁寬，兩見薰風泛蕙蘭。一遇羊何皆石友，敢言屈宋亦衙官。中原鞭弭憑誰並，千里音書對客看。南海明珠元自富，傳來俱訝夜光寒。

五日同方駕部陳孝廉叔侄河亭讌集

新晴節序又天中，高會何期此地同。蒲艾香餘吳醑綠，葵榴色暎楚絲紅。秦淮舫滿笙歌入，河朔樽深醉語雄。最是南曹多勝暇，竹林兼愛阮家風。

答康孟擔寄懷

交游海内幾賢豪，薄宦空慚老二毛。有客江湖時浪跡，宜人風月縱濡毫。少微星遠臨槃澗，鍾阜雲深隱法曹。倒屣未知重會處，出郊寧復賦千旄。

讀封侍御雪林公傳次和二首

極目西南越萬山，德星曾羡照人寰。龍章焕引臨關紫，豸綵光添舞袖斑。玉樹淩霄長挺秀，金莖分露舊承顔。堂封片石知無愧，最是高蹤不可攀。

辛木蕭蕭望故岑，白楊猶似雪爲林。燕貽家學承偏遠，侍從朝恩荷已深。孝友並堪書獨行，忠勤應與續徽音。遺文異日歸青史，不減丹扆頌國琛。

答景源宗侯

論文當日幾相親，佳句傳來未厭頻。湖上山川成隔歲，江東雲樹再逢春。遠書但勸加餐食，宣室何由問鬼神。自是散曹難報稱，每因客夢到楓宸。

和金陵懷古六首

吴

一自金車應闔閭，秣陵佳麗屬吴王。但誇卷土天爲塹，肯信中流葦亦航。風火樓船思赤壁，英雄部伍失丹陽。當年籌策需人望，誰爲東南惜仲翔。

晉

神州沈陸虜塵昏，指點銅駝未忍言。易馬重看興帝室，化龍誰與復中原。山河涕淚新亭集，王謝風流舊宅存。杯酒長星能幾勸，淮淝鶴唳只荒村。

宋

竹下龍文護講堂，五虹交映宋圖昌。居人獨頌元嘉政，賦客爭傳小謝章。曲水池邊頻應詔，樂遊苑裏緩稱觴。俄聞相國加殊錫，疏爵朝端又進王。

齊

鐵馬功興皂莢橋，旋看草禪接先朝。黄金土價應難並，白璧山靈似可招。筆彩正回江氏夢，帶圍猶稱沈郎腰。石城鍾阜依然在，應教誰堪續舊謡。

梁

西邸才華沈謝遊，蕭郎日角出庸流。浮山野水通魚穴，泰寺爐煙繞佛樓。狐在尚應須玉燭，猿亡先已慮金甌。早知玄寂終無補，億萬何勞瀆冕旒。

陳

馬上游塵驟撲衣，倉忙朱雀轉堪悲。雞人候曉曾傳箭，狎客臨春只賦詩。結綺宮前迷玉樹，望仙樓外語黃鸝。長江浪說難飛渡，笑殺芒山侍飲時。

答鄭伯育遠寄四首

錯落新篇炫彩霞，來從通德鄭君家。憐余市語曾三至，羨爾遺經尚五車。渺渺千山遲過鴈，盈盈一水望仙槎。相期志業初無量，爭奈塵途鬢欲華。

賢書早晚達承明，暫向歸鴻聽友聲。策足久淹奔逸步，論心不盡別離情。游梁孰可方枚叔，入洛誰當薦士衡。一自臨岐成遠隔，江東回首暮雲平。

每憶論文悵未同，詩陳大國見遺風。攀轅往日山陰叟，失馬何年塞上翁。豹隱但餘巖霧白，鵬摶應帶海霞紅。河清莫道端難俟，亦有揮戈日再中。

旅懷蕭瑟又逢秋，葭水迢遙思舊游。爲戀主恩仍上國，敢云吾道只滄洲。私疑晚暮將何補，卻笑卑微執肯休。寄語昔時同學者，雲霄終見鳳鸞儔。

送友人遊白嶽

倚杖逍遥望翠屏，海陽名勝幾人經。闕門近識青牛氣，洞戸先通白帝靈。露滴松壇聽鶴唳，風清榆漢羡鴻冥。莫言七聖曾迷道，自有飛仙護客星。

譚彦楨比部新得馳封以使事還里

枌社長隣二郡隅，盈盈一水隔樵湖。他鄉並引秋懷切，薄宦猶難晝錦俱。共喜新恩天語煥，卻看後會月華孤。漢家除目朝朝下，佇聽遷鶯復就途。

答林存古

知交幾寓八行封，每爲奇游少定蹤。白雪新篇慚下里，黄梅法座識南宗。清秋孰與吟懷壯，薄宦其如旅思濃。到處青山君是客，莫將羈勒笑塵容。

送王爾祝計部考績

含香廿載舊鵷班，驛路驅馳拜闕還。負俗向來多白眼，壯心誰謂老紅顔。任誇珠履三千客，更擬宫粧十二鬟。最是君王知念舊，承恩喜爾出燕關。

寄于文若冋卿

憶昔相從結客場，慙余多負陸公莊。自知燕雀終凡羽，最羨蘅蘭出衆芳。風月三山留翰藻，雲霄雙闕近翺翔。合并此日猶難定，秋水蒹葭正望洋。

寄答熊楚伯

幾載周南欲二毛，好將白雪向誰操。前薪薄宦憐余拙，豐草逃名羨汝高。萬壑雲霞生倚杖，四時花月照濡毫。卜隣近有樽前約，雁帛空傳望尚勞。

梁文學以自壽六十詩見示次和

莫將杯酒負良辰，十月江南號小春。一任浮雲時自改，須知吾道未全貧。清霜傲菊秋仍好，香雪衝梅歲又新，豈學坡翁憐暮景，江門風月更何人。

寄答林君勉二首

公餘猶自賦離騷，況復懷人思正勞。白雪郢中推寡和，碧雲海上望逾高。鵬程萬里瞻風翼，雁字三山寄彩毫。別有知音求雅調，新聲誰羨紫檀槽。

翩翩穴鳳正高梧，煙水那堪戀五湖。歷國霜蹄空冀北，發硎新鍔出昆吾。浮雲老我看蒼狗，往事煩君卜紫姑。來歲秋風鳴鹿後，兩都相望總歡呼。

答黄元卿太學元旦立春之作

鐘聲隱隱漏聲遲，曙色含春傍虎闈。帝里山川開淑候，詞林鞭弭羨雄飛。每因結客憐同調，豈爲登樓賦式微。佇聽京華消息好，臨江何用送將歸。

張封君連贈廷尉

祖澤貽孫奕世看，傳經端不悞儒冠。韋編易學曾三絕，綸誥貤恩並二難。通德尚餘仁作里，無寃更羨法爲官。階庭蘭玉應相接，總識天朝雨露寬。

初春觀梅

早春風物禁城隈，獨愛先芳幾樹梅。林色不緣纖草綠，雪香寧待百花開。已分淑氣臨詩卷，更爲餘寒送酒杯。隔塢緋桃看漸發，移尊端合擬重來。（以上四留堂稿卷一三）

全粤詩卷四五一

盧龍雲 一三

南歸答同寅張君贈別

江光蕩漾片帆輕，祇爲鄉心動客程。道路敢言行役苦，驪駒偏繫別離情。分攜弱柳初堪折，勝賞名花漸向榮。可是閒曹羈絆少，刑章況已藉持平。

燕湖舟中贈王虞部

春江花月夜維舟，杯酒多君念客遊。山澤灌輸隨物力，金錢積貯待前籌。詩因水部憐同調，啟入山公羨獨優。將作頻煩真此日，廟堂仍仗佐先憂。

次南浦答來觀察

漂泊江湖逐客船，昔時羽翼愧聯翩。忽來滕閣風千里，共對徐亭月萬川。宦業濟恒堪作相，群遊髡衍只談天。孤篷默坐賡題句，回首山光澹暮煙。

螺源詩社爲陸肖靜明府題

林園觴詠幾相將，物外逍遥樂正長。水自青螺環勝概，人俱白鳳吐文章。千秋已共歸耆社，百里還應讓醉鄉。江月溪花堪寄傲，品題何地不奚囊。

夏杪鎮海樓讌集

驅逐風塵歲月虚，臨高幾度望鄉餘。樓頭落日重披宴，樹杪涼飆復振裾。睽别每愁書札遠，合并休放酒杯疎。山林此地依城郭，躭僻何須問井墟。

答廖隱君三首

何處遠尋高士宅，喜君就我拂雲和。好文久自成玄草，斷酒年來息白波。開徑但招耆作社，安車寧慕禮爲羅。風塵似我空馳逐，得比衡門樂事多。

結束當年詣闕行，侵尋法署共持平。無寃活獄慙張尉，舊學傳經仗伏生。休沐暫隨田舍會，篇章誰似鬼神驚。高門異日君家事，已見孫枝迭向榮。

齒德由來重月評，詞壇兼羨一鴻生。平反我愧文無害，恬寂君方覺有情。玄論幾看園屢解，白頭寧道蓋初傾。階庭雨露多蘭玉，一任儒林自著聲。

送陳觀察請告暫歸溫陵

福星纔傍嶺雲高，湖海元龍氣尚豪。每到秋風偏憶鱠，更思涼月共持螯。鵬摶暫息垂天羽，驥伏難辭歷國勞。歸去東山寧久臥，徵書即擬下蓬蒿。

送林郡丞入覲二首

佐郡一隅方展驥，朝天萬里且鳴騶。遐荒每藉承宣重，治行常從撫字優。竹虎分猷勞暫攝，玉麟專使更何求。賜金闕下仍增秩，遮莫兒童待細侯。

萬方玉帛歸雙鳳，兩地蒼黔戀五羊。愧我金城曾種柳，多君南國尚留棠。褰帷滿聽循良頌，趨陛依然太守章。簡在只今詢異等，承家况復有青箱。

劉氏真隱園

巖巒幽窕樹扶疏，中有高人自結廬。地僻了無關勢利，身閒端合混樵漁。鴻冥獨振雲逵羽，龍臥偏宜水竹居。莫笑劉郎仙洞遠，青苔白石豈全虛。

中秋玩月值文闈試士日答廖文學二首

秋光纔滿習家池，有客新篇更陸離。勝賞謾宜方外侶，浮名休羨里中兒。詩成珠玉當誰和，憂在江湖只自知。到處樓頭增夜色，樽開且續屢傳巵。

露氣初寒憑檻外，月華高暎舉杯前。新晴雨洗看逾潔，入夜雲開望獨圓。索處未應甘抱寂，滿庭無奈正連娟。豪吟已爲秋生色，顧影何須只自憐。

送劉令公入覲

飛舄兩度入朝天，屈指南來及五年。牧事已成荒徼外，主恩長戀未央前。御屏書以循良重，輿論推應侍從先。寄語山陰諸父老，可能重借使君賢。

壽潘孺人七十光祿子朋之内子也

曾拜天書耀翟冠，歸來總羡一枝安。仙壇授籙傳青鳥，侍女吹笙應紫鸞。洛涘閒居耆社集，家園周覽鹿門看。金莖分露多蘭玉，酒脯何勞憶大官。

秋晚梁園餞别陳孝廉兄弟北上分得東字二首

梁園賦客一樽同，多少心期别酒中。雲裏鳳毛看頡頏，斗間龍氣識雌雄。齊名煒煒三珠樹，躡影翩翩幾玉驄。江左青箱元共習，承恩堪並建章宫。

蕭蕭萬木起秋風，共向山廚薦晚菘。客路遠衝楓葉赤，曲江春待杏花紅。雙龍色借林霞外，三鳳祥呈海日東。佇聽京華消息好，孫枝方信長高桐。

答車一中明府

辭榮得早遂樵漁，秫釀方饒百斛儲。坐有車公堪共樂，歌齊郢里更誰如。塵中暫許隨高會，花外時勞望小車。卻笑王程催道路，可能長日奉籃輿。

壽林喬化明府

早歲辭榮訪赤松，林泉樂事得相從。歸來正似陶彭澤，引去何慚邴曼容。真率漸成耆社會，優游好襲醉鄉封。閒居日就千秋業，翻笑塵游少定蹤。

黄太史看菊有述見示賦答

獵獵陰風已戒寒，萋萋林卉各凋殘。驚看紅葉年垂暮，喜對黄花露始團。感物長吟俱寡和，懷人獨酌不成歡。玉堂仙客元非遠，安得東籬共夕餐。

送憲使劉公入覲

憲府新開粤海隅，朝天旋復賦驪駒。小春物候菊萸晚，肆覲身先玉帛趨。王事固應懷靡及，臣勞端不負長驅。依劉赤子心元切，秉鉞重來望未孤。

冬日初晴登鎮海樓歷粤秀諸山同張孟奇計部黄士明太史分賦二首

乘閒結伴躡丹梯，海晏天清望不迷。城倚粤臺開傑閣，地隣蕭院叩禪棲。雲山極目千愁豁，煙樹平臨萬象低。每歎詞盟覊宦遠，壺觴何幸得同攜。

北風獵獵袷衣寒，雨後山川此際看。賦美大夫來倚馬，行從古道入呼鸞。登臨自喜逢三益，并合何須羨四難。勝賞淹留將竟日，歸來已任夕陽殘。

壽潘子遷五十併舉第三子

誰兼富壽與多男，最是君家樂且耽。百歲光陰甫強半，一樓花萼漸成三。岡陵頌溢安仁賦，龍鳳名高濬仲談。不盡犀錢娱燕喜，桂叢偏近菊花潭。

蘭亭祓禊圖

何處群賢開勝會，流觴竟日洽幽襟。永和歲月傳修禊，曲水朋遊美盍簪。誰解才情追逸少，由來盛事只山陰。茂林峻嶺依然在，豈乏詞人續詠吟。

答麥養明處士

久逐風塵驅道路，暫來休沐出郊畿。少微自動煙霞色，南極長懸澗壑輝。舊德鎮浮輕組綬，新篇寄遠盡珠璣。鳳雛已長丹山翮，佇見層霄向日飛。

栢谷長春卷

蒼蒼喬木出雲岑，翠栢干霄始十尋。直幹栽培根已厚，高枝雨露沐逾深。歲寒並茂惟松徑，地近連芳有桂林。若比漢家梁作詠，何如中谷自清音。

爲張太學壽其外舅蕭刺史

東風吹綠映霞杯，喜傍芳叢綺席開。人自三朝歌壽考，官從五馬賦歸來。冠裳郡國賓筵重，蘭樹階庭世澤培。子壻更看兼玉潤，丈人安坐進春醅。

黄太史卜居仙湖里馮君奇索贈

鳳山山下昔枌榆，江抱如龍宅一區。韋杜城南今託始，謝王江左遠相符。堂垂燕翼昌詩禮，闕拜龍章雜紫朱。可奈直廬天尺五，每懸卜築在仙湖。

爲劉生題日昇圖贈楊郡丞

海門朝旭映扶桑，指顧輝騰被八荒。雲影三山連浩渺，波光萬里出蒼凉。川原在處皆生色，草木何心亦向陽。莫笑野夫貪曝背，由來普照盡窮鄉。

送柯國博之任岳州司馬

殷勤相送出江濱，草色波光及暮春。三楚風流新佐郡，百年禮樂舊成均。情懸桑梓應同切，心爲蒼黔亦已頻。政暇岳陽多覽勝，勳名還擬范公倫。

答劉左史有序

劉年八十餘矣，尚買舟爲吳越遊，其神固王也。訪余白下，多慰滯留。出所製遊遠篇及諸作者，索大書其卷首，余題之曰『紫氣東來』，併賦此爲贈。

玩世優游八十年，尋真杖屨且飄然。春光載道花如錦，紫氣臨關月正弦。五嶽壯遊過尚子，一經世業本韋賢。獨沉似我君頻顧，記憶何由到日邊。

余比部林廷評將應召入京賦別二首

相攜杯酒送臨岐，共喜君王結士時。公望久推青瑣闥，賦才新起白雲司。向來吏績徵三異，此去臣謨集衆思。聖德豈須論慶曆，拔茅堪上進賢詩。

何來棘署暫相隨，輒爲徵書念遠離。舊雨轉成今雨歎，法星聊傍客星移。闕門近事光虞典，簪筆明廷復漢儀。秋好有奇知共吐，八行須及鴈南時。

答錢五卿郡丞

虞山琴水隔風煙，屈指離亭十八年。時擬聽鶯仍拜闕，豈應攜鶴遂歸田。遺榮逸意游雲外，求舊徵書待日邊。詩卷茶爐知念我，山陰難放子猷船。

送倫美卿太學南歸

浩渺江流暑漸蒸，扁舟何事達金陵。談來道路心仍戒，語及鄉園思轉增。家學箕裘推嗣美，詞場鞭弭羨重興。探奇更藉江山助，到處虹光健筆凌。

馮太學歸壽卷

長鋏歸來豈爲魚，春暉幾望白雲居。省親近得陽城教，遺子難忘鄴架書。旅鴈去時催客棹，籬花開處待斑裾。人文上國多篇詠，卻道南山頌不如。

送鄧玄度給諫出僉楚憲

幾煩封事達明光，請劍還期出尚方。祇信臣衷元粹白，難符衆論不雌黃。君門漸遠恩非薄，憲府新開晝自長。豈爲食魚思建業，將同囘鴈起衡陽。

答陳生心文

遠海緘書一鴈傳，品題國士憶當年。轡袍未動朱衣賞，蓉鏡堪期御墨鮮。鄉似并州心獨切，莊如陸氏意俱懸。騂騮本自輕千里，更向長途早着鞭。

六月六日諸詞客大集天界社招余以公阻不克赴

步出長干第幾橋，天開淨界息煩囂。總宜河朔爲高會，兼喜濠梁得見招。白雪驚飛來伏日，烏衣群聚憶先朝。不緣意氣歸詞社，褦襶何當折簡邀。

答王皡如太學二首

一別江干幾歲華，縱横彩筆屢生花。菰城夜月懷偏遠，桂苑秋風望轉賒。貽我漫同青玉案，逢人休道紫金沙。雕蟲祇合居王後，已識長楊重漢家。

消息東南逈不聞，每緣篇詠輒思君。環橋禮樂趨晨旭，兩地壺觴隔夕曛。赤幟先登才獨步，白門重聚意俱勤。新詩持贈輝雙璧，相憶何如但暮雲。

量移司農分署答李成白姚巽卿二首

有客新篇炫彩霞，翛然逸調勝群譁。每因留滯憐羈宦，肯許文章附大家。禪戒並寬蓮社酒，枯腸翻笑玉川茶。商飆漸有清秋興，筆底能無復夢花。

幾年飄泊江之湄，此日頻煩領度支。公事正須相料理，百家端合稍停披。持籌但可資分晝，授簡何妨聽賦詩。水旱近來多奏牘，中和宣布在何時。

送張子雲赴選

逼側歌殘始見君，翩翩結束又離群。三都十載推能賦，一日同舟重撫軍。客路山川煩應接，帝城風月與平分。不知何地堪資晝，卻爲蒼生望已勤。

送高孩之入賀長至

雲物登臺慶履長，翩翩車騎客衣裳。心馳上國離南國，路繞他鄉達故鄉。此日送君同虎拜，到時趨陛近龍光。家園莫戀連枝會，須道懷人水一方。

答李大順寄懷二首

相違何處覓鴻音，珍重緘題識遠心。思入蒼葭秋露渺，望窮碧樹海雲深。風塵似我虚糜禄，山水憐君獨抱琴。目極閩南幾千里，川原寥絕意難禁。

綿綿遠道隔星霜，幾度思君到海陽。自爾抽簪還霧豹，只憑留舄戀星凰。猶餘嶺海甘棠愛，堪笑岷峨畏路長。最是窮愁工著作，卻教泉石美詞章。

澹然亭八景有序

不佞別吳航者十年矣，境内名勝猶宛然在目。李君大順，近構斯亭也，盡覽勝而歸之，一己所得，不既侈乎。貽書金陵，屬以和章。思往者江山留人，深慚地主，今寄詠于數千里而遥，將貽芝山、獸石諸山靈誚也。顧李君恬澹之致足多，姑續和如數，書郵迅發，詞之弗工，未暇計耳。

小有鐘聲

何處洞天稱小有，踈鐘點點出雲間。結廬自得寰中勝，入社僧同物外閒。問字去來揚子宅，參禪日暮遠公山。總知至理歸恬澹，習靜應能共閉關。

獸石龍吟

突兀孤峰執鬬奇，地靈盤毓許先知。衝霄頭角看來近，戛石音聲識者希。亭似草盧諸葛臥，人方漁釣渭陽師。天池雲雨年年在，遞看飛騰萬里時。

芝山曉月

紫芝燁燁徧山椒，山對孤亭望不遙。睡起暝煙猶洞壑，坐看華月正雲霄。清輝縹緲臨書幌，曙色依稀接綺寮。矯首乾坤吟思遠，餘醺卯酒未全消。

北孟夕照

蒼蒼員嶠面高齋，山色岧嶢夕轉佳。永日開簾來紫氣，餘暉傍戶映丹厓。牛羊已下初聞磬，鳥雀馴來尚滿階。莫怪茶壚淹坐久，晚晴瞻眺動詩懷。

十洋城市

百里專城傍海濆，千家雞犬日相聞。南荒卉服通朝貢，北闕龍章淨島氛。山郭但裁招隱賦，樓船何事伏波軍。勿言近市多喧雜，亭敞時堪駐白雲。

五馬煙蘿

山勢崚嶒躍馬來，當簷朝暮翠屏開。四時物色煙花裡，百疊峰巒錦繡堆。長許臥遊碧落外，何須濟勝白雲隈。知君雅有看山興，不厭憑闌日幾回。

鰲頂祥雲

鰲戴三山弱海東，城南咫尺亦堪同。卿雲繚繞孤峰外，瑞色衝騰杳靄中。影結樓臺臨絕澗，光生巖岫散晴空。高人對此自怡悅，不羨飛揚逐大風。

瀛洲晚渡

清江環抱號瀛州，日晚人歸古渡頭。波帶夕陽催蕩槳，潮生海月待維舟。塵途不定時來往，鷗鳥無心自去留。始識澮中餘雋永，蕭然身世即丹丘。

賀同年王計部初誕曾孫二首

曲江並馬記吾曾，華髮頭顱日漸增。繞膝喜君孫有子，開顏對客祖爲曾。鏡中白鑷殊堪慰，經裏玄成且代興。最是鳳毛俱五色，雲霄次第見飛騰。

廿年膝下憶含飴，又見庭芳毓瑞時。祖德親傳爲世德，孫枝迭長出新枝。王家尚紀三槐傳，竇氏休誇五桂詩。奕葉慶餘看濟美，應多雨露發華滋。

寄壽姻家潘少臨將軍

廿載儒冠事素王，厭從筆硯守青箱。請纓自許匡時略，授鉞堪先結客場。龍馬精神看矍鑠，麒麟勛業待騰驤。椿株未老誇芳桂，文武家聲合並昌。

答顔生半千

江湖幾度客爲星。煙水茫茫憶聚萍。錢轂未須論宦績，風雲有待賦湘靈。持籌似我心偏苦，校藝憐君鬢尚青。門下侯芭誰者是，他年應爲守玄經。

贈醫官黄文明

上池真訣出長桑，肘後仙經盡禁方。鴻術似緣三世遠，專門堪擅四家良。積功大有千人活，起色全無二豎藏。誰更廬山依董奉，知君林杏已蒼蒼。

送劉比部入賀千秋便道歸霸州兼寄懷諸舊遊

家住畿南近帝城，前星咫尺望中明。班懸法從鳩司遠，頌入承華鶴禁清。曉拜楓宸思論對，晝遊梓里重含情。當時朋舊今何似，爲道難忘客舍并。

答李成白自秋浦寄懷時將適皖潛

君家供奉昔曾遊，詞賦于今更並留。興在九華依福地，夢迴千里憶皇州。詩因離合思同調，書免浮沉復致郵。聞道皖潛有佳處，固應移棹泝江流。

廣生至有述賦答

翩翩群從繫離思，別每經年聚卻遲。竹室舊誇楊氏客，蘭階多識謝家兒。炎氛過雨開三伏，爽氣先秋滿二儀。羈旅相逢應盡醉，明朝休道尚書期。

與介繁廣生小集波閒亭次和二首

卉木蒼蒼拂檻垂，詩篇誰與詠由儀。薰風入座杯重把，細雨當階席屢移。四面波光搖握麈，一亭野色動摛詞。他鄉此會應難數，能使兒童擬習池。

孤亭日暮迥生涼，雨浥池頭綠正芳。道路驅馳過叱撥，塵埃洗濯拂干將。公餘授簡詩懷壯，醉後披襟語意長。詞客幾能經僻地，林園此夕有輝光。

送周太學南歸壽親

海國冬梅報早春，潑醅春酒傍花神。瞻雲嶺外歸遊子，愛日堂前壽大人。馬上天香浮彩服，狐南星耀照靈椿。承顔且美連枝會，待爾名揚更顯親。

答單太學

握管誰云妙不傳，層霄羽翼喜聯翩。淩雲欲就相如賦，和雪何慚郢里篇。謬以公餘追述作，幾從意外得言詮。壯遊已藉江山助，恰好齊驅事弭鞭。

康孟擔至自閩有作道舊次答

爲郎久滯愧明良，幾憶并州亦故鄉。再出任人呼小草，重逢於爾羨長楊。天涯極目音書渺，花下來歌笑語香。自是郢中難和雪，卻從此地覓何羊。

梅桂爭芳詩有引

胡參軍宦舍有梅與桂並開，以爲奇事，索詩紀之，爲賦一律。

誰遣花神次第催，天工巧併一時來。秋香桂蕚方呈秀，春信梅梢預報魁。生意並含新雨露，靈根俱顯舊栽培。似應月殿高攀折，即倩南枝向北開。

送孟擔南還次留別韻

送別勞勞此有亭，江行倚棹數峰青。山川自美非吾土，朋好無由戀客星。潦盡微瀾歌鼓枻，秋高明月趂揚舲。不禁後夜懷人遠，葭水蒼蒼露正零。

送單持玉歸羅浮次留別韻

倚閭里巷號鳴珂，遊子能爲雪調歌。將母自緣陟屺切，思鄉誰似入秋多。方欣白下聯桑梓，已向朱明念薜蘿。京國掄才需此日，莫輕衣馬戀漁簑。

送劉僚長出守楚雄

西南天遠淨妖氛，琴鶴翩翩一使君。六詔曉迎千騎月，五溪春度萬山雲。年來積貯籌俱定，此去承宣望倍殷。治行急須求異等，璽書期爾得先聞。

冬至前二日壽新安汪封君

陽回天上逢長至，福錫人間慶大來。早歲江湖供浪跡，比年龜鶴引霞杯。兩方棣萼恩光接，三壽岡陵燕喜開。白嶽黄山多勝概，任攜仙侶紫雲隈。

齋居柬諸同社時開社見招

秣陵幾度見初陽，雲物依然舊帝鄉。客似周南留太史，官難漢署遇馮唐。清宵興味非寥廓，白雪才情有和倡。開社況聞多勝集，好懷應與日俱長。

烏龍潭道院社集

一鑑寒光舊液池，同來竹院坐題詩。烏龍自昔聞呈瑞，白鳳于今夢鬬奇。南國山川多暇日，中原鞭弭並驅時。不妨選勝頻高會，儒雅風流異代師。

送程比部出守袁州

幾年法署號持平，江國今榮五馬行。謝氏本留康樂蹟，韓公初重斗山名。祇應治行光前哲，即擬徵書下漢京。豈爲揶揄仍戀別，兒童知已候雙旌。

歲杪徐園讌集用王弇州韻二首

臘盡凝寒已漸消，名園高會興偏饒。亭臺隱暎多奇石，徑路逶迤有畫橋。細雨波間魚樂出，疎林塢外桂叢招。同來賦詠皆仙侶，不數風流舊六朝。

荏苒流光歲欲更，詩篇祭罷轉多情。林巒似畫過韋曲，筆札如雲聚墨卿。公暇不妨留勝地，幽探何必問仙瀛。殘年此會知難數，又到芳春狎舊盟。

壽封侍御曾公八十

南極星輝映上台，綺筵高會即蓬萊。瞻雲狄舍斑衣遠，就日堯階白簡開。椿樹晚芳連栢府，桂叢春好近蘭臺。磻溪事業何須問，自有朝恩次第來。

送周韜之太學歸五羊

帝里翩翩結客場，醉醪多幸得周郎。已於歷國知龍種，誰向環橋越鴈行。賦美同時將詣闕，春宜作伴且還鄉。秋高健翮看槐市，遲爾層霄競奮揚。

寄答姻家佘壯卿太學

旅食頻年感異鄉，宦情寥寂一詩狂。按圖但識寰瀛路，止輦何如漢署郎。斗外幾看龍劍遠，春來忽到鴈書長。霜蹄歷國相期切，久向秦淮待鶴觴。

送李成白南歸適其尊公起官長憲

賦別江亭未忍聞，旅中那不重離群。羈懷白下同爲客，詞藻黄初卻羨君。戀闕重逢司馬相，還山從勒稚圭文。聽鶯在處皆求友，念我能忘日暮雲。

送雷見之茂才歸雄州

驥足新開道路初，龍文舊識斗牛墟。行邊覽勝多佳句，在處探奇有異書。庾嶺鄉心梅已實，秦淮歸棹柳方舒。再來定擬秋懷好，賦裏玄言重起予。

玉蘭花

楚畹曾傳擅國香，奇花如玉色偏良。千紅未羨桃林滿，萬緑寧誇柳徑芳。白帝初分瑶作蕋，素娥只喜淡爲粧。看來月下渾無色，卻認枝頭有暗香。

杏花

寒林凍盡色初妍，桃李蹊中較獨先。淺白間梅春轉麗，輕紅遮柳曉相鮮。不將密葉妨繁蕋，早向疎枝染瑞煙。曾記曲江花似錦，馬蹄空踏草芊芊。

答周子翰時遊吳越還將歸黃州

越航歸客又吳驂，僕僕塵途似不堪。萬里風雲看直北，九天羽翼壯圖南。爲郎顏駟嗟同滯，入坐崔陵喜共談。正值楚材徵上國，龍光此日照開函。

桃花塢分賦二首

賦得盤中桃花

三月緋桃處處新，盤中別有一枝春。看同野外差嫌遠，移傍樽前倍可親。色映酡顏添酒態，芳聯綺句狎花神。勿言生意培來淺，雨露天家亦自均。

賦得橋邊桃花

繁英幾樹蔭溪橋，灼灼紅芳俯泬寥。影漾臨流疑錦水，艷交題柱勝霞標。成蹊路轉舟同遠，夾岸源尋洞不遙。過此徘徊堪寓目，何須千葉恨能消。

代題傅侍御儼思録二首序見五言

六十年來夢寐中，繹思徒切渺音容。興門陳寔言誰授，刻木丁蘭念卻同。大孝偏能天地感，深思如藉鬼神通。儀刑祇合依遺像，念祖應知澤未窮。

祖德由來重燕貽，慶餘此日美孫枝。夜臺迥隔幽明路，廟像能存愛慤時。共覩清高瞻拜肅，難忘締造念修隨。君家物色曾惟肖，夢賚他年亦自宜。

送沈比部出守東昌

翩翩五馬赴三齊，千騎東方愜望霓。明允幾年推法從，循良此日待蒸黎。白雲司裏懷同舍，紅藥樽前戀解攜。郡國于時需異等，璽書應擬自天題。

送王太學改北

江南春暮柳絲絲，上苑花光似較奇。歷國蹄輕思詣闕，凌雲賦就喜同時。琴聲自合更新調，梅實纔看滿北枝。秋好有懷應盡吐，裁書恰值鴈來期。

爲何參軍題樂壽卷

早歲思鱸類季鷹，曳裾何必記吾曾。俸過六百閒爲伴，桃擬三千壽作朋。謝俗久看娱水石，引年今始頌岡陵。松筠晚節知逾勁，宦業還欣有代興。

壽周繕部封君時年八十有六矣猶矯健濟勝能陟名山絶頂云

玩世年華八十餘，朝恩久矣下鸞書。里中止慕少游馬，溪上何心吕望車。杖屨名山誇濟勝，琴樽樂事賦閒居。家庭風月留光霽，憲老應知定不虚。

和詠物詩十首

鴈字

巨靈何事輒書空，卻是奎章出紫宫。鳥跡印來千里外，龍文揮就五雲中。數行飛霧毫猶濕，幾點凌煙勢自雄。共訝天庭初布詔，仰觀成畫萬方同。

鶯簧

勝遊絲管日駢羅，更有新聲繞緑柯。羌笛未如出谷響，秦箏難擬傍簷歌。驚回思夢愁懷曉，鼓吹詩腸樂意多。斷續流音聽不盡，似從伊洛導春和。

蛙鼓

百蟄當春喜盡蘇，融融樂意滿江湖。繁聲在處皆成部，急響何人爲援桴。振鷺似緣知警舞，奇花如解應催呼。門庭亦類都官署，禰史漁陽得並無。

螢火

野色冥冥有夜光，爲誰闃寂照茅堂。風飄凌亂明難滅，露下沾濡彩亦揚。飛蓋苑中星並耀，臨書幌裏漏偏長。了無煙焰生炎烈，點點清輝照晚涼。

柳絲

垂垂金縷拂清池，綺岸春明二月時。細雨濯來看轉潔，淡煙籠處色偏奇。染衣莫訝虛彈指，結帶相貽好贈詩。怪底鶯梭織未就，分條空待送將離。

榆錢

誰將百萬富林園，共道神功巧鑄存。改火一年開節序，爲爐萬物仰乾坤。鋪成金埒跡堪擬，排向朱門勢未尊。獨買春光隨處好，賜山應越漢時恩。

花影

縹緲繁陰亦自奇，不緣色相點疎枝。參差日下階頻轉，搖曳風前席屢移。蝶戀始疑飛是夢，鹿啣何用跡相隨。窗前夜月尤堪玩，幾伴金波入酒巵。

竹粉

拆蘚生來質並蒼，傅成纖白妬何郎。清標未解爭紅紫，直幹先教擬雪霜。仙署開簾同一色，小齋遠俗勝群芳。止緣疎節淄難染，別起檀欒待鳳凰。

松濤

幽姿錯落澗邊生，虛谷泠泠應水聲。煙雨濯枝泉始達，風雷排幹勢初傾。輕花並逐虬龍起，飛沫時沾鸛鶴鳴。疑是天河倒峽出，潤餘草木更敷榮。

麥浪

極目雲黃隴已秋，高低遙帶日光浮。兩岐預頌閭閻樂，百室曾消婦子憂。雊雉呼群風正暖，鳴鳩喚婦雨初收。窮簷待澤真如渴，誰決西江此地流。

送曹公遠給假暫歸陽羨

三載頻煩領度支，一時經畫號清釐。心殫國計聞輿頌，譽洽朝紳荷主知。晝錦漫乘春暮去，皇綸應就里中移。可堪後會猶難定，執耳詞壇且仗誰。

清涼臺偕諸同社再送公遠得寒字

珍重詞盟未許寒，慇懃相送出江干。雙林暫戀清涼勝，一水先疑聚會難。沙鳥候迎征纜解，晚霞飛伴酒杯乾。茶園到日春猶好，誰共雲亭月色寬。

寄答族弟亮伯論學

大道由來本自公，斯文未喪此心同。光陰旦暮如流水，絃誦閭閻僅嚮風。克念狂能躋聖域，真修人亦代天工。知君志業元無量，招俊虞庭正達聰。

爲汪太學壽其尊人七十

曾將節操比蒼松，春酒稀齡樂正濃。越國千年思祖德，梁園幾度記遊蹤。鶯花賞洽聽華祝，雲水居開擁素封。蘭玉階庭看競美，且從三老重臨雍。

友人陳德甫自闕下榮歸取道金陵詩以送之

衣馬翩翩自漢京，共看蓮鍔發霜硎。雲霄久擬翔千仞，章句寧徒守一經。覲國誰同書詣闕，還家且聚德爲星。尚方筆札尋常事，到處逢迎眼盡青。

公遠抵家後以顧渚新茶寄惠且云其馨若蘭用佐臭味之同也賦此答之

歸去名山次第看，天香採擷下雲端。交緣比德人如玉，書爲論心味若蘭。紫筍遠分春後色，碧濤偏助醉餘懽。清風兩腋吟懷豁，和雪空慚下里難。

送族弟仲良南歸兼寄懷諸兄弟仲良爲方伯公季子

薇垣世澤久逾芳，邦族于時美范陽。韋氏一經存少子，謝家群從忝中郎。到來晤語情偏洽，歸去鄉關路正長。兄弟衡門應早奮，莫於遲暮擬馮唐。

送陶廷正出守邵武

迢遞雙旌歷萬山，郡齋如在列仙間。溪迴九曲青絲纜，峯擁七臺碧玉環。千騎始看承帝眷，一麾聊且念民艱。不寃久矣聞廷尉，增秩行應對闕還。（以上四留堂稿卷一四）

全粵詩卷四五二

盧龍雲一四

月下行舟

乘月戒征儔王勃，嬋娟伴客舟僧皎然。晚晴搖水態韋述，風靜聽溪流張九齡。色帶銀河滿李嶠，寒生獨樹秋錢起。那堪正漂泊崔塗，萬里寄滄洲劉長卿。

看山道中志感

冉冉在風塵司空曙，烏裘幾滯秦駱賓王。一官成白首劉長卿，萬里未歸人戴叔倫。箇箇峯頭出劉得仁，年年物候新盧照隣。春山多勝事于良史，歸思欲沾巾杜審言。

送鄉友南歸別後卻懷

落照低山盡朱超，長天急遠鴻王昌齡。暗塵隨馬去蘇味道，霜葉滿階紅白居易。家國身猶負耿緯，容華歲不同張說。故人渺何際王勃，秋樹斷雲中許渾。

天寧寺對月

望極關山遠楊炯，雲隨野水流張喬。長歌遊寶地沈佺期，何事別滄洲盧綸。明月高秋迥杜審言，清暉幾處愁錢起。芳尊徒自滿駱賓王，心折此淹留杜甫。

郊居林亭

養拙江湖外杜甫，鬢根已半絲裴說。空園歌獨酌王勃，三徑苦無資孟浩然。俗遠風塵隔駱賓王，天高秋氣悲戴叔倫。徘徊傷寓目高適，許可廢言詩錢起。

平溪驛舍

危閣尋丹嶂王勃，千峰住晚暉李嘉祐。秋林新葉落冷朝陽，高樹早涼歸沈佺期。遠思兩鄉斷白居易，單棲百慮違李澄之。桃源幾家住劉長卿，寂寞掩荊扉裴說。

早春江行夜泊寄憶豫章諸遊好

一路經行處劉長卿，波瀾動遠空王維。亂山春靄裏釋皎然，殘漏雨聲中錢起。風俗因時見孟浩然，心期此夜同張繼。人分千里外李白，忍對百花叢杜甫。

春暮宿江舘

駟馬留孤舘宋之問，殘鶯惜暮春李嘉祐。空梁無燕雀盧照隣，獨坐慘風塵駱賓王。夜久潮侵岸常建，江清月近人孟浩然。古來鍾鼎盛沈佺期，不及在家貧白居易。

謁孝陵

曉風吹鳥囀張謂，山翠拂行鑣岑參。古陌人來遠趙嘏，丹丘別望遙陳子昂。獨慙衰朽質王維，無補聖明朝杜甫。日出瞻佳氣李白，還疑陟紫霄宋之問。

秋日景陽閣送別

高閣逼諸天岑參，秋風已颯然杜甫。他鄉對搖落張說，別路遶山川陳子昂。雙闕祥煙裡薛曜，行舟綠水前王灣。獨遊千里外沈佺期，書札若爲傳賈島。（以上五言集句）

秋日登叢臺

故閣崢嶸已劫灰曾幼度，倚闌愁立獨徘徊溫庭筠。王侯第宅皆新主杜甫，內史文章祇廢臺王安石。詩句亂隨青草發李群玉，綺羅留作野花開李遠。但將酩酊酬佳節杜牧，鳥度雲移落酒盃陳與義。

夜宿青州客舍

獨憐鄉思更茫茫孟浩然，候舘人稀夜更長許渾。遠驛新砧應弄月方干，十年多難未還鄉戎昱。傷心正嘆人間事趙嘏，旅服從沾九月霜張南史。日夕煙波那可道皇甫冉，不堪棲屑困名場羅隱。

長樂將歸諸博士弟子同過話别

萬里歸心對月明盧綸，鷓鴣啼處遠人行李群玉。亭皋寂寞傷孤客郎士元，旅鴈初來憶弟兄溫庭筠。從此草玄應有處許渾，何時開閤對諸生錢起。那堪别後長相憶劉長卿，碧落悠悠一水横趙嘏。

郊居十首

問余何事棲碧山李白，世上浮名好是閒岑參。自廢田園今作主張籍，了然塵土不相關吴融。川原繚繞浮雲外盧綸，風月依稀夢想間白居易。惆悵知音難得見羅隱，暗期幽鳥去仍還楊菼。

苦厭繁機少適懷韓琦，相將遊戲繞池臺孟浩然。溪雲雜雨來茅屋錢起，墮蕋飄香入酒盃宋仁宗。老去詩篇渾漫與杜甫，眼前人事秖堪哀趙嘏。全真養素安吾分張宛丘，海柳江花次第開許渾。

青山緑水共爲鄰李嘉祐，山色初明水色新白居易。漸老更思深處隱賈島，相逢謾嘆路岐身羅鄴。愁窺白髮羞微禄岑參，暫引寒泉濯遠塵許渾。故事悠悠不可問司空曙，酒盃難得是同人羅隱。

林園幽事遞相期皮日休，日暖風恬種藥時錢起，忽辨龐公棲隱處孟浩然，卻嫌陶令去官遲王維。人間穩路應無限白居易，故國平居有所思杜甫。記得長安還欲笑李白，更將絃管醉東籬岑參。

竹裏泉聲百道飛沈佺期，清溪一路踏花歸戴叔倫。偶逢日者教求禄賈島，曾向長生說息機李白。隔岸春雲邀翰墨高適，洞門高閣靄餘暉王維。别來同說經過事張籍，惆悵當時意兩違羅鄴。

公門何事更相牽姚鵠，獨上高樓思渺然趙嘏。養拙久判藏姓字張宛丘，僻居惟愛近林泉伍喬。前江後嶺通雲氣陳與義，萬壑千巖鎖翠煙朱熹。自笑無成今老大薛逢，日高窗下枕書眠杜荀鶴。萬里悲秋常作客杜甫，群公暇日坐銷憂孟浩然。林間掃石安棋局李郢，不擬將心更養愁張籍。

出處當時已熟籌潘德久，一尊風雨屬漁舟崔塗。白雲多處應頻到賈島，芳草何年恨即休杜牧。

小亭終日對幽叢葛無懷，十載長安似夢中李涉。內外忘懷能自適王平甫，驅馳卒歲亦何功皇甫冉。閒心不厭耕南畝呂頤浩，往事應須問塞鴻羅鄴。達士招邀同笑傲陸龜蒙，徘徊卻憶酒壺空方干。

闌干朝暮倚陰晴張仲舉，散髮林間萬事輕陸龜蒙。汀草岸花知節序陳與義，寒禽野水自縱橫司空曙。

轉於文墨須留意白居易，直欲漁樵過此生張宛丘。卑散自知霄漢隔王建，五湖煙景有誰爭崔塗。

揣分非才合退藏呂頤浩，不離窗下見羲皇皮日休。青袍白馬有何意杜甫，社酒寒燈樂未央蘇軾。年貌暗隨黃葉去李群玉，此心兼笑野雲忙韓致光。悠悠物外身無事王平甫，莫倦連朝在醉鄉姚鵠。

補謫入京

迢遞山河擁帝京司空曙，君王深在九重城秦系。陽和不散窮途恨李嘉祐，江上幾看芳草生崔魯。古往今來只如此杜牧，水流花謝兩無情崔塗。共知人事何嘗定張說，身賤多慚問姓名盧綸。

雨後登滕王閣

風物淒淒宿雨收韓翃，別來無處更銷憂劉長卿。水邊重閣含飛動宗楚客，物外何人識醉遊趙嘏。薄宦未甘霜髮改薛逢，時情深付碧波流李群玉。故園千里數行淚賈島，水遠山遙步步愁許渾。（以上七言集句）

使還馮君奇以廻文一律贈別如韻答之

麻桑廢卻別鷗鳧，遠路塵遊客騎孤。花檻繞觀晴戲蝶，月樓登聽夜棲烏。槎浮老我憐漂梗，霧隱還君獨據梧。華鬢幾看重聚會，嘉懷野賞狎呼盧。

次和鄧司諫閨怨四首

春怨

潮候幾回望客船，寄將煩語答來牋。橋邊柳映虹收雨，塢外花藏蝶弄煙。簫聽夜聲殘永漏，曲成孤調怨鳴絃。迢迢路計難辭遠，遼度將軍眾百千。

夏怨

長路羈懷寄語微，暑移寒色晝凝暉。香風午送荷交艷，永日閒過燕並飛。狂欲舞難禁弱力，晚方涼卻怯絺衣。桑蠶未事多愁抱，裝橐有時慳夢歸。

秋怨

低林逗月照中闈，露濕涼天極望迷。題寄遠書逢鴈度，繡成新恨徹猿啼。淒悲夜笛風傳坐，亂散秋螢草滿堤。谿繞路長程倦馬，鷄聲幾聽臥樓西。

冬怨

添燭夜廊回暗光，舞旋風雪白盈堂。占憑喜信歸期近，望引窮愁別路長。簷壓凍花梅索笑，閣移寒影月臨粧。淹留暫爾悲離索，潛伏生機天轉陽。

春暮同友人郊外看花分得天時二字合作迴文一章

時良選地樂開筵，柳間嬌花繞近川。枝壓艷生香泛泛，蝶飛群逐影翩翩。巵盈絲酒春醅潑，卷滿新篇綺詠傳。吹遍曉風和媚景，奇芳遠暎麗晴天。（以上廻文）

鳳鳴朝陽圖

鍾靈自丹穴，振羽即高岡。旭日影初旦，驚人聲始揚。文章浮瑞靄，羽翼接餘光。枳棘棲難限，乾坤會不常。雲霄方覽德，鴛鷺豈先行。聽汝和鳴日，應知有道長。

初任粵西過里與諸親舊讌集

幾度瞻親舍，茲晨返故廬。新恩叨組綬，舊業廢樵漁。節序三春裡，鶯花二月初。高堂娛綵袖，四座洽華裾。往事悲懽外，人情得喪餘。十年嗟潦倒，萬里惜居諸。重負資良榦，兼收及散樗。壯心寧或改，幼學未全虛。竊懼膺民社，何知耀里閭。更憐分牧地，聞道半爲墟。起廢圖難緩，噓枯事豈徐。風塵初作吏，俯仰正愁予。道路遙相隔，音書復轉疎。舉杯聊暫樂，無待嘆離居。

舟過飛來寄懷朱少襄惟樂叔侄時有約共賞飛泉以公阻不至

峽古傳中宿，峰高接上玄。乾坤開福地，閣殿敞諸天。化樂連蒼靄，全清逗紫煙。猿歸碧洞外，虎伏翠樓前。地即安期隱，亭傳葛令僊。釣臺依近岸，幡嶺對前川。飛寺流千劫，閒僧學五禪。探奇長弭棹，選勝別張筵。洞改流觴澗，巖聽瀉玉泉。主人多樂事，賓從富新篇。揮麈塵應盡，磨厓石屢鐫。重遊心並切，千里信空傳。命駕憐嵇呂，論詩憶運連。情懸高士榻，興逐剡溪船。山靈如未卻，何日好來旋。

金陵懷古

山川望吳越，風雨到金陵。佳麗寧銷歇，豪華幾代興。江雲開曉霽，嶺樹入秋澄。天府元堪據，皇都舊所仍。鳳凰真氣繞，鳷鵲瑞煙騰。吳苑花如錦，秦淮酒似澠。六朝功未一，千里志先矜。結綺歌聲續，臨春樂事增。龍蟠天自險，虎踞地堪乘。覇業如川逝，王圖與日昇。高皇秉神武，真主協英稱。漢帝爲天授，胡元自土崩。安攘隨近遠，三五直咸登。卜洛符周曆，兩都業並弘。

望雨

入夏愁多雨，無端旱亦隨。陰陽時未若，調燮事堪疑。蒿目憂田畯，齋心問雨師。恒暘當有盡，甘澍應無私。實穎將盈畝，蕃滋可後時。澤由天地泰，功薄桔槔施。待取禾三百，還看穗兩岐。風雲即欲合，草木已先知。幸及如時化，何言靡孑遺。題詩催雨至，卻異雨催詩。

答李明府

握手談初洽，察眉喜漸開。不聞中澤鴈，且詠北山萊。琴援南山曲，珠投明月胎。大風東海至，白雪郢中來。潘縣花何似，陶門柳故栽。圖書懷舊業，賡詠喜新裁。老大知無補，經綸媿不才。多君辭物役，乘暇即登臺。

殘雪

先集看維霰，寒凝氣轉驕。厓枯同隕葉，林凍任封條。古栢難全翠，高松亦半凋。臨風誇玉樹，伴月詫銀橋。臺下歌黃竹，關頭憶紫貂。征夫愁遠道，思婦怨長宵。進退功難定，盈虛道亦昭。寒灰當候琯，孤枕夢春韶。青女機仍伏，玄皇駕獨遙。條風催始歲，愛日轉三朝。六出花爭卸，千巖凍並消。寒還欺宿莽，生已動幽標。開戶迎花信，編籬待藥苗。歡吟邀彩筆，勝事試華鑣。更喜陽和滿，群方樂共饒。

陳侍御奉母太孺人還里

雪滿初陽候，斑衣下直廬。春風覃帝里，晝錦導親輿。柳色逾燕甸，花光接趙墟。瑤池青鳥使，玉殿紫鸞書。黃髮應多祉，白眉久不虛。登車雄孟博，驅傳美相如。舊德賢星聚，新恩湛露餘。萱庭光列鼎，梓里羨充閭。莫戀青霞久，須知白簡踈。稱觴娛壽域，封事想宸居。將母重來日，魚軒引鷺車。

答呂惟儀

仙籍方羅俊，何人久積功。以余一日長，期爾萬夫雄。過魯推儒行，於齊表大風。翩高終挺漢，蹄健可騰空。作室徵能構，爲箕學自弓。經傳歆與向，談軼渾於戎。昭代銅龍署，諸儒白虎通。總堪家萬石，豈讓世三公。懷土悲羈客，瞻天負漢宮。滯留江以北，漂泊海之東。單父鳴琴異，江州灑淚同。任教呼是馬，敢望卜非熊。天命應難度，余心諒有終。浮沉雖潦倒，蒼素亦昭融。志已浮名外，身隨變態中。病憂河上叟，得失塞垣翁。世業看連茹，心交慰轉蓬。壯懷知不少，相望意何窮。令有新司馬，人非舊阿蒙。男兒志萬里，長劍倚崆峒。

杜大夫以白髮廬墓者六年部使者爲請於朝得旨旌孝

舊德推荀里，名家有杜陵。恩曾金馬詔，潔是玉壺冰。孤憤心常切，承顔念每興。百年懽易盡，六載意堪矜。夜永清霜苦，愁長白髮增。歲華甘自老，月旦許同稱。使節風頻采，鴻名薦屢登。潛幽光始發，里頌喜初騰。和致祥俱集，福先壽作朋。求忠仍以孝，祖武世相繩。

答陳以哲孝廉

芳庭繁玉樹，仙島護靈椿。千歲詎云祝，四時且共春。箕裘行繼美，詩禮日相親。鳳作朝陽瑞，麟爲公子振。明經業已遠，通德望逾新。輝覽翔千仞，才華越衆倫。稱詩無大曆，著論失先秦。我本窮愁客，君憐逆旅人。曲高慚和拙，道合得交神。握手皆良晤，追蹤卻後塵。多時嗟潦倒，隨地起吟呻。歲稔官輸足，人和樂事均。書勞績未著，奉職理方循。獎溢踰華袞，心憂負紫宸。止應隨物役，何以奉皇綸。有美承家學，多賢萃里仁。佇觀榮鎬宴，何但洽周醇。璧自連城貴，那堪僞亂真。

感事

孤直憑誰主，群謀任所先。孔方交已定，毛穎意難宣。使氣人爭靡，低眉孰肯憐。眼看夷作跖，心訝鷙爲鸞。態變雌黄外，權操魍魎前。共趨如赴壑，吾意但防川。天道應無改，人心未盡偏。止求捐疾苦，期以副班聯。敢羨爲機巧，空令知鑿圓。直從知罪我，終不負重玄。

李太學自京中寄贈賦答

濱海嗟留滯，多年寄拊循。煩勞安郡邑，弼直愧臣隣。歌鳳德何似，爲龍性亦馴。鷃籬妨漸羽，鳥道懼摧輪。閉閣時思過，登樓一愴神。敢云淹棘地，每念切楓宸。觸物聊吟詠，逢人竊主臣。帝城依紫極，旅服混緇塵。會見風雲起，應沾雨露均。燕臺仍索駿，滄海未窮鱗。道遠情偏厚，里仁俗故淳。報書方歲暮，到日又王春。

答蔡民部

久羈山縣僻，悵憶暮雲遙。魚素稀滄海，鴻冥薄赤霄。塵樊知久隔，樂事喜初饒。谷口誰堪似，濠梁客並招。携壺多選勝，倚棹半聽潮。未可因明月，吹笙伴子喬。

鹽憲陳公生祠

煮海興齊策，充邊藉漢盆。久知鹽是政，兼用法爲官。憲府霜曾凜，春臺澤自寬。發奸毫盡析，詰暴瞻先寒。狼井休爲祟，猺車不苦難。出塗時並悅，編戶衆咸安。惠愛三江徧，謳歌萬灶歡。思何今始切，借寇復同看。薇省芳重潤，棠陰露未乾。宮墻留頌祝，伏臘走衣冠。調鼎功堪待，和羹事並觀。蒼生齊屬望，早晚弼朝端。

馴雉來祥爲憲長李公賦

二月足春光，斑斑雉子翔。群依麥壠秀，亦戀栢臺蒼。雊似升商鼎，來如暮越裳。孤鶱憐羽翼，五色見文章。不比如皋獲，寧同武庫藏。雄飛尤可羨，媒合未云當。渤海徵遷秩，秦封驗佐王。華蟲應衮冕，時物豈山梁。作室矜翬鳥，將雛對鳳凰。文明知有兆，御李意偏長。

送蘇叔大之京

萬里朝天路，看君又北征。壯懷元自遠，賦草迨今成。春水孤帆渺，長天一劍橫。江花明彩鷁，官柳變倉庚。結伴擔簦往，逢人倒屣迎。承家推玉樹，詣闕憶金莖。競削三千牘，終償十五城。陸沉憐我久，電逐喜君輕。京國如相問，深山欲耦耕。

庭萱圖爲崔母壽

百卉叢中出，名園自託根。幽姿含遠翠，淑艷映朝暾。佩爲宜男結，芳因樹背存。靈株移傍久，玉露浥滋渾。怡老憂心卻，全真樂事繁。松筠看晚節，桃李共無言。娑影偏流彩，桐枝復有孫。膝前持介壽，綵服照芳尊。

沈郡公膺覃恩封典

三年績未上，已下紫泥書。來暮歌分虎，恩深念佩魚。前星依北極，薄海慶東儲。布詔周蓬巷，承綸及草廬。褰帷仍露冕，賜蓋並高車。異等空增秩，應知漢不如。

錢茂才自浙中來訪備述其途次之阻賦此送之

有客來東海，衣冠旅望同。凄涼家難後，漂泊路岐中。桂玉知難繼，蘭金強未通。鴒原翻自苦，鮒轍豈應窮。舊物青氈盡，新愁綠酹空。塵埃寧物色，羽翼困天風。似爾猶蓬轉，伊余但桂叢。憐才偏有意，振滯卻無功。一飯王孫去，他時重阿蒙。

牟母薛孺人貞慈詩有引

孺人爲別駕公繼室，以少年矢志，撫三子如己出。三子皆孝事之，相繼光仕籍，克承先志云。

江漢鍾奇淑，庭闈萃衆芳。早推閨裏彥，繼擅婦中良。誓志明如日，存孤薄履霜。栢舟寧共矢，蘆絮不堪裳。歌鵠自完節，丸熊更義方。詩書遺澤遠，孝友頌聲長。教仕績逾最，移忠慶未央。風清萱草茂，露浥桂枝香。星煥集賢里，天開燕喜堂。母恩誠欲報，子道亦同光。

風木遐思卷

大孝思能永，移忠願未休。音容不可即，歲月感如流。祿養悲難逮，劬勞念莫酬。溪蘋時自薦，風木迥生愁。尚友追千古，賓王薄一丘。衣冠隨上序，禮樂象[二]前修。節鉞今趨府，干城舊借籌。皇恩旌啟佑，世德煥潛幽。有信懸青鳥，爲郎羨白鳩。天書期再下，先後賁松楸。

〔一〕原本不清，依稀似『象』字。

惟學王孫以詩求序其鼓枻稿答之

維城依玉樹，奕葉挺瑤楨。念祖思貽燕，遵王凜法程。賑膰推嗣美，領袖早知名。赤社磐宗固，青藜夜閣明。表章寧自試，醴酒不勝情。尚友追千古，相觀集衆英。根枝同碩茂，歲月喜昇平。覓句宗唐社，摛詞軼漢京。塵途貂欲敝，旅酒蓋初傾。珠玉操觚見，尊罍倒屣迎。多君呈鳳彩，愧我雜蛙鳴。菲薄殊玄晏，三都自有聲。

少司馬耿公考績

南國新樞貳，名家舊楚材。班鵷懷玉陛，圖駿傍金臺。望闕彤雲合，臨關紫氣開。星辰依北極，劍履近中台。三紀尊勛歷，兩都妙化裁。民猶思撫字，士實慶栽培。禮樂嚴禋祀，幽遐達草萊。風霜凜畿輔，雨露浹□隈。馬首瞻天入，龍光傍斗回。皋夔仍並列，□□喜重來。述職勞逾懋，疏恩禮復催。明良需此□，傾耳聽康哉。

齋居探韻得千字

二儀欣報祀，九列萃衣冠。南陸朱明遠，北郊淑氣蟠。精誠孚五位，對越凜千官。方澤循周典，汾陰陋漢觀。班聯玄武署，法藉惠文彈。槐影侵階綠，葵心向日丹。端居塵慮息，遠俗旅愁寬。靜夜螢光照，炎天竹翠寒。更闌城漏急，曉近禁鍾殘。覓句心懷愜，揮毫氣象干。寂寥休自悼，談詠總成歡。豈必河東賦，陽春和已難。

賦得豐城劍送李銀臺北上

夜色輝河漢，神光煥斗牛。星文看啟匣，龍氣望登樓。赤堇精初現，昆吾瑞始浮。雌雄當有合，水陸用咸優。豈比周南滯，行攜薊北遊。銀臺倚禁直，玉陛邇宸旒。吳市來干鏌，中原靜寇讎。應時須斬佞，畫地可封侯。巧冶功逾顯，壯圖願漸酧。埃塵常自拭，魑魅迥生愁。鉛割羞蓮鍔，彈歌念蒯緱。與君含笑贈，飛夢亦皇州。

張廷尉以覃恩追贈其父如己官

家世尊儒術，天朝錄義方。明經韋氏學，通德鄭公鄉。祖澤貽謀遠，孫枝孕秀長。昔年空伏驥，岐路且亡羊。老作諸儒長，先驅六藝場。雄飛淹羽翼，嘉會儼冠裳。風木多遺恨，庭蘭萃衆芳。淵源皆道脈，繼述總書香。箱自青三戟，眉誰白五常。不寃仍漢吏，孝友遇周王。典以覃封重，名兼報績揚。趨朝初虎拜，展墓已龍章。恩本沾泉壤，思彌感露霜。報君心獨切，裕後慶還昌。伯仲能方駕，箕裘並肯堂。鳴珂光里閈，豈只羨銀黃。

爲黔中李封君賦

詩禮家傳舊，絲綸帝澤優。累仁開奕葉，嗣業發潛修。教仕光貽燕，移忠邁作求。鵬看九萬里，椿頌八千秋。柱後乘驄出，山中伴鹿遊。考槃怡歲月，錫服賁林丘。報主歸三殿，尋真到十洲。夜郎初賦鵩，天使尚鳴騶。雪在松楸拱，雲飛洞壑幽。通家情倍切，泒派澤長流。宦績今逾起，皇恩晚更酧。顯揚知未艾，裕後接孫謀。

壽高母儀太宜人

北海鍾靈粹，東萊孕秀奇。明良昔遇合，創述總昭垂。文簡推朝碩，忠襄復帝師。家聲榮里閈，女德重門楣。諫省餘忠在，香閨淑範移。鷄鳴初並戒，燕翼此爲基。孝友成家政，肅雍備母儀。書香傳外氏，宅相應孫枝。錫服沾殊典，溫綸荷眷私。遐齡過耋耄，上壽祝期頤。教仕功方就，移忠孝可爲。家園幾周覽，宦路正清夷。陟屺懷明發，分曹藉度支。緘封酧密線，問領報含飴。樂志寬離緒，承顏悅介眉。班斕稱未老，壽考看維祺。玉樹庭階茂，金莖雨露滋。顯揚應尚遠，褒賚更相隨。禪戒非云晚，玄修實在茲。長輝瞻寶婺，嘉會等瑤池。

冬日雨中過瓦官寺分賦得九青韻

朔雪年來少，玄冬雨復零。風驅寒作陣，煙鎖翠爲屏。閉戶寧高臥，懷人忍獨醒。衝泥循野徑，駐馬叩禪扃。身世元漂梗，朋游乍合萍。笑談多會景，禮法盡忘形。芳潤鷄園徧，慈雲鹿苑停。品茶偕陸羽，頌酒對劉伶。林隱僧寮暝，燈連佛殿青。廚分香積飯，誦聽法華經。授簡矜詞麗，論文聚德馨。蒲團淹坐久，簷溜轉泠泠。

端陽前一日黃季重自江北至承示途中見懷之作次和

天中將屆候，萬綠翳林坰。潮湧江光白，雲含野色青。中流看鼓柁，客子到揚舲。藝苑憐才富，汪波慕德馨。相懷懸嶺樹，乍合似風萍。弭棹隨鷗侶，維舟伴鶴汀。垂楊煙裊裊，深竹雨冥冥。客思偏多感，行蹤喜暫停。爲郎淹粉署，念舊叩柴扃。未許即同醉，依然尚獨醒。中郎能倒屣，時以赴蔡縉部之約，不肯暫住，故云。鄙吝切儀刑。

會館蓮花

虛堂荷淨絕氛埃，一月曾看幾度來。妝映窗軒時挺出，芬從湖沼遠移栽。數莖不羨廬山社，十丈何須五井隈。已見綠房珠作實，更餘丹蕚錦爲堆。清香暗襲論文處，艷質晴翻校藝臺。授簡秀聯思並發，濡毫錦借句頻催。賦成詫比青蓮匣，酒至傾憐白玉盃。歸去客齋同入夢，依稀猶是筆花開。

舟泝黃河即事

乘舟五月出維揚，客子當歌思轉長。京闕北瞻雲渺渺，河流東下水湯湯。頻年旱魃憐荒損，何日污邪足稻粱。轉餉未能寬旦夕，催丁已復急河防。梯航十道輸天府，車騎千人指帝鄉。負弩形疲還置驛，挽舟力盡尚贏糧。幾家煙火愁炊桂，極目滄波待變桑。中澤鴈鴻差可嘆，大東杼軸向來傷。但看耕鑿俱王土，不似紛爭屢戰場。最愛陽城先撫字，並須元結集流亡。年來荒度功多就，更擬河清頌聖王。

聞蜀人祠劉明府卻寄

解綬歸來歲屢遷，頌聲長自滿三川。牛刀故憶武城宰，梟舄難忘葉縣仙。百里花光餘製錦，一堂琴韻徹烹鮮。政成渤海猶文法，學本江門只自然。虛擬聽鶯徵拜闕，旋看攜學賦歸田。循良孰與廉三異，父老徒聞費一錢。畏路初回九折坂，扁舟長傍五湖煙。淵明遺世覺今是，潘岳閒居善自全。心事平生端不愧，口碑載道久逾堅。羽儀憶昨歸三紀，眉壽于今且百年。俎豆宮墻依上聖，春秋秩祀繼群賢。由來去後思方切，赫赫何名好爲傳。

重陽後二日壽錢使君

昨日登高上覇臺，涼風吹動紫雲隈。遙瞻瑞氣纏南極，復有祥光徹上台。雙旌問俗多餘暇，五袴騰歡徧草萊。正好乘秋同染翰，不妨對月更卿盃。南山頌豈尋常匹，北闕恩還次第催。心事久爲清獻侶，循良真自穎川來。股肱會見承先詔，文武于今仗異才。一路清風隨五馬，九天湛露溢三槐。芳尊此夕且饒興，醉筆能翻九萬枚。

三事錄答鄉大夫見贈

三事者，鄉約、義倉、保伍也。余遵院檄編爲一謠，刊布邑里。

銅墨由來寄一方，安危理亂豈難量。不隨苛政爲鷹擊，□慕循聲託鴈行。六諭總緣一爾志，三農先擬萬斯倉。相維什伍周官法，不下堦除宓子堂。心在民嵓無近遠，口憑月日有雌黄。里能歸厚斯爲美，倍解還淳且不良。獨任怨勞申古法，尚須齒德振頹綱。海濱未信非鄒魯，止恐人情習故常。

七夕

海宇新生昨夜秋，更當今夕望牽牛。時還三伏涼初至，天爲雙星暑漸收。千里金風旋樹底，一彎銀月在雲頭。爲橋浹歲知良會，停杼深更破獨愁。羈客異鄉聊問夜，佳人何處共登樓。長生殿裏徵歌管，百子池邊侍冕旒。兒女雙針隨俗勝，江山一舄爲誰留。巧心未向天孫乞，拙政空先萬衆憂。海静已逢丹燧息，天清時見紫雲浮。步檐轉覺炎蒸盡，倚杖徐看大火流。無限賞心羈簿領，可憐秋色遠滄洲。何時風月歸談麈，寥廓同爲汗漫遊。

方伯陳公以覃恩再膺誥命

一自前星焕九霄，萬方胥戴聖明朝。遠藩詔布初銜鳳，行省恩傳又珥貂。三葉同時沾紫誥，五雲深處下仙詔。旬宣不負臣勞懋，賚予兼欣主德□。郭賀幨帷看再美，于公里第應非遥。楓懷殿陛□天□，薇對樓齊望闕謠。雨露感隨炎徼遠，松楸色傍苧蘿驕。君侯雅有□□志，報答將因入事堯。

壽倪母鄭孺人

東南何處鄭公鄉，家近初平萬石羊。蘭質當年明桂戶，萱花此日映槐堂。捐金振乏周仁惠，剖玉成名頌義方。黄髮魯宫追燕喜，白眉漢代踵循良。瞻雲綵舞疑差曠，捧日丹衷戀獨長。最績已看馳鳳掖，貤恩即擬下龍章。慶餘自合膺皇眷，壽獻何須問越裝。春酒若分王母醖，遠書如接令君香。天邊婺影聯南極，庭下蘭芬擅衆芳。會引潘輿同赴闕，朝回分惠萬年觴。

和陳勳卿雨中待月

深夜譙樓更幾轉，陰晴倏忽眼中變。纔看玉宇淨纖埃，驟見銀河飛素練。雲散月高圓似鏡，天空露下寒如霰。寶匣光開入座來，金波影落當杯見。醉□□□可千觴，愁逐殘雲飛一片。舞愛陽阿袖屢翻，歌憐子夜聲頻囀。方欣溽暑變新涼，莫管來鴻兼去燕。極目煙消冰在壺，酡顔風灑秋生面。幾人北海正娱賓，何處西園復開宴。對酒高陽集勝流，授簡南皮多妙選。近水臺留卿月輝，集賢里報德星現。飄搖桂樹影初清，蕩漾金尊波始濺。門掩踈桐夜未央，霜冷殘荷歲交禪。不辭痛飲太豪麤，已判宿酲差瞑眩。過隙光陰春復秋，浮雲變態舒仍卷。得來亦屬楚人弓，棄去寧題班女扇。太白舉杯猶獨飲，莊生齊物卻堪羡。莫令廣寒殿裡人，解笑長愁閨中媛。請看天風萬里生，驅逐陰霾急於箭。

行役貴竹軺中雜占

軺車六月出炎荒，極目西南驛路長。孺子亭前方祖別，滕王閣外又他鄉。琴囊書篋非天使，瘴雨蠻煙總夜郎。劍引豐城牛斗氣，盃沾湘澤芷蘭香。五溪疆域通殊服，六詔衣冠接越裳。時聽啼猿過楚峽，不逢迴鴈自衡陽。雲山在處皆王土，棫樸多年徧鬼方。周室作人歌壽考，漢家求士待賢良。文章誰解稱司命，留滯余方困太行。雌伏爾時甘守黑，駿圖謬寄得飛黃。黔中自古稱遐俗，徼外于今息敵疆。羅網並收麟鳳侶，干戈已易藝文場。坐看茅茹征王國，兼采葑菲重帝廊。薦士敢當車馬錫，賢書亦欲有輝光。

再送葉相公

長干幾日報秋涼，簫鼓臨流送畫航。此別不須憐去住，相看但道慶明良。潮生鐵甕連瓜步，路出金陵指建章。雨過炎消尊蕩漾，江澄波靜棹相將。斗輝銀漢瞻龍氣，月滿沙堤待鴈行。千載昌期新際會，廿年講幄舊翱翔。朝廷夢卜求初切，華夏聲名望最長。南國品流思藻鑑，中台喉舌應文昌。商家豈是初圖像，曹相無心預促裝。端碩固應孚側席，才誠俱合佐垂裳。即開東閣延時彥，再使窮簷頌聖王。多少心期知不負，勳猷奕葉有輝光。

送劉職方暫請告還里

幾年鎖鑰備南都，起草從容裨廟謨。多壘總安弭盜策，一方如賴辟兵符。么麼欲逞當車怒，頑蠢安逃仗鉞誅。已有寬仁同海育，能無積沴待風驅。萬家城郭身重造，半壁乾坤手自扶。主聖會當消隱禍，臣勞敢謂翊皇圖。中山卻訝書盈篋，新息翻成載是珠。紫塞新霜悲斷鴈，白門衰柳對啼烏。暫看襆被隨歸棹，即擬貂鈐贊上樞。鷹隼直須凌遠漢，驊騮終合起長途。鴻冥未許稱寥廓，狼跋猶能頌碩膚。根本已還磐石固，銘功豈但博尊鱸。

初冬壽友竹隱君八十

朔氣初繁十月霜，菊松三徑未云荒。主人但喜竹爲友，壽域重開葉作觴。拂澗每聯椿樹秀，裊雲長映極星光。高風並擅煙霞久，勁節俱凝雨露芳。六逸溪邊唐李白，七賢林下晉嵇康。後車載呂年同長，束帛迎申歲始當。賦就閒居觀愈達，會成真率老非狂。時逢穫稻宜春酒，舞愛初裘襲彩裳。淇澳尚思齊睿聖，渭川何必擬侯王。庭前日有平安報，會見枝頭起鳳凰。

撫寧侯母太夫人七十

承家奕葉播勳名，壽母兼傳頌魯聲。金紫天題初錫誥，斑斕人羨世簪纓。貂鈐吳越山河誓，鎖鑰江淮驃騎營。陟屺總依慈訓近，導輿欣藉孝思成。嗚珈象服宜顔孺，映玉清心稱錦榮。瑶島遠來千歲實，朱門時聚五侯鯖。年稀更覺春長在，福集恒加海不盈。謝氏滿庭多寶樹，漢家賜露溢金莖。南山頌美娱親意，北極恩深報主情。詔問可同張晉國，先朝盛事豈難并。

爲廷尉正林君題貞烈卷有引

林先祖發巍科於宋末時，義不仕元，而内子遇賊不屈，復赴水死，惜未經表揚，欲建祠勒石，以並垂不朽云。

航海當年宋祚屯，天教虜禍到甌閩。修戈未展同仇志，投袂難全遠害身。百口並緣兵革苦，千家俱屬亂離頻。閨闈烈行猶堪紀，粉黛徽音卻未湮。蹈海成仁甘自隕，籲天舉目嘆無親。閩山地隔千重嶂，洛水橋通萬里津。氣壓滄波長浩蕩，名於疊巘比嶙峋。夫因里選曾聞達，道爲時艱尚隱淪。胡元閏位終難屈，淑媛貞魂併未伸。英烈祇堪垂野史，褒揚何自賁皇綸。風高永足傳天下，世遠誰同問海濱。異代慶餘幽竟闡，聞孫光裕意全真。欲緣俎豆興堂構，爰采歌謡慰穸窀。士女一時俱勁節，芳香千載共貞珉。綿綿世澤知能永，奕奕家聲喜漸新。紀載未須煩郡邑，卻應感召見祥臻。

壽同年陳廷評七十

星聚由來美潁川，太丘德邵更稱賢。一經射策科名起，兩地分符宦績傳。棘寺恩新宜活獄，碩人詩就輒思玄。辭榮但喜開三徑，謝俗惟聞手一編。歌詠正逢全盛日，優游已逮古稀年。里中表正憑誰長，物外逍遙善自全。湖海氣豪元未息，松筠節植久逾堅。曲江躍馬曾方駕，末路冥鴻早獨翩。海内弟兄跡每隔，天涯去住意相牽。壽筵春酒逢今日，共進南山第幾篇。

送蔡僚長出守南寧

臘盡寒梅映雪敷，郵亭濁酒賦驪駒。幾年南國皆清署，此日西陲暫遠途。領袖紀綱原法從，度支財賦舊司徒。才堪裕國徵持筭，政解宜民待剖符。南顧荒疲須共理，廣詢賢碩徯來蘇。崑崙山下邕州路，羅秀巖前越駱區。疆理輿圖猶外服，誅求榷吏已無繻。閭閻問俗恩宜普，師帥承流事豈迂。朝命雙旌榮出牧，山程千騎擁前驅。共言朱轂來何暮，始信蒼生望不孤。五嶺春先鳴格磔，三江水暖躍娵隅。到時預卜多仁惠，奏闕行看有碩膚。漢世自應同渤海，君鄉寧獨美龍圖。璽書特召知非遠，大展生平弼聖謨。

送柯季和司榷揚州

春至凝寒已漸收，郵程一望古揚州。江鄉可奈分南北，王事尤難任去留。跨鶴腰纏跡未擬，索梅詩動興偏稠。舟車在處無遺筭，軍國于時待借籌。財賦東南昔陸海，江淮上下此襟喉。賢勞自合資分理，清賞還兼事勝遊。景物依然存夜市，煙花何用憶迷樓。潮通瓜步檣俱集，月照蕪城騎若流。琴調廣陵音尚續，詩篇斗野句堪酬。瓊花觀想看春樂，皂角林奇破虜謀。螢苑終宵明達旦，雷塘五月迥生秋。使君别有通商惠，榷吏寧同裕國憂。物力操贏卑僅晏，詩盟契潤念應劉。莫疎音信傳雲翼，肯使浮沉付石頭。二十四橋簫並發，懷人遮莫動羈愁。

胡正甫儀部招集綠蘿園

永日呼朋選勝來，此中圖畫信天開。爲山巧結巢雲洞，近水先營得月臺。綠滿纖蘿垂戶外，粉含新竹旁墻隈。葵榴艷奪沿堤柳，松檜森連夾路槐。繞檻總成書帶草，盈階多似蔓金苔。橋通積石瓊爲島，簾捲芳叢繡作堆。地僻儘堪容笑傲，境幽原已絕氛埃。開尊北海時盈座，飛蓋西園待上才。日映花光搖握麈，風吹鳥韻送傳杯。輞川未乏裴王侶，醉筆同揮九萬枚。（以上四留堂稿卷一五）

全粤詩卷四五三

盧龍雲一五

秋夜旅懷四首

秋色憐清夜，新涼逗客窗。下帷嫌晝短，差可對銀釭。

搖落誰相問，還堪對聖賢。開門數落葉，暗自惜流年。

祇緣秋夜永，不寐更焚膏。四壁寒蛩響，霜天月正高。

何必青藜照，星光莽四垂。露寒休問夜，樂此未爲疲。

濟河雜詠八首

野色連長薄，河流劃大荒。東南仰芻粟，由此達艅艎。

簫鼓中川急，輪蹄夾岸頻。靜觀來往客，多是爲名人。

南來多大賈，遠近見帆檣。滿載何長物，方舟總越裝。

隴頭初刈麥，穲秝綠苞勻。漸有農家興，相攜洽比鄰。
馬上誰家子，停鞭喚索郎。當歌年十五，調笑酒壚旁。
高柳青全合，平蕪綠更齊。漁舟依岸宿，不是武陵溪。
草色芊綿望，蟬聲斷續聞。舟中無一事，匡坐對南薰。
久客諳貧味，朝霞或可餐。湖光憐漸逼，蝦菜此中寬。

雨中聞鶯二首

細雨催春暮，流鶯盡日啼。濕枝愁並坐，似亦厭卑棲。
百囀聲逾滑，群飛羽未乾。上林新綠滿，容易一枝安。

王莽城二首

殘堞餘秋草，頹垣帶夕陽。當年曾下士，誰爲語興亡。
楊風吹馬首，棘露染車塵。不見談玄宅，何人復美新。

秋雨四首

兀坐松軒晚，秋因雨作聲。步簷聽不盡，呼酒對愁傾。
雨意真無賴，銀釭夜寂寥。似添更漏永，耿耿自長宵。

欲作愁霖賦，愁多思不禁。可憐中夜月，無奈掩秋陰。

積雨寒孤枕，夢回不當家。遥知秋水外，無限荻蘆花。

冉伯牛墓二首

寂寞先賢墓，千年馬鬣墳。可憐七十子，德行幾如君。

自古天難定，斯人疾久嬰。止餘南牖訣，堪與暴平生。

鴈聲

旅鴈知秋早，羈人念遠勞。尺書憑去翼，先恐粵山高。

題畫四首

鶯囀千林日，花含萬壑煙。看春殊未倦，匹馬故留連。

林潤齊新竹，池光淨綠荷。風來能卻暑，軒榭晚涼多。

萬木迎寒序，春華已變衰。祇餘籬畔菊，霜後轉多姿。

雪裡春潛動，疎梅故着花。衝寒仍索笑，隨意到山家。

河間道中遇雪

雪色將風至，寒威上敝裘。解鞍非問酒，何以散離憂。

固安道中

立馬固安道，客心殊未安。風塵追往事，猶怯路行難。

苦熱二首

天上金猶伏，人間暑未消。宫恩無玉井，翹首待涼飆。

逃暑非河朔，每愁觸熱行。已應秋氣近，稍稍入蟬聲。

野水

得雨偏成勢，因風亦起波。總知行路者，愁對夕陽多。

勘水災四首

歲事看如此，倉箱有幾家。茫茫秋水外，總似荻蘆花。

霖雨翻爲潦，平疇亦自波。汙萊空極目，無處頌嘉禾。

十載風塵客，乘軺幾問荒。察眉先自苦，何日見滄桑。

水旱頻盈奏，宵衣念轉深。此時應召對，何以答天心。

元夕憶舊

城郭春初麗，笙歌夜未央。去年今夕酒，誰與共飛觴。

天門山二首

天闇誰道遠，江上卻名山。多少朝天者，時從此地還。

見說千尋鎖，横江斷舳艫。昇平當此日，外戶總通衢。

盆蘭二首

何物爲幽客，開簾有國香。總無滋九畹，亦解汎風光。

坐久香俱化，心同味倍宜。秋來還作佩，入夢有誰知。

一月之間惠武夷茶者三至口占三首

九曲溪流下，浮來物色新。斜封先後至，俱道武夷春。

見說煙霞裡，鎗旗隱御園。似應餘進奉，採擷下雲門。

何處仙遊美，尋真有幔亭。分來春已足，無待乞山靈。

初夏喜霽

雨霽雲初夏，林和樹更春。鶯聲三四囀，偏助物華新。

畫蘭

浥露呈秋色，含風動國香。不須滋九畹，自愛一枝芳。

早行二首

野樹籠朝旭，春山澹遠煙。車塵休自苦，愛此艷陽天。

山色青於染，林光綠漸稠。鳥啼聽不盡，差可愜行遊。

聞鶯

囀覺聲初熟，遷看羽漸高。欲飛還繞樹，似爲惜春勞。

瓶蓮二首

翠蓋環池遠，紅粧入戶妍。雙雙疑解語，應是水宮仙。

水向壺中淥，花翻案上紅。何須三百里，遙望鑑湖東。

九仙洞

聞道鯉湖勝，仙都自彼開。似憐幽絶處，亦向此中來。

朱明洞景八首

浮邱別墅

舊社窺丹井，開林別有天。東山留謝傳，挹袖侶群仙。

清樾高齋

繞舍樹扶疎，林光照道書。掩關辭問字，獨坐對清虛。

觀竅池亭

造物藏無盡，居然入靜觀。池吟春草後，荷淨倚□看。

躬耕桑柘

谷口未堪親，囂然若有莘。日斜桑柘影，倘見下徵輪。

結廬人境

郭外無車馬，衡茅已自深。碧山何用遠，杖屨得相尋。

種菊東籬

自愛籬邊菊，餐英待晚芳。盈樽多秫酒，客坐但傳觴。

把釣方臺

平臺依淥水，喧靜稱垂綸。祇恐非熊兆，江湖異富春。

灌園小憩

有祿辭卿相，無心事桔槹。滋蘭常九畹，此地卻忘勞。

題小景八首

漁

風清鷗鷺渚，波靜荻蘆灣。何必桃源渡，孤舟盡日閒。
煙雨棹扁舟，披簑釣大澤。得魚換酒歸，始道漁家樂。

樵

洞遠煙林僻，山深石徑微。夕陽歌互答，還共月明歸。
斧斤入山時，霜高葉盡脱。日晚始還家，秋聲振木末。

耕

疇綠溪邊雨，畦黄谷口雲。自能安畽畝，世事不須聞。
高田二麥青，低田水初綠。鄰翁喚賽神，枝頭鳴布穀。

牧

衣沾山翠濕，笛韻野風清。未解歌長夜，空聞扣角聲。
田夫夜飯牛，童子朝出牧。横笛兩三聲，清響應山谷。

星變二首

衆庶星爲象，周天度有常。何當逢散亂，未易卜災祥。

繁星俱拱北，何事卻群飛。仁愛天常寓，明謨在炳幾。

畫鳥

可笑沙頭鳥，不鳴亦不飛。何似驚人去，層霄共覽輝。

晚晴二首

冬入愁寒雨，雲開近夕陽。片虹天外出，斜照媚林塘。

久雨農家厭，新晴野望同。樓臺多暮色，并暎海雲紅。

題畫四首

琴

已得琴中趣，更操絃上音。美哉山澤意，誰解識汾陰。

棊

妙用方員裡，神機動靜間。旁觀應未悟，當局有餘閒。

書

萬紀因心畫，千言萃聖文。總緣筆有彩，隨處掞風雲。

畫

遠山看競秀，近水喜常清。最善丹青理，筆端盡物情。

寶應湖望蓮花盛開

積水重湖滿，新蒲緑葉齊。荷花香十里，宛似若耶溪。

董參軍惠銅雀硯余以晉硯酬之皆古物也爲賦二絶

當年陶埴意，祗爲美人工。轉見文壇重，俱稱自鄴中。

魏晉年俱遠，風流更右軍。彼曾歌舞伴，此解得鶱群。

舟雨二首

永夜風聲急，江濤帶雨寒。可堪孤客耳，欹枕夢初殘。

春至應多雨，愁緣夜打篷。豈須留滯怨，潤物卻爲功。

冬雨二首

三冬無白雪，細雨滴空階。宛似鄉園外，荒煙傍水涯。

寒威猶未斂，芳潤已潛生。枯木逢沾濕，欣欣欲向榮。

梅花塢二首

古寺靈爲谷，前村玉作梅。雪香千萬樹，歲歲得春魁。

盡洗鉛華態，惟餘冰雪姿。和風任披拂，休向笛中吹。

辰沅道中五首

結伴曾貪一壑，驅車驟歷千山。沾衣蒼翠欲濕，行雲流水同閒。

谷口黃茅白霧，巖頭綠樹蒼煙。山深禽語未識，時聽抱葉鳴蟬。

雲起常從馬足，風來或送猿聲。一道紅泉樹杪，泠然挹濯神清。

山下一村雷雨，巖前幾陣風雲。人在翠微深處，披襟滌盡炎氛。

徑轉漫疑無路，林開忽復有天。立馬層厓四望，山容雨過澄鮮。

風節堂四詠

柳

霜雪長含淑氣，林園漸洩春光。不教道路攀折，百囀鶯同建章。

竹

風裊清聲萬玉，霜淩勁節千竿。秀色公餘堪覽，飛來更有鳳鸞。

桂

深院亭亭獨秀，高林冉冉飄香。清芬似從月窟，移來最擅群芳。

栢

曾傍烏臺並列，今依法署偏宜。歲寒蒼翠不改，方知晚節難衰。（以上四留堂稿卷一五）

全粵詩卷四五四

盧龍雲一六

泊金陵

秣陵佳氣欝龍蟠，此地分曹亦漢官。自是兩都雄帝業，六朝何事總偏安。

京邸憶家

柳色黄金宛宛舒，凝寒方盡已春餘。長安萬里同爲客，歸鴈曾無記遠書。

贈台州陳孝廉二首

淮海扁舟憶暮雲，三年此地再逢君。高情念我能相過，盃酒仍堪細論文。

清霜幾夕送秋來，南客鄉思渺未裁。君亦京華同旅邸，夜涼曾否夢天台。

賜曆

祥風輕裊御爐煙，共祝周家過曆年。竊食漫逢頒朔會，不知何以答堯天。

江行即事二首

舟過維揚雪盡消，片帆南接大江潮。梅花兩岸飛殘臘，轉付春風入柳條。

江上蘭橈雨後開，山光晴望鳳凰臺。向陽花木欣欣起，無數輕帆帶日來。

初秋見月

客舍秋風日日清，夜來添得月華明。一輪會看雲間見，能使清輝滿鳳城。

柳城勘荒二首

盤折千山一徑穿，誅茅闢石始堪田。蒼旻若識荒夷苦，歲歲俱應大有年。

鷄骨頻占欲滿篝，可憐金石若爲流。中朝定有蠲租詔，不解民間目下愁。

堪輿寄隱卷爲麥茂才作四首

早年聲譽徧詞林，懶向金門作陸沉。小隱不妨泉石侶，薜衣藜杖白雲深。

尋常不自混樵蘇，負笈新藏五嶽圖。似是向平婚嫁畢，壯心飛動憶蓬壺。

僻厓仄徑未知還，雲水蕭然意自閒。恥學低眉隨世態，獨留雙眼看名山。

初上羅浮第幾峰，粤中形勝古今同。問君一種青囊訣，曾否能扶造化工。

梅花二首

朔雪凝寒斂衆芳，梅花無恙試新妝。乾坤別有陽和力，伴送風簷一段香。

遊人重引歲寒思，記得梅花欲發時。春事故園應較早，北枝容易接南枝。

三水舟中與族兄弟話別

行行誰解慰飄蓬，尊酒憐君意氣雄。仗劍他年辭故里，五陵衣馬直須同。

蔣虞部招集分署二首

舟中逃暑懶逢迎，長日科頭謝友生。何事僊郎解相識，臨流觴詠轉多情。

數椽精舍倚江開，有客停橈入戶來。河朔一尊堪對飲，況逢千里故人杯。

初入邯鄲境謁呂翁祠口占

大陸秋澄旅邸開，停鞍一眺呂仙臺。相迎父老應含笑，前度盧生今又來。

題春草池塘卷送鄧生訪其從兄別駕

江北江南路幾千，春風容易老華年。謝家兄弟多相似，不識何人是惠連。

過豫讓橋二首

匹馬踟躕度石橋，寒沙古木共蕭蕭。總緣國士恩難報，留得英雄恨未銷。

千年氣節未沉淪，自許孤忠愧後人。報主若論恩厚薄，似君猶是二心臣。

喜老母至

望盡雲山粵海邊，到來消息喜真傳。遥知弟妹燈前語，不分天涯綵服偏。

送賈中丞撫甘肅四首

飲馬居延志復東，誰還五利策和戎。軍聲稍似平淮後，雪裏人人識晉公。

風高太白劍横霜，一曲涼州道路長。不羨虎頭堪萬里，直教旃酪頌天王。

笳鼓城頭月五更，邊陲何日罷論兵。已聞膽落西羌戍，應是人傳小范名。

羽騎如林節制同，崑崙片石好銘功。遠人亦自知文德，天馬還令入漢宫。

歲暮柬陳新之四首

暮景蕭森欲换年，宦情羈思兩悠然。流光半逐紅塵去，竊食能無愧俸錢。

玄英吹盡一冬闌，百里同君共歲寒。下榻幾能過仲舉，獨傳篇詠可人看。

雪殘東閣未多時，又與春光暗有期。誰遣陽春隨白雪，歌來應是郢人知。

光陰一度一年華，政暇平干早放衙。殘臘送餘無一事，坐看春到萬人家。

寒食

幾回飛夢繞松楸，萬疊雲山紫翠浮。客裡又逢寒食至，那能不動故鄉愁。

雨後郊行

雨過黄鸝轉翠林，芳郊雲物半晴陰。行行忽聽民間語，最喜驕陽漸化霖。

入京補謫奉老母暫居清源途中感述四首

候館蕭森旅思頻，西風其奈倚閭人。憑誰共對忘憂草，坐見秋容次第新。

衝泥匹馬笑重來，可道王陽馭未迴。寸禄總非淹國士，北堂還待旅顔開。

僻巷柴扃僅避喧，何知行樂有潘園。板輿未盡承歡意，菽水還應似里門。

去年秋滿趙王城，秋月重圓復旅行。一笑天邊投杼事，幾令華髮望金莖。

曉發清源

北風吹馬利如刀，何事塵途盡日勞。只爲桑榆功未竟，片心仍逐五陵豪。

宿武城

日暮停驂傍武城，牛刀無地不關情。通宵未聽絃歌起，更問何人似滅明。

道中口占二首

回首叢臺願已違，蹉跎薄宦愧雄飛。微名在世無輕重，直道逢人有是非。

捧檄重來強爲親，風濤湖海悵無津。貞心自古悲懷璞，宦業由來似積薪。

元日寓僧舍二首

廿載王春又履端，蓬萊宫闕擁千官。誰知獨客雙林外，五夜遥聽禁漏寒。

東風入仗歲華新，萬姓朝天拜舞頻。借問春光迴帝里，寂寥還亦到孤臣。

贈相者楊生二首

楊子談經客屢過，自誇雙眼閲人多。從教萬態浮雲改，骨相天然奈若何。

幾載風塵混越吟，頭顱不自卜升沉。看來肉眼皆皮相，喜爾逢人直見心。

畫竹

千畝何須勝渭川，此君風節在孤妍。每憐俗態消難盡，日日平安好爲傳。

畫菜

風味長存士大夫，�畦新緑更堪娱。眼中百事只如此，且問民間色有無。

惠山泉酒二首

山泉祇道因茶勝，誰識尊中綠倍嘉。好倩老僧通水脈，百杯扶醉更烹茶。

愛酒徒勞慕酒泉，山靈還笑李青蓮。典衣此味應難換，信是長安斗十千。

題畫

三月鶯花處處鮮，山居風物更幽妍。閒來結伴溪橋外，共坐厓頭看瀑泉。

方延客而公出走筆綏之

相逢須放好懷開，已擬花前共舉杯。束帶又從塵裡去，卻邀明月待君來。

讀王進士下第時所擬宮詞六十首爲賦四絕

當春幾度惜春殘，此日深宮樂事寬。戲罷金錢隨步輦，名花千樹許同看。

有詔新開避暑筵，清虛水殿納涼偏。披襟盡解當年愠，引得南薰入舜絃。

涼月揚輝逗碧紗，從前幽恨託琵琶。今宵伴月看歌舞，翻笑姮娥獨歲華。

獸炭初紅夜未闌，宮中行樂尚承歡。擁爐漫酌羊羔滿，暗憶人間有歲寒。

錢使君虛白室二首

傍舍新營可數椽，一尊許我坐談天。劍光入夜床頭出，似有青藜燭汗編。

小齋如舫託深居，東壁文光逗綺疎。半點紅塵飛不入，散衙堪自對清虚。

高唐王惠自斲桐琴漢宫瓦硯賦謝二首

朱邸由來近嶧陽，孤桐清越中宫商。綺羅乍識王門貴，珍重何如單父堂。

東閣摧殘惜未央，誰知此日重文房。鄴侯本自功高者，更得名留翰墨香。

杏花

淺紅輕緑媚春風，曾記曲江馬上逢。回首十年成底事，一枝今在短墻東。

禱雨有應侍老母小酌

二月不雨春事遲，忽看簷外雨颺絲。一杯解動慈顔豫，共喜民間有孑遺。

讀朱大復海牢騷二首

遵海東來訪舊遊，聞君移疾乞林丘。怪來伏枕偏能賦，七發何人釋汝愁。

難將卑濕比長沙，三載棲遲倦憶家。君自楚材工九辯，卜居吾亦困天涯。

題畫寄劉參知先生

解組歸來歲屢遷，蕭蕭林屋對山泉。有人策馬朝天去，竟日焚香手一編。

鄱陽湖二首

極目煙波接遠天，王師曾此駐樓船。帆檣上下因風候，猶似揚瀾大閲年。

掛帆飛指落星灣，四顧湖光荻葦間。王氣千年應不散，紫雲高處是匡山。

馬當山

丹厓翠壁俯滄江，指點舟人說馬當。何事水靈私賦客，長風一夕送滕王。

新涼二首

乍見金飆下漢津，翛然爽氣滿庭新。不須避暑思河朔，漸有秋光照海濱。

炎蒸歷盡轉秋時，一葉初飛天下知。昨夜微涼生枕簟，起來清興入新詩。

六平山二首

層巒疊疊鬬崢嶸，下見橫岡號六平。自是山靈嫌太橫，祇應回伏護專城。

千仞誰能即振衣，迂迴樵徑傍斜暉。丹梯任爾凌雲出，平步還應遶翠微。

秋雨

細雨生涼入院庭，離離秋草照簾青。山容四面渾如洗，倚檻真看遶翠屏。

月夜渡馬江二首

一派長江接暮潮，半輪孤月出煙霄。江光月色兼天湧，有客中流獨泛橈。

冥冥江上幾青山，煙水悠悠鴈□灣。但使風波常不起，扁舟時向月中還。

三山城外橋邊候潮二首

嬾向塵中屢折腰，登舟猶復待江潮。往來大陸長如水，亦自魂銷似灞橋。

去住風塵不自由，遲迴江上一扁舟。須臾月上潮初溢，少借輕帆任拍浮。

對菊

搖落西風感歲華，幾枝彭澤徑中花。飡英亦類東籬酌，羈客慚非處士家。

秋懷

山前木葉向人秋，屋外溪聲帶雨流。吹鴈西風猶自急，聽來偏動旅中愁。

郊居答友人遠訊二首

故人千里問加飡，三徑何如蜀道難。耕食已能輕五斗，無心隨伴索長安。

攬鏡初看鬢有霜，閒身偏戀水雲鄉。匡山莫訝歸來早，萬卷于今足草堂。

山行二首

出郭柴車兩度行，花压竹澗總關情。山人卻訝初相識，偏向兒童問姓名。
到處雲林訪洞天，空囊寧辦買山錢。千畦並注溪流水，都是人家負郭田。

得何明府京中書四首

萬里書郵未易傳，偶因鴻翼到南天。嵇生嬾嫚年逾甚，祇向山林結靜緣。
畿南何地不耕桑，水旱相仍入奏章。捧檄知君趨熟道，定多奇策慰壺漿。
偃息衡門歲月過，更開一逕在煙蘿。八行已悟題書意，且向池亭葺芰荷。
緇塵在在正西風，尊酒談天強自雄。世上幾人知傲吏，敢期姓字動山公。

客有索余釀秫齋酒者時未有以應也口占復之二首

二載巖耕事秫田，秋成猶恨不逢年。甕頭春色俱無賴，比舍難教吏部眠。
三徑黃花伴逐臣，深樽還待白衣人。豈應竹葉長無分，到處壚頭綠可親。

飛雲洞景十二首

雲洞藏春

背郭晴雲繞洞門，依然飛蓋舊西園。四時卉木皆春色，最可留人倒綠尊。

山樓挹翠

結廬何事棲碧山，雲林景物異塵寰。飛樓竟日浮空翠，獨坐層軒意自閒。

一區玄草

華門蓬徑隱煙霞，草就玄經自一家。載酒許人時問字，不知誰復似侯芭。

藕花池館

別館臨池錦繡開，荷衣多在此中裁。憑闌絕愛清難染，避暑何妨數舉杯。

綠野耕雲

春來日上課農亭，滿壑雲含雨氣青。東作易成耕犢健，居閒能誦兔園經。

三徑琴尊

薜蘿深徑敞幽居，暇日琴尊亦自娛。時向竹間留二仲，豈緣日涉但籃輿。

蘭亭碧鑑

漠漠煙光汎蕙蘭，更開一鑑水雲寬。山陰故事堪修禊，千載風流此並看。

龍洞巢雲

靈洞紆迴有伏龍，鬱葱雲氣日相從。他時更待爲霖雨，八表沾濡澤自濃。

泛湖釣舫

一片湖光滉漾寒，扁舟明月浸漁竿。磻溪事業應還在，不似羊裘祇自安。

晚泊溪雲

鷗鳥忘機任泊浮，捲綸日暮此維舟。清溪坐對心如水，不定閒雲亦共留。

五湖煙景

煙波浩渺接平蕪，天爲何人豁五湖。此地由來爭者少，蒼生四海望難孤。

白雲在望

浮雲聚散本無期，一上高臺入望思。何限停杯心裡事，多因極目倚闌時。

和友人春遊六首

日南花木競先春，自愛閒居歲月新。多少紅塵隨去馬，相逢俱道看花人。

萬樹煙深雨正絲，春陽育物已多時。半黃乍變柔條柳，更倩東風向曉吹。

林木欣欣總向榮，幾人結伴探春行。未論百卉爭紅紫，一夜池塘草復生。

芳菲節物美遨游，細葉輕花擁翠樓。樂事林園應已足，何須春色在皇州。

晴日春暉滿洞門，名花歷亂野花繁。遊人入夜渾忘倦，秉燭還來倒緑尊。
嬌歌清管下樓臺，燈火熒煌漏莫催。最喜春宵寒已薄，可能金鑰徹明開。

朱學博以心學圖見寄賦謝

家學淵源接紫陽，按圖終日味偏長。已知室暗能虚白，更與諸生事勿忘。

馬仲高納姬于岡州載歸壽母爲賦二首

堂前萱草號忘憂，況有佳人字莫愁。歸去小星閒賦詠，婺光長映碧雲頭。
大婦中廚事事精，新來小婦但吹笙。今夕多應降王母，侍兒先見董雙成。

北上赴謫次湞陽四首

滿天風雨客程勞，鬢有新霜欲二毛。往事不須重記憶，寒流東下水滔滔。
南北風塵道路賒，何時驅馬到長沙。眼前世事應難定，望裏雲山總一家。
莫以長途嘆路難，敝裘猶耐雪霜寒。飛揚未限晨風翼，可爲枋榆惜羽翰。
抱甕頻年學漢陰，重來寧暇卜升沉。山中遠志應還在，誰識江湖此日心。

芙蓉驛換舟二首

碧山千疊削芙蓉，山下寒江旦暮通。南北路岐人易老，光陰多付客愁中。

古水陰森官渡頭，從前煙雨幾維舟。沙鷗野燕多相識，卻怪遊人自滯留。

常山道中見梅花盛發二首

東風幾日送春還，喜見梅花滿道間。吳越山川從此始，遊人且莫說鄉關。

淡蕩春光雨雪餘，官梅夾道已全舒。總無載酒看山伴，亦是出郊覽勝初。

贈陳汝礪刺史請告壽母二首

陳母方太宜人，曾以奇節格島夷之暴，今行年九十矣。

五馬何緣戀梓鄉，倚門朝夕念高堂。瑤池已爲傳青鳥，歸去天香溢彩裳。

當年馴暴女中英，姱節由來重旦評。令子瞻雲依壽母，階前蘭玉競敷榮。

九日江樓眺望二首

楓葉蘆花漸有霜，客中高會又重陽。登臨處處堪乘興，何必尊前感異鄉。

翩翩鷗鷺滿前灣，面面波光映客顏。試看龍沙今日酒，風流無亦似龍山。

題孤松挺翠

虬鱗鶴蓋擁飛芝，相附由來有兔絲。共歷歲寒蒼不改，豈於桃李競春姿。

過彭澤

一片孤城傍水涯，風濤日日湧江沙。折腰此地荒松菊，不爲督郵也念家。

大風

維舟暮泊楚江皋，入夜天風轉怒號。多少波濤曾歷徧，不須重憚客程勞。

題小景

喬木陰森境最幽，扶筇因暇看巖丘。老僧更道心如水，堪共攜琴作漫遊。

畫鳥

卑棲何事未喬遷，卻道飛鳴兩寂然。自是相求聲始切，乘風振翮總凌天。

畫馬

暫釋羈銜性最宜，誰從坰牧識纖離。蘭筋養就追風力，不負驅馳報所知。

莫愁湖二首

美人當日屬吾家，歌管樓臺樂歲華。此地何緣誇託勝，空餘水木媚煙霞。

一片湖光傍石城，卻因佳麗與留名。當時歌舞人何在，渚鳥汀花獨有情。

題方朔蟠桃圖二首

翩翩笙鶴下瑤池，太一壇前侍宴時。自詑蟠桃經幾熟，不妨分惠與隣兒。

歲歲金門號陸沉，何如寄傲得林雲。碧桃種處從花實，翻笑東方別有心。

五雲驛贈李醫士

南客扁舟度五雲，卻緣芝术得相聞。千年柱下留真訣，紫氣關頭即是君。

贈施茶僧真山二首有引

僧有朱宮坊與徐魏國詩卷，必其謹持清戒，大發慈願者，斯當於鉅公也。余助以施資，併屬和如左。

清風習習語蘭奢，解渴功曾及萬家。香積施餘無一事，夜看蘿月晝松霞。

文武聲華並起予，翩翩麗藻照茅居。不緣淨土能持法，那得叢林見異書。

題會仙圖

蟠桃幾樹正花開，花下何人獨坐來。引得群仙將鶴舞，頻頻爭道進霞杯。

懶石二首

豐草長眠境獨幽，無營終日傍林丘。任教說法通神理，不爲生公強點頭。

觸雲隱霧盡無心，一徑蓬蒿但自深。縱有神人驅不得，奇章何用此中尋。

恒心堂爲周醫題

活世功多未易能，真心一點自堪憑。何須在處求仁術，聖訓昭昭但有恒。

題道人隱居圖

深谷松雲護結廬，萬山迴合徑盤紆。道人已悟青牛訣，別有玄亭自著書。

寄題壺山諸景十首有引

余曩在吳航，雅慕壺山之勝，而未能親至其地也。別後數年，林孝廉君勉緘寄十景，屬之題詠。并州故鄉，愈戚然心動矣。

沙堤横玉

長堤如帶玉爲堆，不減昆丘石洞開。似爲明時徵海晏，川原隨處效珍來。

壺井流瓊

澄潭山下一壺懸，須信壺中別有天。潮退真源清自見，堪將仙液擬流泉。

鰲峰駕海

奇峰巀嶪駕洪濤，何必三山並戴鰲。海若固應憐負重，化來此地轉孤高。

笏石當潮

岧嶤異石出巖頭，一派潮聲向此收。疑是山靈因望海，獨能端笏禮陽侯。

懸厓聳壑

崇巖百丈俯芳洲，壁立當霄據上游。一任浮雲自來往，巍巍巨鎮古今留。

洽水環襟

百道山泉出峽來，汪洋赴壑尚縈迴。已知學海終能至，須識靈源向此開。

草堂浥露

草色蒼蒼海霧盈，污邪何日始堪耕。滄桑莫說功難就，已藉居人力漸成。

蓮阜凝煙

群峰疊疊起青蓮，朝暮溟濛泛瑞煙。豈是孤根沾廣潤，芳標時暎海中天。

仙槎汎月

何處浮來海上槎，尋源此地若爲家。常邀夜月滄波外，大有輝光照荻花。

石鼓驚天

廣樂何年到海隈，猶餘鼓跡蝕蒼苔。波恬已幸梯航遠，不遣揚桴此日來。

觀迎春四首

翩翩隊舞鼓如雷，共喜春從此日來。試看東皇司令始，條風吹雨淨纖埃。
東郊淑氣接長干，帝里春還萬戶懽。幾向寒梅問消息，今朝得與衆同看。
春到江南覺獨先，蓂開三葉景初妍。陽和散作人間樂，社酒新豐美十千。
登樓入望見春明，處處池塘草欲生。花勝分來筆共彩，辛盤更侑羽觴行。

爲周韜之題畫

板橋藜杖出江村，水榭雲軒接寺門。風起綠蘋堪送遠，飛帆天外帶晴暄。

題群芳圖

百卉芬芳各有時，寒梅遇臘轉多姿。和羹預待林中實，一種天香分外奇。（以上四留堂稿卷一七）

（鍾東整理）